Joyce Carol Oates:
Jene
Roman

Deutscher
Taschenbuch
Verlag

dtv

Von Joyce Carol Oates
ist im Deutschen Taschenbuch Verlag erschienen:
Grenzüberschreitungen (1643)

Ungekürzte Ausgabe
Februar 1982
Deutscher Taschenbuch Verlag GmbH & Co. KG,
München
Lizenzausgabe mit freundlicher Genehmigung der
Deutschen Verlags-Anstalt, Stuttgart

Titel der Originalausgabe: ›Them‹

ISBN 3-421-01732-8
Umschlaggestaltung: Celestino Piatti
Gesamtherstellung: C. H. Beck'sche Buchdruckerei,
Nördlingen
Printed in Germany · ISBN 3-423-01747-3

Das Buch

Im Jahre 1937 steht die 16jährige Loretta Botsford vor dem Spiegel und denkt über die Zukunft nach. Sie ist hübsch, lebenslustig und voller Zuversicht, daß ihr Leben glücklich und erfolgreich sein wird. Aber sie hat keine Chance: In derselben Nacht erschießt ihr Bruder ihren Liebhaber. Angst und Verzweiflung treiben sie in eine übereilte Ehe, und sie gerät immer tiefer in die dumpfe Welt der Armen und Verlassenen. »Jene da«, die weißen Slumbewohner, die Menschen aus den Armenvierteln des reichen Amerika, die sich nicht artikulieren können, sind die Helden dieses Romans. Joyce Carol Oates hat es unternommen, ihre Geschichte zu erzählen. Es ist die Geschichte einer Familie, aber es ist auch die Geschichte Amerikas von den dreißiger Jahren bis zu den blutigen Rassenunruhen 1968 in Detroit. »Ich bin besessen von den Geheimnissen der menschlichen Beziehungen«, sagt Joyce Carol Oates. »Ich möchte, daß das, was ich schreibe, keinerlei ›Tendenz‹ aufweist, nur menschliche Gefühle.«

Die Autorin

Joyce Carol Oates, geboren am 16. Juni 1938 in Lockport/New York, ist an der Universität von Windsor in Kanada Professorin für englische Literatur. Seit 1963 hat sie sich mit ihren glänzend erzählten Romanen und Kurzgeschichten einen festen Platz in der amerikanischen Literatur erworben. Wichtige Werke: ›Grenzüberschreitungen‹ (dt. 1978), ›Lieben, verlieren, lieben‹ (dt. 1980), Erzählungen; ›Ein Garten irdischer Freuden‹ (dt. 1970), Roman. Für ›Jene‹ erhielt sie 1970 den National Book Award for Fiction.

Und sollen, weil wir arm, wir auch verderbt sein?
John Webster, ›Der weiße Teufel‹

Für Raymond, meinen Mann

Vorwort

Das vorliegende Buch ist ein geschichtliches Werk in Romanform, das heißt aus persönlicher Sicht, die allein historisch wahr ist. In den Jahren 1962–1967 unterrichtete ich Englisch an der University of Detroit, die von Jesuiten geleitet und von einigen tausend Studenten, darunter vielen Pendlern, besucht wird. In dieser Zeit lernte ich die »Maureen Wendall« meiner Erzählung kennen. Sie hatte an einem meiner Abendkurse teilgenommen; ein paar Jahre später schrieb sie mir, und wir kamen einander näher. Ihre verschiedenartigen Probleme und Schwierigkeiten überwältigten mich, als ich ihre Lebensgeschichte erfuhr und ihr Leben plötzlich als Möglichkeit einer Geschichte sah. Vielleicht fühlte ich mich, wie sie brieflich einmal andeutete, zu ihr hingezogen, weil gewisse Ähnlichkeiten zwischen uns bestanden. Meine erste Reaktion auf ihr Leben war: »Das muß Fiktion sein! Das alles kann doch gar nicht wahr sein!« Mein bleibender Eindruck lautete dann: »Das ist die einzige Art von Fiktion, die wahr ist.« Der Roman ›Jene‹ handelt deshalb von ganz bestimmten Personen und zielt nicht nur mit literarischer Technik auf uns alle ab. Er gründet sich in erster Linie auf Maureens Erinnerungen. Ihre Aussagen wurden, wenn es möglich war, wörtlich in die Erzählung aufgenommen, und ihrer Besessenheit von ihrer eigenen Lebensgeschichte verdanke ich die vielen Einzelheiten des Romans. Für Maureen hatte diese »Beichte« eine wohl vorübergehende psychotherapeutische Wirkung; bei mir, der Zuhörerin, führte sie dazu, daß das umfangreiche Tatsachenmaterial meine persönliche Realität, mein Eigenleben zeitweilig auslöschte und durch die zahlreichen bedrückenden Abenteuer der Wendalls ersetzte. Ihre Erlebnisse quälten mich auf gespenstische Weise; ich begann von ihnen statt von mir selbst zu träumen, immer wieder mußte ich ihr Leben nachvollziehen. Weil ihre Welt mir so fern stand, ergriff sie mit ungeheurer Macht von mir Besitz, und in gewissem Sinn schrieb sich das Buch von selbst. Manche Ereignisse wurden allerdings richtiggestellt, nachdem sich durch gründliche Nachforschungen ergeben hatte, daß ihr Zusammenhang unklar war. In dem ganzen Roman wurde nichts überspitzt dargestellt, um etwa die dramatische Wirkung zu steigern; im Gegenteil: die verschiedenen schmutzigen, abstoßenden Seiten des Lebens im

Slum, die in naturalistischen Werken eingehend geschildert werden, wurden hier untertrieben – hauptsachlich weil ich befürchtete, zuviel Realität würde unerträglich.

Inzwischen sind wir alle von Detroit weggezogen. Maureen lebt heute als Hausfrau in Dearborn, Michigan; ich unterrichte an einer anderen Universität; Jules Wendall, der eigenartige junge Mann, ist wahrscheinlich noch in Kalifornien. Eines Tages wird er vielleicht seine eigene Version dieses Romans schreiben, aber nicht unter dem leicht geringschätzigen und ziemlich ängstlichen Titel ›Jene‹.

Dieser Roman entstand zum großen Teil mit Hilfe des großzügigen Stipendiums der John Simon Guggenheim Memorial Foundation.

1

An einem warmen Abend im August 1937 stand ein verliebtes Mädchen vorm Spiegel.

Sie hieß Loretta. Es war ihr Bild im Spiegel, in das sie verliebt war, und aus dieser träumerischen, wohltuenden Verliebtheit erhob sich ein Gefühl der Erregung, die rastlos und blind war – wohin würde sie führen, was würde geschehen? Sie hieß Loretta, und auch dieser Name gefiel ihr, obwohl Loretta Botsford ihr nicht so gut gefiel. Ihr Nachname verdarb ihr die Stimmung, er war nicht melodisch. Sie stand da und beäugte sich in dem plastikgerahmten Spiegel auf ihrer Kommode, versuchte, das beste Licht zu bekommen und sah unter ihren recht kräftigen Farben und ihrer gesunden, durchschnittlichen Niedlichkeit etwas Kühnes und Gefährliches sich abzeichnen. Wenn man in den Spiegel schaute, war es, als ob man in die Zukunft schaute; alles war da und wartete. Es war nicht nur dieses Gesicht, was sie liebte. Sie liebte noch anderes. Die Woche über arbeitete sie in der Wäscherei und Chemischen Reinigung Ajax und hatte Glück, daß sie diese Stelle bekommen hatte, und die Woche über steigerte sich der dampfende, hastige Stumpfsinn ihrer Tätigkeit zur erregten Vorfreude. Was würde geschehen? Heute war Sonnabend.

Ihr Gesicht war ziemlich rund und ihre Backen hatten etwas Mutwilliges, Aufgeblasenes, das sie jünger aussehen ließ, als sie war – sie war sechzehn –, und ihre Augen waren blau, von gedankenlosem, langweiligem Blau, nicht sehr intelligent. Ihre Lippen waren tiefrot geschminkt, genau der momentanen Mode entsprechend. Ihre Augenbrauen waren ausgezupft, genau der momentanen Mode entsprechend. Träumte sie nicht über den Romanen der Sonntagsbeilage, blieb sie nicht auf dem Weg zur Arbeit vor den Trinity-Lichtspielen stehen, um sich die Bilder anzusehen? Sie trug ein marineblaues, auf Taille gearbeitetes Kleid. Ihre Taille war erstaunlich schmal, ihre Schultern ein wenig breit, fast männlich; sie war ein kräftiges Mädchen. Auf ihren leistungsfähigen Schultern saß dieser wirre, verträumte Kopf, blondes, schwellendes Haar, das ihr in koketten Löckchen über die Ohren, über den Kragen, auf den Rücken herabhing, so daß es, wenn sie auf dem Gehsteig lief, hinter ihr dreinwehte, und die Männer stehenblieben, um ihr nachzublikken. Nie ließ sie es sich einfallen, sich nach diesen Männern umzudrehen – sie waren wie Männer in Filmen, die nicht im Vordergrund auftreten, nur das Interesse auf sich vereinen, zeigen, wohin das Interesse sich richten soll. Sie war verliebt in diesen Gedanken! Hinter ihrer klaren, reinen Haut lebte die Gesamtheit aller gesunden Haut. Sie fand das herrlich, sie war verliebt in die Tatsache, daß es Mädchen wie sie gab, obwohl sie ihre Gefühle nicht präzise hätte ausdrücken können. Sie sagte zu ihrer Freundin Rita: »Manchmal fühle ich mich wegen nichts und wieder nichts so glücklich, ich muß verrückt sein.« Selbst wenn sie am Morgen müde herumlief und versuchte, ihren Vater aus dem Bett zu kriegen, ihrem Bruder Brock zu essen gab und dafür sorgte, daß er draußen war, ehe einer von beiden eine Rauferei vom Zaun brach, empfand sie ein sonderbares Glücksgefühl, eine prickelnde Erregung, die sich durch nichts niederschlagen ließ. Was würde geschehen? »Ach, du bist gar nicht verrückt«, sagte Rita nachdenklich, »du hast es eben nur noch nicht durchgemacht.«

Sie fuhr sich mit einer schweren rosa Haarbürste durchs Haar. Es ärgerte sie, ihre Locken so schlapp herunterhängen zu sehen – es kam von der Hitze. Aus der Wohnung jenseits der Straße konnte sie durchs offene Fenster Radiomusik hören, die Samstagabend bedeutete, und ihr Herz begann voller Vorfreude auf die langen Stunden, in denen alles Mögliche geschehen konnte, zu klopfen. Ihr Vater, der seit fast zehn Jahren arbeitslos war und der nichts konnte, liebte es, im Bett zu liegen, zu trinken und zu rauchen; ihm war es egal, daß so viele Stunden vergingen, die er nie wiederbekam – aber Loretta merkte, daß die Zeit zu schnell verging. Es machte sie unruhig. Sie kratzte mit einer sanften, unbewußten, liebkosenden Bewegung mit der Bürste über ihren nackten Arm und spürte die Verträumtheit eines sommerlichen Spätnachmittags in sich aufsteigen. In der Küche setzte sich jemand schwerfällig hin, als antworte er ihr, als gebe er eine Antwort auf die Fragen, die ihr durch den Kopf gingen.

»He, Loretta!« rief Brock.

»Jaaa, komm schon.« Ihre Stimme klang schrill und erinnerte an die Chemische Reinigung und die Straße, aber das war nicht ihre wahre Stimme, ihre wahre Stimme war belegt und feminin.

Sie ging aus dem Zimmer, um Brock sein Abendessen zu

machen. Die Küche war eng und er saß ihr mitten im Wege, so daß sie eine Grimasse zog und sagte: »Entschuldige«, in ironischem Ton, und sich an ihm vorbeiquetschte. Brock war auch schon für den Samstagabend angezogen. Er trug einen blauen Anzug mit gelbem Schlips. Er war vor wenigen Wochen zwanzig geworden, was Loretta sehr alt vorkam, und auf seinem Gesicht hatte sich der permanente Ausdruck unruhiger Verschlagenheit ausgebreitet. Er hatte blondes Haar, wie Loretta, doch es war nachgedunkelt; es war spülwasserblond, und er wusch es bloß einmal im Monat – es starrte von Fett. Er hatte ein kräftiges, eckiges Gesicht mit vorstehenden Backenknochen. So hatte das Gesicht ihrer Mutter ausgesehen. Seit ihre Mutter vor einigen Jahren gestorben war, fing Loretta an, sie in Brocks Gesicht wiederzuerkennen. Und auch in seinen plötzlichen impulsiven Wutausbrüchen – er schimpfte immer auf »den Alten« und gewisse Nachbarn – erkannte sie die ruhelose Gehässigkeit ihrer Mutter; es war erschreckend.

»Ach du mein Gott, ist das Parfum? Das Zeug, das so stinkt?« fragte Brock.

»Halt den Mund. Du bist nicht witzig.«

Sie nahm eine Schüssel Kartoffeln aus dem Eisschrank und schnitt sie in die Pfanne; sie hatte sie schon geschält. Das Fett zischte und spritzte zu ihr empor. Brock, der so wichtigtuerisch am Tisch saß, so daß sie nur schwer vorbeikonnte, war wie das boshafte Fettgespritze: Sie brauchte nur einen flüchtigen Blick auf seine amüsierten Augen zu werfen, um zu wissen, wie widerwärtig er war.

»Also hör mal, was hast du eigentlich?« fragte Loretta.

»Ist der Alte schon da?«

»Nein, das weißt du genau. Er ist heute morgen mit diesem Cole mitgegangen, um ein Grundstück anzuschauen. Ach, ich weiß, daß das verrückt ist – schau mich nicht so an. Ich kann nichts dafür.«

»Was für ein Grundstück? Will der'n Grundstück *kaufen?*«

»Gar nichts wird er kaufen.«

»Womit? Wo hat er das Geld? Womit will er's kaufen?«

»Nun laß schon. Es tut ja keinem weh. Was macht es schon?«

»Er ist krank. Sie sollten ihn abholen.«

»Wohin abholen?«

»Eingesperrt gehört er.«

Brock lehnte sich auf die Ellbogen und sprach mit seiner schnellen, undeutlichen, irgendwie teilnahmslosen Stimme, und doch war eine sonderbare, nervöse Bosheit dahinter. Loretta fand ihn wirklich ekelhaft. Er war ihr Bruder, und in den Jahren ihrer Kindheit hatte er sich ihr gegenüber nett betragen, hatte die Jungen verhauen, die sie neckten, und damit die Regeln der Straße befolgt; doch das hatte er vielleicht nur zu seinem eigenen Ruhm getan, und zu jener Zeit hätte niemand voraussehen können, daß sich Brock Botsford, der schlaksige Bengel mit der schlechten Haltung und dem blauen Blick, anders entwickeln würde als die übrigen Jungen, zu diesem seltsamen, spöttisch-ernsten Mann. Doch jetzt machte er ihr Angst; sie wollte nicht, daß ihre Freundinnen sich mit ihm unterhielten, weil sie bestimmt weggehen und sagen würden: »Der ist aber komisch«, auf die still-erstaunte Art, mit der Mädchen geschickt das Resümee eines ganzen Lebens ziehen.

»Ach, quatsch nicht. Such dir doch selber eine Stellung, such dir eine gute Stellung, wenn du glaubst, daß du besser bist als er«, sagte Loretta hämisch.

Sie setzte sich ans andere Ende des Tisches. Brocks Arm lag fast über dem ganzen Tisch und er hätte sie mit seinen ruhelosen Fingern am Arm packen und ihn zerquetschen können. Sie blickte auf seine Hand. Er arbeitete zur Zeit in einer Fabrik. Loretta war sich nicht darüber klar, was in dieser Fabrik hergestellt wurde. Autos waren es nicht, wie in den Fabriken in Detroit und Flint. Sie machten statt dessen Teile ... Autoteile? Eisenbahnteile? Brock arbeitete in einer Abteilung, die Maschinenwerkstatt hieß und seine Hände waren immer schmutzig, unter den Nägeln war immer ein Ölrand, und unter all dem Schmutz war seine Haut totenblaß, wie die ihrer Mutter es gewesen war. Für eine so schlaffe, berechnende Haut hatte Loretta nichts übrig außer Mitleid; sie regte sich darüber auf, weil sie sie irgendwie *nicht richtig* fand. Brock wechselte dauernd die Jobs, ebenso wie zwei, drei seiner ehemaligen Schulkameraden, die dümmer waren als er, aber genauso laut, und die gern mit den Händen in den Jackentaschen dastanden und über Brocks unanständige Witze wieherten, wobei sie einen Blick auf Loretta warfen, ob sie sie auch verstanden hatte. Sie fand, sie seien alle hoffnungslose Kerle. Die Welt teilte sich in zwei Hälften, in die hoffnungslosen Kerle, die nicht wert waren, daß man sie anspuckte, und in die anderen, die es zu etwas bringen würden. Es gab Jungen wie ihren Vetter Frank Benyas, die hatten bereits nicht weniger als fünf Mal vor dem Jugendrichter gestanden, ihre Mütter zur Verzweiflung gebracht, und doch war ihnen ein gewisser aufrichtiger Ernst eigen, aus dem man ersah, daß sie es schaffen würden. Frank war jetzt Lehrling bei einem Drucker und würde schon seinen Mann stehen. Es gab andere Jungen, wie Joe Krajenke und Floyd Sloan und Bernie Malin, die alle schon mal was ausgefressen hatten, ja sogar schon im Knast gesessen hatten, aber in ihren Augen glomm nicht die sinnlose, bedrückende Gehässigkeit wie bei Brock, besonders nicht bei Bernie Malin, den Loretta gut leiden konnte und an den sie oft dachte, lange träumerische Minuten hindurch. Bernie war in Ordnung. Er konnte wütend werden und schlug jemand zusammen, doch am nächsten Tag tat es ihm leid, und er hatte eine Stellung, und was es auch sein mochte, was die Menschen daran hinderte, durch die Welt hindurch ins Bodenlose zu fallen, wie ihr Bruder – Bernie besaß es; es war ein Rätsel.

»Du gehst einem so auf die Nerven, du, manchmal machst du mich richtig krank«, sagte Loretta. Sie sprach schnell und hart, wie eine Schwester mit dem Bruder spricht, ohne ein Blatt vor den Mund zu nehmen. In seiner Gegenwart saß sie mit krummen Schultern und ließ die Arme auf dem Bauch ruhen, der sich ein klein wenig wölbte, wenn sie nicht aufpaßte. »Diese ganze Geschichte gestern nacht war blöd. Warum legst du dich immer mit ihm an? Und du denkst nicht mal dran, deine dämliche Waffe zu verstecken. Was ist denn los mit dir? Willst du, daß ihn der Schlag trifft?«

Brock lachte: »Das wär ein Glückstag!«

»Ein Herzanfall oder sowas?«

»Warum nicht, nach allem, was er Mamma angetan hat.«

»Aber er hat ihr doch gar nichts angetan! Was denn zum Teufel? Er konnte doch nichts dafür, daß die ihn rausgeschmissen haben. Sie war verrückt, ihn deswegen so herunterzuputzen. Aber sie mußte ja immer jemanden schimpfen, so war sie nun mal ... «

»Hör mal, nenn sie nicht verrückt!«

»Also nun hör mal zu«, sagte Loretta und verzog die Lippen zu einem übertriebenen Lächeln, »ich verteidige keinen von den beiden, weil mir die ganze Sache bis hierhin steht. Mir steht mein ganzes Zuhause bis hierhin! Er hat also Angst, arbeiten zu gehen; ja, Ritas Vater auch – der ist auch nicht wieder zur Arbeit. Die haben Angst, auf dem neuen Job was kaputtzumachen oder ohnmächtig umzufallen oder kotzen zu müssen, oder was weiß ich. Natürlich ist das verrückt, aber ich werf ihnen nichts vor. Warum wirfst du den Leuten immer Sachen vor, für die sie nichts können? Mamma hat an Gott geglaubt, aber du, du nicht, warum machst du dann allen Leuten immer Vorwürfe?«

»Was hat denn das damit zu tun?«

»Also es ist mir total egal. Ich will nichts mehr davon wissen, das ist alles.«

»Ich schon.«

»Und was willst du mit der Waffe?«

Brock trommelte mit den Fingern auf seiner Stirn und tat so, als denke er nach. »Damit lege ich einen um«, sagte er ernsthaft.

Loretta machte: »Tz-tz«, um ihren Widerwillen zu zeigen und stand auf, um in den Kartoffeln zu rühren. Sie kippte übermäßig viel Pfeffer darüber, sollte er sich den Mund verbrennen, der elende Mistkerl ... Sie warf einen Blick zu ihm hinüber und bemerkte, wie krumm seine Schultern waren, sogar in dem neuen Anzug. Zwanzig Jahre alt! Es hatte ihn den Lohn von zwei Wochen gekostet, den Anzug zu kaufen, und sowie er ihn gekauft hatte, fing er an, sich seiner zu schämen und höhnische Bemerkungen darüber zu machen, sie hatte keine Ahnung warum. Brock war so. Er wünschte sich etwas ein Jahr lang, er wünschte sich etwas ein Leben lang, und sobald er es hatte, verwandelte es sich unter seinen Händen in Dreck, und es blieb ihm nichts, als ratlos darüber die Nase zu rümpfen. Er tat ihr leid. Sie sagte: »Du hast sie für jemand in Verwahrung genommen, was?«

»Wen interessiert das?«

»Du bewahrst sie für Harry Honigan auf.« Harry Honigan war jemand aus der Nachbarschaft, der sich verbessert hatte, wie er sagte, und eine Wohnung in einem besseren Viertel und einen anständigen Wagen besaß; unglücklicherweise war er erst kürzlich zu zehn Jahren Gefängnis verurteilt worden. Brock war ihm nachgelaufen wie ein junger Hund. Wenn Honigan in Schwierigkeiten war, zog es ihn wieder in die alte Umgebung zurück, wo seine Mutter ihn aufnahm und gut fütterte und über ihn weinte und seine Großmutter und seine Tanten ihn schützend umdrängten, und bei solchen Gelegenheiten sah Brock ihn manchmal. Wenn alles gutging, hörte monatelang niemand etwas von Harry. »Es hat was mit Harry zu tun«, sagte Loretta.

»Du weißt aber auch alles!«

»Hebst du den Revolver nicht für ihn auf? Wann meint er denn, daß er herauskommt?«

»Nein, mit Honigan hat es nichts zu tun. Der ist erledigt.«

»Ach, aber er kommt doch wieder raus, oder?«

»Er ist erledigt.«

Loretta rührte ein wenig gehacktes Fleisch unter die Kartoffeln. Sie rührte langsam im Kreise und dachte an Harry Honigan, der erledigt war.

»Na, das ist ja schade«, sagte sie.

»Vielleicht ist mir so, als ob ich einen umbringen möcht«, sagte Brock hinterhältig, als hätte sie vergessen, wovon sie redeten.

»Klar.«

Während seiner Kindheit hatte Brock sich immer ruckartig entwickelt, er hatte »Phasen« durchlaufen, wie ihre Mutter das genannt hatte. Eine Zeit lang hatte er für einfältig gegolten, weil er sich Zeit ließ, die anderen Kinder wiederzuschlagen und in der Schule nur langsam reagierte. Und er war sehr klein für sein Alter gewesen. In der fünften Klasse der Klosterschule hatte er dann angefangen zu wachsen und gescheiter zu werden, und da hatte es dann geheißen, er sei nicht ganz normal. Es war Brock, der eines Tages aufs Schuldach kroch, nur so zum Spaß, und über die Eisenbahnschienen, die über den Kanal führten, und es war Brock, der jodelnd und mit den Armen fuchtelnd davonlief, wenn ein Polizist hinter ihnen allen her war. Brock hatte das getan, um sich über die eigene fürchterliche Angst, über das Weglaufen lustig zu machen – das war so merkwürdig an ihm, und das begriffen die Leute nicht. Als ihn eines Abends ein betrunkener Polizist, der ihn mit jemand anders verwechselte, zusammengeschlagen hatte, hatte Brock in einem Hinterhof gelegen, blutend, und als ihn jemand fand, war seine erste Bemerkung gewesen: »Ich bin ohne meinen Fallschirm gelandet!« Er war demnach komisch. Richtig verrückt war er nicht. Man konnte nicht entscheiden, was er war und ihn vergessen, obwohl er natürlich ganz allgemein gesehen ein gräßlicher Kerl war und nie etwas leisten würde, dazu war er zu wüst; aber es war nichts Fröhliches in seiner Zügellosigkeit, das verstand sie. Von der Zeit, als er dreizehn gewesen war, bis zu seinem achtzehnten Geburtstag hatte er Heimlichkeiten gehabt und war gereizt gewesen, ein schrecklicher Hausgenosse; wie ihre Mutter brachte auch er es fertig, monatelang kein einziges Mal zu lächeln. Nun, da er zwanzig war und selbständig und etwas eigenes Geld hatte, benahm er sich etwas mehr wie ein Gentleman Loretta gegenüber, auf ironische, übertriebene Art. Sie konnte ihn nicht verstehen. Sie konnte ihn nicht ernst nehmen.

Während er aß, kratzte sie mit viel Lärm die Pfanne aus und ließ Wasser in den Ausguß laufen. Ihr Vater war den ganzen Tag nicht nach Hause gekommen, auch zum Abendessen nicht. Sie würde das Abendessen ins Rohr stellen müssen. Sie stellte sich auf die Zehenspitzen und versuchte, aus dem Fenster zu blicken, aber alles, was sie sehen konnte, war die Feuerleiter am Gebäude auf der anderen Straßenseite. Eine deutsche Familie wohnte da, vier widerwärtige Gören und ein widerwärtiger Vater und eine Frau, die ausschließlich deutsch sprach. Die mußte man ernst nehmen. Unten im Haus gab es eine alte, schmuddelige Frau, deren Namen Loretta nicht wußte. Sie begegnete ihr ständig. Und dort hinten, draußen auf den Straßen fingen die Leute schon an, sich in der Großstadthitze treiben zu lassen, in Wirklichkeit machte die Hitze ihnen nichts aus, sie war ihnen seltsam angenehm in ihrer Flüssigkeit, als wären sie Geschöpfe in einem Meer, alle miteinander verwandt, durch das gleiche Element verbunden, das sie auf jeder Pore berührte und hilflos zueinanderzog.

»Wohin gehst du heut abend?« fragte Brock plötzlich.

»Aus.«

»Mit wem?«

»Wen interessiert das?«

»Mich. Mich interessiert das.«

Loretta verschränkte die Arme. Sie kam sich vor wie die Heldin eines Films, die in einer Küche einem eifersüchtigen Gatten gegenübersitzt, während draußen die Kamera gerne immer weiter zurückweichen möchte, um ein Zauberland voller Abenteuer aufzuzeigen, das auf sie wartet: lange, rasende Fahrten in Eisenbahnzügen, Landschaften voller verwundeter Soldaten, eine herrliche weiße Wüste, durch die eine Kamelkarawane zieht, wollüstig verschleiert und sich in einer Art gezierter Melancholie weiterbewegt, der dampfende indische Dschungel, der sich vor britischen Offizieren in Weiß auftut, jungen Offizieren, die Wunder englischer Salons, aufgeknackt vom raschen, humorlosen Lächeln einer blitzgescheiten jungen Amerikanerin ...

Brock sah sie an. Sie sah, wie seine Kiefer das Essen zermalmten, das sie ihm gemacht hatte, und hatte die Vorstellung, daß er es nicht schmeckte. Das war das Schlimmste bei Brock – er schmeckte nie etwas.

»Das geht dich überhaupt nichts an«, sagte sie. »Ich geh Sissy besuchen.«

»Sissy?« fragte Brock. Sissy war eine langjährige Freundin von Loretta, die nicht hübsch war wie Loretta, die eine massige Taille hatte, die in von ihrer Großmutter bestickten Blusen herumlief – einer halbblinden alten Frau, die nie ihr Zimmer verließ – und die darum aussah wie eine altmodische europäische Bäuerin, dumpf-unschuldig, sehr langweilig. Sissy selbst war ein nettes Mädchen. Über sie wußte Brock nie etwas Häßliches zu sagen, es interessierte ihn zu wenig. Darum sah er Loretta an.

»Wir machen uns Schnitte für ein Kleid. Sie will mir helfen«, sagte Loretta.

»Du lügst.«

»Ich lüge nicht.«

Brock hob das Essen mit dem angeborenen Widerwillen eines Menschen, der ungern ißt, an den Mund. Plötzlich grinste er sie an. »Weißt du, über dich habe ich allerlei gehört, mein Schatz.«

»Was?«

»Du weißt schon.«

»Mir egal. Alles erlogen.«

»Bernie Malin – ist das auch gelogen?«

Loretta spürte, wie ihr im Gesicht heiß wurde. »Was ist mit dem? Hast du mit dem geredet?«

»Mit einem solchen Würstchen rede ich nicht. Was ist der schon, sechzehn Jahre alt? Ein Würstchen ist der! Erst neulich hat jemand gesagt, mit dem hättest du dich rumgetrieben?«

»Laß sie reden.«

»Bring ihn bloß nicht hier rauf.«

»Ich nehm keinen mit hier herauf, in dieses Loch!«

»Also hörst du, laß das!«

»Und wenn ich's schon mal getan hab – was dann? Vielleicht habe ich schon mal jemand mit raufgenommen?«

»Hast du das getan?«

»Was geht es dich an. Ich wohne hier, ich komme und gehe selbständig, wie ich will, ich arbeite und verdiene mir mein eigenes Geld. Ich brauch mich von dir nicht anscheißen zu lassen. Wenn es dir nicht paßt, kannst du woanders hinziehen! Du zwanzigjähriges Würstchen du! Warum ziehst du überhaupt nicht woanders hin?«

»Damit Bernie hier einziehen kann?«

»Nun hör schon damit auf, zum Teufel!« Loretta war rot geworden und unter ihrem Ärger recht zufrieden. »Bernie ist schon in Ordnung«, sagte sie. »Ich mag ihn gern. Aber er ist nichts Besonderes. Ich hab dir gesagt, ich geh bloß Sissy besuchen. Ich treib mich nicht mit Jungen wie ihm herum und komm in Verruf. Wenn ich mal heirate, dann nicht so einen.«

Brock hatte aufgegessen. Er schob den Teller fort, in der gleichen Art wie sein Vater und die anderen Männer ihrer Bekanntschaft; es lag etwas in der Bewegung, was Loretta ärgerte, aber zugleich zum Lachen reizte. Man wußte sie schon vorher so genau!

»Mir scheint, du interessierst dich ein bißchen zu viel für meine Angelegenheiten«, sagte Loretta. »Hast du nicht selber welche, um die du dich kümmern mußt?«

»Nein.«

»Warum nimmst du dir nicht selber ein Mädchen? Warum gibst du nicht ein bißchen Geld aus? Du spielst immer bloß am Spielautomaten und stehst mit diesen Dreckskerlen von Freunden herum. Sogar du hast gemerkt, daß es Idioten sind. Was ist überhaupt mit dir los?«

»Ich bin mir selbst ein Rätsel«, sagte Brock und lächelte kalt.

»Du mit deinen verdrehten Redensarten!«

Sie nahm ihm den Teller ab und stellte ihn in den Ausguß. Im Ausguß waren ein halbes Dutzend Teller gestapelt, einige noch von Speiseresten überkrustet, Besteck lag in einem Haufen. Eine der Gabeln hatte sich unter einem Teller verfangen, und deswegen kippelte der ganze Stoß. Gerade daß Loretta sich so langsam bewegte, die Tatsache, daß die enge kleine Küche sie deprimierte, verursachte einen wachsenden Druck in ihrem Inneren, in ihren Knochen. Ihr war nicht wohl. Sie nahm nichts wirklich übel. Sie nahm sogar Brocks Hänseleien nicht übel, sie war sowieso daran gewöhnt, und es kam nie was dabei heraus. Ihr Leben lang war sie gehänselt worden. Kinder wurden eben gehänselt, besonders Mädchen; es war unvermeidlich. Ehe es mit ihrem Vater schlimm geworden war, hatte auch er sie geneckt und zum Weinen gebracht, ohne es zu wollen, und sie erinnerte sich noch an ihren Großvater, der sie auch geärgert und an den Haaren gezogen hatte, ein übelriechender alter Mann mit schiefem Schnurrbart, der sich mit der Großmutter kreischend und brüllend in einer fremden Sprache gestritten hatte. Diese Vergangenheit hing mit einer anderen Stadt zusammen, mit einem Zweifamilienhaus im Elendsviertel neben einem Kohlenhof, in dem alle Kinder spielten, und mit einer anderen Art Arbeit – optimistischer Arbeit, wie der, die der Großvater gehabt hatte. Er hatte mit seinem Bautrupp Tausende von Dollar in einem einzigen Monat verdient, und dann auf eine Weise wieder verloren, aus der Loretta nicht schlau wurde und um die sie sich auch recht wenig kümmerte, weil er für sie und die anderen Frauen der Familie eben einfach weg war und damit basta – eine unumstößliche und irgendwie zu respektierende Tatsache. Dieser alte Mann hatte sie gehänselt und ihr doch dabei Liebe gezeigt, und darum hatte sie sich, als er starb, auch nicht von dem Bett zurückgezogen, in dem er nach ihnen jammerte, sondern war bei ihm geblieben. Und auch ihr Vater hatte sie auf diese sonderbare Art gehänselt, und dabei Liebe gezeigt, während ihre Mutter ärgerlich Töpfe auskratzte und Geschirr in den Ausguß fallen ließ, damit es zerbrach, um anzudeuten, was sie von diesen Albernheiten und von der Liebe hielt, wo es doch immer so viel Arbeit gab. Später war die ganze Familie aufgebrochen und in einem gemieteten Lastwagen in diese Stadt umgezogen, und in dem Zimmer, das unmittelbar an die Küche stieß, war Lorettas Mutter vor fünf Jahren gestorben. Jetzt schlief der alte Mann allein darin. War es je wirklich ein Sterbezimmer gewesen? Niemand hätte es zu sagen gewußt, niemand konnte sich wirklich daran erinnern, außer Brock. Er sagte gern: »Der Alte hat sie umgebracht«, und Loretta brüllte dann mit Bestimmtheit: »Einen Quatsch hat er. Sie ist es, die ihn umgebracht hat«, als sei es wichtig, die Dinge richtigzustellen, und die Wahrheit herauszubekommen. Was war die Wahrheit?

Überall im Haus lagen alte Fotos von ihrem Vater: einem dunkelhaarigen Mann mit spöttischem Lächeln. Der Mann, der in dieser elenden Wohnung herumtorkelte und sich im Badezimmer und im Bett übergab und dauernd nach Loretta winselte (was hatte er zum Beispiel mit dem Geld gemacht, das er sich erspart hatte?), war nicht der gleiche Mensch, leider. Zwei verschiedene Männer, zwei verschiedene Zeitalter. Einst hatte er mit einem Bautrupp gearbeitet, Häuser gebaut, Dutzende und Aberdutzende von Häusern, Holzverschalungen angebracht und Garagen mit gelbem Anstrich errichtet, hatte seinen eigenen Wagen gehabt, und als die Dinge ins Rutschen gerieten, hatten alle Verwandten neiderfüllt gesagt: »Na, Häuser zum Drinwohnen werden die Leute immer brauchen«, was sich als falsch erwies. Häuser wurden nicht mehr gebaut, halbgebaute Häuser blieben halbfertig stehen, bis die Kinder sie plünderten oder die Witterung selbst sie einriß. Man schrieb 1930. Man schrieb 1931. Lorettas Vater bekam eine Stellung als Nachtwachmann, aber er verlor diesen Job nach wenigen Monaten an den Schwager von irgendwem (»Das klingt ja sehr wahrscheinlich!« sagte seine Frau), und danach arbeitete er, wo immer man ihn nahm, er verkaufte sogar Zeitungen. Loretta erinnerte sich an diese Jahre. Und dann, als die jüngeren Leute wieder Arbeit hatten, infolge von Aufträgen der Regierung, und von der Arbeitslosenunterstützung optimistisch gemacht, die so regelmäßig und verläßlich eintraf, wie die wiederkehrenden Jahreszeiten, war ihr Vater wieder zum Bau gegangen. Aber die Zeiten waren noch nicht ganz die richtigen für ihn, und darum wartete er erst einmal ein paar Jahre ab, und die Zeiten wurden für ihn nie wieder ganz die richtigen. Er fürchtete sich und verstand nicht, wovor er sich fürchtete, darum fing er an zu trinken. Die jungen Leute, die Arbeit gefunden hatten, behielten ihre Jobs ebenfalls nicht, weil die Zeit rückläufig war und die Menschen abschüttelte, aber Lorettas Vater trank weiter, und schließlich war er eine Art gealterter jüngerer Mann von jenem Typ, den Loretta oft am Sonntagmorgen in Kirchenportalen und Eingängen von geschlossenen Läden schlafen sah. Das war es. Eine Veränderung, ein anderer Mensch. Ein neuer Mensch. Als er von einem Warenhaus angestellt wurde, um beim Abladen der Lastwagen zu helfen, kam er am ersten Tag mittags heim und erklärte, er hätte einen Karton Glaswaren fallen lassen, später hatte er dann zugegeben, er hätte gar nichts fallen lassen, weil er nämlich Angst gehabt hätte, es auch nur zu versuchen, Angst davor, etwas fallen zu lassen und deshalb in Schulden zu geraten. Und so ging es immer weiter bis heute, er kam und ging und störte Loretta im Grunde genommen nicht, außer wenn ihm schlecht wurde, oder er sonst etwas anstellte.

»Daß du mir keine Dummheiten machst heute abend«, sagte Brock.

»Vor allem du nicht!«

Sie folgte ihm in sein Zimmer, die »gute Stube«, weil noch etwas zwischen ihnen unerledigt war. Sie wußte nicht was. In ihrem blauen Kleid, mit dem glänzenden, lockigen Haar, glaubte sie ein Recht darauf zu haben, mit ihm ins Reine zu kommen. Brock zog einen Kamm aus der Tasche, fuhr sich damit rasch durch die Haare und steckte ihn mit fast der gleichen Bewegung wieder ein. Sein seit langem ungewaschenes Haar war nie zerzaust und behielt wochenlang die Form. Er tat irgendein Haarwasser darauf, das Loretta an Fahrradreifen erinnerte, an die Schmiere, die man bei ihnen auf die Finger bekam. Impulsiv faßte sie ihm an die Jackettasche. Sie spürte das Gewicht des Revolvers darin.

»Du hast den Revolver also immer noch?«

Brock stieß sie von sich.

»Also im Ernst, was ist los?« frage Loretta.

»Nichts.«

»Wo hast du das Ding her!«

»Nirgends.«

»Aber was willst du denn damit?« Sie sah ihn an. Zum ersten Mal kamen ihr Zweifel, ob er es ernst meinte.

»Weiß ich noch nicht.«

Die Backenknochen seines blassen, mageren Gesichts standen besonders scharf vor; es war, als ob seine Gesichtsknochen für ihn dächten.

»Du gerätst noch in irgendwas rein«, sagte Loretta. Sie sprach in dem unheilverkündenden, endgültigen, beinahe zufriedenen Singsang, in den ihre Mutter und andere Frauen der Familie verfallen waren, als seien sie am Ende aller schlimmsten Möglichkeiten angekommen und warteten dort darauf, daß die Männer sie einholten.

»Nein, bestimmt nicht. Ich weiß noch nicht, was ich mache«, sagte Brock. Er nahm die Waffe heraus und wog sie auf der Handfläche. Es war ein gewöhnlicher Revolver. Loretta hatte solche Revolver schon oft gesehen; die Leute zogen sie immer heraus, um damit anzugeben.

»Wenn du ihn mir gibst, versteck ich ihn für dich«, sagte Loretta.

Er wich zurück.

»Und wenn Pappa ihn findet und sich erschießt? Du weißt ja, wie er manchmal wird.«

»Der findet ihn nicht.«

»Und wenn du mit Pappa raufst? Hör mal, das ist kein Spaß – warum grinst du denn so?«

»Ich grinse nicht.«

»Du grinst wie ein Idiot!«

»Tu ich gar nicht, tu ich gar nicht«, sagte Brock böse. Aber seine Mundwinkel zeigten immer noch steil nach oben; seine Gesichtsmuskeln waren angespannt und bildeten zwei feste Bündel, auf beiden Wangen zusammengezogen. Er war sehr blaß.

»Willst du auf Pappa warten und mit ihm eine Rauferei anfangen, ja?« fragte Loretta.

»Nein, ich geh weg.«

»Wenn er betrunken heimkommt, wirst du anfangen, mit ihm zu raufen. Wozu?«

»Nicht ich fang solche Raufereien an, sondern er.«

»Ist es das, was du vorhast?«

»Ich hab Besseres zu tun.«

»Er kommt die ganze Nacht nicht heim«, sagte Loretta. »Er wird am Morgen zurückkommen und total erledigt sein. Hör mal, du tust ihm doch nichts, oder?«

»Nein, hab ich gesagt.«

»Warum bist du dann so komisch?«

Er lachte und schob den Revolver wieder in die Tasche. Er wandte sich zum Gehen.

»Also dann geh, verschwinde! Mach daß du rauskommst!« schrie Loretta.

Als er ging, wanderte sie zurück in ihr Zimmer und kontrollierte, wie sie aussah. Auf ihrer Stirn hatten sich Schweißtröpfchen gebildet – so etwas haßte sie. Sie tupfte sie mit dem Taschentuch ab. Über Brock nachzugrübeln führte zu nichts, das wußte sie; seit Jahren stand er immer wieder vor dem Jugendgericht, viele Male hatte man ihn festgenommen und über Nacht in Haft behalten; es hatte keinerlei Wirkung auf ihn, machte ihn weder klüger noch geschickter, und daß andere über ihn nachgrübelten, hatte genausowenig Zweck. Was er am liebsten tat war dasitzen, Zeitung lesen und die Blätter, wenn sie ausgelesen waren, zu Boden fallen lassen. Doch er sprach nie über das, was er las, er sagte überhaupt nie etwas. Er hatte Geheimnisse. Mit seinen dämlichen Freunden konnte er brüllen und wiehern wie ein blöder Zwanzigjähriger, doch auch dies war eine Maske, die kannten ihn nicht, niemand kannte ihn, und deswegen traute ihm auch niemand so recht. Loretta verdrängte ihn aus ihren Gedanken und lehnte sich näher an den Spiegel, so nah, daß ihr Atem ihn leicht trübte und das Bild, das ihr daraus mit aufmerksamen, erwartungsvollen Augen entgegenblickte, war der einzige Gegenstand, der für ihr Gemüt etwas bedeutete.

War ihr Gesicht schön?

Es wurde schon spät. Sie begann sich zu beeilen. Alle Wunder der Straße traten ihr dichtgedrängt vors innere Auge, und bereits ein wenig erregt durch den Unsinn mit dem Bruder, liebkoste sie ihren sommersprossigen Arm langsam, liebevoll, ohne zu denken. Sie stand einfach da in dem halbdunklen Schlafkämmerchen, als nähme sie verwirrt Abschied fürs Leben, ohne zu denken. Sie war Loretta. Es machte sie nicht neidisch, daß überall andere Mädchen wie sie auftauchten, gesund, bereit zu lachen, bereit, sich nach einer Woche Arbeit zu amüsieren; sie hatte es gern, daß es so viele Lorettas gab, daß sie binnen einer einzigen Woche zwei Mädchen in dem gleichen Matrosenkleid gesehen hatte wie das ihre, und Hunderte von Mädchen mit über die Schultern hängenden Locken! Ihre Freundin Sissy war das einzige Mädchen, das solche schweren, gestickten Blusen trug, schöne Blusen, auf denen scharlachrote, grüne und gelbe Fäden seidige Muster aus Pfauen und Windmühlen bildeten, und Sissy würde sich nicht auf Schritt und Tritt selber begegnen, aber Loretta war nicht Sissy, Loretta war Loretta. Sie legte noch etwas mehr Lippenstift auf und ging.

Wie sie so die Straße hinabspazierte, fühlte sie sich bis in die Fersen von der spannungsgeladenen Fröhlichkeit des Sonnabendabends beschwingt. Alle Leute waren unterwegs! Halb und halb erwartete sie, Brock an der Ecke herumstehen zu sehen, an der er und seine Freunde manchmal lungerten, und sie wäre nicht überrascht gewesen, ihren Vater auf irgendeiner Freitreppe sitzen zu sehen, die Arme zwischen den Knien, aufgegeben, ein Wrack, das mit offenen Augen schlief. Sie sah die beiden nicht, aber sie sah alle übrigen. Ihre Waden luden sich vom harten, heißen, ebenen Bürgersteig her mit Kraft auf, dem Bürgersteig für alle, und sie lächelte und warf allen Leute Grüße zu, die sich nach dem Abendessen noch auslüften gingen – sie kannte jeden und jeder kannte sie. Die Gegend war gar nicht so übel. Ihre Mutter hatte sie gehaßt, aber die Gegend war nicht schlecht; die Leute wollten bloß nach einer langen Woche ein wenig herumbummeln und sich entspannen, und manchmal stellten sie etwas an, aber es dauerte nicht lange. Daran war nichts Schlimmes.

Von Montag bis Sonnabend mittag schmerzten Loretta Rükken und Arme und Schultern von der Arbeit, sie mußte sich das Haar in einem jämmerlichen, struppigen Knoten zurückbinden und wußte, daß sie nach nichts aussah, aber am Sonnabend abend war alles anders. Die Männer zogen ihre schmutzigen Arbeitskleider aus und steife, neue Anzüge an, wie der von Brock, putzten sich die Schuhe, klatschten sich die Haare an, und die unverheirateten Mädchen machten mit Pinzetten und Augenbrauenstiften und Rouge und was sonst noch zur Hand war, die Gesichter zurecht und banden sich, um einen Filmstar nachzuahmen, Bänder ins Haar, oder ließen, um einen anderen Filmstar nachzuahmen, ihr Haar über das eine Auge hängen – und alles das war wundervoll, alles das war wundervoll! Loretta glaubte, daß sich am Sonnabend abend die ganze Welt auftat, daß die engen, kleinen verschlossenen Zellen wie wunderhübsche Knospen aufsprangen. Wer wollte da Spielverderber sein? War es nicht idiotisch (wie die Mädchen aus der Gemeindeschule, von der Loretta voriges Frühjahr abgegangen war), zu einer solchen Zeit herumzugehen und zu versuchen, Salbe in durchsichtigen blauen Töpfchen zu verkaufen, zu der es gratis fromme Bilder gab, oder Eintrittskarten zu einer Kirchentombola?

Dies war eine Stadt mittlerer Größe am Midwestern Kanal, und sie hatte sich den Kanal entlang regellos ausgebreitet, in zwei unregelmäßigen Halbmonden, mit Beulen und Löchern noch unbebauten Landes darin und mit Vierteln voll verwahrloster und überfüllter Mietskasernen. Das größte Geschäftsunternehmen war ein »Kleines Stahlwerk«, in dem die Männer aus einem Viertel der in der Stadt ansässigen Familien beschäftigt waren – Fabriken anderer Art und Eisenbahndepots und große Kaufhäuser wären für Loretta sichtbar geworden, wäre sie auf das Gebäude geklettert, in dem sie wohnte, und hätte in den Abenddunst hinausgeblickt. Die Luft war voller Dunst, ja, aber auch melodisch und voller geheimer Gerüche – eine Riesenbäkkerei weiter unten an der Straße strömte ständig Hefegeruch aus, der allen ein wenig den Geschmack verdarb, doch es gab immerhin auch noch die Düfte von Blumen, die man nicht sah, und den kräftigen Geruch nach Selbstgebackenem aus offenen Parterrefenstern, und bei der Dwightschen Ecktaverne den angenehmen abgestandenen Geruch nach Bier und Roastbeef. Selbst auf der anderen Straßenseite und hinter der ersten Brücke hatte die Luft etwas von ausgelassener Lustbarkeit, leicht aufgewühlt vom farblosen Wasser drunten und dem stetigen, rauschenden Fall des Wassers in den Schleusen. Hätte Loretta mehr Zeit gehabt, oder wären weniger Männer dagestanden, so hätte sie sich bestimmt über das Geländer gebeugt, um dem Wasser zuzuschauen, wie es durch die Schleuse strömte, sie hatte das schon hundert Mal getan, – denn für jeden, der in einer am Kanal gelegenen Stadt wohnte, war es auf eintönige, hypnotisierte Art spannend, was für ein Boot gerade vorbeikam, und ob jemand sich traute, ein Stück Abfall oder eine Flasche von oben hineinfallen zu lassen. Doch sie überquerte die gewölbte Brücke, ohne dem unruhigen Wasser tief unten mehr als einen flüchtigen Blick zuzuwerfen – diese Brücke war sehr hoch über dem Kanal, schwindelerregend hoch, und sie kam am Spielplatz der Katholischen Schule vorüber, in die sie jahrelang gegangen war, er war von einem hohen Drahtzaun umgeben, über den die Kinder immer geklettert waren, und sie kam an der Schule selbst vorüber, der sie kaum mehr als einen Blick zuwarf – Loretta sah sie in Wahrheit gar nicht mehr –, und weiter, an der kleinen Gruppe Männer vorüber, die in Hemdsärmeln um das Spritzenhaus standen, einige darunter waren mit ihrem Vater befreundet, und sie blieb stehen, um mit ihnen zu reden, lachte schüchtern und schlug die Augen nieder und trat in einer kurzen Gesprächspause zurück, um ihnen dadurch zu zeigen, daß sie ein Ziel und eigentlich keine Zeit für sie hatte. Loretta Botsford, wie groß sie wurde! In ihren Augen war sie fast erwachsen, es war der Lippenstift und eine gewisse Art, selbstbewußt mit Schultern und Hüften zu wackeln, genau nach der derzeitigen Mode – sie erkannten sie an, sie ließen sie gehen.

Sissys Mutter hatte eine Wohnung über einem Drugstore in der Main Street, nicht besser als die, in der Loretta selber wohnte. Es waren ungefähr fünf Minuten bis dorthin. Sie besaß also fünf Minuten lang eine Art wilder, freier Ungebundenheit, in denen alles geschehen konnte. Auf der Straße fuhren Männer vorüber und schauten ihr vielleicht nach, aber sie sah sich nicht nach ihnen um, um diese Zeit am Sonnabend abend waren ohnehin die meisten mit Mädchen unterwegs; sie schaute vor sich auf die Fassade des Krankenhauses, in das Brock und sie den Vater mindestens zehn, wenn nicht zwölf Mal gebracht hatten – ein Alptraum, mit kleinen Einzelzellen, deren Wände nicht einmal bis zur Decke hinaufgingen, und müden, häßlichen Schwestern und Ärzten, die ihre Freundin Rita als Verbrecher bezeichnete, seit eines ihrer Kinder ihr an Mittelohrentzündung gestorben war. Schlächter waren sie, Schweinehunde, Verbrecher. Sie hatten alle Geld; solche Leute hatten Geld, weil sie für jeden Patienten zwei Dollar bekamen, und zwei Dollar pro Kopf, das läpperte sich. Es machte einen schwindlig, an so viel Geld zu denken. Und Zahnärzte waren genauso schlimm, wenn nicht vielleicht noch schlimmer. Sie dachte nie an ihre Zähne, die schlecht waren; sie wagte nicht an diese stumpfen, unerbittlichen Schmerzen zu denken, die sie manchmal die Nacht hindurch lähmten, und bis ganz hinunter in ihre Kiefer reichten, und ihr Zahnfleisch blutete manchmal, wenn sie sich die Zähne putzte – nein, man dachte besser nicht daran, man vergaß es besser. Wenn die Schmerzen gar zu groß wurden, lutschte sie Eis. Wenn es zu schlimm wurde, ließ sie sich den Zahn ziehen und zahlte drei oder vier Dollar dafür, und damit hatte es sich.

Ein Straßenbahnwagen kletterte an ihr vorüber, ausgerüstet mit schwerem metallenem Gitterwerk, und Loretta vermied es sorgfältig, aufzublicken, um zu sehen, ob jemand sie beobachtete – dieses finstere Gedonner erklomm den Hügel vor ihr und zog sie langsam hinter sich her, während Loretta anfing sich zu fragen, ob ihre fünf Minuten nicht zu Ende gingen, ohne daß jemand davon wußte oder sich darum kümmerte. Gebäude aus grünlichem Grau, Gebäude mit Schaufenstern, die eingeseift aber nicht abgewaschen waren, und obendrüber, im schrillen Durcheinander von Radiomusiken, lehnten Menschen auf den Ellbogen aus den Fenstern, die hingebreiteten Arme rahmten sie ein, wie die weißen Vorhänge zu beiden Seiten. Jemand rief: »Loretta!« Es war ein Mädchen aus der Schule. Loretta winkte, ging aber eilig weiter.

Als sie zum ersten Mal in dieser Stadt ankamen – der Vater hatte ihren ganzen Plunder hinten in einem Lastwagen verstaut und den Lastwagen selber gefahren, waren sie zusammen mit einer langsamen, trägen Menge anderer Landbewohner (aber Leute von Farmen, keine »Geschäftsleute« wie sie) in die Stadt gezogen, und alle hatten sie die Runde gemacht durch die Wohnhäuser, schüchtern nach Zimmern gefragt, nach der Adresse des nächstgelegenen sozialen Wohnblocks, nach Hilfe –, hatte sie die Stadt schrecklich gefunden. Jetzt liebte sie sie. Als sie zum ersten Mal hierhergekommen war, war sie ein Kind gewesen, und in dieser Kinderwelt war jeder Tag ein Kampf gewesen. Manchmal hatte sie gut dabei abgeschnitten, manchmal hatte sie versagt, manchmal war es ziemlich schlimm zugegangen, und sie war mit blutendem Gesicht durch Hinterhöfe gerannt, hatte voller Grausen den Schutt verlassener Baustellen durchstöbert, hatte vor wütenden Müttern genauso Angst gehabt wie vor fremden Kindern – das war nicht schön gewesen, Schwamm drüber. Brock, der jahrelang so verträumt und träge gewesen war, war mehr als einmal blutig zugerichtet und »Hillbilly« genannt worden, was er nicht war, und dabei brauchte er nur den Mund aufzumachen, um sie davon zu überzeugen, daß er keinen Kentucky-Akzent sprach – und Loretta, ein Lockenköpfchen mit wirren Impulsen der Zärtlichkeit und Bosheit, hatte sich mühsam einen Weg gebahnt, indem sie den wichtigen Kindern ihrer Klasse den Hof machte, instinktsicher wußte, welche Mädchen Bedeutung hatten, welche größere Brüder hatten, die sie beschützen konnten und daher wertvoll waren. Sie stieg empor aus ihrer Kindheit, und die Schrecknisse ihrer Täler und Höhen glätteten sich zu einer eintönigen Landschaft vor ihrem verzeihenden oder gleichmütigen Auge, vielleicht beidem, und obwohl sie jetzt noch genau die gleichen Kinder kannte, die sie als Kind gequält hatten, erkannte sie jene anderen Kinder nicht mehr in ihnen, und sie erkannten ihrerseits sie nicht wieder, weil jedes Jahr sie tiefer hineinsog ins Erwachsenendasein.

Auf ihrem Weg zu Sissy begegnete sie Bernie Malin, der sich in Begleitung einiger Freunde befand, und in diesem trägeschwerfälligen Knabenballett zogen diese sich von ihnen zurück, während er auf sie zuging, eine Zigarette rauchte und eifrig auf sie einsprach. »Was willst du tun?« fragte er. »Ein Kleid nähen? Ein Kleid? All diese Zeit vertun, um ein Kleid zu nähen? Erzähl mir bloß nicht, daß jemand das genäht hat, was du anhast, das ist ein echtes *Konfektionskleid,* das hat Schick.«

»Ach, was verstehst denn du!«

Er stand vor ihr und verstellte ihr den Weg, so daß sie stehenbleiben mußten und hinter ihnen an der Ecke lungerten seine Freunde herum und sahen höchstwahrscheinlich zu – sie war verstimmt, wo sie hätte geschmeichelt sein sollen und begriff es nicht, aber Bernie war der Grund zu all dem, darum sagte sie kühl zu ihm: »Das ist mit Sissy schon vorige Woche verabredet.« Das Wort »verabredet« war ein sonderbares Wort, das sie da vor ihm gebrauchte.

Bernie zuckte die Achseln und grinste sie an. Er war ein verhältnismäßig kleiner, schlanker Junge, kaum größer als Loretta, aber auf puppenhafte Art beinahe schön. Auch seine manirierten Bewegungen, die sich hauptsächlich um seine Zigarette drehten – er führte sie an die gespitzten Lippen, ließ sie nachdenklich wieder sinken –, hatten etwas Mechanisches, und Loretta war davon geblendet, war nicht darauf gefaßt und überlegte, was er an sich hätte, das sie so verwirrte.

Sie sagte: »Warum gehst du nicht wieder zu deinen Freunden zurück«, und er sagte: »Diese Idioten existieren nicht für mich.« Allein schon wie er den Atem ausstieß, erregte sie.

Sie gingen nebeneinander den Hügel hinauf. Dies war das bessere Viertel des Zentrums, ein einziger, langer Häuserblock voll von Läden. Bernies Arm streifte gelegentlich den ihrigen, aber keiner von ihnen schien es zu bemerken. Er fragte sie nach Brock. Er fragte sie nach bestimmten Freunden von ihr, Jungen, die sie beide kannten. Er fragte nach ihrem Vater. Sein Vater hatte einmal mit ihrem Vater gearbeitet, und diese Verbindung schien ihnen beiden wichtig.

Sie wanderten zum Kanal hinüber, und dort bei einer Häuserlücke blieben sie stehen und lehnten sich über das Geländer. Es dunkelte schon. Drunten bei den Schleusen stand ein Gebäude, in dem gewisse Schleusen-Beamte arbeiteten. Bernie erzählte, er hätte sich einmal dort hinunter geschlichen, an dem Schild »Eintritt verboten« vorüber und hätte in die Fenster ihres Häuschens geschaut. Loretta sagte sarkastisch, daß dazu ja wohl Mut gehört hätte. Bernie fragte, ob sie gern im Kanal schwimmen würde, mit allen Kleidern an. Loretta fragte ihn, ob er das selber tun würde. Bernie sagte, daß ein Freund von seinem Bruder ein paar Leute zu einer Party in sein Haus eingeladen hätte und daß es nett wäre, wenn sie auch mitkäme. Loretta dachte an Sissy und vergaß sie im gleichen Augenblick, während sie mißbilligend auf die im Wasser tanzenden Lichter hinunterblickte. Ihre Aufmerksamkeit war im wesentlichen darauf gerichtet, herauszubekommen, wer dieser Freund war. Sie gingen ihre gemeinsamen Bekannten durch und sprachen über die Beziehungen zwischen ihnen, suchten nach etwas, das sie verband, versuchten zueinander durchzubrechen. Er kannte ihren Bruder und fürchtete sich ein wenig vor ihm. Sie kannte seinen Bruder und fürchtete sich ein wenig vor ihm. Bernie lehnte sich ihr gegenüber ans Geländer, als sei das eine ihm vertraute Stelle, und die Art, wie er lachte, während sein Mund kaum ein Lächeln zeigte, und die Art, wie er auf schroffe Art zu ihr aufblickte, ließ sie schwach werden. Loretta lebte in der Unsterblichkeit des Fleisches: die ganze Woche über erfuhr sie die Widerstände der Muskeln, erfuhr deren traurige Begrenztheit, und war sie allein, so untersuchte sie ihre Zehennägel mit dem gleichen Ernst wie ihr Gesicht, sie maß und prüfte, beurteilte und hoffte. Ihre Arme, ihre Beine, ihren Bauch und ihre Hüften, die geneigte Linie ihres Rückgrats, ihre eher stämmigen Knöchel – es war alles, was sie besaß, und sie vertraute darauf; und wie ein Sack aus Fleisch, gefüllt mit kostbaren Organen und hitzigem Blut, neigte sie sich Bernie zu; sie wartete.

»Hör mal, komm doch bitte mit«, sagte er.

»Wie komm ich dazu?«

»Möchtest du denn nicht?«

»Du hättest mich ja schon früher mal einladen können.«

Er schüttelte den Kopf, tat geheimnisvoll.

»Du weißt ja schließlich, wie ich heiße«, sagte Loretta. »Und weißt, wo ich wohne.«

»Ich hab heut bis nach sechs gearbeitet.«

»Wo denn?«

»Zeug abgeladen.«

»Wo?«

»Mit meinem Vater.«

Er war jungenhaft und auf liebenswerte Art nervös, wie er sich so zu ihr hinüberbeugte. Sie fing an zu lächeln. Zwischen ihnen sprang jäh eine Erregung auf, unterstrichen von den Huptönen der ruhelosen Wagenprozession des Sonnabendabends. Er kam ihr vorzeitig erfahren vor, dieser Junge mit den zarten Knochen und den schönen, unverschämt schräg stehenden Augen, und er ließ sie – warum, wußte sie nicht – an die Helden aus der Sonntagsbeilage von neulich denken, an Baby Face Nelson und Dillinger, die zwar jetzt tot, aber immer noch von großer Bedeutung waren. Die Tante von einer ihrer Freundinnen hatte, als sie zu Besuch kam, von Dillinger in Chicago erzählt, und wie sie mit eigenen Augen den von Dillingers Blut getränkten Kleidersaum bei einer Bekannten von Bekannten gesehen hätte, die sich in irgendeinem Gäßchen hingekauert hatte, um es mit ihrem Kleid aufzutunken – Großer Gott, hatte jemand gesagt, wie man nur so etwas tun kann? Doch Loretta hatte es verstanden und sich glühend gewünscht, sie wäre auch dort gewesen, um sich in das Blut zu knien und es im Triumph mit heimzubringen, denn es gab nicht viel anderes, was an einen Mann erinnerte, als Rohes und Abstoßendes, und dieses Blut war ja wirklich einmal in ihm dringewesen, war durch seine Adern geströmt, bis die Kugel eines Polizisten es hatte fließen lassen.

»Willst du nicht mit mir mitkommen?« fragte Bernie ernst, echter Ernst verdrängte das Filmstargehabe aus seiner Stimme, und Loretta wußte, daß sie nachgeben würde. Alles war sterblich. Sie und Bernie waren gleichermaßen dem Fleisch verhaftet.

Sie ging mit ihm zurück und überquerte die Brücke, die Wölbung des Pflasterbelags stach unter ihren empfindlichen Füßen, und die wenigen Lichter unten auf dem Kanal taten ihr in den Augen weh, während Bernie immer weiter von etwas erzählte, das er und sein Bruder planten, einen Racheakt an einem Geschäft, das sie übers Ohr gehauen oder ihnen keine Arbeit gegeben hatte, und Loretta erschrak nicht, als er davon sprach, das ganze Stroh und Gerümpel dort im Kellergelaß anzuzünden, noch etwas Benzin außen herum zu verschütten und dann alles zu einem Großbrand aufbrennen zu lassen – das würde die Schweine lehren!

Sie und Bernie gingen zu einem Haus unweit von dem Mietshaus, in dem Lorettas Wohnung lag. Schon von der Straße aus hörten sie Lärm, das Gebrüll vieler Menschen, und so ließ sie sich beschwatzen, mit ins vordere Zimmer zu kommen, wo eine Versammlung von Leuten, die älter waren als sie und Bernie, tranken und zu Radiomusik linkisch tanzten, viel zu berauscht von Tanz und Musik, als daß es hätte echt sein können; sie nahm an, es sei im Augenblick noch eine gefahrlose Party, obwohl sie dauernd kribblig und auf der Hut vor Gefahr war. Die Frauen trugen ihr Haar so wie Loretta, bis über die Schultern herunterhängend, oder lockig und onduliert ums Gesicht, und die Männer waren schicke ältere Ausgaben von Bernie. Sie empfand plötzlich Verliebtheit für das vorzeitige Erwachsensein bei Bernie, das nichts damit zu tun hatte, daß er die Schule verlassen hatte und sich herumtrieb, aber alles mit seinen Schuhen und Hosen und dem wissenden Grinsen, mit dem er die Witzelei von irgendeinem Kerl auffing, aber durchaus nicht erwiderte.

Er ging mit ihr hinaus in den Hinterhof und in eine alte Garage, die so vollgestellt war mit Gerümpel, daß gar kein Wagen darin mehr Platz gehabt hätte, und sie tranken beide Bier und preßten sich im Dunkeln aneinander. Sie legte ihm die Arme um den Hals. Ein flüchtiges, durchdringendes Gefühl der Hilflosigkeit erhob sich in ihr; sie meinte von einem Ballon in die Höhe gehoben, irr und hilflos in den Himmel hinaufgetragen zu werden, und sie meinte, sich an den letzten Wagen eines Eisenbahnzuges zu klammern, und die blitzenden Gleise entlanggerissen zu werden, auf Nimmerwiedersehen …

Hinten im Haus schrie jemand auf. Sie glaubte, einen Streifenwagen der Polizei vor der Haustür halten zu sehen. Darum entwischten sie beide nach hinten hinaus, kletterten über einen Zaun, vor Lachen ganz schwach und sehr zärtlich und bereit, einander in die Arme zu fallen. Droben an ihrer Tür, im schmierigen Hausflur, stand sie mit ihm noch eine halbe oder dreiviertel Stunde, bis sie schließlich zu ihm sagte: »Du kannst mit reinkommen, wenn du willst.«

Bernie wich, erschüttert und nicht ganz bei sich, vor ihr zurück und fragte: »Im Ernst? Ist das dein Ernst?«

Sie sagte: »Wenn mein Pappa zu Hause ist, dann ist er total blau, mach dir keine Sorgen, der fällt einfach ins Bett und aus, und mein Bruder, der kommt erst am Morgen wieder. Außerdem geht sowieso niemand in mein Zimmer, es ist mein Zimmer und meine Sache und mein Leben, da hat keiner was drin zu suchen.«

Er küßte sie und umschlang sie mit gierigen Armen. Sie gab sich ihm hin, dachte aber nur an eines: an die alten Kleider ihrer Mutter in einem Schrank, und wie ihre Ärmel ganz steif waren, wie für immer zur Form der Arme erstarrt, die sie umschlossen hatten.

2

Schwach und erschöpft, so erschöpft, daß sogar der Schmerz aus ihr gewichen war, schlief sie ... und schien in fremden Zimmern umherzuirren, die sie nie gesehen hatte, griff nach dem Arm hilfsbereiter Menschen, blickte ihnen in die Augen, fand aber keinen Mittelpunkt darin, keine Iris im Auge. Doch es war kein Angsttraum: Sie fühlte sich erschöpft und naß von Schweiß, überwältigt. Eine schwere, bleierne Wärme lastete auf ihr, wie Wolken von pulverigem Rauch, die über ihren Leib hinstrichen. Dann gab es ein lautes, scharfes Geräusch. Sie erwachte.

Sie erwachte augenblicklich, schrie bereits, einen zerfetzten, lautlosen Schrei. Er wurde zurückgestoßen in ihren Schlaf, tief in ihr Bewußtsein. Sie erwachte augenblicklich. Durch die Tür ihres Zimmers, im schwachen Licht, rannte jemand hinaus und stieß gegen einen Stuhl in der Küche – sie wußte genau, welcher Stuhl es war, auf dem Stuhl trockneten Geschirrtücher von gestern abend –, und darum wurde sie plötzlich endgültig wach.

Neben ihr im Bett lag ein Junge. Sie kannte ihn, wußte aber im Moment nicht, wie er hieß und warum er da war. Mit um sich gewickeltem Leintuch fing sie langsam an, von ihm abzurücken. Ein Gedanke kam ihr so plötzlich und so scharf wie der Knall: Er ist tot. Danach schien ihr Gehirn zu stocken. Sie starrte auf ihn nieder. Dann brach ihr langsam und qualvoll überall der Schweiß aus und überwand den dünnen Belag von altem Schweiß, der so lindernd und angenehm gewesen war. Sie konnte einigermaßen klar denken: Er ist tot, der Mistkerl hat ihn umgebracht, und diese Worte schossen ihr durch den Kopf, als seien es die Worte eines anderen, eines, der durchs Fenster hereinschaute. Der Junge lag ganz still. Das Leintuch war teilweise von ihm weggezerrt worden. Sie wollte ihn packen und wecken. Bernie Malin! Warum wachte er nicht auf? Was wollte er von ihr, indem er so schwer, so regungslos dalag? Ihr Entsetzen machte ihm keinen Eindruck; er schien den eigensinnigen Schlaf des Mannes zu schlafen und sie vergessen zu haben. Sein einer Arm lag abgewinkelt auf seiner nackten Brust, der andere hing über die Bettkante. Er hatte dunkles, seidiges Haar. Loretta erhob sich ganz leise vom Bett. Sie starrte ihn an und wich zurück, bis sie die Wand im Rücken spürte und verharrte so, ganz still. Sie starrte auf den Jungen hin, ob er atmete oder nicht. Minuten vergingen. Sie würde es nochmal versuchen; sie würde ganz genau hinschauen, um zu sehen, ob er atmete oder nicht.

Es mußte sehr früh sein, noch vor der Dämmerung. Warum hatte der Schuß nicht alle geweckt, sie in Bewegung gesetzt, die Treppen auf- und ablaufen lassen, erschrocken klingeln, in ihr Fenster hineinschauen? Sie spürte die Wand hart in ihrem Rükken und fragte sich, warum sie nicht eingestürzt war, in sich zusammengefallen, damit alle zu ihr hereinschauen konnten. Sie glaubte schon die Erschütterungen dumpfer Schritte draußen auf der Straße zu spüren, ein Heer von Glotzenden und Anklägern, und was würden sie sich nicht alles ausdenken, um es ihr ins Gesicht zu schreien! *Was wirst du jetzt anfangen, du Hürchen du, wie willst du ihn denn jetzt loswerden?* Minuten vergingen. Sie stand gebückt und schwitzend im ungewissen Licht und starrte auf das Bett.

Allmählich sah sie auch das Blut auf ihm. Es bewegte sich. Über die Seite seines Kopfes, die scheu von ihr abgewandt war, bewegte sich ein Blutstrom und sickerte ins Kissen. Dieses Kissen war doppelt gefaltet; er mußte gern auf hohen Kissen geschlafen haben. Sie regte sich nicht. Sie konnte sein Blut riechen. Worte kamen ihr wieder, wie ein Gesang: »*Dieser Mistkerl hat schuld, er, dieser Mistkerl ...* « Wenn sie das alles auf ihn abladen, all dieses Schwere nehmen und auf ihn werfen könnte wie Abfall, wenn sie es irgendwie loswerden könnte, dann wäre sie frei – dieser würgende Druck in ihrer Brust und Kehle, dieses irre Schreckensgefühl, von dem sie nicht sicher wußte, ob es ihres sein könnte, so stark war es, das wäre sie dann los und ihr Bruder damit belastet, sie würde auf ihn zulaufen und ihn packen und ihm ins Gesicht schreien, in sein häßliches Gesicht: *»Du Mörder! Du Schwein!«*

Aber nichts geschah. Sie wartete, sog den Geruch nach Blut und Leibern ein, den Geruch nach feuchten Laken, der Kopf schwindelte ihr, und ihr Körper blieb ganz still und wartete, aber nichts geschah. Würde denn nichts geschehen? Vielleicht war ein Revolverschuß mitten in der Nacht gar nichts so Erstaunliches. Vielleicht hatte keiner ihn gehört, keiner würde ärgerlich den Laden hochziehen, keiner auf die Feuerleiter springen und nachsehen, was los war. Dies war kein Film. Es folgte nichts rasch auf etwas anderes; nichts hing mit etwas anderem zusammen.

Sie tastete herum nach etwas, das sie sich überziehen könnte. Sie sah nicht richtig. Ihre Finger umschlossen etwas, ein Baumwollkleid, das sie bei der Hausarbeit trug. Sie bückte sich, senkte aber den Blick nicht, sondern hielt ihn starr auf den Kopf des Jungen gerichtet, voller Angst vor einer Veränderung, solange sie wegsah. Das Blut bewegte sich, trieb Blüten auf der Seite des Kopfes. Es würde nicht stillstehen. Sie hatte Angst, daß eine plötzliche Bewegung von ihr irgend etwas umwerfen und das strömende Blut stören würde, es schneller fließen lassen könnte, so daß es hervorbrach und durch den Boden auf die darunterliegende Zimmerdecke sickerte, warm und klebrig und alles überziehend. Sie bewegte sich ganz langsam. Was sie sah, war zwar Wirklichkeit, aber ein Teil ihres Gehirns schob es immer wieder fort, stieß es beiseite, es war nicht *ihres.* Wenn sie doch bloß Brock festhalten und die anderen herbeibrüllen könnte, damit sie kamen und sahen, was er getan hatte: Schaut euch das da an! Wie würde sie es hinausschreien, damit die ganze Stadt es hörte! Wie würde sie die Straße hinauflaufen und dieses Schwein anklagen! Sie schlüpfte ins Kleid und bemerkte, daß ihre Hände zitterten; sie konnte sie nicht beherrschen, und doch gehorchten sie ihr irgendwie, ließen Knöpfe in Knopflöcher gleiten wie immer, durchliefen die gewohnte Prozedur, wie immer. Der Mensch muß sich anziehen, dachte sie ungestüm. Der Junge sah ihr nicht beim Anziehen zu. Sie wartete wieder darauf, daß er sich regte, daß er mit einem verlegenen Scherz aufwachte und alles wieder einrenkte ...

Schrecklich, wie still Bernie dalag, wie starr dieser biegsame kleine Körper geworden war! Ein einziger Schuß hatte das verursacht, wie durch Zauberei. Plötzlich haßte Loretta ihn; Haß brach über sie herein und hätte fast genügt, um ihr einen Wutschrei zu entlocken, denn immer enttäuschten einen die Männer, es gab keine Hoffnung bei ihnen, nichts. Sie hatten keinen Mittelpunkt, die Männer: Ihre Augen, ob lächelnd oder ernst, hatten keinen Mittelpunkt, nichts. Loretta stand da, in einem verworrenen Haßempfinden und beobachtete den Jungen. Auch die Schwere seines Körpers haßte sie. Sein ganzes Fleisch war zu Gift geworden. Was vorhin in der Nacht so heiß und süß gewesen war, war nun totenstarr, und die Tatsache, daß der Tod so rasch und kampflos gekommen war, zeigte, wie wenig man dem Körper trauen konnte, selbst dem Körper eines Mannes: Arme und Beine und Brust und Bauch, und alles sinnlos. Sie preßte die Knöchel auf den Mund und fing an zu wimmern, während das Begreifen dessen, was geschehen war, ihr ins Bewußtsein drang, wiederkehrte, rasch und wild, wie Bernies Liebe gewesen war, als er auf sie einstieß. »Mein Gott«, sagte sie flüsternd, »ist es denn wirklich passiert? Hat er es wirklich getan?« Brock war hinausgelaufen und hatte sie alleingelassen, und was er wohl jetzt tat? Und was sollte sie mit diesem Körper anfangen? Wo sollte sie ihn verstecken? Der Revolver war unmittelbar neben ihr losgegangen, wenige Zentimeter von ihrem Kopf. Eine Explosion in ihrem Ohr. Ihr Bruder mußte sich direkt übers Bett gelehnt und den Lauf der Waffe an Bernies Schädel gehalten und abgedrückt haben, dieser Dreckskerl, und der Knall hatte sie aus dem Schlaf gerissen, und sie würde nie wieder schlafen. Irgendwo in Bernies Gehirn stak die Kugel, die alles bewirkt hatte. So viel Macht in ein kleines Stück Metall gepreßt, eine Macht, größer als der Mensch dahinter, viel größer. Nun war sie abgeschossen worden. Nun war Bernie also tot. Loretta zwang sich dazu, vorsichtig im Zimmer herumzuschauen, in ihrem Zimmer. Sie mußte sich darüber klar werden, wo sie war. Dieses Zimmer war ihr ein Rätsel.

... Und wenn sie verrückt wurde? Ihre Mutter war verrückt geworden, hatte ihren irren, hoffnungslosen Schrei geschrien, stundenlang geweint, tagelang, in einem beschmutzten Bett gelegen, hatte geweint, daß ihr der Kopf zersprang. Loretta hatte andere verrückte Menschen gesehen, hatte gesehen, wie schnell es gegangen war, daß sie verrückt wurden. Keiner wußte zu sagen, wie rasch eine solche Veränderung vor sich ging. Dieser Mistkerl mit seinem Schießeisen hatte das alles auf dem Gewissen, hatte all das in Bewegung gesetzt, und nichts davon war mehr aufzuhalten, nicht einmal dadurch, daß Brock selbst die Treppe heraufgerannt käme und wieder durch die Tür hereinstolperte und sich in ihr Zimmer hereinlehnte, – das war es, dachte Loretta voller Entsetzen, das war es, was alles so schrecklich machte, daß es nicht mehr aufzuhalten war, daß niemand Geschehenes mehr aufhalten konnte. Sie sah sich um. Um aus diesem Zimmer zu kommen, mußte sie am Fußende des Bettes vorbei, direkt an Bernies Füßen. In dem schwachen Licht sah es so aus, als schliefe er noch immer; wenn sie den Schuß nicht gehört hätte, wäre sie vielleicht gar nicht darauf gekommen ... aber das Blut sickerte immer noch ins Kissen, ja, das war nicht zu stillen. Er war jetzt tot und konnte sich nicht bewegen. Wie sollte sie einen so schweren Körper von der Stelle bringen?

Sie war sechzehn Jahre alt. Sie fragte sich, ob sie jemals älter werden würde als sechzehn. Die Zeit schien stillzustehen. Sie brauchte etwas, was ihr half, an das sie sich klammern konnte, sie wußte nicht was. Ein Gegenstand fiel von ihrer Kommode, ein Fläschchen Nagellack; sie ließ es fallen, vergaß es. Im obersten Schubfach der Kommode war ein wirrer Haufen Kleider. Sie gehörten ihr. Sie starrte darauf und ein erstickter Schrei stieg ihr in die Kehle, ein Schrei nach ihrem Vater. Sie sprach sogar das Wort »Pappa« laut aus, als sei es aus eigener Kraft aus ihr gekommen. Sie zerrte das Kommodenschubfach auf, und es machte ein knarrendes, widerwilliges Geräusch von Holz gegen Holz. Das befreite sie; sie rannte um das Fußende des Bettes herum und hinaus in die Küche, stieß gegen einen Stuhl und schleuderte ihn dadurch durch die halbe Küche. »Oh mein Gott! Was er hier wieder gemacht hat!« rief sie. Sie stieß die Tür zum Zimmer ihres Vaters auf. Obwohl sie sehen konnte, daß es leer war, sagte sie leise und schüchtern: »Pappa?« Das Bett war ungemacht, genau wie am Tage zuvor. Ihr Vater war nicht heimgekommen. Einen Augenblick lang konnte sie sich nicht erinnern, ob er in dieser Woche überhaupt zu Hause gewesen war, oder wieder im Krankenhaus. Nein, er war zu Hause, er war bloß irgendwo unterwegs und schlief sich aus, es war sowieso besser für ihn, nicht in diese Geschichte hineinzugeraten. Er hätte das nicht geschafft. Er wäre verrückt geworden. Zum ersten Mal seit dem Schuß fühlte sie eine gewisse Befriedigung – es war besser für den Vater, nichts mit dieser Geschichte zu tun zu haben.

Die Uhr auf dem Eisschrank zeigte fünf Uhr dreißig. Es war

Sonntagmorgen. Alles schlief, außer Loretta und Brock, der irgendwo durch eine Gasse lief. Vielleicht würden Leute, die in der Nähe schliefen, den dumpfen Fall seiner Schritte hören, doch niemand würde sich die Mühe machen, sich hinauszubeugen und ihm nachzurufen: »He, warum rennst du denn? Vor was rennst du denn davon?« Die Polizisten in den Imbißstuben würden Kaffee trinken und Zeitung lesen, und wenn sie überhaupt hinaussahen und Brock erblickten, würden sie sich nicht die Mühe machen, ihm nachzusetzen – laßt ihn doch laufen, ein Mörder, das ist doch total egal! Zuviel Mühe, ihm nachzusetzen. Draußen, im Freien, stand Brock die ganze Welt offen, um sich darin zu bewegen, doch sie, Loretta, saß fest in dieser Wohnung: – die Küche, die bis auf das Ticken der Uhr sehr still war, mit ihrem leeren Tisch und dem leicht unebenen Ausguß mit zwei klobigen Wasserhähnen und einer Seifenschale mit einem dünnen rosa Seifenrestchen darin und einem Stapel Teller, die nie mehr jemand abspülen würde außer Loretta selbst! – diese Nebensächlichkeit ärgerte sie – und über dem Ausguß ein schmales Fenster, nicht allzu sauber, und zu beiden Seiten davon ragten Regale bis zur Decke, in denen sich Teller und Gläser trübselig übereinanderstapelten, so altvertraut, und das Fenster zur Rechten, das Fenster, aus dem Bernie hätte klettern sollen, falls etwas schief ging und irgendwer früher heimkam. Aus diesem Fenster wäre er geklettert, so hatten sie es geplant. Es war in einer anderen Dimension geplant worden, in einer, zu der es nicht gekommen war. Und auf der einen Seite war jenes Zimmer, in das sie nie mehr gehen würde, nie mehr. Sie würde nie mehr durch diese Tür treten, nie mehr an das blutgetränkte Bett und an diesen toten Jungen herangehen, der so viel Böses über sie gebracht hatte. Auf der anderen Seite von der Küche lag das Zimmer ihres Vaters, in dem die Sachen verstreut auf Fußboden und Bett lagen, ein stinkender Haufen, in dem sie nicht aufräumen durfte, weil er es nicht wollte, daß jemand sein Privateigentum anfaßte, seine »geheimen« Sachen, Zeitungsausschnitte in einer alten Zigarrenkiste und andere Papiere, alte Quittungen, die sowieso niemand mehr interessierten; sein Zimmer war so klein wie eine Schachtel, so klein wie ihres. Die beiden Zimmer waren durch die Küche getrennt, und bis jetzt war es Loretta noch nie aufgefallen. Der Raum, in dem sie und ihr Vater und Brock lebten, war so groß wie der Raum von ein paar Kisten, aufgeteilt und abgegrenzt und wieviel unbewußtes Leben war in ihnen gelebt worden! – all die Jahre über, unbewußt! Es war merkwürdig, daß das so enden mußte. Gleich hinter der Küche war Brocks Zimmer, eher eine Art guter Stube, in der er auf einer Couch schlief und seine Sachen in einem Koffer aufhob, alles an die Wand und außer Sichtweite geschoben, so daß es nie so aussah, als ob er wirklich darin wohnte: ein anonymer Raum, so wollte er es haben. Loretta schaute in sein Zimmer. Die Tür zur Diele stand halb offen – wie er sie in der Eile gelassen hatte; sie trat an diese Tür heran und berührte sie; es kam ihr erstaunlich vor, daß sein Zimmer derart offenstand, jeder hätte hineinspazieren können, sogar ein Kind hätte hineinlaufen können. Sie schien nicht zu wissen, was sie tun sollte. Unter dem ausgefransten Saum des Vorhangs drang ein schwaches Licht herein, und dieses Licht würde stärker werden, während sich der Tag erhob und alles aufdeckte, aber Brocks halbleerem Zimmer würde er nichts anhaben, niemand würde in dieses Zimmer zurückkehren, es würde ihn nie preisgeben, nie beschuldigen, es war ein unschuldiges Zimmer, und selbst der abgetretene braune Teppich auf dem Fußboden hatte die Unschuld von etwas Vergessenem.

Sie rannte aus der Wohnung und den Hausflur entlang. Es war noch früh; niemand war wach, um ihr beizustehen. Der schäbige, altgewohnte Anblick des Flurs rief ihr die vielen Male ins Gedächtnis, die sie hier gegangen war, ohne zu wissen, wer sie war, oder wie gefährlich das Leben sein konnte. Ein toter Junge lag in ihrem Bett und blutete noch. Sie würde geschrien haben, doch es war Morgen und zu still. Niemand, nichts war in dem Hausflur; sie war allein und atmete mühsam. Ihre Augen waren wie versteinert in ihrem Gesicht, hart und fest, und auf der obersten Treppenstufe zuckten ihre Zehen, als wollten sie mit ihr auf und davon. Sie ging behutsam die Treppe hinunter. Erst ein Stockwerk, dann um den Treppenabsatz herum, an einem Abfalleimer von irgend jemand vorbei, und ein weiteres Stockwerk hinunter, und dann war sie im Vestibül. Jemand hatte dort einen Penny verloren, mitten auf dem Fußboden, und er fesselte aus alter Gewohnheit ihren Blick und sie hob ihn auf und dachte: *Das bringt Glück.* Draußen war ein dunstiger Morgen. Sie spürte, wie es in ihren Zehen und Muskeln juckte, wie verrückt davonzulaufen.

Sie lief nicht davon. Sie bog eilig in ein Seitensträßchen ein. Sie war barfuß und in ihrem schweißgetränkten Hauskleid; vermutlich mit irrem Blick und zerzausten Haaren. Sie faßte sich ins Haar wie eine Blinde, fuhr darüber, strich es glatt. Wenn jemand sie sah, wie viel würde er erraten? Barfuß auf der Straße, wie ein Penner oder ein Nigger! Ein Streifenauto der Polizei würde sofort an den Bürgersteig heranfahren und ein Polizist – vielleicht sogar einer, den sie kannte – würde sie am Handgelenk packen, und dann war es aus. Es war ein toter Junge in ihrem Zimmer, in ihrem Bett. Sie begann zu schluchzen, während sie eine Gasse hinaufeilte. »Lieber Gott, du mußt mir helfen. Nur dies eine Mal«, sagte sie. Ihre kräftigen Beine trugen sie vorwärts, und ihr Atem kam in starken Stößen. Am Ende der Gasse blieb sie stehen, ihre Augen irrten umher, blieben aber auf nichts haften. Sie meinte, daß Gott ihr vermutlich helfen werde. Vielleicht werde er ihr irgendeine Antwort geben. Wenn jemand in dem Gebäude da drüben die Jalousie öffnete, so sollte sie nach oben schnellen – das wäre ein Zeichen. Oder wenn irgendwo ein Auto hupte. Doch nichts. Loretta drehte um und rannte die Gasse hinter ihrem Gebäude entlang und kam auf eine schmale Straße, einen Weg. Überall waren Kisten und Abfallhaufen, ein Durcheinander, das sie halb auswendig kannte, aber bis heute nie wirklich angesehen hatte, aber jetzt hatte sie Angst vor Ratten, mit ihren bloßen Füßen – und wenn Bernies Familie schon nach ihm suchte, konnte sie sich vielleicht irgendwie in dem Gerümpel verstecken. Sie konnte sich dort verborgen halten, bis es dunkel wurde. Bernies Bruder würde unterwegs sein und nach *ihm* suchen, und jeder würde ihm von *ihr* erzählen, und darum würde er in *ihrer* Wohnung auftauchen und nach *ihr* suchen. Bernies Bruder war nicht größer als Bernie es gewesen war, aber dunkelhaarig und schwärzlich und häßlich, mit einem verschlafenen Gesicht, irgendwie irr, und ohne Interesse für Mädchen. Er spielte mit Messern. Er besaß einen Revolver.

Was sie brauchte, dachte Loretta, war eine Waffe. Erst einmal eine Waffe. Dann konnte sie sich überlegen, was sie als nächstes tun würde. Erst einmal brauchte sie eine Waffe, aber um sie zu kaufen, brauchte sie Geld. Zu Hause in ihrem Zimmer hatte sie drei gesparte Dollar, das war gar nichts, und sie würde sowieso nicht mehr in dieses Zimmer gehen. Sie würde sich eine Waffe besorgen, dachte sie, und dann war sie sicher. Der Gedanke streifte sie, daß Mädchen wegen allerlei kleiner Fehler das Gesicht zerfetzt wurde – sie hatte einmal eine Frau die Straße entlanglaufen sehen, deren eine Gesichtshälfte von Blut troff, und alles Blut brach aus einem Schnitt von einem Rasiermesser; sie spürte bereits den Schnitt wie einen Blitz von ihrem Kiefer bis zu ihrer Schläfe. Und sie dachte an das Mädchen, das man halbtot geschlagen und eines morgens in dieser Gasse gefunden hatte. Sie dachte, *ich muß eine Waffe haben,* und jeder Teil ihres Körpers zerrte sie vorwärts bei dieser Gewißheit, konzentrierte sich darauf. Jetzt konnte sie verstehen, warum ihr Bruder eine Waffe besessen hatte. Jeder brauchte eine Waffe; es war verrückt, keine zu haben. Jetzt mußte sie halbnackt auf die Straße hinauslaufen und eine suchen. Sie spürte etwas Rauhes unter ihren Füßen und schaute noch gerade rechtzeitig hinunter, ehe sie auf ein Stück dickes Glas trat, aber sie ging nicht langsamer. Die dunstige, warme Luft war erfüllt von der Dringlichkeit, eine Waffe zu bekommen. Sie konnte die Worte ... eine Waffe, eine Waffe ... ringsum in der Luft hören. Wenn sie erst eine Waffe hatte, dann, ja dann konnte sie schon für sich sorgen.

In ihrem gelbgeblümten Baumwollkleid rannte sie an einem Zigarrengeschäft vorbei, das dunkel und geschlossen war. Sie wagte sich nicht auf die breite Straße hinaus – ein Wagen in einiger Entfernung, keine Gefahr – und überquerte sie, rannte mit ihren bloßen Füßen über die kühlen Pflastersteine und schnaufte dabei wie eine Kuh. Erst mußte sie irgendwoher Geld auftreiben, und dann mußte sie sich eine Waffe besorgen – sie dachte angestrengt über dieses Problem nach. Und es kam ihr so vor, als habe ihr ganzes bisheriges Leben zu diesem Augenblick geführt, so wie ein Weg eine flache Steigung hinaufführt, ohne daß man es merkt. All ihre guten Absichten und Hoffnungen und ihr hübsches Gesicht würden an diesem Sonntagmorgen zum Blühen kommen und sie retten, oder zu Entstellung und Tod führen. Eins oder das andere, es gab keinen Ausweg.

Sie befand sich in irgendeinem Hinterhof. Keuchend, mit einem scharfen Schmerz in der Seite blieb sie stehen, lehnte sich an einen Zaun und versuchte nachzudenken ... über eine Waffe nachzudenken ... über Bernie und Brock und Brocks Waffe ... über Bernies Bruder, den sie nur ein paar Mal gesehen hatte, aber über den sie so viel gehört hatte ... ja, er war verrückt, er war ein Killer und brauchte bloß noch jemand, den er umbringen konnte. Brock war ein Killer gewesen und hatte jemanden gebraucht, den er umbringen konnte, doch das hatte sie nicht gewußt. Sie hatte es zu spät begriffen. Er hatte ohne Grund getötet, nur weil er in der Stimmung gewesen war, zu töten. Und Bernies Bruder würde sich, von einem kurzen Schlaf von einigen Stunden erfrischt, zusammenreißen und ihr nachsetzen, grimmig und befriedigt über diese Pflicht. Oder würde er sie am Ende laufen lassen und nur bedrohen? Würde er sie am Ende laufen lassen?

Sie ging zur Wohnung von Rita Moreines. Die Gittertür klapperte, als sie dagegenschlug. Sie machte die Gittertür auf und hämmerte gegen die Haustür. Sie war schweißgebadet. Sie rief: »Rita! Rita! Laß mich rein!« Sollten doch die Nachbarn es alle hören, es war ihr total gleichgültig, sie wollte nur herein. Ihr Schädel schien immer enger und ungestümer zu werden. Was ihr über das Gesicht tropfte, waren entweder Tränen oder Schweiß – sie wußte nicht was, und sie schrie »Rita!« und riß mit den Fingernägeln an der Tür. Genau jetzt fiel es ihr ein, rätselhaft und leicht, daß dies das zweite Mal war, daß man auf Bernie geschossen hatte! Als er vierzehn gewesen war, hatte ein alter Mann mit seinem Gewehr auf ihn geschossen. Der alte Mann hatte sich nach Einbruch der Dunkelheit in seinem Laden versteckt, fest entschlossen, den Jungens, die immer wieder nachts bei ihm einbrachen, das Lebenslicht auszublasen, er hatte Bernie nicht das Lebenslicht ausgeblasen, sondern ihn nur in die Schulter getroffen. Bernie war eine Zeitlang im Krankenhaus gelegen, aber nicht gestorben, und später hatte jeder ihn damit geneckt. Aber jetzt würde ihn niemand mehr mit irgend etwas necken. Er war ein Junge von vielleicht siebzehn gewesen, drahtig und flink, aber nun war sein Gehirn kaputt und nichts von ihm übrig, nichts außer seinem Körper droben in Lorettas Zimmer.

»Mein Himmel«, sagte Rita, als sie die Tür öffnete. Sie band sich einen grünen Schlafrock zu. »Loretta, was um Gottes willen ist denn los?«

Loretta drängte sich an ihr vorbei und kam herein, sie machte die Tür hinter sich zu.

Rita fragte: »Ist jemand hinter dir her? Ist dein Vater draußen?«

»Nein! Ist schon gut!« Sie lehnte sich an den Küchentisch und preßte ihre nassen Handflächen auf die Tischplatte, lehnte sich vornüber und ließ den Kopf hängen. Ihr war ganz schwindlig.

Zwei von Ritas Kindern kamen ins Zimmer. »Geht wieder ins Bett«, sagte Rita. »Verschwindet!«

Rita setzte sich in einen Stuhl am Tisch und wartete, bis Loretta sich gefaßt hatte. Sie sagte mit betont nüchterner Stimme, ohne viel Überraschung zu zeigen. »Wenn es dein Alter ist, der mal wieder verrückt spielt, kannst du hierbleiben. Reg dich ab! Weißt du, daß du halbnackt herumrennst? Schau mal, Kind, mit dem Alten muß was geschehen. Es gibt vier oder fünf solcher Kerle wie ihn – ich meine, die ich persönlich kenne –, irgendwas funktioniert nicht richtig in ihrem Kopf, und das Trinken nimmt ihnen die Hemmungen. Die waren alle zu lang ohne Arbeit. Ist es dein Vater oder sowas?«

Loretta schüttelte den Kopf. »Kann ich mir ein Paar Schuhe borgen?« fragte sie.

»Klar. Wohin willst du denn?«

»Ich will . . . ich muß . . .« Sie versuchte sich aufzurichten. Als sie sich das Haar aus der Stirn strich, wunderte sie sich, wie naß ihr Gesicht war. Sie sagte: »Ich brauch Geld. Ich sitze bös in der Klemme.«

»Was für einer Klemme?«

»In der Klemme. In einer entsetzlichen Klemme.«

Rita starrte sie an. Ihr schwarzgefärbtes Haar war so zerzaust und ungekämmt wie Lorettas, aber ihr Ausdruck war ganz still; sie versuchte, sich zusammenzureimen, was Loretta meinte. Schließlich fragte sie: »Vor der Polizei, Schatz?«

»Nein.«

»Dein Vater ist es auch nicht?«

»Nein, aber mein Vater wird bald heimkommen. Vielleicht ist er schon auf dem Heimweg.« Loretta blickte sich verstört um. »Wie spät ist es?«

»Schau hin.«

Die Uhr stand auf dem Eisschrank, genau wie die ihre zu Hause. Sie zeigte auf sechs. »Es ist noch so früh, darum kann ich nicht richtig denken«, sagte Loretta. »Mein Vater ist nicht zu Hause, aber er kann heimkommen . . . oder vielleicht kommt er auch nicht, ich weiß nicht. Manchmal bringen sie ihn, oder jemand ruft die Polypen. Sie haben ihn damals vor der Ticonderoga Bar liegen sehen. Es war furchtbar kalt, und er hätte erfrieren können. Aber ich weiß nicht, wann er heimkommt.«

»Warum ist es so wichtig, wann er heimkommt? Was ist passiert?«

Loretta winkte ab. »Kann ich mir Schuhe borgen? Ein Kleid?«

»Wo gehst du hin?«

»Vielleicht raus aus der Stadt. Aber erst muß ich noch zu jemand.«

»Zu wem denn?«

»Kann ich dir nicht sagen.«

»Wie meinst du das, du kannst es mir nicht sagen? Warum nicht?«

»Also ich brauch Geld für einen Revolver.«

»Einen Revolver?«

»Ich sitze in der Klemme, ich brauch eine Waffe«, sagte Loretta.

»Du läßt besser die Finger von einer Waffe, ob du nun in der Patsche bist oder nicht.«

Loretta wischte sich wieder das Gesicht. Rita zündete sich eine Zigarette an. Sie tat, als ob sie sich im Zimmer umsähe und Loretta sich selbst überließe. Diese Küche war unaufgeräumt und schmutzig; ein Stoß alter Zeitungen lag auf einem der Stühle. Dieser Stoß hatte schon vor Wochen dort gelegen. Loretta konnte eine Seite aus den Comic-Strips zuoberst erkennen, und trotz der erschreckend verschwommenen Atmosphäre rings um sie her, las sie ›Superman‹ und einen Teil von ›Dick Tracy‹ und überlegte, ob sie sie nicht schon einmal gelesen hätte; wahrscheinlich, sie kamen ihr so bekannt vor.

Sie zwang sich, wieder auf Rita zu blicken. »Also du leihst mir was zum Anziehen?« fragte sie.

»Klar«, sagte Rita.

Sie besaß so viel mütterliche Schwere, so viel Strenge und halb widerwillige Zuneigung, daß es Loretta weh tat zu denken, wieviel weniger Mutter doch ihre eigene Mutter gewesen war, wieviel weniger dazu geschaffen, sich mit den Überraschungen im Leben auseinanderzusetzen. Rita war Mitte zwanzig, aber sie hatte schon zwei Ehen hinter sich und viele Männer in verschiedenen Städten. Sie trug einen grünen, seidigen Schlafrock, der nicht aus Seide war, und ihre gesunde, rosige Haut an Hals und Brust zeigten Loretta, daß sie eine Frau war wie sie, aus dem gleichen Fleisch, auf die gleiche Weise berechenbar. Männer waren nicht aus dem gleichen Fleisch, sondern hart und undurchdringlich; Frauen waren einander gleich, argwöhnisch aber hilfreich, und schließlich lenkten sie ein.

So wie Rita jetzt einlenkte und aufstand. »Ich habe dort allerlei Sachen, davon kannst du was haben«, sagte sie. »Aber du wirst mir doch alles erzählen? Wenn es vorbei ist?«

»Wenn es vorbei ist, ja«, sagte Loretta.

Sie kamen an Ritas Kindern vorbei. Rita schob sie beiseite und murrte: »Ihr verflixten Gören! Geht aus dem Weg, haut ab!« Im hinteren Schlafzimmer machten sie die Tür hinter sich zu. »Da, da hast du ein Kleid. Zieh das Ding aus und dieses hier an, ehe sie dich verhaften«, sagte Rita. Sie zog etwas aus einem Kleiderbündel. »Dort drin sind ein Paar Schuhe. Ich hab bloß vierzehn Dollar. Aber mit denen kriegst du was, wenn du's wirklich brauchst.«

»Ich will dir nicht dein ganzes Geld wegnehmen.«

»Los, nur zu.«

»Und was wird mit dir?«

»Ich kann was von Harry Kaiserhof kriegen, weißt du ...«

Loretta zog das Kleid rasch über den Kopf, verlegen, weil Rita zusah. Eine Welle von Scham flutete ihr vom Gesicht in Brust und Bauch herunter. War sie denn verrückt, so etwas zu tun? Was tat sie in Ritas Wohnung um sechs Uhr früh an einem Sonntagmorgen? Sie dachte: *Das kann auf keinen Fall lange dauern.* Sie bekam den Kopf durch das Kleid und zog in erschreckten Stößen die Luft ein. Das erste, worauf ihr Auge fiel, war ein gerahmtes Bild an der Wand: die Dionne-Fünflinge, noch als ganz kleine Kinder. Sie sagte, indem sie auf das Bild zeigte, seltsamerweise:

»Ich glaub, ich möcht' ein Baby...«

»Was?«

Rita sah sie an, als sei sie übergeschnappt. Sie sagte: »Ach, Quatsch, nichts, laß nur. Ich bin irgendwie durchgedreht.«

»Möchtest du vielleicht Kaffee?«

»Nein danke.«

»Wenn du hierbleiben willst, von mir aus.«

»Nein.«

»Hat das alles was mit Brock zu tun?«

»Nun ja, mit Brock«, sagte Loretta. Sie knöpfte das Kleid zu. Sie blickte auf ihre zitternden Hände nieder. »Jawohl, mit Brock. Brock war es. Brock hat es getan«, sagte sie.

Rita brachte sie zur Tür. Loretta schaute hinaus auf die Straße, sah nichts und machte sich bereit, ins Freie zu treten. Sie dachte, ob wohl ihr Körper lang genug in Gang bleiben würde, um sie über diesen Morgen hinwegzutragen.

Sie ging fort. Sie wollte in ein Leihhaus, zwei Häuserblocks weiter, aber am Ende der Straße stand ein Polyp und beobachtete sie.

So war denn schon alles zu Ende: Dort stand ein Polyp.

Es war Howard Wendall, als Polizist verkleidet; er schien demnach bei der Polizei zu sein, sie hatte nie etwas darüber gehört. Er fing an, sie anzugrinsen, und seine träge mürrischen Augen wanderten von Ritas Schuhen auf Lorettas erstarrtes

Gesicht, als wisse er bereits alles und wartete darauf, daß sie ein Geständnis ablegte.

»Wo kommst denn du her, – kommst du um diese Zeit erst heim?« fragte er.

Loretta brachte kein Wort heraus.

Einen Augenblick später sagte er: »Hör mal, weißt du schon das Neueste?«

Sie starrte ihn an.

»Weißt du, wo dein Alter ist?«

»Wo denn?«

»Schläft seinen Rausch aus in der Stadt. Den haben sie mitgenommen!«

Loretta nickte langsam.

»Ihn und noch ein paar Kerle, die haben sie mitgenommen. Der schläft sich jetzt erst mal aus«, sagte Howard.

Er war ein großer junger Mann Anfang zwanzig, aber mit dem vorzeitig ältlichen Aussehen gewisser mürrisch-verschlagener, aber dummer Männer, bei denen sich Argwohn und Begeisterung mischen. Loretta kannte ihn seit Jahren und hatte sich oft mit ihm unterhalten, in dem affektierten Singsang, in dem sie sich mit gewissen Männern unterhielt, aber er hatte sich nie wirklich für sie interessiert, und nun stand er am Ende des Häuserblocks mit ihr auf dem gleichen Bürgersteig und wartete darauf, daß sie ein Geständnis ablegte. Die Uniform hatte ihn verwandelt. Er sah größer und kräftiger aus. Fuchsgesichtig, aber nicht spillerig, errötete er langsam über beide Wangen und versuchte zu grinsen, aber das Grinsen erlosch angesichts ihres Schweigens.

»Dem geht's gut, der schläft sich bloß aus. Der ist nicht krank oder was«, murmelte Howard.

Sein brünettes Haar war in der Mitte gescheitelt – ein kerzengerader Scheitel. Die Polizistenuniform machte deutlich, genau wie das rosa Kleid von Rita, das Loretta jetzt anhatte, daß ein neues Leben angefangen hatte: Eine große Veränderung hatte stattgefunden. Loretta erinnerte sich an diesen Howard Wendall als an einen von den älteren Jungen, der nicht der schlimmste oder der lauteste unter den Kindern gewesen war, sondern sich nur mit ihnen herumgetrieben hatte, eine Art Unterführer und begeisterter Mitmacher bei Raufereien: kurz gesagt, ein vertrauter Typ Junge. Sein schlaues, unerschrockenes Gesicht konnte sich vom Boshaften bis zur völligen Ausdruckslosigkeit durcharbeiten, und was dahinter vor sich ging, was er dachte, war nicht zu erraten. Sie erinnerte sich daran, daß er und ein paar andere Jungen vor einigen Jahren Floyd Sloan über den Rand eines Daches hatten baumeln lassen, und dabei war Floyd Sloan selber ein hartgesottener Bursche.

»Ich bin in einer entsetzlichen Klemme«, schrie Loretta auf.

Und sie nahm ihn mit in ihre Wohnung, führte ihn die Treppe hinauf und in die Küche, ohne ein Wort; und dort, dort war ihr Zimmer, in das sie nie mehr gehen würde. Sie fing an zu weinen. Howard trat in die Tür zu ihrem Zimmer und schaute hinein und dann ging er selber hinein. Er war nur ein paar Minuten drin. Dann kam er wieder heraus und schaute sie an, mürrisch und verlegen. »Nun setz dich erst mal hin«, sagte er. Loretta weinte. Ihre Finger lagen gespreizt auf Ritas Kleid, zupften am Stoff und ließen ihn in krampfhaftem Ruck wieder los. Howard stampfte in der Küche herum. Er schien in seiner Uniform den ganzen Raum auszufüllen; er stieß gegen den Tisch, gegen den Herd. »Verflucht!« sagte er. Er war wie ein Bär in seinem mürrischen, rotgesichtigen Schweigen. Nach einer Weile öffnete er die Tür zum Eisschrank. Er schob die Milchflasche zur Seite und beugte sich herunter und nahm einen Teller von einer Schüssel, um nachzusehen, was drin war. Schließlich sagte er, indem er die Tür mit einem ärgerlichen Schubs wieder ins Schloß fallen ließ: »Mein Gott, du sitzt ja schön in der Tinte!« Loretta saß ganz still. Sie konnte fast nichts mehr sehen, so sehr weinte sie.

Er ging im Zimmer herum. Er streifte sie, und seine Berührung war eine Überraschung, tat fast weh. Sie hörte ihn schwer atmen. »Dieser verdammte kleine Drecksfatzke, der hat gekriegt, was er verdient! Dem geschieht's recht!« murrte Howard. Sein Atem wurde lauter, er blickte von einem Teil der Küche zum anderen, ohne etwas zu sehen, sehr aufgebracht. Eine Art Wut schien sich in ihm zu erheben, die ihn immer wieder rund um den Tisch trieb. Loretta wischte sich das Gesicht und beobachtete ihn. »Himmel nochmal!«, sagte Howard hitzig und sah sie von der Seite an, als er an ihr vorbeikam, »er war ein verdammter Fatzke. Heute oder morgen hätte es ihn ja doch erwischt.« Seine dunklen, argwöhnischen Augenbrauen fingen an zu zucken; mit schrecklicher, zorniger Energie entstanden Gedanken in seinem Hirn. »Diese Malins, die taugen ja alle miteinander nichts, verdammt nochmal! Der Alte prügelt sogar die Mutter, jeder weiß es. Und wenn *der da* mal vom Dach fiele oder auf der Straße läge, erschossen, oder von der

Straßenbahn überfahren, dann wäre es allen total schnuppe, selbst seinem Vater. Ich meine, ob er in deinem Zimmer gefunden wird oder im Hinterhof draußen, mausetot ist und bleibt er, der kleine Schisser, ob nun hier oder dort! Dieser Schisser!« Howard hielt inne und starrte Loretta an. Sein Gesicht war puterrot. Sie konnte sehen, wie sich sein Brustkasten in angestrengten Atemzügen hob und senkte. »Na, du hast dich ja schön in was reingeritten! Jetzt sitzt du drin«, sagte er. Er stieß an den Tisch und warf mit dem Bein einen von den Stühlen beiseite. Er sah sie an, und in seinem Gesicht arbeitete es. »Du hast einen Fehler gemacht, was? Du hast einen Fehler gemacht, daß du den hier raufgebracht hast. Mein Gott, das war ein Fehler, wirklich ...«

Er starrte sie fasziniert an; sie hatte noch nie erlebt, daß jemand sie so ansah. Sie war ganz still. Sie dachte nicht mehr, sie wartete nur noch. Howard kratzte sich am Kopf. Sein Haar schien zu zerfallen, er sah sofort zerzaust aus. Der Scheitel lief im Zickzack.

»Dein Bruder, der ist abgehauen, und wer bleibt übrig, du? Mensch, du sitzt vielleicht in der Tinte!« Er stieß einen Jauchzerton aus, kurz und freudlos. Er grinste sie an. »Das wird ein Witz, die werden sich kaputtlachen, die Leute. Der kleine Fatzke hat gekriegt, was er verdient, dem geschieht's recht und deinem Bruder auch. Aber dein Bruder tut gut dran, aus der Stadt wegzubleiben. Du bist's, die übrig ist, was? Du bist übrig, mit dem Kerl in deinem Bett und – Mensch, ist das vielleicht 'n Witz, heute mittag wird's niemand mehr geben in der ganzen Stadt, der es nicht weiß, dafür garantier ich dir.«

Er machte unvermittelt einen Schritt vorwärts, auf sie zu. Er packte sie am Haar und schüttelte sie. »Ja, das war ein Fehler, Kleine, du sitzt erstklassig in der Klemme und du und er, ihr habt gemeint, ihr seid so schlau. Und jetzt wein nicht mehr, ich seh nicht gern jemand weinen.«

Sie gab sich Mühe, nicht vor ihm davonzulaufen. Sie saß festgefroren da und wartete.

»Das hast du falsch gemacht, den kleinen Dreckskerl mit raufzunehmen. Warum denn ihn? Was ist denn an *dem* dran?« rief Howard. »Jetzt heul nicht, laß das! Ich will keine Heulerei sehen, verdammt nochmal. Es macht mich nervös, wenn ich jemand weinen seh, und überhaupt hab ich noch nicht gesagt, was wir machen müssen. Er könnte genauso gut draußen in einem Hinterhof gefunden werden, als hier drin, er ist mausetot, was? Also wo ist der Unterschied, was? Hörst du, wo ist denn da der Unterschied?«

Er war erregt, rotgesichtig, sehr sonderbar. Loretta blickte zu ihm auf. Ihre Augen ließen einander nicht los. »Mach dir nichts draus«, sagte er.

Sie starrten einander einen langen Augenblick hindurch an. Loretta empfand nichts; ihr Schädel war hohl, ausgebrannt. Dann hörte sie ihn den Reißverschluß an seiner Hose öffnen. Sie erhob sich halb, vielleicht um aus der Wohnung zu laufen, vielleicht auch, um es ihm leichter zu machen, und er packte sie und sie stolperten rücklings gegen den Tisch. Er hatte angefangen zu ächzen, als hätte er Schmerzen, Loretta sah die Teller, die noch immer im Ausguß übereinandergestellt waren. Sie sah die Uhr auf dem Eisschrank, aber sie hatte keine Zeit, nachzusehen, wie spät es war.

»Nun mach dir mal keine Sorgen, nicht um diesen Dreckskerl da«, sagte Howard und umklammerte sie und zog ihr das Kleid in die Höhe, »denk nicht mehr an ihn, nicht an *den,* zum Teufel mit *dem da* . . .«

Und dann, während sie mit Howard rang, während sie darum rang, es ihm leichter zu machen, dachte sie zum ersten Mal an Bernie. Er war tot. Sie hatte ihn geliebt, und er war tot und sie würde ihn nie wiedersehen. Er würde nie mehr so zu ihr kommen wie Howard jetzt versuchte, zu ihr zu kommen. Er war tot, es war vorbei, erledigt, ihre Jugend war zu Ende. Sie versuchte, nicht mehr daran zu denken.

3

Schwanger und verheiratet, wohnte sie mit ihm im Süden der Stadt. In Schachteln und Koffer verpackte sie die wenigen Dinge, die ihr gehörten, und zog in die Wohnung, die seine Mutter für sie ausgesucht hatte, nicht weit von Mama Wendalls eigenem Haus. Für sie war es eine imposante Straße, mit Ulmenreihen, die die oberen Fenster der alten Ziegelbauten verdunkelten und verfallenen Vorgärten, abgeteilt durch Schnüre, die an im Boden steckenden Stöcken befestigt waren. Obwohl Kinder durchrannten und die Schnüre und die Stöcke umrissen, waren doch die Vorgärten noch immer abgetrennt, und Loretta gefiel dieses etwas Persönliche daran. Sie spürte, daß sie ein neues

Leben begann. Sie hatte mit ihrem alten Leben abgeschlossen, in dem sie für ihren Vater und Brock gesorgt, in dieser elenden Wohnung gewohnt, in diesem Elendsviertel gearbeitet hatte, unverheiratet, ungebunden. Sie würde das alles vergessen. Sie würde ein Kind bekommen. Sie war ein anderer Mensch.

Hier konnte sie, wenn sie mit dem Saubermachen der Wohnung fertig war, auf der Straße auf und ab spazieren, in ihren Umstandskleidern wie ein Ballon anzusehen, und sich mit den anderen jungen Frauen ihrer Art unterhalten, über ihren Babys zärtlich wimmern, oder ihr Gesicht in teilnahmsvolle Falten legen, wenn sie von etwas sprachen, wovon sie eben sprachen – Dingen, die ihnen Sorgen machten, die Unsicherheit der Stellung ihrer Männer, oder die Unsicherheit des Landes oder die Europas – dann verzog sie das Gesicht zu einer sorgenvollen Miene, wie ein Apfel, der blitzschnell einschrumpelt und sich durch Zauberei wieder glättet.

Sie sagte gern zu ihren Freundinnen: »Also ich finde, die Menschen sind im Grunde gut, das hab ich rausbekommen. Ich hab mal schwere Sorgen gehabt, aber da hat mir jemand geholfen, und ich kann mich über die Welt nicht beklagen«, und dachte dabei an Howard, und wie er sie gerettet hatte, wie er sich in sie verliebt und sie geheiratet und ihr Leben völlig verändert hatte, Howard Wendall, der an einem Sonntagmorgen aus dem Nichts aufgetaucht war, in eine Polizeiuniform gekleidet, und der ihr zu Hilfe gekommen war. »Ja, die Menschen sind im Grunde gut, tief drin in ihren Herzen«, sagte sie oft, beinahe weinend, weil sie daran dachte, wie ihr Leben wohl weitergegangen wäre ohne Howard.

Auch ihr Haus imponierte ihr, mit seinen drei Stockwerken und einem Dachgeschoß, weil sie abgesehen von dem Haus, das vor vielen Jahren ihrem Vater gehört hatte, nie wirklich in einem Haus gewohnt hatte. Sie betrachtete es mit übertriebener Feierlichkeit und blickte, wenn sie die kurze Auffahrt entlangging, hinauf zum berghoch über ihr aufragenden Dach. Angeregt von der Luft des frühen Herbstes, erregt vom Schwatzen mit ihren neuen Freundinnen und voller Vorfreude auf das Baby, das sie bekommen würde, schaute sie hinauf bis zur obersten Spitze – das Dach war mit dunkelgrünen Schindeln gedeckt, die stellenweise von zarten Moosflecken gesäumt waren, der große, gemauerte Schornstein war rußgeschwärzt und verblüffend hoch und hob sich gegen die klare Herbstluft ab. Das Haus selbst bestand aus Ziegeln, war mit der Zeit nachgedunkelt, aber so solide wie eine Festung, und die Fenster in ihren bemalten Holzrahmen waren riesig. Erst vor kurzem war das Haus renoviert worden: Fenster- und Türrahmen und allerlei Verblendleisten dunkelgrün gemalt. Dem Haus vis-à-vis stand ein Haus auf der anderen Straßenseite, nicht ganz das gleiche, sie standen sich gegenüber wie zwei altgediente Soldaten, die sich wachsam im Auge behalten, aber nicht tätlich werden; die Kinder, die in den Vorgärten und auf den Veranden spielten, lärmten und Dreck herumspritzten, ließen die Häuser noch gigantischer und schweigsamer erscheinen. Schweigsam sahen sie aus. Loretta träumte von dem Haus, träumte davon, daß sie allein darin wohnte, daß es ihres sei, daß sie alle Türen und Fenster zumachen konnte und alles ihr gehörte: ihr Haus!

Von der Veranda bis zum Bürgersteig dehnte sich eine Fläche von etwa zehn Metern, die als Rasen gedacht war, ihre Schnureinfriedung war längst umgerissen, doch an einzelnen Stellen wuchs Gras, an anderen waren tiefe Fußabdrücke oder Wagenspuren von kleinen Rädern; im Frühling hatte Mister St. Onge, der Hausbesitzer, eigenhändig Grassamen gesät, aber der Regen hatte allen Samen in die tieferen Gruben gespült, und nur dort gedieh helles, grünes Gras. St. Onge hielt Loretta gerne auf, wenn sie kam oder ging, und erzählte ihr, was ihn bewegte. Er war ein schmächtiger Mann mit kummervollen blauen Augen und neugierigem Mund, und obwohl Howard zu ihr gesagt hatte, sie solle dem gefälligst aus dem Weg gehen – St. Onge war ein Unruhestifter, rief dauernd die Polizei an, es habe jemand versucht, bei ihm einzubrechen oder die Kinder stellten draußen etwas an –, brachte Loretta es nicht übers Herz, ihn zu meiden. Sie ließ ihn in ihr höfliches, glänzendes Gesicht hineinjammern; sie ließ ihn von seiner verheirateten Tochter erzählen, von seiner verstorbenen Frau, von den anderen Mietern im Hause, von den Leuten im Nachbarhaus und denen vis-à-vis, und von Leuten, die früher einmal in diesem Haus gewohnt hatten, aber jetzt fortgezogen oder sogar tot waren. St. Onge mißtraute jeder Veränderung. Er hatte so seine Ideen, warum die Autobusstrecke geändert worden war. Er hatte so seine Ideen über den Bürgermeister, den Gouverneur, den Präsidenten. Während sie ihm zuhörte, oder doch so tat, als höre sie zu, dachte Loretta an die Reklame für irgendeine Versicherung: ein Mann und sein Schatten, der *warnende Schatten*, der vielleicht den Tod oder das Alter oder künftiges Unheil anzeigte, eine Reklame, die sie überall sah und die ihr unbehaglich war.

Wenn sie mit ihren neuen Freundinnen spazieren ging, sah sie, wie sehr die Häuser einander glichen – große Ziegelhäuser mit schweren oberen Stockwerken, mit engen Einfahrten und dahinter wackeligen Garagen – und es gefiel ihr und ihren Freundinnen, daß alles so einheitlich war. Ihnen lag viel daran, daß alles einheitlich aussah. Es lag ihnen viel daran, in dieser Umgebung einzuwurzeln, so wie ihr Fleisch sich wünschte, darin einzuwurzeln, und sich einer noch wundervolleren Gesundheit entgegenzurecken, begierig, sich die Fassade jedes Hauses, an dem sie vorüberkamen, einzuprägen, Vergleiche zu ziehen, sein Einverständnis zu zeigen, im Muster eines Kissens auf der Verandaschaukel genau das gleiche Muster zu erkennen, das die Vorhänge im Elternschlafzimmer oder dem der Großeltern hatten – damit alles ineinander überging, warm und wirr und freundlich.

Lorettas beste Freundin, Janette, war ein adrettes Dingelchen mit bereits zwei Kindern und blitzenden, übermütigen Augen, das Loretta dazu verleitet hatte, sich an einem weltweiten Kettenbrief zu beteiligen, der Loretta bare 1000 Dollar verhieß, genau ein Jahr und einen Tag, nachdem sie ihren Dollar eingezahlt hatte – natürlich, ohne daß Howard davon etwas wußte. Das Mädchen wußte einfach alles, mehr als St. Onge. Ihre Informationen waren pfiffiger und grausamer als die seinen. Sie wußte von Fehlgeburten zu berichten, die Frauen ihres Häuserblocks gehabt hatten, von Schlägen betrunkener Ehemänner, wußte von Auseinandersetzungen mit Schwiegereltern, und wem der Wagen wieder weggenommen worden war, und wessen kleine Schwester in Umständen war. Aber ihr Hauptthema war doch, wie angenehm diese Nachbarschaft sei, wie sauber, wie viel besser als die Wohnung, die sie vorher gehabt hatte, bei der praktisch gleich um die Ecke zwei Südländer und jenseits des Blocks von Warenhäusern Farbige gewohnt hätten – und das Wesentliche daran war, daß sie alle sehr nah an den Rand irgendeines Abgrundes geraten waren, besonders ihre Eltern, und daß manche von den älteren Leuten das derart mit der Luft eingesogen hätten, daß sie für den Rest ihres Lebens verängstigt und hilflos seien, daß aber sie, die Jungen mit ihren neugeborenen Kindern und neuen Ehemännern, sich auf dem Weg nach oben befänden und nie wieder den Boden unter den Füßen verlieren würden. Die Regierung in Washington war wie ein Netz, das keine zehn Fuß unter ihnen ausgespannt war, um sie aufzufangen.

Janettes Mann fuhr einen Lastwagen, das war nichts Außergewöhnliches; aber Howard, als streifengehender Polizist, hatte das Odium eines gefährlichen Menschen, man kam ihm besser nicht zu nah, bewunderte und fürchtete ihn aber. Lorettas kleine Freundin quälte und bestürmte sie, ihr von ihm zu erzählen. Was war er für ein Mensch? War er sehr mutig? Mußte er in seiner Stellung oft von der Waffe Gebrauch machen? Hatte er schon einmal jemand umgebracht? War er sehr zärtlich zu Loretta? Freute er sich darüber, daß sie schwanger war? Loretta lehnte es schüchtern ab, über ihn zu sprechen; dabei wunderte sie sich oft über sein Schweigen, seine plötzlichen Ausbrüche in Reden oder Zorn, und daß er sie, wenn er Bier getrunken hatte, unvermittelt aufs Bett zerrte, aber sie war zurückhaltend genug, derlei Dinge für sich zu behalten, auch Howard und Howards Mutter gegenüber, die sie andauernd drängte, doch zu ihr herüberzukommen, sie war ein braves Mädchen und wußte, daß man Geheimnisse nicht weitererzählen durfte und daß es gewisse Dinge gab, die man nie aussprechen durfte.

Janette hatte verrückte Einfälle: Wenn sie spazierengingen, schaute sie zu den Häusern hinauf, an denen sie vorbeikamen, und wenn zufällig alle Jalousien an den vorderen Fenstern eine gerade Linie bildeten, glatt und ordentlich, dann packte sie Loretta am Arm und sagte: »Also das bringt Glück! Glück für uns!« Oder wenn sie eine alte, böse dreinblickende Frau sah, die gleiche, die sie immer zu treffen schienen, dann packte sie Loretta am Arm und sagte: »Wetten, daß die alte Hexe uns etwas Böses anhext? Weil sie alt ist und wir jung sind.« Der Gedanke, die Zukunft könnte vielleicht auf solche Art entschieden werden, beunruhigte Loretta; sie wußte, daß solche Sachen unrecht waren, die Kirche sagte, daß sie unrecht waren, aber es beunruhigte sie doch. Sie sprach mit Howard nicht über Janette. Er mochte Janette nicht, ebensowenig wie er St. Onge mochte oder die Männer, mit denen er arbeitete, obwohl nichts in seinem Leben darauf hindeutete, daß er etwas Besseres finden würde, deshalb schwieg Loretta über Janette, und wenn Howard abends heimkam, sprach sie mit ihm von den Dingen, die sie für die Wohnung brauchten, Dinge, die sie in der Stadt gesehen hatte, oder sie sprach von ihrem Vater und was ihm zu schaffen machte, oder davon, was Mama Wendall an dem Tag gesagt hatte.

Sie war am Ende ihres Lebens angelangt, dachte Loretta, und es war ein solides, gutes Gefühl, zu denken, daß sie höchstwahrscheinlich immer hier wohnen würde, zusehen, wie die Kinder der Nachbarschaft erwachsen wurden, Sorgen und Freuden mit all ihren Freundinnen teilen und es allmählich dahin bringen, daß ihr Mann mit deren Männern Pinochle spielte, und die eigenen Kinder großziehen. Alles war festgelegt und arrangiert, gut. Es würde sogar eine Zeit geben, in der Mama Wendall nicht mehr da sein würde. Sie mochte Howards Mutter ganz gern, dachte sich aber oft ein plötzliches Ende, einen Unfall für sie aus. Aber sie hatte seine Mutter wirklich gern und wenn Janette sagte: »Ich begreif nicht, wie du dieses alte Biest ertragen kannst«, dann schwieg Loretta immer. Die beiden spielten auf der Veranda Dame miteinander und schmökerten in »Geschichten, die das Leben schrieb«, deren Seiten vor Schmutz ganz weich geworden waren.

Die Veranda des Hauses war mit mehreren Korbstühlen und einem Korbsofa möbliert, alle schwarz gestrichen, aber schon etwas abgeblättert, und Kissen, die man nachts hereinnehmen mußte, und auf der Balustrade standen Topfpflanzen mit flachen, dünnen Blättern. Die Veranda war teilweise überdacht. Untertags ließ jemand in der Nähe ein Radio spielen, und Loretta konnte es hören, ein leises Murmeln von Musik und Worten, eine Art Wiegenlied; die meisten Schlager handelten von der Liebe. Sie selbst dachte nicht mehr an die Liebe, aber sie hatte die Musik gern und ging herum und sang die Texte. Das Leben war für sie stehengeblieben, und sie konnte sich entspannen. Sie ging gern mit Janette ins Kino, ein oder zweimal die Woche – Ginger Rogers tanzte, Errol Flynn focht –, und die Filme zogen vor ihren Augen vorüber und entließen sie ein wenig zufriedener, als habe sich ihr Leben irgendwie noch mehr gefestigt. Es war wie der Geruch, den das Haus an sich hatte, man bekam ihn nicht heraus. Es war kein Essensdunst – es schien Kohlenstaub dabei zu sein; er war nicht wirklich unangenehm. An feuchten Tagen war er lastend. Es war eine leicht schweflige, zwieblige Beimengung in der Luft, so anders als der abgestandene, widerliche Geruch in der Wohnung, in der ihr Vater noch immer wohnte. Und sie mochte Howards Zigarren gern, den Rauch, der einen gewissen Raum in der Wohnung freimachte, indem er die anderen Gerüche verdrängte. Alles wurde aufgenommen, absorbiert, in die süße, schläfrige Beschränktheit ihres Ehelebens verwoben, für das ihr sogar ein neuer Körper geschenkt worden war.

Eines Tages wollte sie ihrem Vater ein paar Dollar bringen.

Doch der alte Mann war fort, die Wohnung leer, und sie mußte im Hause herumfragen, um herauszubekommen, was geschehen war. Irgend jemand erzählte ihr, man habe ihn ins Krankenhaus gebracht. In welches Krankenhaus? fragte Loretta, aber die Frau wußte es nicht. Sie ging daher ins Allgemeine Krankenhaus, aber dort war er nicht; beim Empfang sagte man ihr, er müsse im Staatlichen Krankenhaus sein. »Das Staatliche Krankenhaus ist für Verrückte«, sagte Loretta bestürzt. Sie eilte fort und der Frau aus den Augen. Das Staatliche Krankenhaus! Ihr Vater war eingesperrt! Sie nahm den Autobus zurück zu ihrem ehemaligen Wohnviertel, in der Hitze des beginnenden Oktobers schwitzend und voller Sehnsucht nach einem bekannten Gesicht, ging sie schließlich dorthin, wo Rita arbeitete und fragte sie, ob sie etwas wisse.

»Schatz, woher soll ich das wissen?« sagte Rita. »Haben die dich nicht irgendein Papier unterschreiben lassen oder so was? Ich hab gedacht, man muß ein Papier unterschreiben.«

Loretta war ganz durcheinander und bekam es mit der Angst. Sie tat, als ob sie sich Kleiderstoffe anschaute. Große Stoffballen lagen auf den Tischen, in allen Farben und Mustern. Sie rollte einen Baumwollstoff mit Glockenblumenmuster immer wieder ab und auf, während Rita schwatzte. Loretta, die nur mit halbem Ohr zuhörte, kam es so vor, als hätten alle Mädchen, die sie kannte, alle Frauen, Ströme von Worten auf sie abzuladen, und auch sie selbst fühlte sich emporgetragen durch einen großen Druck an Worten, Sprache, Rede, erregten Gesten, die sie, wie ein riesenhafter Herzschlag, alle miteinander vereinte; die Männer waren immer schweigsam.

Rita sagte: »Zu schade, wirklich, das mit deinem Vater, aber vielleicht ist es besser so. Vielleicht hat er was angestellt.«

»Er hat ganz gern mal gerauft«, sagte Loretta. Sie dachte an ihn, wie an einen Toten.

»Komisch, daß Howard nichts darüber weiß.«

Loretta wickelte den Stoff wieder auf seine große, schwere Rolle. Sie schien darüber nachzudenken. Ihr Erinnern glitt von dem Vater im Staatlichen Pflegeheim zurück zu dem Vater, der die Treppe heraufkam, betrunken und schmutzig, oder in einem Alptraum befangen, brüllend, und zu all der Mühe, die sie mit ihm seit dem Tode der Mutter gehabt hatte. Was hatte es für einen Sinn, all das? Einen Vater zu haben oder eine Tochter zu sein? Was bedeutete es? Sie erwachte langsam zur Gegenwart, hörte Ritas Frage: »Oh, wenn es ein Junge ist, dann nennen wir ihn Jules. Howards Großvater hieß so. Wenn es ein Mädel ist, dann nennen wir sie Antoinette.«

»Beides hübsche Namen«, sagte Rita.

Loretta konnte nicht länger im Laden herumstehen, darum ging sie fort, ohne Ziel, fragte sich, was sie tun sollte und schämte sich ein wenig, weil sie einen Vater hatte, der abgeholt worden war und fragte sich, ob schon alle es wußten? War Verrücktheit erblich? Ihre Mutter war auch verrückt geworden. Ihr war flau. Eine Weile stand sie auf dem Bürgersteig und ließ die Passanten, leer und still, an sich vorüberziehen. Sie hatte einen Einfall; sie wollte gehen und ihre Tante besuchen, die Schwester ihrer Mutter, deren ältester Sohn Polizist war, wodurch die Familie immer über alles auf dem laufenden war. Die Tante begrüßte sie ohne viel Begeisterung. Loretta trat ein, setzte sich im Wohnzimmer hin und schaute auf eine schicke, braungetönte Fotografie dieses Polizistenvetters in Uniform, und die Ähnlichkeit mit Howard bereitete ihr Unbehagen. Sie ließ die Augen zu dem großen elfenbeinernen Kruzifix schweifen, das über dem Sofa hing. Sie sagte: »Du hast sicher schon gehört, daß sie meinen Pappa nach Danby gebracht haben?«

»Na ja, ich hab so was gehört«, sagte die Tante.

Das Haus hatte einen senfartigen Geruch. Loretta machte einen Vorstoß.

»Wie schlecht ist er denn dran, weißt du es?«

»Nein.«

»Hat Billy was drüber gesagt?«

»Ein bißchen was.«

»Es tut mir leid, daß sie ihn mitgenommen haben. Ich meine, er war ja kein schlechter Kerl, er hat bloß zuviel getrunken. Manchmal war er irgendwie wirr, aber verrückt war er nicht. Hat Billy ihn gesehen? Ich meine, haben sie ihn verhaftet oder sowas?«

»Wirklich gesehen hat ihn Billy nicht«, sagte die Tante etwas kühl. »Aber gehört hat er davon. Howard hat vermutlich davon gehört. Warum fragst du nicht ihn?«

»Ich glaube nicht, daß Howard was darüber weiß.«

Lorettas Tante sagte nichts, schürzte nur affektiert die Lippen.

»Hat man ihn bei einer Rauferei oder sowas festgenommen? Hat er ein Fenster eingeschmissen? Hat er jemand verletzt?«

»Ich weiß es wirklich nicht.«

»Sie würden ihn nicht einfach mitnehmen, wenn er gar nichts getan hätte.«

»Es tut mir leid, ich weiß es einfach nicht.«

»Wie lange sperren sie einen denn ein?«

»Wie lang? Bis man wieder gesund ist, denk ich.«

Sie war verblüfft, daß ihre Tante das sagte, daß sie es so großmütig sagte. Die Hände der Frau lagen schlaff in ihrem Schoß; sie war immer so kalt und fremd gewesen.

»Er ist doch nicht übergeschnappt, oder?« fragte Loretta schwitzend.

»Fahr hin und besuch ihn«, sagte die Tante.

»Ich will ihn nicht besuchen gehen. Ich hab Angst, ihn zu sehen«, sagte Loretta.

In der Straßenbahn nach Hause saß sie mit auf dem Bauch gespreizten Händen, ihre Gedanken wandten sich voller Schrecken nach innen und hinunter in ihren Leib; sie überlegte, ob das Baby schon fix und fertig sei – ein Junge oder ein Mädchen, sie hoffte, es würde ein Junge, *Jules.* Sie dachte daran, wie sie das Kind kriegen würde. Sie dachte, wie es wohl wäre, ein eigenes Kind zu haben. Aber als sie aus der Straßenbahn ausstieg, fing sie plötzlich an zu weinen, weil es nicht gerecht war, daß ihr Vater festgenommen und in diese Anstalt gebracht worden war, wie ein Verrückter, nur damit er aus dem Wege war. Sie stellte sich ihn in einer Zwangsjacke vor. Sie stellte sich vor, wie jemand in sein Zimmer kam und die Zigarrenkiste voller Papiere umwarf, und die Papiere herumstieß ...

Als Howard an diesem Abend heimkam, saß sie im Schlafzimmer hinter zugezogenen Vorhängen. »Bist du zu Hause?« rief er. Sie antwortete leise. Das schien ihm zu genügen, denn er sagte nichts weiter. Er ging ins Bad. Sie hörte ihn dort drin, hörte die Geräusche ohne besonderen Widerwillen, weil sie sie ihr Leben lang gehört hatte, und Howard machte wenigstens die Tür hinter sich zu. Dann kam er ins Schlafzimmer und zog sein dunkles Hemd aus. »Heute habe ich einen wirklich dollen Witz gehört, über Eleanor Roosevelt und einen Nigger, aber ich weiß nicht mehr, wie er ging. Kennst du'n schon?«

»Nein.«

»Was hast du denn?«

»Ich mach mir Sorgen wegen meinem Vater.«

Er schwieg und zog sich aus. Er warf seine Kleider aufs Bett. Wenn er von der Arbeit heimkam, schien Howard zu altern, sein Bart sproßte mit der Intensität seiner Sorgen, und er brauchte viele Stunden tiefen Schlaf, ehe sich die leicht fette Gesundheit seines Gesichtes erneuerte. Er warf einen Seitenblick auf Loretta.

»Du weißt was davon, nicht wahr?« fragte Loretta.

»Sie haben ihn für eine Dreißig-Tage-Beobachtung mitgenommen.«

»Was heißt das?«

»Sie beobachten ihn dreißig Tage lang.«

»Aber warum?«

»Er hat sich komisch aufgeführt.«

»Wie hat er sich denn aufgeführt?« schrie Loretta.

»Als ob er verrückt wäre.«

»Wer kann sagen, ob einer verrückt ist? Warum hast du mir nichts davon erzählt?«

»Weil er's dort oben besser hat.«

»Wieso hat er's dort besser?«

»Verstehst du, er ist beinah von einem Auto überfahren worden! Er ist ständig besoffen. Auf der Polizeiwache hat er gesagt, sie könnten ihn ebensogut erschießen, er hätte keine Lust mehr zu leben. Er war immer ein bißchen komisch und droben in Danby hat er's besser, also nun laß schon!«

»Wann können wir ihn besuchen?«

»Erst nach dreißig Tagen.«

»Das ist nicht wahr.«

»Wer behauptet, daß das nicht wahr ist?«

»Aber dreißig Tage, das ist ja ein Monat! Er wird dort oben ganz allein sein, und davon wird es nur schlimmer mit ihm. Ich hab gehört, wie es dort ist.«

»Na, jedenfalls sind wir ihn los«, sagte Howard.

Verstockt schweigend stand er da, von ihr getrennt und wartete. Sie sah, daß er ein Mann geworden war, ein Mann wie ihr Vater oder die Väter ihrer Freundinnen oder irgendein Vater irgendwo, irgendein Mann, schweigsam und zornig, hungrig, aber ungeduldig mit dem Essen, das er auf dem Teller herumschob, behaftet mit der schrecklichen Bürde des Fleisches, der jemand wie Loretta brauchte, um sich zu erleichtern. Sie weinte um ihren Vater und um Howard und spürte, wie ihr ganzer Körper bitter wurde. »Und wenn er dort oben stirbt? Dort stößt man sie rum, ich weiß es. Sie werden geschlagen!«

Howard stieß einen verächtlich grunzenden Laut aus.

»Und du, was ist, wenn du mal irgendwann dort hinkommst?

Glaubst du, du bist so schlau, daß dir sowas nicht passieren kann?«

»Mir passiert sowas nicht«, sagte Howard.

»Und hat er wirklich gesagt, daß er sterben möchte? Hat er das wirklich gesagt?«

Howard ging aus dem Zimmer.

»Hat er gesagt, daß sie ihn ebensogut erschießen könnten?« schrie Loretta.

Howard antwortete nicht.

Soviel über Jules' Großvater.

4

Jules wurde in einem milden Monat geboren und brachte mit seiner Energie und Unruhe eine neue Zeit. Jetzt kam Mama Wendall beständig herüber, jeden Tag, und jeden Tag schütterte die Treppe unter ihren gewichtigen Schritten. Aber Loretta sah auf das Baby und alles andere fiel von ihr ab, wie in einem Film, wo manchmal der Hintergrund verschwommen wird. Sie stieß gegen die Dinge. Sie ließ das Radio weiterspielen, wenn der Sender sich verschoben hatte und nur Störungsgeräusche kamen, was Mama Wendall nicht ausstehen konnte, die scharfe Ohren und scharfe Augen hatte.

Immer brachte sie dem Baby etwas mit. Eines Tages brachte sie ihm eine Gummipuppe.

Ein anderes Mal, als Jules fast ein Jahr alt war, kam Howard am frühen Nachmittag nach Hause, mit wankenden Beinen und sagte schon in der Tür, er sei von der Polizei *zeitweilig amtsenthoben,* Worte, die sie nie zuvor hatte aussprechen hören, die Art Worte, die in eine Zeitung gehörten. Schon sein betrunkener Ernst ängstigte sie.

»Amtsenthoben, – was bedeutet das?« schrie sie.

»Sowas wie Bewährungsfrist.«

»Aber was bedeutet es?«

Er setzte sich an den Küchentisch und ließ das Kinn hängen. In diesem Augenblick erinnerte er Loretta an ihren Bruder, obwohl Howard nicht so gescheit war wie Brock: es war die Haltung der Hoffnungslosigkeit. Sie legte ihre Hand auf den weichen, warmen Kopf des Kleinen, auf seine seidenweichen Härchen und dachte entsetzt: *Dann ist also nicht alles geordnet in meinem Leben.* Howard stupste die Gummipuppe mit dem Zeigefinger, sein Gesicht hatte keinerlei Ausdruck.

Nach einer Weile sagte er: »Da gibt's diese Kerle, die mit Restaurants zu tun haben. Mit Bars. Wie die im Lenox-Hotel, in dem Lokal. Dem Lenox-Hotel.«

Er stockte. Loretta sah ihn starr an.

»Die gehören irgendwie zur Gewerkschaft. Ich weiß nicht.«

»Wovon redest du eigentlich?«

»Da fällt Geld ab.«

»Von wem?«

»Von den Hotels.«

»Geld? Wieso denn? Hast du Geld genommen?«

Howard rutschte auf dem Stuhl hin und her. Er sah bärenhaft und zerwühlt aus, aber dennoch war etwas seltsam Zerbrechliches an ihm. In der Niederlage sahen sogar die Haare auf seinen mächtigen Gelenken und Händen zarter aus. Ihr Vater hatte während seiner stillen, schlimmen Zeiten, wenn er so am Küchentisch saß, auch zart ausgesehen. Es war das einzige Mal, daß Männer zart aussahen – wenn sie sich geschlagen gaben.

»Hast du Geld genommen?« fragte Loretta.

»Nein.«

»Warum haben sie dich dann rausgeschmissen.«

»Sie haben mich nicht direkt rausgeschmissen.«

»Warum ist . . . Warum ist das also passiert.«

»Fünfzehn Burschen hat's erwischt. Ich war einer davon.«

»Aber wenn du unschuldig bist –«

»Das ist nicht so leicht zu beweisen«, sagte Howard, ohne sie anzusehen.

Nach einer Weile sagte Loretta: »Diese Schweine versuchen, dich reinzureiten! Das darf man ihnen nicht durchgehen lassen!«

Howard seufzte, den Seufzer von Lorettas verschwundenem Vater.

»Wir wollen lieber zu deiner Mutter gehen und es ihr sagen«, sagte Loretta.

Sie zogen ihre Sonntagskleider an, als ob Sonntag wäre. Howard war mürrisch und gleichmütig, Loretta war gepudert, aufgebracht und aufgeregt. Sie trug den Kleinen und schwatzte davon, daß sie das nicht ungestraft lassen dürften, diese Schweine, ihm die Schuld zuzuschieben, wo er doch gar nichts getan hatte. Ihr Vetter Billy sei auch aufgeflogen, sagte Howard. Gut, sagte Loretta. War Billy schuldig? Howard meinte ja, er wußte nicht allzuviel von der ganzen Geschichte, er war ein Außenseiter und ihm erzählte nie jemand was ... Geschieht Billy recht und seiner Mutter auch, dachte Loretta, und stellte sich ihren Vetter in seiner schneidigen Uniform vor, wie er endlich vom hohen Roß herunter mußte, und aus seinem Streifenwagen gejagt wurde, auf den er so stolz war (Howard patrouillierte zu Fuß) und gezwungen, seine Waffe und Dienstmarke abzugeben. Gut, sollten sie alle herunter müssen. Und die Leute an der Spitze? fragte sie. Das waren alles Verbrecher, sagte Howard übellaunig, aber ohne Überzeugung. Loretta sprach fließend in ihrer Erbitterung: so sei die Welt! Verrückt, so etwas!

»Mein Vater hat immer wieder seine Stellung verloren«, sagte sie aufgebracht. »Immer ist irgendwer gekommen und hat ihn rausgeschmissen. Irgendein Neffe oder Schwiegersohn von jemand, oder sonst ein Dreckskerl ist aus heiterem Himmel aufgetaucht und sie haben meinen Pappa rausgeschmissen und einem anderen Kerl die Stellung gegeben. Immer wieder war er unten durch. Keiner hat ihm seine Chance gegeben. Wenn er verrückt geworden ist, dann deswegen.«

»Nee, er hat nie 'ne Chance gehabt«, sagte Howard.

Das kleine Fachwerkhaus der Wendalls erschien Loretta heute unheilverkündend; sie wußte nicht genau, was daran verkehrt war. Dann kam sie darauf: Alle Vorhänge waren zugezogen. Howard merkte es auch. Er trug den gleichen mürrischen, insgeheim befriedigten Ausdruck zur Schau wie schon den ganzen Nachmittag, als habe das Schlimmste ihn endlich eingeholt und sei nun vorbei; aber seine Augen blickten wachsam. Seine Augen mit ihrer seltsamen Mittelpunktlosigkeit, in dem breiten Gesicht, waren unruhig, obwohl alles übrige bei ihm lastend und niedergeschlagen war. Sein energischer Polizistengang, die hochgezogenen Schultern, er hatte sie zusammen mit der Uniform abgelegt und ging jetzt wieder wie ein Stellungsloser – in der Haltung eines Menschen, dem Erfolglosigkeit vertraut ist, mit vorgewölbtem Magen, formlosem Brustkasten, die Schultern nach vorne hängend, als gehe es sich so leichter, vorgebeugt, in eine Zukunft von purem Ernst.

Mama Wendall wartete in der Tür. Loretta merkte, daß Howard bei ihrem Anblick etwas zurückblieb. Doch seine Mutter riß schnell die Tür auf und kam heraus, einen Besen in den großen Händen. Sie fing an zu schimpfen: »Du blöder Idiot! Du Dummkopf du!« Sie holte mit dem Besen nach ihm aus. Er versuchte, ihn abzuwehren und winselte: »Mamma, paß doch auf, das tut ja weh«, aber sie kümmerte sich nicht darum, stürzte auf ihn los und zog ihm den Besen kräftig über die Schultern.

Das Baby fing an zu brüllen. Loretta wich ängstlich zurück, in irgendwelches Gerümpel neben den Treppenstufen: Sperrholzkisten und Abfall.

Howard hielt, solang die Mutter ihn schlug, die Arme vors Gesicht. »Schande hast du uns gemacht, du«, schrie die Mutter. »Du dämliches Arschloch, du Riesenkalb, du blödes!« Ihr Haar war grau und wirr, ihr breites Gesicht glänzte von Schweiß. Jetzt, wo sie Howard bei der Veranda in die Enge getrieben hatte, gab sie angewidert auf und warf den Besen nach ihm. »Fängt mit Huren was an! Nimmt Geld von Huren! Willst du deiner Mutter das Herz brechen, oder was? Willst du deinen Vater umbringen? Soll ihn der Schlag treffen? Willst du ihn tot im Sarg liegen sehen und daran schuld sein, du Rotznase, du Neunmalklug! Dollarscheine genommen von den Huren, diesen Drecksschlampen mit ihren Krankheiten! Hast womöglich eine Krankheit mit heimgebracht, was, und kommst zu Besuch und benutzt unsere Toilette, was? Etwa nicht? Etwa nicht?«

»Mamma, nein!« rief Howard.

»Jetzt geh rein, du Dummkopf. Sollen die Nachbarn alles hören?«

Sie scheuchte sie beide hinein. Ihr schwerer Körper schien hinter ihnen zu schaudern, die Tür zu blockieren, sie keuchte vor Entrüstung. Loretta rumpelte direkt in den Küchentisch hinein. Ihr war schwach, und Mama Wendall nahm ihr das Baby hastig ab und fing an, es ärgerlich zu wiegen. Dicke Tränen liefen ihr über das graue, grobe Gesicht. »Das Kind von so einem Vater. So einem Vater! Mein eigener Sohn und so ein blöder Dummkopf!«

Papa Wendall saß im verdunkelten Wohnzimmer und hörte Radio. Sie wurden zu ihm ins Zimmer gepfercht. Howard setzte sich kläglich auf das Sofaende und verbarg sein Gesicht in den Händen.

»Ja, heul, los, heul nur, jetzt wo es zu spät ist, du Riesenochse!« schrie seine Mutter. Sie wiegte den Kleinen vor der Brust und blickte durchdringend von einem Gesicht zum anderen.

Loretta stand völlig regungslos. Sie fühlte sich wie ein Gast, den noch keiner bemerkt hat. Sie fühlte, daß bei einer plötzlichen Bewegung von ihr Mama Wendalls ganzer Zorn sich ihr zuwenden würde. Papa Wendall, ein Mann mit einer Brille und einer langsamen, grunzenden Art, sah keinen an. Hinter seinem

Ellbogen, aus einem Radioapparat, der sich teilweise in der Dunkelheit des Zimmers verkroch und mit dem dicken Häkeldeckchen verschmolz, das ihn bedeckte, kamen die täglichen Sportnachrichten.

»Und zu Hause gibt's auch Ärger, dort auch«, sagte Mama Wendall grimmig, und meinte die alte Heimat. Wie sie da riesenhaft im Halbdunkel aufragte und den Kleinen vor ihren Brüsten wiegte, schien sie über die Welt und über ihren Enkel zu brüten, Betrachtungen über ihn anzustellen; mit ihren großen starken Fingern hielt sie dieses Kind gepackt und aus solchen Fingern konnte niemand es mehr wegnehmen. »Und du, du armes Baby, Sohn von so einem Vater«, wimmerte sie.

»Aber er hat doch nichts getan«, flüsterte Loretta.

Mama Wendall schaute nicht einmal zu ihr hin.

»Die haben ihm was angehängt, aber er hat doch bei denen gar nicht mitgemacht. Es war ganz was anderes, es war was mit einem Hotel.«

Nach einem langen, wütenden Augenblick sagte Mama Wendall: »Und ob er was getan hat!«

Sie war größer als ihr Mann, etwa so groß wie Howard, eine leicht grobnasige Frau in den Fünfzigern, kräftig gebaut und großknochig, mit eher angenehmen starken Farben, die nun einen grauen Ton hatten, die Farben einer Waschfrau, riesigen Ohren, die aussahen, als habe man ein Leben lang vergeblich daran gezogen, und einem breiten, eingeschnürten Hintern. Sie war gerissen und berechnend und erlaubte sich nie, wütend zu werden, außer wenn sie auf dem richtigen Weg war; sie irrte sich nie. Daher erfuhr Loretta zu ihrer Verzweiflung, daß Mama Wendall recht hatte und Howard schuldig war und daß er sogar irgendwas mit Prostituierten zu tun gehabt hatte. Ja, es klang alles einleuchtend. Mama Wendall machte nie einen Fehler.

»Also, was wir jetzt tun werden, ist *Folgendes*«, sagte Mama Wendall ärgerlich.

5

»Frühjahr ist eine gute Zeit für Umzüge«, sagte Mama Wendall.

Howard fuhr den Lastwagen, seine Mutter fuhr mit ihm, und der Rest der Familie folgte in Papa Wendalls Wagen. Sie waren auf dem Weg aufs Land. Sie zogen zu einem Onkel von Howard, einem alten Mann, der damals, als alle anderen weggingen, auf der Farm geblieben war. Howard hatte bereits einen Job in der Gipsfabrik – er war nicht so gut wie bei der Polizei, aber ganz gut. Loretta saß auf dem Rücksitz des alten Ford, eingeklemmt zwischen einige Kisten und ihre Schwägerin Connie, ein fettes Mädel von vierzehn. Connie bewahrte immer ein verbohrtes, mürrisches Schweigen, ihre Lippen standen leicht offen. Der Kleine war bereits naß, wie Loretta feststellte, aber es war zu spät, ihn umzuwickeln; er lag kläglich auf ihrem Schoß, wand sich und wimmerte. »Ein Temperament hat der Kleine«, klagte Loretta heiter in die Luft.

Papa Wendall fuhr, er folgte dem Lastwagen in sicherem Abstand. Seine Arme bewegten sich steif und er zeigte selten, daß er Loretta hörte. Dennoch konzentrierte sich Loretta auf seinen faltigen Nacken und versuchte sich zu unterhalten; sie hatte sich aus der Familie ihres Mannes den Papa ausgesucht, um ihn zu »mögen«. Er war zehn Jahre älter als seine Frau.

Die Fahrt war lang und holprig, und Howard hatte unterwegs einen Plattfuß, daher standen sie in der Abenddämmerung herum, während er und sein Vater schufteten, um das Rad auszuwechseln. Mama Wendall machte viel Getue mit dem Baby und ihre listigen Augen richteten sich auf den Horizont, als könne sie dort erkennen, was als nächstes kam. Weil sie so groß war, schien sie weiter sehen zu können als die meisten Menschen. »Sich regen bringt Segen«, sagte sie mit einem sonderbaren, zufriedenen Seufzer und schüttelte Jules in ihren Armen.

Connie stieg nicht aus. »Du mit deinem fetten Hintern solltest aussteigen und dich zur Abwechslung mal ein bißchen bewegen«, sagte ihre Mutter nicht unfreundlich. Nun sie die Stadt hinter sich gelassen hatten und auf dem Weg zu einer neuen Existenz waren – ihrer Vorstellung von einer neuen Existenz –, war sie recht zufrieden.

Loretta stand in ihrer Nähe, wegen des Kleinen. Wenn Mama Wendall ihn fallen ließ, wenn dem Baby irgend etwas passierte, dachte Loretta, würde sie der alten Schraube eine Schere in den Hals rennen. Sie haßte Mama Wendall. Aber Loretta machte in Gegenwart der anderen gute Miene zum bösen Spiel, suchte Howard aufzumuntern, Connie dazu zu bringen, sich mit ihr anzufreunden, und den alten Mann dazu, hie und da mal etwas zu äußern, denn schließlich sollten sie ja von nun an alle zusammenleben, und sollten sie da nicht Freunde werden? Doch von der ganzen Gesellschaft war nur Mama Wendall zum Reden aufgelegt, und ihre Redseligkeit umging Loretta irgendwie und schloß sie aus. Es war sonderbar.

Manchmal sagte sie mit einem spitzen Lächeln: »Hat das Kind Fieber?« oder »Ist denn dieses Kind schon *wieder* naß?« Und Loretta ärgerte sich darüber, wie raffiniert und gerissen sich die Augen der alten Frau auf dasjenige richteten, was an Loretta jung und daher hilflos war; wie sie es verstand, das aufs Korn zu nehmen!

Aus Melancholie und müder Freude erhob sich in ihr oft das hilflose Gefühl, daß jeder, der geboren war, nur eine Persönlichkeit, nur eine einzige Persönlichkeit sei, und daß dieser persönliche, private, namenlose Kern des Selbst nicht zu unterdrücken war, daß man ihm auch nicht ausweichen konnte; deshalb gab sie Mama Wendall ihr böses Lächeln mit einem ganz vagen Lächeln zurück und dachte bei sich: *Na, ich bin jung, ich kann es aushalten,* oder sie dachte, *er hat mich vor etwas Entsetzlichem errettet, der Howard, gehört nicht seitdem mein Leben ihm und seiner Familie?*

In dieser Familie gab es merkwürdige Typen, grundverschiedene, zugeknöpfte. Der Interessanteste war Howards älterer Bruder Samson, der Werkzeugmacher bei Ford in Detroit war, offenbar gut verdiente, aber keine Lust hatte, Geld nach Hause zu schicken. Sie sprachen oft von Samson, manchmal voller Bitterkeit, manchmal voller Stolz, manchmal, um Howard herunterzusetzen, der schließlich und endlich rausgeflogen war, zwar aus einem lausigen Job, aber auf dem Weg zu einem noch lausigeren. Howard erwähnte seinen Bruder nie, niemals. Es gab eine Tante von fünfzig, die Nonne war, die ihren Orden verlassen und dann doch wieder dorthin zurückgekehrt war und von der alle sagten: »Sie war verrückt, aber harmlos.« Und dann gab es diesen Onkel von Howard, zu dem sie ins Haus zogen. Er hieß Fritz und war über siebzig. Er war ein Einsiedler, sagten sie, und man müßte ihn wieder in die Welt »einführen«. Mama Wendall sagte, er brauche eine Frau im Hause, um es sauberzumachen und ihn ordentlich zu bekochen. Die Farm lag in der Nähe einer Kleinstadt. Überall rings um diese Stadt war das Ackerland verlassen, weil die Farmer vor Jahren Grund und Boden verkauft hatten und fortgezogen waren, um dem Staub und der Dürre des mittleren Westens zu entkommen und auf die Städte losgesteuert waren, auf die sozialen Wohnbauten, die Fürsorge, die Arbeitslosigkeit. Doch Fritz hatte nicht Grips genug gehabt, zu verkaufen, sagte sie, und so war er denn geblieben, und die Stadt holte langsam auf, die Gipsfabrik hatte wieder eröffnet, und sie waren unterwegs mit ihrem Laster voller Möbel und Kisten und Schachteln, um sich für immer niederzulassen. Wie Mama Wendall sagte: »Amerika, das ist in Wirklichkeit das Land und nicht die Stadt. Die Menschen sollten auf dem Lande wohnen. Das Land ist ein besserer Ort als die stinkige Stadt für so ein Kleines. Seht euch doch an, was die Stadt aus Howard gemacht hat.«

In jenem ersten Monat draußen auf dem Lande lag Loretta manche Nacht wach und weinte, wenn sie das alte Haus knarren hörte, und in der Dunkelheit ringsum weichgeflügelte Insekten spürte, alles so geheimnisvoll und feucht. Sie dachte an die schöne, schmutzige Stadt mit ihren Amtsgebäuden aus falschem Marmor und ihren Warenhäusern und Aufzügen und ihren verkümmerten, offenen Parks, wo man sich mit jedem treffen konnte. Sie ließ ihr Erinnern zurückkehren zum Anblick des lehmigen Kanals und seiner hochaufgemauerten Kais, den erschreckenden Anblick eines Kanals mit steilen Ufern, in den man hineinfallen und hilflos ertrinken konnte; sie lag Rücken an Rücken mit Howard, mit entzündeten Augen, niedergeschlagen, und die Worte von Mama Wendall dröhnten ihr in den Ohren, so wie die sich stapelnden Teller auf Mama Wendalls Küchentisch sie vorwurfsvoll anblickten, nun sie wieder schwanger war und zur Übelkeit neigte – es war alles zu viel, zu viel. Hier draußen auf dem Land, hier draußen in diesem geheimnisvollen Lande voller Grillen, wo alles geschehen konnte und doch überhaupt nie etwas geschah, wo Howard zu seiner langweiligen Arbeit ging und wiederkam und keinem alten Freund begegnete, auf keine besonderen Vorfälle stieß, schwunglos, langweilig, fett war – hier draußen war gute, reine, frische Luft für den Kleinen, aber sonst auch nichts. Loretta weinte nach ihrer verlorenen Stadt und ihrer unreinen Luft.

Wenn sie und Howard endlich allein waren, so hatten sie – besiegt von Mama Wendall – einander wenig zu sagen. Es war, als ob seine Mutter noch immer bei ihnen im Zimmer sei, sie mit ihrer massiven, gefurchten Stirn beäugte, beurteilte. Sie hatte den Kopf eines Standbildes, eine unglaublich häßliche Stirn, scharfe, grüne Augen. Zwar war ihr Körper wie der ihres Sohnes, kuhhaft, bärenhaft, aber ihre Augen waren grausam wissend und ihnen entging nichts. Howard bewegte sich langsamer, wurde fett und war noch keine Dreißig, dachte Loretta voller Angst, und ließ sich schon so gehen! Sie wälzte sich in ihrem Bett hin und her und dachte an dieses Ungeheuer von Weib und ihren Sohn, Arm in Arm, und sie, Loretta, stand bitter und hilflos draußen: die Ehefrau, die Mutter, die Schwangere, und wurde draußengelassen. Ihr Herz füllte sich mit Bitterkeit.

Das Haus, in dem sie wohnten, war eine alte Scheune und dahinter standen alte, verwitterte Scheunen, eine davon halb heruntergebrannt nach einem Blitzschlag. Viele der Bäume ums Haus waren vom Blitz getroffen worden und vernarbt. Loretta nahm es als böses Omen. In der Stadt wurde nie etwas vom Blitz getroffen, aber hier draußen, draußen im Freien konnte der Blitz beliebig niederfahren. Alles war zu offen. Sie wohnten an einer Landstraße auf der Kuppe eines Hügelchens. Diesen Hügel stürzten bei Gewitter Ströme von Regenwasser hinunter und sammelten sich zu Pfützen, die tagelang stehenblieben, drunten im Apfelgarten; und es gab einen regelrechten Fluß, nicht weit weg, den kleinere Bäche und Gräben speisten, zu dem Loretta Jules zum Spielen führte, ohne großes Vergnügen, während das Kind vor Freude lachte. Wäre Jules nicht bei ihr gewesen, um ihren Blick auf das Naheliegende zu lenken, sie wäre verrückt geworden, aber Jules genügte; seine bloße Lebhaftigkeit und seine Quengeligkeit genügten, um sie zu beschäftigen. In der Küche regierte Mama Wendall und jagte sowohl Loretta wie auch Connie herum, kommandierte sie, hänselte sie, mahnte sie unversehens mit einem Rippenstoß, sich gerade zu halten; und draußen kamen bei Gewitter die Blitze gefährlich nah und ängstigten Loretta; und das alte Haus war voller Küchenschaben und Mäuse, und sogar Ratten konnten ungehindert eindringen, um sich die neuen Bewohner anzusehen. Aber sie hatte immerhin Jules und war wieder schwanger, das hinderte sie daran, durchzudrehen.

Der Sommer verging. Ein weiterer Winter verging, eine Woche lang waren sie eingeschneit und rückten enger zusammen aus Verkrampftheit und Haß – alle außer Mama Wendall, die schien es zu genießen. Sie genoß »Notstände«. Sie schritt durchs Haus und kommandierte, stopfte Zeitungspapier in die Spalten rings um die Fenster, zog Überschuhe und Mantel ihres Mannes an und ging ins Freie und fuhrwerkte mit der Schaufel in dem unfaßbaren Schnee herum. Ehe das Frühjahr da war, hatte Loretta für ein zweites Baby zu sorgen, und ihr Leben war im stumpfsinnigen, schläfrigen Einerlei von Hausarbeit und Kinderpflege unter der Oberhoheit der Schwiegermutter erstarrt. Die Männer des Hauses waren für gewöhnlich schweigsam. Howards Schweigsamkeit wurde von Woche zu Woche, von Tag zu Tag schlimmer; er schien in die mittleren Jahre zu kommen, und was an Privatleben er hatte, an den Tagen, an denen er nicht von der Gipserei sofort heimkam, wußte Loretta nicht und konnte ihn nicht danach fragen. Sie wagte es nicht, ihn zu fragen. Howard war jetzt Vater, einer der Väter der Welt, von seiner Arbeit in Anspruch genommen, die er haßte, und mürrisch von der täglichen Plage seines Körpers, der so träge und widerspenstig war. Jules' Lebhaftigkeit bereitete ihm ein unbehagliches Erwachen – Howard pflegte zu sagen: Schaff mir dies Kind vom Hals – aber das neue Baby, Maureen, freute ihn, das meistens schlief und keinen Ärger machte. Howard saß während langer Zeiträume da und starrte in das Bettchen der Kleinen. Jules schien seines Vaters Gleichgültigkeit nicht zu merken, war aber in seiner Begeisterung überall gleichzeitig – ein Junge mit dunkelbraunem leicht gewelltem Haar, dunklen Augen und langen dunklen Wimpern. Wenn er zu sehr lärmte, gab ihm Loretta manchmal in ihrer Not ein paar Schluck Bier, um ihn zum Schweigen zu bringen. Sie trank jetzt selbst Bier, um ihre Nerven zu beruhigen. Von den beiden Kindern glaubte Loretta Maureen vorziehen zu müssen, die ja schließlich weiblich war, aber sie hatte die Vorstellung, Jules wäre der Gescheitere: Mama Wendall glaubte, die zuerst Geborenen wären immer die Schlausten. Sie war fest überzeugt, Verstand wäre das Wichtigste. Wenn Jules manchmal stotterte, so war das nur, weil er es so eilig hatte, die Dinge auszusprechen, dachte sie; das bedeutete, daß er schneller war als alle anderen. Menschen, die vorwärtskamen, Menschen am Radio – H. V. Altenborn war ihr besonderer Liebling, aus irgendeinem Grunde – wurden wegen ihres Verstandes erwähnt, wegen ihrer Schlauheit nämlich, einer Art leicht krimineller Neigung, die sie den Namenlosen auf der Welt, wie den Wendalls, voraushatten. Denn ihre Familie war sicherlich namenlos, rückständig, zum Verzweifeln, Howard in seinem Schweigen und Papa Wendall mit seinem Radio (im Winter hatte er sich den Rücken verletzt und konnte nicht mehr arbeiten), ganz abgesehen von der armen fetten Connie mit ihren Tagträumen, die auf einen Mann wartete, und dem Besitzer dieses großen, zugigen Hauses, Tyler, einem Mann, der sich im dreckigen Overall zum Abendessen setzte und nach Schweiß und Schmutz roch, ein gesichtsloser, schweigsamer Mann, den niemand wahrnahm.

Die Jahreszeiten vergingen in all diesem männlichen Schweigen, und nur Jules brach den Bann mit seinem Geschrei und Gejammer und seinem Lachen. Loretta, die manchmal höchlich verwundert war über den Sohn, den sie da geboren hatte, blühte ruckartig auf, sang hinten im Hof, während sie die schwere Wäsche aufhängte, lächelte vor sich hin, als hätte sie etwas sehr Gescheites getan und wüßte nicht, wie sie das geschafft hatte. Unmittelbar ehe Howard in den Krieg zog, wurde sie wieder schwanger, zum dritten Mal. Mit einer Art müßiger Neugier überlegte sie, ob dieses ihr drittes Kind von Howard sei oder vielleicht erst das zweite. Sie konnte nie entscheiden, ob Jules so aussah wie Howard oder wie Bernie Malin, manchmal dachte sie das eine, manchmal das andere. Aber all diese Energie und dieser Charme! Sie lag wach neben ihrem schlafenden Ehemann und träumte von Bernie, stellte ihn sich lebendig vor und lächelte dabei freundlich ins Dunkel und stellte ihn sich in ihren Armen vor. Jules hatte Bernies Energie und Charme, soviel war sicher.

Wie andere Leute der Gegend gewöhnten sie sich daran, aufmerksam die Nachrichten zu hören und die Zeitungen zu lesen, sie unterhielten sich mit Leuten in der Stadt, verglichen die Nachrichten von ihren Söhnen und Männern und Neffen. Sorge und Zorn brachte sie einander näher. Loretta hörte sich alles an, was sie nur erwischen konnte. Sie hörte gern reden, Frauen reden, fühlte sich zu ihnen hingezogen und von ihnen getröstet, selbst durch ihren hilflosen Zorn. Sie dachte an Howard »drüben in Europa« und versuchte sich vorzustellen, wie sein Leben aussah. Aber sie konnte es nicht spüren; sie konnte sich nicht vorstellen, daß Howard selber es spürte, daß es ihm bis ins Mark vordrang und daß es ihm etwas ausmachte. Sie stellte sich vor, daß er irgendwo saß, den Blick starr auf etwas in seiner Nähe geheftet, und aussah, als ob er halb schliefe, obwohl er hellwach und verdrossen war. Aber wenn eine der Frauen sie nach ihm fragte, antwortete sie rasch und fröhlich: »Ich hab eben erst einen Brief von ihm«, oder wenn sie eine Weile nichts von ihm gehört hatte, erwiderte sie betrübt, während ihre Augen in denen der anderen nach Teilnahme forschten: »Ich hab gar keine Nachricht!« Wenn Howard heimkam, dachte sie, dann würde all diese Teilnahme aufhören. Niemand würde sie mehr nach ihm fragen. Und mittendrin, während sie gerade an Howard dachte, entdeckte sie, daß sie wieder an Bernie dachte und ihn sich in Uniform vorstellte. Es war leichter, sich Bernie darin vorzustellen, als Howard. Der eine kam einem schneller vor das innere Auge als der andere, das war alles.

Unterdessen wuchs Jules schnell, indem er alles aß, was Mama Wendall ihm gab, die Teller leerte, die man ihm hinstellte, gehäuft voller Nudeln und Kartoffeln und Reis und Gemüse mit ein paar Brocken fettem Fleisch. Sein schmächtiger Körper brannte alles auf. Er war ein lärmendes, fröhliches Kind, und Loretta konnte nicht anders als ihn am meisten lieben. Er folgte ihr überallhin; er folgte seiner Großmutter überallhin; er verschwand und tauchte auf benachbarten Farmen auf, er spielte mit Kindern, die älter waren als er und hatte keine Angst vor ihnen. Er hatte vor niemand Angst. Loretta, das vorsichtige Mädel aus der Stadt, wunderte sich über all diese Courage bei dem Kind und über die Entfernungen, die es zurücklegte, manchmal sah sie bei der Heimfahrt mit Papa Wendall aus der Stadt den Kleinen in einem Graben mit anderen Kindern spielen oder mit der Eile eines Erwachsenen den Weg entlanggehen, noch ein Kind und schon so seltsam frei. Wenn sie für ihn anhielten, um ihn hereinzulassen, sagte er oft: »Nein, ich möchte nicht«, und winkte ihnen zu und sprang über einen Graben und lief in ein Feld davon. Er war wie ein wildes Tier, das davonlief, wenn sie nach ihm riefen; später tauchte er dann auf und war erstaunt, daß sie böse mit ihm waren. Er war widerspenstig und eigensinnig, ein rätselhaftes Kind, und Loretta kam allmählich der Gedanke, er müsse ein bißchen komisch im Kopf sein, wenn er da so auf den steinernen Stufen der Distriktschule saß und auf die Pause oder auf die Mittagsstunde wartete; er war erst fünf Jahre alt und noch zu klein für den Unterricht, aber das Gebäude selbst zog ihn an. Er lungerte den ganzen Tag dort in der Nähe herum und ging manchmal noch nach dem Abendessen wieder hin, nur um dort herumzulungern.

Es gab Zeiten, da kam er verschmiert und blutig heim, mit zerfetzten Sachen, und es war Mama Wendall, die ihn badete und ihm gute Ratschläge gab. Loretta versuchte ärgerlich zwischen sie zu treten, sie stotterte beinahe selbst, während sie sagte: »Das ist aber das letzte Mal, daß du mit diesem Dreckskerl spielst!« Doch Mama Wendall beachtete sie gar nicht und sagte würdevoll wie ein Pferd zu Jules: »Laß dir bloß nie was gefallen, du mußt deinen eigenen Weg machen.« Auch ihr entzog sich Jules, der schlaue kleine Kerl, und ging, wohin er wollte und kümmerte sich nicht um Steine, die man ihm nachwarf, oder um höhnische Anspielungen auf seinen Großonkel, den verrückten Einsiedler.

Loretta schrie ihn an, wenn er nicht brav sei, dann werde sein Vater nie wieder heimkommen. Sein Vater, sagte sie, werde einen anderen kleinen Jungen mitbringen und Jules hinauswerfen und wie ihm das wohl gefallen werde. »Dann geh ich und schlaf in Bentons Scheuer«, sagte Jules, der praktisch Denkende. Er zeigte keinerlei Ängstlichkeit. Loretta gab klein bei und überlegte, warum sie wohl gemeint hatte, daß er sich ängstigen würde. Was hatte es für einen Zweck? Es nützte niemand. Sie gab ihm darum Bier, wenn er bockig war, und manchmal verhaute sie ihn, wenn er immer wieder aus dem Bett stieg. Sie strengte sich besonders an, liebevoll zu den beiden kleinen Mädchen zu sein, und Jules auszuschließen, aber er schien zu wissen, daß er ihr Liebling war, der einzige wirkliche Mann in diesem Grab von Haus voller schweigsamer Männer; Howard war, seit er in den Krieg gezogen war, nicht stiller in seiner Abwesenheit als er es daheim gewesen war. Jules mit seiner Herumraserei ließ das Haus erzittern. Loretta und Mama Wendall blickten einander an und teilten einen verstohlenen, heimlichen Stolz, wenigstens diesen Jungen produziert zu haben – der Rest taugte nicht viel.

Eines Sonnabends fuhren alle außer Fritz in die Stadt, um eine Sensation zu besichtigen, die sich ereignet hatte – ein Flugzeug mit zwei Insassen war irgendwo abgestürzt. Der Spritzenwagen der Freiwilligen Feuerwehr parkte neben dem Weg, Feuerwehrleute arbeiteten inmitten flammender Trümmer und Wrackteile, und um sie war ein Kreis von Menschen, erregt angezogen von dem wallenden schwarzen Qualm des Treibstoffbrandes. Die Luft erzitterte in Hitzeausbrüchen. Es sah aus, als schaudere sie in heftiger Vorfreude darauf, daß etwas Fürchterliches geschah. Die Feuerwehrmänner waren sämtlich alt oder in mittleren Jahren, und die Männer, die zusahen, waren ebenfalls entweder alt oder in mittleren Jahren oder kleine Jungen, darum kam es Loretta so vor, als sei dieser Absturz ein Ereignis, durch das hindurch sie ins Leere starren könnte, ohne daß ihr Blick durch einen männlichen Körper angezogen wurde oder ihr eigener etwas damit zu tun hatte. Sie war völlig frei und behütet. Sie war jetzt selbst etwas korpulent geworden, infolge von Mama Wendalls stärkehaltigem Essen, und sie machte sich nie die Mühe, sich zurechtzumachen oder zu frisieren, sie war aber ein fest auf den Beinen stehendes Bauernmädel, braungebrannt, das

Jüngste, Betty, in den Armen, während Maureen neben ihr herwatschelte und Jules vorauslief, und strebte dem Aufregenden dort drüben zu, angezogen von dem Lärm. Howard mochte gerade in diesem Augenblick sich in einer solchen Katastrophe befinden, brennen, aus seinen trägen Knochen hinauskatapultiert werden, doch dieser Gedanke war nicht wirklich glaubhaft. Es hieß, die abgestürzten Männer seien Beamte der Regierung, Männer, die Howard nicht glichen und dazu bestimmt waren, eines plötzlichen flammenden Todes zu sterben, nicht wie Howard, der vermutlich beim Heimkommen genauso aussehen würde, wie er damals wegfuhr.

Loretta blieb am Rande der Menge stehen und sah zu. In Wirklichkeit wollte sie nicht allzuviel sehen. Der Brand genügte ihr. Sie hatte nicht gewußt, daß die Luft so einschrumpfen und in der Hitze wabern konnte; und sie hatte noch nie einen solchen Brand gesehen! Das also sagten die Photos von brennenden Flugzeugen aus – die wabernden, schluckenden Geräusche von einem Benzin- und Ölbrand, ein sonderbarer Ton, der sie an flatternde Laken auf der Wäscheleine denken ließ. Gras brannte rings um die Maschine. Pflanzen fingen Feuer und verwelkten in Sekundenschnelle, Flammen entzündeten ihren dunklen Kern, wurden blendend hell und waren im nächsten Augenblick zu Asche verzehrt. Sie stand wie angewurzelt und wollte nichts mehr sehen. Alle anderen drängten nach vorn und schwatzten dabei. Kinder liefen frei herum. Jules hatte die vorderste Reihe durchbrochen, nachdem er sich von ihrer Hand losgerissen hatte. Sie sah, wie eine Frau ihn zurückschubste, aber er fand sofort das Gleichgewicht wieder und drängte nach vorn. Loretta rief: »Jules! Komm da weg!« Dann verlor sie ihn aus den Augen. Die Menge zertrampelte die Wiese und jeder wollte unbedingt in die Mitte, wollte das Zentrum des flammenden Wracks sehen, war unzufrieden damit, nicht alles sehen zu können. Jemand stieß einen Schrei aus. Ein Chor von Ausrufen antwortete – überraschte, verblüffte und irgendwie verzweifelte. Loretta machte kehrt, sie wollte nichts sehen, war aber auch nicht sehr erregt, eher unbewußt verärgert durch die Hitze, die vielen Menschen und dadurch, daß Jules sich losgerissen hatte – warum nur war alles so mühselig, dachte sie, warum war sie immer unglücklich?

Sie schlenderte zurück in die Stadt. Sie begegnete Connie in einem Drugstore, wo sie sich mit einem Jungen mit eingesunkenem Brustkasten unterhielt, der dort arbeitete, und sie fragte

Connie, ob sie Jules gesehen hätte, Jules sei weg. Nein, Connie hatte ihn nicht gesehen, deshalb ging Loretta mit Betty auf dem Arm umher, Maureen trippelte nebenher, und Loretta kam sich ganz einseitig vor, weil Jules nicht an ihrer anderen Seite zerrte. Die Menschen kamen von der Brandstelle zurück. Sie schwatzten noch über die Leichen. Loretta wollte nicht hinhören, was die Leute sagten, aber sie konnte verstehen, daß es einem der Männer den oberen Schädel abgeschoren hatte »wie mit einer Axt«. Als sie das hörte, schaute Loretta geniert weg. Ihr Gesicht verwandelte sich in eine Grimasse des Abscheus und wurde dann wieder normal und ungerührt.

Sie konnte Jules nicht finden. Mama Wendall ging herum und fragte nach ihm, während Loretta erschöpft im Lastwagen saß. Sie gingen in die Amtsstube vom Sheriff und meldeten den Jungen als vermißt. Dann fuhren sie heim. Loretta spürte, daß ihr der Kopf in einem unwirklichen, verschwommenen Verlustgefühl schmerzte: der Mann fort und nun der Sohn, war das möglich?

Sie schlief die ganze Nacht nicht. Mama Wendall machte Kaffee und gluckerte überall herum und hielt in Pantoffeln und Hauskittel Wache. »Mach dir keine Gedanken, Kinder kommen wieder. Die kommen immer wieder«, sagte Mama Wendall. Loretta war zu müde, um zuzuhören. Gegen Morgen ging die alte Frau schließlich ins Bett und Loretta schlenderte aus dem Haus. Sie ging in dem gerodeten Teil der Farm herum und prüfte ihren Körper, indem sie auf Hüften und Schenkel und Magen faßte, und fragte sich, wer sie sei, und wieso sie so erschöpft und alt geworden war, wo ihr doch nichts Bleibendes geschehen war. Sie hatte geglaubt, daß einige Dinge etwas Bleibendes seien, sie festlegten, aber sie hatte sich geirrt. Nichts war bisher etwas Bleibendes. Nichts hatte sie festgelegt. Sie blickte zufällig in eine der Scheuern hinein und dort sah sie jemand – es war Jules. Er saß und drehte ihr den Rücken zu, im Heu, ein kleines Kind, sehr still, und saß nur so da. Es war beängstigend, daß er so dasaß, so still. Sie konnte hören, daß er etwas sagte, er sprach mit sich selbst. Ein schnelles, erschrockenes Murmeln ... eine Art gehauchter Wortwechsel. Wahrscheinlich stotterte er dabei, was sie nicht leiden konnte, und die Wortanfänge stolperten über sich selbst und lagerten sich übereinander, so daß alles blockiert war, als ob es ihn erwürgte, ein so kleiner Junge, und erstickt von dem dringenden Wunsch, zu sprechen. Sie hatte ihn in letzter Zeit oft dabei überrascht, daß er mit sich selber sprach. Wenn sie sich bemerkbar machte, stand er auf und ging würdevoll davon. Aber jetzt war sie ein wenig erschrocken, ihn zu finden, wo er so allein war und sie so gar nicht brauchte. Und es war etwas Düsteres und Sonderbares an dem Ort, an dem er sich versteckte. Warum war er nicht ins Haus hinaufgekommen? Er versteckte sich vor ihnen. Er versteckte sich vor ihnen und sprach mit sich selbst, diskutierte über irgend etwas. Er schien sowohl aufgebracht wie erschrocken.

Sie blieb stehen, ohne sich zu rühren. Sie rief ihn nicht an. Es hätte das Kind von jemand anders sein können, das Kind eines Fremden. Sie lehnte sich an den morschen Türstock und fühlte einen Schwindel in sich aufsteigen, von Jules getrennt durch sein Alleinsein, durch sein unkindliches Wesen. Ein paar Tage später, als sie ihm half, aus einem Schreckenstraum aufzuwachen, glaubte sie zu wissen, was ihn erschreckt hatte: der in zwei Teile zerspaltene Kopf jenes Mannes, mit dem abgeschnittenen Schädeldach. Jules hatte sich offenbar ganz nah hinzugedrängt und es gesehen. Sie tröstete ihn, aber sie konnte nicht begreifen, warum dieses trübe Detail sich so ernsthaft im Kopf eines Kindes festsetzte, wo es in dem ihren schon verblaßt war.

6

Die Landschaft mit den fernen Hügellinien und Landstraßen, die nirgends hinführten, prägten ihn. Sein Leben lang sollte er die Augen vor einer Landschaft von unumschränkter Weite schließen, als wanke er am Rande eines ewigen Rausches einher, ein Kind, das noch immer in seinen erwachsenen Knochen gefangen saß. Das erste Mal lief er davon, als er sechs war, und wurde fünfzehn Meilen entfernt von einer Bauersfrau gefunden. »Na, du Kleiner«, sagte die Frau zu ihm mit fragender, freundlicher Stimme, »wem gehörst du denn?« Er starrte die Frau schweigend an, als halte er sie nicht für wirklich. So zu sprechen, mit solchen Worten und mit so melodischer Stimme! Für ihn war etwas von Musik und Ferne an ihr – an einer gewöhnlichen Bauersfrau mit Kleid und Männerpullover darüber, die in der Morgenkühle schauderte, das Gesicht gereift und nachdenklich gerunzelt, wie es das seiner Mutter niemals war – und er stotterte seinen Namen voller Scham und Verwirrung. Sie fuhr ihn selber nach Hause, nach Hause in das hohe, öde, häßliche Wendallsche Haus, das selbst unter den wenig schönen Häusern vom Huron Road das am wenigsten schöne war, und übergab ihn dort seiner Mutter und Großmutter, und so endete das Abenteuer. Als seine Mutter seinetwegen zornig weinte, sagte er: »Es tut mir leid, Ma, es tut mir leid«, und es traf ihn wie ein Schlag, daß er sie unglücklich gemacht hatte und daß sie beide miteinander verbunden waren, unlösbar. Er liebte seine Mutter, aber er dachte immer wieder an die Frau, die ihn nach Hause gefahren hatte, eine ältere, stirnrunzelnde, ernsthafte Frau, die wirkliche Landfrau. Seine Mutter hatte ein blasses, pausbackiges Gesicht, in dem sich manchmal ohne Anstrengung Tränen sammelten und die Falten um ihren Mund nachzogen, und das sah Jules äußerst ungern. Er sah seine Mutter höchst ungern traurig, weil sie dabei so hilflos war, so schwach.

Er träumte davon, wieder wegzulaufen, zurück zu der Farm, oder einer ähnlichen. An den Abenden hörte er im Radio ›The Lone Ranger‹, und in der Schule blätterte er Berge alter Bücher durch, begierig zu lernen, was er nur konnte; er borgte sich Comic-Hefte von anderen Kindern und hätte am liebsten alles auswendig gelernt. Wenn er das nächste Mal davonlief, würde er durch das ganze Land laufen und seiner Mutter eine Postkarte schreiben, damit sie sich keine Sorgen machte. Aber in welche Richtung sollte er laufen? Er träumte davon, er wäre ›The Lone Ranger‹. Er spielte, er wäre ein Pferd, und dann, er wäre der Mann, der auf dem Pferd ritt, und in der Schule war er beständig im Lauftraining, weil die älteren Kinder ihn lange, atemlose, sprachlose Minuten lang jagten. Sie gaben voller widerwilliger Bewunderung auf, denn sie fingen ihn nie. Sie sagten: »Der läuft wie ein Hirsch.« Manchmal stellte er sich ihnen, mit seinen wilden Augen, und sie holten ihn ein und lachten ihn aus ihrer überlegenen Höhe aus, manchmal ließen sie ihn laufen und taten ihm nichts. Er hatte ein atemloses, rauhes Lachen. Wenn er wütend war, oder aufgeregt, fing er an zu stottern. Sie sagten zu ihm: »Wie geht's dem alten Einsiedler? Zu dem gehörst du doch, Kleiner, was?« Wenn die Schmähung ihn traf, wurde er wild, stürzte sich auf sie und trat und boxte. Sie fingen an, sich zu wundern und zu sagen: »Der Jules Wendall ist ein verrückter kleiner Kerl!«

Wenn er aber ruhig war, konnte er für ein durchschnittliches Kind gelten. In der Schule arbeitete er an seinem Malbuch (das war das wichtigste Lehrmittel der ersten Klasse) und malte die

Umrisse von Menschen und Tieren und Bäumen mit der gleichen pflichtbewußten Sauberkeit aus wie die anderen Kinder, obwohl er manchmal die Dinge in der »falschen Farbe« anmalte – er lernte, daß es falsche und richtige Farben gab und daß es wichtig war, sie nicht durcheinanderzubringen. Und er war fasziniert von Landkarten – den alten brüchigen Wandkarten, die man über die Tafel herunterziehen konnte, oder Karten vom Krieg in alten Zeitungen, diese winzigen, flachen Ebenbilder eines bestimmten Geländes, das er vielleicht eines Tages wirklich sehen würde. Der Krieg interessierte ihn, obwohl er nicht wußte, was es war. Er konnte die vorrückenden und zurückweichenden Heere auf den Karten verfolgen und sich vorstellen, er wäre bei ihnen, überquerte Berge und Flüsse, die in großer Zahl dahinströmten, aus denen sich die ferne Welt zusammensetzte. Manchmal ließ Loretta ihn mit einem Spiel Spielkarten spielen – sie selbst spielte andauernd Solitaire – und er erfand ein zusammenhangloses, kompliziertes Spiel, in welchem eine umgedrehte Karte ein Sieg für die Armee und eine Niederlage für die andere bedeutete, und vor seinem inneren Auge die Landkarte in der Zeitung richtigstellte. Das Umdrehen von Karten war nichts, worüber er Macht hatte, obwohl er selbst die Karten wendete. Er konnte nicht beeinflussen, wie sie fallen würden, und in gewissem Sinne konnte er auch nicht beeinflussen, daß er sie umwendete. In einer Art Trance, sehr still, besessen, saß er stundenlang am alten Eßtisch, und schlug Karten, und schaute aus den Karten in die Landkarte in der heutigen Abendzeitung, und blinzelte besorgt über seinem Tun. Irgendwo auf dieser Landkarte marschierte sein Vater, sein echter Vater.

Aber wenn Loretta über diesen Vater sprach, den *Soldaten*, der ein Gewehr trug und Gott weiß wohin kommandiert wurde, gab er sich zwar große Mühe, das zu glauben, aber er konnte es nicht. Er versuchte sich seinen Vater als Soldaten vorzustellen, sah aber immer wieder einen Mann mit schlaffem Bauch, der im vorderen Zimmer Bier trank und wartete. Worauf hatte der Vater gewartet? Der Vater hatte nicht einmal mit einem Spiel Karten gespielt, wie Loretta und Jules es taten. Er interessierte sich nicht einmal dafür, welche Karten für ihn ausgeworfen, welche Karten für ihn umgewendet wurden – es wurde für ihn getan, und spielte darum keine Rolle. Und so hatte sein Vater denn gewartet. Und seine Mutter ging jetzt in einem teils verdrießlichen, teils angenehmen Traum im Haus herum und wartete, barfuß oder in abgetretenen alten Mocassins, wie seine Tante Connie sie trug, und sein Großvater ging ein paarmal in der Woche vormittags zur Arbeit (er war Hausmeister für die Oberschule), und sein Onkel Fritz, dieser lästige, murmelnde alte Mann, schlief in seinem Hinterzimmer eine Art Dauerschlaf – sie alle warteten – aber worauf warteten sie?

Nur Jules und seine Großmutter, diese krakeelende alte Frau, die waren wach. Sie waren die ersten, die einen auftauchenden Lastwagen auf der Landstraße entdeckten; sie waren die ersten an der Tür, wenn jemand in die Zufahrt einbog. Sie wachten beide morgens früh auf, begierig aufzustehen – Großmutter Wendall, um mit der Kocherei für den Tag anzufangen, oder mit dem Einkochen vielleicht, oder mit der Wäsche, und Jules, um die Fallen zu kontrollieren, die er drunten am Bach aufgestellt hatte –, denn es schien ihnen, als ob die Zeit fieberhaft vorbeiginge, selbst auf dem Lande, und als hätte man nie genug davon. Zuweilen, wenn er so unruhig war, daß er nicht stillsitzen konnte, machte er in seiner Verzweiflung darüber, daß er auf die anderen warten mußte – er wartete ständig auf seine Schwestern, wartete auf seine Mutter, die unendlich viel Zeit hatten –, allerlei Faxen. »Sitz ruhig, Jules«, schnauzte Loretta ihn dann an, von seiner Ungeduld grob gemacht. Doch er konnte im Vorderzimmer stundenlang auf dem Fußboden liegen und ein Buch lesen oder Landkarten studieren, Dinge, die er manchmal aus der Schule mitgehen ließ; er hatte das betont-ruhige Aussehen eines Kindes, das etwas im Schilde führt. Im allgemeinen konnte er für ein normales Kind gelten. Seine Knochen, sein hübsches Gesicht, seine klugen Augen, seine zerschrammten, verschorften Knie – das alles waren Anzeichen für ein normales Leben. Doch befiel ihn oft, besonders wenn er schlafengehen sollte, etwas Fiebriges, und wenn ihn jemand ausschalt, konnte er nicht anders, als ihn nachmachen, und sein Gesicht wurde spitz und frech und unverschämt. Sogar seine Großmutter rief dann aus: »Großer Gott! Dir werden wir deine Rotznäsigkeit schon noch ausprügeln!«

Eines Tages spielte er in einer von den Scheunen, einer Scheune, die vor einigen Jahren zum Teil niedergebrannt war, und seine Schwester Maureen kam heraus, um ihm zuzusehen. Manchmal blickte er über sie weg und tat so, als sei sie nicht vorhanden, manchmal bezog er sie in seine Spiele ein, und war dankbar, daß sie da war. Er wußte selbst nicht, ob er sie mochte oder ob sie ihm lästig war. Er war ein bißchen eifersüchtig auf die träge, eigensinnige, passive Macht, die sie besaß – sie setzte ihren Willen durch, indem sie traurig und trotzig dreinschaute, nicht indem sie jammerte und herumhopste wie er, er fühlte, daß sie für ältere Menschen nicht so interessant war wie er, daß aber die Leute sie lieber hatten. Maureen kam heraus und schaute zu, wie er zaubern spielte. Er war der Zauberer; er konnte Dinge mit den Händen erschaffen, indem er sie immer wieder mit raschen, geschickten Bewegungen in die Luft zeichnete. Maureen, die dasaß und ihm zuschaute, konnte nichts erschaffen. Sie schaute zu. Er war so beharrlich, daß er sie beinahe glauben machen konnte, sie sähe etwas. »Siehst du ihn jetzt, den Hasenstall? Schau her, Dummes, hier, hier ist er!« Er hockte sich ins Heu. Maureen sah mit ihren sanften, etwas leeren grünen Augen auf ihn nieder, ein nicht sehr sauberes Kind in einem sehr kurzen Baumwollkleid, barfuß, mit einem langen, gepunkteten Schorf am Bein, der reif zum Abknibbeln war. Jules holte plötzlich gereizt eine Schachtel Streichhölzer aus der Tasche, die er in der Küche gemaust hatte. Die Streichholzschachtel in der hocherhobenen Hand, zog er mit der anderen magische Kreise und rief komplizierte Wörter, die hauptsächlich mit Königen, Königinnen, Buben zu tun hatten – den Spielkarten, die geheimnisvoll und mächtig für ihn waren –, und Maureen beugte sich näher heran und sah ihm fasziniert zu.

Er nahm ein Streichholz heraus und zündete es an.

»Das darf man nicht«, sagte Maureen.

»Warum darf man das nicht?«

»Das ist unartig.«

»Ich zünde den Hasenstall an. Er gehört mir, ich kann ihn verbrennen.«

Ihm schien, daß auch die Flamme auf dem Streichholz ihm gehörte, daß es mit den Wörtern, die er ausgesprochen hatte, etwas zu tun hatte. Niemand anders kannte diese Wörter. Er blickte starr auf das Streichholz, und als die Flamme ihm die Finger verbrannte, schien es irgendwie verkehrt, eine Kränkung. Er schüttelte das Streichholz aus und zündete ein neues an. Wenige Meter von ihm entfernt stand seine Schwester, starrte ihn lächelnd an und kratzte sich mit den Zehennägeln des einen Fußes den anderen Fuß. Er fühlte, daß sie nun in seinem Bann war. Sie hätte nicht wegschauen können, selbst wenn sie gewollt hätte.

Er ließ das Streichholz ins Heu fallen. »Das kann ich auch. Ich kann alles«, sagte er.

Er kauerte sich vor das kleine Feuerchen, versunken in plötzlicher Ehrfurcht vor seiner Macht. Er suchte es mit der hohlen Hand zu umfassen und klein zu halten. Doch es griff um sich und wurde größer. Es machte ein knisterndes Geräusch. Er verharrte auf dem gleichen Fleck und starrte es an, ehe ihm der Gedanke kam, daß er etwas falsch gemacht hätte. Dann sprang er auf die Füße und versuchte es auszutreten. Das Heu war trocken, und das Feuer griff energisch um sich, wich vor ihm und seiner Befehlsgewalt zurück. Die Haut stach ihm von der scharfen Hitze, die sich so plötzlich selbständig machte und nichts mehr mit ihm und seinen Zaubersprüchen zu tun hatte.

»Wir müssen hier raus«, sagte er, aber er war noch etwas erstarrt von seiner Zauberei, und seine Bewegungen waren langsam. Er und Maureen schauten in die Flammen. Ein Heustock fing mit einer leisen, kleinen Explosion an, aufzubrennen, einem Puff, der Jules überraschte. Er hatte noch nie so etwas gesehen. Das andere Feuer, das er gesehen, der andere große Brand, war der Flugzeugbrand gewesen, kochend und tückisch, mit Flammen so hoch wie ein Haus und außer Kontrolle. Die Erinnerung an jenen anderen Brand rüttelte ihn auf.

Er sagte in scharfem Ton zu Maureen: »Mach, daß du rauskommst.«

Sie blieb wie angewurzelt stehen und glotzte. Es konnte sein, daß sie darauf wartete, von ihm berührt und entzaubert zu werden. »Hast du das alles gemacht?« fragte sie langsam.

»Mach daß du rauskommst, hab ich gesagt.«

»Kannst du alles verbrennen lassen? Ganz alleine? So wie das?«

Das Feuer fing jetzt an, sich in mehreren Richtungen auszubreiten, es machte einen Bogen um ihn, als wüßte es um seine Macht, aber am Rand seines Gesichtsfeldes fing es an zu springen, mit solcher Kraft, daß man sie der dünnen Flamme des Streichholzes nicht zugetraut hätte. Heusamen und Staub auf einem Balken fingen in raschem, flüssig aussehenden Auseinanderlaufen Feuer, und dann lief es hinaus zum spinnenwebverhangenen Dach, wie ein umgekehrter Blitz, und es fiel Jules auf, wie schön es aussah. Er wich zurück. Er faßte Maureen an, doch sie stieß seine Hand weg und starrte in die Flammen.

»Kannst du machen, daß es jetzt aufhört?« fragte sie.

»Du verdammter Dummkopf du, sei doch nicht so blöd! Willst du verbrennen?« fragte er. Er zerrte sie auf die Füße. Sie krochen aus dem hinteren Fenster und versteckten sich.

Die Scheune schien plötzlich explosionsartig in Flammen aufzugehen. Jules und Maureen versteckten sich hinter einer Steinmauer in einiger Entfernung und sahen schweigend zu. Leute kamen aus dem Haus gelaufen. Großmutter Wendall schrie. Connie war verblüfft, Loretta, wie stets, völlig überrascht, knöpfte das Hauskleid zu. Jules flüsterte Maureen zu: »Wir können ja sagen, daß es ein Gewitter war. Wir können sagen, daß es Jäger waren.«

Die Feuerwehr kam zu spät. Die Scheune war nicht mehr zu retten. Als die Aufregung vorbei und alles nach Hause gegangen war, kam Jules aus seinem Versteck, um sich durchprügeln zu lassen. Das Prügeln besorgte seine Großmutter. Es war ein wortloses, schweißtreibendes Geschäft, und niemand war dabei. Großmutter Wendall hatte zu Loretta gesagt: »Ich will nicht, daß du auch noch rumheulst. Geh ins Haus!« Eine Weile weinte Jules nicht und hielt dem schrecklichen Schmerz des von der Großmutter geschwungenen Stocks stand. Sie brüllte ihn an: »Los, so wein doch, du kleiner Mistkerl du!« Er konnte den Stock durch die Luft sausen hören, es war ein kraftvoller Laut. Er schien sein Auftreffen zu hören, ehe er tatsächlich auftraf. Von den Gesäßbacken begann ihm das Blut die Schenkel und Beine hinunterzulaufen, rasch, und erst als er merkte, was es war, fing er an zu heulen. Er war sehr erschrocken. Großmutter Wendall hörte auf und warf zornig mit dem Stock nach ihm, und die Prügel waren vorbei. Sie schrie: »Du endest noch mal auf dem elektrischen Stuhl, und ich knips am Schalter!«

7

Loretta ging oft mit den Kindern zu Fuß in die Stadt, weil sie nichts zu tun hatte und von Großmama Wendall weg wollte. Sie ging ins Drugstore und bestellte für alle Coca-Cola, und wenn sie erst dort saßen, sah sie sich um, als ob sie damit rechnete, jemand zu sehen, den sie kannte – aber war nicht erstaunt, daß sie niemand sah –, und dann nahm sie die Briefe heraus, die sie in der Handtasche trug. Sie breitete sie auf der klebrigen Tischplatte in der Eßnische aus. Sie waren so oft auseinander- und wieder zusammengefaltet worden, daß sie schon fast in Stücke fielen. Sie waren von *zu Hause,* sagte sie. Sie las ihnen vor, mit ernsthaftem, starrem Lese-Gesicht:

»Liebe Loretta,

wie geht es dir? Wir haben uns lang nicht gesehn. Wie geht's Howard? Hier ist es stinklangweilig, wie ist es auf dem Land? Bitte schreib. Hast du gewußt, daß Sissy E. ins Kloster ist? Es ist kaum noch jemand hier. Mir bricht fast das Herz, so langweilig ist alles.«

Und noch ein Brief, den Jules bis zum Überdruß auswendig kannte und hätte aufsagen können:

»Liebe Loretta,

stell dir vor, ich bin in Detroit! Du hast dich sicher gewundert, wer dir aus Detroit schreibt. Da war doch dieser Leonard, den ich kennengelernt hatte und der schon endlos in Detroit ist. Komm doch mal und besuch mich irgendwann mal. Hier ist allerlei los. Du wärst erstaunt, wie viele Nigger es hier gibt. Komm und besuch mich, Loretta, und laß seine Mutter zum Teufel gehen.«

Sie brütete über diesen Briefen, die mit Bleistift auf blaues Papier gekritzelt waren, und blickte zu Jules auf, um zu sehen, was er von ihnen hielt. Jules trank das eine Cola aus und wartete auf ein weiteres. Manchmal bestellte sie ihm noch eins, wenn sie fand, daß das, was in dem Brief stand, das Richtige bedeutete. Und alle wollten sie so lang als möglich von zu Hause wegbleiben, obwohl es schwierig war, mit einem unruhigen Baby und Jules, der ungeduldig wurde, wenn er auf einer Stelle sitzen bleiben mußte. Loretta wollte nicht, daß er frei in der Stadt herumlief, seit er sich einmal verlaufen hatte, obwohl sie ganz genau wußte, daß er absichtlich weggelaufen und ihnen ausgewichen war. »Aber du könntest doch unter ein Auto kommen«, sagte sie. Sie las ihre Briefe durch. Sie leckte sich nachdenklich die Lippen. Und eines Tages breitete sie, in der gleichen Eßnische, in der sie immer saßen, die Briefe vor sich aus und las sie, wobei sie leicht die Lippen bewegte, richtete sich dann ganz gerade auf, und Jules sah, daß ein neuer Ausdruck in ihr Gesicht trat. Sie runzelte die Stirn, ihre Blicke schweiften rasch und nur ein einziges Mal rings um den Tisch, sie preßte die Handflächen auf die Tischplatte. Sie schien zu einem Entschluß gekommen zu sein.

Am gleichen Abend sagte sie nach dem Abendessen zu Mama Wendall, sie fahre weg. »Ich und die Kinder fahren nach Detroit«, sagte sie.

Darauf folgte ein langer, lauter Abend, ein Streit aus quengeligen Worten und Drohungen – Loretta verwegen und schrill,

Mama Wendall streitlustig, obwohl sie dabei sitzen blieb, mit vor Zorn verzerrtem Gesicht sitzen blieb. Jules ging sofort hin und suchte Detroit auf der Landkarte. Er war etwas enttäuscht, daß es nicht weiter weg war. Loretta wich immer mehr zurück, und ihr Gesicht geriet beim Lächeln etwas aus der Form, als sei es nicht ihr Lächeln, sondern das von jemand anders. »Ach, du altes Roß«, schrie sie schließlich, »laß mich doch in Ruh! Ich kann fahren, wohin ich will!«

»Du warst mal eine Hure, und jetzt wirst du wieder eine!«

»Sei du still! Sprich nicht so von mir vor den Kindern hier – und es ist nicht wahr, nichts davon ist wahr«, keifte Loretta. Sie war sehr blaß, stand mit dem Rücken an der Küchenwand und schrie. Die Kinder sahen schweigend zu. Sie blickten von der Mutter auf die Großmutter und wieder zurück und versuchten, sich auszurechnen, wer gewinnen würde. Loretta schrie: »Du mit deinem Mundwerk – all die Jahre hab ich es mir gefallen lassen müssen! Jetzt kannst du die Schnauze halten, du verdammte alte Hexe, du Roß, du Kuh du! Hexe! Hexe! Hexe!« Sie fing an zu schluchzen. Sie lief aus dem Zimmer.

»Ihr seht ja, daß eure Mutter verrückt ist«, sagte Großmama Wendall ruhig zu Jules.

Aber Jules' Herz schlug heftig vor Aufregung; er wußte, daß er heute nacht nicht schlafen würde. Er stand gegen fünf Uhr auf und zog sich an, um auf die anderen zu warten. Großmama Wendall machte ihm Frühstück, schweigend, gewichtig, und als sie droben jemand aufstehen hörte, sagte sie zu ihm: »Du kannst jederzeit hierbleiben, brauchst nicht mit ihr zu fahren. Du kannst hier bei mir bleiben.«

»Nein«, sagte Jules.

»Du brauchst dort nicht hinzufahren, wo *sie* dich mitnimmt. Du bist auch deines Vaters Sohn.«

»Nein«, sagte Jules traurig.

Damit man sich nicht zu genieren brauchte, fuhr Papa Wendall sie zum nächsten Autobusdepot, statt sie zu Fuß gehen zu lassen, womit Loretta gedroht hatte. So zogen sie sich denn schön an, als ginge es zur Kirche und betrachteten einander mit nervösem Lächeln, Loretta tat, als sei sie selber eines der Kinder. Papa Wendall wußte ihnen nichts zu sagen. Er ließ sie beim Autobusdepot aussteigen und fuhr davon.

»Du kannst mich mal, du alter Schweinehund«, rief Loretta fröhlich aus.

»So Kinder, *die* sind wir los! Jetzt sind wir ganz und gar unter uns.«

Als sie sich Detroit näherten, war es schon spät am Tage. Jules hatte Kopfweh, das Baby fieberte, die Leute, die in ihrer Nähe saßen, drehten sich immer wieder erbost nach ihnen um – eines der Kinder greinte dauernd oder trat gegen den Sitz; sie konnten nichts dafür. Jules konnte nichts dafür, Loretta lag zurückgelehnt im Sitz, das Baby auf dem Schoß, erschöpft von der Fahrt, das Haar wirr und das Gesicht gerötet. Sie sagte immer wieder: »Rita wird uns bestimmt riesig nett aufnehmen, wenn wir erst da sind.« Aber nach Detroit zu kommen war nicht leicht. Sie fingen an, in die Stadt hineinzufahren und kamen immer tiefer und tiefer hinein und trotzdem nicht ins Zentrum. Jules schaute aus dem Fenster. So etwas wie dies hatte er noch nie gesehen. Keine Karte hatte ihn auf diese vielen Straßen, diese breiten Boulevards, diese Gebäude und Wagen und Lastwagen und Menschen, sowohl weiße wie farbige, vorbereitet, auf diese Frauen mit angemalten Lippen und breiten, dunklen Strichen als Augenbrauen, die stehenblieben, um die Straßen zu überqueren, in Schuhen mit hohen Absätzen, auf diese jungen Männer, denen das Haar lang hinter den Ohren hervorhing, und die sehr verwegen aussahen. Er hatte heftiges Kopfweh.

Wie betäubt murmelte Loretta immer wieder: »Sowie wir da sind, rufen wir Rita an, ich hab die Nummer hier ... sie wird sich sehr freuen, uns zu sehen und wird uns riesig nett aufnehmen ...« Doch der Autobus überquerte immer neue Kreuzungen, hielt und fuhr wieder an, bis Jules glaubte, er würde verrückt. Er konnte das nicht aushalten. Er brauchte die stille Weite auf dem Lande, selbst wenn sie von den dröhnenden Schritten der Großmutter oder vom Schnarchen des Großvaters oder der undeutlichen, bedrückenden Erinnerung an seinen Vater, einen Mann in Soldatenuniform, durchbrochen war. Maureen fing an zu weinen. Sie weinte matt, wie ein Kind weint, das zu oft das Bedürfnis fühlt, zu weinen. Loretta kniff sie und sagte: »Nun fang nicht an zu heulen, dies hier ist eine wundervolle Stadt und so eine wundervolle Abwechslung und Rita wird uns riesig nett aufnehmen ...«

Nach ein paar Stunden auf einem großen Autobusbahnhof, während der sie herumgestanden hatten, um immer wieder die gleiche Telefonnummer anzurufen, nach einer Zeit, die sich Jules wie ein Alpdruck gedehnt hatte, und während der er glaubte, die Polizei würde kommen und sie alle verhaften und auf die

Farm zurückexpedieren, erwischte Loretta endlich ihre geheimnisvolle Freundin. Sie hüpfte in der Telefonzelle auf und ab wie ein Schulkind, überglücklich. »Rita, ich bin's, ich, Loretta!« Jules bemühte sich, nicht hinzuhören, weil ihrer aller Leben davon abhing, doch er mußte in der Nähe seiner Mutter bleiben für den Fall, daß etwas Schreckliches geschah. Drüben auf der Bank war das Baby endlich eingeschlafen, mit gerötetem Gesicht, und Maureen saß da, die blassen, ernsthaften, hoffnungslosen Augen auf die Mutter gerichtet. Loretta tat einen Freudenschrei. Irgendeine Zauberei war im Gange, dachte Jules. Bestimmte Wörter. Beschwörungen. Eine Frau am anderen Ende des Drahtes, eine Frau, die genau fünf Briefe auf blauem Papier geschrieben hatte – und nun dies, das Ende der Autobusreise. Dies alles. Sein Kopf wurde plötzlich von einem pressenden Schmerz ergriffen, als hätten fremde Hände ihn umfaßt und zu stark zugedrückt.

Sie gelangten in Ritas Wohnung, die in einer uneinheitlichen, verkehrsreichen Straße lag, das Baby wurde endlich trockengelegt und die Kinder kriegten Hamburger und Jules lag da und tat, als ob er schliefe, und hörte auf das, was die Frauen sagten, von denen die eine seine Mutter war.

»Nein, hör mal, ich mach dir nichts vor«, sagte die fremde Frau, »der läßt sich nichts gefallen und lacht nicht über solche Sachen und läßt's gut sein, *nichts.* Manchmal hab ich eine Todesangst, und das ist wahr. Aber wenigstens ist er ein echtes Mannsbild. Wie viele, die noch hier sind, sind noch richtige Kerle?«

»Ich hab vierunddreißig Dollar und ein paar Cent. Ich muß mal nachzählen ...«

»Nein, Liebes, bleib sitzen zum Donnerwetter!«

Aus einem Radio irgendwo kam eine gedämpfte, wimmernde Musik, ein bekannter Schlager über die Liebe. *Wenn du mich liebst und ich dich liebe ...* Jules konzentrierte sich auf Ritas Stimme und überhörte die seiner Mutter. Diese Frau sagte zweierlei, das eine in Worten und das andere unter den Worten, und er hatte Angst, seine Mutter würde nur auf die Worte hören. »Nein, es macht ihm bestimmt nichts aus. Er ist sowieso bis Freitag verreist. Nein, das weiß ich nicht genau, das ist so seine Art, er redet nicht viel und er erklärt nichts. Männer, die viel reden, taugen sowieso nichts. Schau, Loretta, ich hab dir doch gesagt, du sollst mich besuchen kommen, und du kennst mich doch, ich lüge nie ...«

Also verbrachten sie dort die Nacht, und Jules dachte voller Trauer an das große Haus draußen auf dem Land und an sein Bett dort und an das Land selbst, wo überall Platz war und es keine luftlosen, eingepferchten Straßen gab. Und als der Morgen kam, waren sie auf und schon wieder unterwegs, Loretta war geschäftig und überdreht und redete zuviel. Rita sagte immer wieder: »Aber, Liebes, du könntest doch wenigstens bis Freitag bleiben, wirklich«, und Loretta sagte immer wieder, nervös kichernd: »Es ist Zeit, daß ich mir selber was suche. Ich bin alt genug.« Jules fuhr zusammen bei ihrem törichten, fast hysterischen Lachen. Sie sagte: »Du lieber Gott, ich bin fast fünfundzwanzig Jahre *alt*«, und schließlich waren sie draußen und schleppten sich durch die Straßen, ihre Mutter in hochhakkigen Schuhen und in einem gelben, von der Autobusfahrt zerknitterten Kleid, das Haar in einem schlampigen Knoten zurückgenommen, die Lippen mit Lippenstift bestrichen, der bereits anfing, Risse zu bekommen.

Sie fanden ein Zimmer über einer Leichenhalle. Es war das erste, das sie sich ansah, das erste Mal, daß sie das Schild »Zimmer zu vermieten« erblickte, und sie stürzte sich atemlos darauf, als fürchtete sie, es wäre weg, ehe sie drin war. Das Zimmer war möbliert, mit einem Bett. Sie legte alle Kinder hinein. Es gab keine Bettdecke, aber das ging schon; Jules breitete den Pullover seiner Mutter über Maureen und das Baby.

»Ein nettes Zimmer, nicht wahr?« fragte Loretta.

Jules sagte: »Jaaa«, und setzte sich auf die Bettkante, ein nachdenkliches und niedergeschlagenes Kind von beinahe acht, das sich fragte, wie lange sie es durchhalten würden. »Also was wirst du jetzt machen?« fragte er.

Loretta betrachtete sich im Spiegel ihrer Puderdose. Wie sie sich so von Jules abwandte, solche entschlossenen Bewegungen machte, schien sich die Form ihres Körpers zu festigen, die kompakte, träge Biegung ihrer Hüften hervorzuheben. Sie hatte sich umgezogen und trug ein geblümtes Kleid mit lauter Gold und Orange und Rosa, und ihre Finger tätschelten eifrig an ihrem Haar herum – sie hatte es sich bis auf die Schultern ausgekämmt, blond- und braungestreiftes Haar. Sie schien von dem Spiegelbild in dem Spiegelchen Anweisungen zu erhalten.

»Ihr Gören schlaft jetzt. Ihr habt letzte Nacht zuwenig geschlafen.«

»Schlafen, *jetzt?*« fragte Jules.

»Dann paß auf die Mädels auf.«

Sie ging fort. Sie ging auf die Straße hinaus. Die ganze letzte Nacht hatte sie über Rita und Ritas Mann nachgedacht, ihre Gedanken hatten schwindelnd um sie gekreist; sie hatte Howard völlig vergessen. Sie dachte nicht einmal daran, ihren Ehering abzuziehen.

Es war jetzt früher Nachmittag. Sie ging auf die Straße hinunter, wachsam und auch wieder nicht, in einer Art greller, lebhafter Benommenheit, ihre Augen nahmen all die Menschen um sie her nicht wirklich wahr – so viele Menschen, Wagen, hohe Gebäude, so vieles zu sehen! –, und sie bog in eine Nebenstraße ein, auf ihren hohen Absätzen schwankend, sie war bereits erschöpft. Zeit verging. Sie hatte den Weg verloren, dachte aber nicht darüber nach. Sie spürte undeutlich, daß ein unsichtbarer Faden sie wieder zu den Kindern zurückführen würde, und überhaupt war Jules schon vernünftig genug, um auf die Mädchen aufzupassen. Schließlich sah sie einen Mann neben sich hergehen, der sie auf ganz bestimmte Art von der Seite ansah. Ihr Herz hämmerte. Sie blickte geradeaus, sie sah sich nach ihm um. Der Mann war etwa ebenso groß wie sie, er trug einen braunen Anzug, der teuer gewesen sein mochte, sie wußte es nicht zu sagen, seit Jahren hatte sie keinen Mann in einem Anzug gesehen, und er sah sie mit einem ernsten, sonderbaren Blick schweigend, sogar ein wenig schüchtern an, bis sie sagte: »Hallo!« Damit war es passiert. Er verlangsamte den Schritt, ging um sie herum, um ihr entgegenzutreten. Noch einmal sagte sie »Hallo ... Schönes Wetter heute ...« Sie lächelte breit, der Mann sagte vorsichtig: »Was hatten Sie sich denn gedacht ...?« Einen Augenblick lang starrte sie ihn an. Dann wußte sie nichts mehr, es fiel ihr nichts ein. Als sie wieder zu sich kam, sagte sie: »Zehn Dollar ... zehn.« Und er fragte, indem er sich etwas vorbeugte, wie um besser zu hören: »*Was* hatten Sie sich gedacht?« Sie sagte: »Zehn Dollar!« und ihre Stimme brach beschämt ab, zitternd und fragend.

Der Mann griff sie am Handgelenk. »Also damit bist du dran?« sagte er.

»Was?«

»Der Streifenwagen steht gleich dort vorne, hinter der Ecke. Los, komm schon.«

Sie konnte sich nicht rühren. Sie wehrte sich nicht gegen ihn, ihr Körper war bloß so taub und schwer. Er fing an, sie derb zu schütteln. Er war nicht mehr behutsam. Es war ihm egal, wer von den auf dem Bürgersteig Vorübergehenden sie hörte. Er sagte mit unangenehmer Stimme: »Los, komm schon. Um die Ecke. Du bist dran!«

Es gelang ihr zu sagen: »Lassen Sie mich los, ich geh allein. Es schaut jemand zu!«

Hinter der Ecke stand der Streifenwagen, wie er es versprochen hatte, mit den Worten Stadtpolizei Detroit in weiß auf der Seite. Loretta wurde ihm zugeführt, um offiziell die Stadt Detroit kennenzulernen.

8

Als Jules zwölf war, verliebte er sich zum ersten Mal. Seine Gefühle richteten sich jäh auf eine junge Nonne, die in der fünften Klasse unterrichtete, eine große, rasche, erstaunt aussehende Frau, die bei den Andachten Klavier spielte; sie war die Lehrerin seiner Schwester Maureen. Es war das Klavier, was ihn an ihr angezogen hatte. Wenn er am Donnerstagmorgen zur Andacht ins Auditorium marschierte, war sie ihm aufgefallen, er hatte die schnellen Läufe und Kapriolen ihrer blassen Finger bewundert. Er war entzückt vom Flattern ihrer schwarzen Ärmel und dem aufblitzenden Weiß an ihren zarten Handgelenken. Wenn er in der Klasse allein war und so tat, als ob er seine Schularbeiten machte, ließ er seine Gedanken zu ihr und zu den verschnörkelten Passagen ihrer Musik wandern, die ihm fremd, verblüffend und jenseits von allem vorkamen, was er oder die Menschen, die er kannte, jemals erreichen konnten. Es war etwas Zauberhaftes an ihr, an ihrem Wesen. Sie schien ein Teil der Musik zu sein, die sie hervorbrachte.

Jeden Abend wußte Maureen etwas über Schwester Jerome zu berichten. Sie war trotz ihres zerbrechlichen Aussehens eine leicht aufbrausende junge Nonne. »Heute hat Schwester Marie wieder geweint«, berichtete Maureen interessiert und neugierig. Warum brachen die Nonnen manchmal in Tränen aus? Warum gaben sie manchmal den verkehrten Schülern einen Klaps, liefen den Mittelgang hinunter und klapsten die verkehrten Schüler?

»Ihr seid mir die Rechten, ihr Kinder – die Nonnen zum Weinen zu bringen«, sagte Loretta dann wohl, »verhauen gehört ihr, alle miteinander.«

»Aber ich weiß nicht, warum sie geweint hat. Sie hat eben«, sagte Maureen.

Nach der Schule lief Jules einen halben Kilometer weit in ein Einheitspreisgeschäft, wo er arbeitete. Obwohl er dem Gesetz nach für die Arbeit zu jung war, stellte man ihn, wenn er rechtzeitig da war, für einen Vierteldollar oder einen halben pro Stunde an, um beim Abladen und Auspacken zu helfen. Er hatte mit Kisten voller Geschirr und Spielzeug und allerlei Kram zu tun. In seinem Kopf wirbelten die Unterrichtsstunden von heute, die gebrüllten Drohungen und Neuigkeiten vom Spielplatz und das Vorüberflattern von Schwester Marie Jerome auf dem Korridor und alles das Durcheinander, was er über sie gehört hatte. »Wie geht's deiner Lehrerin, hat sie wieder geweint?« fragte er eine von Maureens Klassenkameradinnen verachtungsvoll.

Seine Mutter weinte jetzt nicht mehr. Jahrelang hatte sie geweint; jetzt hatte sie damit aufgehört. Sein Vater war wie eine hohe, nach innen geneigte Wand, die jeden Augenblick über ihnen allen zusammenbrechen konnte, doch weil er nie völlig zusammengebrochen war, gaben sie es auf, sich vor ihm zu fürchten und seinetwegen zu weinen. Zumindest Loretta hatte es aufgegeben. Jules verband die Vorstellung von Schwester Marie Jeromes Tränen – er mußte sie sich vorstellen, er hatte sie nie selbst weinen sehen – mit etwas Exotischem, das seine Mutter einmal an sich gehabt hatte. Und die Frauen in den Filmen weinten oft. Sie weinten schön. Am Klavier beherrschten Schwester Maries geschickte, ungestüme Hände die Tastatur, und jede Note schlug in Jules Schädel wohlklingend an und wurde, während er mit Packkisten kämpfte, sie auslud, sich durch Körbe voller Papierwolle und Pappdeckel grub, noch einmal angeschlagen. Gelegentlich schnitt er sich in die Hände. Einmal trat er auf einen Nagel, und der ging ihm durch die Schuhsohle und den Socken, aber es passierte nichts, nur ein bißchen Blut. Manchmal, zu Hause, entdeckte er dann große, rätselhafte blaue Flecke auf seinen Beinen. Doch während er arbeitete, beherrschte ihn eine sonderbare Erregung. Die anderen Kinder spielten herum und mausten etwas, wenn keiner hinschaute, aber Jules spannte wie benommen die Muskeln an, um die Arbeit gut auszuführen. Wenn Schwester Marie Jerome ihm einfiel, war er immer ein braver Junge.

»Da, Jules, probier mal eine von denen«, sagte eine der Verkäuferinnen. Sie war sechzehn oder siebzehn und kam gern heraus, um ihn zu necken. Sie gab ihm Zigaretten. Jules, der seit zwei Jahren rauchte, sich aber keine Zigaretten leisten konnte, tat schüchtern und nahm sie. Das Mädchen zündete ein Streichholz an und hielt es ihm hin, während sie mit sonderbarem Lächeln in sein Gesicht blickte. »Na, Junge, wie geht's deiner Mutter zur Zeit?« fragte sie.

»Okay«, sagte Jules.

»Und deinem Vater?«

»Okay.«

»Ich hab euch in der Kirche gesehen. Kriegt deine Mutter wieder ein Kind?«

Das war, fand Jules, eine Frage, die man nicht stellen durfte. Er nickte verlegen mit dem Kopf.

Das Mädchen grinste ihn breit an, als habe er selber etwas zustande gebracht.

»Na, wollt ihr einen Jungen oder ein Mädel?«

»Einen Jungen, glaube ich.«

»Du weißt alles, was? Ich meine, über all dieses Zeug?« fragte das Mädchen.

Sie hatte ein scharfgeschnittenes, verbeultes, beinahe hübsches Gesicht mit langem, schwarzem Haar, das ihr um die Schultern hing. Am Handgelenk trug sie ein Erkennungsarmband, das ihr Freund ihr geschenkt hatte. Auf ihren Unterarm war ein kleines, von einem Pfeil durchbohrtes Herz tätowiert und die Anfangsbuchstaben R. J. mit einem spitzenartigen Muster drumherum, sie hatte es Jules einmal gezeigt, doch meistens war es bedeckt. Sie sagte, die Chefin des Einheitspreisgeschäftes, ein altes Luder, könne es nicht leiden. »Eines schönen Tages tätowier ich dich«, sagte sie zu Jules.

Der Durchgang hinter dem Geschäft war immer voller Gerümpel. Große Kisten, geborstene Lattengestelle, umgeworfene Mülltonnen, alles durcheinander; Hunde schienen dieses Stück Durchgang besonders auszuzeichnen, und Jules trat dauernd in irgend etwas hinein. Mit ihm arbeiteten noch ein paar Jungen, jeden Tag andere, und der größte von ihnen war Ramie Malone, ein Freund. Ramie hatte einen schlimmen Ruf in der Schule. Er stahl Gegenstände aus Autos, manchmal sogar Radios; das war seine Spezialität. Er war dreizehn. Spät nachts wanderte er in der Nachbarschaft umher, wenige Häuserblocks von dort entfernt, wo er wohnte, wo viele Autos vor Gaststätten parkten. Er arbeitete allein und setzte seine Waren ohne Schwierigkeiten ab, an einen Freund seines Bruders. Jules' ganze Treue zu Schwester Marie Jerome wurde von Ramies verlockenden Erzählungen in Gefahr gebracht. »Wenn das, was ich vorhab, klappt, dann siehst du mich hier eine ganze Weile nicht«, versprach Ramie. Er zeigte Jules ein Springmesser, daß ihm jemand gegeben hatte. Er erzählte erregt von den neuesten Ereignissen, Neuigkeiten, die nicht in die Zeitung kamen, von Männern, die wenige Häuserblocks von Jules' Wohnung im Kofferraum von Wagen gefunden worden waren, mit Draht gefesselt, erschossen, und von Kindern ihres eigenen Alters, die von Niggern vom Dach gestoßen worden waren. Er erzählte Jules auch von einem Nigger, den man in ihrem Bezirk zusammengeschlagen hatte, alle Männer hatten mit ihren Knüppeln auf ihn eingedroschen, auf den ganzen Körper und ins Gesicht, »bis das Auge von dem Kerl direkt aus'm Kopf raus und auf die Backe gesprungen ist, aber richtig. Na, ist das vielleicht 'n Ding?« Ramie hatte einen Vetter oder ein Freund von ihm hatte einen Vetter, der war Polizist. Der wußte alles.

Er erzählte Jules alles über die Nigger. »Was die am liebsten möchten, ist so ein paar Kinder wie dich und mich, weiße Kinder, skalpieren. Das machen die. Man hat einen Mann gefunden, dem war der halbe Skalp abgerissen und der hat gesagt, die Nigger hätten das gemacht. Nimm dich in acht vor diesen Dreckskerlen.« Jules empfand einen Stich der Angst bei der Verheißung von Unheil; er sah sich um und wartete darauf. Wenn er einen Neger auf der Straße sah, schaute er ihn vorsichtig an, und dachte, wann der tätlich werden würde. Was für ein Geheimnis hatten die Nigger? Worin lag das Unbegreifliche bei ihnen? Vor ein paar Jahren war auf der Belle-Isle-Brücke ein Aufruhr gewesen, die Leute sprachen noch immer davon, waren immer noch aufgebracht. Jules wünschte sich, er wäre bei dem Krawall dabeigewesen.

Bei der Arbeit war es nicht zu vermeiden, daß er immer in Ramies Nähe herumlungerte. Er fragte immer wieder: »Wer war das, den sie skalpiert haben, *wer*?« oder »Welche Kinder haben sie vom Dach geschmissen?« Er wartete zitternd auf Ramies Antwort, die gewöhnlich ausweichend und beleidigend war. Und manchmal verließ er sich auf Ramies überlegenes Wissen und fragte ihn: »Warum weint die Lehrerin von meiner Schwester in der Schule? Es ist Schwester Marie Jerome. Kennst du sie? Ist die verrückt oder was?«

»Verrückt sind die alle«, sagte Ramie.

»Ja, aber, was hat sie – warum weint sie?«

»Woher soll ich das wissen? Diese Weibsbilder brauchen alle nur das eine.«

Daheim schnüffelte Jules um seine Mutter herum, wenn sie guter Laune war, wenn sie allein war und Radio hörte; er wollte begreifen, wie Frauen waren. Loretta hörte gern die Hitparade. Er grübelte, ob diese Sendung Schwester Marie Jerome wohl gefallen würde, ob sie so etwas hören durfte. Er lungerte um seine Mutter herum und fragte von Zeit zu Zeit: »Hast du was für mich zu tun?« Sie war immer geschmeichelt, wenn er oder Maureen so etwas fragten. Die meiste Zeit lag sie auf dem Sofa, trank Bier, stützte die Flasche auf ihren Bauch und kratzte das Etikett mit den Fingernägeln ab, während sie auf das Radio horchte. War sie unter Tags allein, so war sie faul und freundlich. Sie hörte sich Schlager oder populäre Sendereihen an. Jules mochte es gern, wenn sie ausgestreckt und träge und in seiner Reichweite war. An gewissen Tagen machte sie nicht einmal Abendessen, fülte sich nicht wohl genug dazu, und dann ging Jules in die Küche und richtete irgend etwas her, manschte mit Essen herum. Abendessen wurde stets im Hinblick darauf gemacht, daß es dem Vater gefallen mußte. An den Abenden, an denen er nicht erschien, ließen sie seine vorgewärmten Teller im Backrohr, ohne dazu aufgefordert zu sein; Jules tat überhaupt viel im Hause, ohne aufgefordert zu sein. Er haßte es, wenn man ihn zu irgend etwas anstellte, er hatte erfahren, daß es leichter war, wenn man es von selber tat. Dann blieb die Mutter ruhig, lag still und friedlich da; dann blieb der Vater ruhig. Doch der massigschwere Vater ragte in seine Gedanken hinein, düster und bedrohlich wie nur je ein Neger und er dachte unbegründet: *Demnächst, irgendwann, wird er sterben.*

Es gefiel ihm zu Hause und es gefiel ihm in der Schule. Doch er war zu Hause immer müde und auch in der Schule immer müde. Nach dem Frühjahrsmorgen im Jahre 1950, an dem er sich zum ersten Mal während einer Morgenandacht in Schwester Jerome verliebt hatte, war seine Müdigkeit komplizierter; er war einen Großteil der Nacht auf, und nach der Schule mußte er arbeiten, trotzdem war er lebhaft und begeisterungsfähig, und erst wenn der Drill des Katechismus, der Geschichte und Grammatik einsetzte, ließ sein Gehirn los. Er dachte an die flatternden Ärmel der Nonne und an ihre Finger auf den Klaviertasten. Er dachte an ihr bleiches, ernstes Gesicht, an ihre Augen, die in einer Art von schüchternem Schreck aufblickten, wenn er sie auf dem Korridor oder in der Messe sah. Er half als Ministrant bei der Messe, montags und mittwochs früh. Ein paar Stunden später, an seinem Pult, dachte er dann an die geisterhafte Dämmerung in der Kirche zurück (die älteste Kirche von Detroit!), eine Kirche aus roten Ziegeln von riesigen Ausmaßen, sehr dunkel, verschattet, moderig, in der ein alter Ire die Messe las, ein verschrobener und unberechenbarer Mann, der manchmal den Ministranten einen Rippenstoß gab, um sie zur Eile anzutreiben, und an die schweigende, flatternde Reihe der Nonnen, die den Mittelgang heraufkamen ans Kommunionsgitter, darunter seine geliebte Schwester Marie Jerome. Er schlief vielleicht drei oder vier Stunden pro Nacht, und sein Hirn schwankte ein wenig während des Tages, besonders dann, wenn in der Sonne Staubteilchen ihm um den Kopf tanzten. *Ich liebe sie, ich liebe sie,* dachte er, ließ in seiner Phantasie die dumpfen, sonoren Töne der Kirchenglocken erklingen, nahm sich vor, durch das Gebäude hinüber zur fünften Klasse zu laufen, sobald die Schule aus war, unter dem Vorwand, seine Schwester abzuholen. Er war ein ziemlich lang aufgeschossener Junge für sein Alter, ein bißchen nervös, reizbar, und mit einer hohen, manchmal durchdringenden Stimme; er hatte eine reine Haut und klare, ernste Augen, obwohl er sie nicht immer genau auf das gerichtet halten konnte, auf das er gerade blickte.

In der siebenten Klasse lernten sie amerikanische Geschichte. Das Pauken fing vorne in der Klasse an, in der äußersten rechten Reihe und setzte sich durch das Klassenzimmer bis zur letzten Reihe links hinten fort, und ging dann wieder von vorn an. Ewig ging es so weiter, es hörte nie auf. Wenn der Tag zu Ende war, fing es einfach am nächsten Tag wieder von vorn an. War ein Wochenende oder ein Feiertag dazwischen, fing es einfach am folgenden Tag beim Nächstsitzenden wieder an. Jedes Kind schien sich für seine Antwort lange Zeit zu lassen. Jules gab sich Mühe, zuzuhören, doch nach einer Weile fingen seine Gedanken an zu zerfließen, langsam in schöne, erotische Fragmente zu zerfallen. Er wollte Schwester Marie Jerome nicht mit dem in Verbindung bringen, was Ramie erzählte, die beiden Vorstellungen, die beiden Wirklichkeiten, doch sie kamen aus eigenem Antrieb zusammen und ließen ihn verwirrt und zitternd zurück.

Die Nonne, die in der siebenten Klasse unterrichtete, war alt, oder sah alt aus. Sie hatte eine Stimme wie Jules' Vater. »Wer war Abraham Lincoln?« fragte sie. Ihr grobes, flaumiges Gesicht wandte sich langsam dem Schüler zu, der als nächstes an der Reihe war. Ein Kind erwiderte so langsam, als sei es schwachsinnig: »Abraham Lincoln war ein Präsident. In den Vereinigten Staaten.«

Weiter zum nächsten Schüler: »Der wievielte Präsident war er?«

»Er war der ... der sechzehnte Präsident der Vereinigten Staaten.«

Und weiter zum nächsten: »Wann ist Abraham Lincolns Geburtstag?«

»Abraham Lincolns Geburtstag ist am 12. Februar.«

Und so ging der Drill rundum, im Klassenzimmer herum, unbarmherzig die Reihen hinauf und hinunter, während Jules den Kopf aufrecht hielt und versuchte, zuzuhören. Alles hatte die zerfledderten alten Bücher aufgeschlagen; sie blickten hinunter, um die Antworten auf die Fragen der Schwester zu finden, manchmal indem sie dabei die Finger langsam die verwischte Schrift entlangfahren ließen. Jeder hatte Angst, wenn er beim Aufsagen drankam. Jules träumte von Schwester Marie Jerome und ihren Tränen und ihrer Musik, und war manchmal, wenn er drankam, nicht vorbereitet, erschrocken und mußte tatsächlich in sein Buch schauen, um die Antwort zu finden. Das war nicht ganz das, was die Schwester mit ihrer Paukerei beabsichtigte: Sie wünschte, daß jeder die Antworten wußte und sie aufsagte, indem er ganz gerade dasaß und sie anblickte. Darum sah sie ihn mißbilligend an, sauer und mißtrauisch und regungslos auf ihrem Katheder, und nach ein paar erschrockenen Minuten wiederholte Jules dann die Antwort, ohne ins Buch zu sehen, und gab die Antwort, die einzig richtige, mit Worten, die die einzigen waren, die man im Moment sagen mußte: »Abraham Lincoln wurde im Amt ermordet. Achtzehnfünfundsechzig.« Dann kehrte er zu seinen Träumen zurück.

Zur Mittagszeit wurden sie in einen »Eßraum« gescheucht, in dem sie ihr von zu Hause mitgebrachtes Essen aus Tüten aßen, und fünfzehn Minuten später wurden sie auf den »Spielplatz« hinausgetrieben. Jenseits des Zaunes, draußen auf der Howard Street, rasselten die Lastwagen vorbei, die über die Brücke nach Kanada wollten, und Jules fühlte brennenden Neid auf die Erwachsenen, die über den ganzen Kontinent hin- und herfahren durften, sogar ins Ausland. Sie brauchten nie in ein besonderes Zuhause heimzukehren. In ihren Lastwagen waren sie vornehm und frei, die von ihnen zurückgelegten Entfernungen waren göttlich und märchenhaft. Er aber lungerte mit anderen Kindern herum und ließ sich von ihren Späßen und ihren Raufereien auf andere Gedanken bringen, und wenn er sich gerade besonders aufgelegt fühlte, dachte er sich Schlachtpläne für sie aus. Er sah sich als eine Art Anführer. Ein General, ein Admiral, ein Kriegsminister. Er brachte seine Freunde dazu, andere Kinder in einen Hinterhalt zu locken, oder sich wieder ins Schulhaus zurückzuschleichen, was verboten war. Er machte Pläne für sie, manchmal zeichnete er ihnen sogar Karten, nach denen sie sich richten mußten. »Also du nimmst diesen Weg, diese Seitenstraße«, sagte er streng und knuffte einen der Jungen in die Rippen, »und du, du mußt die andere Route nehmen. Ich wünsche Ordnung. Deserteure werden erschossen.« Zufällig war er größer als die meisten seiner Freunde, und irgendeine zufällige Eigenschaft seiner Stimme, oder seine Energie machte ihn ihnen überlegen; er kommandierte sie herum, bis sie nicht länger mitmachten und sich gegen ihn zusammenrotteten, dann zerstreuten sie sich und kamen nach ein, zwei Tagen wieder, unfähig ihm zu widerstehen, angezogen von seinen Ideen und seiner Kühnheit. Er führte sie in den Schulkeller und leierte: »Vorwärts, zum Tigris! Zum Euphrat! Zum Mississippi! Zu den Hängenden Gärten von Babylon!« Seine Zauberworte trieben sie kichernd und erschrocken vorwärts. Wenn sie erwischt wurden, bekam immer Jules die Schelte.

»In dir steckt der Teufel«, sagte ihm die Mutter Oberin eines Tages.

Er saß in ihrem kahlen Amtszimmer, ein Gefangener. Sie war eine große Frau, wie seine Großmutter, und auf ihre besondere Art genauso grob und kräftig; er mußte sie respektieren. Sie war keine richtige Frau, wie seine Mutter und Schwester Marie Jerome, doch er respektierte sie. Sie gab ihm drei wohlgezielte, harte Schläge auf die hingestreckten Hände, die Schultern und die Seite seines Kopfes.

»Warum stellst du dauernd etwas an? Warum kannst du auch jetzt nicht stillsitzen? Warum bist du so ungezogen?« fragte sie ihn ärgerlich.

»Es tut mir leid, Schwester«, sagte Jules.

Man hatte ihn dabei erwischt, wie er auf der Knabentoilette rauchte. Der Hausmeister war unversehens hereingekommen.

»Wer hat dir das Rauchen beigebracht?«

»Niemand, Schwester.«

»Wer hat dir Zigaretten gegeben?«

»Niemand, Schwester.«

»Hast du sie gestohlen?«

»Nein, Schwester.«

»Woher hast du sie?«

Schweigen. Jules saß auf dem hartlehnigen Stuhl und überlegte, wie er wohl aussähe, und ob sein Gesicht rot wäre und ob die anderen Kinder die Fingerabdrücke der Schwester in seinem Gesicht würden sehen können. Die Schwester lehnte sich brummend über das Pult und haute ihm noch einmal eine herunter. Er fiel gegen die Stuhllehne. Seine Nase fing an zu bluten.

»Hast du kein Taschentuch?«

»Doch.«

»Dann benutze es. Bist du denn so ein Ferkel?«

Er hielt sich das Taschentuch an die Nase, froh über etwas, hinter dem er sich verstecken konnte, erschrocken und unglücklich, aber doch ein wenig erregt von der Beachtung, die er fand. Warum nur war er immer so erregt, wenn ihn jemand anschaute, auch wenn dem Blick ein Schlag folgte?

»Du willst wohl auf dem elektrischen Stuhl enden?«

»Nein, Schwester.«

»Nun, ich meine doch! Ich meine, das ist es, was der Teufel in deinem Inneren vorhat.«

Sie sprach ernsthaft, sogar etwas eintönig. Jules war klar, daß sie sich nichts ausdachte, nichts zusammenphantasierte; sie erinnerte sich an etwas. Seine Zukunft war ihr bekannt, wie die Vergangenheit. Sie wußte alles. Jules zog das Blut in der Nase hoch, um keine Flecken zu machen. Es kam ihm irgendwie hinten in den Mund und er mußte es herunterschlucken. Schwindelerregend, dieser Geschmack von seinem bösen Blut. Er würde betrunken werden.

Die Schwester erzählte von einem Jungen, der in dieser Schule vor zehn Jahren ungezogen gewesen war. Er war jetzt lebenslänglich im Zuchthaus, in Wahrheit hätte er auf den elektrischen Stuhl gemußt. Aber er würde, wenn er starb, in die Hölle kommen. »Möchtest du so enden?«

»Nein, Schwester.«

»Eine gewisse Anzahl Jungen muß aufwachsen, um auf dem elektrischen Stuhl zu enden«, sagte die Schwester unbeteiligt.

Er mußte plötzlich an den herrlichen elektrischen Funken denken, der ihn töten würde: Er hatte im Kino und in den Comic-Heften Vorbereitungen für Hinrichtungen auf dem elektrischen Stuhl gesehen. Auch Hängen, Hinrichtungspelotons, Gaskammern wurden verheißen, aber der elektrische Stuhl mit seiner plumpen, hausbackenen Ähnlichkeit mit gewöhnlichen Stühlen faszinierte ihn. Sie sah über Jules Kopf hinweg. Dann blickte sie ihn wieder an, mit ihrem fernen, kalten Blick.

»Deine Schwester Maureen ist in Schwester Marie Jeromes Klasse, nicht wahr?«

»Ja, Schwester.«

»Deine Schwester ist ein sehr braves Mädel. Eine gute Schülerin.«

»Ja, Schwester.«

»Und deine andere Schwester, Betty, die gibt sich große Mühe.«

»Ja, Schwester.«

»Warum bist du so anders?«

Sie schwieg eine Weile und betrachtete ihn. Frauen betrachteten und beurteilten, das hatte er herausbekommen; Männer besorgten das Zuschlagen, doch ohne darüber nachzudenken. Ihre Schläge waren sinnlos, man mußte ihnen ausweichen, das war alles. Aber Frauen dachten immer, sichteten, beurteilten und bereiteten sich auf etwas vor. Jules saß sehr gerade und hielt das Taschentuch an die Nase. Er wartete. Plötzlich kam ihm ein ausgefallener Gedanke: Vielleicht würde auch Schwester Marie Jerome einmal all dies satt haben, all diesen Mist, das häßliche Gebäude und die häßlichen Nonnen, die lauten, frechen Gören, die unverschämten Gören, die frühe Messe, den Gestank aus den Klosetts; vielleicht würde er sie eines Tages draußen auf der Straße sehen, wo sie wie andere junge Frauen ihres Weges ging, wachsam, ohne besonderes Ziel, die Augen neugierig auf vorüberfahrende Wagen gerichtet. Schwester Jeromes blasses, nervöses Gesicht würde sich in so einer Umgebung gut ausnehmen: Es gab zu viele überschminkte Gesichter. Jules hatte unzähligen Streitereien zwischen Mutter und Vater, zwischen den Eltern und Vaters Verwandtschaft entnommen, daß seine Mutter einmal »auf die Straße« gegangen war und daß sie selbst dabei keinen Erfolg gehabt hatte. »So eine Kuh, so eine dumme Kuh! Also das ist doch das Letzte!« Sein Vater hatte manches Mal darüber gelacht; sein Vater kam immer wieder auf die alte Geschichte zurück, sobald er betrunken war. Sie schien ihn zu amüsieren. Darum stellte sich Jules Schwester Jerome in einer Tracht wie ihre Nonnentracht vor, mit langen, schwarzen Rökken und Ärmeln und eine Art Kapuze, wie sie den dunstigen Straßen des Geschäftsviertels zustrebte, schüchtern und ein wenig arrogant, und wie er, Jules, neben ihr herging und sagte:

»Meine Mamma würde sich sehr freuen, wenn Sie mit mir nach Hause kämen. Sie können gleich mit uns abendessen ...« Und dann würde sie kommen und bei ihnen wohnen; und alles käme in Ordnung.

Nach dem Unterricht, wenn es für ihn im Einheitspreisgeschäft nichts zu tun gab, trieb er sich mit ein paar anderen Jungen herum, in Hinterhöfe hinein und wieder heraus, immer auf der Suche nach etwas, das sie finden könnten. Da die Straßen hier sehr verkehrsreich waren und überall Lastwagen parkten, war ihr Gebiet sehr unübersichtlich; sie konnten nicht sehr weit sehen. Sie spielten auf leeren Bauplätzen und dort, wo es zu Brücken hinunterging, wo der Fluß tote Fische an Land schwappte und große, ziehende Ölschlieren. Sie trieben sich in Lagerhäusern herum, in geparkten Lastwagen, durchstöberten das Eisenbahndepot, die transamerikanische Transportgesellschaft, die Garage der Greyhound-Busse, alles. Sie sammelten Colaflaschen und schlurften durch Abwasserrinnen, um zerknüllte Limo-Packungen zu sammeln, für die man einen Preis kriegen konnte. Wenn sie der Hafer stach, schlenderten sie in kleine Lebensmittelläden, und der Kleinste spielte vorn den Ablenker, während Jules, vor Kühnheit blind, glatt und schnurstracks mit einem Kuchen für zehn Cents hinausging. Ein paar Mal wurde er erwischt und bekam Prügel, meistens aber kam er ungeschoren davon. Wenn er entwischen konnte, war er seltsam verstimmt und enttäuscht. Das Gebiet, in dem er sich herumtrieb, erstreckte sich etwa von der 21. Straße bis zur 10. Straße.

Doch selbst wenn er ungebunden durch die Straßen schweifte, war sein Herz bei Schwester Marie Jerome: Wenn er Böses tat, hatte er ein schlechtes Gewissen. Aber er konnte nicht anders, als Böses tun. Er konnte nicht anders, als ein schlechtes Gewissen haben. Er ging zur Beichte und sagte atemlos zu dem alten Geistlichen auf der anderen Seite des Beichtstuhles: »Ich war unaufmerksam während der Messe. Ich war ungehorsam zu meiner Mutter und zu meinem Vater. Ich habe mein Morgen- und Abendgebet vernachlässigt ...« Die Sätze kamen einer nach dem anderen aus ihm heraus, jede Woche genau die gleichen, und er verdrängte ganz hinten in sein Bewußtsein, daß er zu Schwester Marie Jerome eine sündige Neigung empfand, seine gelegentlichen Diebstähle, und daß er gewisse Kinder ohrfeigte, wenn sie ihm nicht parierten. An Gott dachte er überhaupt nicht. Er glaubte nicht an Gott, interessierte sich nicht für ihn.

Er preßte die Fingerspitzen auf die Augäpfel und versuchte, sich tief im Inneren ein Wesen vorzustellen, das nicht ganz er selber war, das ihn beobachtete, ihm grollte, ihm hassend oder liebend zugetan war, doch er konnte es sich nicht vorstellen, nicht wirklich; wer außer Jules konnte Jules hassen oder lieben? Wenn er sich auf der Straße rasch umwandte, sah er niemanden – nichts. Nichts war hinter ihm. Nichts folgte ihm. Wenn er nachts plötzlich aufwachte, war nichts neben ihm, das atmend über ihn wachte. Er war bloß er selbst, frei. Doch es war trotzdem möglich, daß er den Teufel in sich trug; ein Teufel war seiner Vorstellung nach eine Art ständiges Versagen, ein zu der einen Seite hinüber Gezerrtwerden, wie wenn die Reifen des Wagens die Luft verloren und alles unaufhaltsam nach der einen Seite zogen. Ramie Malone sagte, wenn man in Chicago jemand umbrächte, käme man auf den elektrischen Stuhl, denn die fakkelten nicht lange. Chicago kam Jules sehr anziehend vor.

An Donnerstagen konnte er es kaum erwarten, in den Andachtsraum zu kommen und Schwester Jeromes Musik zu hören. Er zürnte dem Getrampel der übrigen Schüler. All diese dummen Gören! Diese Rotznasen! Jules saß vornübergebeugt in seinem Sitz, überflutet von Liebe für Schwester Maries geschickte Finger und Arme. Während der Andacht saß Schwester Jerome auf der einen Seite des Podiums, still und förmlich. Jules' Augen ruhten brennend auf ihr. Er hielt sie nicht für eine schöne Frau, aber Schönheit interessierte ihn nicht; er brauchte etwas Wildes und Reines, Lippen ohne Lippenstift, eine bleiche, ernste Stirn, ein Gesicht, das jederzeit in Tränen ausbrechen konnte.

Eines Tages schob er sich nach der Andacht nach vorne zum Podium. Er sagte zur Schwester: »Das Klavierspielen ist so schön . . .«

Sie sah sich erschrocken nach ihm um.

»Ich höre so gern Klavier spielen«, sagte Jules, er stotterte beinahe dabei. Sie versuchte zu lächeln. »Habt ihr daheim ein Klavier?«

Sie legte die Notenblätter zusammen; die Knöchel ihrer Hand standen weiß hervor. »Nein, daheim nicht«, murmelte er.

Sie neigte das Haupt, als hätten seine Worte sie verwirrt, nur für diesen einen Augenblick, dann wandte sie sich ab und verschwand hinter dem schweren Samtvorhang. Jules wollte hinter ihr herrufen, aber er konnte nicht sprechen, wußte nichts zu sagen. Sie kam nicht wieder. Er wanderte hinaus in die Sonne, ballte die Fäuste, betrachtete seine Knöchel und überlegte, ob er lernen könnte, Klavier zu spielen.

Danach lungerte er von Zeit zu Zeit um ihre Klasse herum, stand mit verschränkten Armen und wartete auf sie oder auf sonst etwas. Es geschah nichts. Wenn sie ihn bemerkte, so zeigte sie es nicht. Sie eilte an ihm vorüber, den Kopf eingezogen, das Gesicht sehr bleich, Bücher und Hefte im Arm. Er schauderte bis ins innerste Herz beim Klirren ihres langen, schwarzen, freihängenden Rosenkranzes.

Maureen kam in der Halle auf ihn zu und fragte neugierig: »Was machst denn du hier?«

»Scher dich zum Teufel«, sagte er.

Schwester Jerome gab bestimmten Mädchen an bestimmten Tagen im Auditorium Klavierstunden. Jules bekam diese Tage heraus. Er kauerte im Dunklen hinten im Raum und blickte starr auf das halberleuchtete Podium, auf Schwester Maries ernsthaft geneigten Kopf und auf ihre blassen, humorlosen, pedantischen Lippen, wenn sie streng sagte: »Eins-zwei, eins-zwei, eins-zwei – was machst du denn?« Die Klavierpedale bumsten, die Noten waren hohl und zu laut. Jules kauerte im Dunklen und träumte von gewissen zärtlichen Dingen, seine Phantasien wurden von ihrem eins-zwei, eins-zwei und dem erbarmungslosen Rhythmus ihrer halbärgerlichen Stimme angefacht. Warum war sie so ärgerlich, was war es, was sie so bleich machte, so schüchtern, so zurückhaltend? Er stellte sich vor, wie ihre Tränen aufs Heftigste flossen, während brutale Musik aus ihr hervorbrach, und alles das wurde von dem eins-zwei, eins-zwei ihrer Klavierstunden zusammengehalten. Er glaubte sie zu lieben.

Danach kamen die Stunden nach der Schule, die aufgezwungene Freiheit. Maureen und Betty pflegten nach Hause zu schlendern, und Jules war ein paar Stunden lang frei, bis er, erschöpft und manchmal blutend, etwa gegen sechs zu Hause auftauchte (sie wohnten jetzt in einem Zweifamilienhaus). Um diese Zeit war die erste Runde Zorn bei der Mutter bereits abgeklungen, und Betty oder manchmal sogar Maureen waren im Kleiderschrank eingesperrt, um »sich abzukühlen«. Daher konnte Jules ungefährdet auftauchen. Er sagte dann, indem er den offen hängenden, fleckigen Bademantel und eine gewisse arrogante Gedunsenheit ihres Gesichtes musterte: »Soll ich hier irgendwas tun, bevor er heimkommt?« Das verband sie miteinander, wie auf einem Floß, gegen *ihn*. Er wollte, daß sie das spürte. Und seine Mutter umarmte ihn dann, weich gestimmt durch seinen Gentlemanton, und sagte, ja, da wäre der Abfall und wenn er den hinausbrächte? Und er könne hingehen und Betty oder Maureen aus dem Kleiderschrank rauslassen.

Nicht immer war Loretta betrunken. Manchmal kam sie von ihren Einkäufen heim, trug ein hübsches Kleid und hohe Absätze und das Haar lose, aber noch nicht zerzaust, und dann stellte sie alles, was sie eingekauft hatte, auf den Küchentisch, damit Jules und seine Schwestern es sich anschauen konnten. Meist waren es Dinge zum essen. Er war begeistert von Dosen und Plastikbeuteln, die von den Fingern der Mutter aus der großen Tasche geholt wurden, und auch Loretta genoß es, all diese Dinge hervorzuholen, alle diese Überraschungen, die keine waren. Sie sagte zu ihnen: »Ach ihr Dummen, ihr Dummköpfe! Ihr seid ja blöd, hier ist doch gar nichts drin! Was erwartet ihr eigentlich, he? Ihr Plagegeister? July, du bist ein Schaf, meinst du vielleicht, daß Weihnachten ist oder womöglich dein Geburstag?«

Aber es machte ihr selber Spaß. Sie gab ihnen Rabattmarken, grüne und gelbe, und die drei Kinder rauften sich darum, wer von ihnen sie ins Büchlein kleben durfte. Es war ausgemacht, daß sie es abwechselnd tun sollten, aber in seiner Begeisterung konnte Jules sich nie recht erinnern, wer dran war, und behauptete immer, er sei dran. »Gebt sie Jules, der macht es am saubersten«, sagte die Mutter schließlich, und dann waren die Mädel still. Sie war unzuverlässig und warm, seine Mutter, und wenn sie einlenkte, dann zu seinem Vorteil. Maureen war das brave Kind, aber irgend etwas an ihrem stillen Gesicht brachte Loretta in Rage. »Immer guckt sie mich an, die da. Beobachtet mich«, beklagte sich Loretta, Betty, die ein untersetztes, robustes, lärmendes Kind war, hatte weder Maureens hübsches Äußeres, noch Jules' Intelligenz, sie setzte sich durch lautes Wesen und Rippenstöße durch. Jules und Maureen sahen gern über sie weg. Sie besaß keinerlei Würde; sie zählte nicht.

Nicht immer, wenn der Vater heimkam, gab es Krach. Manchmal kam er pünktlich zum Abendessen und setzte sich mit ihnen an den Tisch und aß, und nach dem Essen saß er im Wohnzimmer und döste über einer Zeitung. Er hatte einen haarigen, großen Kopf mit abstehenden Ohren, die alles zu hören schienen; in Wirklichkeit, so meinte Jules, wurde er allmählich taub, oder zu träge, um zuzuhören. Er konnte nicht glauben, daß sein Vater je Polizist gewesen war. Ein Witz, so etwas! Wie konnte dieser fette Mensch nach dem Schießeisen greifen, wie konnte er es herausziehen und rechtzeitig abdrücken? Jules war seinem Vater gegenüber reserviert und höflich, weil er des Vaters Jähzorn und Härte fürchtete, doch bei seiner Mutter und den Mädels gab er offen zu: »Der Alte, der geht mir auf die Nerven, kann ich euch sagen. Eines schönen Tages ...«

Manchmal, wenn der Vater betrunken heimkam, gab es Krach. An solchen Abenden konnte man nichts anderes tun, als einfach weggehen. Loretta ging auf die andere Straßenseite hinüber ins Haus einer Freundin, in dem die beiden den Großteil der Nacht miteinander Karten spielten und Cola oder Bier tranken, und Jules und die Mädchen gingen, wenn das Wetter es zuließ, hinaus ins Freie. Sie wanderten die Gasse hinunter, unbeobachtet, sich selbst überlassen. Meist kletterten sie aufs Dach eines Mietshauses, in dem einige ihrer Freunde wohnten und ein paar von diesen Kindern verbrachten die Nacht im Freien – einige schlichen sich von daheim weg, einige mußten hinaus, weil es daheim allzu wild zuging. Maureen setzte sich mit dem Rücken gegen das Gesimse und schlief ein, die Arme um die Knie, den Kopf auf die Arme gelegt; Betty lief herum; Jules blickte ruhelos hinaus über das, was er vom Stadtteil und von Detroit sehen konnte und schmiedete Pläne: Morgen früh würde er Schwester Jerome fragen, ob er nicht bei ihr Klavierstunden nehmen dürfte; morgen nachmittag würde er etwas Großes stehlen, das man wiederverkaufen konnte, ein Radio vielleicht; morgen abend würde er seinem Vater mit einer Axt den Schädel spalten, und dann quer durch das Land flüchten, nach einer Karte. Warum nicht? Warum nicht mitten durch das Land, warum nicht durch die ganze Welt? Er sehnte sich nach der Freiheit der Lastwagen und Eisenbahnen und Flugzeuge. Warum nicht seines Vaters dummen, harten Kopf spalten? Warum nicht Schwester Jeromes blasse, magere Hand ergreifen und sie an die Lippen ziehen?

Manchmal konnten sie sich nach ein paar Stunden wieder nach Hause stehlen. Bis dahin war ihr Vater besinnungslos und tat niemandem mehr was. Manchmal, wenn Maureen fest schlief, blieben sie auch die ganze Nacht draußen, – sie spielten »Camping«, und Jules saß schläfrig Wache. Er duselte ein, wachte erschrocken wieder auf, mit einem kläglichen Gefühl im Herzen, im Mund einen fauligen Geschmack. Sehr früh, noch ehe es dämmerte, weckte er Maureen und Betty. Dann stiegen sie hinunter auf die Straße und gingen heim.

»Jesus, der Kerl geht mir auf die Nerven«, sagte Jules bei jeder Gelegenheit.

Bei der Beichte sagte er sein Sprüchlein auf: »Ich war ungehorsam ... meiner Mutter und meinem Vater ...«

Er sollte sich später in flackernden Momentaufnahmen seiner Kindheit erinnern, als sei sie ein Film, der lange vor seiner Zeit gedreht worden war, einer dieser zappelnden, komischen Filme, in denen verrückt angezogene Leute weder Schmerz noch Angst gefühlt haben konnten. Wie hätten so altmodische Leute sein können wie andere Menschen? War er, Jules Wendall, jemals ein Kind gewesen? Ein wirkliches Kind? In dem Sinne, in dem andere Leute Kinder gewesen waren? Und was bedeutete das, ein Kind gewesen zu sein? Bedeutete das, daß das Kind Jules noch immer bei ihm war, umschlossen von seinen Gebeinen, ein munteres, nervöses, hohläugiges Kind mit einer Vorliebe für Landkarten und Musik und bleiche, ungestüme Frauen? Würde er immer die schlaftrunkene Maureen ins Bett zurücktragen müssen? Würde er immer davon träumen, seinem Vater den Schädel einzuschlagen, selbst dann noch, wenn sein Vater tot war?

Eines Tages ließ er sich, in Gedanken halb bei Schwester Marie Jerome, von seiner Freundin aus dem Einheitspreisgeschäft in deren Wohnung mitnehmen. Sie trug das Haar nach hinten gekämmt, in einem Pferdeschweif. Sie war sehr aufgeregt und erzählte etwas über einen Mord in der Nachbarschaft. »Also ich kann dir gar nicht alles erzählen, was die gefunden haben! Nicht alles! Es hat auch nicht einmal in der Zeitung gestanden!« Zwillinge von noch nicht zwölf Jahren waren in den Stunden vor Anbruch der Dämmerung erdolcht worden. Die eine war in ihrem Zimmer erstochen worden, die andere draußen auf der Straße, auf die sie gelaufen war; der Mörder hatte sie fast einen Häuserblock weit verfolgt, und Blutflecken führten aus ihrem Zimmer bis hinaus auf den Bürgersteig. Jeder redete darüber; das Mädchen konnte gar nicht davon aufhören. Immer wieder stieß sie Jules an. Immer wieder sagte sie: »Die können nicht alles in der Zeitung drucken!« Es war niemand zu Hause. Sie ließ ihn ins Haus. Sie drehte das Radio an. Sie sagte zu Jules, der jetzt große Angst hatte: »Jetzt werde ich mein Monogramm in dich eingravieren, Mann.« Jules hatte gedacht, daß Mädchen, die so etwas taten oder mit sich tun ließen, verletzt würden, aber zwischen ihnen gab es keinen Schmerz. Es gab nur eine plötzliche Schicht wohltuenden Schweiß. Die kleinen Aufschreie des Mädchens flatterten die vier Wände des Zimmers entlang und trieben Jules in eine fast schreckensvolle Ohnmacht, saugten ihm die Kraft aus. Er blieb sich stets seiner selbst bewußt: *Jules.* Er konnte sich nicht dazu zwingen, die Augen zu schließen, wie das Mädchen es tat: Sie platzten immer wieder auf, erschreckt und trocken. Aber er war sehr schwach. Er hatte keine Kraft. Er hätte gern geweint, aber alles in ihm war trocken, leer.

»So, jetzt liebst du mich«, sagte das Mädchen leichthin. Sie kniff ihn in die Wange. Sie war wie ein Mädchen in einem Film, leicht und hüpfig auf ihren nackten Füßen, wie sie ihr Haar wieder zurechtstrich.

Jules schaute sie mit weit geöffneten Augen an.

»Ja, du liebst mich, du wirst jetzt immer an mich denken«, sagte sie. »Wenn du diesen Schlager im Radio hörst, wirst du an mich denken. Ich war es, die dich angelernt hat, Junge. Denk daran!«

»Ja«, sagte Jules.

»Dein Leben lang –«

»Ja«, sagte Jules.

9

Es war ein verhangener grauer Tag von der Art, wie Jules sie liebte, mit jenem schwach metallischen Schimmern am Himmel, das die Ränder der Gebäude und Wagen umfloß; er schwänzte die Schule für einen guten Zweck: Er brachte seine Großmutter ins Krankenhaus. Darum pfiff er ganz leise vor sich hin und sog die rußige Luft ein, ein braver Junge, fünfzehn Jahre alt und in einem seidigen Hemd und dunklen, leicht verbeulten Hosen, das Haar lang und in scharfem Bug zurückgekämmt, wo es am Hinterkopf eine wellige Masse bildete. Er sah sich immer wie aus der Entfernung, Momentaufnahmen von sich – Jules Wendall – und er konnte nicht anders als zufrieden sein. Er bot der Großmutter als Kavalier den Arm, damit sie sich einhängte. Die alte Frau griff danach mit einer gemurmelten Klage, die ihn etwas dämpfte: »Man sollte doch meinen, einer von *denen,* von den beiden, könnte mich selber hinfahren.«

Es war jetzt 1953 und Großmutter Wendall wohnte bei ihnen

in Detroit, als Witwe, ihre dicken, speckigen Beine waren jetzt eine Unmasse von geplatzten und zerlaufenen Venen, ihr graues Haar gekräuselt und ganz oben auf dem Kopf dünn, ihr Gesicht von ärgerlichen grüblerischen Falten durchfurcht, die ihr das Aussehen eines alten Mannes gaben, der vom Leben verbittert ist, aber noch nicht bereit, es zu verlassen. Sie goß in Jules' geduldiges, beklagenswertes Ohr all die üblen Nachrichten ihrer Witwenschaft und ihren Abstieg zur Schwiegermutter, die man in ein Hinterzimmer in einem miesen Haus in der 20. Straße, einer miesen Straße, gesteckt hatte, und die von einer miesen Schlampe herumkommandiert wurde, die zuviel trank. »Aber mein Gott, schließlich ist sie deine Mutter und damit basta«, sagte Großmutter Wendall und verzog den Mund, während sie sich schwer auf Jules stützte, »aber es macht dir Ehre, daß du in unsere Familie schlägst – nicht nach deinem Vater, sondern nach mir. Du und ich, wir haben den gleichen Verstand.«

»Ich hab nicht entfernt soviel wie du«, sagte Jules, und machte damit den gleichen Scherz wie seit Jahren, nur etwas zerstreut; er fragte sich, wo zum Kuckuck, der Autobus blieb. Warum gab es immer so eine Warterei? Seine Großmutter war robust in den Knochen und im Verstand, das stimmte, doch sie ließ nach im Lauf der Monate, und schon der Gang von zu Hause bis zur Fort Street brachte sie außer Atem. Sie keuchte wie ein Pferd, wie eine Kuh, verblüfft darüber, daß ihr Körper nicht mehr dem Bild entsprach, das sie von sich selber hatte. Sie warteten im Nebel auf der Fort Street. Jules war sich seines schönen (wenn auch etwas pickligen), jungen Gesichts bewußt, seines Haarschnitts à la Entensterz, seiner neuen schicken Sachen, die ihn in eine gewisse Oberschul-Clique verwiesen, sogar an die Spitze dieser Oberschul-Clique, wie er gern dachte, weil er klug und wendig genug war. Er verbrachte seine Entwicklungsjahre in den verblaßten Schatten echter Gangster oder der Freunde solcher Gangster; etwas in ihm sehnte sich nach deren unheilvollem, verkommenem, brillantem Lebensstil. Er nahm etwas von ihrer Ausdrucksweise an, oder von der ihrer Nachahmer oder aus Filmen, und sein Anzug, ja sogar sein Gang, hatten etwas leicht Zurückgebliebenes, Lungerndes, Schläfriges, Verächtliches und Selbstbewußtes, den Stil eines Zuhälters; und das alles gefiel ihm sehr gut.

Er sagte zu seiner Großmutter: »Pappa konnte sich nicht von der Arbeit freinehmen. Er war letzten Monat zwei Tage krank.«

»Na, und *sie?*«

»Ich kann dich doch genauso gut hinbringen, oder? Du hast gesagt, du fährst gern mit dem Autobus. Magst du eine Zigarette oder so was?«

Ihr Mann war an Kehlkopfkrebs gestorben und ausgerechnet während seines langsamen Dahinsiechens hatte sie angefangen zu rauchen. Alle wunderten sich über sie. Mit Jules unterhielt sie eine Von-Mann-zu-Mann, jungenhafte, brüderlich-kindliche Kameradschaft, sie war in Jules' Augen verschwörerisch und sinnlos, doch seiner Meinung nach ein Mittel, mit dem sie sich an jener mittleren Generation rächen wollte, von der sie glaubte, ungerecht behandelt zu sein: von ihrem Sohn und seiner Frau. Deshalb nahm sie schmunzelnd eine Zigarette, als könnten sie beide dadurch Loretta eins auswischen. Es stimmte Jules traurig, was für ein massiges Weib die Großmutter in ihrem langen, dunklen, formlosen Mantel und ihrem tief heruntergezogenen Hut undefinierbaren Stils war, mit einem durchlöcherten Schleier und dunkelbraunen Flügeln darauf. Was für eine Greisin war sie geworden! Sie beklagte sich über diesen Kerl, den Bürgermeister, und den anderen Kerl, den Gouverneur, und am allermeisten über diesen Kerl, der Präsident der Vereinigten Staaten war. Steuern, zu hohe Steuern. Die Sozialversicherung war eine Schiebung, ein Witz. Sie erlaubten sich einen Witz mit ihr. Wäre sie nicht eine alte Frau, so würde sie kämpfen. Die Vereinigten Staaten waren verrückt, das sah sie aus den Zeitungen, und Europa war verrückt, eine Katastrophe. »Die ganze Welt ist eine Müllhalde«, sagte sie.

Auf der Fort Street zog ein Strom von Wagen und Lastautos an ihnen vorbei. Der Fluß war nicht weit. Jules blickte sich um, und seine Augen fielen auf den schweren, unschönen Bogen der Ambassador Bridge, der Brücke nach Kanada, ein Anblick, den er seit Jahren gewöhnt war. Er dachte, welches der Weg hinaus war, welche Richtung er einschlagen sollte. Obwohl seine Großmutter ihre Klagen verbittert vor sich hinmurrte, war es für sie zu spät: Sie würde nie mehr entkommen.

»Mein Leben lang hab ich mit Männern gelebt«, sagte die Frau ärgerlich. »Ich kenn die Männer. Frauen kenn ich nicht. Mit Frauen red ich nicht. Laß du sie lieber auch in Ruh. Du bist selber ein Mann, in dem Alter, in dem du jetzt bist, hast gesunden Menschenverstand, mit dir kann ich reden. Stimmt's? Aber deine Mutter ...«

Es sollte also wieder gegen die Mutter losgehen. Jules sagte ausweichend: »Ach, laß die Mamma in Ruh ...«

»Läßt sie mich denn in Ruh? Läßt sie mich je vergessen, in wessen Haus ich lebe? Das frag ich dich, das frag ich deinen gesunden Menschenverstand? Sag die Wahrheit? Läßt sie mich in Ruh?«

»Ich weiß nicht.«

»Ein verrücktes Haus, so weit offen. Leute kommen und gehen, diese Freunde von ihr, diese Weiber, die nichts Besseres zu tun haben, als mit einem Bademantel um den Hintern rumzuziehen und den ganzen Nachmittag Bier zu trinken und dauernd Rommé zu spielen. Kein Wunder, daß Howard so lang von zu Hause wegbleibt, ich nehm's ihm nicht übel. Und deine Schwester Betty, die wird abrutschen ...«

»Das ist ihre Sache.«

»Deine Schwester Maureen ist viel zu mager.«

»Die ist schon in Ordnung.«

Die alte Frau zog an ihrer Zigarette. Jules beobachtete aus dem Augenwinkel, daß sie nicht verstand, mit Grazie zu rauchen. »Mein Sohn Samson, der hat sich ganz von mir abgewandt, das stimmt«, sagte sie und hakte bei einem anderen ihrer Lieblingsthemen ein. Als Jules nichts erwiderte, sagte sie vertraulich: »Er ist derjenige, der Grips hat. Der hat ihn. Der arme Howard hat bei der Gripsverteilung hinter einer Tür gestanden oder sowas. Als Samson noch ganz klein war, ich hab vergessen wie alt, da hat er immer alles repariert, zum Beispiel den Wagen, den Toaströster, solche Sachen, das Backrohr, die Leitungen und so. Jetzt ist er so was Ordentliches bei Ford, und für mich ist es immer ein Fest, wenn ich dort hin komm; seine Frau meint, ich soll ihr ihre Quadratlatschen küssen oder sonstwas, aber ich sitz im Stuhl und schau mich um und sag nicht viel. Aber denken tu ich mir eine Menge. Sie merkt schon, was ich über sie denke. Aber ich bitte sie nie um was – da können sie warten, bis sie schwarz werden, ehe ich die auch nur um einen Groschen bitte, die mitsamt ihrem ganzen Geld. Wenn die wollten, die könnten mich jederzeit zu sich nehmen. Die haben oben ein Zimmer. Ich mach keine Arbeit, ich kann mir selber kochen, aber nein, nicht für was! Lassen mich bei Howard wohnen, lassen mich bei deinen Eltern wohnen, die selber genug Sorgen haben und eine Bruchbude in der 20. Straße obendrein. Nein, nein, ich red ja bloß, Jules, versteh mich nicht falsch. Versteh mich nicht falsch ...«

Und immer so weiter in witzig-zornigem, jammerndem Monolog, während Jules sich gegen ihre bitteren Kränkungen schützte und die Augen in die rauchig-neblige Ferne gerichtet hielt. Sie sagte: »Das Kleine, das sie da gekriegt haben, mit dem bösen Ohr, das geschieht ihnen recht, *ihr* recht, mit ihrem Ohrfeigengesicht und ihren geschliffenen Glastellern und alle dem Mist, auf den sie so viel hält.«

Loretta hatte vor ein paar Jahren ein Kind mit einem Herzfehler geboren; es war ein Junge gewesen, und es war mit achtzehn Monaten gestorben.

»Ist schon gut, Großmutter«, sagte Jules.

»Die Menschen kriegen das, was sie verdienen, du wirst schon sehen.«

»Schon gut. Bitte.«

»Also ich tu es nicht! Ich bin nicht diejenige welche. Gott wird sie heimsuchen zu Seiner Zeit. Ich sitze nicht über sie zu Gericht, ich warte auf nichts«, sagte sie haßerfüllt.

Jules sah den Bus kommen. Erleichterung. Dankbarkeit. Er führte die alte Frau die Stufe hinauf und den Gang entlang, voller Angst, daß sie hinfallen könnte, sie war schon mehrfach gestürzt, schwer, und es war Jules' Aufgabe gewesen, sie nach Hause zu schaffen. Die Großmutter war keine feingliedrige alte Frau, sondern ein bleierner, massiger alter Mann, dessen Muskeln sich gegen sie zusammenkrampften. Der Bus roch nach Auspuff und Schweiß. Jules setzte sich neben die Großmutter, doch halb in den Gang hinaus, damit sie Platz hatte und überließ sich der Fahrt. Eines Tages werde ich dies alles ändern, dachte er in aufblitzender Freude.

Er dachte an eine Wildnis, an ein Land weit draußen im Westen; einen goldenen Himmel, oder vielleicht ein goldenes Weizenfeld ... Berge ... Flüsse ... etwas, das noch auf keiner Landkarte eingezeichnet war.

Der Bus fuhr langsam. Er hielt und fuhr wieder an. Jules musterte die anderen Passagiere und sah niemand Interessantes, er hatte sie alle schon einmal gesehen. Schließlich richtete er sein Augenmerk auf eine Frau, eine recht hübsche Frau. Er hatte Frauen gern. Wenn er eine Frau mit einem gewissen Charme erblickte, spürte er, wie sein Herz schneller schlug, und er fand bei fast jeder irgend etwas reizvoll, wie sie nervös mit den Augen zwinkerte, wie sie sich den Rock herunterzog. Weil er so viele Jahre in solcher Nähe zu seiner Mutter gelebt hatte, und dennoch mit einem gewissen Vernunftabstand von ihr, begriff er das Wirre an den Frauen von Detroit. Sie waren wirr, konfus, ängstlich. Er träumte davon, ihnen seinen Verstand anzubieten, sich in ihren Dienst zu begeben, ihnen bei einer Autobusfahrt oder über die Straße zu helfen, oder wenn ihre Männer betrunken heimkamen. Eine Frau in einem automatischen Waschsalon in Detroit hat nur scheinbar die Kontrolle über die Maschinen! Eine Frau in einem Auto hat nur scheinbar die Kontrolle! Im Inneren ist ihre Maschinerie genauso ausgeschlackert und unruhig wie die Maschinerie ihres Wagens, der vielleicht von jemand in stummer Wut zusammengehauen worden ist, wie Jules' Vater sie empfand, der nun am Fließband bei Chrysler arbeitete. Beim Gedanken an Frauen verzog sich Jules' Gesicht zu einem Lächeln. Durch die blasse Gedunsenheit hindurch sah er bei seiner Mutter noch das hübsche Gesicht – er brauchte gar nicht erst die Fotos anzuschauen, die sie gern herumzeigte –, und obwohl ihre Beine unbeholfen waren, konnte er sich vorstellen, daß sie damals eine gewisse Grazie besessen hatten, in den Jahren vor der Schwiegermutter und dem Baby mit dem Herzfehler und Howards nächtlichem Schnarchen, das Jules nachts viele Stunden lang wachhielt und seinen Haß ins Leidenschaftliche steigerte. Seine Schwester Maureen besaß eine zarte, intelligente Schönheit, die ihm gefiel; sie war *seine Schwester*, und auf der Straße war er stolz darauf, sie zu verteidigen. An Betty war er weniger interessiert. Sie war zäh und fix und konnte für sich selber sorgen.

»Warum wird Betty auf die schiefe Bahn kommen, meinst du?« fragte er die Großmutter.

Wenn er es am wenigsten erwartete, gab er ihr gegenüber klein bei; in ihm war etwas, wie auch bei seiner Mutter, das sich der alten Frau mit schmerz- und angstvoller Erwartung zuneigte.

Die Klinik war ein neues, schäbiges Bauwerk, nur ein Stock hoch, mit einem Parkplatz, dessen Umzäunung aus hellbrauner Pappe zu bestehen schien, vermutlich aber aus Holz war. Jules geleitete die Großmutter hinein. Sie sank, schon jetzt erschöpft, trotzig in einen Stuhl; Jules mußte stehen. Die Fahrgäste aus dem Autobus waren bereits da. Oder doch von der gleichen Art. Leute aus Detroit, polnische Mütter, polnische Kinder, alte Erwerbslose, Erwerbslose in mittleren Jahren, schlampige Fürsorge-Empfänger, die Kranken, die Sterbenden, die vorzeitig Ergrauten und die vorzeitig Verbrauchten, alle saßen sie da und glotzten einander aus hohlen, mißtrauischen Augen an. Die Weißen glotzten die Weißen an, und die Neger, die Neger glotzten die anderen Neger an und die Weißen auch.

Wenn jemand durch den Haupteingang hereinkam, schaute alles ihn mit einer gewissen Hoffnung an und zeigte sich dann enttäuscht: Es war geheimnisvoll – dieses Ritual. Einige Patienten kamen aus dem Inneren des Gebäudes und schienen *für heute fertig*. Sie zogen sich die Mäntel in der demütigen, resignierten Manier von Wohlfahrtsempfängern an, schon halb aus der Tür, sobald der linke Arm im Ärmel ist, den Kopf gesenkt, der Blick trotzig und voller Abwehr.

Jules wäre beinahe im Stehen eingeschlafen, das Neonlicht wirkte so einschläfernd, der Geruch der ungewaschenen Körper so bedrückend und doch so narkotisch; er dachte verträumt an das Mädchen in seiner Klasse, für das er jetzt schwärmte, und er dachte an das Leben, zu dem er aufbrechen würde, wenn er aus der Schule kam und frei war, ein Mann, der ein Leben führte, in dem er eine Familie gründete und ihr dann wieder davonlief. Erst würde er Kinder aufziehen, um so zu sein wie die anderen. Dann würde er sich darum bemühen, ihnen wieder zu entrinnen. *Zum Schluß werde ich mein Leben ändern,* dachte er. Er wollte nach Kalifornien.

Sie warteten. Die erste Stunde verging langsam. Ein paar magere Kinder spielten im Warteraum. Sie warfen einen Aschenbecher herunter. Ihre Mutter, eine sehr dünne, ärgerliche Person, klatschte ihnen ein paar Ohrfeigen und vergaß sie. Die Empfangsschwester beugte sich über ihren Tisch und sagte höflich, aber in scharfem Ton: »Bitte halten Sie die Kinder ruhig!« Sie waren eine Weile still, mürrisch und übellaunig, dann fing es in ihren Beinen an zu zucken, und sie waren wieder auf und davon und machten Dummheiten. Ein Mann mit zitterndem Kopf sagte plötzlich laut: »Ich warte hier seit neun Uhr. Es hat geheißen, ich soll um neun Uhr hier sein. Ich war schon da, ehe die Türen aufgesperrt worden sind.« Die Empfangsschwester sah ihn an. Sie war eine jüngere Frau mit strengem, faltigem Gesicht. »Wie ist Ihr Name, bitte? Kommen Sie bitte hier an den Tisch«, sagte sie. Der Mann schien nicht zu hören. Er hatte ein biergerötetes Gesicht und eine verdickte Nase voller erweiterter Poren und Mitesser. Zu Jules' Großmutter, in deren ungeduldigem Unmut er eine verwandte Seele erblickte, sagte er: »Die geben einem hier Pillen mit Mehl drin. In dem Ding hier verpassen sie einem Luftblasen in die Adern, und dann stirbt man. Es kostet nichts.«

Jules' Großmutter, die stets Unberechenbare, strafte den Mann mit Verachtung.

Die zweite Stunde ging in die dritte Stunde über. Jules stand noch immer, zu müde, um sich nach einem Sitzplatz umzutun. Die Kinder spielten immer noch, gingen von einer Seite des Raumes zur anderen; andere Kinder hatten sich zu ihnen gesellt. Ein Negerjunge von ungefähr fünf duckte sich angstvoll hinter dem Schenkel seiner Mutter und sah den weißen Kindern zu. Er lutschte geräuschvoll am Daumen.

Schließlich wurde Jules' Großmutter aufgerufen. Sie stand auf; er half ihr ins Sprechzimmer, peinlich berührt von ihrer Unbeholfenheit. Er wußte nie, ob sie ihren Schmerz übertrieb oder unterdrückte. Als er zurückkam, hatte sich eine fette Frau auf ihren Stuhl gesetzt, darum blieb er weiter stehen. Eine seltsame, kühle Geduld überkam ihn. Er nahm sich eine Nummer der ›Saturday Evening Post‹ und las einen Artikel über Fußball. Er las ihn sorgfältig, als läse er etwas von einem anderen Planeten: alles Wissen war wertvoll. Er interessierte sich nicht für Sport. All diese Energie, von den Jungen aufgewendet für ein triviales Ziel ohne Nutzen, es schien ihm töricht, doch einige Menschen nahmen es immerhin ernst – warum nahmen sie es ernst? Er holte sich eine Nummer des ›National Geographic‹ mit blutigen Fingerabdrücken auf der Titelseite. Die Photographien darin erschreckten ihn, zerrten an seinen Augen als wollten sie rufen: *Schau, schau dir das an, diese Himmelslinie, schau dir diese Gesteinsformationen an, schau dir diesen afrikanischen Häuptling an, schau, wer bist du, und warum* ... Er legte die Zeitschrift wieder hin und durchblätterte eine Nummer von ›Time‹. Er las über die Neger in Amerika: ›Ein Jahrzehnt der Konjunktur‹. – Gleichheit vor dem Gesetz, Überfluß in Harlem; er las die Titelgeschichte über einen Mann aus Indien namens Vinoba Bhave. »Ich bin gekommen, um euch in aller Liebe auszuplündern«, sagte dieser Mann. Jules las fasziniert: »Wir sind alle Mitglieder einer einzigen Menschenfamilie.« Vinoba Bhave las nur drei Bücher: die ›Elemente‹ von Euklid, die ›Fabeln‹ von Äsop und die ›Bhagavad Gita‹. Jules wurde aufgeregt; er würde diese Bücher auch lesen. Er würde sie am nächsten Tag irgendwo auftreiben. Vinoba Bhave sagte: »Mein Ziel ist die Umwandlung der Gesellschaft in ihrer Gesamtheit. Auch Feuer kann nur brennen ... Feuer brennt und tut seine Pflicht. Es ist an den anderen, die ihre zu tun.«

Diese Worte blieben ihm im Gedächtnis, obwohl die fette Dame schnüffelte. »Feuer brennt und tut seine Pflicht.«

Was er gerne täte, dachte Jules plötzlich, war nicht direkt ein

Heiliger zu werden, sondern ein weltliches Leben zu leben, das mit einem Heiligenleben parallel lief – ein modernes Leben, um jeden Preis –, um Jules bis an die Grenzen seiner Haut und der Reichweite seiner Augen auszudehnen. Er konnte das. Er brauchte nur Zeit und etwas Raum, in dem er sich frei bewegen konnte. *Feuer brennt und tut seine Pflicht* ... Daran konnte er glauben: an das Feuer und sich selbst. Auch er würde seine Pflicht tun. In den Vereinigten Staaten von Amerika werden an jeder Tankstelle die kompliziertesten Straßenkarten gratis verteilt, man braucht nur darum zu bitten, all diese wertvollen Informationen werden gratis abgegeben – über diese Welt gibt es soviel Informationsmaterial, Berge von Tatsachen und Wundern, doch über die andere Welt gibt es keinerlei Informationen, nichts, und darum löste sich Jules von ihr ohne Bedauern. Er glaubte an sich selbst. Er traute sonst niemand. Er war bei den Nonnen von der Schule geflogen, weil er einen kleinen italienischen Mistfinken verhauen hatte, und auch aus der Stellung als Ministrant während der Woche hatte man ihn hinausexpediert. All das war vorbei. Und überhaupt gefiel es ihm in der Volksschule besser. Die Lehrerinnen weinten nicht. Sie wurden böse, aber sie weinten nicht. Er vermißte nur die langen dunklen Röcke und Ärmel und aufgeregt baumelnden Rosenkränze der Nonnen, dieser geschlechtslosen und doch sehr weiblichen Frauenspersonen, die so verdrießlich und gutmütig, aber so leicht zu weißglühendem Zorn zu reizen waren ... jede davon eine Mutter für ihn, bereit, sich anbeten zu lassen wie die Jungfrau Maria, ganz gleich, ob sie einen sauren Mundgeruch hatte und ein paar dunkle Haare auf ihrem Kinn sproßten, ganz gleich. Er vermißte sie wirklich. Aber die Kirche, die Frühmesse, die Bilder von Jesus als Erwachsenem und als Kind, verklärt, blutend, sterbend, tot, oder wieder auferstanden, in einer Ekstase der Macht, die vermißte er nicht. Er hatte Jesus nie gemocht. Er hatte den Nonnen übelgenommen, daß sie sich so für IHN interessierten. Er, Jules, würde ein besserer Mensch oder doch zumindest ein gescheiterer Mensch werden – warum eigentlich nicht »alle Königreiche dieser Erde«? Warum nicht? Die Königreiche dieser Erde würden bloß jemand anders zufallen, das war geschichtlich belegt.

Es verging eine weitere Stunde. Seine Großmutter war immer noch nicht wieder da. Neue Leute waren hereingekommen und standen hinten an der Wand; sie dachten nicht einmal daran, sich den Mantel aufzuknöpfen. Jules versuchte, nicht an seine

Großmutter zu denken, die irgendwo dort hinten in einem Zimmer einen aussichtslosen Kampf mit einer Schwester ausfocht. Was für ein Schrecknis lag in dem schmutzigen Unterzeug der Großmutter, und in den Geheimnissen ihres einmal weiblich gewesenen Lebens! Jedesmal wenn sie in die Klink kam, gab es einen Kampf. Sie hatten ihr Krankenblatt verlegt oder konnten es nicht finden; der Doktor war weggegangen, um Kaffee zu trinken; es zog von einem Fenster her, eine ungeduldige Schwester fuhr sie an, die meisten Patienten wüschen sich, ehe sie in die Poliklinik gingen ... Die alte Frau kam immer fluchend heraus. Zu laut, geschäftig und schwerfällig und ließ jeden wissen, daß *sie, sie* sich eine solche Behandlung nicht gefallen ließe.

Nach einer weiteren langen Stunde erschien sie. Eine Pflegerin war bei ihr und führte sie. Jules ging sofort auf sie zu und nahm ihr die Rezepte aus den Fingern. Er sah an ihrem Gesicht, daß sie keine guten Nachrichten brachte. Er half ihr in den Mantel, brachte sie hinaus und bis zur Straßenecke hinunter und wartete mit ihr wieder auf den Autobus. Wieder ein Autobus. Detroit. Nachmittag. Er verbrachte zuviel Zeit in seinem Leben damit, dachte Jules, auf Busse zu warten. Seine Großmutter schwieg. Ihr breites, teigiges, häßliches Gesicht war abgewandt.

Jules meinte leichthin: »Na, die lassen einen vielleicht warten in dem verfluchten Kasten!«

Die Großmutter nickte.

»Welchen Arzt hast du denn diesmal erwischt?«

»Ich weiß es nicht.«

»Weißt es nicht? War es derselbe, der Knilch mit der Brille?«

Sie zuckte die Achseln.

»Ich hab gedacht, den magst du. Weißt du denn nicht, wer dich drangenommen hat?«

»Wie soll ich das wissen?« fauchte sie. »Ausgerechnet ich? Ich soll wissen, was vor sich geht? Ich bin eine alte Frau, die Welt ist mir ein Dreck, jetzt halt den Mund drüber. Du mit deinen spitzen Schuhen und deinen engen Hosen, halt den Mund!«

Er hatte plötzlich Lust zu weinen.

Es war später Nachmittag, als er sie wieder heimgebracht hatte. Sie wohnten in einem Zweifamilienhaus an einem kümmerlichen gemütlichen Sträßchen mit einer Menge Hunde und Kinder in der Nachbarschaft. Mexikaner wohnten keine drei Häuser weiter, aber es waren immerhin keine Neger. Es war keiner zu Hause außer Loretta, die sich am Küchentisch die Haarspangen aus der Frisur nahm. Sie blickte Großmama Wendall schuldbewußt und vergnügt an.

»Na«, sagte sie.

»Was, na?« antwortete Großmutter Wendall. Sie nahm ihren häßlichen Hut ab und stand mit ihm in der Hand da.

»Wie steht's? Was haben die gesagt?«

»*Er* hat das Dingsda für die Pillen.«

»Was haben die gesagt?«

»Wer soll wissen, was die gesagt haben?«

»Hast du denen das mit dem Blut erzählt?«

Die alte Frau lächelte Loretta verächtlich an. »Du brauchst mich nicht zu fragen, was ich denen sag und was nicht. Wen geht das was an? Ich sag denen, was mir einfällt. Ich red mit dem Doktor privat. Wen anders geht das was an?«

Loretta strich sich mit den Händen übers Gesicht. »Schön. Wann mußt du wieder hin?«

»In vier Tagen.«

»In vier Tagen!«

Großmutter Wendall ging auf ihr Zimmer. Loretta nahm die Hände von den Augen wie ein kleines Mädchen und sah Jules an. Jules versuchte zu lächeln, lächelte dann.

»Sie verliert Blut«, sagte Loretta. »Ich wette, das hat sie denen nicht erzählt. Sie hat Geheimnisse, die alle anderen einen Dreck angehen.«

»Warum hat sie es denen nicht sagen wollen?« fragte Jules. »Sie will doch gesund werden.«

»Sterbende wollen nicht gesund werden«, sagte Loretta.

Jules ließ sie stehen. Er ging ins Badezimmer und klatschte sich die Haare an und ging fort, an seine Arbeit. Er war bei einem Weinhändler angestellt. Er half den Lieferwagen laden und fuhr dann mit; er brannte darauf, eines Tages den Lieferwagen selbst zu fahren. Heute dachte er immer wieder daran, daß seine Großmutter blutete, in die Klosettschüssel blutete, das Gesicht versiegelt von verschwiegenen Schmerzen, und er dachte immer wieder an den Inder, an dessen Namen er sich nicht recht erinnern konnte. *Wir sind alle Mitglieder einer einzigen Menschenfamilie.* Er überlegte, wieso das stimmte. Seine Gedanken beschäftigten sich immer wieder damit.

Der Weinhändler wohnte unten an der Fort Street. Es wurde bis hinaus nach Grosse Pointe geliefert, und obwohl er nicht viel bezahlt bekam, gefiel ihm das teure Aussehen der Flaschen und ihre phantasievollen Etiketten; er war gern dort in der Nähe, wo es nach Erfolg aussah; er fuhr gern im Lieferwagen herum und lud an den Lieferanteneingängen der großen Häuser Flaschen ab. Er versuchte sich den Gedanken an die Großmutter aus dem Kopf zu schlagen – an diese alte Frau mit den undichten Eingeweiden, aus denen es sickerte –, der Gedanke an morgen war auch nicht besser – an die Schule morgen, an die fälligen Hausaufgaben, für die er keine Zeit haben würde. Er dachte statt dessen an einen älteren Jules, einen erfolgreichen Jules. Aus diesem Jungen hervorgegangen und ein erfolgreicher Mann geworden. Er dachte, in welcher Form der Erfolg ihn wohl heimsuchen würde – nichts so Naheliegendes wie Weinhandel, wie der Besitz einer Weinhandlung, nichts so Gewöhnliches!

Er arbeitete bis nach sechs Uhr und machte sich dann, durch Nebenstraßen abkürzend, auf den Heimweg. Er war erschöpft. Doch eine Art Taumel erfaßte ihn in der dämmerig werdenden, nassen, nebligen Luft, die ihn so gut verbarg und ihm nur die vagen Umrisse von Autos, Lastwagen und anderen Menschen vermittelte. Bei solchen Gelegenheiten kam ihm der Gedanke, daß er ungesehen die Stadt durchstreifen könnte, weil er ihre Hinterhöfe kannte und wußte, wie er sich unsichtbar machen konnte; er sah sich als Gestalt in einem Buch, das er selbst geschrieben hatte, ein ausgedachter Fünfzehnjähriger mit der Fähigkeit, sich in alles zu verwandeln, weil er ausgedacht war. In was alles konnte er sich nicht verwandeln? Jeden Abend jammerte seine Mutter wegen Geld, jeden Abend saß sein Vater schweigend und schwelend da, ein Mann ohne Geld, jeden Abend sprach Großmama Wendall in bitterlichen Sticheleien von jemand Gescheitem, der es geschafft hatte – das hieß, von jemand, der Geld hatte. Sein Freund Ramie Malone sprach dauernd von Geld, vom Geldverdienen, von etwas, das sich mit Geld anfangen ließ; er sprach von seinem Bruder, der einen Gebrauchtwagen-Handel hatte und alte Wracks an Leute verkaufte, die es nicht besser wußten und überhaupt nicht einmal lesen konnten, geschweige denn den Ratenvertrag: Polacken, Nigger, Katzelmacher, Mexikaner, alle nur dazu da, um sie auszunehmen, auszubeuten. Wieder und wieder. Aber Jules konnte sich nicht auf den Gedanken an Geld konzentrieren. Wenn er eine Gestalt in einem selbstgeschriebenen Buch war, was war dann Geld für ein Hinderungsgrund? Er würde schon welches bekommen und darauf einhersegeln. Zunächst würde er seine Familie in die Höhe bringen und dann geschwind und schlau unter ihr weggleiten und davontreiben auf dem Ozean Amerika auf und davon bis hinüber über die Prärien des Mittelwestens und die Rockies bis zur Westküste, wo die Zukunft Amerikas lag und auf Menschen wie ihn wartete. Er konnte seinen Namen ändern. Er konnte binnen fünf Minuten sein Aussehen ändern. Er konnte sich derartig verändern, daß er in alles hineinpaßte.

Der Tag hatte ihn erschöpft. Er überließ sich solchen Hirngespinsten, als stieße die körperliche Müdigkeit in seinem Inneren Türen auf; und in den langweiligen, riskanten Minuten, während der Vater schon daheim war und das Abendessen noch nicht auf dem Tisch stand, drehte er am Radio herum, in Träume verloren, blaß und mit krummem Rücken. War er nicht beinahe Alan Ladd in ›Shane‹, war er nicht beinahe Marlon Brando? Doch die Leute aus der Klinik gerieten ihm dazwischen, die fette Frau, der Mann mit den Kopfzuckungen und die lärmenden Kinder. Er war dort gewesen. Er gehörte zu ihnen. Er hörte Nachrichten über Korea: »Hoffnung auf Waffenstillstand.« Na, schön. In seinem Kopf gingen immerzu Türen auf und wieder zu. Er nahm sich den zweiten Teil der Zeitung und blätterte ihn durch. Ein Artikel fiel ihm ins Auge: Ein neunzehnjähriger Texaner hatte von einem Rancher 19000 Dollar geschenkt bekommen. 19000 Dollar. Die beiden waren in einem texanischen Gefängnis Freunde geworden, in dem der Rancher wegen Ermordung seiner Frau auf Lebenszeit saß. Er hatte dem Jungen die 19000 Dollar geschenkt, damit er ein anständiger Mensch werden konnte. Der Junge hatte ein Mädchen aus der neunten Klasse geheiratet und sich einen teuren Wagen gekauft und war nun auf dem Wege, ein anständiger Mensch zu werden ...

Er brauchte keine 19000 Dollar, dachte Jules bitter. Er brauchte eine Wildnis, eine Lichtung in der Wildnis, so etwas wie die alte Farm seiner Kindheit, in der eine andere Großmama Wendall gewohnt hatte.

Unweit von ihm saß sein Vater und trank Bier aus der Flasche. Das blaue Hemd des Vaters hatte Schweißflecken. Sein Haar hatte sich gelichtet, aber nur stellenweise; seine Stirn war faltig; er schien zu einer Variation seiner Mutter zu werden. Dieser Mann schloß alle Türen in Jules Innerem zu. Er konnte sich an nichts mehr erinnern, nicht einmal an die Zeitungsgeschichte.

Als er merkte, daß Jules ihn ansah, sagte der Vater plötzlich: »Treibst du dich immer noch mit dem Malone-Jungen rum?«

»Wieso?«

»Was ist aus dem andern geworden, diesem Dingsda, dem kleinen Kerl mit den Glotzaugen, dem kleinen Mistbock?«

Jules tat, als dächte er nach.

»Du meinst Roszak, der ist im Knast«, sagte Betty, die aus der Küche ins Wohnzimmer trat. Sie setzte sich auf die Seitenlehne des Sofas und wackelte mit ihren schmutzigen Zehen, während sie sich zu Jules hinüberbeugte.

»Wo im Knast?« fragte Jules, obwohl er wußte, daß es stimmte.

»Ich begreif nicht, wieso du nicht mit ihm sitzt«, sagte Betty.

»Ich bin nicht mit dem befreundet«, sagte Jules. Er spürte ein Prickeln auf der Kopfhaut, weil er wußte, daß es jetzt gefährlich wurde, aber aus irgendeinem Grund ging der Vater nicht darauf ein.

Betty grinste Jules an. »Der Ramie Malone, der fliegt auch auf, der Klugscheißer!«

»Was weißt denn du davon?« fragte Jules.

»Ich weiß genug.«

Sie war ein stämmiges Mädchen, elfjährig. Sie hatte etwas derb Frühreifes, als wäre sie in Wahrheit nicht elf, sondern zwanzig, dreißig oder vierzig, zwergenhaft gewachsen, aber mit sich zufrieden. Jules sah solche Menschen in Detroit häufig, es waren für gewöhnlich Männer, mit raschen kleinen Schritten, immer auf dem Sprung, gehemmt, tölpelhaft, Gestalten, nach denen man am liebsten getreten hätte. Lorettas Aussehen stak zum Teil unter der Oberfläche von Bettys Gesicht, unter diesen Zügen, die hübsch hätten sein sollen, aber stumpf waren, die Lippen zu dick, die Nase zu dick, als ob sich Loretta und Howard einen betrunkenen Scherz erlaubt und ein Gesicht aus Lehm geformt hätten, wobei sie sich rauften, weil jeder seine Züge verkörpert haben wollte. Sie führte eine Bande Kinder an, Mädels in ihrem Alter und ein paar kleinere Jungen, die sich auf den Straßen herumtrieben und kleinere Diebstähle begingen.

Ihr Vater saß ihnen gegenüber, er war wieder still. Er mußte an etwas anderes gedacht und sie nicht gehört haben. Woran dachte ihr Vater? An seine Arbeit? An seine kranke, stinkende Mutter? An ihre Krankenversicherung? Daran, daß der Wagen mal wieder kaputt war? An die Miete für diese Bruchbude von Haus? An die Nigger, die ein paar Häuser weiter eingezogen waren? Daran, daß seine Frau mürrisch in Pantoffeln in der Küche aus und ein trottete? Ans Abendessen, Schweinekoteletts, die in der Pfanne brutzelten? Woran dachte er? Jules war sicher, daß er nicht an die Chancen für einen Waffenstillstand in Korea dachte, und wenn die Gewerkschaft mehr Krankengeld und höhere Altersrenten verlangte, so dachte er nicht daran, warum sollte er? Auch an seine Tochter dachte er nicht, die ihn dazu aufhetzte, seinem Sohn eine Ohrfeige zu geben, die der Sohn verdiente; er dachte auch nicht an die grüne Lampe mit dem auslaufenden Fuß auf dem Tisch neben sich, auch nicht an die halb ausgelesene ›Detroit News‹ auf dem Fußboden, und nicht an den Heizkörper mit seiner Abdeckplatte aus imitiertem Holz und seiner Reihe kleiner Glasvögel, nicht an den Schattenriß an der Wand, eine graziöse Dame mit hochmütiger Nase, einer von Lorettas ausgefallenen Ideen, und nicht an die schmuddeligen, zerschlissenen roten Kissenbezüge auf dem Sofa, und nicht an Jules' zerfallende Turnschuhe und nicht an Bettys faule Zähne ... Unter der Glasplatte des Couchtisches waren Fotos von der Familie. Jeder war vertreten, Jules als Baby, als schmollendes Kleinkind, als magerer Zwölfjähriger, Betty und Maureen, Betty als Baby, Maureen als magere Zwölfjährige; Loretta auf einem hektisch-bunten Farbfoto, in gelbem Kleid, einen kanariengelben Hut auf dem Kopf, ein Baby auf dem Arm, vielleicht das, was gestorben war; und Großmutter Wendall, tatsächlich, sie sah aus wie ein selbstgerechter Panzerwagen in ihrem marineblauen Kleid, sonntäglich herausgeputzt; sogar Howard war vertreten, noch ohne Bauch, auf einem undeutlichen Schnappschuß, als Soldat verkleidet. Jules spürte, wie seine Gedanken sich vernebelten. Was taten all diese Leute und Dinge mit einander, was taten sie mit ihm?

Vor ein paar Wochen hatte Jules, als er mit Ramie und ein paar anderen in der Nachbarschaft herumstrolchte, Vater und Mutter aus einem Lokal kommen sehen, an das eine Kegelbahn anschloß, und in dem bierseligen Neonlicht hatten die beiden so ... so sehr verheiratet gewirkt, so sehr verbunden, in ein Gespräch vertieft, das von Howards bellendem Gelächter und Lorettas kindlichem Wedeln mit dem Handgelenk unterbrochen wurde, einer Geste, die sagte: »Na, ist das vielleicht nichts?« Jules fand es empörend, daß sich Vater und Mutter zeitweise vertrugen. Sie selber waren sich dessen nicht bewußt, und es war schade, daß er Loretta nicht beiseite nehmen und zu ihr sagen konnte: »Na, so schlimm kann es doch nicht sein, warum zum Teufel beklagst du dich denn immer über ihn? Ich meine, ich hab euch zwei neulich abends auf der Straße miteinander lachen sehen, euch zwei ...«

Maureen kam, um sie zum Essen zu holen.

Er hatte Hunger, aber er ging voller Angst hinaus. Dort in der Küche draußen konnte passieren, was wollte. Er mußte sich unbedingt darauf konzentrieren, es durchzustehen und dann machen, daß er wegkam, zu seiner Nachtarbeit. Jawohl. Er setzte sich zwischen Maureen und seinen Vater auf seinen gewohnten Platz. Zitternd dachte er an die Zukunft, an den heutigen Abend, an den nächsten Tag, an die wirkliche Zukunft. Die Zukunft war wichtig, die Gegenwart nicht. Diese Minuten, die er am Abendbrottisch verbrachte, diese zehn oder fünfzehn Minuten, durch die er hindurchmußte, waren nicht wesentlich, außer daß sie zu dem Prozeß gehörten, der in die Zukunft führte, in eine Zukunft, die eine angenehme Überraschung sein würde, dessen war er sicher. Er fing an, sich Essen aufzutun. Sein Vater beugte sich über den Teller und teilte sich ein Stück Fleisch mit der Kante der Gabel ab. Betty wackelte am Tisch. Maureen ließ eine Hand trübselig auf die Tischkante fallen, nur einen Augenblick lang. Loretta lehnte sich gegen den Tisch, so daß ihre schweren Brüste sich in ihrem Kleid abzeichneten.

Es war lästig und schmerzlich, daß sie an Großmama Wendall denken mußten, weil sie nicht zu Tisch gekommen war.

»Wo ist'n die alte Dame?« fragte Howard.

»Hat sich hingelegt«, sagte Loretta.

»Ist sie wieder krank?«

»Hat irgendwelche Schmerzen. Ihre Galle.«

Betty streckte ihren fetten vernarbten Arm nach einem Stück Brot aus. Ihr linker Arm trug vom Handgelenk bis zum Ellbogen eine schwache Narbe; die betrunkene Mutter einer Freundin hatte ein heißes Bügeleisen nach ihr geworfen und behauptet, daß Betty ihre Tochter schlüge, aber Betty hatte behauptet, die seien alle verrückt und die alte Dame hätte von einer Minute zur anderen beim Bügeln das Bügeleisen nach ihr geworfen. Jules hörte auf, über Betty nachzudenken. Er dachte an die nächtlichen Straßen, die ihn erregten, und an das Mädchen in der Schule, in das er verliebt war, ein Mädchen für den Tag, das keine Augen für ihn hatte und von seinen Aufmerksamkeiten ein wenig peinlich berührt war. Er hatte selber ein Mädel, ein Mädel mit dichtem, schwarzem Haar, das in der Schule nicht von seiner Seite wich.

»Hast du das Nummernbrett fürs Lotteriespiel gefunden?« fragte Maureen Betty.

»Ich hab's verloren.«

»Wieso hast du das verloren?«

»In der Schule.«

»Ist das was, für das ich zahlen muß?« fragte Loretta.

»Ich werd der Schwester sagen, daß ich's verloren hab.«

»Vielleicht hat es wer gestohlen«, sagte Maureen.

»Klar hat es wer gestohlen.«

»Wahrscheinlich hast du's selber geklaut, du«, sagte Loretta ahnungsvoll, doch unbeteiligt.

Das Thema wurde fallengelassen.

Maureen blickte mit ihren verschleierten grünen Augen auf dem Tisch herum, ein stilles Mädchen mit schlanken Armen und einem schlanken Hals; um ihre Augen lagen schwermütige Schatten. Sie war dreizehn Jahre alt und in der achten Klasse der Klosterschule. Sie sah sich nach Betty um: »Hast du es gestohlen?« fragte sie.

Betty zog eine Grimasse.

»Wie krank ist Großmama?« fragte Maureen.

»Die ist schon in Ordnung.«

»Wird sie sterben?« fragte Betty.

»Halt den Mund«, sagte Loretta.

»Jahaa, mir sagste halt den Mund, mir sagste, ich hab das Lotteriebrett geklaut, das vierzig Cent gekostet hat«, schrie Betty. »Und ich soll dasitzen und den Mund halten!«

»Halt den Mund, sag ich dir«, sagte Loretta.

»Halt selber den Mund«, sagte Betty.

Sie aßen. Jules schaute auf die Mitte des Tisches, wo Salz- und Pfefferstreuer getrennt standen. Es juckte ihn in den Fingern, sie zueinander hin zu schieben.

Würde etwas passieren? Würde es heute abend sein, daß er das Schlächtermesser packte und seinem Alten eins verpaßte? Mitten hinein in die fetten Eingeweide?

Doch wenn er das tat, dachte Jules mit einem leichten Schweißbelag auf der Stirn, wenn er das tat, dann machte er allem zu bald ein Ende. Zu bald. Er war fünfzehn, das war zu früh, um aufzuhören. Hatten nicht die Nonnen und seine Mutter und Großmutter und sogar ein paar Polizisten verheißen, daß er nicht älter werden würde als zwanzig? Das bedeutete doch, daß er mindestens bis zwanzig leben würde? Zwanzig Jahre, dieses Alter war ein fernes, ungeheuerliches Ziel; er würde es nie bis dorthin schaffen. Eine ungeheure, wilde, unerwünschte Wüstenei, – das Alter von zwanzig, er würde keinen Kummer empfinden, wenn er starb. Aber fünfzehn war jung.

»Ethel arbeitet in einem Frisiersalon«, sagte Loretta.

Howard sagte nichts.

»Wir sind heute miteinander im Kino gewesen. Sie hat einen Gratisteller gewonnen – sie hat immer Glück. Ich hab nichts gewonnen.«

»Ich hab das Brett für die Lotteriezahlen nicht geklaut«, sagte Betty. »Jemand hat's *mir* geklaut!«

»Halt den Mund drüber, hab ich gesagt.«

»Na, es kann's ja keiner beweisen, daß ich's geklaut hab.«

Jules fing Bettys erschrockenen Rattenblick auf und konnte sich denken, daß sie es gestohlen hatte, was immer es war; sie war schon früher beim Stehlen erwischt worden und hatte stets geleugnet. Alles abgeleugnet. Das war ihre Art, töricht und halsstarrig alles zu leugnen, was ins Auge sprang.

»'ne Menge Kinder nehmen in der Schule was mit«, sagte Maureen. »Schwester Marie Margaret ist heute in die Garderobe gegangen und sie hat gesagt, sie hat was in einer Manteltasche gefunden, was nicht hineingehörte, und gewisse Leute täten gut daran, die Sachen zurückzugeben, aber sie wollte nicht sagen, wer es war. Sie war richtig böse. Keiner hat was gemacht. Sie ist in der Klasse rumgegangen und hat gefragt, wer ihren Kalender genommen hat, den kleinen Kalender von ihrem Pult, und sie hat einen nach dem anderen einzeln gefragt, aber alle haben gesagt, sie wüßten es nicht. Ich hatte Angst, als sie zu mir kam. Sie hat gesagt: Maureen, du weißt es doch, nicht wahr? Ich hab gesagt nein. Ich hab dabei Finger und Zehen gekreuzt.«

»Wer hat es genommen?« fragte Betty.

»Ach, dieser Floyd oder vielleicht Anna Cruise, ich weiß auch nicht. Ich kümmer mich nicht um diese Trottel.«

»Was haben die denn damit gemacht?«

»Weggeschmissen, hat's geheißen.«

Loretta sah plötzlich auf. »Was war das für ein Geräusch? Ist sie das? Die Alte?«

Niemand hatte etwas gehört.

Maureen sagte: »Ich schau nach.«

»Du bleibst sitzen«, sagte Howard. »Wir sind beim Essen.«

Jules starrte einige Sekunden lang auf den Tisch und stellte dann den Salz- und Pfefferstreuer nebeneinander. Zusammen hatten sie einen Sinn.

»Sie braucht noch mehr Pillen«, sagte Loretta.

Howard aß weiter und schaute nicht auf.

»Ich hab gesagt, sie braucht noch mehr *Pillen.*«

»Meinetwegen.«

»Na, dein Bruder Samson hat gesagt, er gibt ihr zwanzig Dollar die Woche, und sie hat gesagt, er soll zum Teufel gehen, also was erwartest du? Wir müssen all diese Pillen kaufen.«

Howard antwortete nicht.

»Diese Pillen kosten jedesmal drei Dollar, verflucht nochmal! Letztes Jahr war es was anderes, und dann haben sie all diese verfluchten Tests nochmal gemacht und dann war wieder was Neues los ...«

Howard schob den Teller von sich in die Mitte des Tisches. Er hatte große, fleischige Hände. Jules blickte auf diese Hände und sah den blassen Halbmond auf den Nägeln, ein verblüffender Anblick.

Loretta sagte ärgerlich: »Wenn sie tot umfällt, dann werden dein Bruder und seine Frau Blumen schicken. Und ein paar Messen lesen lassen. Connie wird mit dem Greyhound-Bus heraufkommen und wird im Vorderzimmer glatt wieder ein Kind kriegen. Sie wird hierbleiben wollen, damit ich sie bedienen kann. Deine verdammte Familie wird sowieso früher oder später herziehen. Sollen sie.«

Howard blickte zu ihr auf. »Wovon redest du eigentlich?« fragte er.

»Wenn Connie nach Detroit raufkommt –«

»Kommt sie denn?«

»Deine Mutter sagt, vielleicht.«

Howard schien zuzuhören, sagte aber nichts.

Loretta sagte, indem sie sich über den Tisch beugte: »Also, ich will sie nicht! Will sie nicht haben! Ich hab schon Maureen, die hier herumhockt und mault. Ich will nicht zwei von der Sorte.«

»Ich maule nicht herum«, sagte Maureen erstaunt.

»Ich nehme niemand auf. Ich sorge schon für *sie,* und für was? Für umsonst! Sie hat deinem verfluchten Bruder gesagt, er solle sich sein Geld an den Hut stecken und was ist jetzt? Was ist jetzt? Jetzt kann ich hinter ihr her putzen. Klar! Und sie hat selber gesagt, daß dein Bruder gesagt hat, daß er dir damals die hundert Dollar nicht gegeben hat, weil du sie bloß für dich ausgeben würdest – so denkt dein Bruder über dich!«

»Das hat sie sich ausgedacht.«

»Nein. Nein, absolut nicht, deine Mutter denkt sich nie was aus, die sagt immer die Wahrheit. Frag sie doch! Alles was sie sagt, ist die reine Wahrheit, deswegen haben wir sie ja hier bei uns!«

»Na schön«, sagte Howard.

»Selber na schön!«

»Wie krank ist sie denn«, fragte Betty und stieß an den Tisch, daß er wackelte.

»Du hältst den Mund!« schrie Loretta.

Plötzlich erhob sich Howard. Er blickte auf seine Hände nieder. »Willst du ein paar in die Fresse kriegen?« fragte er mit abgewürgter, leiser Stimme.

Loretta wich mit einem Sprung vom Tisch zurück. »Probier's bloß! Du verdammtes Schwein, du Sau, du stinkendes Muttersöhnchen du«, kreischte sie.

Maureen schützte den Kopf mit den Händen. Betty duckte sich außer Reichweite. Jules machte sich bereit, sich davonzustehlen. Der Vater steuerte auf die Hintertür los, er stolperte dabei. Er sah ruhig, verstockt, düster aus, selbst von hinten; sie konnten hören, wie er vor sich hinmurmelte.

Betty stopfte sich die Faust in den Mund, um nicht in Gelächter auszubrechen.

»Wiedersehen! Gute Nacht! Schlaf schön draußen im Hinterhof bei den Ratten! Du weißt, wo du hingehörst! Du Flasche, du Mammas Liebling!« rief Loretta.

Sie hatte etwas Wirres, Sprunghaftes. Ihr Unterkiefer schien energisch vorzuspringen, und dann ging sie in der Küche herum, glitt darin herum, sehr kräftig auf ihren nackten Beinen. Wieder hatte sie gesiegt. »Es ist wahr und er weiß es, jeder weiß es, – wenn das alte Mistvieh stirbt, wird er jaulen wie ein Ferkel, das weiß jeder, ich sag euch da nichts Neues. Großer Gott, hab ich das alles hier satt!« Sie griff die Bierflasche und trank einen Schluck daraus.

»Großmama kann dich hören«, sagte Maureen.

»Wer Ohren hat, der höre.« Loretta setzte sich auf Howards Stuhl. »Er hat also eine Werkzeugfabrik, ein Werk, er macht sich geschäftlich selbständig. Euer Onkel. Onkel Samson. Er verdient also Geld, und seine Frau kann mir ins Gesicht spukken, und euer Vater läßt sich das alles gefallen, weil er ein gottverdammt dämliches Arschloch ist und nichts anderes kann, als mich rumschikanieren, aber selber Geld verdienen kann er nicht, weil er ein verdammt dämliches Arschloch ist.

Sag ich was Neues? Das ist alles schon so uralt, daß es nicht mehr mal im Radio kommt, weil jeder es schon weiß.«

»Na, weißt du, du bist mir auch eine ...«, sagte Jules.

»Paß gefälligst auf, was du sagst! Wer ist denn bei den Nonnen aus der Schule geflogen, weil er sich rumgetrieben hat, heh? Du wirst noch so enden wie dein Vater und glaubst, du bist wunder wie gescheit.«

»Ich werde nicht enden wie er oder sonst jemand.«

»Im Leichenschauhaus drunten, ehe du zwanzig bist!« Sie schob die Teller noch etwas weiter von sich. Sie nahm eine Schachtel Zigaretten heraus und zündete sich eine an. Ihr Gesicht war glatt und gerötet.

Jules machte sich wieder über das Essen her, er fühlte sich irgendwie zufrieden.

Einen Augenblick später sagte Betty: »Was für einen Film hast du heute gesehen, Mamma?«

»Oh, der war wirklich schön, der hat mir gut gefallen«, sagte Loretta. So fing sie immer an, wenn sie vom Kino erzählte.

»Worüber war er denn?«

»Also der war wirklich schön. Er hatte eine schwierige Handlung, zuerst wußte man nicht, was los war. Wollt ihr, daß ich es euch erzähle? Da war ein riesiges Haus und drin war eine Gesellschaft – und der Butler und die Mädchen, die haben toll zu tun. Der Butler, der sieht prima aus, und er sieht zu, daß alles genau richtig ist, und löscht das Feuer, das ein blöder reicher alter Kerl aus Versehen mit der Zigarre gemacht hat, und eine reiche alte Schlampe, die wird ins Badezimmer eingesperrt, und er schraubt die Tür ab, um sie rauszulassen – das war toll komisch. Also, die Geschichte ist über diesen Butler und die Dienstmädchen, die sind ganz goldig und der Chauffeur und der Gärtner und noch ein paar Leute, die dort arbeiten – es spielt in Philadelphia, und die Familie ist sehr reich, aber in Wirklichkeit sind sie bankrott, sie wissen es bloß noch nicht. Der alte Mann ist an der Börse. Er hat eine Tochter und einen Sohn und eine verdrehte Frau, ein wahnsinnig komisches reiches altes Mädchen mit Perücken und so, sie kann Kartenkunststücke und spielt Harfe, sie ist einfach fabelhaft, sie leiht ihre Perücken den Dienstmädchen und all das. Na also, der Butler liest jeden Morgen das ›Wall Street Journal‹, bevor der Alte runterkommt, um zu sehen, was sich an der Börse tut, und er findet als Schlagzeile, daß die Familie bankrott ist. Aber er will es ihnen nicht sagen, weil der Alte herzkrank ist und auch weil die Tochter einen französischen Bankier heiraten soll. Und der Film, der ist darüber, wie der Butler die anderen Angestellten dazu kriegt, daß sie der Familie was vormachen. Sie geben einen großen Ball zur Verlobung von der Tochter und all sowas, und das ganze Zeug ist geborgt und geklaut von allen möglichen Stellen, Blumengeschäften und Juwelieren und Restaurants und so. Es war komisch, es war so *komisch!*«

»Und was passierte zum Schluß?« fragte Jules geduldig.

»Ach, die Börse geht wieder rauf. Die Tochter heiratet. Der Butler heiratet eins von den Dienstmädchen, zwei von denen sind das ganze Stück über immer auf ihn scharf. Es endet gut«, sagte Loretta.

»Ich wollt, ich könnt's sehen«, sagte Betty.

»Find du das Brettchen für die Lotteriezahlen, Kleine, dann darfst du!«

»Ich hab dir doch *gesagt,* Mama –«

»Schon gut, schon gut.« Loretta drückte ihre Zigarette in einem Teller voll Kartoffelbrei aus. »Also hör mal zu, mein Kind, deinen Vater, diesen faulen Hund, den hab ich jetzt dick. Und die Alte, die geht mir auch auf die Nerven, ich meine, die tut mir dort weh, wo keine Pille hinreicht. Und ihr kleinen Mistviecher meint auch, ihr seid wunder was, und dabei wißt ihr überhaupt nichts. Und du, Jules, du schaust so neunmalklug und weißt auch überhaupt nichts. Ich bin nicht immer so weit runter gewesen. Die beiden, die drücken mich so auf den Boden. Ich könnte mich draußen aufs Trottoir legen und verrekken, so am Boden haben die mich, aber ich bin nicht immer so gewesen. Es hat mal einen Mann gegeben, der ist wegen mir erschossen worden, direkt in den Kopf, totgeschossen worden, und wegen mir – wegen dir, Reeny, mein gutes Kind, wird kein Mensch erschossen werden, du mit deinem sauren Gegucke und deinem mickrigen Hals, und du, Betty, du siehst aus wie eine Taube, die gleich jungt oder so ähnlich. Ich bin nicht immer so gewesen wie jetzt, und wenn ich erst das alte Luder los bin, dann geh ich wieder arbeiten, mit Ethel. Ich schau, daß ich wegkomme von euch allen, von euren superklugen Redensarten und dem vielen Essen, das ihr in euch reinhaut. Mein Gott, ich hab das alles ja so satt. Ich möchte sein wie so Leute im Film, ich möcht wissen, was ich tu, ich möcht nicht mal hier und mal dorthin geschubst werden. Also, wenn wir aus diesem Haus auch wieder raus ziehen müssen, wie jemand behauptet hat, weil die die Straße herrichten wollen – also dann werd ich verrückt. Hörst du, Jules, das macht mich verrückt, daß wir immer wieder von einem Haus ins andere ziehen müssen. Weißt du noch, wie wir draußen waren, auf dem Land? Und dann sind wir nach Detroit? Und dann kamen all diese trostlosen Löcher und die Busfahrerei? Ich kann das nicht aushalten, andauernd umziehen! Ich will einen Ort für mich allein, mein eigenes Haus. Ich will so sein, wie einer von denen im Film, ich will mich schön anziehen und die Straße entlanggehen und wissen, daß was Tolles passieren wird, so wie damals mit dem Mann, den man wegen mir umgebracht hat – bloß so – und auf meinem Totenbett, mein lieber Jules, da werd ich dir ein Geheimnis über ihn anvertrauen, da wirst du Augen machen, wart du nur! Ich bin nicht für das alles gemacht, ich meine, um hier festzusitzen. Wirklich nicht! Ich seh auch gar nicht so aus. Ich meine, mit so einer Frisur und zu dick bin ich auch. *So* seh ich eigentlich gar nicht aus, ich seh ganz anders aus. Und das Klosett ist wieder kaputt, und es steht Wasser auf dem Boden, schön, ich kann mich nicht drum kümmern, verdammt nochmal, ich bin nicht dazu da, um in jedem Klosett von der ganzen Stadt aufzuwischen, oder für eine alte Scheuche zu sorgen, die schon vor zwanzig Jahren hätte tot umfallen sollen. Oder zuzulassen, daß dieser fette Kerl auf mich draufsteigt. Nein, hört mal, dazu bin ich nicht da, und ich bin auch nicht betrunken, und das wißt ihr! Ich sag bloß, was wahr ist. Auge in Auge. Ich sag bloß, wie's mir zumute ist. Ihr glaubt alle, ihr seid was Besonderes, aber ihr seid nicht besonderer als ich. Ich weiß schon, wer ich bin – ich hab noch eine Menge vor und muß noch viel sehen, und das hier ist nicht alles, was es auf der Welt gibt! Das hier nicht! Nicht für mich!«

Jules hatte genügend Schwung, um bis zur 10. Straße zu kommen, ehe er versuchte, einen Wagen anzuhalten. Er ging auf der Straße rückwärts und hob den rechten Daumen in die Luft. Wagen kamen dicht an ihm vorüber, sehr dicht, doch die Fahrer schienen ihn nicht zu sehen; Jules, mit seinem kühlen, besorgten Blick, schien sie ebensowenig zu sehen. Ein Wagen nach dem anderen fuhr vorbei. Seine Augen fingen an zu tränen im Vorfrühlingswind, der vom Fluß heranwehte. Es war ein Geruch nach Metall und Rauch in der Luft, die feucht schmeckte. In der Mitte eines schäbigen Gebäudekomplexes aus Häusern und Bauplätzen hatte er das Glück, mitgenommen zu werden; der Fahrer fuhr ihn bis hinunter in die Stadt bis zu dem Parkplatz, wo er arbeitete.

Er half für fünfzig Cents die Stunde einem Parkplatzwächter in den verkehrsreichen Stunden zwischen sieben Uhr abends und zwei Uhr morgens, in denen Menschen in phantastischen Wagen kamen und sie entweder Jules oder dem Parkplatzwächter mit dem faltigen Hals anvertrauten, einem Mann namens Rich, der an die dreißig oder vierzig war. Der Geruch im Inneren solcher Wagen erweckte in Jules eine geheimnisvolle, sinnliche Begierde, und der Duft des Parfums der Damen, das manchmal am kalten Leder haften blieb oder zart hinter ihnen dreinwehte, wenn sie in ihren Pelzmänteln und mit ihren makellosen Frisuren vorüberstreiften, ließ sein Hirn in kleine Stückchen wilder Hoffnung zerspringen. Was für Wagen! Was für Frauen! Was für Männer – in ihren prächtigen Mänteln und Handschuhen und prächtigen Schuhen, ihren Gesichtern, die glatt rasiert waren, und ihren frisch geschnittenen Haaren, alles perfekt! Diese Leute wollten in die zwei, drei guten Restaurants in der Nachbarschaft, oder ins Hotel Sheraton-Cadillac drüben auf der anderen Straßenseite, wo nicht nur samstag abends Betrieb war, sondern immer und ohne Ende. Jules, den in seinem Jackett schauderte, er war absichtlich dürftig angezogen, fuhr die Wagen auf dem Parkplatz hin und her, voll tiefer Ehrfurcht vor ihrer Schönheit, und beulte nie eine Stoßstange oder einen Kotflügel ein, er meinte mit schönen und teuren Dingen eine wunderbar sichere Hand zu haben, während der schwachsinnige Rich überhaupt nicht damit umgehen konnte und die Wagen auf gut Glück hinbumste, wo gerade Platz war. Rich saß im Parkwächterhäuschen und spielte mit einem kleinen Geduldspiel aus Plastik, bei dem man numerierte Quadrate bis zur Zahl zwanzig hin- und herrücken mußte, und sie dabei in die richtige Reihenfolge bringen; und während wundervolle Leute an ihm vorbeikamen und das Sheraton-Cadillac-Hotel seine schönen Lichter in Sternenmustern in die Nacht hinausstrahlte, die jemand so begabtes wie Jules vielleicht deuten konnte, sah Rich nichts außer dem flachen kleinen Plastikquadrat in seiner Hand, als lägen hier die Mysterien und Rätsel dieser Welt und hätten sich bereits als für ihn zu schwierig erwiesen. »He, schau mal, diesmal hab ich es beinah geschafft«, sagte er zu Jules, der neben ihm träumte und sinnierte und hielt ihm das Spiel vors Gesicht – Jules, der mit Spielen nichts anzufangen wußte und den sie ein wenig verwirrten, weil die Menschen soviel Energie auf sie verschwendeten, die nie wieder herauskam. Rich hatte einen kurzen Hals und einen kleinen, runden Kopf, über den beständig eine graue Wollmütze gezogen schien; sein Verhalten war das eines lernfreudigen, aber minderbegabten Kindes, kindischer als das von Jules' Schwester Betty, und sein häufiges, anerkennendes Lächeln war kein Trost.

Wenn der Parkplatz voll war, was an Wochenenden und mittwochs häufig schon um neun Uhr eintrat, und es kam eine ruhige Zeit, die bis etwa zwölf Uhr nachts dauerte, dann saß Jules in seine Gedanken versunken da, rauchte eine Zigarette und schätzte ab, wie weit es in Wahrheit war: über die Straße hinüber zum Hotel. Die Entfernung vom Hotel zum Parkplatz war gar nichts, aber die Entfernung zwischen dem Parkplatz und dem Hotel war alles; er hatte so manches Mal einem Mann, der zuviel getrunken hatte, geholfen, mit den Händen dabei behutsam den feinen Mantel des Fremden angefaßt, oder sich gebückt, um dessen Handschuh vom Trottoir aufzuheben, und er war klug genug, um zu erkennen, daß die Schritte, die sie miteinander taten zwar aussahen, als seien es die gleichen, in Wahrheit aber völlig verschieden waren. Sie gingen nicht miteinander, nicht wirklich miteinander. Das Trinkgeld von einem Dollar oder mehr, das er manchmal bekam, war ein Zeichen für dieses Verschiedensein und daß es mächtig und unabdingbar bestand. Er sagte immer: »Danke, mein Herr«, freundlich, mechanisch; aber er konnte im Innersten keinen echten Haß auf die Reichen aufbringen. Er spürte, daß sein wahres Wesen großen Wert besaß, und sich eines Tages in den üblichen Symbolen von Wagen und Frauen ausdrücken würde, und in diesem Sinne gehörte er bereits zu ihnen, obwohl seine Verkleidung in eine Windjacke mit verschmutzten Manschetten und Kragen und sein verpickeltes Halbstarkengesicht ihn noch von ihnen trennte.

An diesem Abend ging es lebhaft zu, und Rich war in Eile, murmelte Worte der Begrüßung und des Dankes in Gesichter, die sie nicht zu hören schienen, und Jules fühlte, wie sich seine Energie etwa um elf Uhr zu ihrem Höhepunkt anspannte, um dann erschreckend nachzulassen, als würde er zu einem alten Mann. In einem riesigen schwarzen Lincoln besah er sich ängstlich im Spiegel und war froh als er sah, daß er immer noch richtig aussah, und einen langen Zeitraum hindurch saß er da, versuchte zu entspannen, seine Gedanken zu sammeln. Die Großmutter ... die Klinik. Schön. Darüber war er hinweg. Ihr langsam ausblutendes Inneres ...wenn sie bluten wollte, dann sollte sie bluten. Sie würde sterben, aus purer Bosheit. Der Streit beim Abendessen war gekommen und gegangen. Es hätte

Tage her sein können. Es war vorbei, vergessen. Was gingen ihn diese Streitereien an? Manchmal rumpelte sein Vater zur Hintertür hinaus, manchmal haute er Loretta eine herunter, manchmal haute er jemand anders eine herunter, manchmal zerbrach er einen Stuhl oder einen Teller – es machte kaum etwas aus. Jules war zu alt, um noch wegzulaufen. Es war eine Schande, immerzu wegzulaufen. Bis vor wenigen Jahren war er alle paar Monate von daheim weggelaufen, neugierig auf die Stadt oder erbittert über zu Hause, und zum Schluß war er immer im Kinderasyl gelandet – dort war es schlimmer als zu Hause, obwohl unpersönlich, eine Mischung von vielerlei Zuhauses. Wimmernde, schniefende Kinder, schwarze und weiße, viel zu viele. Alle waren sie müde. Grimmig ragende Knochen. Gelbliche, vorstehende Zähne. Zu viele. Weglaufen war verkehrt. Er war jetzt zu groß, um wegzulaufen, aber zu jung, um von zu Hause fortzuziehen. Es sollte seinem Vater nicht gelingen, *ihn* aus dem Haus zu treiben. Er richtete den Rückspiegel an dem Lincoln wieder gerade und betrachtete sich noch einmal ernsthaft. Sah er so aus, als ob er es aus diesem Lincoln heraus und in einen eigenen Lincoln schaffen würde? Oder würde etwas in ihm versagen, ehe er alt genug war, um allen Lohn einzustreichen, den seine Phantasie ihm verhieß?

Der Parkplatz wurde um zwei Uhr geschlossen, und er schlenderte davon, nach Hause, frierend, aber dumpf erregt. Er war immer in erregtem Zustand, in einer eigenartig wesenlosen Spannung. Auf der Fort Street war kaum Verkehr. Er durchquerte einen Durchgang neben einer Garage, die Hände in den Taschen. Er glaubte, unsichtbar zu sein. Über ihm war der Himmel von Wolken oder Dunst verhangen und er meinte, ohne gesehen zu werden in jedwedes Gebäude oder Haus in der Stadt eindringen zu können. Eine plötzlich aufflackernde Erregung erfaßte ihn, beinahe eine sinnliche Lust. Er überlegte, ob er nicht heute nacht irgendwo einbrechen könnte, allein, selbständig, warum nicht? Mit Ramie und den anderen Jungen war er in dunkle Läden eingedrungen, und sie hatten Waren herausgezerrt, nichts was zu schwer oder zu teuer oder allzu auffällig war, und sie waren nie erwischt worden. Zusammen mit den Freunden war er sichtbar, so wie sie, und eine plumpe Kette verband sie untereinander, ganz gleich wie schnell sie rannten; allein war er so leicht wie Luft, alle Möglichkeiten standen ihm offen, wie sie den beneidenswerten Helden von Büchern und Filmen offenstanden. Am Ende des Durchgangs blieb er stehen und blickte die Straße hinauf und hinunter. Er war jetzt selbständig; er war völlig selbständig. Der Häuserblock bestand aus Geschäftsgebäuden, sämtlich ohne Licht. *Bruce Kmetz und Companie, Reinert, Altwaren, Baubüro Olsen.* Hier gab es nichts.

Er ging weiter. Er näherte sich einer Restaurant-Bar »Bei George«, sie war bereits für heute geschlossen. Ob im »Bei George« vielleicht Bargeld herumlag? Ob er einen Zigarettenautomaten aufbrach, oder lohnte das Risiko nicht? Gab es eine Alarmvorrichtung? Alles Geld, was er heute abend verdient hatte, mußte er seiner Mutter geben, oder er riskierte einen hysterischen Anfall bei ihr, nur die Trinkgelder, über die er schwieg, gehörten ihm. Doch was er stahl, gehörte allein ihm. Damit hat niemand etwas zu schaffen. Das Geld, das er hie und da – im geheimen – bekam, würde sich im Verborgenen anhäufen und ihm helfen, sein Leben zu verändern.

Er steuerte auf »Bei George« los, eine jener Eckkneipen aus Beton, die wie ein einziger Betonblock mit schmalen Fensterschlitzen aussahen. Das Neonlicht war ausgeschaltet. Jules nahm an, daß es einen Hintereingang gab, einen bequemeren Weg ins Innere, vielleicht fand er eine Brechstange oder ein Brett oder sonst etwas, um die Tür aufzubrechen. Er stand draußen vor der Fassade und wartete. Er vermißte seinen Freund Ramie, der hätte genau gewußt, was man tun mußte.

Er schlenderte um das Gebäude herum. Hinten hinaus lag Gerümpel. Eine Hintertür, ein Gewirr von Müllkübeln und Kisten. Er ging um das ganze Gebäude herum, er fing an nervös zu werden. Es war zu dunkel. Zu still. Als er wieder vorne stand, blieb er neben einer Straßenlaterne stehen, um Zeit zum Nachdenken zu gewinnen. Er zündete sich eine Zigarette an.

Ein Polizeiauto bog um die Ecke, im Schrittempo.

Jules beging einen Fehler – er tat schuldbewußt einen Schritt nach rückwärts. Dann machte er kehrt und ging davon. Er ging langsam und preßte beide Ellbogen eng an den Leib; er sah sich nicht nach dem Auto um. Doch es war zu spät – er hatte einen Fehler begangen. Der Wagen bremste und blieb mitten auf der Fahrbahn stehen, die Tür ging auf und ein Polizist schrie: »He, du da, Moment mal!« Jules warf die Zigarette weg. In seinem Gehirn war alles leer, und er wandte sich zur Flucht. Er lief in einen Hinterhof hinein, und jetzt merkte er, daß er tatsächlich etwas falsch gemacht hatte, doch er konnte nicht mehr stehenbleiben. Wie hätte er stehenbleiben können?

Der Polizist brüllte: »Halt! Komm her!« und obwohl es Jules durch den Kopf fuhr, daß er in Gefahr war, konnte er trotzdem nicht stehenbleiben. Er umrundete in rasender Eile einen Haufen Gerümpel und floh durch den verödeten Hof eines hohen Gebäudes, wobei er sich den Knöchel vertrat, ohne einen Schrei auszustoßen, und der Polizist schimpfte laut hinter ihm her. Jules glaubte, er müsse sich verstecken, doch so geschwind und schlau ihm solche Gedanken auch kamen, sein Körper lief trotzdem in panischer Angst immer weiter und wollte sich nicht überzeugen lassen. *Lieber Gott, hilf mir!* dachte Jules, während er nach der rauhen Ziegelmauer des Gebäudes griff und sich so flach wie möglich daranzupressen versuchte. *Der bringt mich um!* Er war klug genug, nicht wieder auf die Straße hinüberzuwechseln, wo der andere Polizist wahrscheinlich mit dem Wagen auf und ab patrouillierte, sondern floh durch eine Seitengasse, die er früher nie gesehen hatte, an niedrigen, verdunkelten Wohnhäusern vorüber. Hinter ihm feuerte der Polizist den ersten Schuß. Jules war sich nicht klar, wie nah die Kugel an ihm vorüberstreifte. Er tat einen Satz auf eine fremde Veranda und glaubte, darunterkriechen zu können, hatte aber in seiner Panik nicht die Zeit, stehenzubleiben und lief weiter in den hinteren Hof des Hauses. Dort stand eine alte Hundehütte, zum Glück war kein Hund darin und gerade als der Polizist rief: Stehenbleiben! und einen weiteren Schuß abgab, schlüpfte Jules durch eine Lücke im Zaun. Er richtete sich zuerst auf den Knien auf, dann stellte er sich auf die Füße und fand sich wieder, wie er an einem anderen Häuschen entlang einer anderen Straße zurannte. Er schluchzte. Er katte keine klare Vorstellung, was vor sich ging. Auf der Straße blitzte der Scheinwerfer eines Wagens auf, und er dachte verzweifelt, der Streifenwagen sei umgekehrt und drauf und dran, ihn zu überfahren, darum wandte er sich seitwärts und fetzte durch einige Büsche, die ihm das Gesicht zerkratzten. Er rannte durch eine Reihe von Vorgärten. Sein Herz hämmerte. Er fühlte Schmerzen in der Seite, in der Brust, doch mehr als alles schien sein Gehirn vor Überraschung und Zorn zu pulsieren, und zu fragen: Wie ist das passiert? Wie konnte dir das passieren?

»Jetzt hab ich dich«, schrie der Polizist und Jules war sicher, daß er jetzt eine Kugel in den Rücken bekommen würde, aber er spürte, wie sie vorbeipfiff. Es gab nichts anderes als Laufen. Weitermachen. Wenn er es schaffte bis zu seiner gewohnten Gegend, wo er Verstecke kannte ... Keller, Lagerhäuser,

Schuppen, Garagen, sein eigenes Haus ... doch der Polizist wollte ihn nicht in diese Richtung laufen lassen, er schien Jules zu steuern, ihn abseits ins Dunkle zu treiben. Obwohl es dunkel war, wurde Jules immer sichtbarer: Er konnte spüren, wie er sichtbarer wurde. Zwei-, dreimal knallten Schüsse. Jules stürzte in eine Bauhütte und dort drin, keuchend und weinend wie ein Kind, fiel er auf die Knie und umfaßte den eigenen Körper, der schlotterte. Er war in Sicherheit. Hier würden sie ihn nicht finden. Dann hörte er plötzlich die Schritte des Polizisten wieder; er hörte den Mann in unmittelbarer Nähe der Hütte vor sich hinfluchen. Die Schritte erschütterten mit tappendem Geräusch den Boden. Die Tür wurde aufgerissen. »Nicht erschießen!« schrie Jules. Er kniete vornübergebeugt und ließ die Schultern hängen, als bemühe er sich entzweizubrechen. »Ich hab nichts getan«, sagte Jules schluchzend. Er schloß die Augen und neigte sich bis auf den Boden, die Hände, mit denen er sich um den Hals griff, fest in den Nacken gepreßt.

»Was, du kleines Mistvieh, du Dreckskerl, du willst mir davonlaufen!« brüllte der Polizist. Er setzte Jules den Lauf seiner Pistole an die Schläfe. »Weißt du, was ich jetzt mach? Ich blas dir dein Licht aus, du frecher Klugscheißer du – läßt mich die ganze verdammte Gegend abrennen!« Und er drückte ab, doch es klickte nur im leeren Lauf. Angewidert hob er die Waffe und hieb sie Jules über den Kopf.

Jules sank um. Er spürte, daß er getreten wurde, auf den Rücken gewälzt; daß seine Taschen gefilzt wurden und etwas herausgenommen wurde, und begann mit geschlossenen Augen zu weinen, zu erschrocken, um sich tot zu stellen.

Als der Polizist fort war, blieb Jules regungslos liegen. Es war merkwürdig, daß ein solcher Lärm die Leute nicht aus den Häusern gelockt hatte, doch vielleicht brachte so etwas sie nicht vors Haus, sondern ließ sie unter die Bettdecke kriechen. Nichts rührte sich. Er hörte Schiffspfeifen vom Fluß. Er lag still. Zeit verging. Er schauerte krampfartig zusammen. Wo der Revolver ihn getroffen hatte, fühlte sich sein Kopf schlaff und naß an. Er mußte machen, daß er heimkam. Aber er konnte sich noch eine ganze Weile nicht rühren, als sei er gelähmt, seine Beine waren zu schwach oder zu gewitzt, um sich in Bewegung zu setzen. Schließlich wälzte er sich auf den Bauch und richtete sich auf Hände und Knie auf. Er atmete heftig. Er fand seine leere Brieftasche ein paar Zentimeter von sich entfernt und steckte sie wieder ein. Er richtete sich wankend auf. In seinem

Kopf hämmerte es stark, aber das war etwas, das sich aushalten ließ. Zur Strafe für den Fehler. Töricht zu sein war ein Fehler. Eine falsche Bewegung, ein schuldbewußter Schritt und daß er davongelaufen war, wo er nicht hätte davonlaufen dürfen, sondern sich dem Polizisten hätte stellen müssen. Er weinte lautlos, voller Schmerz und Scham und machte sich auf den Weg zurück zur Straße.

Es war schon nach drei Uhr, als er schließlich zu Hause eintraf. Er wusch sich im Badezimmer das Gesicht und zog vor Schmerz eine Grimasse. Maureen kam, um nachzusehen, was es gab. Er sagte: »Geh wieder ins Bett und kümmre dich um deinen eigenen Quatsch.« Er stieß die Tür zu, damit sie ihn nicht sehen konnte, doch als er herauskam, stand sie immer noch da.

»Was ist denn passiert?« fragte sie. »Hat jemand dich verprügelt?«

»Nein, nein.«

Maureen blickte ihn unverwandt an. »Sie haben dir doch nicht dein Geld weggenommen, oder?«

Er wollte an ihr vorüber.

»Jules, haben sie dir das Geld weggenommen?«

»Ja.« Er drängte sich an ihr vorüber und wollte in sein Bett.

Sie sagte: »Da wird Mamma ja stockwütend sein!«

Er fiel auf sein ungemachtes Bett und schlief ein. Das Nächste, was er hörte, war der Wecker im Schlafzimmer seiner Eltern. Er erhob sich vom Bett. Er hatte sich nicht ausgezogen, brauchte sich also nicht anzuziehen. Er sah so weit ganz ordentlich aus. Auf seinem Kopf war etwas getrocknetes Blut, eine Beule. In seinem Kopf stach es. Doch das ging, das war auszuhalten. Was ihn anekelte, war seine Dummheit. Wenn er daran dachte, wie dumm er war, drehte sich ihm der Magen um.

Nachdem sein Vater zur Arbeit gegangen war, ging er in die Küche und trank im Stehen Kaffee. Loretta saß am Tisch. Sie blickte ihn teilnahmslos an. »Wann bist du denn heut nacht heimgekommen?« fragte sie.

»Wie immer«, sagte er.

Es entstand eine Pause, in der sie voller verbohrter Höflichkeit darauf wartete, daß er noch etwas sagte – nämlich, daß er ihr ein paar Dollar geben würde.

Aber er sagte nichts.

Sie beobachtete ihn schläfrig und etwas mißgestimmt. »Und wann kommst du heute heim, wenn ich fragen darf?« sagte sie.

»Wie immer«, sagte Jules. Er floh vor ihr und ging hinaus,

obwohl es noch zwei Stunden dauerte, ehe die Schule anfing. Er wanderte umher. Er lief im Geist wieder und wieder als Verfolgter hinter den Gebäuden vorbei und durch die Hinterhöfe und fragte sich, wie das alles bei Tageslicht aussehen würde. Der Polizist hatte ihn angebrüllt, ihn gewarnt. *Dich krieg ich schon!* Jules war zu dumm gewesen, um zu entwischen, und zu dumm, um umzukehren und dem Polizisten entgegenzutreten. Der Revolver war auf seinen Kopf niedergesaust, fest. Jules hatte den Kopf gesenkt, und der Revolver war auf seinen Kopf niedergesaust, mit voller Wucht, um ihm den Schädel einzuschlagen. Das war fast das Ende gewesen: das Ende von Jules.

Die Oberschule war durch einen Zaun von den belebteren Straßen der Stadt abgetrennt. An diesem Zaun, bis fast zu seiner ganzen Höhe hinaufgeweht, hingen Zeitungsfetzen und Tüten. Jules lehnte sich an den Zaun und rauchte eine Zigarette. Er versuchte ruhig zu werden. Um dreiviertel neun ging er mit einer Schar anderer Kinder hinein. Instinktiv drängte er sich in die Nähe seiner Freunde, die bereits in den Gängen an ihren Garderobenschränken herumlungerten; sie haßten die Schule, waren aber von ihren Mauern, ihrem Lärm und ihrem Gefängnisgeruch irgendwie angezogen, auch sie instinktiv. Sie rissen Witze über irgend etwas. Sie hauten ihre Schranktüren zu. Jules tat der Kopf weh, und er wandte sich von ihnen ab und ging in dem Augenblick, als es zum letzten Mal läutete, in sein Klassenzimmer, nicht eine Sekunde eher. Das tat er jeden Morgen. Alles war in Ordnung; er war nicht gestorben.

Drei Plätze weiter rechts von ihm saß das Mädchen, in das er verschossen war, ein blondes Mädel mit kleinem Näschen, das Faltenröcke und weißwollene Socken und Turnschuhe trug und ihn selten ansah, weil sie aus irgendeinem Grund Angst vor ihm und seinen Koteletten und seinem manirierten ironischen Grinsen hatte. Er ließ es zu, daß eine unheimliche, mystische Begierde nach ihr ihn erfüllte, berauschte sich an dieser Begierde, während ihre Klassenlehrerin, eine Frau in den Fünfzigern – ihnen vom Ausfüllen der Gesundheits-Fragebogen erzählte. *Wann warst du zum letzten Mal zur Kontrolle beim Zahnarzt?* Jules blickte zu dem Mädchen hinüber. Sie war nichts Besseres als er, ihre Eltern waren genauso weit unten, aber sie hielt sich ordentlich und hatte einen Blick für das, was sauber und richtig und ordentlich war, ihre Freundinnen waren brave Mädchen, wie sie, obwohl mehr zu Unfug aufgelegt; sie hieß Edith. Jules liebte sie. Er träumte von ihr ...

Als es läutete, ging er den peinlichen Weg nach vorn zum Katheder, um seiner Lehrerin zu sagen: »Meine Mutter hat vergessen, mir für gestern eine Entschuldigung zu schreiben«, und die Frau entließ ihn, sie hatte ein wenig Angst vor ihm und seinen Freunden und vielleicht machte auch sein verglaster Blick sie beklommen. Auch sein Atem – er roch schal. Alles an ihm war schal – aber er lebte wenigstens noch. Er ging langsam und behutsam in das Klassenzimmer für den Englischunterricht.

Erst konnte er sich nicht erinnern, wo sein angestammter Platz war, und ein freches Mädchen kicherte über ihn, den heute morgen so unbeholfenen Jules. Doch schließlich fand er seinen Platz und ließ sich darauf niederfallen. Englischstunde. Er schlug sein Heft auf. Er hatte sein Englischbuch vergessen oder verloren. Er tastete unter seiner Bank herum und fand das Buch von jemand anders, nicht gerade das Buch mit dem englischen Text, aber eines, das ihm in der Farbe ziemlich ähnlich sah. Jules starrte nach vorne in die Klasse. Der Lehrer sprach bereits. Die Tafel sah feucht aus. Es war etwas Geschriebenes auf der Tafel, in ziemlich großen, aber seltsam verschnörkelten Buchstaben. Jules kniff die Augen zusammen; er drückte die Finger auf die Augen und versuchte, etwas zu sehen. Was war das alles? *Beim Umbiegen um die Ecke des Spritzenhauses* ... Jules lehnte sich nach vorn und ließ seine Ellbogen nach dem Pultdeckel tasten, darauf Halt suchend. Er fühlte, wie es in seinem Kopf leer wurde und dann wieder lebendig. Er glitt ab. Die Finger um die Augen gespreizt, versuchte er, sein Bewußtsein festzuhalten, verzweifelt, voller Scham, doch er glitt trotzdem ab. Der Lehrer wandte den Kopf, drehte ihn in eine andere Richtung, einen kahlen Kopf, der redete, und Jules fühlte, wie er absackte. Etwas stieß ihm gegen den Oberschenkel, eine Ratte vielleicht, mit traumhaftem Widerwillen erinnerte er sich, daß ihn einmal, als er sieben- oder achtjährig irgendwo herumstöberte, eine Ratte angesprungen hatte, die Ratte sprang an ihm hoch und prallte in panischem Schrecken wieder zurück, indem sie sich heftig von seinem Schenkel abstieß. Sie fiel ihm jetzt wieder ein, mit aller Deutlichkeit, und er spürte die Ratte wie toll gegen seinen Schenkel anspringen und sich entsetzt wieder abstoßen, und Jules neigte sich, ebenfalls dumpf entsetzt, immer mehr vornüber, sein Kopf sank nach vorne und seine Stirne senkte sich langsam auf den Pultdeckel hernieder.

10

Als Maureen dreizehn war, zogen sie aus dem Haus in der 20. Straße aus und in genauso eines in einer Straße namens Labrosse, im gleichen Viertel, doch jetzt näher beim Tiger-Stadion und unweit des New York Zentralbahnhofs, einem großen gotischen Bau mit Hunderten von Fenstern. Sie war schon zu groß, um noch Gebäude und leerstehende Häuser zu durchstöbern, zu bewußt, ein Mädchen zu sein, um johlend mit einem Trupp anderer Kinder durch die Lagerschuppen zu rennen. Sie hielt sich abseits, bewegte sich behutsam, hatte Angst ohne zu wissen, warum sie Angst hatte. Der Umzug vom einen Haus ins andere beunruhigte sie. Im neuen Haus konnte sie viele Nächte lang nicht schlafen. All diese Packkisten, die Unruhe, die Mutter schwitzend und aufgebracht, und der Vater, der beim Tragen der Möbel vor Anstrengung grunzte, alles so verworren, entwurzelt – sie hatte Angst.

Selbst Jules verlor die Geduld mit ihr. »Nun hab dich nicht so«, sagte er und knuffte sie in die Rippen, um sie auf Trab zu bringen; er wurde jetzt schon erwachsen und war stets in Eile. Selbst wenn er saß, sah er abwesend aus, als ob er darüber nachdächte, was er tun würde, wenn er wieder aufstand. Sie bewunderte ihn, sie ärgerte sich über ihn. Sie durchsuchte seine Hosentaschen, wenn er seine Sachen im Zimmer aufhängte, und suchte nach Beweisen für sein weitreichendes, geheimnisumwittertes Leben, das er fern von ihr führte.

Das Haus, in dem sie jetzt wohnten, war wie eine Scheune, eine rechteckige Kiste von Haus, die ganz nah am Bürgersteig stand. Es gab nur wenige Meter Vorgarten, ohne Gras, ein paar zerbrochene Ziegel, ein paar Steinbrocken, undefinierbares Gerümpel, Fahrrinnen und Fußabdrücke, die in der Erde eingetrocknet waren. Das Haus war einmal grau gestrichen gewesen. Wenn man die Vortreppe hinauflief, gab die dritte Stufe nach. Das ganze Viertel hatte etwas Abweisendes, Hinterhältiges, das Fremde abstieß – Polizisten, schnüffelnde Detektive, Wasserableser, Gasableser, Kontrolleure von der Fürsorge, Sozialhelfer – »die Tröpfe von der Wohlfahrt«, wie Loretta sie nannte. Die Frauen schrien sich über die Hinterhöfe hinweg zu: »Der Kontrolleur kommt!«, wenn irgend jemand, der nicht in die Gegend gehörte, auftauchte, ganz gleich, wer es war. Manchmal drangen die Zeugen Jehovahs durch und diskutierten mit den Katholiken.

Ihre Mutter sank in dieses Viertel ein und schloß sofort Freundschaften. Jeden Morgen sah man solche Frauen wie sie, älter oder jünger, schwanger oder nicht, in Baumwollkleidern eilig heraustreten, das Haar in Plastikwicklern, begierig, sich auszusprechen – was war vorige Nacht im Nachbarhaus losgewesen, wieso hatte es dort solchen Krach gegeben? Was war mit dem Nigger im Wagen drunten an der Straße losgewesen? Hatte der jemanden überfahren? »Oh, diese Nigger«, beklagte sich Loretta freundlich bei den Nachbarn und wurde sofort verstanden. »Diese Nigger haben doppelt so viele Geburten wie die Weißen oder zehnmal soviel, ich vergeß es immer, und sie kriegen alle Unterstützung und spielen Poker mit den Rentenanweisungen. Das weiß ich alles!« Sie beklagte sich über das neue Haus, über ihre Schwiegermutter, über ihre Kinder. Sie beklagte sich über ihren Mann. Alles, was sie sagte, wurde sofort verstanden; sie sank in diese Umgebung ein und es war, als hätte sie ihr Leben lang dort gewohnt.

Sie hatten aus ihrem vorigen Haus ausziehen müssen, weil der Wohnblock zum Teil abgebrochen wurde – aus irgendwelchen Gründen, sie wußte nicht genau warum. Jemand behauptete, es würde dort ein Park angelegt. Doch es vergingen Jahre und kein Park entstand, nur ein halbabgebrochener Wohnblock blieb stehen, Rohrleitungen und mancherlei Arten von Schutt, offene Keller, zerklüftete Verliese ... Vielleicht war auch gar kein Park geplant gewesen, oder er war vergessen worden. Jedenfalls hatten die Wendalls umziehen müssen. Nicht daß Loretta den Umzug bedauerte, als sie erst Freundschaften geschlossen hatte. Sie konnte nur nicht leiden, wenn man sie zu etwas zwang. Jeden Morgen sagte sie beim Frühstück zu Maureen und Betty: »Laßt euch bloß nicht von irgend jemand rumkommandieren, hört ihr! Jules brauch ich das nicht zu sagen, der weiß, wie es auf der Welt zugeht. Aber ihr beiden, ihr seid so dämlich, daß ihr euch rumkommandieren laßt, laßt euch bloß nichts gefallen – sagt denen, daß sie nicht so mit euch umspringen dürfen – laßt euch ja von niemand rumkommandieren!«

»Aber Mamma«, sagte Maureen dann verlegen, »wieso denn? Wer kommandiert uns denn schon rum?«

»Die Nonnen dürfen es nicht und die anderen Kinder auch nicht. Denkt daran!« sagte Loretta.

»Ich laß mir von niemand was gefallen«, sagte Betty.

Maureen trat aus dem Haus auf die durchhängende Veranda mit einem unklaren, warnenden Gefühl der Angst. Wer würde ihr heute etwas tun? Es stimmte, daß sie immer herumgestoßen wurde – von einem älteren Mädchen oder einem größeren Jungen, von einer Nonne, die im Korridor die Runde machte oder von Betty – Betty knuffte sie manchmal hierhin und dorthin, weil sie die Kraft der größeren Primitivität und stärkere, festere Muskeln besaß. Maureen überlegte, es sei doch ganz verrückt, sich Sorgen zu machen, ob einen ein anderer herumstieß, wo man doch bloß vor dem Schlag zurückweichen mußte und so schnell wie möglich anfangen zu weinen – nicht wie Jules, der nun schon seit Jahren nicht mehr weinen wollte, ganz gleich, was passierte; nicht wie Betty, die anscheinend nie genug kriegen konnte. Maureen trat jeden Morgen auf die Veranda hinaus, hielt ihre Bücher und ihre Pausentüte krampfhaft fest und ließ die Augen auf die Straße hinausschweifen, ob irgendwoher Gefahr drohte.

Die Veranda war so lang, daß sämtliche Kinder, die im Hause wohnten, und auch noch die Kinder von nebenan darauf spielen konnten, sich aus Packkisten Festungen bauten und sie in zwei Fronten aufteilten. Auf der einen Seite der Veranda war die Tür von den Wendalls und auf der anderen die Tür von den Stanleys. Wenn es regnete, rannten die Kinder türenknallend herein und heraus, die Kleinen waren mit ihren lärmenden Spielen beschäftigt, die älteren Kinder wie Maureen und Betty und Faith von nebenan lasen in ihren Comic-Heften. Als die Wendalls einen Monat gewohnt hatten, zogen die Stanleys fort und eine andere Familie mit sechs Kindern und einem ausgeprägten zerdehnten Dialekt zog ein. Sie sagten, sie seien aus Kentucky. All ihre Sachen waren in einem Lastwagen aufgeladen und mit Tüchern zugehängt, und Jules und Maureen und Betty halfen ihnen auspacken, ganz aufgeregt über die neuen Nachbarn. Sechs Kinder! Am Einzugstag war Maureen ganz schwindlig und wirr, so viel ging vor sich, so viel ging andauernd vor sich, so viel Lärm! So viele Gesichter! So viele Schritte, so viele Mütter und Väter und Kinder, die man auseinanderhalten mußte! Loretta brachte ein paar Dosen Bier heraus. Maureen und die Kinder rannten durch sämtliche Zimmer des anderen Hausteils, warfen Kisten um und kreischten vor Lachen. Und dann, ganz plötzlich wünschte Maureen, es wäre niemand eingezogen. Sie wünschte, sie könnten einmal in einem Haus ganz allein wohnen. Deshalb machte sie mit einem Nagel gekritzelte kleine Zeichen in die Tapete des Zimmers, das einmal das Schlafzimmer von Faiths Eltern gewesen war.

Nach einer gewissen Zeit vergaßen alle die Stanleys, die nach Grand Rapids gezogen waren. Die neuen Leute hießen Stonewall. Mrs. Stonewall kam dauernd herüber, um sich mit Maureens Mutter zu unterhalten, und dann saßen die beiden auf der Veranda und schlürften Bier oder Kaffee und rauchten, beide genau gleich alt, in Hosen, die hinten herum etwas zu eng waren oder in Röcken, die für die diesjährige Mode etwas zu lang waren, während hinter ihnen kleine Kinder spielten und das Radio quäkte, ohne daß einer zuhörte. An Sonnabenden mußte Maureen vor lauter Lärm das Haus verlassen; sie wanderte zwei, drei Kilometer etwa bis zur Bibliothek, wo es still war. Die Bibliothek war so, wie ein Zuhause sein sollte: still. Beim Gehen sprach sie mit sich selbst, darüber, was sie tun würde, wenn sie alt genug war, um eine Mutter zu sein: wie sie für all diese Kinder sorgen würde, sie bestrafen, wenn sie es nötig hatten, ihnen einen festen Klaps und eine tüchtige Tracht Prügel verpassen und für die ganz schlimmen Kinder, wie ihre Schwester Betty, einen dunklen, feuchten Ort suchen, ein »Verlies« unter der Veranda, – und sie dort einnageln, bis sie brav waren.

Sie grübelte darüber, was daran falsch sei, wenn man still war – es hieß von ihr immer, sie sei zu still. Loretta nörgelte immer an ihr herum, sie hätte »Geheimnisse«, was bedeutete, daß sie zu still war, und Großmama Wendall sprach von ihrer »Sauertöpfigkeit«. »Sie ist ein Sauertopf und sie ißt mit langen Zähnen«, sagte die alte Frau grämlich. Maureen war die Abneigung der Großmutter ein Rätsel: Die alte Frau hatte sie doch früher gern gemocht. Sie hatte doch auch Jules früher gern gemocht. Jetzt saß sie herum, krank und übellaunig und lehnte sich selbst beim Sitzen auf einen Stock, als wolle sie ihre geschwollenen Beine und Füße besonders betonen, ihren schlechten Gesundheitszustand, der auf einen Haushalt voller Feinde zurückzuführen war. Maureen fand ihr Gesicht selber nicht »sauertöpfiger« als das der anderen, und es war kein häßliches Gesicht. Sie gab sich Mühe, ruhig und gesetzt und ordentlich zu sein, und vielleicht war es das, was die Leute verärgerte. »Sei doch nicht so umständlich!« schrie die Mutter manchmal, wenn Maureen darauf bestand, die Rabattmarken in der Einklebekarte nachzuzählen, oder die Teller kontrollierte, ob sie auch wirklich sauber waren, oder fragte, ob sie sich das Haar öfter als einmal die Woche waschen dürfte. Aber ihre Mutter schrie jeden an: ihre eigenen Kinder und die Stonewall Kinder und die Kinder von jenseits der Straße – es hatte nichts zu bedeuten. Mrs. Stonewall schrie auch herum. Es hatte nichts zu bedeuten. Im nächsten Augenblick ließen sie sich in einen Stuhl fallen und zündeten sich Zigaretten an und vergaßen ihren Zorn. Maureen hatte dann noch immer Herzklopfen, aber ihre Mutter hatte schon vergessen, vergaß alles, und darum trottete sie allein die Straße hinauf und murrte vor sich hin, darum träumte sie in der Schule mit offenen Augen und dachte sich Strafen aus, damit alle brav und still wären und ihre Mutter nie mehr schreien müßte. Diese dummen Gören! Eines Tages rief die Oberin, eine Nonne mit klugem, knorrigem Männergesicht, Maureen in ihr Amtszimmer und sagte: »Maureen, es ist an dir, deine Schwester während der Pause zu überwachen. Du bist die ältere.«

»Jawohl, Schwester«, sagte Maureen.

»Deine Schwester ist streitsüchtig und frech. Sie ist genau wie dein Bruder. Deine Mutter sagte, es sei an dir, sie während der Pause zu überwachen.«

Dafür haßte sie Betty und haßte sie alle miteinander und wünschte, sie wären tot. Sie hätte gern all ihre Leichen unter der Veranda eingeschaufelt, in das dunkle, muffige Verlies voll welkem Laub, wo Spinnen und anderes Ekliges wohnte. Oder vielleicht würde sie selber dort hinunterkriechen und sich verstekken, ihr Inneres ganz ruhig und still werden lassen, sich gut ausruhen, damit sie ihr Leben ordnen konnte.

In der öffentlichen Bibliothek waren die Zimmerdecken so hoch, daß sie dauernd ängstlich nach oben schaute. Es kam ihr so vor, als schwebe die Decke manchmal fort. Die Böden waren alt, aber glänzend gebohnert. Sie waren etwas uneben. Maureen konnte die Stille nicht recht glauben – sie war wie eine schöne Glasvase, die jeden Augenblick zerspringen konnte. Sie nahm ihre Bücher mit bis in den entfernten Leseraum, wo sie am Tisch neben den ›Großen Romanen der Westlichen Welt‹ und neben einem heißen Heizkörper sitzen und stundenlang lesen konnte. Das Schweigen in der Bibliothek wurde, obwohl sie darauf wartete, nicht oft gebrochen. Die Leute traten sogar leise auf dort. Es gab nur wenige Kinder. Sie las das Fach mit den Jugendbüchern durch, eins nach dem anderen. Sie gestattete sich nicht, ein Buch nach Belieben herauszuziehen, weil sie glaubte, dabei vielleicht Wichtiges zu übersehen. Und jede Woche zwang sie sich, wieder von vorne anzufangen, um nachzusehen, ob inzwischen neue Bücher ins Regal gestellt worden waren, Bücher, die während der Woche zurückgebracht worden waren, oder funkelnagelneue Bücher mit leeren Kärtchen in der Tasche am Buchrücken. Wenn sie solche Bücher entdeckte, lächelte sie mit einer Art scheuer, überraschter Freude.

Die Bibliothekarin erinnerte sie an die Vorsteherin ihrer Schule, darum wußte Maureen, daß man vor ihr am besten schüchtern tat. Weil sie die Kontrolle über die Bibliothek hatte, hatte sie eine schreckliche Autorität über Maureens Leben. Eines Tages blätterte sie an ihrem Pult ganz sorgfältig in einem Buch, das Maureen zurückbrachte und entdeckte darin eine durchgerissene Seite. »Wie ist denn das passiert?« fragte sie.

»Das war schon, wie ich das Buch rausgenommen hab«, flüsterte Maureen.

»Das war es nicht. Unsere Bücher werden alle kontrolliert.«

Wie um es zu beweisen, blätterte sie einige Seiten weiter und stieß auf einen geflickten Riß. Er war mit Tesafilm verklebt, der vergilbt war. »Siehst du? So. So wäre es geklebt worden«, sagte die Frau.

»Ich weiß nicht, wie es passiert ist. Ich war es nicht.« Sie sah, wie die Augen der Frau sie kalt musterten, Maureen in einem Pullover aus lockerer Noppenwolle, an den Ellbogen durchgescheuert und am Rücken ungleich; Maureen, die aussah, als hätte sie ein schlechtes Gewissen, mit ihren absurd dünnen und nackten Beinen.

»Ich fürchte, dieses Buch war in gutem Zustand, ehe du es herausgenommen hast«, sagte die Frau.

Maureen fing an, ängstlich zu nicken. Sie mußte schuld sein. Irgend jemand daheim mußte es aus Versehen getan haben, aber sie war verantwortlich. Es war ihre Schuld. Sie hätte kein Leihbuch in ein solches Zuhause mitnehmen dürfen.

»Ich fürchte, du mußt Strafe zahlen«, sagte die Bibliothekarin. »Fünfundzwanzig Cent.«

»Ich bring sie morgen«, sagte Maureen.

»Schön. Aber du kannst heute keine Bücher mitnehmen.«

»Ich bring sie morgen«, sagte Maureen. In ihrer Erleichterung, so billig davonzukommen, vergaß sie ihre Enttäuschung darüber, keine Bücher mitnehmen zu dürfen. Einen Augenblick lang empfand sie die wilde Schadenfreude des Verbrechers. Man erlaubte ihr, die Bibliothek zu verlassen und heimzugehen und nichts war ihr passiert.

Zu Hause bat sie Loretta gar nicht erst um das Geld, sondern wartete, bis Jules heimkam. Sie lungerte vor dem Badezimmer herum, während er sich das Gesicht wusch. Er zog sich das Hemd aus und beugte sich über das Becken. Sie sah, daß die

Haare auf seinen Armen dicht und dunkel waren und daß ihm Haare auf der Brust wuchsen. Er sah ganz erschöpft aus.

Sie sagte schüchtern: »Ich hab heute Ärger gekriegt und brauch ein bißchen Geld für eine Geldstrafe.«

»Wieviel?« fragte Jules.

»Fünfundzwanzig Cents«, sagte Maureen.

»Okay. Da«, sagte er und gab ihr den Vierteldollar, und es war ihr irgendwie zuwider, zu denken, daß sie ihren Bruder betrog. In Wirklichkeit besaß sie ein paar ersparte Cents, draußen in einer Blechdose in der Garage, aber es war Geld für einen ganz bestimmten Zweck, und sie hatte der Muttergottes versprochen, es ein Jahr lang nicht anzugreifen. Geld zu sparen war ein Geheimnis, von dem keiner etwas wissen durfte, und ein Geheimnis, das sie von allen anderen unterschied.

Sie dachte, ob Jules wohl auch Geld sparte: Er war wie sie, unter den vorstehenden, freimütigen Knochen seines Gesichts hatte er Geheimnisse.

So viele waren in ihrer Hälfte des Hauses zusammengepfercht – außer ihrer Großmama Wendall von Zeit zu Zeit auch Tante Connie, die hin und wieder krank wurde, aber in einer Wäscherei arbeitete, wenn sie gesund war. Tante Connie hatte ein *schweres Leben,* sagte Großmutter Wendall im Flüsterton. (Hatte man ihr an den Innereien operiert? War ihr Mann bei einem Autounfall umgekommen? Was war es?) Tante Connie war dick und schien sehr alt zu sein, älter als Loretta, und manchmal drückte gerade ihre Schwerblütigkeit sie so nieder, daß Loretta ihr gerne aufgeholfen hätte und sie deshalb gern hatte, aber bei anderen Gelegenheiten ging ihre Schwerblütigkeit Loretta derart auf die Nerven, daß sie zu ihrer Nachbarin Flora Stonewall lief und schrie: »Dieses Biest! Dieses fettarschige Biest! Entweder sie geht oder ich, heut abend sag ich's ihm aber ganz bestimmt!« Und dann natürlich Betty, die mit ihr das Zimmer teilte, und Jules, der dauernd aus und ein rannte, der zwar nicht viel Lärm machte, aber immerhin da war, ein menschliches Wesen, das mit ihr zusammengepfercht war. Ihr Vater hatte eine Stellung, die gut bezahlt war, sagte er, aber was machte er mit dem Geld? Wohin verschwand es? Er war ein untersetzter Mann, der ein Eßgeschirr dabei hatte und immer das gleiche Paar verdreckter Hosen trug, alltags und sonntags. Seine Hemden waren blau. Oft schien er seine großen Hände zu betrachten, wenn sie auf dem Küchentisch oder auf seinem Schoß lagen. Er schien sich allem mit Vorbehalt zu nähern: dem

Essen, dem Bier, den Menschen, dem Fernsehapparat. Er war vorsichtig, mißtrauisch, verschlossen. Und dann – wenn Minuten vergangen waren – gab er sich dem Abendessen oder dem Fernsehen hin, begab sich hinein, fing an zu schwitzen. Er aß und trank gern, er aß und trank mit Leidenschaft und alle Fernsehprogramme gefielen ihm. Er war zunächst mißtrauisch, und dann tat er sich auf. Maureen hatte das gelernt. Sein Lieblingslokal war eine Kneipe, einen Block weiter, das »Holiday Grill«, das zwei große staubige Pflanzen im Fenster hatte, Pflanzen mit pfeilförmigen Blättern – wenn sie solche Pflanzen sah, dachte Maureen immer an ihren Vater, auch als er schon jahrelang tot war und keinerlei Bedrohung mehr bedeutete. Es war etwas Dumpf-Beschränktes an ihrem Vater, und darunter eine erschreckende Hellsichtigkeit.

Eines Abends war er wieder behutsam an sein Abendessen herangegangen, aß und schwitzte, und erst als das Essen fast vorüber war, blickte er Jules an. Dann sagte er: »Was ist mit Malone los?«

Maureen hatte bemerkt, wie ihr Bruder erschrak und sich dadurch verriet. Er versuchte es zu vertuschen, indem er unbefangen sagte: »Weiß nicht, was denn?«

»Dem haben sie es ganz schön besorgt, wie?«

»Weiß nicht.«

»Was soll das heißen, du weißt es nicht?«

»Duane Tracey hat was gesagt –«

»Du kleiner Scheißer, lüg mich nicht an. Alles weißt du!«

»Ich weiß gar nichts«, sagte Jules.

»Was zum Kuckuck ist denn mit ihm passiert?« fragte Loretta.

»Zusammengeschlagen haben sie ihn. Seine neunmalkluge Fresse haben sie ihm eingeschlagen«, sagte Maureens Vater zornig. Es war schwer festzustellen, warum er zornig war: Freute er sich, daß es Ramie erwischt hatte, oder tat es ihm leid?

»Also, was ist passiert?« fragte Loretta.

»Dieser Kerl hat sich gedacht, er dreht ein ganz dolles Ding – ich hab es drunten an der Ecke gehört – er hat in Hastings einen Negerjungen überfallen, der eine Tüte Bargeld trug, und der blöde Hund hat gemeint, er wird nicht erwischt, dieser Idiot! Binnen einer Stunde haben ihn die Nigger gehabt!« sagte Maureens Vater. Sein Gesicht leuchtete grimmig; wieder sah er Jules nicht an. Jules sah ihn genausowenig an. »Wer ist schon ein solcher Trottel und jagt einem Austräger die Piepen ab? Ein zwölfjähriger Niggerbengel, der mit viertausend Dollar in 'ner Tüte rumrennt, ist doch nicht allein, du Rindvieh! Glaubst denn du, ein Bengel mit viertausend Piepen in einem Umschlag ist zum Einkaufen unterwegs? Glaubst denn du vielleicht, der kauft was für seine Mama zum Geburtstag?«

»Brüll nicht so herum, ich hab mit der Geschichte nichts zu tun«, sagte Jules.

»Da hast du nochmal Glück gehabt, Teufel auch! Aber wenn du was damit zu tun hättest, dann hätten sie dich jetzt. Und dann hätten sie dir die Zähne eingeschlagen, hast du mich verstanden?«

»Ich hab nichts damit zu tun gehabt.«

»Nein, dazu bist du zu gerissen. Himmel nochmal, wenigstens das«, sagte Maureens Vater, doch ohne Befriedigung, noch immer wie zornig verdutzt. »Dem Bengel haben sie die Zähne eingeschlagen. Die Hälfte ist raus. Das Auge haben sie ihm auch eingedrückt. Und vier Rippen haben sie ihm gebrochen. Was sie mit dem Rest gemacht haben, weiß ich nicht, aber ich wette, die haben sich nicht zurückgehalten, und selbst wenn's Nigger waren, muß ich zugeben, daß er das gekriegt hat, was ihm zusteht, dieser neunmal kluge kleine Scheißer, der sich immer auf der Straße rumgedrückt hat.«

»Nun hör mal, ich hab nichts damit zu tun«, sagte Jules.

»Aber du weißt von der Geschichte, sttimmt's?«

»Nein.«

»Sitzt einfach da und lügst mich an, was?«

Sie sahen einander nicht an, und Maureen konnte spüren, wie sich zwischen ihnen eine Spannung verdichtete. Sie hätte Jules gern die Hand auf den Arm gelegt und geraunt: »Nun lenk doch ein«, aber Jules, dessen blasses Gesicht verzerrt war, zeigte schon durch die Art, wie fest er den Mund schloß, seinen ganzen Haß.

Loretta suchte abzulenken, indem sie sagte: »He, ich hab heute abend Pudding gemacht. Wollt ihr alle Pudding?«

Später am selben Abend sagte Maureens Vater mit verdrießlichem Aufseufzen: »Es wird noch so weit kommen, daß die Nigger die ganze Stadt beherrschen. Die werden ein Vorhängeschloß davorhängen und Straßensperren errichten, und Junge, Junge, dann ist es aus.«

Loretta saß mit ihm beim Fernsehen, in ihren flitterbesetzten Pantoffeln aus Stroh. Sie sagte: »Die Polente sollte sie dafür verhaften, daß sie den Ramie Malone fertiggemacht haben.

Egal, was du sagst, die Zähne hätten sie ihm nicht einzuschlagen brauchen. Er war ein recht hübscher Bursche.«

»Mich würd's nicht wundern, wenn sie den völlig fertiggemacht hätten. Die machen die Leute völlig fertig«, sagte Maureens Vater langsam. »Drunten in der Fabrik, wenn du da noch auf dem Parkplatz rumtrödelst, nachdem die anderen schon weg sind, da riskierst du allerlei. Die nehmen dir nicht bloß das Geld ab, die machen dich fertig. Das tun sie nur zu gern. Das tun die zum Spaß.«

An anderen Abenden hörte Maureen ihn über die Polacken sprechen, die stanken, und die öligen Katzelmacher, die bereits am anderen Ende der Bagley Straße einzogen, und alle quasselten wie die Verrückten und Messer bei sich führten und soffen und jede Nacht einfach auf dem Bürgersteig miteinander anfingen zu raufen ...

Jules, der sich Maureen gegenüber über seinen Vater lustig machte, sagte: »Immer diese Nigger und diese Polacken und diese Katzelmacher. Mein Gott, hab ich das satt, die immer hassen zu müssen! Es kotzt mich an!« Wenn er ihren Vater nachäffte, machte er ein grobes Gesicht und ließ den Kiefer hängen, so daß seine Augen einen schwachsinnigen Ausdruck bekamen. Maureen mußte lachen, hatte aber ein warnendes Gefühl dabei, das mit dem von ihrer Großmutter beständig geäußerten: »Wenn du ein Gesicht ziehst, friert es dir ein«, zusammenhing. »*Wenn du ein Gesicht ziehst, friert es dir ein.*«

Sie sah sie alle mit eingefrorenen Gesichtern, ihre Mutter, ihren Vater, ihre Schwester, ihren Bruder, die Großmutter, ihre Tante, die Gesichter der Nonnen in der Schule, die Gesichter der Geistlichen, die Gesichter der Kinder der Nachbarschaft, alle Gesichter der Welt – hartgefroren zum Ausdruck der Hinterlist und des Zorns, während sie, Maureen, keine Härte hatte, schweigend zwischen ihnen herumkroch und auf den Tag wartete, an dem alles ordentlich und reinlich sein würde, an dem sie ihr Leben so aufräumen könnte, wie sie nach dem Abendessen die Küche aufräumte, und danach würde auch sie vielleicht einfrieren, hart, starr, dauerhaft, jenseits der Möglichkeit, verletzt zu werden.

Ihre Mutter konzentrierte sich auf Gesichter, als hätte sie diese Art von Großmama Wendall übernommen und befleißigte sich dabei, ahnungslos, woher sie es hatte, einer singenden Jovialität, wenn sie und Maureen miteinander einkaufen gingen, zeigte sie auf Leute und sagte dabei: »Schau mal da, das Pferdegesicht.« »Guck mal, den Schweinskopf.« »Dreh dich mal rum – siehst du den Affen?« und brachte Maureen dazu, über die Schulter in einen Spiegel zu schauen. Lorettas Gesicht war manchmal schlaff und häßlich, manchmal recht hübsch, manchmal traten die Poren auf ihrer Nase groß und schwarz hervor, manchmal nicht, es war ein Auf und Ab zwischen häßlich und hübsch, schlampig und adrett, und wer hätte sagen können, welche Loretta aus ihrem verkramten Schlafzimmer treten würde? Dies alles führte dazu, daß Maureen sich auf sich selbst konzentrierte. Ihre Mutter richtete ohnehin ihr Augenmerk dorthin; oft sagte sie, während sie Maureen mit zusammengekniffenen Augen musterte: »Kriegst du schon unreine Haut im Gesicht? Du bist jetzt ungefähr in dem Alter, wo man eine Masse Pickel kriegt.«

In den fünf Räumen, aus denen ihre Hälfte des Zweifamilienhauses bestand, unterstand alles Loretta. Sie herrschte über sie alle. Sobald ihr Vater am frühen Abend heimkam, paßte sich sein gewaltiger Körper in die überheizten Räume ein; er machte einen Bogen um die Kleiderhaufen, die gewaschen werden mußten, oder gebügelt, oder einfach nur so herumlagen, und um Bettys auf dem Boden liegenden Plunder und um Maureen, die mit krummen Schultern am Küchentisch saß und versuchte, ihre Hausaufgaben zu machen. Er aß, was Loretta ihm gekocht hatte. Selbst wenn in Wirklichkeit Maureen das Essen gemacht hatte, war es doch immer noch Lorettas Essen und im Haus roch es nach ihr, nach ihrem Badesalz, ihrem Parfum, ihrem Zigarettenrauch. Selbst wenn ihm schließlich das Schweigen ausging und er ihr eine herunterhaute und ihr etwas ins Gesicht schrie, war sie immer noch der unbestrittene Mittelpunkt des Hauses, passiv und indolent und verdorben.

Während alles dessen arbeitete Maureen an ihren Hausaufgaben und versuchte, sich nicht ablenken zu lassen. Sie war recht gut in der Schule. Betty war in nichts gut außer im Angeben. Jules hatte seit Monaten überhaupt kein Zeugnis mehr heimgebracht. Seine Augen sahen dunkel und hohl aus, und er lebte ein Leben voll von Geheimnissen: Ein Mädchen aus der Schule erzählte Maureen, daß Jules mit anderen Jungen trinken ging, daß er mit einem Mädchen namens Rose Ann ausging, daß er mit Ramie Malone befreundet war, und du weißt, was mit Ramie passiert ist. Maureen sah seine Taschen durch und fand sonderbare Dinge – einen zerbrochenen Plastikkamm, völlig verdreckt, ein Streichholzheftchen mit dem Aufdruck »Manhattan Lounge«, ein zerknülltes Tempotaschentuch mit Lippenstiftspuren, eine zerrissene Schlüsselkette, loses Kleingeld, Telefonmünzen, Erdnüsse, allerlei Kram. Sie wußte, daß er die Schule schwänzte, aber sie wagte nicht, ihn danach zu fragen. Und Betty, Betty war ein gräßliches Gör – sie war so laut und dämlich, daß Maureen auf dem Heimweg von der Schule lieber einen Umweg machte, als mit Betty gehen zu müssen, obwohl das bedeutete, daß sie die Schaufenster und das Rialto-Kino verpaßte, dessen Bilder einmal wöchentlich wechselten und sehr interessant waren. Montag war der Tag, an dem ihre Mutter sich von ihrer Freundin Ethel die Haare waschen und legen ließ, und sich die Augenbrauen zupfte und die Nägel lackierte. Montags hatten ihre Lippen und Fingernägel immer den gleichen blauroten Farbton. Daraus ersah Maureen, daß ihre Mutter genauso eine Frau war wie die Frauen auf den Kinoplakaten; sie wollten bestimmte Dinge und riskierten allerlei, um sie zu bekommen. Maureens Mutter nahm sie mit in den Supermarkt zum Einkaufen, und sie brachten Lebensmittel in großen, schwarzrot-karierten Tüten nach Hause, und gelbe Rabattmarken zum Einkleben; das war die Art ihrer Mutter, sich Dinge zu verschaffen.

Wenn es am Sonnabend zu kalt war, um in die Bibliothek zu gehen, blieb Maureen zu Hause. Sie war furchtbar ungern zu Hause. Sie saß stundenlang am Fenster und sah hinaus. Es gab nichts zu sehen. Nur den teilweise bröckeligen Betonunterbau des Nachbarhauses, eines Hauses, das ebenso alt und ebenso häßlich war wie ihres. Nicht daß dieses Haus wirklich *ihres* gewesen wäre; jeden Monat murrte Maureens Vater darüber, daß er Miete zahlen mußte. Wieviel er zahlte, blieb sein Geheimnis. Die Erwachsenen hatten viele Geheimnisse, die meisten hatten etwas mit Geld zu tun. Man konnte laut hinausschreien, daß Loretta ein Luder war oder Howard ein fauler Hund, alles, was mit Menschen zusammenhing, konnte man laut hinausschreien, aber nichts über Geld – über Geldangelegenheiten – durfte man laut aussprechen. Es war ein Geheimnis für alle Kinder. Es war ein Geheimnis, wieviel ihr Vater in der Woche verdiente und wieviel er der Mutter gab, es war sogar ein Geheimnis, was manche Dinge kosteten. Tante Connie klagte darüber, daß sie nur fünfzig Dollar pro Woche für ihre Arbeit bekam, doch das sah ihr ähnlich – sie jammerte immer, sie gab immer Sachen von sich, die kein Mensch hören wollte. Wenn sie in die Küche kam, um sich bei Loretta über ihr Leben zu beklagen, dann seufzte Maureen und rückte näher an das Fenster ihres Zimmers heran, wünschte sich fort, wünschte sich, taub zu werden, fragte sich, wieso das grelle Winterlicht, das alles so hart und farblos machte, irgendwie immer noch besser war als der muffige, abgestandene Geruch in ihrem Haus. Schließlich liebte sie ihre Mutter und ihren Vater. Sie liebte Jules. Sie liebte sogar Betty, wenn Betty bloß weniger albern wäre, also warum wünschte sie sich alle tot und unter der Veranda eingegraben? Selbst Jules tot und begraben und zur Ruhe gelegt?

Meistens überließ Maureen sich Tagträumen. Im Geist rief sie Befehle wie ein Soldat; alle Kinder gehorchten ihr und stellten sich in einer Reihe auf. Es gab nirgends Erwachsene, die einen straften oder auch nur lobten. Es war friedlich und gemütlich ohne sie, nun *sie* ihren Platz einnahm und tat, was sie hätten tun sollen. Oder sie machte die Augen zu und spielte Schule. Sie war die Lehrerin, eine Nonne, und alle Kinder aus dem Wohnblock saßen in Reihen da; sie ließ sie einen nach dem anderen ihre Lektion lesen und ging dabei im Mittelgang auf und ab. Sie ließ sie an die Tafel treten und lange Zahlenreihen addieren. Wenn sie Fehler machten, wurden sie vor allen ausgezankt und durften keine Entschuldigungen vorbringen; hätte man ihnen erlaubt, Entschuldigungen vorzubringen, so hätten sie doch nur gesagt: »Ich habe gestern abend die Hausaufgaben nicht machen können, bei uns hat es Krach gegeben« oder »Ich hab gestern abend weggehen müssen und überhaupt nicht geschlafen.« Nein, diese Schule war nicht wie die anderen. »Hier müßt ihr arbeiten, arbeiten«, sagte Maureen zu ihnen. Und dann bekam sie Herzklopfen, wenn sie an all die eingesperrten Kinder dachte und an sich selber, die sie überwachte, behütete und drangsalierte, eine ganz andere Maureen als das Mädchen, das alle kannten. Warum konnten die Menschen nicht vollkommen sein? Warum machte sie solche Fehler? Bei ihren Hausaufgaben rechnete Maureen alles immer nochmal nach, aus Angst, einen Fehler gemacht zu haben. Sogar beim Spielen, selbst in ihrer Phantasie hatte sie irgendwie Angst, etwas falsch zu machen.

Voriges Jahr hatte sie noch Pferd gespielt, doch jetzt wurde sie zu groß dafür. Sie hatte gespielt, sie sei der Anführer von einem Rudel Pferde, ein großer schwarzer Hengst. Sie hatte die Absätze in die Erde gebohrt, sich schmerzlich darauf konzentriert, Pferd zu sein, wenn sie allein spielte – sie hatte es heimlich gespielt und ihre langen Haare wie eine Mähne geschüttelt.

Im Haus oder in Gegenwart anderer Kinder ließ sie sich niemals derartig los. Sie »spielte« nicht. Sie war für ihr Alter nicht groß, wirkte aber irgendwie älter, und das war der Grund, warum sie, wenn in der Küche etwas passierte, nie den Versuch machte, sich zu drücken, sondern ruhig äußerte, sie würde es schon in Ordnung bringen – verschüttetes Essen, einen zerbrochenen Teller, etwas, was Betty angestellt hatte. Sie erfand nie Ausreden. Einmal, als ihre Mutter und Flora Stonewall den ganzen Tag über Bier getrunken und sich Geschichten aus der Kindheit erzählt hatten und ihre Mutter keinerlei Anstalten gemacht hatte, Abendessen zu kochen, hatte Maureen die Küche übernommen, und die beiden Frauen hatten sie geneckt. »Schaut bloß, die Maureen, die wird mal eine gute Ehefrau«, sagte Flora. Sie war eine stattliche, faule Person mit langen, roten Haaren, die sie sich manchmal aus dem Gesicht band. Ihre Arme waren dick und grobknochig und ihre Beine ziemlich plump. Ihre Stimme war musikalisch mit leicht vorwurfsvollem, singendem Ton: Sie schien Maureen gern zu mögen. Während sie Abfälle in den stinkenden Eimer unter dem Ausguß kratzte und das Geschirr wusch, bis ihr Gesicht vor Hitze gerötet war, zwang sich Maureen in Gedanken, sich auf das Klassenzimmer zu konzentrieren, über das sie präsidierte, oder auf die Schlucht, in der die wilden Pferde lebten, oder auf die Bibliothek mit ihren gebohnerten, glatten Böden und dem gelegentlichen Klappern der Schreibmaschine der Bibliothekarin. Wenn sie mit sich allein war, wanderten ihre Gedanken zu diesen Dingen. Sie kam manchmal zu sich und fand sich in der Tür stehen, wie sie abwesend den eigenen Arm streichelte, während Loretta an ihr vorübersegelte und dabei sagte: »Wach auf, Kind, es brennt!«

Sie kam zu sich und sah ihre Familie beim Abendessen, Gestalten in Kleidern, auf ihre Stühle niedergedrückt. So an sie zu denken machte sie schwindlig. Ihr Vater war ein schwerfälliges Etwas mit nur teilweise zugeknöpftem Hemd; ihre Mutter ein flatterhaftes unwirkliches Etwas; ihre Großmutter war massiv, schwer, unheilbrütend, schwarzgekleidet. Einmal hatte sie in der Stadt die eigene Schwester mit einem ausgelassenen Trupp Mädchen gesehen, die sich an der Autobushaltestelle aufhielten. Die Mädchen trugen alle Bluejeans und Nickis. Sie kamen um eine Ecke gestürmt und gaben dem Bus Zeichen zu halten, und als der Bus rechts heranfuhr und hielt und sich die Tür öffnete, liefen sie davon. Betty kreischte vor Lachen, ein hartes, drahtiges kleines Etwas, wie eine Marionette oder gar wie ein Kreisel, der sich unaufhaltsam drehte, auf dem Bürgersteig immer rundherum trudelte, bis sie gegen einen Passanten prallte und alle ihre Freundinnen sie auslachten. Maureen war zurückgewichen, sie wollte nicht gesehen werden. War das ihre Schwester, dieses gräßliche Mädchen mit dem dunkelblonden, auf Jungenart geschnittenen Haar, kürzer als Jules', dieses Mädel mit den harten, muskulösen Beinen und der belegten Stimme? Und sie beobachtete oft Jules, wenn er durchs Haus ging, immer müde, und kniff die Augen zusammen, bis ihr Bruder als schattenhaftes Etwas an ihr vorüberstreifte und keine Reaktion bei ihr auslöste, keine Liebe, kein verwandtschaftliches Gefühl. Er wurde erwachsen und mußte Dinge tun, die die Erwachsenen taten. Er mußte irgendein Mädchen umarmen, mußte gewisse Dinge mit ihr und mit der Clique tun, mit der er ging, mußte arbeiten, mußte Geld verdienen, mußte sich rasieren, mußte an seinen Haaren herumfrisieren, sich müde mit den Händen über die Augen wischen und in scharfem, unangenehmem Ton reagieren, wenn ihn jemand störte. »Hau ab, Maureen«, sagte er, oder zu Betty: »Ich hab keine Zeit für deinen Blödsinn, verschwinde!« Er rückte immer von ihnen ab, entzog sich ihnen immer.

An einem Tag im Frühling scheuchte Maureen auf dem Heimweg von der Bibliothek in der Nähe eines Hauses in ihrem Wohnblock eine Kröte auf. Sie jagte sie unter eine nahegelegene Veranda. Sie fand einen Stock und versuchte, sie hervorzustochern, damit sie hopste, aber der Stock war nicht ganz lang genug – und da saß die Kröte mit aufgeblasenem Leib in einem Blätterhaufen, schluckte, hatte eine Todesangst, rührte sich aber nicht. Sie kam sich gemein vor. Sie dachte: *Wenn ich unter die Veranda krieche, dann erwisch ich diese Kröte*, und gerade das Verwandte zwischen ihnen, die Art, wie sie beide gleich atemlos, gleich erschrocken waren, ließ sie wünschen, drunterzukriechen. Sie stocherte mit dem Stock herum, ließ sich auf Hände und Knie nieder und lehnte sich ganz nach vorn, aber die Kröte rührte sich nicht; sie beäugten einander schweigend.

Als sie heimkam, saß Flora Stonewall auf den Stufen der Veranda. Sie sagte ganz nebenbei: »Ach, Maureen, wo warst du denn? Ich soll dir was ausrichten.«

»Was?«

»Deine Mamma und Großmamma, die haben wohin gemußt. Sie haben nicht gewußt, wo du bist. Jules hat sie gefahren. Sie haben gesagt, ich soll auf dich warten –«

»Was ist denn los?«

»Es ist, glaube ich, was mit deinem Pappa.«

Maureen starrte sie an. »Was denn? Was mit der Polizei?«

»Aber Kindchen, so darf man nicht reden«, sagte Flora gequält, verzog die Lippen und hob zugleich die Brauen. »Dein Pappa hat einen Unfall gehabt. Einen Unfall, bei der Arbeit. Er ist verletzt.«

»Verletzt? Wie?«

»Ich weiß es nicht, Kindchen. Warum gehst du nicht rein? Möchtest du ein Coca-Cola? Ich habe eins im Eisschrank.«

»Nein.«

»Loretta hat gesagt, ich soll auf dich warten. Es tut mir leid, ehrlich, daß ich so schlechte Nachrichten für dich hab, Kindchen, es ist mir gräßlich, Kindchen. Willst du auch bestimmt kein Coca-Cola? Komm doch zu mir in die Wohnung und ruh dich aus.«

»Nein, es geht schon«, sagte Maureen.

Sie ging an Flora vorüber, würdevoll und kalt vor lauter Angst, und gerade die Stille in ihrem Haus sagte ihr: Aus! Etwas war aus. Das Vorderzimmer sah aus wie ein Stall, der Sofaüberzug war am einen Ende herausgerissen und der Lampenschirm saß schief, Sonne fiel durchs Seitenfenster auf den abgetretenen braunen Teppich; alles war vertraut, und gerade das Verwohnte des Hauses war vertraut und hätte eine Erleichterung sein sollen, aber Maureen wurde sich plötzlich darüber klar, wie flüchtig es war – selbst wenn es häßlich war, war es doch flüchtig und konnte verlorengehen. Sie ging und legte sich auf ihr Bett, das ungemacht war. Sie sah zur Decke hinauf. Sie wartete.

Nach einer Weile tat sich die hintere Tür auf und jemand kam hereingelaufen. »He, Maureen«, rief Jules.

Sie antwortete nicht.

Er kam an ihre Zimmertür und schaute herein. »Hat die von nebenan es dir gesagt? Was passiert ist?«

»Ist Papa tot?«

»Er ist im Krankenhaus.«

Maureen sah ihn an. Es war erstaunlich, wie groß Jules jetzt war. Er trug nicht mehr die eng angeklatschten Hosen wie voriges Jahr, sein Haar war unwillig aus der Stirn gebürstet, er sah erschüttert und elend aus. »Er wird vielleicht sterben. Ein anderer Mann, der bei ihm war, ist gestorben. Eine Tonne Zeug ist auf sie draufgefallen, zwei Tonnen –«

»Draufgefallen?«

»Irgendwas ist schiefgegangen und da hat es sich gelöst. Es ist auf sie draufgefallen.«

Sie sahen sich an. Schließlich sagte Maureen, weil ihr nichts anderes einfiel: »Im Krankenhaus ist er also?«

»Sie haben ihn auf die Unfallstation bei Ford gebracht.«

Sie sah das Krankenhaus plötzlich vor sich, ein imposantes Gebäude. »Im Krankenhaus«, sagte sie unbestimmt.

»Wir fahren rüber. Erst nehm ich dich mit zum Essen, auf ein Paar Würstchen oder irgendwas.«

Maureen schlug die Hände vors Gesicht.

»Heh, Mensch, nun weine nicht«, sagte Jules rasch. »Du brauchst keine Würstchen zu essen. Das hat Mamma sich so ausgedacht. Ich soll dich und Betty zum Essen ausführen und dann ins Krankenhaus bringen. Wein nicht – soll ich auch noch anfangen zu heulen?«

Maureen ließ die Hände langsam von ihrem Gesicht sinken, und Jules war noch da. Sein Gesicht war verkniffen und weiß. »Du würdest nie um jemand weinen«, sagte sie.

»Wie kannst du sowas sagen!«

Betty war nirgends aufzutreiben, darum fuhren sie hinaus zu Biffs Restaurant in Woodward. Maureen fühlte sich befreit, kühn, in dem Wagen, als wäre unerwartet ein Feiertag.

»Ist es wirklich passiert?« fragte Maureen immer wieder.

Jules warf ihr einen Blick zu. »Ja, klar. Glaubst du, daß ich mit sowas spaßen würde?«

»Aber, ich wollte sagen ... ist es wirklich so passiert, wie du gesagt hast? Eine Tonne Zeug ist auf ihn gefallen?« fragte sie.

»Es waren zwei Tonnen«, sagte Jules.

Wenn doch Jules immer so weiterführe! Die Avenue entlang nach Norden, immer nach Norden, auf beliebigen Wegen, und sie aus dieser Stadt herausschaffen, fort von dem Krankenhaus, in dem ihr Vater lag und nichts mit ihnen zu tun hatte, bereits verwandelt und fern ... Maureen griff sich mit den Händen ins Gesicht, befühlte es, war nicht sicher, ob das ihr Gesicht, ihr Schädel sei, wunderte sich über beides. Dieser Schädel konnte genauso zermalmt werden. Jules sah sie an, sagte aber nichts über ihr sonderbares Benehmen. Statt dessen sagte er, als könne er ihre Gedanken lesen: »Es wäre verflucht angenehm, immer so weiterzufahren, was? Nach Nord-Michigan rauf, wo's so viele Seen und Wälder gibt, über die Baumgrenze hinaus, irgendwohin, wo noch niemand war, aber wo schon gerodet ist und soweit fertig, daß wir einziehen könnten. Ich kann mir vorstellen, wie dort der Himmel ist, und ein See. Ich kann mir vorstellen, wie ein Elch aus dem See trinkt. Oder vielleicht war das in einem Film, den ich gesehen hab, in einem Heft oder auf einem Kalender ...«

Es ängstigte sie, wie seine Stimme plötzlich erlosch, die Kraft zu verlieren schien.

»Was genau ist eigentlich ein Elch?« fragte sie.

Sie gingen ins Restaurant. Maureen hatte keinen Appetit, aber als sie neben Jules an der Bar saß und immer wieder die Speisekarte durchlas, meinte sie, es sei besser, wenn sie etwas aß; es war eine besondere Ehre, in einem Restaurant zu sein. Sie aßen Hamburger und Pommes frites. Maureen aß alles auf, sogar das letzte angebrannte Kartoffelstäbchen. Sie fuhr mit dem Finger über den Teller und leckte das Salz ab.

Jules sagte leise, damit niemand anders es hörte: »Vielleicht ist er schon tot. Ich hoffe es. Dann hört das Warten auf. Vielleicht kommen wir zur Tür herein und sie sagen uns, daß er schon tot ist. Und Mamma wird heulen und Großmamma wird wütend sein. Wir werden den Wagen parken und einfach reingehen und sie werden sagen: *Euer Vater ist tot.*«

Jetzt schämte sich Maureen, daß sie soviel gegessen hatte. Sie hatte gewissermaßen vergessen, warum sie bei Biff waren und nicht zu Hause.

»Du hast Papa nie gemocht, nicht wahr?« fragte sie leise.

»Es ist eine verdammte Schweinerei. Diese heulenden Weiber ... Das Krankenhaus stinkt, ich kann den Gestank nicht ausstehen. Nein, ich hab ihn nicht gemocht, Reeny, aber sag es niemand. Sag es nie wieder. Wenn ich Witze gerissen hab, dann nur zum Spaß – verstehst du –, daß ich wünschte, daß er tot umfällt, bloß zum Spaß – weil – weil ich ihn nicht ausstehen konnte, so *ruhig*, wie er immer war. Ich hatte seine *Ruhe* satt.« Jules wischte sich plötzlich mit der Hand unter der Nase herum. »Er ist mir auf die Nerven gegangen und manchmal hat's mich beinah verrückt gemacht. Großer Gott, dem seine Ruhe reicht mir mein Leben lang!«

11

Nach der Beerdigung seines Vaters ging Jules in der Stadt spazieren. Er sah in die Schaufenster wie alle anderen auch und ließ sich von eiligen Passanten streifen, weil er sich unsichtbar, schwebend vorkam. Er war fast sechzehn Jahre alt. Er konnte nicht begreifen, was das bedeutete: sechzehn Jahre alt. Der Tod seines Vaters hatte dessen geistige Schwere auf ihn abgeladen, und diese Schwere breitete sich in seinem Inneren aus wie ein Gas. Er hatte gehört, daß die Toten in ihrem Inneren Gas ansammeln. Er fühlte sich seltsam leicht und benommen im Kopf, obwohl ihm die Füße weh taten. Sein Kopf fühlte sich an, als könne er wegschwimmen. Die schmutzigen Trottoirs um ihn her und die eiligen Füße der anderen Leute zogen in die eine Richtung; und sein Hirn schien in die andere zu streben. Es gab da etwas, was er in Ordnung bringen, mit dem er Frieden schließen mußte, doch er stand da, kalt und verwirrt und schwindlig und überquerte die Straße in Richtung Grand-Circus-Park, lebendig und unnatürlich in einem guten, dunklen Anzug, während sein Vater tot und in die Erde gelegt worden war.

Wer war sein Vater eigentlich gewesen?

Ich kann mich nicht an sein Gesicht erinnern und an nichts, was er gesagt hat, dachte Jules voller Bestürzung. Sein Vater war es, mit dem er sich auseinandersetzen mußte. Es war nicht richtig, daß ein Mann lebte und starb und sich in Nichts auflöste, vergessen wurde, ohne daß sein Sohn sich wirklich an ihn erinnern konnte – es erschien ihm nicht richtig. Als Jules an einer Parkbank vorüberkam, beobachtete ihn ein alter Mann eingehend, als sei er drauf und dran, ihn zu erkennen. Jules blickte fort. Er wollte nicht erkannt werden. Der rührselig weinerliche Schmerz seiner Mutter, die Angst seiner Schwester schreckten ihn ab; er wollte nicht daran teilhaben. Er mußte fort von ihnen allen. Sein Vater war umgekommen, es war passiert, und man ging jetzt natürlicherweise darüber weg zur Tagesordnung über, und vielleicht hatte sein Vater auch ihn nie wirklich erkannt, was änderte das? Er versuchte, dies alles in sich aufzunehmen. Seine Mutter konnte nichts in sich aufnehmen, alles floß aus ihr heraus wie diese heißen, schmerzlichen Tränen, und darum würde er, Jules, alles akzeptieren und normalisieren. Er blieb vor den Kinos stehen und sah sich die Plakate an – die schönen, geschminkten Gesichter, die ihm nichts zu bedeuten schienen. Sie konnten Schmerz, Kummer, Freude mühelos in sich aufnehmen. Keine Falten erschienen in ihren Gesichtern, nichts. Jules fragte sich, ob diese Gesichter ihn eines Tages verraten würden. Drinnen im großen, altmodischen Lichtspielhaus ging alles so weiter wie immer, kleinere Menschengruppen kamen und gingen, es roch wie immer, nach schmutzigem Teppichboden und ranzigem Popcorn und der unerklärlichen, muffigen Düsternis alter, weitläufiger, städtischer Gebäude. Jules sah auf die Plakate und wartete darauf, daß sein Interesse wach wurde. Er sah sich das Foto von Marlon Brando an. Vieles in seinem Leben stammte aus Filmen, viele Ausdrücke, viele gute Stimmungen. Aus den Filmen stammte sein Gefühl, das Leben sei mit Musik unterlegt, doch jetzt, draußen auf dem Trottoir fühlte er sich bedrückt und leblos, es gab nirgends um ihn herum Musik oder eine Aussicht auf Musik.

Sein Vater – wie alt war er gewesen? Welchen Schmerz hatte er empfunden? Und war der Körper, der Schmerz empfunden hatte, wirklich der seines Vaters gewesen, der Mann, der so lange auf einem bestimmten Platz am Tisch gesessen hatte, der Mann, der auf bestimmte Art seinen Teller leergegessen hatte, begierig, die Sache hinter sich zu bringen? Der Mann, den Jules immer gehaßt hatte?

Er ging langsam nach Hause. Er hatte weit zu gehen. Das Wetter war kühl und er konnte sich nicht darauf besinnen, welche Jahreszeit es war – Frühling oder Herbst. Der Fluß sah dampfig aus, das war vermutlich von den Fabriken im Westen. An zahlreichen Stellen stieg Qualm auf, erhob sich in die Luft und wehte sanft über die Ambassador-Bridge, hüllte die Brücke ein und machte sie unwirklich; Wagen und Lastwagen fuhren durch den Qualm. Jules konnte sich nicht erinnern, warum er auf seinem Spazierweg so weit gegangen war, wonach er suchte, was er sich erhofft oder gedacht hatte, wo er doch so vieles zu Hause zu tun hatte – seine Mutter brauchte ihn –, und er fühlte sich ungemütlich in seinem Anzug. Seine Mutter brauchte ihn daheim und würde ihn nun fortwährend brauchen.

Der Schweiß brach ihm aus. Draußen im Fluß waren vielleicht Leichen unter der Wasseroberfläche, wenigstens erzählten die Kinder Geschichten darüber, wie sie Leichen hätten auftauchen und wieder untergehen sehen ... Die Toten, die Ertrunkenen, so schweigsam und geduldig ... Jules spürte, daß diese dunklen, geheimnisvollen Menschen sich in der alltäglichen Luft bewegten, Leichen, die lebendig aussahen. Man konnte auf eine davon stoßen, von Armen umschlungen werden, von kaltem, schwerem Atem gestreift, von den rattenhaft klebrigen, kalten Haaren ... Wie war sein Vater denn nun eigentlich gewesen? Jules fiel plötzlich ein, wie sein Vater versucht hatte, die Toilette zu reparieren, die undichte Stelle zuzustopfen. Die Badezimmertür hatte sich geworfen. Das Linoleum war uneben, hatte Blasen und abgetretene Stellen, so daß Jules, wenn er auf der Toilette saß und auf diese Landschaft niederblickte, die vage Vorstellung hatte, es sei eine Reliefkarte von irgend etwas, von einem unbekannten Land. Sein Vater hatte oft versucht, das Klo zu reparieren, oft versucht, die Wasserhähne zu reparieren. Er hatte es nicht geschafft. Das schwere Atmen, das vor sich Hinschimpfen, die langen Minuten schweigenden Kampfes, dann das »Verdammt nochmal!« und das Geräusch von etwas Hingeschmissenem, einem Schraubenschlüssel oder einer Zange oder irgend etwas. Das Schweigen, das Atmen und dann das Geräusch. Das war sein Vater gewesen. Nie Glück gehabt bei Reparaturen. Küchenschaben kamen nachts aus verschwiegenen Ecken der Toilette und waren manchmal morgens noch da, die faulen Biester, und oft waren sie auch in den Küchenschränken und unter dem Ausguß – sehr oft – und dann fluchte der Vater. Der Fußboden mußte für die Küchenschaben eine regelrechte Landschaft sein. Jules kniff die Augen zu und versuchte an seinen Vater zu denken. Was hatte der Vater mit den Küchenschaben zu tun? Warum war es leichter, an sie zu denken als an den Vater? Sein Vater und das Geld: Das war entscheidend. Das war vielleicht des Rätsels Lösung. Er hatte über Geld geklagt. Er hatte über nicht vieles geklagt, aber wenn, war es gewöhnlich wegen Geldsachen. Wo blieb das ganze Geld, das Geld aus der Lohntüte? Wo waren die zwanzig Dollar hin? Und immer so weiter, das Jammern wegen Geld, die Sorge um Geld, daß man nicht genügend hatte, daß man zu viele Mäuler füttern mußte, eine kranke Mutter im Hause, und jedes Jahr bekamen die Kinder die Grippe und die Antibiotika waren sehr teuer. Pillen waren teuer. Loretta hatte was an den Nieren und mußte alle sechs Stunden Pillen nehmen, und auch diese Pillen waren teuer, wie alles andere in den Vereinigten Staaten, sehr teuer, so daß Jules' Vater manchmal grimmig sagte: »Eines Tages hau ich ab und ihr könnt sehen, wo ihr bleibt!« Oder er sagte, indem er von der Zeitung aufblickte, in der er gerade etwas gelesen hatte: »Die Nigger kriegen alle Unterstützung, warum ich nicht? Warum wir nicht? Die soll doch alle der Teufel holen!«

Während für seinen Vater die Messe gelesen wurde, hatte Jules an den Zorn des Vaters gedacht. Keine besondere Messe, eine Totenmesse. Eine öde Kirche. Jules hatte neben seiner Mutter gesessen, voller Überdruß gegen ihren Schmerz, der genauso verworren, gedankenlos und unbeherrscht war wie für gewöhnlich ihr Zorn. Wenn er sich doch nur auf sie verlassen könnte ... Jules hatte während der Totenmesse nicht richtig aufgepaßt. Er ging nicht mehr in die Kirche. Er spürte, wie die Kirchen in der Stadt, wenn er an ihnen vorbeiging, an ihm zerrten, eine schwermütige Lockung. Sie waren wie die riesigen legendären Höhlen im Meer, die den Schwimmer hinablockten, sie mit geheimnisvollen Strömungen in sich einsogen, mit Verheißungen von Geheimnissen, Belohnungen, besonderen Erkenntnissen, an denen ihm nichts mehr gelegen war. Es war ihm gleichgültig. Es war auch seinem Vater gleichgültig gewesen. Es war kein Zorn damit verbunden – einfach gar nichts. Des Vaters Gesicht, glatt und hell wie ein Schädel mit darübergespannter weißer Haut – das war sein Vater. Jules konnte sich beinahe an ihn erinnern. Die Messe hatte ihn – den Toten – undeutlich werden lassen, doch nun kehrte er schmerzlich zu Jules zurück. Zorn war sein innerstes Wesen. Das war sein Geheimnis: Zorn.

Doch Jules hatte ihn nicht umgebracht.

Ja, Zorn war sein innerster Kern; seine Seele war Zorn, bestand aus Zorn – Zorn worauf? Auf nichts, auf sich selbst, auf das Leben, auf das Fließband, auf die Küchenschaben und das tropfende Klosett. Das eine wie das andere. Zorn. Kein Geld. Wo war das Geld hingekommen? Wo sollte das Geld herkommen. Zorn. Geld. Sein Vater.

Ein plötzliches Gefühl der Genugtuung, fast der Freude durchfuhr Jules. Nein, er hatte seinen Vater nicht umgebracht. Den eigenen Zorn hatte er jahrelang im Zaum gehalten, mit Erfolg im Zaum gehalten; er hatte niemandem etwas getan. Geld war ein Abenteuer. Es stand ihm offen. Alles konnte geschehen. Er fühlte, wie das Wesen seines Vaters, dieser murrende, finstere Zorn, ihn umzingelt hatte und beinah in ihn eingedrungen war, aber nicht ganz. Er war frei.

Ein paar Tage später dachte er auf dem Schulweg über dies alles nach: über seinen Vater, seines Vaters Zorn, seines Vaters Geld, seines Vaters Tod – als er etwas erblickte, das ihn mit einem

Ruck zu sich brachte. Erst einen Augenblick später wurde er sich bewußt, daß es Edith war. Sie war in Gesellschaft von zwei anderen Mädchen. Einige Sekunden lang konnte er sich kaum bewegen, während er sie anstarrte und das gleiche Gefühl verzweifelten Staunens beim Anblick dieses Mädchens empfand, das er beim Tode seines Vaters empfunden hatte. Sie stieg mit ihren Freundinnen die Steinstufen zum Viadukt über die Fahrstraße hinauf.

Jules setzte sich in Trab, um sie einzuholen. »He da«, rief er, »wohin denn so schnell?«

Sie drehten sich erstaunt um. Eines der Mädchen, dreister als die anderen, grinste ihn an. Sie war die hübscheste, aber Jules blieb Edith treu; er stolzierte auf ihre Seite des Bürgersteiges hinüber. In Gegenwart der Mädchen verfiel er in einen leicht wiegenden Gang. »Gehst du immer hier entlang?« fragte er.

Edith zuckte leicht die Achseln.

Sie hatte ihr Haar nach hinten gebürstet und zu einem Schwanz zusammengebunden. Sie hatte helle Brauen und Wimpern, ein keusches, kaltes Mädchen, ohne ein Lächeln für ihn. Jules verlagerte beim Gehen sein Gewicht auf die Absätze und bohrte die Hände in die Taschen, er überließ ihnen seine Gegenwart, als sei sie ein großes Geschenk; er spürte eine leichte Spannung zwischen sich und den Mädchen, eine heitere Unruhe. Er blickte Edith von der Seite an. Sie sah nervös aus. Die anderen Mädchen fingen an, sich mit ihm zu unterhalten, neckten sich ganz unverhohlen mit ihm herum, wurden dreister und Jules antwortete im gleichen Ton: »Tja – soso – im Ernst?«

»Wo ist denn deine Freundin, Jules?« fragten sie ihn. Sie verzogen freundlich vorwurfsvoll den Mund, und Jules schnitt eine Grimasse, um zu zeigen, daß diese Frage ihn nicht interessierte. Er hatte tatsächlich eine Freundin, seine spezielle Freundin, und hatte in Wirklichkeit Edith gar nicht nötig. Sein Mädchen, Rose Ann, hatte keine solchen Freundinnen wie diese; ihre Freundinnen waren erfahren und raffiniert und sehr selbstsicher. Sie trugen Strümpfe zur Schule. Sie trugen Schuhe mit flachen Absätzen und hatten durchbohrte Ohrläppchen, und ihre Heimlichkeiten waren aufregend und nicht ganz stubenrein, während diese Mädchen hier, die gern genauso Bescheid gewußt hätten, aber sich davor fürchteten, versuchten, ihren leiernden, melodiösen Jargon nachzuschwatzen. Jules hatte für sie alle miteinander ein leicht herablassendes Lächeln.

Sie waren in der Mitte des Viadukts. Der Wind blies ziemlich heftig. Ediths dünne Ponyfransen flogen ihr um die Stirn, und sie mußte gegen die wirbelnden Staubteilchen die Augen zukneifen; Jules sah winzige Fältchen in ihren Augenwinkeln entstehen. Sie hatte blaßblaue Augen und eine sehr blasse Haut. Sie hatte keinen Lippenstift aufgelegt. Ihr Mantel war gelbweiß kariert und bereits von Detroits Luft und Autobussen ein wenig angeschmuddelt; sie trug eine Tasche mit langem Schulterriemen. Jules fand, sie sähe entzückend aus. Er kannte sie gar nicht. Er griff plötzlich nach dem Riemen ihrer Handtasche und dachte dabei an ihren Unterrockträger, er zog daran. Sie riß sich erschrocken los. Er konnte sehen, wie sich die Muskeln in ihrer Kehle bewegten. Er wollte zu ihr sagen, sie brauche keine Angst vor ihm zu haben, aber er sagte statt dessen neckend: »Was hast du denn da drin? Munition? Hübsch schwer, das hier!«

»Ach, das ist bloß . . . meine Handtasche . . .«

Die drei Mädchen schienen im Wind um ihn herumzuflattern, obwohl ihre Füße in ihren braunen flachen Serienschuhen wirklich nicht sehr graziös waren; Jules lächelte ihnen allen zu, in ihre grellen, erwartungsvollen Gesichter hinein. Er ließ Ediths Handtasche nicht los. Er sagte: »Du, hast du nicht ein paar Fotos von dir?«

»Was willst du denn damit?«

»Hast du welche? Kann ich sie sehen?«

»Wozu? Was willst du denn damit?« fragte Edith.

Sie wandte sich zu ihm um. Ihr Haar flatterte im Wind.

»Gib mir ein Foto von dir, ja? Bitte!«

In dem Frühjahr war es Mode unter den Mädchen der Oberschule »Porträtaufnahmen« von sich machen zu lassen, für 3,99 Dollar bei mehreren Abzügen, das Bild in braunem Ton, mit künstlichen Samtdrapierungen, eine einfache Perlenschnur um den Hals und stark geschminkt. Sie gingen alle zu einem italienischen Fotografen in der Nähe der Schule. Jules brannte plötzlich darauf, solch ein Foto von Edith zu bekommen. Er zupfte an ihrer Handtasche.

»Also meinetwegen«, sagte sie scheu. »Ich weiß nicht, wozu du es willst, wahrscheinlich bloß, damit du . . .« Entweder ging ihr der Mut aus, oder es fiel ihr nichts mehr ein, was sie sagen könnte. Sie nahm eine blaue Plastikbrieftasche aus ihrer Handtasche und zog, während Jules wohlwollend zusah, eine Fotografie daraus hervor und reichte sie ihm. Er war plötzlich ganz aufgeregt. Er wollte nach ihrer Hand greifen, wollte sie küssen, aber sie trat schon beiseite, als wüßte sie, was er dachte, und die anderen Mädchen umringten sie, wie um sie zu beschützen.

Eines der Mädchen sagte boshaft: »Mich brauchst du nicht um ein Foto zu bitten, von mir kriegst du nämlich keins!«

Jules hörte nicht hin. Er blickte auf das Foto. Es war braungetönt, und Edith saß darauf steif vor einem Hintergrund, der aussah wie ein nächtlicher Sternenhimmel. Um ihre mageren Schultern war dunkler Samt drapiert, vorn ein v-förmiges, gemäßigtes Dekolleté. Es sollte nach Abendkleid aussehen. Sie trug eine Perlenkette, und ihre Lippen waren zu stark nachgezogen; ihre Augen wirkten blaß, wie ausgebleicht, wie überwältigt von den schweren Linien ihres Mundes. Jules meinte, er käme nicht darum herum, dieses Mädchen zu lieben, obwohl er keine Vorstellung hatte, wer sie war.

Sie ging bereits davon, geniert und eilig. Die anderen beiden Mädchen drehten sich nach ihm um.

»Vielen Dank! Ich meine, dank auch schön!« rief er ihnen nach.

Jules blieb zurück. Er besah sich die Fotografie. *Edith. Edith Kamensky.* Er meinte, nun er die Fotografie hätte, könne er es sich leisten, das Mädchen laufenzulassen; was hätte er ihr denn sagen sollen? Sie hatte kühle, kalte, unsichere Augen. Die Wimpern wuchsen spärlich. In der Nähe ihres linken Mundwinkels war ein Muttermal. Haarsträhnen lagen auf ihren Schläfen und tief in die Stirn hinein. Jules fragte sich, ob sie jemals lachte. Wie sie wohl aussah, wenn sie lachte? Er spürte Begierde in sich aufsteigen, den Wunsch, sie allein zu haben, sie für sich zu haben, obwohl er sie im Grunde in den nächsten Tagen gar nicht wiedersehen wollte. Er konnte sich nicht vorstellen, daß er sie überhaupt jemals wieder traf.

Er blieb stehen, um ihr Bild in die Tasche zu stecken, aber es riß sich irgendwie los und der Wind entführte es. Jules tat einen Sprung vorwärts, doch es wurde über das Geländer geweht. »Verdammter Mist«, sagte er erstaunt. Er sah zu, wie es ziemlich träge hinuntertrudelte und quer über die Straße, über die Dächer der Wagen und Lastwagen wehte. Er rannte zur Treppe und ließ sich die Böschung zur Straße hinuntergleiten und bis ganz unten in den Schmutz, und nur wenige Meter von ihm entfernt fuhr ein Polizeistreifenwagen an ihm vorüber. Er fuhr gut seine hundertsechzig Stundenkilometer. Herzlichen Glückwunsch! Die schienen hinter jemand her zu sein. Jules schaute sich um nach dem Foto – es kam soeben zur Ruhe. Es entstand eine Lücke im Verkehr; er rechnete sie sich aus und wagte sich hinaus. Jemand hupte ihn böse an. Er sprang wieder auf den Bordstein zurück, der im Grunde bloß eine schmale, hohe Kante war. Hier unten durfte keiner zu Fuß gehen; das war verboten. Jules wartete. Der Wind brannte ihm in den Augen. Auch sein Gesicht brannte, voller Scham und Erbitterung, doch er wollte nicht aufgeben; er hielt den Blick jetzt auf ein kleines weißes Stück Papier gerichtet, das auf der anderen Seite der Straße flatterte, sich ungestüm hob und senkte, je nachdem Wagen vorbeifuhren. Er trat wieder über die Kante, wartete, bis ein Wagen vorbei war, und rannte dann blindlings über die Straße. Jemand bremste und ein schreckliches Hupkonzert setzte ein. Jules winkte ab und sprang auf den Bordstein gegenüber. Er griff nach einem am Boden liegenden Papier, doch es war nicht die Fotografie. »Was?« sagte er laut. Er warf es angeekelt über die Schulter. Dann erblickte er ein anderes Papier. Es war in einer Fahrrinne, ganz nah, ein paar Meter entfernt, niedergegangen und bereits etwas zerknittert. Er lief hinüber und hob es auf.

Edith Kaminsky mit ihren blassen, blassen Wimpern ...

Eine Weile stand er auf dem Bordstein, am Fuß der lehmigen Böschung und starrte auf die Fotografie. Sie war schmutzig und geknickt. Schwäche überfiel ihn, ein Gefühl der Verwunderung. Immer gab es etwas im Leben, das er nicht begreifen konnte.

Jetzt, wo er das Foto wiederhatte, meinte er, er müsse ihm Treue bewahren.

12

Sie war vierzehn. Sie saß in der Küche am Tisch, während die Freundin ihrer Mutter, Ethel, ihr das nasse Haar auskämmte und Haarfestiger drauftat. Die Haarfestigerflüssigkeit war grün und roch nach Pfefferminz; Maureen mochte diesen Geruch gern.

Loretta saß auf der anderen Seite der Küche, auf einem herumgedrehten Stuhl, mit übereinandergeschlagenen Beinen. Die beiden Frauen rauchten. Loretta sagte: »Die Chefin ist nicht übel. Mir gefällt ihr Wagen, der rote Wagen, hast du den gesehen?«

Ethel wickelte eine Strähne von Maureens Haar auf einen

dicken rosa Plastikwickler. Sie sagte mit gedankenverlorener Miene: »Sie hat mich irgendwann mal ein Stück drin mitgenommen. Nein, sie ist nicht ungut, aber sie holt jeden Penny aus dem Laden raus. Ich hätte lieber einen Mann als Chef. Und Dora Louise, dieser Grünschnabel, die rennt zu ihr und klatscht, wenn jemand früher geht. Neulich, da war ich mit meiner Kundschaft um vier Uhr dreißig fertig, warum zum Kuckuck soll ich da nicht weggehen? Ich bin also weggegangen, und am nächsten Morgen ...«

Es war jetzt Sommer und Maureens Vater war seit Monaten tot. Sie vermißte ihren Vater nicht. Manchmal, wenn sie allein war, fing sie an zu weinen, ohne Grund; aber sie glaubte nicht, daß das etwas mit ihrem Vater zu tun hatte. Es hatte mit dem Ford-Krankenhaus zu tun, mit all diesen Korridoren und den vielen Menschen, alle so hilflos wie ihr Vater. Es hatte mit dem Friedhof zu tun. Es hatte mit ihrem Bruder zu tun, der jetzt fast nie mehr zu Hause war. Mit all diesen Veränderungen, dieser Geographie der Veränderungen kam sie nicht mit. Darum weinte sie manchmal, wenn sie allein war. Sie lernte allmählich, vor anderen Leuten nicht zu weinen.

»Mrs. Foster ist eine nette Dame«, sagte Loretta. »Gestern ist sie extra nochmal umgekehrt, um mir meinen Vierteldollar zu geben. Das war doch nett von ihr, was?«

»Ja, ja, sie ist nett. Und Mrs. Abraham ist nett. Aber diese Mrs. Freer oder wie sie heißt, das ist ein Luder – die hält sich für so berückend – wenn die mich mal um meine Meinung fragt, dann kann sie was erleben.«

Ethel war eine schlanke, energische Frau in den Vierzigern. Sie hatte einen Kurs im hiesigen Institut für Schönheitspflege besucht und war im Frisiersalon La Marvel in Vernor angestellt. Loretta, die keine Vorbildung hatte, arbeitete auch dort, konnte aber nur Haare waschen und aufräumen helfen. Sie war seit Anfang Juni dort tätig. Unvermittelt hatte sich ihr Aussehen verändert: Sie kam heim, das Haar durchsichtig hellblond getönt, hochtoupiert um das Gesicht, die Brauen auf neue, wichtigtuerische Art gewölbt, die Fingernägel von einem Fachmann gepflegt, ohne daß man den Halbmond sah; sie rauchte in der Art der Berufstätigen, indem sie die Zigarette zwischen Daumen und Zeigefinger ganz fest hielt, um sie jederzeit zum Munde führen zu können. Maureen fiel auf, daß Ethel genauso rauchte. Ethel hatte rotgefärbtes, in breiten Wellen ums Gesicht gelegtes Haar und trug immer bestimmte Farben, von denen sie meinte, daß sie zu rot paßten: braun, grün und dunkelblau. Sie und Loretta blätterten Zeitschriften durch, wenn sie in der Küche saßen und Kaffee tranken: ›Haarmoden‹, ›Vogue‹, ›Salon‹ und ›Boutique‹. Sie brachten diese Zeitschriften aus dem Frisiersalon La Marvel mit heim und vergaßen, sie zurückzubringen, Maureen war eines Tages in den Frisiersalon gegangen, bloß um einmal zu sehen, wie er aussah und war ein wenig enttäuscht gewesen von den unsauberen Schaufensterscheiben, aber es war immerhin eine Stellung, das war schon etwas. Ihre Mutter schien sich dort wohl zu fühlen.

»Ich wollte, ich brächte es fertig, irgendeinen Kurs, irgendwelche Stunden zu nehmen«, sagte Loretta. Sie beobachtete Ethel, wie sie Maureen die Haare eindrehte. »Ich würd gern haarschneiden und all sowas. Ich glaube, ich könnte es wirklich gut, meinst du nicht? Ich könnte es auch leicht legen, bloß das Schneiden, davor hätte ich Angst.«

»Da ist nichts dabei«, sagte Ethel.

»Nächsten Monat geh ich runter in die Stadt zu dem – wie heißt es schon – Institut und erkundige mich, wie schnell ich da fertig würde.«

Maureen faßte sich an den Kopf. Zuoberst auf dem Kopf klemmten vier große Wickler und zogen ihr das Haar zu straff, aber sie wollte sich nicht beklagen. Ethel arbeitete jetzt an den Seiten. Das war Lorettas Idee gewesen: Sie hatte vor ein paar Tagen Maureen kritisch gemustert und gesagt: »Es wäre besser, wenn Ethel dich mal vornehmen würde. Diese Ponyfransen stehen dir nicht besonders, Kind. Die sehen aus, als ob du sie einem Hausierer mit Bürsten und Pinseln abgekauft hättest.«

Und jetzt lagen, auf einer Zeitung, die rings um den Stuhl am Boden ausgebreitet war, die abgeschnittenen Enden ihrer dunkelbraunen Haare. Die feuchte Effilierschere, die von La Marvel mit heimgenommen worden war, lag auf dem Tisch, verklebt mit Schnipseln. Der Haarfestiger und der Spray und die Wickler selbst waren aus dem Frisiersalon herausgeschmuggelt worden.

»Wie geht's deiner Schwiegermutter?« fragte Ethel.

»Du hast sie ja gesehen. Ich frag sie nicht danach.«

Großmama Wendall ging es zwar nicht besser, aber sie hatte sich das Wohnzimmer angeeignet. Maureen wußte nicht, wie es dazu gekommen war. Nach und nach hatte die alte Dame das Sofa in Besitz genommen, auf dem sie, mit einer Decke über den Knien halb saß, halb lag und fernsah. Sie wachte jeden

Morgen um sechs Uhr auf. Sie hörten sie in der Küche, wo sie sich selber Frühstück machte, und wenn sie aufstanden, war das Frühstücksgeschirr schon im Ausguß eingeweicht, und Großmama Wendall war im Wohnzimmer und hatte sich den Fernseher ziemlich laut angestellt und sah die Sendung »Heute«. Sie hatte die Jalousien heruntergelassen, damit es auf dem Fernsehschirm nicht blendete. Wenn sie auf die Toilette mußte, rief sie nach Loretta, wenn die zu Hause war, oder nach Maureen, wenn Maureen zu Hause war, oder nach Betty, und ging, schwer auf ihre Schultern gestützt, hinten ins Haus. Sie schien schwerer als früher, obwohl es ihr nicht gutging. Sie aß viel Eis. Ihr Haar war kraus und weiß, sehr dünn, und ihr Gesicht eine einzige Masse Falten. Trotzdem war eine Art jugendlicher Widerspruchsgeist in ihr. Gerade jetzt, um halb zehn Uhr abends, saß sie auf dem Sofa im verdunkelten Zimmer und sah sich ein Fernsehprogramm an; Maureen konnte den gekünstelten Applaus und das Gelächter aus dem verdunkelten Vorderzimmer dringen hören. In der Küche waren die beiden Frauen merkwürdig leise.

»Na ja«, sagte Ethel gedehnt, »so war's bei meiner Mamma auch – ich meine, sie hatte auch die Schwiegermutter bei sich. Dreißig Jahre lang. Was würdest du dazu sagen, Kindchen?«

»Ach du lieber Gott«, sagte Loretta.

»Die Alte war ihr Leben lang plemplem. Bestimmt, bei der war das Hirn irgendwie durcheinander oder sonstwas. Sie ist aus der Tschechoslowakei rübergekommen, als sie siebzehn war und hat sich nie Mühe gegeben, Englisch zu lernen. Sie hat gesagt, das ist ihr zu mühsam und für sie wäre es zu spät. Sie ist achtzig Jahre alt geworden und hat nichts mehr mitgekriegt, ich meine, überhaupt nichts mehr; sie hat nichts gewußt vom Zweiten Weltkrieg oder von Hitler oder sonstwas, es war einfach toll. Sie war keine üble Alte – aber stell dir das bloß mal vor, Loretta!«

»Ach du meine Zeit!«

»Wir haben damals drüben in Lycaste gewohnt.«

Maureen saß ergeben da, den Kopf gesenkt. Ethel war mit einer weiteren Reihe Wickler fertig. Sie steckte sie mit Stahlclips fest. Dann hob sie die Dose Haarspray und sprühte Maureens Kopf von allen Seiten ein, es dauerte eine ganze Weile.

»Gott, wie das Zeug stinkt«, sagte Loretta.

»Das ist noch gar nichts. Im Geschäft haben wir eine ganz starke Mixtur, nicht wie die hier«, sagte Ethel. »Kommt raus wie aus einem Schießgewehr, hast du's mal gesehen? Gott, ist die stark. Wetten, daß ich die ganze Lunge voll habe? Ich möcht immer kotzen danach. Ich gebrauch es jetzt vier Jahre, und du kannst wetten, daß meine Lungen davon innen ganz verklebt sind.«

»Wetten, daß nicht!«

Ethel klebte jetzt Maureens Ponys mit einem Streifen Tesafilm an die Stirn.

»Hol mal den Haartrockner her und laß das Haar ganz trokken werden. Man geht nicht mit nassem Haar ins Bett«, sagte Loretta.

Sie hängten den Haartrockner auf und Maureen saß da und hielt ihn in der Hand; es war ein Handmodell, für weniger als zehn Dollar gekauft. Sie mochte die warme Luft gern, die ihr gegen den Kopf pustete. Die Sorte Tränen, die er ihr in die Augen trieb, waren unschuldige Tränen, schmerzlose. Es war, als ob man gähnte. Es war nicht wie bei den bitteren Tränen, die sie überraschten, die sie mit solcher Macht überkamen, manchmal in der Bibliothek; hinten zwischen den Bücherreihen merkte sie, daß sie anfing zu weinen, in leidenschaftlicher Scham, ohne es zu begreifen. Ihre Mutter weinte jetzt selten, und ihre Schwester weinte nie. Und Jules, der in ihrer Erinnerung nur ein paarmal geweint hatte, war jetzt nie mehr da, und sie wußte nichts über ihn.

Er war in der zweiten Klasse der Oberschule durchgefallen und hatte gesagt, er ginge nicht wieder hin.

Die beiden Frauen tranken jetzt Kaffee und unterhielten sich, unterdrückt und leise, über jemanden, den Maureen nicht kannte. Sie schloß daraus, daß es nicht für sie bestimmt war. Eine Frau, die etwas angestellt hatte und die ihr Mann hinausgeworfen hatte, und ... Maureen dachte an Jules. Sie fühlte sich geborgen zwischen den zwei Frauen, der Mutter und deren Freundin, seltsam geborgen in ihrem intimen, warmen Klatsch; sie sollten reden über was sie wollten, über was immer sie wollten! Bei solchen Gelegenheiten konnte sie an ihren Vater denken oder an Jules oder an schlimme Dinge, die sie sonst ängstigten – zum Beispiel an das Mädchen, das man keine zwei Blocks von ihnen entfernt in ein Auto gezerrt und vergewaltigt und zur Tür hinausgestoßen hatte, wo sie halbtot liegenblieb, und das Mädchen war jemand, den Maureen kannte. Jules hatte letzten April angefangen, nachts wegzubleiben. Er sagte zu Loretta, er bliebe über Nacht bei einem Freund. Er nannte sogar dessen

Namen. Loretta hatte geweint, aber sie hatte den Namen nicht nachgeschlagen und auch nicht angerufen und nach und nach blieb Jules jede Woche zwei oder drei Nächte fort. Maureen hörte von anderen Kindern, daß er die Schule schwänzte. Aber was er am Tag tat, ob er sich wieder einen Job gesucht hatte oder die ganze Zeit herumlungerte, ob er irgendwie in Not war, wußte niemand. Er sagte zu Maureen: »Diese Gören in der Schule gehen mir auf die Nerven, die sind zum Gotterbarmen dämlich. Das sind kleine Leute, die kann ich nicht riechen.« Die Jungen, mit denen er jahrelang herumgezogen war, waren jetzt dämlich, und er ging ihnen aus dem Wege. Wenn er neue Freunde hatte, so wußte Maureen jedenfalls nicht, wer sie waren.

Eines Abends, als Maureen ihn fragte, was eigentlich los sei, ob er sie und Mama und Betty nicht mehr gern hätte, sagte er ungeduldig: »Es ist dieses Haus, das ich nicht ausstehen kann. Ich kann sie nicht ausstehen, diese Bruchbude. Ich komm zur Haustür rein und meine immer, ich werde gleich *ihm* begegnen. Statt dessen ist es immer die alte Dame. Immer meine ich, ich hör ihn gleich die Auffahrt rauffahren. Oder ich hör, wie er mitten in der Nacht aufsteht und aufs Klo geht. Hier ist noch zu viel von ihm da, ich kann das nicht aushalten.«

»Dreimal hat sie's machen lassen, da geh ich jede Wette ein. Es waren drei verschiedene Male«, sagte Ethel.

»Man sollte doch meinen, sie hätte was dazugelernt. Du lieber Himmel!« lachte Loretta.

»Wie geht's denn der Dings, der Connie? Kommt sie immer noch vorbei?«

»Sie hat eine Wohnung in Highland Park. Sie hat eine Stellung, frag mich nicht, was sie tut, man möchte meinen, es ist 'n Staatsgeheimnis oder sowas, wenn man sie reden hört. In Wirklichkeit ist sie Kellnerin, meinen Maureen und ich. Was soll diese Kuh auch sonst anfangen? Ja, sie kommt manchmal her. Sie und die Alte sitzen im Vorderzimmer, und wenn du da reingehst, dann glotzen sie dich so kalt an, als ob das Haus ihnen gehörte. Connie muß an die hundertachtzig Pfund wiegen – dieser Fettwanst. Nach der Kirche kommt sie her und hat so ein Drecksding aus Spitzen, aus schwarzen Spitzen, über den Kopf drapiert wie so ein spanischer Stier oder sonstwas. Die beiden tuscheln im Wohnzimmer rum und quasseln endlos. Ich weiß, daß sie über mich reden, aber das ist mir piepegal. Laß sie doch. Wenn ich keine Stellung hätte, würde ich verrückt vor lauter Gestank von der alten Hexe und ihrem Dreck und dem ewig laufenden Fernseher, aber sieh mal, ich denk mir so: Wenn der Fernseher das nächste Mal kaputtgeht, dann fällt's mir gar nicht ein, ihn wieder reparieren zu lassen, aber bis dahin kann sie ja meinetwegen schauen. Warum auch nicht? Sie wäre gar kein unebener Mensch, wenn man sie zwischendurch manchmal los wäre. Ich meine, ich kann mich noch erinnern, wie wir alle draußen auf dieser gräßlichen Farm waren, auf dem Land, und sie viel jünger war und allerlei tat – ach, sie hat Brot gebakken und Strudel und Unmengen eingekocht, sie hat geschuftet wie nur was, und sie war wirklich nett zu Jules und war einfach ein ganz anderer Mensch. Jetzt ist ihr Gesicht immer dasselbe. Wie so eine Bombe. Sie sieht aus wie eine Bombe. Aber ich möcht nichts Schlechtes über sie sagen, weil . . .«

Weil sie bald sterben wird, dachte Maureen.

»Weil sie Howards Mutter war, weißt du«, sagte Loretta lahm.

»Ja, ja, ich weiß. Ich hab dir ja erzählt, meine Mutter hatte das gleiche Problem. Dreißig Jahre lang.«

»Deine Mutter muß eine Heilige gewesen sein.«

»Ja, ja, sie war schon eine Art Heilige, wenn ich's mir so überlege. Wir Kinder haben alle gedacht, daß sie furchtbar gut ist. Ich wollte, ich hätte ihr nicht soviel Kummer gemacht –«

»Kummer – ach du lieber Gott, es gibt niemand, der keinen hat.«

Loretta richtete ihre Blicke auf Maureen. Sie sah jetzt Maureen immer auf besondere Weise an, ernst und nachdenklich. Das hatte vor ein paar Monaten angefangen, als Maureen vierzehn geworden war. »Vierzehn Jahre alt! Mein Gott!« hatte Loretta gesagt, und Maureen war es bei ihren Worten unbehaglich geworden.

»Tja, das ist nun mal so. Ganz bestimmt«, sagte Ethel.

»Im Vorderzimmer hab ich Ärger, und als Howard noch lebte, hatte ich Ärger, und früher, als ich noch bei meinem Vater wohnte, hatte ich Ärger – einen nach dem anderen, mein Leben lang. Aber ich hab mich davon nicht unterkriegen lassen.«

»Da hast du recht. Du siehst wirklich gut aus, Loretta.«

»Ach, Quatsch«, sagte Loretta geschmeichelt und tat dieses Kompliment mit einer Handbewegung ab. »Ich laß mich von denen einfach nicht unterkriegen. Da ist so ein Kerl gekommen wegen der Wasseruhr und hat gesagt, jemand, irgendwelche

Kinder, haben die kaputtgemacht. Ich hab gesagt, also ich bin nicht schuld. Er hat gesagt, die darf aber nicht nochmal kaputtgehen. Ich hab gesagt, gehen Sie doch nach nebenan, die Wasseruhr gehört ja auch denen, oder? Ich sage dir, Ethel, jeder Trottel, der die Straße runterkommt, landet schließlich bei mir und versucht, mir einen reinzuwürgen. Er hat gefragt, ob ich Mrs. Howard Wendall bin, und ob das die Labrosse Straße ist? Ich hab zu ihm gesagt, wenn er lesen kann, dann soll er doch mal auf das Straßenschild schauen. Ich hab zu ihm gesagt, keins von meinen Kindern hat diese Wasseruhr kaputtgemacht, und wenn er glaubt, ich würde sie bezahlen, dann könnte er zum Teufel gehen.«

»Ja, die versuchen's immer, einen ins Boxhorn zu jagen. Die haben einen Dienstausweis oder sowas und kommen in einem Lastwagen und meinen, sie könnten mit einem umspringen.«

»Also ich sage, mit mir macht das keiner. Bloß weil ich Witwe bin. Also dieser Polizist, dieser Italiener, wie heißt er schon, der hat Jules was am Zeug geflickt, ohne jeden Grund. Wie heißt er doch noch, Reeny?«

»Joe Mattuizzo oder so ähnlich.«

»Ja, der. Sein kleiner Bruder war mal mit Jules befreundet. Der hat Jules im Streifenwagen mitgenommen, vor 'ner Woche oder vor vierzehn Tagen, und dabei hat Jules überhaupt nichts getan, nicht das Geringste. Der und der andere Bulle haben ihn gefilzt. Die haben behauptet, sie machten eine Razzia in unserer Straße und suchten nach Jugendlichen mit Messern oder Rauschgift. Jules hat nicht mal ein Messer, wozu zum Kuckuck braucht der ein Messer? Jedenfalls haben sie ihn wieder freilassen müssen. Wie ich den Kerl am nächsten Tag gesehen hab, da stand er auf der Vernor Straße rum, da hab ich zu ihm gesagt, gehen Sie doch und durchsuchen Sie irgendeinen Nigger und lassen Sie meinen Jungen in Ruhe. Er hat versucht, höflich zu sein, aber ich hab zu ihm gesagt, es wird ihm noch leid tun, wenn er meinen Kindern Scherereien macht, und das soll er sich hinter die Ohren schreiben.«

»War das der mit Betty?«

»Nein, das war ein alter Polizist, der war kein übler Kerl«, sagte Loretta. Ihr Gesicht bekam einen leicht verärgerten Ausdruck und Maureen wußte, daß es falsch von Ethel gewesen war, an dieses Thema zu rühren. »Nein, der war nett. Der hat begriffen. Er hat sie bloß nach Hause gebracht und hat mit mir geredet. Ich hab ihm eine Tasse Kaffee gemacht. Er war ein wirklicher Gentleman und nicht dieser Kerl, dieser Mattuizzo oder wie zum Teufel der heißt.«

Betty war eines Tages von der Polizei heimgebracht worden, man hatte sie erwischt, wie sie mit einer Kinderschar die in der Nähe des Tiger-Stadions parkenden Wagen aufgebrochen hatten. Es war am Nachmittag eines Baseballspiels gewesen, und alle Parkplätze, auch vor und neben Privathäusern, waren voller Wagen gewesen. Man hatte keine Anklage erhoben. Loretta hatte einen Abend lang geweint und Betty eine heruntergehauen, und dann war es vorbei. Es war nie wieder die Rede davon.

»Aber ich sag dir, die kriegen mich nicht unter«, sagte Loretta zornig. »Soviel Schweinehunde gibt es in der ganzen Stadt nicht, als daß die mich längere Zeit unterkriegen könnten.«

Die einzige Arbeit, von der man erwartete, daß Maureens Großmutter sie tat, war das Bügeln; sie hatte den Gedanken selbst gehabt. Wenn Loretta unter Tags fort war, sollte sie bügeln, draußen in der Küche sitzend, wobei das Bügelbrett auf die Sitze von zwei Stühlen gelegt war, damit sie heranreichte. Auf der Küchenkommode stand ein Radioapparat, der ununterbrochen spielte, kleine fünfzehn-Minuten-Geschichten. Doch gewöhnlich fühlte sie sich zu schlecht, und so tat denn Maureen es für sie, gab nach, und fühlte dabei eine Gänsehaut, wegen der eigenen Schwäche. Wenn Loretta von der Arbeit kam, sagte sie: »Oh, du hast ja alles gebügelt, Mamma, danke schön«, doch die Großmutter stellte das nie richtig und sagte nicht, daß Maureen die Arbeit getan hatte.

»Ich kann sie nicht ausstehen. Ich wollte, sie verschwände«, flüsterte Maureen Betty zu.

»Die sollten sie einsperren und den Schlüssel wegschmeißen«, sagte Betty. Ein Teil von Lorettas neuer Existenz war eine gewisse flotte, übermütige Blindheit: Sie schien nicht zu sehen, was sich abspielte. Sie war in Eile. Sie kam heim und zog sich um, sie ging hinunter ins Drugstore, sie ging einkaufen, eben noch, ehe der Lebensmittelladen zumachte, sie ging mit Ethel und den anderen Mädchen, die im Frisiersalon angestellt waren, ins Kino, sie ging mit ihnen kegeln, sie war immer in Eile und schien die spottende Überlegenheit einer großen Schwester zu haben. Großmama Wendall gegenüber war sie lächerlich förmlich. Sie sagte: »Reeny wird heute vormittag die Küche und das Bad putzen, Mamma, und wir wären dir *sehr* dankbar, wenn du nicht auf den Boden treten würdest. Wenn du auf die Toilette mußt, könntest du vielleicht jetzt schon hingehen? Ich helfe dir hinein.«

Sie erschien im Unterrock in der Küche, roch nach Schweiß und Parfüm, die Träger waren mit Sicherheitsnadeln am Unterrock festgesteckt und unten herum war er so eng, daß man sehen konnte, wo ihre Strümpfe befestigt waren. Oft summte sie vor sich hin. Wenn sie sich über die schlechte Bezahlung bei La Marvel beklagte, dann war es keine ernsthafte Klage, eher eine Art Singsang, eine andere Art, vor sich hinzusummen. Wenn Maureen versuchte, ihr etwas zu erklären, warum sie einen neuen Rock brauchte, oder fünfzehn Cent für eine Schulsammlung fürs Rote Kreuz, dann hörte Loretta sie oft gar nicht. Oder sie erwiderte: »Bla-bla-bla.« Sie gewöhnte sich an, mit den Händen in die Hüften gestemmt dazustehen, den Mund zu einem geduldigen, ungläubigen, starren Lächeln verzogen. Vielleicht hörte sie die abenteuerlichen Geschichten ihrer Kolleginnen im Frisiersalon mit dem gleichen Lächeln an. Manchmal, wenn sie spät nach Hause kam, weil sie noch im Kino oder beim Kegeln oder vielleicht in einer Bar gewesen war, weckte sie Maureen und Betty und schenkte ihnen eine Tüte Brezeln! Ein andermal weckte sie sie, um über etwas zu schimpfen. Warum das Haus so schmutzig sei? Warum denn Maureen, dieses Riesenroß, die Sachen nicht sauberhalten könne? Sie würde Betty in die Besserungsanstalt schicken, ins Jugendgefängnis, jawohl, das würde sie; und Betty mit ihren weißgeränderten Augen und ihrer groben Haut betrachtete dann die Mutter mit genau dem gleichen ungläubigen Lächeln, dem Lächeln ihrer Mutter. Manchmal kam Loretta ins Haus gesegelt mit Make-up im Gesicht und einer neuen Frisur, eine beinahe hübsche Frau mit einer etwas mürrischen verdutzten Stirn, und verkündete, sie *äße heute abend auswärts,* und Maureen möge doch so gut sein und sie vertreten und zusehen, daß hinterher nicht wieder alles wie Kraut und Rüben wäre.

Je öfter Loretta fort war, desto mächtiger wurde Großmama Wendall. Maureen mußte für sie in die Drogerie laufen. Sie mußte die Klinik anrufen und dort über ihre neuen Symptome berichten. Sie mußte nach nebenan gehen und Flora Stonewall sagen, ihre Großmutter würde sich gern etwas Kakao leihen, um sich eine heiße Schokolade zu kochen. Wenn sie nach draußen ging, um ihr zu entfliehen und nur mit einer Freundin auf der Veranda war, dann lag die Großmutter im Wohnzimmer und rief mit schmerzdurchzitterter Stimme: »Maureen! Maureen!« Im Sommer spielte sie mit einem Mädchen aus der Nachbarschaft Parchesi und ihre Spiele wurden immer wieder unterbrochen. Während sie ins Haus lief, flüsterte sie: »Ach zum Donnerwetter!« und dachte sich *Was nun schon wieder? Was will sie diesmal?* Und jedesmal war es etwas Unerwartetes, etwas, an das sie überhaupt nicht gedacht hatte.

Eines Morgens, als Loretta zur Arbeit gegangen war, fing Großmama Wendall an, über sie zu reden. »Wißt ihr, daß sie sich mit jedem Mannsbild rumtreibt, das sie erwischen kann«, sagte die alte Frau. Betty wieherte und schob ihren Stuhl vom Tisch weg. »Aber ja, ja doch. Ihr meint wohl, eure Großmutter lügt? Denkt sich was aus? Ich sitze hier zu Hause und geh nicht aus, aber ich weiß alles, was vor sich geht. Ich weiß alles. Ich kann direkt aus dem Fenster schauen, von der Seite durchs Fenster, von der Seite her durch den Vorhang und keiner weiß, daß ich sehen kann, was vor sich geht, aber ich kann's. Ich weiß alles über deine kleine Freundin, Maureen – über dieses Mädel mit der unreinen Haut und den fettigen Haaren. Ja, die. Ich weiß alles über sie. Ich kann euch reden hören. Ich kann alles hören, was ihr sagt.«

Maureen schaute weg.

»Sie denkt sich das bloß aus«, sagte Betty.

»Ich höre alles. Ich sehe alles. Und wenn eure Mamma heimkommt, dann nicht allein. Ich sehe sie draußen auf der Straße im Wagen, ich weiß es, ich sehe zu. Sie glaubt, ich schlaf hier drin am Fernsehen ein, aber ich schlaf nicht ein. Ich weiß genau, wann sie heimkommt, und ich weiß alles über sie. Mir macht sie nichts vor –«

»Du spinnst«, sagte Betty.

»Wie sprichst denn du mit mir, du Zuchthauspflanze, du.«

»Ich bin keine Zuchthauspflanze«, sagte Betty in winselndem Ton. »Ich bin kein einziges Mal gesessen! So darfst du mich nicht nennen!«

»Ich höre alles, was sie sagen. Oh, eure Mamma sagt allerlei, die geniert sich nicht. Sie erzählt den Männern alles, was sie hören wollen. Was, würde ich euch Mädels nie sagen. Sie spricht mit ihnen darüber, daß sie sie am nächsten Abend wieder trifft, sie macht ihnen Versprechungen – und die Männer sind vermutlich verheiratet und ziehen nur zum Spaß mit ihr rum, um zu sehen, wie weit sie sie herumkriegen können, und sie ist so blöd, daß sie meint, die heiraten sie. Na, *die* heiratet keiner, mit ihren Haaren so gebleicht wie die Knochen. Ausschauen tut sie wie so ein Vogel mit einer blonden Feder obendrauf.«

»Ich finde, daß Mama hübsch aussieht«, sagte Maureen.

»Ich auch«, sagte Betty.

Ihre Großmutter richtete sich am Tisch auf. Sie war gebückt, aber immer noch ziemlich groß; was einmal Muskeln gewesen waren, hing jetzt in Falten, durch die übergroßen Armlöcher ihres Baumwollkleides sichtbar, von ihren Armen herunter. Ein Geruch nach Ungewaschenheit umgab sie. Sie war wirklich eine sehr schmutzige Frau; sie wusch sich ungern. Sie hatte etwas so Geierhaftes mit ihren scharfen Augen und ihrem scharfen Mundwerk, daß Loretta nicht wagte, davon anzufangen.

»Ihr gebt bloß immer freche Antworten, ihr beiden. Die eine ein Sauertopf, die andere eine Zuchthauspflanze.«

»Betty war nie im Knast«, sagte Maureen.

»Ich bin noch nicht mal verhaftet worden«, sagte Betty noch einmal.

»Wirst schon noch«, sagte die alte Frau.

»Ist mir ganz egal! Ich paß schon auf mich auf. Ich bin keine verrückte alte Hexe«, sagte Betty. Sie trug Bluejeans und ein Jungenhemd und war barfuß. Sie und die Großmutter schauten einander an, sie waren beinahe gleich groß. Betty wieherte ein Jungenlachen.

»Eine von euch beiden muß mir jetzt helfen – ich muß auf die Toilette.«

Maureen trat gehorsam auf die Großmutter zu und half ihr beim Gehen. Die Alte lehnte sich auf sie. Sie sagte: »Du würdest dich auch nicht hinstellen und zu deiner Großmutter sagen, sie soll zum Teufel gehen, wenn dein Vater noch lebte. Da würdest du was erleben. Oder wenn deine Mutter sich nicht mit jedem Mannsbild rumtriebe, das sie finden kann, mit jeder Hose –«

»Sei still«, sagte Betty.

»Und – wenn sie nicht die ganze Nacht wegbliebe und in irgendwelchen Wagen rumführe und sich betränke.«

Maureen tat einen Schritt und öffnete die Tür zum Badezimmer, aber Betty war schon vor ihr da. Sie haute die Tür ins Schloß und hielt den Türgriff fest. »Laß die alte Schachtel nicht rein. Du läßt dich immer von ihr rumschikanieren.«

»Betty!«

»Soll sie doch in die Hose machen! Dreckig ist sie sowieso, die alte Schrulle, die alte Schachtel! Oder laß sie in den Hof hinausgehen, wie die Hunde, schmeiß sie raus, hier, hier!« Betty öffnete weit die Hintertür. Sie schrie jetzt. »Los! Komm! Schmeiß sie zur Hintertür raus. Sie ist nicht besser als ein Hund! Los, Maureen! Laß sie los!«

»Betty, bist du übergeschnappt?«

»Ich hab's satt, ich laß mir das nicht mehr gefallen! Mich schikaniert die nicht mehr, das sag ich dir! Die Tür hier steht weit offen und hier kann sie die Stufen runterkriechen und ihr Geschäft im Hof machen, wenn sie meint, daß sie so gescheit ist! Los, los!«

Die Großmutter schrie auf, während Maureen und Betty sich um sie rauften. Betty packte die alte Frau am Handgelenk und fing an, sie ruckweise zur Tür zu zerren. Maureen zog sie rückwärts. Sie war verblüfft, aber es war etwas Komisches an Bettys Wut, ihren weißgeränderten Augen und der plötzlichen Schwäche der Großmutter. Die alte Frau war wirklich schwach. Sie hatte keine Kraft. Betty riß sie vorwärts, und Maureen mußte sie loslassen. »Jetzt raus mit dir. Los! Du tust, was ich dir sage, jetzt bin nämlich ich es, die kommandiert!« kreischte Betty. Als die alte Frau sich an den Türrahmen klammerte, hob Betty den Fuß, bog das Knie ab, wie ein Mann und gab ihr einen harten, festen Tritt ins Kreuz.

Die alte Frau fiel vornüber auf die obersten Stufen der Hintertreppe und dann über die Stufen hinunter und ein paar Meter tiefer auf den Boden. Sie blickten auf sie hinunter. Die alte Frau lag da und wand sich schweigend.

»Nun steh schon auf, komm. Du hast dir nichts getan!« schrie Betty.

Das Schweigen der alten Frau jagte ihnen Angst ein. Maureen konnte kein Glied rühren.

»Sie macht bloß Theater, sie ist absichtlich hingefallen! Du hast's gesehen, daß sie mit Absicht hingefallen ist!« sagte Betty. »Ich laß mir nichts mehr von ihr gefallen, von niemand mehr! Niemand kommandiert mich mehr herum! Laß sie liegen und sterben! Laß sie! Du hast's selber gesehn, daß sie absichtlich hingefallen ist, damit ich ins Gefängnis komm! Du hast's gesehn!«

13

In jenem September wurde Maureen zur Schriftführerin ihrer Klasse ernannt. Während der Klassenzusammenkünfte mußte sie vorn am Tisch im großen Zimmer sitzen, neben dem Präsidenten. Sie schrieb sorgfältig alles mit. In ihrer schrägen kleinen Schrift notierte sie alles, voller Eifer bestrebt, ja nichts auszulassen; sie saß mit krummem Rücken da und schrieb, während der Junge, der Präsident war, mit ängstlich unsicherer Stimme die Zusammenkunft zu leiten versuchte und Schwester Marie Paul, ihre Klassenlehrerin, sich streng im Zimmer umblickte, ob auch nichts Unerlaubtes geschah.

Manchmal geschah Unerlaubtes, aber nicht während der Sitzungen, sondern draußen auf den Gängen – Maureen bemühte sich, nichts davon zu merken. Im Hof sagten die Jungen in der Mittagspause zu den Mädchen gewisse Dinge – es war besser, man überhörte sie.

Nach der Schule, auf dem langen Heimweg, gaben sie und ein anderes Mädchen, Carol – eine Art Freundin –, gut acht, wo sie gingen. Als sie eines Nachmittags an einem Lagerhaus vorbeikamen, hatte Maureen gesehen, wie ein alter Mann ihr zuwinkte, und sie wußte genug, um eilig fortzugehen. Einige der Mädchen erzählten tolle Geschichten. Carols Mutter erzählte tolle Geschichten. Maureen gab sich Mühe, nicht hinzuhören, ihr Gesicht brannte und in ihrem Inneren geriet alles durcheinander.

Carols Mutter erwischte sie und Carol gelegentlich, hielt sie fest und zwang sie, ihr zuzuhören. Alles an ihr war sonderbar: fettiges, strubbeliges Haar, schon grau, ein schlampiger, übelriechender Körper, ein stark glänzendes, hart wirkendes Gesicht. Sie erzählte Maureen und Carol von *gewissen Dingen* und sprach dabei rasch und ärgerlich, ohne sie anzusehen; Carol stand dann tödlich geniert da, ein grobknochiges, sorgenvolles, häßliches Mädchen in schmuddeliger Schuluniform, bestehend aus blauem Trägerrock und weißer Bluse; und Maureen, etwas höflicher, nickte dann wohl *ja, ja,* zu den Warnungen von Carols Mutter, daß Mädchen nie in dunkle Keller oder dunkle Häuser gehen dürften, nie auf der Brille einer öffentlichen Toilette sitzen oder Männer auf der Straße anschauen oder irgendwo herumstehen dürften, oder sich während gewisser Tage des Monats die Haare waschen – sonst würden sie schwerkrank und jeder wisse, warum – und ob sie denn auch wüßten, wie leicht man schwanger werden und ein Kind kriegen könne?

Maureen hatte Angst vor Carols Mutter, trotzdem versuchte sie nicht auszuweichen; sie blieb höflich und hörte zu, während Carol von einem Fuß auf den anderen trat, nahe daran, in Tränen auszubrechen. In der Schule hieß es, Carols Mutter sei verrückt. Carol selbst sprach nie davon. Maureen empfand ein schwindelndes Gefühl der Gefahr, war nicht in der Lage, zurückzuweichen, wenn die Frau ihr immer näher kam und dabei ständig redete, Warnungen und immer neue Warnungen murmelte; es war klar, daß diese Frau alles über das Leben wußte, das schlimm war, und daß sie von diesem Wissen besessen war. Es bedrückte sie. Es schien aus ihr hervorzuquellen und war der Grund, warum sie schnell redete. Solche Dinge zu wissen, hatte sie krank gemacht. Einmal legte sie Maureen die Hand auf den Nacken und sagte ärgerlich: »Dieser Bruder von dir, dieser obergescheite Kerl, wo hat er denn den Wagen her? Wie alt ist er eigentlich? Der glaubt, er sei Wunder wie gescheit, was? Ich hab ihn neulich gesehen, draußen auf der Michigan Avenue, er ging mit einer Frau. Mit einer Frau. Wer ist das denn? Weiß deine Mutter, was da vor sich geht? Oder wird sie mit ihm nicht fertig?«

Maureen stammelte: »Ich weiß nicht ... ich weiß nichts davon.«

Jeden Freitag trat Schwester Marie Pauls Klasse zu einer »Sitzung« zusammen. Um diese Zeit wurde Maureen Schriftführerin, und sie erhob sich schüchtern an ihrem Pult, um nach vorn zu gehen. Sie war sehr stolz auf ihr Amt. Die übrige Woche war verwirrend, und auf dem Heimweg konnte alles Mögliche passieren und zu Hause konnte alles Mögliche passieren, aber Schriftführerin sein, eine besondere Aufgabe haben, war gefahrlos. Und sie hatte die Vorstellung, dadurch Übung zu bekommen, so daß sie nach der Schule Sekretärin werden könnte. Ihrer Mutter gefiel dieser Gedanke. Sie würde sich eine Stellung suchen und Geld verdienen und allein leben.

Zu Beginn der Sitzung bat der Präsident sie, das Protokoll über die vorige Zusammenkunft zu verlesen. Sie las es langsam und sorgfältig. Das offizielle Notizbuch des Schriftführers war ein dickes Notizbuch mit blauem Einbanddeckel, mit linierten Seiten und breitem Rand. Auf dem Deckel klebte ein Schild, auf dem stand: »Zimmer 202. Protokoll des Schriftführers.« Schwester Marie Paul, eine wuchtige, etwa fünfzigjährige Frau, brachte Maureen genau bei, wie sie Notizen machen mußte. Es sei eine große Verantwortung, Protokollführer zu sein. Die Schwester, die mit geschlossenen Augen an ihrem Katheder saß, sagte Maureen, was sie zu tun hatte, und nickte dabei ganz ernsthaft mit dem Kopf. Zuerst einmal: kein Kugelschreiber. Nur ein Füllfederhalter. Nur dunkelblaue Tinte, keine hellblaue Tinte oder schwarze Tinte. Das war wichtig. Jede Zeile mußte sorgfältig abgelöscht werden. Das Löschpapier mußte sauber sein. Der Sitzungsbericht mußte auf gewöhnliches Papier geschrieben werden, am Montagmorgen Schwester Marie Paul zur Kontrolle vorgelegt werden und dann mit großer Sorgfalt in das blaue Buch übertragen werden. Kein Wort durfte durchgestrichen sein; wenn ein Fehler passiert war, dann mußte er radiert werden. Und es war schwer, dunkelblaue Tinte auszuradieren.

Maureen hatte jedesmal furchtbare Angst, wenn sie das Sitzungsprotokoll in das blaue Buch übertrug. Was würde passieren, wenn sie einen großen Tintenklecks machte . . .

Sie hatte so vielerlei zu tun, daß es ihr manchmal ein wenig durcheinander geriet. Das Wichtigste in ihrem Leben war ihr Amt als Schriftführerin, doch es gab noch vieles andere zu tun. Sie mußte früh aufstehen, während ihre Mutter noch schlief, und Fühstück machen und den Kaffee aufsetzen. Loretta blieb abends oft lange aus, weil sie ihre Stelle im Frisiersalon La Marvel aufgegeben hatte und jetzt beim Checker Grill arbeitete, der in einigen Kilometern Entfernung auf der Michigan Avenue lag. Die Bezahlung war besser und die Trinkgelder höher. Die Leute dort waren auf Draht, sagte Loretta. Aber die Arbeit machte sie todmüde und sie mußte lange schlafen, darum mußte Maureen morgens einspringen. Sie mußte Betty wecken, und Betty war manchmal morgens bissig. Sie mußte das Frühstücksgeschirr abspülen; wenn sie Haferflocken auf einem Teller antrocknen ließ, bekam man sie schwer wieder ab und ihre Mutter machte ihr einen Mordskrach. Sie mußte das Haus auskehren, wenn sie von der Schule heimkam, und an gewissen Tagen die Böden reiben, besonders den Küchenboden, der klebrig wurde, und sie mußte das Abendessen vorbereiten, weil Loretta um diese Zeit nie zu Hause war. Sonnabends wusch sie, und die übrige Woche bügelte sie, je nachdem, wie rasch die Sachen gebraucht wurden. Manchmal schloß Loretta sie in die Arme und äußerte: »Du bist mein braves Mädel, du bist großartig!« Und manchmal war sie in Eile, stapfte auf ihren hohen Absätzen herum und suchte nach einer Bluse oder irgend etwas und dann sagte sie wohl einmal ärgerlich: »Was, die Bluse ist immer noch im Korb? Es ist Mittwoch, und immer noch im *Wäschekorb?*«

Die Sitzungsberichte schrieb sie in der Schule, blieb dazu länger dort, denn zu Hause konnten sie schmutzig werden oder zerknittern.

Eines Tages blieb ihre Mutter stehen, trat zu ihr und setzte sich neben sie. Es war ein Sonnabend. Sie legte Maureen liebevoll die Hand auf die Schulter. Maureen dachte, was wohl los sei. War Loretta um diese Tageszeit betrunken? Ihr Haar war auf rosa Wickler aus Plastik aufgerollt. Sie roch nach Badesalz. »Na, du wirst nun schon ganz erwachsen, was?« sagte Loretta vertraulich. »Du und ich, wir müssen uns dieser Tage mal unterhalten. Gott, die Jahre vergehen so schnell! Und dieses Gör Betty, die wird groß für ihr Alter – wohin rennt die eigentlich immer? Mit wem zieht die denn herum?«

»Mit ein paar Kindern. Ich weiß es auch nicht.«

Doch Loretta vergaß Betty. Betty mit ihren muskulösen Beinen kam und ging, wie es ihr paßte, rempelte gegen die Möbel, und es war immer besser, wenn sie weg war, warum also sollte Loretta sie ankeifen, sie sollte zu Hause bleiben? Loretta betrachtete Maureen mit liebevollem, kritischem, neugierigem Blick. Maureen wich etwas zurück. Ein paar Sekunden herrschte Schweigen, dann sagte Loretta errötend: »Du – du solltest dich in acht nehmen vor den Jungens, weißt du. Haben Jungens schon mal mit dir was anfangen wollen?«

»Mamma, *nein!*«

»Sag mir jetzt die Wahrheit!«

»Nein, hab ich gesagt«, sagte Maureen kläglich. Sie starrte auf ihre Füße. Loretta versuchte ein Lachen. Einen Augenblick lang wurde es beiden unerträglich warm. Schließlich sagte sie mit freundlicher Schroffheit: »Kinder in deinem Alter sagen nie die Wahrheit. Ich glaub dir kein Wort, Kind!«

Maureen fiel nichts ein, was sie hätte sagen können. Sie genierte sich.

»Willst du mich irgendwas fragen? Ich meine, wegen irgendwas – du weißt schon«, sagte Loretta.

»Nein.«

»Na, dann ...«

Sie saßen eine Weile und schwiegen. Loretta zupfte sich den Nagellack von einem ihrer Fingernägel. Sie machte »ts-ts«, als sei sie enttäuscht von dem Nagellack.

»Hast du schlimme Krämpfe, wenn du die Tage hast?«

»Nein.«

»Na, du hast immer alles für dich behalten. Für ein Mädel in deinem Alter hast du eine Menge Geheimnisse«, sagte Loretta mit einem Lachen und entließ sie voller Erleichterung.

Doch eine halbe Stunde später kam sie aus dem rückwärtigen Schlafzimmer und gab Maureen einen Pullover, einen von den ihrigen. »Da. Mir ist er zu klein – vielleicht paßt er dir? Möchtest du den? Los, nimm! Probier ihn mal an.«

»Darf ich den haben?« fragte Maureen überrascht.

»Nimm ihn, hab ich gesagt. Probier ihn an.« Sie setzte sich in ihrem seidigen grünen Kimono und beobachtete Maureen mit gekreuzten Armen. Maureen zog den Pullover an.

Loretta sagte: »Wenn du dich gerade halten würdest, wärst du goldrichtig. Du hast eine nette Figur, aber ich sollte dir so ein Geschirr anziehen – weißt du, was das ist?«

Maureen blickte sie fragend an.

»Ein Geradehalter, damit du dich gerade hältst«, sagte Loretta.

»Was? . . . Was ist denn das?«

»Ach du lieber Gott, ich hab dich bloß verulkt. Kannst du keinen Witz vertragen? Immer ziehst du einen Flunsch. Möchtest du dich nicht bedanken?«

»Danke schön, Mamma.«

»Dein Gesicht ist für ein Mädchen in deinem Alter nicht übel.«

Maureen wandte sich zum Gehen.

»Du sagst es mir, wenn irgendwelche Jungens dir dumm kommen oder so. In der Schule oder sonstwo. Okay?«

Maureen nickte.

»Wenn bloß Jules nicht immer herumstromern würde . . .«

Jules ging nicht mehr zur Schule. Er arbeitete bei einem Lastwagenunternehmer, hatte seinen eigenen Wagen, einen Ford, Baujahr 1950, und kam nur ein- oder zweimal die Woche zum Schlafen heim. Wo er aß, wer seine Freunde waren, wo er über Nacht blieb, wußte Loretta nicht. Wenn sie ihn fragte, sagte er: »Ich komm schon durch, mach dir keinen Kummer«, und das Gespräch schweifte ziellos zu anderen Dingen. Loretta kam nicht auf den Gedanken, daß etwas nicht in Ordnung sein könnte, denn schließlich gab Jules ihr zwanzig Dollar die Woche, jede Woche. Er war ein braver Junge. Das einzige Mal, daß etwas Schlimmes passiert war, war damals im August, als er mit ein paar anderen Jungen festgenommen worden und wegen irgend etwas aufgeschrieben worden war – Einbruch, Betreten fremden Eigentums, »verdächtiges Verhalten« –, aber man hatte ihn nach drei Tagen wieder laufen lassen und es war nichts nachgekommen. Vielleicht waren die Eintragungen verlorengegangen. Hie und da war er im Jugendasyl gelandet, und einmal hatten sie ihn einen Tag und eine Nacht dortbehalten, ohne daß Loretta überhaupt etwas davon erfuhr; Jules hatte denen erzählt, er sei aus Toledo davongelaufen. »Himmel, so ein verdrehter Kerl! Eine Phantasie hat der!« hatte Loretta ausgerufen. Aber die Anklage war fallengelassen worden, und so vergaß Loretta sie. Sie hatte an so viel anderes zu denken.

So zum Beispiel mußten sie wieder einmal umziehen.

Nun, da Großmutter Wendall in einem Pflegeheim war und sie sie los waren, konnte Loretta tun, was sie sich immer gewünscht hatte: in eine Wohnung ziehen. Sie hätte es satt, sagte sie, für ein Haus zu sorgen. Es nähme ihr zu viel von ihrer Zeit. Im Bad trat immer Wasser aus, der Zentralheizungsofen stank hinauf in die Zimmer, alles wurde immer schmutziger und schmutziger und ging entzwei, und es war gefährlich, hier ohne Mann zu wohnen. Wenn doch bloß Jules nicht so viel herumstromerte, aber ein Junge in diesem Alter ließ sich ja nichts sagen. Sie fand eine Eckwohnung über einem Drugstore, unweit der Cadillac-Werke. Es war eine bessere Gegend, sagte Loretta. Sie gefiel ihr. Es gefiel ihr, in einer Wohnung zu wohnen. Es erwies sich, daß dort noch mehr Küchenschaben waren, als in dem Haus, aber Maureen behauptete weiterhin, die Wohnung sei sehr nett, weil Loretta es scheinbar gern hören wollte, daß sie nett sei – sie hatte so gern nette Dinge – hübsche Dinge! – nach all dem Mist, den sie hinter sich gebracht hatte! Sie standen ihr zu. Was ihr zustand, war ein Urlaub oder ein Pelzmantel oder ein größerer Fernsehapparat – oder irgendeine andere wunderbare Überraschung – sie wußte nicht was. Und dann – eines Tages – erwähnte sie »Pat« zum ersten Mal.

Sie sprach immer wieder von »Pat« – Maureen dachte anfangs, »Pat« sei eine Frau, dann wurde sie sich darüber klar, daß es ein Mann war. »Pat kennt die wahren Hintergründe bei der Geschichte mit dem Bürgermeisterjungen«, sagte sie etwa, oder »Pat sagt, das Feuer ist gelegt worden, der Besitzer ist Jude, er hat eine Million von der Versicherung kassiert.«

Maureen und Betty sahen einander an, aber Loretta lieferte keine Erklärung. Es gehörte zu ihrer neuen, flatterhaften Art, rasch und aufgeregt zu sprechen.

In der Schule dachte Maureen mit Schrecken: »Wer ist Pat?«

Eines Nachmittags begegnete sie zufällig auf der Straße ihrem

Bruder. Er trug einen dunklen Regenmantel und sah sehr gut aus. Er mußte sich von zu Hause gelöst haben, er mußte, endlich, endlich frei sein, um auf der Straße so schön auszusehen. Sie zupfte ihn am Ärmel, überglücklich, ihn zu sehen.

»Schatz, ich bin in Eile. Ich geh da rein und hol mir Zigaretten«, sagte er. Es klang etwas schuldbewußt.

Maureen sah sich enttäuscht um. Sie sah einen Wagen am Randstein stehen, nicht Jules' alten Wagen, und im Wagen saß eine Frau mit sehr kurzen blonden Haaren, die über der Stirn und den Ohren gerade abgeschnitten waren. Sie sah jungenhaft und kalt aus. Sie sah Maureen an, doch ihr Gesicht zeigte keinerlei Ausdruck.

»Jules, Mamma geht mit einem Kerl – Pat heißt er. Weißt du was darüber?«

»Ich hab's eilig –«

»Wann kommst du heim? Was ist los? Hast du von diesem Pat schon mal was gehört?«

»Irgendso ein Bursche. Der ist schon in Ordnung.«

»Kennst du ihn?«

»Der ist in Ordnung.« Er machte sich sanft von ihr los und betrat das Drugstore.

Maureen folgte ihm. »Magst du uns zu Hause nicht mehr?« fragte sie. »Hast du jetzt selber ein Zuhause?«

»Mir geht's gut.«

»Magst du uns nicht mehr?«

»Klar mag ich euch.«

»Magst du nicht mehr in die Schule gehen?«

»Mit dem Quatsch bin ich fertig.«

»Willst du uns denn nicht mal besuchen, Jules? Warum denn nicht? Mir gefällt die Wohnung nicht, in der wir jetzt wohnen. Ich kann nicht schlafen. Ich denke immer, wir sind woanders – ich werde ganz wirr. Ich denke immer, ich höre Pappa rumgehen, weißt du, wie er immer aufstand nachts und ins Badezimmer ging? Warum hat Mamma bloß umziehen wollen?«

»Dort wo ihr jetzt seid, seid ihr besser dran.«

»Kannst du mich nicht mehr leiden, Jules?«

»He, brauchst du Geld?«

»Ich will kein Geld!« rief Maureen aus.

Jules wandte sich von ihr ab, leicht verärgert. Sie sprach zu laut. Er trat an die Bar und kaufte sich Zigaretten. Maureen blickte auf seinen Rücken, irgend etwas ging vor sich, etwas Schreckliches – sie war dabei, Jules zu verlieren oder hatte ihn bereits verloren. Sie war dabei, etwas zu verlieren oder hatte es bereits verloren.

Als er wiederkam, sagte sie höflich. »Doch, ich könnte etwas Geld brauchen. Kannst du mir einen Dollar leihen?«

»Aber ja, Schatz«, Jules lächelte erleichtert und nahm seine Brieftasche heraus. Maureen bemerkte, daß sie neu aussah. »Da«, sagte er und gab ihr drei Dollar, »geh ins Kino oder was. Kauf dir ein Kleid. Bleib brav.«

»Ein Kleid für drei Dollar«, lachte Maureen.

Er gab ihr noch einen Schein, eine Fünfdollarnote.

»Oh Jules, danke! Vielen Dank!«

Sie sahen einander an, plötzlich verlegen. Jules steckte die Brieftasche ein. Maureen stopfte das Geld in ihre Tasche »aus Heeresbeständen«, eine kleine eckige Tasche, wie alle Mädchen sie besaßen; sie hatte einst dazu gedient, Kugeln darin aufzubewahren, hieß es.

Sie verließen das Drugstore. Maureen wagte nicht, nach der Frau im Wagen zu fragen.

»Na, und wie geht's Mamma neuerdings?« fragte Jules und trat von ihr fort.

»Prima.«

»Und Betty?«

»Weiß nicht. Wie immer.«

»Und Großmama?«

»Ich glaube, auch wie immer.«

»Paß schön auf dich auf, Kleines.«

Maureen blickte nicht zu der Frau im Wagen hinüber. Ihr war zumute, als sei sie in einer besonderen Gefahr, wisse aber nicht, worin diese Gefahr bestand. Es war etwas an Jules' nervös-fröhlicher Art, was sie ängstigte.

Erst auf dem Heimweg merkte sie, daß sie ihr Schriftführer-Notizbuch verloren hatte. Es war weg. Und warum nahm sie es überhaupt mit heim, was hatte sie sich dabei gedacht ... Die Aufzeichnungen in diesem Notizbuch reichten zurück bis 1953, von anderen Schriftführerinnen geschrieben; Maureen hatte es verloren. Sie hatte mehrere Bücher und das Notizbuch getragen, und nun fehlte das Notizbuch. Sie sah ihre Bücher wieder und wieder durch. Sie fand nichts.

In panischer Angst lief sie zurück zum Drugstore. Sie sah drinnen nach. Sie sah draußen auf dem Bürgersteig nach. Das Merkwürdige war: Warum hatte sie das Notizbuch mit heimgenommen? Sie war unfähig zu denken. Sie rannte eilends in die

Schule zurück, sie hatte noch immer Herzklopfen. Das blaue Notizbuch war für sie etwas derart Reales, daß sie es dauernd zu sehen glaubte, in einer Tür, in einem Gäßchen, im Rinnstein ... sie wurde verrückt, daß sie es sah, wo es doch nicht war, und das Wasser stieg ihr in die Augen ... Aber wie konnte sie es verloren haben? Sie mußte es in der Schule gelassen haben.

Sie legte ihre Bücher auf den Rand des Bürgersteigs ab. Sie suchte sie von neuem durch. Ihre Finger zitterten. *Es muß da sein,* dachte sie. Ein paar Leute kamen an ihr vorüber. Sie warfen einen Blick auf das Mädchen in der Klosterschuluniform mit dem aufgeknöpften Mantel, dem das dichte Haar im Wind der breiten zugigen, unfreundlichen Michigan Avenue ums Gesicht flog; ein Mädchen, das gerade die schlimmste Erfahrung seines Lebens machte. Sie warfen einen Blick auf sie und schauten weg. Maureen kam es vor, als sei ihr Leben ruiniert. Die Welt tat sich auf, um sie zu verschlingen, sie verlor den Verstand, sie ging entzwei, sie verlor den Halt. Es war wie damals, als sie in der Schule zum ersten Mal ihre Periode bekommen hatte, ein Strom von warmem Blut, eine schreckliche, widerliche Überraschtheit und doch keine wirkliche Überraschung, und sie war auf die Mädchentoilette gegangen, zitternd, fast in einem Krampf, und hatte versucht, sich irgendwie zu helfen, hatte aber an nichts denken können, was man tun konnte, nur daran, daß Blut aus ihr herauskam und nicht aufhören wollte, und fühlte sich wieder in Gegenwart von Carols Mutter ... das lastende, augenzwinkernde, gemeine Wissen der Geistesgestörten, die alles wußte, auf alles vorbereitet war, für die es keine noch so widerliche Überraschung gab, die man nicht mit einem schiefen Grinsen meistern konnte ... Wenn sie anfing zu weinen, war alles aus. Darum hob sie ihre Bücher auf und rannte zurück in die Schule. Sie überquerte eine Baustelle, die sie vorhin überquert hatte, Papier und Müll überall, aber kein blaues Notizbuch. Sie schaute den Weg entlang, stieß mit dem Fuß Dinge zur Seite: nichts. Sie schaute in eine Passage hinein. Sie wandte sich mit einem seltsamen, schwebenden Gefühl des Entsetzens um und betrachtete die Gebäude, die sie umgaben, verwahrloste, ohne besondere Merkmale, die leeren Gebäude der Erwachsenen, die ihr nichts sagten: *Gebrüder Michaelson, Handtuchdienst, Lenox-Foto, Detroit-Möbel, Gebrauchte Eisschränke.* Der Wind blies ihr kleine Schmutzfetzen entgegen. Die Augen tränten ihr. Sie dachte wieder an Jules, der fortgefahren war, und an Carols Mutter, und an das Zimmer 202 und

Schwester Marie Paul. Das Gesicht der Schwester wußte alles. Maureens Leben lag in ihren Händen. Maureen war schuld und nie, niemals würde man ihr verzeihen, es gab keinen Ausweg, kein Entrinnen, keine Hilfe. Oh, sie würde alles hingeben, ihre Mutter, ihren Bruder, ihr Leben, nur um wieder schuldlos zu sein, um alles wieder so zu haben, wie es um zwei Uhr dreißig an diesem Nachmittag gewesen war!

Außer Atem, weinend, erreichte sie die Schule. Schwester Marie Paul war noch in ihrem Zimmer. Sie war empört. »Geh und such es«, sagte sie zu Maureen. Maureen lief hinaus und suchte es. Sie hastete in dem betonierten Hof umher, obwohl sie wußte, daß das Notizbuch dort nicht sein konnte, aber vielleicht sah die Schwester ihr aus dem Fenster zu. Sie suchte am Zaun herum, den ganzen Zaun entlang: nichts. Sie suchte in einem Abfallhaufen. Der Hof war leer. Die Wände waren beschmiert mit gekritzelten Wörtern, teils geheimnisvoll und verboten. Maureen beachtete diese Wörter für gewöhnlich nicht, aber heute starrte sie mit stumpfsinnigem Blick darauf. Es war sonst niemand im Hof. Alles war aus, vorbei – die Zukunft war erledigt. Der Wind, hoch über dem alten Glockenturm der Kirche, machte ein sonderbar hohles Geräusch. Maureen wußte nicht, was sie machen sollte. Sie wußte kaum, was sie denken sollte, womit sie ihren Geist beschäftigen sollte.

Schließlich ging sie den Weg zurück zu der Ecke, an der sie Jules getroffen hatte. Vielleicht hatte er es gesehen? Vielleicht hatte er es? Sie suchte überall, überall. Sie ging auf dem Bürgersteig hin und her. Konnte das Notizbuch schon zu Hause sein? Irgendwo zu Hause? Oder hatte jemand in der Schule es gestohlen? Konnte sie ein Notizbuch wie das verlorene kaufen? Aber sie konnte die früheren Eintragungen nicht nachtragen, die vielen Seiten voller Eintragungen aus anderen Jahren – es war hoffnungslos, unentrinnbar. Abstimmungen über Pappbecher, darüber, wer irgend jemand die Fausthandschuhe weggenommen hatte, all diese Notizen über alle diese Besprechungen, die im Zimmer 202 abgehalten worden waren, alle verloren, alle durch ihre Schuld.

Sie merkte, wie ihr Verstand sich verwirrte. Sie lief zurück zur Schule. Schwester Marie Paul sei in der Messe, sagte man ihr. Es war bereits vier Uhr dreißig. Maureen wartete auf sie. »Ich hab es nicht finden können«, sagte sie und fing erneut an zu weinen.

»Such weiter«, sagte die Nonne kalt.

Maureen haschte nach ihren Händen. »Bitte verzeihen Sie mir! Verzeihen Sie! Ich hab's nicht verlieren wollen –«

»Geh und such es. Such weiter.«

Sie suchte weiter auf der Straße herum, bis es dunkel war. Zu Hause weinte sie. Am nächsten Morgen stand sie um sechs Uhr auf und ging hinaus und suchte wieder, ein blaues Notizbuch, verloren, ein blaues Notizbuch, sie mußte es finden. Sie dachte an nichts anderes. Jeden Morgen, die ganze Woche lang mußte sie Schwester Marie Paul davon unterrichten, daß sie immer noch suchte. Immer noch suchte. Schwester Marie Paul sagte: »Such weiter. Es sind wichtige Berichte.« Die Woche verging langsam, wie im Traum. Maureen hatte beständig Kopfschmerzen, sie konnte nicht schlafen; sie lag auf ihrem Bett und weinte, bis Betty zu ihr sagte, sie solle still sein.

Eines Tages sprach eine andere Nonne sie im Gang an und sagte: »Schwester Marie Paul würde so etwas niemals selber sagen, Maureen, aber sie ist sehr zufrieden mit der Art, wie du nach dem Buch suchst. Such nur weiter.«

Maureen hätte vor Dankbarkeit weinen mögen. Sie hätte der Nonne gern die Hände geküßt. Sie suchte weiter, aber sie fand das Notizbuch nie wieder.

14

Maureen bürstete sich das Haar. Sie neigte sich dem Spiegel entgegen mit einem abschätzenden Blick, der ein wenig dem ihrer Mutter glich. Sie war schon eine Weile fertig angezogen, um in die Schule zu gehen und hatte nichts anderes mehr zu tun: Sie hatte vor einer Stunde gefrühstückt, und jetzt aßen die anderen und machten Geräusche am Tisch. Sie versuchte, nicht hinzuhören, aber ihre Geräusche ließen sich nicht ausschalten. Nachts mußte sie sie hören, sie mußte *ihn* schnarchen hören. Früher hatte sie das Schnarchen ihres Vaters anhören müssen. Sie hatte sich das Schnarchen ihrer Großmutter anhören müssen, rauhes, ersticktes, bösartiges Luftschnappen, kaum menschlich. Nachts schlief sie, wachte auf, schlief ein und wachte auf und träumte beim Schlafen, sie sei wach und hätte Angst, nie wieder schlafen zu können, ewig die Geräusche ihrer Familie anhören zu müssen, nie frei zu sein. Es waren dunkle Schatten unter ihren Augen, vorwurfsvolle Male. Sie betrachtete sich kritisch im Spiegel und hörte durch ihr unentschlossenes Spiegelbild hindurch *seine* Stimme aus der Küche dringen.

»Ich meine, ich geh heute zur Garage runter«, sagte er gerade. »Und seh mal nach, was los ist. Da ist ...«

Maureen nannte ihn nicht »Furlong«, wie er mit Nachnamen hieß, und auch nicht »Pat«. Es gab nichts, wie man ihn hätte nennen sollen. Loretta sagte, sie sollte ihn »Dad« nennen, aber Maureen hatte nichts gesagt, nichts zu sagen gehabt.

Betty nannte ihn hinter seinem Rücken »dieser Kerl«.

Wenn Maureen wegging, saß er immer noch am Küchentisch, der in die Ecke geschoben worden war. Er hatte kein Hemd an. Sein Brustkasten, breit und dennoch etwas eingefallen, von dichtem, lockigem, grauem Haar bedeckt, hob und senkte sich beim Atmen; er schlürfte lärmend seinen Kaffee. Er hielt die Tasse mit beiden Händen. Loretta stand hinter ihm und massierte ihm träge den Rücken.

»Und heb keine schweren Sachen, wenn du jemand helfen mußt«, sagte Loretta. »Du mußt diese Schmerzen wegkriegen. Ein Bandscheibenschaden wäre schrecklich.«

»Ein was?« fragte Furlong.

»Ein Bandscheibenschaden, etwas in deinem Rückgrat. Männer kriegen das, wenn sie zu schwer heben.« Sie blickte zu Maureen hinüber. Ihr Gesicht war zu einer recht sorgenvollen Miene verzogen.

»Na ja, das verdammte kalte Wetter tut ihm ja auch nicht gut«, sagte Furlong.

Sein Rücken »machte Geschichten«. Als es besser gewesen war – vor ein paar Monaten, wie Maureen annahm –, hatte er einen Lastwagen gefahren. Er gehörte zur Transporterunion. Aber jetzt murkste er bloß noch in einer Garage herum, in der einige seiner Freunde arbeiteten, obwohl diese Art von Arbeit ihm nicht gut genug war. Er hatte zu viel Zeit. Er schien oft seine Hände prüfend zu mustern, sie leer zu finden, erstaunt und ein wenig ärgerlich, ein massiver Mann, der anfing fett zu werden. Sobald sein Rücken wieder heil sei, sagte er immer, würde er wieder auf der Straße sein und eine Menge Geld verdienen.

Betty, die behauptete, daß sie ihn haßte, drängte sich heute an ihn heran. Sie fragte ihn aus, über Lastwagen. Über Raufereien. Was er von Rocky Marciano halte? (Rocky Marciano war einer von Bettys Idolen; sie hatte in ihrem Zimmer Bilder von ihm an die Wand genagelt.) Ob er selber auch gelegentlich raufe? Ob er eine Waffe trage? Ob es nicht manchmal zu Schießereien komme? Ob nicht erst neulich ein Lastwagenfahrer umgekommen sei? Er wisse doch alles darüber, nicht wahr, die wahren Hintergründe? Ein Lastwagenfahrer, der nicht zur Gewerkschaft gehörte, war auf der Fahrt nach East Lansing umgebracht worden; ein großes Stück Metall war von einem Überweg herunter und ihm durch die Frontscheibe gestoßen worden. Die ›News‹ brachte einen großen Bildbericht darüber. Ob Furlong nicht alles darüber wisse, nicht wisse, wer es getan hatte? Er fuhr Betty mit der Hand energisch über den Kopf, als sei sie ein Junge, ein Kind, das ihm lästig fiel und trotzdem Freude machte. Betty bemühte sich, nicht vor Schmerz eine Fratze zu ziehen. »Tut mir leid, Kleine«, sagte Furlong, »das ist geheim.«

Er wandte sich zu Maureen und lächelte: »Na«, sagte er verlegen und dennoch mit dem gleichen großspurigen Lächeln, das er Betty gezeigt hatte: »Wohin gehst du? Nach Hollywood raus, zum Film?«

»Das Ding hier tragen wir in der Schule«, sagte Maureen. Sie versuchte, ihn dabei nicht anzusehen, seine dumme Hänselei machte sie unglücklich.

»Den alten Trägerrock hat sie seit Jahren. Reeny zieht ihn seit Jahren in die Schule an«, sagte Loretta mit erstaunter, hoher Stimme. Sie ließ den Arm über Furlongs Brustkasten gleiten und sah Maureen über seinen Kopf hinweg mit einer gewissen Zärtlichkeit an. »Die Nonnen wollen, daß sie sowas anziehen, weißt du.«

»Ich wollt keinen Witz machen, ich finde wirklich, daß es nett aussieht. Hast du schon gefrühstückt, Maureen?«

Er bemühte sich freundlich zu sein.

»Ja. Ich bin im Weggehen.«

Er hatte einen schwerfälligen, muskulösen Körper, und weil er oft kein Hemd trug – entweder ging er im Unterhemd oder mit nacktem Oberkörper – verwechselte Maureen das grau werdende, verfilzte Haar auf seiner Brust mit seinem Gesicht. Sie hatte verschwommen die Vorstellung, er sei haarig, mit hobelspanartig gelocktem Haar, ganz steif, grau, unwirklich. Doch sein Gesicht war immer glattrasiert. Es war sauber und offen. Auch sein Kopf sah, genau wie sein Körper, hart und muskulös aus; sein lockiges Haar war auf dem Hinterkopf kurz getrimmt und sehr sauber gehalten; seine Nase war klein, aber klar gezeichnet, weil die Nüstern so groß und dunkel waren. Kleine Härchen wuchsen darin, kaum zu sehen. Maureen nahm an, daß er ein Mann sei, den Frauen schön fanden. Doch wenn sie nah an ihm vorüber mußte, konnte sie den Geruch riechen, der ihn umgab – nicht bloß den nach Schmutz und Dreck und Schmieröl, sondern den persönlichen, privaten Geruch seines Körpers. Sie konnte sich nicht erinnern, daß ihr Vater so gerochen hatte – er hatte hauptsächlich nach Zigarettenrauch gerochen. Sie hielt diesen Mann nicht für schön. Sie haßte ihn. In ihren Wachträumen stellte sie sich vor, daß er starb, wie ihr Vater gestorben war, vom Metall erdrückt. Heißem Metall. Der Tod von Männern mußte brutal sein, der Tod von tonnenschwerem Metall, das Rippen zerquetschte und Schädel zermalmte, weil Männer selber so brutal waren. Selbst ihr Atem war brutal. Ihr Schnarchen war brutal. Hart, rhythmisch, absichtsvoll ging ihr Atem bei Nacht und bei Tage, ihr Essen und Reden, die Art, wie sie am Tisch saßen, war brutal. Furlong hänselte sie immer, hänselte sie mehr oder minder. Versuchte, freundlich zu sein, mit diesen stumpfen dicken Fingern und diesen schmutzigen Fingernägeln. Manchmal, während der Messe, merkte Maureen, daß sie an ihn dachte. Sie dachte an eine aufblitzende Bewegung, das Fallen von Metall, von etwas Scharfem – sie konnte es sich nicht recht erklären. Eine durchtrennte Arterie. Den einen Arm zerquetscht und verstümmelt. Ein Unfall, ein Unfall – wenn er einmal passiert ist, kann man ihn nie wieder ungeschehen machen. Und mit seinem bloßen Oberkörper konnte dieser Mann keinerlei Widerstand leisten, er war verletzlich, stand offen und bereit – er würde vor Schmerz aufschreien, um Hilfe rufen, aber niemand konnte ihm helfen. Einem Mann auf dem Weg in den Tod kann man nicht helfen.

Und dann kam sie zu sich, erschüttert und beschämt, und es fiel ihr ein, daß sie in der Kirche war und daß sie sich für ihre Mutter freute: Warum sollte Loretta nicht wieder heiraten und glücklich werden?

»He, Reeny«, sagte Loretta, als Maureen zur Tür ging, »komm auch bestimmt gleich nach Hause heute.«

»Mach ich.«

»Trödel nicht rum oder so, ich brauch dich zu Hause.«

»Betty ist die, die rumtrödelt«, sagte Maureen mit Würde.

»Scher dich raus«, sagte Betty.

»Komm gleich heim, Maureen«, sagte Loretta. »Die ganze Bügelwäsche liegt im Korb –«

»Ich hab ja gesagt, ich komm sofort heim.«

Maureen wollte gehen, aber Loretta schien sich an sie zu klammern. Loretta sagte mit hoher, kritischer und trotzdem nicht unangenehmer Stimme: »Ich hör von so allerlei. Ich hör vieles. Ich will nicht, daß du dich im Einheitspreisgeschäft rumtreibst, oder mit dieser Carol Dingsda, ihre Mutter spinnt komplett. Sie haben sie erwischt. Wie sie im Unterrock bei Gewitter im Freien rumgerannt ist, wie findest du das? Sie hat gesagt, im Haus wär einer, der wollte ihr was tun. Ich möcht auch nicht, daß du immer den weiteren Weg heim nimmst, es gibt zu viele ausgekochte Kerle, die nach so einem Fratz wie dir auf der Lauer liegen.«

Sie hieß jetzt Mrs. Furlong. Sie war nicht mehr Mrs. Wendall. Maureen und Betty und Jules waren aber trotzdem noch Wendalls; darüber war Maureen froh. Sie dachte wieder und wieder darüber nach, was ihr Name bedeutete. Sie dachte über den neuen Namen ihrer Mutter nach, Mrs. Furlong, und sie wartete ständig darauf, daß sich etwas änderte, sich ordnete und ruhiger wurde, aber nichts geschah. Nichts änderte sich. Mrs. Furlong blieb weiter in ihrer Stellung beim Checker Grill und Furlong ging den Großteil des Tages weg, trieb sich irgendwo herum, knüpfte Verbindungen an, holte Nachrichten ein, telefonierte mit Leuten, tat wer weiß was, tat geschäftig und geheimnisvoll. Danach kehrte er nach Hause zurück.

»Carols Mutter ist gar nicht so schlimm«, sagte Maureen trotzig. »Mit der läßt sich's leben.«

»Na ja, ich hab es ja nicht bös gemeint«, sagte Loretta, flatternd und weiblich. »Es ist ja wahr, in der Klapsmühle würde es nur schlimmer mit ihr. Aber du bleibst besser weg von denen, sonst meinen die Leute, du bist auch übergeschnappt.«

»Die Leute glauben jetzt schon, daß sie übergeschnappt ist«, sagte Betty laut.

»Das ist nicht wahr«, sagte Loretta.

»Die Leute finden sie eingebildet, sie trägt ja immer die Nase so hoch. Sie ist ganz große Klasse.« Betty, die versuchte, Furlongs Blick aufzufangen, sprach in frechem Ton. Um zu zeigen, daß sie etwas wußte, was keiner von ihnen wußte, ließ sie den Kopf hängen, als belaste dieses Wissen zu schwer, ein Spaß, der zugleich schrecklich war.

»Du, was du schon weißt«, sagte Maureen verächtlich. Sie öffnete die Tür.

Loretta sagte: »Denk dran, was ich wegen früh Heimkommen gesagt hab, Kind. Okay?«

»Ja, Mamma. Ja.«

»Ich sehe Mädels nicht gern in solchen Läden wie dem Einheitspreisgeschäft rumlungern«, sagte Loretta ernsthaft, mehr zu Furlong als zu Maureen. »Die gehen nur rein, um was mitgehen zu heißen, und man sieht's von weitem. Sie können es gar nicht verstecken. Wenn ich Maureen dabei erwische, daß sie solchen Mist klaut ...«

Maureen seufzte verzweifelt. Maureen, immer Maureen! Warum ließ die Mutter sie nicht gehen?

»Statt dessen trifft sie sich wahrscheinlich mit Jungen«, sagte Loretta. Vielleicht war es der Versuch, sie liebevoll zu necken; vielleicht auch nicht. Sie hatte an diesem Morgen etwas Waches, Nervöses. Maureen erriet, daß es daherrührte, daß von Carols Mutter die Rede gewesen war. Sie wußte, daß Lorettas Vater in einem staatlichen Pflegeheim gestorben war, daß er zuletzt völlig umnachtet gewesen war und daß Loretta immer wieder irgendwie davon anfing. Als Maureens Vater noch gelebt hatte, hatte er selber mit Sicherheit das Gespräch darauf gebracht. »In deiner Familie sind alle übergeschnappt«, hatte er gesagt.

»Ich treffe mich nicht mit Jungen«, sagte Maureen.

Sie ging. Sie wußte nicht, ob sie beleidigt oder böse sein oder es einfach übergehen sollte. Ihre Mutter hackte immer auf ihr herum, und doch tat sie es nicht auf die Art, in der sie auf Betty herumhackte, das war etwas anderes. Es ging ihr auf die Nerven, aber sie nahm es nicht direkt übel. Sie verstand es nicht. Zur Zeit war Loretta nicht recht beisammen. Sie und Furlong hatten am 1. Oktober geheiratet und waren für vier Tage verreist, nach Chicago, sagten sie, und jetzt war der 25. Oktober und es lag noch immer eine schwindelnde Erregtheit in der Luft, etwas Sonderbares. Was bedeutete das Heiraten? Was ging vor sich? War diese Ehe gesetzlich und für immer, oder würde er eines Tages auf- und davongehen?

Alles war geschäftig und laut. Maureen dachte, daß das Leben leise und vernünftig sein sollte, daß aber immer zu viel in ihrer Wohnung vor sich ginge. Die Wohnung war zu klein. Was zu waschen, zu bügeln oder abzuspülen war, lag herum, bis Maureen es wegräumte. Kleider lagen herum. Handtücher, Bettücher, Schachteln mit Haferflocken, die nicht richtig verschlossen waren, Messer, an denen noch Speisereste klebten, Furlongs Schuhe, Bettys Kram – alles lag herum und wartete darauf, daß Maureen sich seiner annahm. Manchmal kamen Freunde von

Furlong zu ihm zu Besuch, Männer, die in der Küche Karten spielten und bis zum frühen Morgen tranken. Betty blieb bis spät abends weg. Jules war immer weg, kam nie mehr zu Besuch. Maureen pflegte in ihrem Zimmer zu sitzen; sie versuchte ihre Hausaufgaben zu machen. Sie hielt sich die Ohren zu gegen den Radau aus der Küche oder vom Fernsehapparat oder von Loretta und Furlong, die sich zankten oder neckten und miteinander lachten wie zwei große Kinder, wie zwei Narren. Es wurde immer schwieriger für sie, ihre Hausaufgaben zu machen. Seit sie in diese Wohnung gezogen waren, konnte sie nicht mehr richtig schlafen, sie schlief einen Teil der Nacht, aber nicht gut. Sie wachte immer wieder auf. Ihr Herz schien zu flattern, als hätte es etwas gehört, das sie nicht gehört hatte. Sie brauchte eine Stunde, um eine Seite Mathematikaufgaben zu machen, manchmal mehr als eine Stunde, während sie mit auf die Ohren gepreßten Händen dasaß und das Buch anstarrte, in dem Versuch, zu begreifen, was sie las.

Sie ging jetzt in die neunte Klasse. Die Aufgaben kamen ihr schwerer vor. Ihr Verstand schien rückwärts zu arbeiten, rückwärts zu zerren, dem, was er sollte, zu widerstreben. Ein Knick oder ein Schmutzfleckchen auf der Seite lenkten sie ab, fingen immer wieder ihren Blick, bis sie verärgert die Hand darüber decken mußte. Sie wollte ihrer Lehrerin Freude machen – nichts kam ihr derzeit wichtiger vor. Doch ihr Verstand schien zu widerstreben. Er wollte sich losreißen. Furlongs Freunde blieben stundenlang, und um etwa zwei Uhr früh, wenn Loretta von der Arbeit heimkam, kam niemand auf den Gedanken, ihr wenigstens die Tür aufzusperren, sie mußte sich selber aufschließen. Maureen, die schlaflos und erschöpft in ihrem Zimmer lag, konnte das alles hören, aber nicht herausfinden, was genau es zu bedeuten hatte.

Warum war immer so viel los?

Maureen eilte hinaus. Es war immer schön, die Wohnung hinter sich zu lassen. Sie ging jetzt allein zur Schule, mit raschen Schritten. Sie konnte sich nicht entscheiden, ob sie beleidigt oder wütend sein sollte wegen Lorettas Neckerei. »Ich glaube, du hast heimlich einen Freund«, sagte Loretta immer. Loretta hatte seit ihrer Heirat etwas abgenommen. Man sah den Umriß ihrer Schulterblätter, wenn sie sich in ihrem grünen Kimono nach vorn beugte. Ihr Gesicht hatte eine bläuliche Blässe, wenn sie nicht geschminkt war, und manchmal fiel ihr etwas aus der Hand. Gestern abend hatte sie die Schere fallen lassen, und

Maureen hatte sie ihr aufheben müssen. »Wenn ich mich bücke, wird mir schwindlig«, hatte sie gesagt.

Maureen empfand eine sonderbare Zärtlichkeit ihr gegenüber, teils ärgerlich, teils fürsorglich. Doch sie maß alles mit dem Maßstab einer Zeit, in der sie von zu Hause fortgehen würde, so wie Jules.

Wann immer sie frei hatte, schlenderte sie in die Bibliothek hinunter. Das Heranwachsen und das Fortziehen von zu Hause hing in ihrem Kopf irgendwie mit der Bibliothek zusammen – mit der Bibliothek bei Nacht. Alles Mögliche konnte geschehen. Nichts geschah, doch alles konnte geschehen. Sie saß an den langen, polierten, leeren Tischen und las, blätterte ruhelos in Büchern, blickte auf, wenn jemand in den Lesesaal trat, wartete. Sie ging gern abends in die Bibliothek, wenn ihre Mutter zur Arbeit gegangen war. Furlong war es gleich, wohin sie ging. Wenn Loretta zu Hause war, ließ sie Maureen nie fort, so daß Maureen auf den Gedanken kam, es sei gut, daß ihre Mutter arbeitete, es sei gut, alleingelassen zu werden.

Sie blätterte in Zeitschriften, neugierig und voller Interesse für das, was die übrige Welt tat. In einer Glanzpapierzeitschrift stieß sie auf eine Reklame für einen Briefbeschwerer, eine kleine Katze aus Glas; sie war für 500 Dollar zu haben, und »hielt wichtige Dokumente fest«. Sie saß da und betrachtete die Reklame eine ganze Weile. Sie sah sich an, was Frauen trugen, die langbeinig und mißmutig waren, deren Gesichter schöner waren als ihres und sehr fern, als seien es Frauen von einem anderen Planeten, sprächen eine andere Sprache. Sie blickte diese Bilder an und war sich bewußt, daß sie versagt hatte, obwohl sie noch jung war; ihr Versagen hing irgendwie mit ihrer Unfähigkeit zusammen, schlafen zu können. Sie würde nicht zu einer normalen Frau aufwachsen; irgend etwas würde sie packen und festhalten, irgendein Hindernis, eine Unfähigkeit, sich den Weg aus der Kindheit heraus träumend zu suchen.

Am liebsten las sie Romane. Sie liebte Romane, die in England spielten. Als sie die erste Seite eines Romans von Jane Austen las, war sie entzückt, erschrocken, aufgeregt von der Erkenntnis, daß dies Wirklichkeit war: Die Welt dieses Romans war Wirklichkeit. Ihr eigenes Leben, oben über Elsons Drugstore, oder damals auf der Labrosse-Straße, konnte nicht Wirklichkeit sein. Das vogelhafte Gezwitscher ihrer Mutter, Bettys

Gegrunze und schlechte Laune, das kurze Auftauchen von Jules auf der Straße, mit dem sie sich zufriedengeben mußte, waren nicht so wirklich wie Romane, nicht so überzeugend. Es war nichts Dauerhaftes daran, wie Menschen in Romanen es an sich hatten. Und wie konnte es Wirklichkeit sein, daß ihre Mutter solch häßliche Anschuldigungen äußerte, wie die, daß Maureen sich mit Jungen traf, während sie in der Schule sein sollte? Wie konnten solche Worte Wirklichkeit sein?

Der Rest des Tages und die folgende Nacht reichten kaum aus für ihre Gedanken. Bestürzt blieb sie inmitten des verworrenen Geschehens zurück, das in den letzten paar Stunden auf sie eingestürmt war. Jeder Augenblick hatte eine neue Überraschung gebracht; und jede Überraschung mußte demütigend für sie sein. Wie das alles begreifen? Wie begreifen, welcher Selbsttäuschung sie sich hingegeben und mit ihr gelebt hatte? Diese Worte waren wirklich und wirklich war der Mensch dahinter. Maureen, die über beides nachgrübelte, spürte wie sie sich in Nichts aufzulösen begann, in Niemand, in ein Auge in einem Kopf, in Leere. Das Leiden einer solchen Figur in einem solchen Roman war viel größer als das ihre. Wie konnte man sich und seine Familie zu einer solchen Stufe des Leidens erheben? Großmama Wendalls Grunzen und Stöhnen hatte ihr Haß eingetragen. Sie tat niemand leid, im Grunde niemand. Niemand würde über sie weinen, wie man über das Unglück einer Frau in einem Roman weinte.

Sonntags, wenn sie Großmama Wendall besuchen fuhren, nahm sich Maureen ein Buch mit, um etwas zu tun zu haben. Tante Connie kam oft mit. Furlong fuhr sie hin und ließ sie beim Pflegeheim aussteigen und fuhr dann die Straße hinunter und trank ein paar Gläser Bier, während sie die Stufen hinaufstiegen, durch eine Schicht nach der anderen fader, nach Desinfektion riechender Luft und ohne Interesse durch offenstehende Türen auf Reihen von Betten sahen, auf Reihen von alten Frauen, alle verschwistert in ihren schmuddeligen weißen Flanellnachthemden und mit bangem, scheelem Blick. Manchmal kroch eine alte Frau auf den Gang hinaus, um ihnen nachzublicken, fasziniert von den hohen Stöckeln an Lorettas Lackschuhen und von Maureens langem, glänzendem Haar, oder voller Zorn über irgendeine eingebildete Kränkung. »Kommt bloß mal her und seht euch das an, diesen Dreck hier! Hier kann doch kein Mensch leben! Gehen einfach her und machen ihr Geschäft in eine Ecke von meinem Zimmer. Schaut mal die

Küchenschaben an, komm, Mädelchen, komm, schau!« Maureen blieb niemals stehen.

»Die armen Alten«, sagte Loretta kopfschüttelnd. »Es ist gräßlich, wenn man alt wird.«

Es war eine Welt der Frauen: Bettischchen, skelettartig abgemagerte Hände, nasse Papierservietten. Maureen blickte starr auf die glatte, unschuldige Rundung eines Schädels unter spärlichem weißem Haar. Sie fühlte sich sehr jung und entrückt. Doch sie fühlte sich zugleich bedroht. Die Kruzifixe an den Wänden waren die gleichen wie das, was die Mutter daheim an der Wohnzimmerwand hatte. Alles war sich gleich in dieser Welt außerhalb der Romane.

Connie in ihrem breitschultrigen Tuchmantel und ihrem Sonntagshut war immer gelassen. Vielleicht sah sie auch nichts. Sie ging auf dem Weg in den fünften Stock voraus ins Zimmer der alten Frau, sie duldete keinerlei Dummheiten um sich herum, sie verhielt nicht den Schritt wegen ältlicher Frauen auf den Korridoren, die sich mit einer Klage an den Bischof wenden wollten. Maureen war bei diesen Besuchen ebenso nervös wie gelangweilt. Sie haßte es, wenn man sie anstarrte. Im Zimmer saßen alle immer auf den gleichen Plätzen, Connie und Loretta beiderseits auf dem Bettrand, Maureen auf dem Fensterbrett, halb sitzend und halb stehend. Sie war froh, etwas weiter vom Schuß zu sein. Großmama Wendall sah sehr alt aus. Sie sah nicht mehr aus wie die gleiche Frau. Ihr Körper, der so ausladend unter der Bettdecke lag, hatte etwas Festgefahrenes, Angeschmiedetes, als könne nichts ihn mehr von der Stelle bringen. Maureen gab sich Mühe, Bedauern für sie zu empfinden, konnte aber kein Bedauern bei sich feststellen. Der Geruch nach Körper und verkleckertem Essen war zu viel: er schloß Bedauern aus.

»Haben sie's euch schon gesagt, daß ich einen Schlaganfall gehabt habe? Was? Die ganze rechte Seite gelähmt, *gelähmt!*« sagte die alte Frau zu Maureen.

Sie war wach und boshaft, sie wollte nicht, daß Maureen das Buch aufschlug und ihr entschlüpfte.

»Wie geht's Jules? Jules ist mein Liebling!« sagte die Alte.

Connie und Loretta, die sich nunmehr nur noch bei diesen Besuchen sahen, gerieten angesichts der alten Frau in eine sonderbare Begeisterung. Das Treppensteigen hatte sie atemlos gemacht, und diese Atemlosigkeit verwandelte sich in eine Art Vorfreude. Sie gerieten ins Reden. Sie sprachen zu Großmama Wendall und zu einander mit einem Lächeln fraulicher Ironie

und drangen dabei allmählich auf Gebiete vor, die sie wirklich interessierten, gerieten im Verlauf der Minuten in Schwung, in Begeisterung. Sie sprachen von ihrer Arbeit. Loretta war immer noch Kellnerin, und Connie arbeitete in einer Wäscherei. Sie redeten über Religiöses, über die Geistlichen ihrer Kirchen. Sie redeten über die Lebensmittelpreise, über das Baby, das Loretta erwartete (ja, ein neues Baby, in vier Monaten fällig), über Lorettas Wohnung, Connies Wohnung, über die Gefahren der Straße, die Gefahren der Großstadt, über Betty und ihre Bande, auch über Maureen selbst (»sie hat so ihre Geheimnisse – leisetreterisch wie eine Katze«, sagte Loretta in Maureens Hörweite) und endlich, als sei dies das Ziel, um das sie kreisten, über die Männer. Furlong und seine Arbeit. Furlong und seinen Rücken. Furlong. Männer. Connies Freund Stan. Seine Stellung. Seine frühere Frau. Seine verdrehte frühere Frau.

Miteinander alleingelassen, unbeobachtet und geborgen sprachen Frauen immer über die Männer: Ihre Augen und Stimmen stürzten sich hungrig auf die Männer.

Nach etwa anderthalb solcher Stunden stand entweder Loretta oder Connie auf und klatschte mit einer wirren Freudengeste in die Hände: Sie hatten Großmama Wendall gesehen und »gebessert« angetroffen. Doch nun sei es Zeit zu gehen. Zu schade, aber es sei Zeit. Sie hätten am nächsten Tag zu tun...

»Ich bin aufgewacht und meine ganze rechte Seite war gelähmt. Wie Stein«, sagte Großmama Wendall bitter. »Wie würde euch das gefallen, ihr zwei? Die ihr immer herumscharwenzelt?«

»Wie meinst du das, Mama?« rief Loretta gekränkt aus.

»Sag Jules einen schönen Gruß. Vergiß es nicht. Jules ist mein einziger Liebling.«

»Jules hat gesagt, er kommt dich ganz bald mal besuchen, vielleicht nächsten Sonntag.«

»Es macht nichts, ob er kommt oder nicht. Ich kenn ihn. Nur er ist mein Liebling.«

Obwohl sie jetzt wirklich gern gegangen wären, trödelten sie für gewöhnlich noch. Loretta dachte vielleicht nach, ob sie vergessen hätte, etwas zu sagen. Connie fiel vielleicht noch etwas ein. Nur Maureen, die sorgfältig die Stelle im Buch anmerkte, bis zu der sie gekommen war, war wirklich aufbruchbereit, voller Angst und voller Bitterkeit über die Macht, die die alte Frau selbst jetzt noch besaß. Einige Menschen besaßen selbst im Sterben noch Macht, andere niemals.

»Also grüß Jules und Betty und den, den wie heißt er doch?«

»Mama, du weißt doch, daß er Pat heißt! Patrick Furlong.«

»Und den auch, diesen Dingsda...«

Sie fanden Furlong weiter unten an der Straße in einer Bar. Er hatte dort mit dem Barkeeper Bekanntschaft geschlossen. Sie saßen alle drei mit ihm in einer Nische. Nach ein paar Minuten pflegten Loretta und Connie leise zu weinen und Maureen in tatenlosem Jammer dazusitzen und sich zu wünschen, es wäre hell genug, um lesen zu können. Loretta sagte dann wohl, indem sie Furlong verschlafen-liebevoll die Hand auf den Arm legte: »Mensch, die war mal wer, das alte Mädchen! Nicht wahr? Ein richtiger Brocken? Nicht wahr, Connie, die war mal wer?«

»Jaja, ein ziemlicher Brocken.«

»Es ist zum Teufelholen, wenn man alt wird...«

Nachdem sie Connie vor ihrem Haus abgesetzt hatten, sagte Loretta immer kopfschüttelnd: »Das arme Luder! Mich würde sowas krank machen: den Dreck anderen Leuten aus den Kleidern zu waschen! Ich möcht es nicht geschenkt!«

»War die nie verheiratet?« fragte Furlong.

»Schon, aber der ist auf und davon. Hat sie sitzenlassen.«

»Warum hat er sie sitzenlassen?« fragte Maureen.

Eine Weile sagte Loretta nichts. Dann sagte sie mit verkniffenem Gesicht: »Kann dir doch egal sein! Geht dich gar nichts an, du bist zu jung.«

»Mir tut Tante Connie leid.«

»Ach Quatsch, dir tut nie jemand leid.«

Maureen sah sie gekränkt an. Sie begriff nicht. Sie überlegte, ob ihre Mutter vielleicht zur wirklichen Maureen sprach, zu dem Mädchen, das scheinheilig und egoistisch und durchtrieben war. War das die wirkliche Maureen? Manchmal, wenn sie allein war und die Straße hinunterging, wurde sie davon überrascht, daß sie in einem Schaufenster ihr Spiegelbild erblickte, ein fernes, geisterhaftes Spiegelbild, das sie nicht erwartet oder erkannt hätte; es schien wirklich nicht sie selbst zu sein.

Später zog Loretta sie damit auf, daß sie die Schule schwänze, und Maureen sagte mit einem lustlosen Lachen: »Geh doch hin und frag die Nonnen, wenn du's so genau weißt.« Loretta zog sie auch damit auf, daß sie ihren neuen Lippenstift benutzt habe, und Maureen sagte heftig: »Mamma, ich schwör dir, das habe ich nicht getan! Ich würde deinen dummen purpurnen Lippenstift überhaupt nicht anfassen!« Sie fühlte sich von der

Mutter angegriffen und konnte keinen Ausgangspunkt für die mütterlichen Attacken herausfinden, keinen Hinweis auf irgendeinen Zusammenhang. Furlong sah oft mit einem zaghaften Lächeln zu, auch er fand keine Erklärung dafür – entweder wußte er nicht, daß Loretta im Unrecht war, oder er wußte es und wollte nicht Partei ergreifen.

Eines Tages jedoch warf Loretta ein goldenes Röhrchen auf Maureens Bett. Sie sagte: »Da. Da hast du deinen eigenen, brauchst nicht mehr heimlich meinen zu nehmen.«

Es war ein Lippenstift.

»Oh, Mamma«, sagte Maureen, hob ihn auf und öffnete ihn: rosa.

»Los, probier ihn aus«, sagte Loretta. Sie stand in der Tür, gedunsen und schwerfällig, in einem Umstandskittel, mit gekreuzten Armen und trommelte mit den Fingern ungeduldig auf ihrem Arm.

Maureen trat vor den Spiegel. Sie tupfte sich etwas Lippenstift auf die Lippen, noch immer behutsam und sah im Spiegel, wie die Mutter sie beobachtete. Das Gesicht der Mutter war nachdenklich hinter dem gewohnten spöttischen Lächeln, einem gutmütigen, schiefen Lächeln, das sie sich als Kellnerin angewöhnt hatte.

»Na ja, siehst hübsch aus«, sagte Loretta.

»Komisch seh ich aus«, sagte Maureen.

»Nein. Du siehst hübsch aus.«

»Aber ich kann ihn nicht zur Schule tragen. Die erlauben das nicht –«

»Willst du denn gar nichts sagen?«

»Danke schön.«

»Jetzt läßt du meinen Kram in Ruh, was?«

»Ach, Mamma!«

Sie wandte sich um, um der Mutter in die Augen zu schauen. Die Mutter starrte in ihre Richtung, nicht wirklich auf sie; der gedankenverlorene, unfrohe Ausdruck ihres Gesichts paßte nicht zu ihr und ängstigte Maureen.

Vielleicht lag der Grund darin, daß Furlong angefangen hatte, länger in der Garage zu bleiben und manchmal nicht zum Abendessen kam. Loretta arbeitete nicht mehr und hatte nicht viel zu tun, außer herumzusitzen. Es war jetzt Winter. Sie saß schweigend bei Tisch und starrte das Wachstuch an. Maureen kam aus der Schule heim und traf sie so an. Das Fernsehen war nicht angestellt. Maureen stellte es für die Mutter an. Dann fing sie an, das Abendessen zu kochen, wobei sie in der Küche trödelte und sich Zeit ließ. Sie machte gern Abendessen. Es war leicht, Menschen Freude zu machen, Männern eine Freude zu machen, einfach indem man ihnen zu essen gab. In früheren Zeiten hatte sie auch das Abendessen für ihren Vater gekocht. Es war das gleiche Abendessen. Die gleichen Gerichte. Sie schwatzte dann mit ihrer Mutter, öffnete und schloß Schranktüren, schaute in den Eisschrank. Immer fragte sie die Mutter, wie sie sich fühlte. Immer sagte Loretta: »Mir geht's gut.« Und dann setzte sie manchmal säuerlich hinzu: »Ich bin zu alt, um das nochmal durchzumachen.« Aber Maureen tat so, als verstünde sie nicht. Die Geheimnisse des Frauenlebens standen ihr offen, sie hätte alles darüber erfahren können, aber sie lehnte sie ab. Sie blickte nicht einmal auf den Leib ihrer Mutter, wenn sie es vermeiden konnte; wie durch Zauberei glitt ihr Blick ab.

Nach dem Abendessen räumte sie die Küche auf und spülte allein das Geschirr, weil Betty nie da war, um ihr zu helfen, und ihr ohnehin nicht half, wenn sie da war. Dann machte sie ihre Schularbeiten, bis Furlong heimkam. Er kam, während der Winter fortschritt, immer später und später. Niemand sagte etwas. Von der Küche aus konnte Maureen sehen, wie ihre Mutter im anderen Zimmer herumstapfte, ein anderes Programm im Fernsehen einstellte, oder ins Schlafzimmer ging, eine Schublade aufzog, eine Schublade zuschob und manchmal ein Geräusch von sich gab, das ein Schluchzen sein konnte. Die beiden, die so viel miteinander allein waren, wurden an die entgegengesetzten Enden der kleinen Wohnung gespült. Maureen merkte, daß sie zwei Frauen waren, die einander nichts zu sagen hatten. Sie war selbst eine Frau, aber als Kind getarnt; wenn sie merkten, daß sie erwachsen geworden war, würden sie vielleicht das Bedürfnis spüren, mit ihr zu sprechen. Maureen tat, als höre sie nichts, nicht einmal das Schluchzen ihrer Mutter. War es ein Schluchzen? Loretta war zu stark, um zu weinen, kein Mann konnte sie zum Weinen bringen. Es war undenkbar. Dennoch tat Maureen, als hörte sie nichts, preßte die Hände über die Ohren und versuchte, ihre Aufgaben zu begreifen. Warum sollte ihre Mutter weinen? Tat ihr das Baby im Inneren weh? Wie fühlte es sich an, ein Baby dort zu haben? Maureen hatte Wachträume, sie träumte, daß sie selber schwanger sei. Eines Tages würde sie ein Kind bekommen. Sie würde heiraten und ein Kind bekommen, sich in aufgeblähte Umstandskittel kleiden, wie ihre Mutter sie trug, in die gleichen;

eine Frau wie ihre Mutter; sie würde dem nicht entgehen. Sie wollte nicht heiraten, aber es gab keine andere Möglichkeit. Sie wollte nicht mit einem Mann leben, mit einem Mann schlafen. Es machte sie zornig, an die Zukunft zu denken, in der sie in einer Wohnung darauf warten würde, daß ein Mann von dem zurückkehrte, was Männer taten, von all jenen Stunden, die er mit anderen Männern verbrachte, sich über etwas unterhielt, fluchte und zornig lachte und mit ihnen mit der locker geballten Faust auf Tische schlug, Etiketten von Bierflaschen abschabte, auf die Uhr sah, die Schultern im Anzug unruhig hob und senkte. Wenn sie unter sich waren, sprachen Männer von Dingen, die man einer Frau nicht erzählen konnte.

Eines Abends kam Furlong erst spät heim. Maureen wartete – es wurde elf, zwölf Uhr. Sie mußte aufbleiben und auf ihn warten, um ihm das Abendessen zu machen. Der Kopf tat ihr weh. Sie saß in der Küche mit einem Buch vor sich und wartete. Loretta und Betty waren zu Bett gegangen. Maureen drückte mit dem Fingernagel Zeichen in das Wachstuch, schrieb ihren Namen und versuchte, ihn wieder wegzubekommen. Sie dachte an Loretta, wie sie im Bett lag und wartete. Die Uhr zeigte halb eins, dann eins, und er war immer noch nicht zu Hause, und sie wartete immer noch. Sie mußte am nächsten Tag für die Schule aufstehen. »Der Dreckskerl«, sagte sie vor sich hin und schrieb »Furlong« auf die Wachstuchdecke.

Eines Abends kam Furlong erst nach zwei Uhr nach Hause. Er war betrunken. Er stolperte, warf polternd einen Stuhl um und weckte Maureen aus ihrem unruhigen Schlaf. Sie konnte ihn in der Küche hören, er schob irgend etwas hin und her. Sie rief Loretta und weckte sie. »Er ist zu Hause«, sagte sie. »Ich geh jetzt ins Bett.«

»Wie spät ist es denn?« rief Loretta.

»Ich geh jetzt ins Bett.«

Sie ging eilig in ihr Zimmer und legte sich auf ihr Bett, sie wäre gern sofort eingeschlafen, weil sie spürte, wie dringend es war, daß sie schlief. Sie mußte am nächsten Tag um sieben Uhr dreißig aufwachen ... doch ihre Gedanken rasten in schrecklicher Angst.

Sie stellte sich vor, daß Furlong ihre Mutter schlug: Sie dachte an den erschrockenen, zornigen Schrei, den Schrei ihrer Mutter.

Sie stellte sich vor, Jules sei wieder im Gefängnis. Wenn sie ihn nun wieder verhafteten?

Sie dachte an ihren Vater. Sie mischte die beiden miteinander in Gedanken, wie sie abends spät nach Hause wankten. Es war nichts Neues. Zwei Tonnen Stahl waren auf ihn gestürzt, auf ihren Vater. Und wenn Furlong starb? Irgendwelches Geld? Was wurde mit dem Baby, das Loretta bekommen würde? Kindergeld? Ein monatlicher Scheck? Die Fürsorge? Was sonst? Jules ging nicht mehr in die Schule, er arbeitete. Er brachte Loretta zwanzig Dollar pro Woche, das wurde vor Furlong geheimgehalten. Zwanzig Dollar! Maureen mußte arbeiten, dann würde sie Geld verdienen können; sie mußte *hier heraus.*

Im anderen Zimmer wurde gestritten.

Sie mußte raus, so wie Jules ... sie brauchte Geld ... sie mußte raus... sie wischte den Küchenfußboden auf. Sie mußte achtgeben, nicht ins Nasse zu treten, denn das machte das Linoleum wieder schmutzig. Schwarze und weiße Vierecke. Der Schrubber planschte Seifenwasser auf den Boden. Sie mußte den Tisch und die Stühle wegschieben und dann den Fußboden aufwischen ...

»Maureen! Maureen!«

Es geriet ihr mit dem Aufwischen des Fußbodens durcheinander: Sie spürte den Stiel des Schrubbers ganz deutlich in ihren Händen. Sie brannte darauf, den Boden sauberzumachen. Sie liebte den Geruch nach Seife, sie liebte Sauberkeit, die scharf und hell war ...

»Maureen«, sagte Loretta ärgerlich. »Steh auf! Du tust ja nur so, als ob du schläfst!«

Sie rollte sich auf die Seite. Im anderen Bett, etwa einen knappen Meter von dem ihren, lag Betty und schlief. Sie hörte nichts. Maureen hörte alles und mußte aufstehen. Sie sah, daß ihre Mutter sehr ärgerlich war, sehr aufgebracht.

»Ich weiß, daß du nur so tust, als ob«, sagte Loretta. Sie war den Tränen nah. »Komm raus da. Er ist in der Küche. Ihm ist schlecht und ich denke nicht daran, noch was für ihn zu tun, soll er doch zum Teufel gehen. Ich hab's satt!«

Maureen taumelte ins Wohnzimmer. Sie rieb sich die Augen. Sie mußte wieder eingeschlafen sein. »Was willst du denn? Willst du in meinem Bett schlafen?«

»Schlaf du hier draußen auf der Couch. Los!«

»Was?«

»Nun tu nicht so, oder ich hau dir eine runter!«

»Was ist denn los?«

»Er ist da draußen und kotzt, und er soll sich zum Teufel scheren. Mir langt es«, sagte Loretta. Ihre Augen waren von winzigen roten Äderchen durchzogen. »Ich geh jetzt schlafen. Ich bin krank.«

»Was ist denn los? Hast du geweint?«

»Halt die Klappe.«

»Ich hab morgen Schule ...«

»Ach, du und deine Schule, du und deine Bibliothek! Geh und beklag dich bei *ihm*, du und er, ihr habt euch ja hier im Haus zu beklagen, wenn man euch so reden hört! Geh und mach ihm einen Kaffee.«

»Was?«

»Mach ihm einen Kaffee.«

»Hast du mich geweckt, um Kaffee zu kochen?«

»Koch diesem Kerl einen Kaffee, hab ich gesagt.«

Sie schlug die Tür hinter sich zu. Maureen sah sich in der Küche um. Die Uhr zeigte zwei Uhr dreißig. Sie konnte Furlongs Beine sehen. Er mußte am Tisch gesessen und zugehört haben.

In dem fahlen Licht sah der Raum sauber und ungewohnt aus wie die Oberfläche eines fremden Planeten, oder die kalte, glatte Oberfläche des Mondes. Die verschmierten Wände sahen nicht verschmiert aus. Das Wachstuch glänzte weiß. Auf dem Herd der Kaffeetopf sah aus, als könne er aus Silber sein.

Sie trat an den Herd.

»Was ist denn mit deiner Mutter?« fragte Furlong. »Was sollte das alles?«

»Sie hat sich schlafen gelegt.«

»Wo?«

»In mein Bett.«

»Warum das denn?«

Maureen sah ihn nicht an. Sie holte sich die Kaffeedose vom Regal herunter.

»Sie sagt, dir ist schlecht.«

»Warum hat sie dich geweckt? Kochst du Kaffee?«

»Sie hat gesagt, ich soll.«

»Hat sie dich dazu geweckt?«

»Sie wollte sich in mein Bett legen.«

Sie sah ihn aus den Augenwinkeln an, wie er schwerfällig dasaß, zu müde, um eine Bewegung zu machen. Wie ein Hund schüttelte er sich unbewußt und grundlos. Er sagte: »Was, sie hat dich aus dem Zimmer geworfen! Großer Gott!« Doch er blieb am Tisch sitzen und wartete auf seinen Kaffee wie ein Mann, der in einer Gaststube sitzt. Maureen holte ihm eine

Tasse. Es war leicht, Männern eine Freude zu machen, ihnen aus dem Weg zu gehen. Er war etwas angetrunken, aber er hatte ja immer etwas leicht Betrunkenes, Tölpelhaftes, Leutseliges an sich. Es war schwer zu verstehen, daß er gefährlich war: Er konnte grob werden, etwas zerschlagen.

Maureen stellte ihm den Kaffee hin.

Nach einer Weile sagte er: »Deine Mutter sagt, daß du dich mit einem schlechten Mädel rumtreibst. Stimmt das?«

»Du meinst wohl Betty.«

»Nein, dich.«

»Ich nicht.«

»Ein Ladenbesitzer hat dich beim Klauen erwischt.«

»*Nein!*« Sie wandte sich um und sah ihn voll an. Er hatte dünne Falten auf der Stirn und in den Augenwinkeln, vom zu vielen Lachen. In ihm herrschte Schweigen, aber es war nicht das Schweigen, das ihr Vater an sich gehabt hatte; es kam bruchstückweise, nachdenklich.

»Aber deine Mama kann sich das doch nicht ausgedacht haben«, sagte er begütigend.

»Ich weiß nicht, was sie sich gedacht hat.«

»Ich will ja bloß wissen, ob's wahr ist oder nicht.«

»Ich hab dir doch gesagt, daß es nicht wahr ist.«

»Hör mal, ich bin jetzt dein Stiefvater –«

»Das bist du nicht.«

»Was?«

Maureen starrte auf den Boden.

»Willst du behaupten, daß deine eigene Mutter lügt?«

»Ich behaupte gar nichts.«

»Und was ist mit mir? Behauptest du, daß ich lüge?«

Maureen goß den restlichen Kaffee in den Ausguß.

»Was machst du da?«

»Ich räume auf.«

»Ich hab noch nicht ausgetrunken.«

»Du wolltest ja keinen mehr.«

»Doch, ich wollte noch welchen. Du hast es absichtlich gemacht.«

»Hab ich nicht!«

»Hast du doch.«

Sie schwiegen. Maureen stand mit dem Rücken zu ihm am Ausguß. Sie wartete. Ihr Gesicht war sehr heiß. Plötzlich beugte er sich vor und schlug ihr den Kaffeetopf aus der Hand. Er klirrte zu Boden. Maureen schrie gellend auf.

»Du hast ihn absichtlich weggegossen!« sagte Furlong.

Sie hob den Kaffeetopf auf, ohne ihn anzublicken.

Er sagte: »Sie hat zu mir gesagt, sie macht Kaffee, und da hat gefälligst welcher da zu sein, oder ich schlag die ganze Bude zusammen – du erkennst dieses Loch nachher nicht wieder! Stell das Ding wieder auf den Herd.«

Maureen stellte es wieder auf den Herd.

»Tu Wasser rein.«

Maureen hatte Angst vor ihm, aber sie hatte noch größere Angst vor ihrer Mutter: vor dem Schweigen ihrer Mutter. Loretta hörte das alles mit an, hörte es schweigend mit an und würde nicht aufstehen und ihr beistehen.

»Tu Wasser rein, hab ich gesagt. Was stehst du so da – spinnst du?«

»Du bist der, der spinnt«, murmelte Maureen.

»Was? Was hast du gesagt?«

Maureen antwortete nicht.

»Soll ich dir in die Fresse schlagen?« fragte Furlong.

»Mich schlägt kein Mensch in die Fresse.«

»Eben jetzt, vor fünf Minuten hat deine Mutter gesagt, daß ich dir die höheren Flötentöne beibringen soll, eh es zu spät ist – ich will nicht, daß die Polizei hier herumschnüffelt.«

»Wie kommst du auf die Polizei?«

»Tu nicht so blöd.«

»Ich hab nichts angestellt ...«

»Hör mal –«

»Ich hab nichts angestellt! Nichts!«

»Da tust du gut dran«, sagte Furlong. Er atmete schwer. »Sonst fliegst du raus auf die Straße wie dein verfluchter, neunmalkluger Bruder! Ich mach das nicht mit! Ich will nicht, daß mein Name in den Dreck gezerrt wird. Ich laß mich nicht irgendwo reinziehen, damit ich dann aufs Polizeirevier muß, das glaub mir!«

»Ich hab nichts angestellt«, sagte Maureen fieberhaft.

»Lippenstift aus dem Einheitspreisgeschäft zu klauen.«

»Ich hab keinen Lippenstift geklaut!«

»Willst du behaupten, daß deine Mutter lügt?«

»Mamma ist vielleicht krank ...«, sie verstummte. Sie konnte hören, wie Loretta lauschte. Sie konnte sich das Gesicht ihrer Mutter dort im Dunklen vorstellen, in Maureens Bett, wie sie alles dies mitanhörte.

»Hat Mamma das wirklich zu dir gesagt, daß du mir die höheren Flötentöne beibringen sollst? Ehe die Polizei kommt?«

»Jawohl.«

Er trank seinen Kaffee. Er war immer noch etwas angetrunken, und seine Schultern senkten sich vornüber, dem Tisch entgegen. »Deine Mutter erzählt mir viel über dich.«

»Warum?«

»Weiß nicht warum.«

»Aber warum kann sie mich nicht leiden – warum bloß kann sie mich nicht leiden? Ich kann das nicht aushalten! Ich weiß nicht, was ich machen soll. Immer hat sie Jules lieber gehabt als mich. Es war ganz egal, wie brav ich war. Dann ist Jules weg und noch immer hat sie ihn lieber als mich, alle haben ihn lieber. Jetzt benimmt sie sich so sonderbar, und ich hab doch nichts getan, es ist Betty, die sich überall rumtreibt und klaut. Frag doch Betty selber! Schau doch in ihrer Zimmerhälfte nach, schau doch unter ihr Bett! Sie nimmt sich allen möglichen Plunder – sie klaut Sachen, die sie nicht mal braucht –; sie sagt, es bleibt ihr an den Fingern kleben – bloß so zum Spaß. Ich hasse doch Mamma nicht, warum haßt sie mich? Warum sagt sie Sachen über mich und denkt sich was aus?«

»Geh ins Bett. Schwamm drüber!«

Er schob seinen Stuhl vom Tisch zurück, aber nicht um sich ihr zuzuwenden. Er wandte das Gesicht zur Wand, schaute auf die Wand, Hals und Schultern gestrafft.

»Wenn sie so weitermacht, lauf ich weg. Wenn sie mich nicht mag, dann lauf ich weg. Ich wohn einfach woanders, wie Jules –«

»Du läufst nirgends hin, also halt die Klappe.«

»Ich nehm eine Stellung an und geh weg.«

»Du verläßt die Wohnung nicht. Du kommst mir in kein Schlamassel! Halt den Mund und hör auf damit«, sagte Furlong laut.

»Dann frag sie doch, warum sie mich nicht leiden kann.«

Er wandte sich plötzlich um, angestrengt, und gab ihr eine Ohrfeige. Er traf sie auf die Wange, es überraschte sie alle beide. Was sie spürte, war der plötzliche, klatschende Aufprall seiner Hand; es hatte nicht wehgetan.

»Jetzt halt die Klappe!« rief er wütend. »Mach daß du rauskommst und geh ins Bett!«

»Du Dreckskerl«, sagte Maureen.

Er sprang auf die Füße und schlug sie noch einmal. Der Stuhl flog um. Maureen wollte zur Tür laufen, aber er riß sie zurück. Er schüttelte sie, daß ihr Kopf auf- und niederflog und sie dachte, sie bräche sich das Genick. »Wenn du uns Schande machst, dann kannst du was erleben, wart du nur!« schrie er, dann ließ er sie los.

Maureen rannte ins Wohnzimmer, zu verblüfft, um zu weinen. Sie konnte hören, daß ihre Mutter zuhörte, sie konnte diese stecknadelscharfen Augen dort im Dunkeln sehen. Warum stand Loretta nicht auf? Warum kam sie nicht hier heraus? Warum das Schweigen aus dem Zimmer dort? Maureen machte die Tür zum Treppenhaus auf und ging hinaus. Jetzt, wo sie in Sicherheit war, fing sie an zu weinen. Sie setzte sich mit dem Rücken zur Tür. Sie preßte die Fäuste auf die Augen und zog die Knie an die Brust, sie fühlte sich sicher in dem zugigen Treppenhaus, allein.

Nach einer Weile hörte sie auf zu weinen. Es vergingen Stunden. Sie tastete sich wieder in die Wohnung zurück. In der Küche brannte noch immer das Licht. Sie legte sich aufs Sofa und schlief ein. Als sie aufwachte, hatte sie Kopfschmerzen. Ihre Mutter beugte sich über sie. Sie sagte: »Ich hab dir doch schon oft gesagt, daß er jähzornig ist. Ich hab dir gesagt, du sollst ihn nicht reizen.«

Maureen lag erschöpft auf dem Sofa. Sie starrte die Mutter mit leerem Blick an.

»Du solltest aufstehen«, sagte Loretta.

»Was?«

»Es ist Morgen. Zeit zum Aufstehen.«

»Morgen?«

»Schau nicht so blöd. Du hast dir's selber eingebrockt, nun zieh mich nicht mit rein.«

»Ich hab mir nichts eingebrockt –«

»Reeny, du siehst nun mal schnippisch und vorlaut aus – du solltest dich bloß mal im Spiegel sehen! Wenn du so schaust, findet sich immer einer, der dir eine runterhaut!«

»Ich hab ihn nicht gereizt. Ich hab gar nichts gesagt.«

»Na, es wird ihm noch leid tun heute abend. Er wird sich entschuldigen, wenn er heimkommt.«

»Um den kümmere ich mich nicht.«

»Kümmer dich lieber.« Loretta betrachtete sie kritisch, aber irgendwie liebevoll. Es war ein unschlüssiger, zögernder Blick, der Maureen zusammenschauern ließ; sie konnte ihn nicht deuten. »Maureen, du solltest dir die Ponys gerade abschneiden. Die sind auf einer Seite zu lang. Du siehst aus wie ein Trottel.«

»Wie?« fragte Maureen erstaunt.

»Deine Haare! Geh, hol mir die Schere, und ich mach's selber.«

»Was ist verkehrt an meinen Haaren?«

»Die müssen ordentlich geradegeschnitten werden.«

»Ich mach es nach der Schule«, sagte Maureen. Sie war ganz verwirrt.

»Hol mir die Schere. Mach schon.« Sie ging hinaus in die Küche und Maureen folgte ihr, wie betäubt. Loretta streckte die Hand aus und machte schnappende Bewegungen mit den Fingern. Maureen holte ihr die Schere aus einem Schubfach. Sie setzte sich. Loretta beugte sich über sie, lehnte sich an sie mit ihrem geschwollenen Bauch und fing an, ihr die Haare zu schneiden. Maureen saß da, verwirrt und gehorsam.

»Es tut mir leid, das mit gestern abend«, sagte Loretta, »aber du weißt ja, wie er ist. Männer sind so. Sie lassen sich keinerlei Quatsch gefallen. Also nun halte die Ponys in Ordnung, laß sie nicht zu dick werden. Wenn du dort oben zu viel Haar hast, kriegst du Pickel davon. Das kommt von dem Fett im Haar. In deinem Alter solltest du das wissen.« Loretta lehnte sich seitwärts, um sich Maureens Gesicht anzusehen. »Du hast ein paar Mitesser auf der Nase, Kind. Paß auf dich auf. Du hast ein hübsches Gesicht, also kümmre dich drum, ja?«

Maureen hätte gern ihr Gesicht im alten, schmutzigen Kimono der Mutter versteckt und gefragt: *Warum? Warum?* Warum war alles so laut und verworren? Warum war alles dabei, in Stücke zu zerspringen?

Sie mußte – sie mußte von zu Hause fort.

Am späten Nachmittag des gleichen Tages, als sie aus der Schule heimkam, hatte sich Loretta ein Kleid angezogen und das Gesicht zurechtgemacht. Das heftige Rot ihrer Lippen hatte den gleichen Farbton wie die zwei ovalen Flecke Rouge auf ihren Wangen. Furlong war zu Hause. Loretta sagte zu ihr: »Reeny, dein Stiefvater möchte dir etwas sagen.«

Maureen ging widerstrebend in die Küche.

Furlong saß da, einen unordentlichen Haufen Zeitungsblätter um sich herum. Er kaufte täglich zwei Zeitungen. Als sie näherkam, schaute er auf, als hätte er bis jetzt nicht gemerkt, daß sie heimgekommen war. Er sagte verlegen: »Ich glaube, ich hab gestern zuviel getrunken.«

Maureen blickte ihn unerschrocken an.

»Es passiert viel zuviel überall«, sagte er und machte eine

Bewegung in Richtung der Zeitungen mit ihren Schlagzeilen und Fotos. Das Gesicht Eisenhowers blickte zu Maureen empor. »Also, es tut mir leid«, sagte Furlong.

Maureen sagte nichts.

Loretta kam in die Küche und klatschte leicht in die Hände. »Na, sind wir alle wieder Freunde?« fragte sie.

»Klar«, sagte Furlong.

»Und was ist mit dir, du Hochnäsige, du?« Loretta legte den Arm um Maureens Schulter. »Du bist auch nicht mehr böse, was? Alles ist vorbei?«

»Aber ja, Mamma«, sagte Maureen.

»Klar«, sagte Furlong.

Sein und Maureens Blick trafen sich zufällig, beide schauten sofort anderswo hin. Die Verlegenheit zwischen ihnen war so stark und durchdringend, wie der Körperpuder, den Loretta benutzte.

15

Nachts, wenn sie zu schlafen meinte, kam es ihr: Sie mußte hier heraus. Sie brauchte Geld. In ihren Träumen holte sie Jules auf der Straße ein und fragte ihn: »Wie kommt man zu Geld?«

Sie träumte von ihrem Vater. Ihr toter Vater saß an einem Küchentisch in einem leeren Raum und las Zeitung. Sein Blick war leer und voller Schrecken über die Schlagzeilen. Maureen trat zu ihm, um zu sehen, was er las, doch es war nichts da – sie kannten das Geheimnis nicht, sie und ihr Vater, was in der Zeitung stand. Aber Geld steckte bestimmt dahinter. Geld war das Geheimnis.

Jetzt, wo sie und Furlong »Freunde« waren, war es Maureen, die ihn holen mußte, wenn er zu lange in der Garage blieb. Früher war er über diverse Bars nach Hause gebummelt, hatte sich Zeit gelassen, doch jetzt zog Maureen los, um ihn abzuholen und dafür zu sorgen, daß er heimging. Seinem Rücken ging es nicht gut. Der besserte sich nicht wie er sollte. Daher schickte Loretta Maureen, niemals Betty. »Schau, du bist ihm die Liebste«, erklärte sie dann. »Du bist sein Liebling. Bring ihn dazu, daß er heimkommt und ißt.« Maureen haßte es, an den drei Häuserblocks entlang zur Garage hinunterzugehen, haßte es, sich der Gruppe Männer drinnen in der Tankstelle zu nähern, ob Furlong nun dort war oder nicht. Manchmal war er nicht dort. Sie stand dann im kalten Lichtschein aus der Garagentür und beobachtete die Männer, ehe sie sie bemerkten, fragte sich, worüber Männer wohl sprachen, wenn sie allein waren – welche Geheimnisse sie hatten. Sie haßte ihre erstaunten Blicke und dann ihr Lächeln, ihr verschmitztes Lächeln. Sie war Pat Furlongs Stieftochter. Sie war Maureen Wendall, die da draußen in der Kälte stand und wartete; sie war gekommen, um ihren Stiefvater nach Hause zu holen. Furlong, voll Widerstreben und unsicher auf den Beinen, ließ sich immer Zeit, seinen Freunden Gutenacht zu sagen, und kümmerte sich nicht um sie.

Manchmal wartete sie draußen an den Zapfsäulen zehn, fünfzehn Minuten lang, während um sie her langsame Schneeflokken fielen und der Verkehr draußen auf der breiten Straße nachließ, die Scheinwerfer nebelhaft vergrößert in der feuchten Luft. Sie dachte, wohin diese Wagen wohl führen. Ob einer von ihnen halten würde, um sie mitzunehmen? Sie liebkoste durch den dicken Mantelärmel hindurch ihren Arm, verwirrt und unfähig zu erkennen, warum sie verwirrt war, als läge im schwachen Fluß des Verkehrs vor ihr eine Erkenntnis, die ihr hätte kommen sollen. Zutiefst in ihrem Gemüt erhob sich die Frage: *Warum war sie sie und nicht jemand anders?* Doch dann, wie um diese Frage zum Schweigen zu bringen, dachte sie: *Ich kann genauso gut hier sein wie anderswo.*

Wenn dann Furlong endlich herauskam, sah sie oft überrascht auf, weil sie nicht mehr genau wußte, daß sie auf ihn gewartet hatte. »Okay, komm«, sagte er, bereits in Eile. Sie mußte schnell gehen, um mit ihm mitzukommen. Er machte ungeduldige, lange Schritte, als liefe er vor ihr davon.

Eines Abends sagte sie zu ihm: »Warum läßt mich Mamma nicht eine Arbeit suchen?«

Er warf ihr über die Schulter einen Blick zu. »Läßt sie dich nicht? Weiß ich nicht.«

»Wirst du sie fragen, ob ich mir eine suchen darf?«

»Klar.«

»Bitte, frag sie. Sie sagt, sie will nicht, daß ich arbeite. Sie will nicht, daß ich aus dem Haus gehe. Aber ich brauch eine Arbeit, bitte, bitte, frag sie doch.« Sie war sich darüber klar, daß ihre Stimme ihn ärgerte. Es war ein Fehler, mit Männern zu viel zu reden, mit dieser Art von Mann. Sie mochten Stimmen von Frauen, die jammerten, nicht hören. »Jetzt, wo sie das Baby hat, sagt sie, soll ich zu Hause bleiben, um ihr ein bißchen an die Hand zu gehen, aber ich könnte ihr doch auch dann zu Hause helfen, wenn ich einen Job hätte. Ich könnte beides, ich könnte alles. Willst du sie fragen?«

Sie flehte seinen Rücken an. Er trug eine kurze Jacke, deren Reißverschluß bis an den Hals zugezogen war. Maureen neigte sich beim Gehen vor, und Furlong, obwohl in Eile, schien drauf und dran sich zu ihr umzudrehen.

»Schön, ich werd sie fragen.«

»Wenn sie nein sagt, frag sie nochmal. Frag sie immer wieder. Ich muß Geld verdienen.«

Doch Loretta war dagegen. Maureen würde zu Hause gebraucht. »Überhaupt mag ich das nicht, wenn sie sich irgendwo rumtreibt. Ich mag das nicht, daß sie noch mehr rumrennt als sie schon jetzt rennt, zum Beispiel in die Bibliothek, wie sie behauptet.« Die Worte, »wie sie behauptet«, waren ironisch gemeint; Maureen merkte es, verstand es aber nicht. Was war verkehrt an der Bibliothek?

Sie wachte nachts auf und dachte an einen Job. Sie dachte ständig daran, an einen Job, keinen bestimmten Job, nur die Vorstellung davon, nur an das Wort selbst. Loretta war ihr im Wege, eigensinnig. Es war ein Rätsel. Sie brauchte einen Job, brauchte Geld. Aber Loretta sagte nur mit verschlossenem Gesicht: »Ich brauch dich hier, hab ich gesagt! Du kommst noch früh genug ins Unglück!«

»Mamma, ich komm nicht ins Unglück!«

»Widersprich mir nicht, Reeny. Ich hab dir meine Meinung gesagt.«

»Aber du glaubst mir ja nie. Du denkst dir was aus. Ich geh in die Bibliothek, das ist der einzige Ort, wo ich hingeh – nicht mal ins Kino – da, schau dir die Bücher in meinem Zimmer an! Sind das etwa keine Bibliotheksbücher?«

»Nun fang nicht an zu heulen. Du hast immer einen Flunsch gezogen, wie Großmama Wendall gesagt hat. Du hast alles immer viel zu tragisch genommen.«

Maureen ging weg, sie faßte sich an den Kopf. Sie glaubte, es würde etwas zerspringen. Sie mußte frei sein wie damals in ihres Vaters Wagen, als Jules ihn fuhr, sie beide erlöst, befreit, auf dem Weg aus der Stadt und nach Norden hinauf. »Warum darf ich mir keine Stelle suchen?« schrie sie Loretta an. »Eine Halbtagsstelle? Nach der Schule? Warum nicht? Warum muß ich die ganze Zeit zu Hause sein? Warum ich, warum nicht Betty? Was ist mit dem Baby zu tun, das du nicht tun kannst? Wieso darf

Betty frei rumrennen soviel sie will, und ich muß zu Hause bleiben? Warum ist das so? Warum ist alles so verdreht?«

»Schrei mich gefälligst nicht an! Ich hab dir meine Meinung gesagt und dabei bleibt's.«

Das Kindergeschrei fing an Furlong auf die Nerven zu gehen, so behauptete er wenigstens. Er wollte, wenn Maureen ihn holen kam, nicht heimgehen. »Zum Teufel mit dem Abendessen«, sagte er. So hörte sie denn auf, ihn abzuholen und blieb statt dessen wach, bis er heimkam. Alles drehte sich um *ihn*, um diesen Mann, und nichts drehte sich um Maureen. Sie mußte bis spät aufbleiben, um ihm das Essen zu wärmen und seinen Kaffee zu kochen. Er selber konnte es nicht, und Loretta war zu müde; sie war immer schon im Bett. Manchmal blieb er die ganze Nacht fort, und gegen zwei Uhr früh gab Maureen auf und legte sich schlafen. Doch dann mußte sie am nächsten Tag daheimbleiben und die Schule versäumen, weil Loretta sich elend fühlte und keine Lust hatte, Furlong allein gegenüberzutreten. Maureen mußte also die Schule schwänzen und den Vormittag verwarten, bis er heimkam. Sie haßte ihn. Ihr Haß auf ihn war so stark, daß er sie nie verließ und sie, im Vordergrund oder im Hintergrund ihrer Gedanken, überallhin begleitete, wohin sie auch ging. Sie spürte, wie er sich in ihren wirklichen Vater verwandelte und in ihren Phantasien immer bei ihr war.

An solch stillen, benommenen Vormittagen las sie in Büchern, die sie schon ausgelesen hatte; ihr Gemüt war verzweifelt, ihr Körper träge und störrisch. Loretta nahm den Fernsehapparat mit zu sich ins Schlafzimmer, und weil Maureen nicht mit ihr im gleichen Zimmer sein wollte, konnte sie nicht einmal die dummen Tagessendungen sehen – es war einfach nichts zu machen, es gab keinen Ausweg. Die ehemaligen Wachträume waren alle vergangen. Sie konnte in ihrer Phantasie nicht mehr die Klassenszenen heraufbeschwören, auf die sie einst so stolz gewesen war, in der sie selbst die Lehrerin gewesen war. Sie würde nie Lehrerin werden. Sie brachte es nicht über sich, sich auszumalen, daß Furlong bei einem Unfall umkam, die Vision verblaßte, sie vergaß, sie lebendig zu halten. Nichts war in ihr als Haß auf ihn, der so verschwommen war, daß er sie, wie ihr Blut, automatisch durchpulste. Sie forschte in ihrem Gehirn, aber es war nichts drin. Alles war entleert, erschöpft. Sie hätte den Körper ihrer Mutter bewohnen können. Der einzige Reichtum waren Bücher, doch die Bücher lagen auf dem Sofa, gelesen und wiedergelesen, entleert. Sie konnten sie nicht mehr aufrütteln.

Manchmal dachte sie unbestimmt an Erdbeben, Feuersbrünste, berstende Gebäude. Sie dachte sich Unfälle aus, bei denen sich Autos übereinanderschoben, eins nach dem anderen.

Sie dachte an Geld. Zuerst dachte sie nur theoretisch an Geld, wie sie theoretisch daran gedacht hatte, sich eine Stellung zu suchen. Doch dann begann sie daran zu denken, wie Geld sich anfühlte, sie nahm eine Dollarnote aus ihrem Zimmer, aus dem Versteck und sah sie an. Sie konnte so eine Stunde und mehr verbringen. Es fiel ihr ein, wie mühelos Jules ihr acht Dollar gegeben hatte; es war so schnell gegangen, wie Zauberei! Furlong trug in der hinteren Hosentasche eine Brieftasche. Sie saß fest in dieser Tasche, runzlig und abgeschabt. Darin hatte er eine Menge Scheine. Sie überlegte, wieviel Geld er besäße. Er bekam zweimal im Monat einen Scheck und Loretta einmal im Monat einen Scheck. Wieviel Geld hatten die beiden?

Sie dachte sich ein Versteck für Geld aus: die Veranda von ihrem ehemaligen Haus an der Labrosse-Straße. Sie konnte unter die Veranda kriechen, in das schmutzige Geheimverlies und dort alles verstecken. Keiner würde es finden. Sie konnte selber dort bleiben und sich verstecken und niemand würde sie finden.

Sie fing an, ihre Schularbeiten mit der Note 4 zurückzubekommen. Selbst in Englisch, ihrem besten Fach, bekam sie jetzt 4. Sie saß niedergeschmettert und voller Scham da, ließ die Probeblätter ins Pult rutschen, versteckte sie rasch. Alles war so gefährdet. Immer hatte sie 1 und 2 bekommen, doch nun war sie auf 4 heruntergerutscht und konnte ehrlich nicht begreifen, warum. Es war eben passiert, ganz von selbst. Sie hätte ihre Lehrerin danach fragen sollen, doch sie blieb statt dessen auf ihrem Platz sitzen oder verließ, wenn es klingelte, eilig das Klassenzimmer, ängstlich bestrebt, fortzukommen. Auf dem Heimweg hatte sie Wachträume. Sie saß in der Schule und hatte Wachträume. Sie wurde langsam, schweigsam. Wenn man sie ausschalt, hatte ihr Blick etwas leicht Unverschämtes. Was zum Teufel machte das schon aus: Hausaufgaben, Schulaufgaben, Mündliches, dieser ganze Mist...

Sie malte sich aus, wie sie eine alte Papiertüte auf dem Bürgersteig fand, mit Geld drin! Niemand würde sich die Mühe machen, sie aufzuheben, außer ihr! Sie malte sich aus, wie sie die alte Papiertüte neben sich im Autobus fand, in einem Kino, in der Ecke einer Toilette – voller Geldscheine, verschiedener

Geldscheine! Geld, das ihr allein gehörte und von dem kein anderer etwas wußte.

Etwas, das hinter ihren Augen schmerzte, sagte ihr, daß sie sich dieses Geld verschaffen, daß sie fort mußte, ganz gleich wohin, daß sie entrinnen mußte – als ob, während sie versuchte, ihre Hausaufgaben oder einen Roman aus der Bibliothek zu lesen, ein bestimmter Satz darum kämpfte, sich ihr klar verständlich zu machen. Es war eine Magie, die nicht ganz funktionierte. Sie schlug wohl das Buch irgendwo auf und ließ ihren Blick auf einen Absatz fallen und *das* würde dann der Absatz sein, der ihr mitteilte, was sie wissen mußte – doch wenn sie ihn las, konnte sie ihn nicht verstehen. Manchmal konnte sie nicht einmal die Worte verstehen. War das ein Geheimcode? Verstanden ihn andere?

Sie fragt ihre Freundin Carol: »Denkst du manchmal daran, wegzulaufen?«

»Jetzt nicht mehr«, sagte Carol langsam.

»Findest du es denn nicht gräßlich – ich meine zu Hause?«

Carol zuckte die Achseln.

»Aber weglaufen willst du nicht?«

»Die bringen einen bloß wieder zurück«, sagte Carol.

Maureen sprach mit einem anderen Mädchen, einem älteren Mädchen, die weggelaufen und in Buffalo aufgegriffen worden war. »Wo hast du das Geld für den Autobus hergehabt?«

»Geklaut«, sagte das Mädchen.

»Warum bist du weggelaufen?«

»Ich hatte eben Lust. Du weißt schon.«

»Würdest du's nochmal machen?«

Das Mädchen war leicht geniert von Maureens Interesse. »Ne, es gab zu viel Ärger. Die meinen bloß immer, man kriegt 'n Kind und lassen einen untersuchen. Die haben eine dreckige Phantasie«, sagte sie mit einem Auflachen.

Sie versuchte, Jules auf der Straße aufzuspüren. Er war jetzt siebzehn und mußte alles wissen. Manchmal glaubte sie, ihn weiter vorn zu erkennen, aber es stellte sich immer heraus, daß es jemand anders war. Sie traf den Bruder von einem seiner Freunde, einen Jungen mit öligen Haaren und engen Hosen und fragte ihn nach Jules; er druckste herum. »Sag ihm, daß ich ihn sehen will. Ich muß ihn sprechen«, drängte sie.

Und dann, als noch mehr Zeit verstrichen war, ging etwas in ihr vor. Eines Morgens, als sie aus dem Fenster ins Nichts starrte, kam eine Veränderung über sie. Das Baby schrie. Loretta badete es. Maureen spürte, wie eine gewisse Härte über sie kam, als ob etwas Unsichtbares sie segnete, als forme sich aus ihrer Haut eine Schale. Sie trat vom Fenster zurück und glaubte, es sei ein kalter Luftzug. Sie schauerte. Ihre Muskeln zogen sich zusammen, schickten sich dann darein und entspannten sich. Sie fühlte, daß sie sich veränderte.

Am nächsten Tag verließ sie vor der Zeit, schon bald nach dem Mittagessen, die Schule. Sie sagte zu Schwester Marie Paul, daß sie starke Kopfschmerzen hätte, was auch stimmte. Der Kopf tat ihr immer weh. Doch auf dem Heimweg bummelte sie; es war ein strahlender, sonniger Tag – und wenn Wagen an ihr vorbeifuhren, blickte sie auf, leicht erstaunt, als hätte sie keine Ahnung, wohin sie ging oder was sie erwartete. Ihr Ausdruck war freundlich-verwundert. Als sie einen Kilometer weit in Richtung auf das Geschäftsviertel von Detroit gegangen war, sah sie einen Wagen vor sich langsamer werden und am Straßenrand halten. Sie ging auf dem Bürgersteig ohne Hast und ohne Furcht weiter. Als sie an dem Wagen vorüberkam, beugte sich der Fahrer heraus und sagte: »Möchtest du mitfahren?«

Einen Augenblick lang dachte sie zu Tode erschrocken, es sei Furlong in einem fremden Wagen. Doch dann sah sie, daß es ein Fremder war und daß er Furlong nicht im geringsten ähnelte. Sie nahm sein Gesicht sofort wahr: Es war in Ordnung. Es war gleichgültig, wer er war. »Ja, ich könnte vielleicht ein Stück mitfahren«, rief sie. Und stieg ein.

Der Mann sagte rasch: »Wohnst du hier irgendwo in der Nähe?«

»Oh nein, ich wohn dort hinten. Ich bin bloß spazierengegangen.«

»Schule schon aus?«

»Ja.«

»Bist du in der Oberschule?«

»Ja, ich bin Oberschülerin.«

»Wie heißt du denn?«

»Maureen.«

Er lächelte beklommen, er hatte nichts von alledem gehört und auch sie lächelte, aber nicht beklommen. Sie ließ ihr langes, kastanienfarbenes Haar nach vorne fallen. Unter ihrem Mantel trug sie den blauen Trägerrock, der ihr jetzt etwas zu kurz war, und Mocassins, wie alle Mädchen; sie umfaßte ihre Bücher kindlich mit beiden Armen.

Als sie erst im Wagen war, wurde ihr leichter, als hätte sie eine Grenze gefahrlos überschritten. Sie ließ ihre Bücher auf den Sitz zwischen ihm und ihr gleiten. Sie sagte leise: »An so einem schönen Tag fahr ich gern ein bißchen spazieren, aber wir haben keinen Wagen. Meine Eltern haben keinen Wagen; ich kenne niemand, der einen hat.«

»Wirklich niemand?«

»Na ja, vielleicht einen.«

»Keinen Freund?«

»Ich interessiere mich nicht für Jungen«, sagte Maureen.

»Du bist also in der – der Oberschule. In welcher Klasse?«

»Der letzten«, log sie mit strahlendem Lächeln und entspannte sich. Der Sonnenschein war wie Honig. Von irgendwo roch es nach Eau de Cologne – sie bildete es sich ein. Musikfetzen aus vorüberfahrenden Wagen drangen zu ihnen herein. Ihr war zumute, als sei sie in einem Schiff und triebe sanft und ohne Anstrengung auf der Strömung dahin.

Er fuhr auf den Fluß zu. Maureen fand es sonderbar, wie altvertraut alles aussah. Sie sah sich alles an; sie lächelte undeutbar. Sie passierten die Lagerhäuser, die leeren Bauplätze. Auf dem Fluß waren Schiffe, große Lastkähne, Binnenschiffe, die langsam und geräuschlos dahinzogen. Sie war frei. Niemand konnte sie auch nur sehen. Die Freiheit kam auf sie zu wie die Luft vom Fluß, nicht unbedingt frisch, aber frostig und stark; sie war frei und sie war entronnen.

Der Mann war ungefähr fünfunddreißig. Sie hätte es nicht genau sagen können. Er schwieg und in seinem Schweigen lag etwas Flehentliches. Sie merkte es genau, doch sie tat nicht dergleichen – ihr war, wie einem Mann, alles Flehen verächtlich. Irgendwo hielt er an. Er holte seine Brieftasche heraus und entnahm ihr Fotos, und zeigte Maureen Bilder von seiner Familie. Sie sah an den Bildern vorüber auf die Brieftasche, die rissig und abgewetzt war wie die von Furlong. Eines der Fotos zeigte einen Mann in Militäruniform – den Mann selbst! Maureen lächelte die Bilder an. Sie dachte: *Ich hab überhaupt keine Angst, ich spüre überhaupt nichts.*

Nach einer Weile küßte der Mann sie, nervös und ungeschickt. Obgleich sie seinen Mund auf dem ihren spüren konnte, empfand sie in Wahrheit gar nichts. Sie fühlte den Druck seines Mundes. Immer wieder dachte sie klar und deutlich: *Ich spüre gar nichts.* Hinter seinem Kopf war der Himmel. Er war wie immer. Der Mann beugte sich über sie, er atmete schwer, umfing sie mit einer seltsamen, gierigen Hast und küßte sie aufs neue. Etwas Drängendes war in ihm, in all seinen Gliedern. Sie stemmte die Hände gegen seine Schultern, nicht um ihn wegzuschieben, sondern nur um die Umarmung so zu ergänzen, wie sie es für ihre Pflicht hielt. Noch immer fühlte sie nichts. Es rührte sie nicht. Im nächsten Augenblick küßte er ihren Hals; er hielt sie krampfhaft umklammert und preßte seinen Mund auf sie, und zum ersten Mal empfand Maureen ein leichtes Unbehagen – aber nur eine Sekunde lang. Sie waren im Freien. Der blaue Himmel über dem Fluß Detroit blickte sie an.

Nach einer Weile ließ er sie los. Er war sehr nervös. Er sagte: »Ich fahr dich jetzt besser nach Hause.«

»Ja, gut«, sagte Maureen.

»Wirst du meistens von der Schule heimgefahren? Von einem Freund?«

»Ich hab keinen Freund«, sagte Maureen.

»Warum nicht?«

»Ich habe für Jungen keine Zeit.«

»Wirst du morgen auch wieder da sein? Ich meine, dort, wo du warst? Morgen ungefähr um diese Zeit?«

»Ja, gut«, sagte Maureen.

Zwischen ihnen herrschte Schweigen. Sie sah ihn nicht an. Schließlich sagte er: »Wenn ich morgen wieder vorbeikomme, könnten wir vielleicht miteinander wegfahren? Ginge das?«

»Ja.«

»Wir brauchen nicht weit zu fahren.«

»Ja. Gut.«

Am nächsten Nachmittag traf sie sich mit ihm auf der Straße. Sie trug nicht ihre Schuluniform, weil sie die Schule geschwänzt hatte; statt dessen trug sie Pullover und Rock. Ihr Haar wehte lose im Wind.

Der Mann starrte sie an, als sie in den Wagen stieg; es war ein hartes, hilfloses Starren. Sie sah ihn nicht an. Sie lächelte in seine Richtung. Sie fuhren über die West Jefferson Avenue hinaus; der Tag war leicht verhangen und schien sie zueinander zu drängen.

»Rück näher«, sagte der Mann.

Maureen rückte näher zu ihm hin. »Kannst du nicht noch näher sitzen?« fragte er.

Maureen nahm den Rock um die Knie zusammen und rückte noch einmal. Der Mann nahm ihre beiden Hände sofort in seine eine Hand. Sie empfand ein leichtes Unbehagen, fast eine Erinnerung an Angst, aber es ging vorüber. Mitten in ihm drin war das Geld, das er besaß – daran dachte sie.

Sie fuhren. Sie überholten Lastwagen, Autos, Autobusse. Maureen sah sich um, als hätte sie das alles nie zuvor gesehen, und der Mann blickte immer wieder von der Straße zu ihr hinüber, auf ihr Profil. Er war nervös und fuhr etwas unsicher. Maureen überlegte, was passieren würde, wenn sie einen Unfall hätten. Ein Polizei-Patrouillenwagen überholte sie, ohne Hast. Maureen warf einen Blick hinüber. Drei Polizisten, die Zigaretten rauchten. Trotz des bedeckten Himmels trugen sie Sonnenbrillen. Er brachte sie in ein altes Hotel an der West Jefferson Straße. Maureen sah sich gar nicht erst um. Sie stieg vor ihm die Treppe hinauf und spürte ihn hinter sich mit seinem intensiven, gierigen Blick. Sie fühlte noch immer nichts. Es war nichts Persönliches. Wenn sie Herzklopfen hatte, so ahmte sie nur etwas nach, von dem sie glaubte, es empfinden zu müssen, das sie aber nicht recht empfand, als befände sich ihr Körper in sicherer Entfernung von ihr. Sie meinte, daß ihre Lehrerinnen, die Nonnen, die die Mädchen vor gewissen Dingen gewarnt hatten, nicht mehr empfinden würden, als sie empfand – es war nicht möglich, viel zu empfinden. Sogar Angst war schon zu viel.

Sie betraten ein Zimmer. Der Mann schloß die Tür hinter ihnen und hängte eine Kette vor. Maureen sah sich um und sah ein Bett, einen Stuhl, eine Kommode, und gab dann das Schauen auf.

»Ich wollte, du würdest das da ausziehen«, sagte er und meinte ihren Mantel.

Er war ebenso groß wie Furlong, ein hochgewachsener Mann, aber er war sehr nervös. Was sie von seinem Gesicht sehen konnte, war in Ordnung. Er hatte eine helle, normale Haut. So lange das Fürchten seine Sache war, brauchte Maureen sich überhaupt nicht zu fürchten. Er half ihr höflich aus dem Mantel und hängte ihn weg. Dann trat er auf sie zu und umarmte sie. Sie tat einen überraschten kleinen Ausruf. Ihre Hände hoben sich zu seinen Schultern, als wollte sie ihn von sich stoßen, doch sie stand vor ihm und stieß ihn nicht von sich. In ihr war keine Furcht. Sie empfand im Grunde nichts; sie war von ihm entfernt. Sie schloß die Augen. Er drückte sich an sie, in seiner ganzen Länge, ein erwachsener Mann, der sich an sie preßte. Als ob sie miteinander intim wären, begann sie hinter ihm mit den Händen aufwärts zu tasten bis zu seinem Nacken. Er küßte sie auf den Mund. Sie fühlte die kurzen, stachligen Haare in seinem Nacken. Sie waren einander jetzt so nah, daß sie einander nicht mehr sehen konnten; er würde sich nie an ihr Gesicht erinnern können.

Binnen fünf Minuten war alles vorbei, und sie lag neben dem Mann, ohne sich auch nur im Zimmer umzusehen. Sie hatte eigentlich kaum Schmerz gefühlt. Sie hatte sich vorgestellt, daß sie große Schmerzen haben würde, aber sie waren leicht, sie konnte sich nicht so recht auf sie konzentrieren. Alles war bei dem Mann konzentriert gewesen, lebhaft und rasch; bei Maureen war alles verschwommen. Bei ihm war so viel Empfinden, daß sie es gar nicht nötig hatte, etwas zu empfinden.

Nach einer weiteren Stunde machten sie sich fertig zum Fortgehen. Er versuchte, ihre Kleider zu glätten, die zerknittert waren. Er war wie ein Vater. »Ach, das macht nichts«, sagte Maureen erstaunt, daß er sich darum kümmerte – was war schon an ihren Kleidern gelegen? Seine Besorgnis rührte sie. Sie brach in Tränen aus, was ihr und ihm überraschend kam. Sie bedeckte ihr Gesicht und weinte; aber es war nicht ernst gemeint. Sie konnte wieder aufhören. Sie zwang sich dazu, aufzuhören. Sie wußte nicht, warum das passiert war – sie hatte weder Angst noch Schmerzen ausgestanden. Es war vorbei. In Wirklichkeit war nichts geschehen. Er zog sie zärtlich auf seinen Schoß. Er kam ihr vor wie der Vater von jemand.

»Ich brauch Geld«, sagte Maureen. »Ich muß mir was kaufen, Kleider und so.«

Er drückte sie innig an sich. Er sagte, sie sollte aufhören zu weinen. Er wischte ihr mit dem Finger eine Träne von der Wange und führte den Finger zum Mund.

»Ich brauche Geld, Geld«, sagte sie. Sie begriff, daß er ihr Geld geben würde. Er war eifrig bestrebt, ihr Geld zu geben. Doch es würde noch eine gewisse Zeit dauern, ein paar Minuten, einige Minuten ... aber er würde ihr Geld geben. Diese Tatsache hinderte sie daran, in Stücke zu zerbrechen.

16

»Sie hat ein Kind gehabt... der untere Teil vom Rückgrat war irgendwie nicht in Ordnung, wie heißt es doch... es floß immer wieder was raus, irgendein Wasser... Das Kind hat nur ein paar Wochen gelebt...« – »Das ist wirklich gemein...«

Maureen saß auf ihrer Bettkante und blätterte in einem Buch.

Von Zeit zu Zeit blickte sie auf die Tür ihres Zimmers, die man nicht fest genug zumachen konnte, um die Stimmen aus der Küche abzuhalten. Loretta hatte Besuch, eine Frau namens Rita. Maureen haßte es, ihre Stimmen zu hören, haßte es, mitanzuhören, was sie sich erzählten, und sehnte sich zugleich danach, bei ihnen draußen zu sein und alles zu verstehen. Sie sprachen in Schüben von hellem Klang, rhythmisch und derb, in vollkommener Übereinstimmung, einander sehr nah: Maureen wußte nicht, ob sie sie haßte oder beneidete. Ihr Leben lang hatte sie Frauen miteinander reden hören, fast außer Hörweite aber nie ganz außer Hörweite. Doch das Gerede gab keinen Sinn: Sie saß auf dem Bettrand, allein, und blätterte nervös in einem Leihbuch. Sie verstand nichts.

Diese Frau namens Rita war heute morgen wie von ungefähr die Treppe heraufgesprungen gekommen, »gerade eben aus Florida zurück und diesmal für immer«, in einem schwarzen, paillettenbestickten Pullover und schwarzen langen Hosen. Ihr Haar war zu schwarz, um echt zu sein. Ihre Ohrläppchen waren durchbohrt, und sie trug in jedem einen goldenen Knauf. Loretta, die ihr die Tür aufmachte, hatte vor Überraschung und Freude aufgeschrien, und die beiden hatten sich umarmt, sehr aufgeregt, sehr liebevoll. Sie mochte Aufregungen nicht und Zärtlichkeit begriff sie nicht.

Das Buch in ihrem Schoß war ›Dichter der Neuen Welt‹, genau das richtige Format mit dem richtigen Titel, um Neugierige abzuhalten. Auf Seite 200 lagen eine Anzahl Geldscheine. Einer davon war ein Fünfzigdollarschein. Auf Seite 300 waren weitere Geldscheine. Maureen saß da und blätterte verträumt in dem Buch, ohne auf die Seitenzahlen zu schauen und nachzusehen, ob sie gleich auf ihr verstecktes Geld stieß, sie ließ sich überraschen, wenn es auftauchte. Jedes Mal, wenn sie darauf stieß, bekam sie einen leichten Schreck. Das war das Seltsame an Geld: immer kam es überraschend.

Eine Weile saß sie in ihrem Zimmer und wartete. Bettys Zimmerhälfte war fürchterlich unordentlich; sie hatten das Zimmer in zwei Teile geteilt, und Bettys Plunder lag bis unmittelbar an die Grenzlinie, hinter die Maureen ihn mit dem Fuß gestoßen hatte. Bettys Kleider lagen in Haufen überall herum, saubere und getragene, und der Mist, den sie hortete – Comic-Hefte, sogar kleine Verkehrszeichen, war unordentlich übereinander gestapelt. Bettys stramme, fahrige Gegenwart war beinahe hörbar im Zimmer, während Maureen es nicht war: Die Ordnung in Maureens Zimmerhälfte, das gemachte Bett und die kleine Reihe Bücher am Boden machten den Eindruck, als ob hier niemand für die Dauer lebte. Und das war fast Wahrheit: In den Nächten, in denen Loretta sich mit ihrem Mann stritt, warf sie Maureen aus dem Bett und Maureen mußte auf dem Sofa schlafen. Dieses Bett war ebenso Lorettas Bett geworden wie Maureens. Es gehörte nicht mehr wirklich Maureen. Wie alles andere, was ihr gehörte, war es fragwürdig, und es schien ihr daher ohnehin richtig, daß sie auf so vielen fremden Betten schlief oder wach lag, weil sie nie wirklich ein eigenes besessen hatte.

Punkt fünf Uhr stellte sie die ›Dichter der Neuen Welt‹ zurück auf ihren Platz am Boden und nahm drei andere Bücher heraus. In der Küche redete ihre Mutter noch immer mit ihrer lauten Freundin. Sie tranken Bier. »Das ist meine Reeny, meine Maureen. Erinnerst du dich noch an sie?« sagte Loretta und griff nach Maureens Hand. »Ist sie nicht wunderhübsch geworden?«

»Klar erinner ich mich an sie. Die ist ja süß! Sie war schon damals süß, als kleines Kind.« Rita lächelte Maureen liebevoll an. »Wie alt bist du denn, Schätzchen?«

»Sechzehn.«

»Sechzehn. Ach du lieber Gott!« Die Frau verzog den Mund zu einer freundlich-erstaunten Miene. »Weißt du, deine Mama und ich, wir waren schon dicke Freundinnen, als du noch gar nicht auf der Welt warst. Deine Mutter war nämlich erst so alt wie du jetzt. Wie findest du das?«

»Na, ist das vielleicht nichts?« fragte Loretta voller Begeisterung.

Maureen senkte den Blick zu Boden. Die Mutter hielt noch immer ihre Hand fest, als ob sie etwas von ihr erwartete. Sie war umzingelt vom plumpen Wohlwollen der beiden. Was war es, das ihr jede Zuneigung jetzt so verhaßt machte? War es das, daß man jemand dabei so nahe kommen mußte, jemand direkt ins Gesicht schauen? Sie wollte niemand ins Gesicht schauen.

»Das ist ja nett«, sagte sie.

»Ja, ja, deine Mutter war erst so alt wie du. Ob du's glaubst oder nicht.«

»Ich hatte damals lange Haare, ganz lange. Den ganzen Rükken runter«, sagte Loretta.

Maureen lächelte und machte sich von ihr los. Sie wartete auf Lorettas Erlaubnis, sich davonzumachen; sie war folgsam und höflich in ihrem Schulträgerrock und ihrer sauberen weißen

Bluse. Sie schien ihre Mutter und deren Freundin nicht ansehen zu wollen. Sie wollte sich auch nicht ihre Mutter mit sechzehn vorstellen, mit langen blonden Haaren.

»Na, Kind, wohin denn jetzt schon wieder? Wahrscheinlich schon wieder in die *Bibliothek?*«

Maureen fragte sich, wie die Mutter das meinte.

»Ja, Mama, ich muß drei Bücher zurückgeben.«

»Ach du – du und deine Bibliothek!«

»Sie ist wirklich ein hübsches Mädel«, sagte Rita herzlich. »Mir gefällt das, wie heutzutage die Kinder die Haare tragen. Aber was ist denn das für eine Tracht?«

»Die von der Nonnenschule.«

»Im Ernst, Loretta? Du schickst deine Kinder in eine Nonnenschule, nach allem, was du durchgemacht hast? Zu den dämlichen Weibsbildern –«

»Ach, es ist wegen der Kinder. Es ist gut für sie.«

Maureen verabschiedete sich und ging.

Es war jetzt Frühling und sie ging ohne Mantel. Sie wanderte hinüber zur Bibliothek, beinahe glücklich, von dem einen Ort fort und beim anderen noch nicht angekommen zu sein, in der Schwebe, frei ein paar Minuten lang. Als sie die Bibliothek betrat, spürte sie, wie ein Schauer der Vorfreude sie überlief. Sie trat an den Tisch der Bibliothekarin, um die Bücher zurückzubringen. Dann ging sie in den Lesesaal, wo ein paar Leute an Tischen saßen und lasen oder tagträumten. Jemand zog ihre Aufmerksamkeit auf sich. Er hielt eine Nummer der ›Newsweek‹ vors Gesicht, und auf dem Titelblatt der Zeitschrift war ein Frauengesicht – Maureen kannte das Gesicht nicht, aber es war ein schönes Gesicht. Sie erwiderte seinen Blick und verließ die Bibliothek stehenden Fußes.

Draußen auf dem Bürgersteig wartete sie, bis er sie eingeholt hatte.

»Hat deine Mutter Schwierigkeiten gemacht?« fragte er.

»Nein, nur so wie immer.«

Sie ging neben ihm her, schlenkerte leicht mit der Handtasche, lächelte, und er drängte sich ein wenig an sie. Sie hatte ihn vor drei Wochen kennengelernt, ihn sich ausgesucht, weil er irgendwie zuverlässig und ruhelos aussah. Sie konnte nah an einen Mann herankommen und ihn durch halbgeschlossene Augen einschätzen, ohne ihn je wirklich anzusehen – es war ein Gespür in ihrem Blut. Sie neigte den Kopf auf gewisse Weise, sie ließ den einen Fuß nach außen gleiten, so daß der Knöchel den Boden berührte, sie tat so, als denke sie ernsthaft über etwas in ihrem Leben nach, und auf diese Art spürte sie, wie sich sein Augenmerk auf sie richtete wie ein starker Lichtstrahl, der sie einhüllte und hervorhob.

»Ein schöner Tag ist das heute. Ein feiner Tag.« Er lehnte sich beim Gehen leicht zu ihr hinüber und streifte ihren Arm. Sie fühlte, wie sich sein Körper ihr zuneigte. Er war kein schüchterner oder besonders behutsamer Mann, doch er verstand sie; er gab ihr Geld. Sie war gierig auf das Geld, das er ihr heute geben würde und das noch in seiner Brieftasche steckte. Es war im Augenblick noch nicht in Sicht und ging sie nichts an, aber sie dachte schon lebhaft daran, wie es aus seinen Händen in die ihren übergehen und zu ihrem Geld werden würde. Die Scheine würden sich in keiner Weise verändern und doch die ihren werden. Ihre Macht würde auf sie übergehen. Daß dieser Mann ihr sein Geld gab, war keine einfache Handlung, sondern eine Verwandlung des Geldes an sich, so daß es eine andere Art Geld wurde, es wurde ihres, es wurde in ihren Händen voller Zauber und geheim vor aller Welt und blieb trotzdem unverändert.

Er stieß sie leicht an und sagte: »Woran denkst du denn? Du siehst so sonderbar aus. Woran denkst du bloß immer?«

»An nichts.«

»An nichts? Nicht an mich?«

»Nein.«

»Aber ja. Sicher denkst du an mich!«

Er scherzte und sie blickte zu ihm auf und lächelte. Sie sah ihn in Wirklichkeit nicht. Sie hatte an jenem ersten Tag genug von ihm gesehen, um zu wissen, daß er ein ziemlich hartes, forderndes Gesicht hatte, daß sein Haar kurzgeschnitten war, seine Fingernägel offenbar nicht schmutzig, die Kleider, die er anhatte, recht elegant – zumindest meinte sie, sie seien recht elegant. Sie hatte gelernt, daß er, wenn sie allein waren, hastig nach ihr greifen würde und daß, sowie sie miteinander reden wollten, ihre Worte so nervös und hitzig herausplatzen würden, wie Ohrfeigen. Es war ähnlich, wie wenn man mit Loretta redete: kein wirkliches Unterhalten. An sein Privatleben dachte sie nie, sie war auch nicht neugierig darauf. Sie fragte nicht danach, ob er verheiratet war oder eine gute Stelle hatte oder nicht. Von ihr aus brauchte er überhaupt keine Stellung zu haben. In Wirklichkeit dachte sie nie anders an ihn als an den Mann, mit dem sie sich ein paarmal wöchentlich traf und der ihr Geld gab und der auch jetzt Geld bei sich trug, das er ihr später am Nachmittag geben würde – das war der geheime, innerste Kern seines Wesens, der ihr eröffnet und geschenkt werden würde.

»Möchtest du irgendwohin?« fragte er.

»Wohin du willst«, sagte Maureen.

»Mein Wagen steht hier. Möchtest du ein bißchen spazierenfahren, Kleines?«

»Gut.«

Jetzt wo sie auf dem Parkplatz waren und weg von der Straße, griff er ihr mit der Hand um den Nacken. Er öffnete ihr die Wagentür. Sie stieg ein, drängte sich dabei nahe an ihm vorüber, und er beugte sich herunter und küßte sie. An diesem Punkt fing es an: eine Art von Anfang. Er veränderte sich, sie konnte spüren, wie er sich veränderte. Er sagte dicht an ihrem Mund: »Ich hab die ganze Zeit an dich gedacht...« Es war keine besondere Wahrheit, die er aussprach – sie nahm sogar an, daß er log –, Wahrheit aber war, daß er das Bedürfnis empfand, es auszusprechen, und das zeigte ihr, daß alles war, wie es sein sollte.

Er umarmte sie. Bei ihm war alles, wie es sein sollte. Während sie im Wagen saß, ließ sie alle Kraft aus ihrem Körper verströmen, als sei es Maureen selbst, die aus ihr entfloß, entrann, sich in Luft auflöste, und der Mann beugte sich unbeholfen über sie, um ein Verlangen auszudrücken, mit seinem Körper, mit seinen Händen. Es war etwas Fröhliches und Zügelloses in seiner Begierde – Funken schienen sie zu umtanzen, neckend um sie herumzuhüpfen, Funken der Erregung, die sie nicht erfassen konnte und manchmal ganz gern begriffen hätte, doch sie hatte keine Gewalt über sich selbst.

Er fuhr erregt hinaus auf die Woodward Avenue, in schnellem Tempo, wie um seine Macht zu zeigen. Sie ließ ihre Augen an den Reihen vertrauter Gebäude entlangschweifen. Im Radio wurde ein bekannter Schlager gespielt. Die Luft war angenehm, wie dieser Mann gesagt hatte, ein Hauch von Frühling war darin. Maureen wunderte sich, daß es ihr nicht mehr bedeutete. Sie konnte sich nicht so recht an den vorigen Frühling, an voriges Jahr erinnern. Sie dachte, sie hätte den Frühling immer gern gehabt, erleichtert darüber, daß wieder ein Winter überstanden war, doch nun gehörte dieses Gefühl ihrem Freund, der den Wagen mit der einen Hand steuerte und mit der anderen ihre Hand drückte. Er hatte alle Kraft des Frühlings in sich aufgenommen und war schwindlig davon, während Maureen ruhig dasaß und hinausschaute auf die Läden und Menschen, all diese vielen Menschen mit Geld in der Tasche, die in die Läden gingen, um sich etwas zu kaufen, um Geld auf die Ladentische zu legen, um anderen Leuten Geld zu geben, ein Kreislauf, der niemals endete.

Er sprach mit ihr und sie mußte zuhören. »Bist du immer noch Schriftführerin in deiner Klasse?« fragte er. »Erzähl mir davon.«

»Da gibt es wirklich nichts zu erzählen.«

»Ich weiß noch, wie ich in der Schule war – in meiner Klasse, da hatten wir einen Präsidenten und auch einen Schriftführer. Erzähl doch davon.«

»Da gibt es wirklich nichts zu erzählen.«

Nach einer Weile sagte er: »Erzähl mir doch mehr über deine Mutter. Streitet ihr beiden euch dauernd? Sie glaubt doch nicht im Ernst, daß du dich rumtreibst? Was ist mit deinem Vater, was glaubt der denn?«

»Ich weiß nicht. Ich weiß nichts über sie.«

»Hat mal jemand versucht, dich mitzunehmen, und sie hat es herausbekommen? Erzähl doch mal!«

Er fuhr bis über den Palmer Park hinaus, in dem Menschentrupps im Frühlingssonnenschein umherwanderten und aussahen, als seien sie von ihm betäubt. Eine aufsässige Schar Enten und Gänse balgte sich rings um den Teich um Futter und griff sich gegenseitig an. Menschen blieben drumherum stehen und warfen den Vögeln Brotstückchen zu. Draußen im Wasser schwammen umgekippte Bänke, eine schwamm aufrecht und eine Taube saß darauf und besah sich das Ganze. Die Sonne glitzerte prächtig auf allem. Es hätte Musik spielen sollen. Menschen waren auf Tennisplätzen, spielten Tennis oder sahen zu. Maureen legte ihre Hand auf die des Mannes und streichelte seine Finger. Das würde ihn vielleicht weiterhin schweigen lassen. Sie dachte, wie es wohl sei, Tennisspielerin zu sein; nicht um Tennis zu spielen, das interessierte sie nicht, sondern um Tennisspielerin zu sein, eines der Mädchen in Weiß, das einen Pullover über dem Rücken trug, die Ärmel vor der Brust verknotet...

Er fuhr sie am State Fair Ground vorüber. In einer überdachten Bushaltestelle warteten Schwarze auf Busse; einige von ihnen, Frauen, standen draußen in der Sonne.

Der Mann fuhr sie in ein Motel außerhalb von Detroit, ein weißes Haus mit rosa Neonlampen. Auf dem Parkplatz standen mehrere Wagen mit auswärtigen Nummernschildern. Maureen stieg aus dem Auto und wartete darauf, daß er vom Einschreiben beim Empfang zurückkam, danach ging sie mit ihm aufs Zimmer. Die Jalousien waren bereits heruntergelassen.

Der Mann half ihr den Trägerrock ausziehen und zog dann mit sanfter Autorität die Haut ihrer Augenwinkel straff. »Du solltest mehr schlafen. Ist deine Familie immer noch so verdreht?« fragte er.

Maureen antwortete nicht. Sie stand in ihrem weißen Unterrock da und zog die Bettdecke von den Kopfkissen und dachte dabei, daß diese Szene, die Kopfkissen und die fahle Beleuchtung so altbekannt waren, daß sie sich mittendrin gar nicht mehr wahrzunehmen brauchte. Sie war da und war doch nicht da. Doch ein Zwischenfall beunruhigte sie – sie erblickte zufällig das Gesicht des Mannes im Spiegel. Sie hatte es nicht sehen wollen. Er knöpfte sich das Hemd auf, und blickte an sich herunter, und sie bemerkte, daß er ein elastisches Uhrarmband aus Platin trug und daß auf den Spitzen seines Hemdkragens winzige Knöpfchen waren, die ihn in Form hielten; sein Gesicht bekam durch seine Hast fast etwas Gemeines.

Er kam zu ihr und sie gingen zum nächsten Teil des Geschehens über, nun sie aufgehört hatten zu reden, und Maureen betastete pflichtschuldigst das Fleisch auf seinem Rücken, als begänne sie ihn erst jetzt wiederzuerkennen. Doch auch dies war altvertraut. Sie hatte sich alle Teile des Vorgangs gemerkt, den Arbeitsgang, den die Maschinerie bis zum unausbleiblichen Ende durchlief; und wollte ihn beschleunigen. Seine Haut war die Haut eines Mannes, ein wenig rauh. Sie fühlte sich unter ihren Fingern fast sandig an; er selbst war ein wenig rauh. Ein Mann war wie eine Maschine: eine von den Maschinen in der Automatenwäscherei, zu der sie die Wäsche schleppte. Es gab mehrere Arbeitsgänge, die durchlaufen werden mußten. Der Arbeitsgang hatte damit begonnen, daß er ihr die Autotür öffnete und in ein, zwei Minuten würde er zu Ende sein, mit einer plötzlichen angespannten Lähmung bei ihm, seinem stoßweisen Atem in ihr Gesicht, den vertrauten, sich aufdrängenden Anzeichen für eines Mannes Liebe. Denn von Liebe sprach er, und stöhnte in sie hinein: »Großer Gott, liebe ich dich . . . ich bin ganz verrückt nach dir. . .«

Danach lagen sie miteinander unter der billigen Baumwolldecke und er sprach mit veränderter Stimme. Er war fröhlich und energisch, ein wenig laut. »Deine Mutter glaubt das doch nicht im Ernst, diesen Quatsch, den sie sagt, was? Sonst würde sie dich doch nicht weggehen lassen.« Er stellte etwas für sie zur Debatte, gewisse logische Blöcke. Es war gleichgültig, was sie bedeuteten.

»Ich weiß nicht«, sagte Maureen.

»Du solltest mehr schlafen. Geh früh ins Bett.«

»Schön.«

»Brauchst du viel Geld?«

»Ja.«

»Wozu? Willst du dir was kaufen?«

»Schon möglich.«

»Du willst dir was Hübsches zum Anziehen kaufen, nicht wahr?«

Maureen schloß die Augen.

»Das könnte ich dir doch kaufen. Laß mich's dir doch kaufen.«

»Nein«, sagte sie schlicht. »Ich möchte lieber das Geld.«

»Aber ich könnte dir doch selber was Nettes kaufen. Du könntest es dir aussuchen.«

»Ich möchte lieber das Geld.«

»Wenn ich dir kein Geld gäbe, würdest du dann nicht mit mir mitkommen?«

Maureen antwortete nicht. Sie war zu müde, um zu antworten.

»Du magst mich wohl nicht, wie?«

»Ich mag dich gern.«

Er lachte. Er war in ausgezeichneter Stimmung. »Liebst du mich?« fragte er.

»Ja, ich liebe dich.« Sie sagte es teilnahmslos und ohne Ausdruck, in völligem Gehorsam.

Sie konnte hören, wie der Verkehr draußen auf der Woodward Avenue lauter wurde; es wurde spät. Die Leute verließen die Stadt, fuhren nach Norden. Sie fühlte, wie ein Schauer sie überlief bei dem Gedanken an Männer in Autos, die aus der Stadt herausfuhren, nach Norden, zu den Vororten, in denen sie wohnten, ein stetiger, lärmender Strom von Fahrzeugen. So viele Menschen, soviel Hast. Es war sonderbar, daß sie still auf diesem fremden Bett liegen mußte, in einem Zimmer, das dieser Mann gemietet hatte, während alle anderen entflohen, aus der Stadt hinausfuhren. Sie rückte ein wenig von ihm ab. Ihr Herz hatte angefangen zu klopfen.

Als sie um etwa sieben Uhr heimkam, ging sie sofort ins Bad und holte sich das Töpfchen Gesichtscreme ihrer Mutter aus dem Badezimmerschränkchen. Loretta folgte Maureen ins Badezimmer. »Nimm dir nur, brauchst ja gar nicht zu fragen. Nur zu«, sagte sie. Rita war inzwischen fortgegangen, aber ihre Geschwätzigkeit lag noch in der Luft und hatte Loretta angesteckt.

»Also darf ich davon nehmen?« fragte Maureen geduldig.

»Warum nicht? Wir müssen ja miteinander leben.«

Sie drängte sich an der Mutter vorbei und ging auf ihr Zimmer, wo sie sich auf den Bettrand setzte. Loretta folgte. Von dort, wo sie saß, konnte Maureen das Buch ›Dichter der Neuen Welt‹ sehen. Sie hatte von neuem Geld, das sie in das Buch legen konnte – heute nacht würde sie alles zusammenzählen. Sie konnte sich im Bad einschließen und es zählen.

Sie schmierte sich Creme ins Gesicht, während ihre Mutter im Türrahmen hing und rauchte. Maureen hörte nicht, was die Mutter schwatzte, sondern dachte an ihr eigenes Gesicht. Vielleicht wurde es älter, veränderte sich dadurch, daß sich jene rauhen Gesichter daran rieben. Irgend etwas würde sich in ihrem Gesicht verändern. Sie dachte, ob wohl alle Frauen, die sich Männern hingaben, das Gepräge ihrer Gesichter auf dem ihren spürten – wie bekam man es herunter? Es war wie eine Hülle, hart und häßlich, die ihr Gesicht umschloß. Die Haut würde davon rauh werden.

Loretta sagte ein wenig beschwipst: »Die Rita, die ist ein goldiges Ding, wirklich, die ist ein Herzchen. Zweimal hat sie mir aus der Patsche geholfen, zweimal, als ich wirklich in der Tinte saß –«

Maureen wischte sich mit einem Zellstofftuch die Gesichtscreme ab. Auf dem Tuch waren keine besonderen Spuren – bloß Gesichtscreme, ein wenig Schmutz. Kleine Schmutzflecken. Kein Zeichen. Sie wagte dennoch nicht, erleichtert zu sein. Es brachte Unglück, wenn man nach beendeter Gefahr erleichtert war; Gefahr war niemals wirklich vorüber. Was war mit dem Geld in ihrer Handtasche? Wenn nun Loretta im Scherz nach ihrer Tasche griff und hineinschaute? Sie war neugierig genug, um so etwas zu tun. Tief unten in Maureens Rückgrat begann ein Zittern. Sie wischte sich das Gesicht ab, zerknüllte das Tuch und fragte sich dabei, ob ihre Mutter es erraten könnte. Ja, ihre Mutter würde es erraten, sobald sie die Handtasche öffnete. Nein, sie würde nichts erraten. Wußte sie es bereits? Oder war alles ein Scherz? Maureens Rückgrat fühlte sich so kalt und brüchig an, als verwandle es sich in Eis. Es fühlte sich an, als ob es plötzlich brechen könnte. Und dann würde die Rückenmarksflüssigkeit herausquellen. Sie dachte an jenen Mann, wie er über ihr gehangen hatte, auf ihr lastend, an all die Liebe, die er in sie hineingestoßen und verströmt hatte, als wäre sie ihm einfach zu viel und er müsse sie loswerden, je eher desto besser. Sie dachte an ihre Mutter und Furlong. Sie dachte an ihre Mutter und ihren Vater, ihren toten Vater. Ganz langsam wischte sie die Gesichtscreme von ihrem Hals und dachte an diese Dinge. Es war gut, sich sauber zu fühlen, aber ihre Haut fühlte sich fettig und klebrig an von der Creme. Sie war nicht wirklich sauber. Ihr Rücken war sehr kalt, sehr zerbrechlich. Wenn jetzt ein Mann auf sie niederstürzte, würde er sie entzweibrechen, ihr Rückgrat würde durchknicken. Sie konnte solche Dinge nicht verstehen. Sie konnte das Gewichtige, diese Macht, die Männer und Frauen zueinander zog, freiwillig, nicht verstehen. Was sie verstehen konnte, war das Geld in ihrer Handtasche und das Geld in dem Buch dort. Es war etwas, was man immer wieder überzählen konnte; es war so wirklich, wie ein Roman von Jane Austen.

Loretta, die sich in der Tür rekelte und dabei schwatzte und rauchte, machte keinerlei Anstalten wegzugehen. »Wie war's in der Bibliothek, Kleines? Hast du viel gelernt?«

»Mamma, du solltest dieses dumme Fernsehen abstellen und auch mal was lesen. In der Bibliothek gibt es Bücher von allen Sorten«, sagte Maureen plötzlich. »Du würdest was lernen.«

»Einen Dreck würde ich. Was denn?«

»Da gibt's Bücher über alles Mögliche.«

»Zum Beispiel?«

»Ich hab mir einen Gedichtband mitgenommen, dort ist er, auf dem Boden. Gedichte.«

Loretta blickte auf die Bücherreihe herab. »Gedichte. Zum Teufel. So ein Mist«, sagte sie und ließ den Türrahmen los.

Ist sie wirklich? fragte sich Maureen plötzlich. *Ist irgend etwas von alledem hier wirklich?* Sie erinnerte sich daran, daß ihre Mutter einmal über das Muttersein, über das Kinderhaben gesprochen hatte. Loretta hatte gesagt, daß es komisch sei, eine Mutter zu sein, denn wenn die Kinder nicht im gleichen Zimmer waren – wären sie denn dann wirklich? Hätte man sie denn dann wirklich? Und vielleicht war das hauptsächlichste Kind, das man hatte, das wie man meinte wichtigste, jemand, zu dem man nie richtig in Beziehung trat – und was dann? Loretta hatte langsam und ernsthaft gesprochen. Sie hatte mit Connie geredet, über Großmama Wendalls Körper hinweg. Und Maureen, die nur halb zuhörte, war etwas Rührendes, etwas Erschreckendes in der Stimme der Mutter aufgefallen. *Wenn die Kinder nicht bei einem im Zimmer waren, hatte man sie denn dann wirklich?* Und sie selbst, Lorettas Tochter, hätte nicht zu sagen gewußt, wie die Antwort lautete.

Vielleicht war auch das Buch mit ihrem Geld darin, und das Geld, das sie begierig sparte, und die Vorstellung von diesem Geld, vielleicht war das alles auch nicht wirklich? Was würde geschehen, wenn alles auseinanderfiel? Es war sonderbar, daß man instinktiv fühlte, ein gewisser Zeitraum sei Wirklichkeit und kein Traum, und daß man ihm sein ganzes Leben widmete, alle Energie, allen Glauben, weil man meinte, er sei wirklich. Doch wie sollte man wissen, was dauern würde und was nicht? Wie hielt man sich an etwas, das nie aufhörte! Ehen hörten auf. Liebe hörte auf. Geld konnte gestohlen, gefunden und weggenommen werden. Vielleicht würde Furlong selbst es finden, es konnte ganz von allein verschwinden, wie damals das Notizbuch mit den Protokollen. So etwas kam vor. Dinge verschwanden, rutschten in einen Spalt, wurden verschluckt, beiseitegestoßen, unters Bett geworfen, oder in den Müll und waren weg. Nichts hielt sich lange. Maureen dachte an Erdbeben, bei denen sich die Erde in wilden Spalten auftat, und Häuserblocks, Kirchen, Eisenbahnschienen verschlang. Sie dachte an Feuersbrünste, an Bulldozer, die Bäume und Gebäude einebneten. Warum nicht? Während sie bei dem Mann gelegen hatte, erst vor ganz kurzem, war ihr hilflos bewußt geworden, daß sie dort war und nicht draußen auf der Straße, daß sie mit einem Mann im Bett war und nicht draußen in einem Wagen, irgendwohin unterwegs. Es war ihr Schicksal, Maureen zu sein, das war es. Aber diejenige Maureen, die sie in Gegenwart des Mannes war, bei dem sie gewesen war – er behauptete, verrückt nach ihr zu sein und sie heftig zu begehren –, war nicht von Dauer. Sie hörte auf. So eifrig er sich in den technischen Vorgang, sie zu lieben, eingeschaltet hatte, er war dennoch nüchtern und darauf bedacht, sich wieder auszuschalten und sie nach Hause zu fahren und sie loszuwerden. Das war eine Tatsache. Er war ungefähr fünf Minuten lang sehr wirklich für sie und dabei blieb es. Die lebhafteste Erinnerung an die Männer, mit denen sie zusammen gewesen war, war die, wie sie sich von ihr zurückzogen. Dann waren sie völlig Körper und hatten sich erfüllt.

An diesem Abend kam Furlong früh nach Hause, ungefähr um zehn. Maureen hörte ihn. Dann hörte sie, wie Loretta nach ihr rief: »He, Kind, komm doch mal her. Ich hab was für dich zu tun.« Maureen stand sofort auf und ging aus ihrem Zimmer, sie verzog nicht einmal das Gesicht. Sie war im Bademantel. Furlong stand neben dem Küchentisch, die eine Hand ins Kreuz gelegt – eine Geste der Niederlage, die merkwürdig zart wirkte. Maureen hatte nie darüber nachgedacht, daß Männer Schmerz empfinden könnten, doch sie erkannte, daß dieser Mann Schmerzen hatte.

»Schatz, kannst du ihm mal den Rücken massieren?« fragte Loretta. »Der macht wieder Geschichten und ich bin so furchtbar müde. Mir war schon den ganzen Tag schwindlig.«

Maureen sah ihre Mutter gleichmütig an und nickte.

»Ich hol dir das Zeug«, sagte Loretta. »Du tust mir wirklich einen großen Gefallen, Reeny. Er kann sonst nicht schlafen.«

Furlong setzte sich. Maureen wartete. Die beiden sprachen nicht miteinander und sahen einander nicht an. Loretta kam aus dem Badezimmer mit dem Franzbranntwein und knöpfte Furlong das Hemd auf, forsch und tyrannisch. »Reeny kann sich auch mal nützlich machen«, sagte sie. »Das Baby hat heute zweimal erbrochen, das arme Wurm. Mir langt es wirklich! Also komm her, Reeny. Das machst du so. Sieh mir mal zu.«

Die Mutter zeigte Maureen, wie sie Furlong den Rücken massieren sollte. »Die Finger ganz fest aufsetzen, fest mußt du's machen. Und immer im Kreis«, sagte sie. Sie strömte einen Geruch nach etwas Billigem, Puderigem, Angenehmem aus. Furlong roch anders. Wie sein Körper fest und schwer und starr war, war auch der Geruch seines Wesens, der rätselhafte Geruch seiner Seele schwer, düster, trübe. Nichts daran war leicht, nichts puderig.

Maureen fühlte einen leichten Schwindel, als sei das Schwindelgefühl ihrer Mutter auf sie übergegangen. Es war seltsam, es störte sie nicht, daß die Hände der Mutter über den ihren lagen, ihre schmalen Hände über Furlongs Rücken führten, und sie tastete mit den Fingerspitzen langsam und mit einer gewissen Verwunderung über die sonderbaren kleinen Knorpel, die das Rückgrat bildeten. Obwohl sie sehr müde war, machte ihr dies alles nichts aus, nicht einmal, daß ihre Mutter sich auf sie stützte.

»So, ja, so«, sagte Loretta befriedigt. Zu Furlong sagte sie: »Na, wie fühlt sich's an?«

Er nickte dankbar. Sein Gesicht war schweißig vor Schmerz.

Maureen sah auf sein dickes, glattes Fleisch unter ihren Fingern und begriff, warum er so schweigsam war; auch ihr Vater war schweigsam gewesen. An den Männern war zu viel Fleisch, zu viel Gewicht, als daß Worte es hätten durchdringen können.

»Also Reeny, jetzt weißt du, wie's gemacht wird, ja? Ich geh ins Bett«, sagte Loretta und verließ das Zimmer.

Maureen hörte sie im Schlafzimmer mit dem Baby reden. Das Baby wimmerte. Diese Töne, die aus einem anderen Raum drangen, waren wie eine Mauer, Loretta war jenseits davon. Maureen betrachtete Furlongs Hinterkopf. Sie blickte auf seinen Nacken, der ganz still war und auf seinen festen Rücken, auf das bleiche Fleisch, das von winzigen Hautunreinheiten und Leberflecken verunstaltet war, wie von geheimen Zeichen seiner Schwäche. Sie spürte ein jähes, überwältigendes Schwindelgefühl.

Daß sie ihn massierte, fing an sie zu hypnotisieren. Und doch ließ die Müdigkeit ihre Hände langsamer werden: Die Muskeln in ihren Oberarmen schmerzten. Sie hielt inne. Sie beugte sich zu ihm herunter, als wollte sie ihm ins Ohr flüstern, legte aber statt dessen ihre Wange auf seinen warmen Rücken, nahe der Schulter. So verblieb sie einen Augenblick lang.

Dann zog sie sich zurück und sagte: »Gute Nacht, ich geh schlafen.«

17

Eine Woche später, etwa um fünf Uhr nachmittags blickte Maureen zufällig aus dem Fenster von ihres Freundes Wagen, als sie auf der Livernois-Straße darauf warteten, daß die Ampel wechselte. Auf dem Bürgersteig, inmitten einer Gruppe von Männern, die aussahen, als hätten sie schon den ganzen Tag dort gestanden, stand der Mann ihrer Mutter und starrte sie an. Maureen verbarg das Gesicht mit der Hand und wandte sich ab.

»Ist was?« fragte der Mann.

»Nein. Laß nur.«

Er fuhr weiter. Er war heute in anderer Stimmung, ruhiger. Sie kümmerte sich um seine Stimmungen nicht, verhielt sich still und wartete darauf, daß sie alles hinter sich hatte, daß der Routinevorgang ablief und sich erschöpfte. Doch plötzlich bekam sie Angst. Sie fing an zu zittern. Das sonderbare Gefühl im

Rückgrat fing wieder an, als sei es eine beginnende Lähmung; die Kälte breitete sich in ihrem ganzen Körper aus. Sie dachte, was wohl passieren werde. Er hatte sie gesehen, bestimmt. Sie hatte ihr Gesicht mit der Hand abgeschirmt. Es hatte nur eine Sekunde gedauert und war vorbei, und doch war nichts davon vorbei. Sie faßte sich mit beiden Händen an den Kopf, betastete ihren Schädel und überlegte, ob sie wohl im Wagen dieses Fremden ohnmächtig würde.

Er sprach von etwas. Sie saß vollkommen regungslos da und starrte hinaus auf die vorüberziehende Landschaft aus Bürgersteigen und Schaufenstern. Alles war zu grell. Die Augen taten ihr weh. Sie dachte nicht mehr an den Mann neben sich, oder an Furlong, oder daran, was passieren würde, wenn sie nach Hause kam. Sie richtete ihre Gedanken nur noch auf das Buch und das Geld darin, das sie Woche für Woche gespart hatte. Man konnte es ihr nicht wegnehmen, nicht so leicht. Es war nicht möglich, daß sie es verlor. Sie fing an rasch zu atmen, als ihr das Geld einfiel. Es war ihr Geld. Ein Luftstrom durchs Wagenfenster wühlte in ihrem Haar und tat ihren Augen weh. Warum war es so kalt? So konnte sich nicht so recht erinnern, wohin sie fuhren. Waren sie an diesem Nachmittag schon miteinander im Bett gewesen oder waren sie noch dorthin unterwegs? Sie wußte es nicht mehr. Behutsam rückte sie auf ihrem Sitz und prüfte sich – war sie wund von ihm oder war noch nichts geschehen? So oder so, im Grunde war es ihr gleichgültig. Alles in ihr war so leer, daß sie nichts fühlte; ihr Körper vergaß schneller als sie selbst.

Der Wagen roch nach Leder und Metall. Es roch nach Kölnisch Wasser, das sie auf sich getupft hatte, ein Zeug von ihrer Mutter in einer hellblauen Flasche. Ihre Hände lagen schlaff auf den Knien, die Hände eines Schulmädchens mit langen Fingern und verdickten Knöcheln und ein paar Tintenklecksen. Sie hatte sehr kalte Hände. Sie befühlte ihre Füße und entdeckte, daß auch sie sehr kalt waren. Doch es war nicht mehr Winter – keine zusammengesinterten Haufen schmuddeliger Schnee waren übriggeblieben – man war schon mitten im Frühling, die Menschen gingen auf der Straße in Hemdsärmeln, ohne Mantel, und doch kam es ihr sehr kalt vor. Sie sah hinaus. Sie konnte sich nicht erinnern, welche Straße das war. Langsam hoben sich die Schranken vor ihnen, sie hatten gewartet, bis ein Zug vorbei war. Maureen starrte auf die sich hebenden Schranken und empfand Entsetzen.

»He, was ist denn? Ist dir schlecht oder was?«

»Nein.«

Er griff nach ihrer Hand, voller Besorgnis. Er knipste das Autoradio aus, das Maureen nicht gehört hatte, bis er es abstellte. Sie fing an, den Kopf zu schütteln, *nein*, es war immer *nein*, gleichgültig, was er sie fragte, und sie log automatisch und ohne Schwung, dann schaltete sie um und log wieder: »Ich hab ein bißchen Kopfweh. Es ist nichts.« Er drückte ihre Hand. Er preßte sie gegen seine Schenkel. Sie blickte herunter auf seine große Hand, auf die Härchen darauf und fragte sich, warum sich Frauen Männern hingaben, wo es doch nur hierauf hinauslief; auf eine Hand oder sonst einen Teil des Körpers.

In ihrer Oberschule trieben sich Mädchen mit Jungen ihres eigenen Alters herum, leichtfertige Dinger. Sie taten alles und bekamen kein Geld dafür. Sie konnte sie nicht verstehen; ihr aufgeregtes Gerede im Waschraum war ihr so unverständlich wie eine fremde Sprache. Die Mädchen sagten immer: »Ach, ich liebe ihn so, ich bin verrückt nach ihm –« Und Maureen, neugierig und leicht angewidert, konnte aus ihren Worten eine rauhe Zärtlichkeit heraushören, die ihr ein Rätsel blieb. Diese Mädchen waren wie Geschöpfe eines anderen Elements, leichtsinnig und hübsch mit ihren hochtoupierten Frisuren und ihren hellroten Lippen, ihren Strümpfen, ihren Schuhen, ihren Kleidern, die sie zu eng kauften, um die schlanke Linie ihres Körpers zu zeigen. Sie trugen Armbänder, die grünliche Male auf ihren Handgelenken hinterließen. Sie trugen Ringe von Jungen an einer Kette um den Hals, einer Kette, die grünliche Male hinterließ. Schwesterlich verbunden durch ihre Leidenschaft, durch ihr Bedürfnis, sich dem irren Zugriff eines Jungen zu überlassen und sich ihm ganz hinzugeben, traten sie in nervösen, entzückten Gruppen zusammen und unterhielten sich. Manchmal unterhielten sie sich im Flüsterton, wie in einer Kirche. Die vorgeschriebene Schulkleidung vermochte ihren erregten Atem nicht zu unterdrücken. Ihre Hände flatterten alle mit den gleichen Gesten, zeigten Hilflosigkeit, ergriffenes Entzükken, ein irres, überspanntes sich Fallenlassen. Es war unbegreiflich.

Maureen blickte auf die Hand des Mannes nieder, auf die in die ihren verschränkten Finger. Sie verstand nicht, warum menschliche Wesen freiwillig ihre Körper ineinander verschlangen, was für eine Not so gierig und heftig gestillt werden mußte, warum es im letzten Augenblick immer so rasend eilte, zueinander zu kommen, es hinter sich zu bringen ... Seine Haut war grob. Und doch war etwas daran zart und verletzlich. Unter der Oberhaut traten drei breite, blaue Adern hervor, die geschwollen aussahen, und vier Knochen, die von den Knöcheln ausgingen und die Oberfläche seiner Haut anhoben. Maureen blickte starr auf seine Hand. Sie spürte, daß sie den Verstand verlor ...

Er war ein Mann, ein Fremder, der über die Nummer einer Zeitschrift hinweg zu ihr aufgeblickt hatte. Seine Augen glitten auf sie hinüber, wie sie die gedruckten Zeilen entlanggeglitten waren, deckten sie auf, schätzten sie ab.

Sie ging gerade von der Schule heim und ein Wagen fuhr an ihr vorbei. Der Wagen verlangsamte die Fahrt. Sie ging weder langsamer noch schneller, sondern immer weiter auf dem Bürgersteig geradeaus. Ein prickelndes Gefühl begann auf ihrer Wange. War sie in Gefahr?

Was schwatzte ihre Mutter mit einer anderen Frau: Über den Schwarzen, der mit Bibeln hausierte und in die Wohnung von Frauen eindrang und ihnen die Brüste mit dem Messer zerschlitzte? Er trug einen Regenmantel und eine dunkle Brille und wirkte gepflegt. Er griff sowohl weiße wie schwarze Frauen an. Er selbst hatte ziemlich helle Haut. Er wirkte anziehend. Er trug einen Regenmantel. Er kam zu Fuß. Er konnte vor jeder beliebigen Tür auftauchen, er verkaufte Bibeln. Hinter den dunklen Gläsern befanden sich vermutlich normale Augen, obwohl niemand sie gesehen hatte. Er trug ein Schustermesser bei sich.

Sie fuhren jetzt in der Nähe der Schnellstraßenbaustelle. Die Schnellstraße durchschnitt auf ihrem Weg nach Norden die Stadt. Überall war Lehm und standen orangerote Eisenträger. Einige waren über der Schnellstraße aufgestellt, einige lagen im lehmigen Boden. Männer arbeiteten im lehmigen Grund. Mehrere Bagger, Lastwagen und viele Männer waren da. Maureen sah einen Mann, der aussah wie Furlong, am Straßenrand stehen, ins Leere starren und rauchen.

Sie schrubbte den Küchenfußboden, das Linoleum. Man bekam diese schwarzen und weißen Quadrate nie sauber. Die Seife hatte einen scharfen, angenehmen Geruch. Der Boden trocknete ungleichmäßig; einige Stellen glänzten, andere trockneten und sahen sofort wieder schmutzig aus. Die weißen Linoleumquadrate waren gelblich.

Eine Freundin von Loretta, die sich in der Küche mit ihr

unterhielt: »Sein Vater stirbt an Krebs, da hab ich gesagt, wir möchten gern den Wagen haben, wenn er stirbt, da ist die Alte wütend geworden. Wer hätte wohl den Wagen nötiger als wir, wo doch Bob draußen bei Ford arbeitet?«

Ein paar Vagabunden standen auf dem Bürgersteig und warteten darauf, die Straße überqueren zu können. Maureen erkannte sie an ihren bleichen, angestrengten, schlaftrunkenen, mißtrauischen Gesichtern; sie waren mager und doch schwerfällig. Ein Mann von etwa dreißig blickte in ihre Richtung. Sein Gesicht war blaß, wie von feinem Puder bestäubt, ein weiches Negergesicht. Sie dachte, ob er wohl der Bruder von jemand sei ...

Das Motel bestand aus beigegestrichenen Betonblöcken. Ein Neonschild mit großen verschnörkelten Buchstaben streckte sich in die Straße hinaus. Weil dicht daneben eine Überführung war, sah das Hotel eingesunken aus, und vor seiner Einfahrt hatte sich eine große Wasserlache gebildet. An einem Ende des Hofs parkten zwei Wagen mit Nummernschildern aus New York und Ontario, Kanada. Im Zimmer waren beigefarbene Vorhänge aus Nylon, unbrennbar. Maureen zog sie zu. Die Überdecke des Bettes war braun mit roten und schwarzen Streifen. Sie kam ihr bekannt vor. Der Mann knöpfte sein Hemd auf, er blickte an sich herunter. Maureen schüttelte den Kopf, um deutlicher zu sehen: Sie dachte an die Mädchen in der Schule, die im Pausenraum die Köpfe zusammensteckten, verbotene Zigaretten dabei rauchten und mit Wonne von Verbotenem redeten ... sie dachte an den Schwarzen, den Bibelverkäufer, der das Schustermesser bei sich trug.

Der Mann trat zu ihr und umarmte sie. Sie legte die Arme um ihn. Sie hatte eine Todesangst, konnte sich aber nicht erinnern, wovor.

Sie fuhren wieder nach Hause, auf der Schnellstraße. Die Überführungen waren erst halb fertig; die Schnellstraße endete auch ganz abrupt. Große Brocken der Stadt waren herausgenommen worden, Häuser samt ihrem Untergrund. Bäume lagen da, wo sie umgestürzt waren, still. Ihre Wurzeln waren Büschel dünner Fäden und Erdklumpen. Maureen wurde sich langsam darüber klar, woher sie die Vorstellung von einem Erdbeben hatte. Jenseits der Häuser, die noch stehengeblieben waren, jenseits der Bäume, die noch nicht umgerissen waren, hatte sich der Himmel in ein spätnachmittägliches Rosa verfärbt, flußabwärts stiegen Rauchfahnen auf. Maureens Augen nahmen all dies auf und versuchten, es zu würdigen; es war gefährdet, wie alles Schöne.

Der Mann sagte: »Ich wollte, sie machten diese verdammte Schnellstraße fertig.«

»Irgendwann einmal könnten wir vielleicht immer weiter fahren«, sagte Maureen. Ihre Stimme war schwach und schrill. »Auf einer langen Fahrt, einer ganz langen.«

Er warf ihr einen Blick zu. »Klar. Gute Idee.«

»Ich möcht irgendwann mal ganz lange fahren, vielleicht über die Brücke und nach Kanada hinüber, und weiter – ich war noch nie in Kanada.«

»Klar. Machen wir mal.«

Er ließ sie einen Häuserblock vor ihrer Wohnung aussteigen und sie lief eilig heim. Sie trug ihre Schulbücher. Ihr Körper war gefühllos geworden. Auf halbem Weg sah sie ein Mädchen in Bluejeans aus einer Haustür springen: Es war ihre Schwester.

»He, Reeny«, sagte Betty. »Was zum Teufel ist los? Der Alte ist stinkwütend auf dich! Er wartet droben auf dich. Geh lieber nicht rauf.«

Maureen starrte sie an. Sie preßte ihre Schulbücher an die Brust.

»Was ist überhaupt los?« fragte Betty offen und neugierig. »Mamma sagt, du sollst dorthin kommen, wo sie ist: in Ginnys Wohnung. Ich übernachte auch dort. Geh lieber gar nicht erst heim, er ist so wütend wie nur was. Er ist betrunken.«

Maureen ging weiter, an ihr vorüber.

»Reeny, warum ist er denn so wütend auf dich? Ist der bloß besoffen? Er hat irgendwie in unserem Zimmer rumgestöbert, der Schweinehund, und hat in irgendeinem Buch von dir Geld gefunden. Wo hast du denn all das Geld her, Reeny?«

»Ist ja egal.«

Maureen ging eilends auf die Ecke zu, wo sie wohnte. Sie überlegte, ob Furlong wohl aus dem Fenster sah und auf sie wartete.

»Hast du's gestohlen, Reeny? Woher hast du's denn? Die großen Scheine?«

»Ist ja egal. Halt die Klappe.«

Maureen ließ sie stehen und ging die Treppe hinauf in die Wohnung. Sie ging langsam. Sie hörte nichts.

Betty rief zu ihr hinauf: »Du bist ja verrückt! Komm wieder runter! Er ist so wütend wie noch nie – willst du, daß er dir die

Zähne ausschlägt? Er hat gesagt, er verpfeift dich bei den Polypen wegen dem Geld ...«

Noch während Maureen die Wohnungstür aufstieß, öffnete sie sich.

Er kam auf sie zu. Hinter ihm sah sie eine Riesenunordnung: das Sofa seitlich von der Wand gezerrt, ein Kissen auf dem Fußboden, der Kaffeetisch umgeworfen. Er trug das gleiche Jackett, das er vor ein paar Stunden draußen auf der Straße getragen hatte. Der Reißverschluß war noch immer bis oben hin geschlossen. Er kam auf sie zu, packte sie am Hals und zerrte sie ins Zimmer. Er brüllte etwas, was sie nicht verstand. Sie hörte Worte, aber sie waren so nah, hämmerten derart auf sie ein, daß sie sie nicht erfaßte. Mit seiner freien Hand begann er sie zu schlagen. Er hielt sie aufrecht, damit sie nicht hinfallen konnte und schlug wieder und wieder auf sie ein, während sie versuchte, sich loszumachen, zurückzuweichen vor seiner Hand. Sie schrie. Er fing an, sie auch am Körper zu schlagen. Er ließ sie los und sie fiel hin. Sie hob die Arme über den Kopf und schrie in den Boden hinein, in den Linoleumbelag, während er sich herunterbeugte und mit beiden Fäusten auf ihren Rücken drosch.

In wessen Land bin ich gekommen?

Plötzlich verdickt sich die Luft. Sie schließt die Augen, Ein Nebel senkt sich auf sie, ganz nah ertönt eine Hupe. MAUREEN, WAS ZUM TEUFEL MACHST DU DENN? *Jemand packt sie am Arm. Gut. Festgehalten werden, das ist gut. Ihr Arm wird krampfhaft ungeduldig festgehalten und sie spürt, wie ihr Körper sich entleert, wie ihr Kopf sich entleert ... ihr Körper verwandelt sich in eine gebrechliche fleischliche Muschel und ist ganz dünn. Eine Männerstimme sagt etwas dicht an ihrem Ohr. Münzen klirren. Verkehr. Hupen. Der Geruch nach Auspuffgasen. Sie ist schon auf dem Autobus, aber ihre Mutter hält sie immer noch fest, da dreht sie sich um und sieht ihr Ich aus ihrem Körper aussteigen, mit einer plötzlichen krampfartigen Bewegung sich befreien, entkommen. Dieses Ich ist sie. Es tritt wieder herunter auf den Bürgersteig, drängt sich an anderen Menschen vorüber, die in den Autobus einsteigen wollen. Es blickt nach oben, hinauf zu ihr. Jetzt stürzt alles aus Maureen heraus und gesellt sich zu dem anderen Körper, dem freien Körper, der entflieht ... Es ist wie der schreckliche Druck des Wassers, das etwas durchbricht und in einem Schwall das Freie sucht. Wie sehnt sie sich danach, sich zu diesem Körper zu gesellen, sich loszulösen, zu schreien vor Schmerz und Entsetzen über dieses Loslösen ...*

SETZ DICH DORTHIN! SITZ DOCH RUHIG, UM HIMMELS WILLEN, *sagt ihre Mutter.*

Sie setzt sich hin. Sie wendet sich ungestüm um, um aus dem Fenster zu sehen, dorthin wo ihr anderes Ich auf dem Bürgersteig steht. Menschenmengen gehen vorüber, Menschen, Fremde, scheinen an ihr vorüberzufluten, ohne sie zu berühren. Sie umrunden sie. Sie werden unsichtbar, während sie selbst, dieses andere Ich lebendig und blendend wird, wie es da auf dem Bürgersteig steht mit schmerzlich abgewinkeltem, rückwärtsgewandtem Kopf und auf Maureen und den Autobus blickt, das Gesicht schuldbewußt und enthemmt.

1

Jules saß in der Küche der kleinen, vollgepfropften Wohnung und schaute in seine Kaffeetasse. Auf dem Tisch neben ihm stand eine Topfpflanze mit großen, gefärbten rosa Blüten.

»Mach dir keine Sorgen, sie wird schon wieder werden«, sagte Loretta eben. »Sie ruht sich mal richtig aus, sie fühlt sich herunter und elend, aber wer zum Kuckuck tut das nicht? Eine Frau wächst auf und muß jeden Mist von den Männern aushalten und einmal bricht sie zusammen, so ist das eben, aber Junge, ich werde nicht zusammenbrechen. Soll er doch verfaulen im Gefängnis!«

»In vier Monaten verfault keiner im Knast.«

»Vier Monate! Vier kümmerliche, lausige Monate!«

Jules verzog zustimmend das Gesicht. Er war jetzt achtzehn und betrug sich in dieser Wohnung wie ein Mann, der Zerbrechliches in der Hand trägt: mit einem Ausdruck des Bedauerns und der Besorgnis. Er liebte seine Mutter. Er liebte seine Schwester. Es war ihm scheußlich, daß er sie und ihre Anstekkung fürchtete und meinte, es deute auf eine Schwäche in seinem eigenen Wesen hin, darum saß er steif am Küchentisch und hörte seine Mutter ärgerlich und tief atmen und die ewige Uhr auf dem Eisschrank ticken. Er wäre gern aufgesprungen und hätte irgendwelchen Unfug gemacht. Er trieb meist Ulk. Warum nicht Furlongs Affenlächeln nachahmen, seine hilflosen Versuche, den braven Mann zu spielen? Warum nicht um den Tisch herumtanzen, wie er es bei anderen Leuten machte, nur um anzugeben, ein heller Junge, der sich selber nicht ernst nahm. Die Leute sagten zu ihm: »Jules, du bist ja verrückt«, während sie sich vor Lachen bogen, oder sie sagten: »Mensch, Jules, du gehörst ins Fernsehn!« Doch jetzt konnte er sich nicht vorstellen, wieso jemand ihn amüsant fand. Er saß in der allerneuesten kleinen Wohnung seiner Mutter, kribbelig bei der Vorstellung, sich gleich das anzusehen, was im Nebenzimmer lag, als Sohn, als Bruder verkleidet, jemand, der durch die Bande des Blutes und der Zuneigung auf den Grund eines Flußbetts gezogen wurde ...

»Du meinst also, daß es nicht so schlimm ist«, sagte Jules und rekelte sich. »Neulich hab ich mit Betty gesprochen –«

»Ach, geh mir doch mit der! Was die weiß, geht in einen Stecknadelkopf! Ich bin drauf und dran, mich von diesem verflixten Gör loszusagen, das laß dir gesagt sein!«

»Und du Mamma, du fühlst dich gesund, ja?«

»Warum fragst du?«

Seitdem Furlong damals im April Maureen verprügelt hatte und verhaftet worden und durch die verschiedenen Etappen der Scheidung gegangen war, war eine Veränderung mit Loretta vor sich gegangen: Sie sah dauernd verstört aus. Manchmal, dachte Jules, sah sie beinahe intelligent aus, als ob diese Leiden sie etwas gelehrt hätten. Er lehnte sich vornüber an den Tisch und stützte das Kinn in die Hände. Er, der sonst überall so energisch war, beinahe fieberte vor Energie, fühlte sich in Gegenwart seiner Mutter alt und müde. Er fühlte, daß er allmählich alterte, während sie immer gleich alt blieb; er wünschte, daß dies geschähe, einfach damit er ihr Leben lenken konnte. Sie waren lange zusammengewesen, Jules und seine Mutter, er hatte sie bewußt gekannt, ehe sie ihn auch nur wahrnahm, er war schlauer als sie, er konnte um die Ecke schauen, und Loretta sah natürlich kaum das, was vor ihr lag. An diesem Morgen hatte ihr Gesicht einen unterwürfigen, vorsichtigen Ausdruck, und ihre dünnen Augenbrauen über ihren scharfen Augen verliehen ihr etwas Zartes. Jules konnte ein Geisterbild von Maureens Gesicht in ihr sehen. Maureen würde in dieses Gesicht hineinwachsen.

»Also, kann ich mit ihr reden?«

»Sie schläft wahrscheinlich.«

»Als ich letztes Mal da war, hat sie auch geschlafen. Schläft sie denn die ganze Zeit?«

»Nein, nicht die ganze Zeit«, sagte Loretta ungeduldig. Sie hob ihr Baby aus einer Art Bettchen, in dem es gelegen hatte. Seine Arme und sein Gesicht waren gerötet wie von einem Ausschlag. Jules besah sich seinen Halbbruder ohne großes Interesse und wunderte sich, daß er kein Interesse empfand. »Sie sieht fern. Ich rede mit ihr, wir kommen miteinander aus, bloß wenn dieses Gör, die Betty, Stunk macht, dann wird's schlimm. Hör mal, Jules, ich hab mit dem Doktor drunten in der Klinik über Reeny geredet und er sagt, daß sie schon wieder werden wird.«

»Wann war das?«

»Ende April.«

»Na, jetzt ist Juni – und geht's ihr besser?«

»Es geht ihr viel besser.«

»Warum kommt sie nicht aus dem Zimmer?«

»Sie ruht sich aus. Sie kommt wieder zu Kräften. Sie ißt alles, was ich ihr koch, also geht's ihr gut. Sie hat einen prima Appetit, Jules, und eine Krankenschwester hat mir gesagt, das wäre ein gutes Zeichen.«

»Welche Krankenschwester? Wo?« fragte Jules ungeduldig.

»Ach, eine sehr nette Person, die ich im Autobus kennengelernt habe, eine Fürsorgeschwester. Wir sind ins Gespräch gekommen, und ich habe ihr ein bißchen was über Maureen erzählt –«

»Ach du liebe Zeit – eine Schwester im Autobus!«

»Und warum nicht eine Schwester im Autobus? Was willst du eigentlich? Willst du, daß ich deine Schwester irgendwo in eine Klapsbude schaffen lasse, willst du, daß ich sie vergesse? Mein Vater, der war nicht verrückt, bis sie ihn festgenommen haben, erst danach ist er völlig kaputtgegangen und immer in dreckigen Unterhosen rumgesessen und hat gestunken, und so waren sie dort alle, dort oben. Außerdem, weißt du auch, daß Frauen in solchen Häusern schwanger werden – jawohl, das ist wahr, es gibt da nur ein paar Pflegerinnen und diese Dingsda, diese Pfleger und ein paar Ärzte, und nachts passieren da lauter tolle Dinge. Drecksbuden sind das, alle miteinander!« sagte Loretta und steigerte sich in Zorn, wie um all das vor Jules zu rechtfertigen. »Da kommt alles Mögliche vor! Schweinische Dinge! Dinge, die du nicht glauben würdest! Er hat sie schließlich nur verprügelt, Junge, aber in so einem Loch würde es viel schlimmer mit ihr werden, und sie würde nie wieder normal. Ich weiß das. Alles, was sich eine Frau von Männern gefallen lassen muß, kann sie verrückt machen, und Maureen muß von denen wegbleiben, bis sie sie begreifen kann.«

»Aber Betty hat mir gesagt –«

»Ach die. Die ist wie du, treibt sich rum. Verbringt halbe Nächte mit ihren sogenannten Freundinnen, und eine davon ist ein Niggermädel von siebzehn!«

»Bitte, Mamma, unterbrich mich nicht«, sagte Jules. Er versuchte zu lächeln. Seine Mutter hatte immer eine gewisse Schwäche für ein Lächeln, für ein wenig Ritterlichkeit gehabt. »Betty hat gesagt, es wäre eine Menge Geld im Zimmer gewesen, Maureens Geld.«

»Das war nicht Maureens Geld, das war *sein* Geld.«

»Betty hat gesagt, es war Maureens! Sie hat es in einem Buch aufbewahrt.«

»Nein, es war *sein* Geld, das er vor mir versteckt hat. Er hat's versteckt, der Schweinehund, und hat sich besoffen und behauptet, Maureen hätte es von irgendwo gestohlen – er hat gesagt, daß sie es beide gestohlen hätten, Maureen und Betty – genau das hat er gesagt –«

»Betty erzählt aber eine andere Geschichte.«

»Die lügt. Sie ist ein verflixtes Gör und wird im Gefängnis

enden, und wenn sie kommen und sie herbringen, dann werde ich ihnen sagen, daß sie sie einsperren sollen und den Schlüssel wegschmeißen! Die und ihre verdammte Niggerfreundin mit ihrer häßlichen Visage! Nein, er hat versucht zu behaupten, es wäre Maureens Geld, das sie geklaut hat, aber es war sein eigenes, das er irgendwoher hatte und vor mir versteckt hat.«

»Dann ist es nicht wahr, was Betty behauptet, daß – daß Maureen auf den Strich gegangen ist?«

»Jesus nein, natürlich ist das nicht wahr«, sagte Loretta.

Jules blickte zu der geschlossenen Tür hinüber, die in Maureens Zimmer führte. Er konnte seine Mutter hastig atmen hören. Einen Augenblick später sagte er: »Na ja, ich hab es ja auch nicht direkt geglaubt, aber ...«

»Aber was?«

»Aber Betty hat es gesagt und noch ein anderes Kind ...«

»Die sind verrückt! Und überhaupt ist Betty immer eifersüchtig auf Maureen gewesen, das weißt du doch.«

»Wenn sie Geld gehabt hat, warum hat sie es dann verstecken wollen? Warum alles verstecken?«

»Klar, warum sollte sie's verstecken?« sagte Loretta rasch. »Kinder verstecken kein Geld. Das ist unnatürlich. Ich weiß, daß Betty von irgendwoher Geld kriegt, aber sie verrät nicht woher. Mit ihr bin ich fertig. Sie gibt's sofort für Kleider und Plunder aus. Im Ernst: Diese Niggerschlampe und sie werden sich einen Motorroller kaufen, was sagst du nun, zum Teufel? Das wird ja nett aussehen, meine Tochter, wenn sie mit einem Nigger auf dem Motorroller herumsaust! Aber alle Kinder geben ihr Geld sofort aus, Reeny wäre da auch nicht anders. Nein, es war immer *sein* Geld, und dann hat er sich besoffen und war eifersüchtig auf sie und auf dich auch, wegen mir ... er hat gewußt, daß ich meine Kinder lieber hab als ihn, und das hat ihn immer wütend gemacht ... Nein, das hat sie nicht gemacht. Himmel, wenn ich dächte ...«

»Ist schon gut, Mamma.«

»Eine Prostituierte –«

»Ist schon gut.«

»Hör nicht auf das, was sie in der ehemaligen Nachbarschaft sagen. Die quasseln immer was. Ich werd froh sein, wenn erst alles abgerissen ist, dann können die fetten Schlampen nicht mehr rumstehen und sich über anderer Leute Probleme das Maul zerreißen ... Ich werde froh sein, wenn sie mittendurch für die Schnellstraße ausschachten, die verdammten besoffenen

Irischen und die alle! Die Hälfte spinnt! Die Nigger aus der Stadt ziehen hin und die Mexikaner von der anderen Seite her, da werden wir noch mal einiges erleben! Mit wem gehst denn du so um von damals? Mit diesem Ramie Malone?«

»Ich hab mit niemand Umgang, auch mit dem nicht.«

»Wer sind denn jetzt deine Freunde, Jules?«

»Ich bin nicht hergekommen, um über sie zu reden.«

»Jules –«

»Kann ich Maureen jetzt sprechen?«

Loretta sah ihn traurig an. Nach einer Weile sagte sie: »Aber ja. Aber paß auf den Kleinen auf, ja? Ich meine, wenn er sich auf die Seite wälzt oder sowas.« Sie legte das Baby wieder ins Bettchen; es war weder wach, noch schlief es. Es hatte ein pausbakkiges, blödes Gesicht mit erstaunt wegstehenden Haarbüscheln. Jules fand ihre Bitte sonderbar, daß er über ein Baby wachen sollte, wo sie doch bloß in Maureens Zimmer hineinzuschauen brauchte, schien ihr jetzt alles so gefährlich? Sie war ihm immer so vernünftig vorgekommen.

Sie stand auf und ging ins Nebenzimmer. Jules blickte voller Unbehagen dem Baby ins Gesicht. Furlongs Baby. Zurückgelassen, damit Loretta es aufzog. Es schlief und nahm Nahrung auf und hatte sogar einen Namen – Randolph – und hatte, seit er es das letzte Mal sah, stark zugenommen; es wurden zu viele Babies geboren! Auf seinem Weg zu dieser Bruchbude von Haus hatte er ein Negermädchen von etwa fünfzehn gesehen, es schwatzte mit zwei Negerjungen, wippte dabei mit dem Fuß auf der Bordkante, und wünschte ihm guten Tag – die Jungen mit großen wissenden Augen und struppigem Haar und das Mädchen mit dunklem, lustigem Gesicht, etwa im siebten Monat schwanger –, und wünschte ihm einfach guten Tag auf der Straße. Die Bemerkung seiner Mutter über Frauen, die in einem Pflegeheim schwanger wurden, hatte ihn erschreckt. Das hatte er nie gehört. Er hatte eine Menge anderes über diesen Ort und über verschiedene Gefängnisse gehört, aber dies hatte er nie gehört. Er hatte einmal, als man ihn über Nacht in einem Asyl für obdachlose Kinder behielt, Schreckliches durchgemacht, und er gestattete sich nicht oft, daran zu denken, und er war ein Junge, ein Junge. Was einem Mädel zustoßen mochte, daran wollte er genauso wenig denken. Es war Maureen schon genug zugestoßen.

Loretta beugte sich aus der Tür: »Okay«, sagte sie. »Komm rein. Sie will dich sehen!«

Das Zimmer war ein Schock für ihn: sich ablösende Tapete, in seltsamen Flecken abfallender Putz, eine elektrische Birne in einer Schraubfassung. Ihm wurde plötzlich sehr warm. Maureen saß aufrecht im Bett und sah ihm entgegen. Auch sie war ein Schock.

»Hallo, Maureen«, sagte Jules. Er hielt ihr die Blumen hin. Als sie durch nichts anzeigte, daß sie sie bemerkte, stellte er sie aufs Fensterbrett. »Wie geht's dir?«

Sie starrte ihn an. Sie saß aufrecht, durch Kissen hochgestützt. Die Decke war hoch heraufgezogen, obwohl das Zimmer warm war. Ihr Haar war lang und struppig geworden, ärger als das Haar, das er an verkommenen Weibern in der Stadt sah, und ihr Gesicht sah geschwollen, pausbäckig und glänzend aus. Es war etwa einen Monat her, seit er sie zuletzt gesehen hatte, und in dieser kurzen Zeit hatte sie stark zugenommen. »Sie fühlt sich prima«, sagte Loretta.

Loretta hielt sich im Hintergrund und rückte an der Blumenvase auf dem Fensterbrett. Sie trat ans Fußende und zupfte an den Decken, um sie auf die gleiche Länge zu bringen. »Setz dich, Jules, mach dir's bequem«, sagte sie, indem sie ihn anstieß.

Jules setzte sich aufs Fensterbrett. Er blickte zu seiner Schwester hinüber und versuchte zu lächeln. Maureen fingerte an etwas herum – sie fingerte nicht, sie bewegte nur die Finger am Saum der Decke entlang. Ihre Finger bewegten sich unruhig, aber sie selbst war nicht unruhig. Sie schaute ihn auf schläfrige, stetige Weise an, nicht erstaunt, aber auf der Hut. Er würde sie, wenn er sie auf der Straße getroffen hätte, vielleicht erkannt haben, aber vielleicht auch nicht.

»Heut ist wirklich schönes Wetter, du solltest rausgehen«, sagte Jules. »Ich werde mir einen Wagen kaufen, bei dem man das Verdeck runterklappen kann . . .«

»Ein Kabriolett«, sagte Loretta und gab ihm erneut einen Rippenstoß – er sollte nicht herablassend mit Maureen reden. »Ist das nicht fein, Reeny? Du bist doch immer so gern spazierengefahren. Wenn es wärmer wird, kann er dich mal mitnehmen, was?«

Maureens Wimpern schienen zu flattern, doch sie antwortete weder ihrer Mutter noch Jules. Sie warteten, aber es geschah nichts. Sie sah auf ihre Finger herab. Ihr Gesicht, das einst so hübsch gewesen war, war nun grob und voller Mitesser, auf Stirn und Wangen waren Pusteln entstanden. Auf ihrer linken Wange war ein pickliger Ausschlag, beinahe ohne Zwischenräume. Jules sah sie an und konnte nicht wegschauen.

»Sag was, rede, erzähle ihr was von dir«, sagte Loretta. »Erzähl ihr, daß du nach St. Louis hinunterfährst.«

»Ja, ich fahr jemanden nach St. Louis hinunter. Es ist ein Job. Ich fahr einen Mann, der drunten Geschäfte hat«, sagte Jules dumpf. »Ich meine, er hat hier oben Geschäfte und muß sich drunten mit jemand treffen ... er zahlt mir eine Masse ... er fährt nicht Eisenbahn und fliegt nicht ... und ... er zahlt mir eine Masse.« Er sah auf Maureen und sie schaute in seine Richtung, und doch trafen sich ihre Blicke nicht. Ihm war, als befände er sich in unmittelbarer Nähe einer schrecklichen Enthüllung. Er zitterte plötzlich und griff nach seiner Brieftasche. Sie war da. Er war erleichtert.

»Ich darf nicht vergessen, dir was zu geben«, sagte er unbeholfen. Er suchte in seiner Brieftasche herum. »Vermutlich kannst du ein bißchen Geld brauchen ... Gefällt dir diese neue Wohnung?«

»Die ist okay«, sagte Loretta.

»Warum bist du denn gerade hierher gezogen?«

»Um näher am Einkaufsviertel zu sein, näher bei der Wohlfahrt. Man muß immer dort hin und mit denen raufen, weißt du ...«

»Es ist doch nicht unsicher hier in der Gegend?«

Loretta stieß ein verächtliches Schnauben aus. »Du weißt ja, wie Detroit ist«, sagte sie lachend.

Jules probierte ein Lächeln. Er dachte dabei daran, wie in dieses Loch eingebrochen würde und die Möbel – im Lauf der Jahre getreulich von einer Wohnung in die andere transportiert – von Niggern und Vagabunden gestohlen würden, und Loretta würde nichts dagegen unternehmen, würde es nicht einmal merken.

»Wie behandeln sie dich denn bei der Fürsorge?« fragte Jules.

»Kommt drauf an, ob man auf ein Weibsbild trifft oder nicht. Einige von den Kerlen sind okay. Mit denen kann ich umgehen. Man muß nur früh genug dort sein und Schlange stehen. Aber der eine fette Kerl – er trägt bei der Arbeit eine Sonnenbrille und ist furchtbar gerissen – der kann einen reinlegen mit dem Preis für einen Schampun oder damit, was es in dieser Woche bei Kroger im Sonderangebot gibt. Er hat mich gefragt, wieso ich Rasierklingen brauch, wen ich denn in der Familie hab, der sie braucht, hat er gefragt. Haben Sie einen Mann in der Familie, der nicht aufgeführt ist? So ein geriebenes Aas, ich weiß nicht, ob er bloß einen Witz machen wollte oder nicht. Da muß man aufpassen, wenn man mit denen Witze macht. Irgendwo hört der Witz immer auf.«

Jules nahm eben unruhig einige Scheine aus seiner Brieftasche.

»Ich könnte wirklich ein bißchen was brauchen. Bis nächste Woche«, tuschelte Loretta.

Sie war befangen: Es war gegen die Vorschriften der Fürsorge, irgendwelches Geld anzunehmen, ohne es zu melden.

»Hast du genügend zum Essen? Wie hoch ist denn die Miete hier?«

»Ich könnte ein bißchen gebrauchen«, sagte Loretta drängend und verlegen.

Er nahm eine Handvoll Scheine heraus. Er hätte gern Maureen damit unter der Nase gewedelt, um sie aufzuwecken. *Du hast es doch für Geld getan? Nicht wahr? Und jetzt entwickelst du dich zurück zur Heiligen, zur bockigen Heiligen* ... Aber Maureen nahm nichts wahr. Ihre Augen waren groß und hypnotisiert. Er konnte, wenn er dieses korpulente, häßliche Mädchen sah, nicht glauben, daß es einmal seine Schwester gewesen war. »Da, Mamma«, sagte Jules und händigte ihr das Geld aus.

Sie nahm es entgegen und steckte es rasch in die Tasche ihres Kleides. Der Vorgang machte sie beide atemlos und etwas beschämt.

»Ich muß dort unten immer auf allerlei Fragen nach dir antworten«, sagte Loretta. »Der will wissen, wieviel du verdienst. Ich hab ihm gesagt, du kämst nicht mehr, du wärst von daheim fort und kümmertest dich nicht um uns. Das sagen alle, weißt du – ich meine, alle Mütter von Kindern, die ihnen Geld abgeben, solange sie nicht zu Hause wohnen. Die wissen, daß du vorbestraft bist, darum glauben sie's. Also, Junge, vielen Dank. Im Ernst, vielen Dank!«

Maureen saß da, ohne eine Bewegung. Nur ihre Finger betasteten den Rand der Bettdecke. Sie mochte darauf warten, daß die beiden weggingen.

»Möchtest du ein Stück Kuchen und einen Kaffee, Jules?« fragte Loretta. »Reeny und ich, wir essen immer einen Happen um diese Zeit, Schmalzkringel oder irgendwas.«

»Ich geh jetzt lieber.«

»Schon so bald?«

»Ich muß mich um 12 mit jemand treffen.«

»Komm, ich hol dir was, es dauert keine Minute.«

Sie ging hinaus und er blieb allein. Er fühlte sich allein in dem Zimmer, unbeobachtet. Maureen sah ihn nicht an, und er brachte es nicht über sich, sie weiterhin anzusehen. Er fühlte sich schmutzig. Seine Kleider waren feucht von Schweiß. Er dachte an Maureen, wie sie blutend und bewußtlos war, und er dachte an sich selbst in jener Nacht im Kinderhort, wie er herumgealbert hatte, um zu zeigen, daß er sich nicht fürchtete, und wie all diese kindisch fröhliche Handgreiflichkeit sich gegen ihn gekehrt hatte ... drei Jungen hatten ihn auf der Toilette umstellt, angezogen von seiner Angeberei ... und deswegen ... sie hatten ihm mit Glasscherben den Arm zerschnitten, aber das war es nicht, was ihm widerwärtig gewesen war ... jedenfalls war es vorbei. Er dachte an Maureen im Krankenhaus, mit ihren verschwollenen Augen und einer gelben Beule auf der Stirn, einem widerwärtigen Gelb. Er dachte an ihre blutgeränderten Zähne. Furlong hatte sie völlig zusammengeschlagen, er mußte versucht haben, sie umzubringen. Jetzt saß er dafür vier Monate. Jules fühlte einen schrecklichen Zorn in sich aufsteigen – ein Gefühl des Irrsinns – in vier Monaten kam dieser Mann wieder frei! Er drückte die Hände vor die Augen und knetete sie. Er dachte an Furlong und er dachte an seinen Vater und mischte die beiden ineinander. Er dachte an das Kinder-Asyl, an all diese jaulenden wimmernden Rotznasen; er dachte an sich selbst, wie er zwischen ihnen herumtanzte und großtat und was sie mit ihm angestellt hatten ...

Er fuhr mit einem Ruck herum, von der Erinnerung angewidert. Doch Maureen zeigte durch nichts, daß sie ihn bemerkt hatte.

Loretta kam mit vergnügtem Lächeln wieder herein und bot ihm ein Stück Kuchen an. Er schüttelte ablehnend den Kopf; ihm war schwach, und diese Schwäche steigerte sich, als er sah, wie gierig Maureen nach dem Kuchen griff und wie rasch sie ihn aufaß. Nein, er würde nicht hier sitzen und zusehen, wie sie aß, nicht so. Das konnte er nicht ertragen. Während er rückwärts stolperte und sein Gesicht zu einem strahlend schreckensvollen Lächeln erstarren ließ, sagte er ihnen Lebewohl und daß er bald wiederkommen und ihnen ein bißchen Geld bringen würde.

Loretta begleitete ihn hinaus. Sie sagte ängstlich mit leiser Stimme: »Paß gut auf dich auf, Jules. Mach dir keine Sorge wegen ihr. Sie hat einen so guten Appetit, das ist ein gutes Zeichen. Ein paar von denen – wenn die so werden, du weißt schon, dann müssen sie durch Röhrchen ernährt werden und solche Sachen, durch Spritzen, und die sind dann nur noch Haut und Knochen und schwach, und das ist sehr schlimm, aber Reeny ißt alles, was ich ihr gebe –«

»Das ist gut«, sagte Jules. Er entrann. Draußen setzte er sich in seinen Wagen und weinte lautlose, brennende Tränen. Er fühlte, wie sich ihm das Haar in Borsten teilte, komische und verdrehte, als hätte es etwas mitangesehen, das zu fürchterlich war, um es zu verarbeiten.

2

Der Wagen war nicht seiner, sondern gehörte einem Mann namens Bernard, den er durch Faye kennengelernt hatte.

Oben in der stinkenden Wohnung seiner Mutter zu sitzen, hatte ihn schwindlig gemacht, und jetzt fuhr er ziellos umher und sah die unbekannten Gebäude und Häuser an. Trupps von Jungen spielten auf der Straße. Weiße und Neger durcheinander. Die Neger überwogen. Jules wußte noch, daß er ein Junge gewesen war, der auf der Straße gespielt hatte, aber die Erinnerung war äußerlich, als habe er sich selber spielen sehen und die Momentaufnahme dieser Erinnerung sei bei ihm haften geblieben. Sie hatte also einen guten Appetit, und das war ein gutes Zeichen ...

Das Wetter hätte freundlich sein sollen, doch die Wärme war bedrückend; Rußflocken trieben gegen die Windschutzscheibe des Wagens. Jules hatte den Wagen erst vor kurzem waschen lassen. Es kam ihm so vor, als würde er selber schmutzig. Faye war eine sehr gepflegte Frau, überempfindlich, was ihren Körper anging. Er konnte sich erinnern, wie Maureen Abendessen gekocht hatte, mit Eßbarem umgegangen war, Speisereste nach dem Essen von den Tellern gespült hatte, aufgewaschen, aufgewischt, mit leicht gerötetem, zufriedenem Gesicht.

Er mußte etwas für seine Stimmung tun. Er mußte sich daran berauschen, einen ausgezeichneten Wagen zu fahren, und der Verkehrswirrwarr von Detroit und die Vorfreude auf die Fahrt, die er heute abend antreten würde, hätten es zuwege bringen müssen, aber irgendwie schafften sie es nicht, irgend etwas in ihm sank tiefer und tiefer ... Er konnte Detroit um sich her riechen, eine Art langgestreckter Grube, eine Grube mit Horizont. Hatte er je anderswo gewohnt als hier? Oder täuschte die Erinnerung an das Land?

Er dachte an das Geld, das er seiner Mutter gegeben hatte, wie sich die zerknüllten, weichen, dreckstarrenden Scheine angefühlt hatten; wenigstens das war geschehen.

Er rief Faye an, aber niemand antwortete. Er dachte daran, umzudrehen und seine Mutter nochmals zu besuchen und noch mehr Fragen wegen Maureen zu stellen. Lieber nicht. Er hatte nicht genügend Zeit. Er warf den Groschen wieder ein und wählte noch einmal Fayes Nummer. Niemand antwortete. Er hatte Faye in der Stadt kennengelernt, vor nicht langer Zeit. Er war vom Bordstein heruntergetreten und beinahe von einem Wagen angefahren worden, und eine Frau hinter ihm hatte aufgeschrien. Sie zerrte ihn am Arm und wollte ihn zurückreißen. Der Wagen raste weiter, vorbei, und bog seitwärts ab, und Jules stand zitternd auf der Straße.

»Das war ziemlich knapp«, sagte die Frau.

Sie sah erschüttert und zugleich amüsiert aus. Jules, der schon seit einer Weile nichts mehr gegessen hatte, wurde es noch schwindliger, als er sich umwandte und sah, wie sie aussah. Er wandte sich blindlings ab, außer Fassung gebracht von ihrem Gesicht. Er hatte ein verschwommenes, schönes Gesicht gesehen, er hatte es nicht glauben können. Als er dem Eingang eines Drugstores zuwankte, kam jemand heraus und stieß mit ihm zusammen.

»So passen Sie doch auf!« rief der Mann.

Die Frau stand da und schaute vom Bordstein aus zu. Endlich sagte sie: »Fehlt Ihnen etwas?«

Sie hatte blonde Haare, die beinahe silbern aussahen, eine metallische Farbe, von der er glaubte, sie könne nicht natürlich sein, sie war um die sechsundzwanzig und stand da und sah ihm zu. So hatten sie sich kennengelernt. Sie hatte Kinder irgendwo, sie waren irgendwo untergebracht; sie hatte ihn in ihr Leben eingelassen aus einer wollüstigen, zynischen Gleichgültigkeit heraus, weil sie etwas in seinem Gesicht sah, weil er ihr leid tat, obwohl sie eine dauerhafte Verbindung mit einem Mann hatte, der in einem Vorort von Bloomfield Hills wohnte und dauerhaft verheiratet war. Es war Faye, die beschloß, daß sie und Jules sich treffen würden. Er hatte dagestanden und sich bemüht, seine fünf Sinne zusammenzubehalten, und sie hatte dagestanden und ihn gemustert, immer noch amüsiert, gedankenvoll. Er hatte ein bißchen Angst vor ihr. Das Gesicht brannte ihm, weil er sich so vor ihr blamiert hatte, zweimal hintereinander, in ihrer Gegenwart, zweimal binnen einer Minute. Er glaubte, noch nie eine Frau mit so scharfen, fesselnden Gesichtszügen gesehen zu haben, eine Frau, die in dem ausgeglichenen, unerschütterlichen Blick ihrer Augen fast männlich wirkte. Sie trug einen dunklen Pelzmantel und nichts auf dem Kopf, und ihr blondes Haar war streng geschnitten, es umrahmte ihr Gesicht und reichte in kleinen zarten Spitzen bis vor ihre Ohren, ließ die Ohren frei und gab ihr ein asketisch ungeduldiges Aussehen. Er war von ihrem Gesicht und ihrem Mantel eingeschüchtert.

Sie trat zu ihm. »Soll ich Ihnen nicht ein Taxi rufen?« fragte sie.

Er brachte kein Wort heraus. Er hätte sich nicht abwenden können, selbst wenn er gewollt hätte. Er stand schüchtern und erschrocken da und wartete auf sie, bis sie ein Taxi aufgetrieben hatte und sie beide einstiegen, plötzlich miteinander. Sie saß auf dem Rücksitz des Taxis, neben ihm, völlig an solche Bequemlichkeiten gewöhnt und nicht sehr kühn; sie besaß eine schreckliche, unpersönliche Würde. Sie nannte dem Fahrer eine Nummer auf dem East Jefferson Boulevard. Ein freudiger Schreck durchfuhr Jules, denn sein Körper war klüger als seine Phantasie – er erkannte, wieviel der East Jefferson Boulevard wert war, wieviel das Auftreten dieser Frau und die Ringe an ihren Fingern.

Vor ihrem Appartement-Haus stiegen sie aus. Jenseits des Flusses lag Belle Isle, ganz still. Die Frau bezahlte den Taxifahrer. Jules fing an, rasch und flach zu atmen, er fragte sich, ob die Welt plötzlich vollkommen geworden sei, oder ob er alles verkehrt deutete. Sie wandte sich ihm wieder zu. Ihr Gesicht zeigte schwesterliche Amüsiertheit und dennoch eine Art überlegener Zuneigung.

»Wollen Sie mit hinaufkommen?« fragte sie.

Jules kniff die Augen zusammen. Es mußte ein Trick sein. Seine eine Hälfte verlangte nach Überraschungen, diesen unwahrscheinlichsten aller Genüsse – er wartete noch immer darauf, daß sein reicher Onkel Samson ihm eine Stellung verschaffte –, und seine andere Hälfte zog sich zurück, säuerlich und wissend. »Dort hinauf? In Ihre Wohnung hinauf?« fragte er. »Ist denn nicht einer an der Tür – der aufpaßt?«

Sie lachte. »Na, kommen Sie oder lassen Sie es bleiben. Sie sehen ziemlich elend aus«, sagte sie.

Ihre Stimme klang vernünftig und wirklich nicht nach einem Abenteuer. So nahm sie ihn also am ersten Tag mit zu sich nach Hause, und er gab nach, erschüttert und in gehobener Stimmung und besah sich aufmerksam den Schimmer von edlem dunklem Holz – er nahm an, daß es edel war, es sah zumindest alt und teuer aus – und versuchte sich diesem Abenteuer anzupassen, sich darauf einzustellen. Unbekannte Orte machten ihn nervös, brachten ihn aus dem Konzept. Er mußte sein Atmen regulieren. Im Aufzug warf er ihr einen Seitenblick zu, der sich mit dem ihren kreuzte, und da er in jeder seiner Stimmungen gerne übertrieb, tastete er mit den Fingern nach seiner Stirn in einer Bewegung der Hilflosigkeit und stieß dabei den Atem aus – es hatte Erfolg, es funktionierte, sie fing plötzlich an zu lächeln: Er gefiel ihr. Er konnte spüren, wie er ihr gefiel. Er brauchte das. »Mein Gott«, sagte er und tat überwältigt und war zugleich wirklich überwältigt und unfähig sie zu begreifen. In ihrer Wohnung angekommen, fing sie an zu reden, zu plaudern, aber er konnte sie noch immer nicht begreifen.

»Ja, ich sollte mir einen Job suchen. Ich habe gearbeitet, seit ich fünfzehn war, und ich habe es immer gern getan. Jobs sind gesund. Man reagiert dabei seine Aggressionen ab.« Sie zog die Vorhänge vor ihren Fenstern auf, und der Himmel über Belle Isle tat Jules in den Augen weh, so stark glänzte er. »Ich heiße Faye«, sagte sie, plötzlich auf ihn zutretend. Sie schüttelte ihm die Hand.

»Ich heiße Jules.« Er war wirklich sehr schwach.

»Die Wohnung ist so unordentlich, weil ich so lang schlafe. Danach geh ich spazieren«, sagte sie. Sie ging herum, ordnete Gegenstände, schüttelte Kissen auf. Er konnte nicht finden, daß dabei irgend etwas ordentlicher wurde. »Ich eß nie vor ungefähr vier. Ich hasse essen. Es ist widerlich, wenn man es sich recht überlegt. Und die Notwendigkeit zu essen, und daß man einen Körper hat und sich dadurch erniedrigt, daß man *ißt* – haben Sie schon mal darüber nachgedacht?«

»Ja. Nein«, sagte Jules.

Sie saßen einander gegenüber in zwei Sesseln. Er war lebhaft und sehr nervös; sie wurde immer ruhiger. Sie sah beinahe gelangweilt aus. Unter ihrem Mantel trug sie ein gelbes Wollkleid; das Gelb verschwamm vor Jules' Blick und verwirrte ihn. Sie hatte den Mantel aufs Sofa fallen lassen und er rutschte langsam zu Boden. Er saß da und fragte sich, was passieren würde. Warum sprach sie vom Essen?

»Manchmal laß ich mir chinesisches Essen schicken. Aus einem Restaurant weiter unten an der Straße, sehr nett«, sagte sie. »Wenn Sie noch ein bißchen bleiben, können wir dorthin nach Essen schicken. Es ist mir zu dumm, längere Zeit wegzugehen.«

Jules erhob sich und tat einen Satz nach ihrem Mantel, der herunterrutschte. »Ihr Mantel –« sagte er.

»Ach, lassen Sie den ruhig fallen. Warum sind Sie so nervös?«

Sie selbst saß ruhig da und musterte ihn gelassen. Jetzt, wo sie ohne Mantel saß, die Beine übereinandergeschlagen, bei sich zu Hause, hatte sie etwas Schlampiges, Sprödes; sie war beinahe jungenhaft. Sie blickte ihn unverwandt an.

»Mir ist schwach«, sagte Jules. »Ich kann's nicht erklären.« Er setzte sich wieder hin.

Sie griff nach einem Stapel Zeitschriften und rückte ihn gerade. »Ich lese viel, all das hier – Sie können sie sich ansehen, wenn Sie wollen. Eigentlich habe ich bis Sonntag nachmittag nichts vor. Und Sie? Ich lese viel. Ich bin viel allein. Doch nein, ich glaube, ich lese nicht wirklich. Ich sehe die Zeitschriften durch, und dann interessieren sie mich nicht mehr. Es scheint, als ob ich mich für gar nichts ganz bis zum Schluß interessieren kann.«

Jules veränderte seine Stellung im Sessel und versuchte, sein Herz ruhiger schlagen zu lassen. Er fragte sich: *Wird das wirklich passieren?* Er suchte in ihrem Gesicht nach einem Anzeichen dafür, daß alles ein Scherz sei, nach einem ironischen Schmunzeln. Nichts. Sie war ganz ernsthaft und zugleich sehr gleichgültig.

»Warum starren Sie mich so an?« fragte sie.

»Entschuldigen Sie –«

»Woran denken Sie?«

»An nichts.«

»Sagen Sie es mir.«

»Ich denke gerade darüber nach, ob das ein Trick ist oder nicht?«

»Was soll ein Trick sein?«

Er erhob sich unsicher. Dann, nach einer langen und sehr peinlichen Pause, kniete er vor ihr nieder. Er begann ihr zitternd die Hände zu küssen.

Sie legte ihm die Hand in den Nacken. »Nein, es ist kein Trick«, sagte sie, nicht liebevoll, nur als Erklärung.

Später in der Nacht erzählte sie ihm von ihrer Familie. Sie sprach rasch und mit gleichgültiger Miene, als stünde ihr Jules nicht sonderlich nahe, als bedeute seine Vernarrtheit in sie ihr wenig. Sie stammte aus einer Kleinstadt in Ohio und war dort fünf Jahre verheiratet gewesen, mit einem Mann, an den sie sich nicht mehr erinnern konnte.

»Ich erinnere mich nicht mehr gut an sein Gesicht«, sagte sie zu Jules.

»Findest du das komisch? Das Gesicht von meiner Lehrerin in der Volksschule steht mir viel klarer vor Augen.«

Jules war bereits verliebt und darauf bedacht, ihr beizupflichten, daß es sonderbar sei, daß alles sonderbar sei, was sie sagte und was sie nicht sagte. Er war wie betäubt. Er hatte vergessen, daß er hungrig war. Während sie mit ihm sprach, umarmte er sie und lag bei ihr, lag in ihrer nachdenklichen Umarmung und weinte über die Süßigkeit ihres Körpers und dessen Ferne. Ihm war, als sei der Grund seines Wesens aufgewühlt worden. Es war nichts Bedrohliches daran, weil diese Frau selbst so abwesend war und nichts von ihm wollte. Sie wollte nicht *ihn* kennenlernen. Was er empfand, ließ ihm den eigenen Körper unwirklich erscheinen. *Geschah dies tatsächlich? Wie geschah es?* Sie sprach gleichgültig von ihrer Familie und er spürte voller Eifersucht, wie diese Familie an ihr zerrte, obwohl sie sich nicht wirklich an sie erinnern konnte. Zwei Töchter. Ein Ehemann. Eltern. Der drückende Schwerpunkt ihres Lebens lag drüben in Ohio, nicht hier bei Jules, und sie mußte auf ihre kühle, nachdenkliche, gleichgültige Art davon erzählen, was sie nicht weiterbrachte. Jules dachte verstört: *Ist jeder so, versucht jeder frei zu werden? Sich aus anderen Menschen herauszuarbeiten?*

Er hatte in dieser ersten Nacht gedacht, daß er sich immer heftiger in sie verlieben würde, und dieser Gedanke erschreckte ihn, aber es zeigte sich, daß er nicht mehr fühlte, als er gleich zu Anfang gefühlt hatte. Es kam nichts Stärkeres mehr nach.

Sie wurden Freunde. Er fuhr sie spazieren. Sie tranken zu den ausgefallensten Tageszeiten miteinander Kaffee. Sie bummelten miteinander, damit Faye von sich sprechen konnte; sie wurden von einander angezogen ohne einen für Jules erfaßbaren Grund, außer dem einen. Wenn sie abends sonst nichts vorhatte, kam er sie besuchen, wie ein Vetter oder ein Bruder. Er war dunkel, zart, verlegen. Sie war blond und kalt, so unpersönlich wie eine Barfrau in einer Bar. Um diese Zeit bewohnte Jules ein Einzelzimmer in einer Pension, wenige Kilometer von der Wohnung seiner Mutter entfernt, obwohl er Loretta seine

Adresse nicht mitgeteilt hatte. Seine Freiheit war ihm wichtig. Er war frei. Jeder seiner Gedanken zog ihn zurück zu seiner chaotischen Familie, aber technisch gesehen war er frei. »Ich glaube, wenn ich genügend Geld zusammenbrächte, um sie alle auf eigene Füße zu stellen«, sagte er zu Faye, »und um einen guten Arzt für meine Schwester zu nehmen, dann ... dann, glaube ich, würd ich nach Kalifornien gehen und mich dort mal umschauen.«

»Dort ist nichts«, sagte Faye und gähnte.

»Nichts?« rief Jules aus.

Sie tranken, sie Alkohol und er Sprudel. Er haßte den Geschmack von Schnaps und Bier, weil er sich daran erinnerte wie Loretta ihm vor Jahren Bier gegeben hatte, damit er still war; es hing mit seiner Mutter zusammen. Er haßte alle Arten von Alkohol. Es war ihm wichtig, immer vollständig wach zu sein. Seine Verliebtheit ließ seine Wachsamkeit abstumpfen und machte zugleich seine Haut empfindlicher, als habe man ihm die äußerste Hautschicht abgeschält und sein Fleisch sei bloßgelegt. Doch er war nicht wirklich verliebt. Er ver- und entliebte sich beständig bei dieser Frau, die ihm nur eine Neigung entgegenbrachte und dazu noch eine seltsam joviale Neigung; er trug ihre Gegenwart überall mit sich hin, träumte von ihren gemeinsamen Abenden und versuchte, sich vorzustellen, was sie empfand. Er traf sich nie mehr mit Mädchen seines Alters. Er hatte sie vergessen. Seit er in Faye verliebt war, wachte er oft plötzlich morgens auf und dachte, es sei unmöglich, er müsse sich davon freimachen, mit einem Lachen. Er konnte doch nicht eine Frau lieben, die älter war als er, er konnte keine Frau lieben, die die Geliebte eines verheirateten Mannes war ... es war unausdenkbar ...

»Wie kannst du das aushalten? Dieses Arrangement, das du mit ihm hast?« fragte Jules.

»Ich weiß gar nicht, was du meinst.«

»So etwas könnte ich nicht aushalten.«

»Du brauchst es ja nicht.«

»Doch selbst wenn du ihn gern hättest, wenn du ihn heiraten wolltest, im Ernst – nach einem solchen Anfang wäre doch alles kaputt, oder?«

»Ich weiß gar nicht, wovon du redest.«

»Aber bedrückt es dich denn nie? So, daß du dich umbringen möchtest?«

»Solang ich verheiratet war, habe ich schon hie und da mal

den Wunsch gehabt, mich umzubringen. Jetzt denke ich nie mehr daran«, sagte sie. »Ich habe damals zu Hause ein geordnetes Leben geführt. Ich habe sämtliche Stadien durchlaufen. Ich habe zwei kleine Mädchen gehabt, weißt du, sie sind in guten Händen. Ich habe es einfach aufgegeben, das Interesse daran verloren. Man muß an all das glauben, um es aufrechtzuerhalten. Mein ehemaliger Mann hat wieder geheiratet, habe ich gehört, ich wünsche ihm alles Gute.«

»Denkst du nie mehr an ihn, und wie ihr euch geliebt habt? Ist das alles vorbei?«

»Natürlich.«

»Aber ist das nicht sonderbar?«

»Warum ist das sonderbar?« Sie lachte.

Sie hatte etwas Stählernes an sich, das Jules ängstigte, weil sie ein Mädchen vom Lande war und er, wie er sich gern einbildete, ein hartgesottener Stadtjunge, der genau Bescheid wußte. Doch er hatte nicht ihre Härte.

»Aber machst du dir denn keine Sorgen um deine Kinder? Und dieser Kerl, mit dem du dich jetzt triffst, machst du dir wegen dem auch nie Sorgen – daß er sich's anders überlegt, daß er zu seiner Frau zurückkehrt?«

»Er kann nicht zu seiner Frau zurückkehren, weil er sie gar nicht verlassen hat. Sie weiß von nichts. Sie vertragen sich sehr gut. Ich weiß alles über sie, alles. Es liegt hier in der Luft«, sagte sie mit einer kleinen Grimasse. »Auf dem Gebiet sind sie alle verrückt in dieser Stadt. Sie wohnen draußen in Grosse Pointe oder in Bloomfield, und sie wollen irgendwo anders irgend etwas Geheimes haben – sie sind bereit, dafür eine Menge zu bezahlen. Mein Gott, ich könnte dir von einer Frau erzählen, die ich kenne: Sie ist ganz allein hierher gezogen, so wie ich, und jetzt ist sie reich und braucht sich um nichts mehr kümmern und sich keine Sorgen mehr zu machen, und das Verrückte ist, daß bei ihr die ganze Zeit im Inneren was nicht in Ordnung war – sie ist mal operiert worden, und ihre Gebärmutter ist zum Teil durch Metall oder Plastik oder so etwas gestützt, und wenn einer von den Männern das wüßte, dann würde es ihm schlecht. Aber wie soll ein Mann das wissen. Die wissen überhaupt nichts. Sie hat ihr gutes Auskommen.« Alle Skandale der Autostadt Detroit, die Qualen der Millionäre und Teilmillionäre, die in ihren Häusern fern von den Abgasen und Gefahren der Stadt wohnten, aber in diesen ihren Häusern schrecklich unbefriedigt waren – Faye war an diesen Qualen nicht sonderlich interessiert, doch sie war klug genug, ihren Handelswert zu erkennen.

Es war Faye, die Jules mit Bernard Geffen bekanntmachte.

Jules war eines Abends bei ihr, als das Telefon klingelte. Sie ging an den Apparat und sagte: »Klar, komm doch rauf. Nein, er ist nicht da.« Jules war sehr verletzt. Nach einigen Minuten erschien ein zerzauster, nervöser Mann im Regenmantel in der Tür, naßgeregnet. Faye umarmte ihn blasiert, mit einer so automatischen Bewegung, daß sie Jules wunderhübsch vorkam. Der Mann streifte ihre Wange mit den Lippen. Er lächelte schon über ihre Schulter hinweg Jules zu.

»Dies hier ist mein guter Freund Jules Wendall«, sagte sie. »Das ist mein guter Freund Bernard Geffen.«

»Wendall, ja? Wendall? Ich freue mich sehr, Sie kennenzulernen«, sagte der Mann und schüttelte Jules die Hand. Jules empfand etwas Seltsames, Unausgeglichenes; dieser Mann war über fünzig und sah wohlsituiert aus, aber er schüttelte Jules die Hand, als sei Jules jemand Bedeutendes. »Sind Sie der, von dem Faye mir erzählt hat? Sie leisten ihr Gesellschaft und gehen mit ihr ins Kino und all sowas? Das ist sehr nett, wirklich – ich meine –«

»Zieh den Mantel aus«, sagte Faye kalt.

Sie verbrachten eine unbehagliche Stunde oder mehr, in der Bernard immer noch den Mantel anhatte und Jules sich fragte, warum er nicht ging, und Faye in einem Modeheft blätterte und dabei versuchte, eine geheimnisvolle Unterhaltung mit Bernard zu führen. Jules bekam nicht heraus, worum es dabei ging. Eine Reise nach Florida? Nach Südamerika? Auf irgendeiner Yacht?

»Ich frage Sie, mein Junge«, sagte Bernard und richtete seine wässerigen grauen Augen auf Jules, »meinen Sie, ich sollte das investieren? In ein weiteres Schiff? Das bedeutet fünfzigtausend Dollar investieren, und darüber hinaus ist zu bedenken, daß ich keine Zinsen dafür kriege, die ich natürlich selbst dann kriegen würde, wenn ich es bloß auf die Bank legte.«

Jules machte große Augen.

»Es gibt unterschiedliche Arten von Investitionen. Einige entwerten sich, andere wachsen. Sehen Sie mal«, sagte Bernard und ergriff Fayes Hand, um Jules ihren Ring zu zeigen. »Dieser Brillant ist wert – lassen Sie mich mal schätzen – neuntausend? Zehntausend? Oder weißt du es nicht, meine Liebe? Was er auch wert ist, er wird in ein paar Jahren mehr wert sein, das ist klar, und kann bis dahin getragen werden, er ist sehr schön und macht deiner schönen Hand alle Ehre.«

»Ist der hier zehntausend Dollar wert?« lachte Faye.

»Aber sicher. Aber er gehört nicht dir, du trägst ihn bloß, du stellst ihn zur Schau. Du hast keine Probleme damit, du zahlst keine Versicherung, du könntest ihn sogar verkaufen, wenn du wolltest. Das ist die eine Art, zu investieren. Ein Schiff wiederum –«, sagte er und seufzte wie ein alter Seemann, » – ein Schiff – habe ich dir dieses Foto gezeigt, Faye?« Er nahm seine Brieftasche heraus und entnahm ihr ein Bild. Faye besah es und gab es ohne Kommentar an Jules weiter. Es war ein Farbfoto von einer Frau, die an Deck eines großen Vergnügungsbootes stand, ganz in Weiß, eine zierlich rundliche, aber hübsche Frau, nicht mehr jung. »Das ist meine Frau, die da, meine verstorbene Frau«, sagte Bernard. »Sie ist voriges Jahr an Krebs gestorben.«

»Das tut mir leid zu hören«, sagte Jules höflich. Die Frau in Weiß machte ihm selbst jetzt schon den Eindruck, als sei sie vom Schicksal gezeichnet.

»Wir waren – mit Unterbrechungen – lange Zeit zusammen«, sagte Bernard. »Das Problem war bei ihr, daß sie mich nicht verstanden und mir darum nicht vertraut hat. Bei ihr in der Familie hatten alle Geld, arbeiteten aber trotzdem. Sie waren Angestellte. Sie hatten kein Verständnis für meine Familie, für meinen Vater. Ich kam mir vor, wie in ihrem Kopf eingesperrt.« Er sah zu Jules auf und lächelte. »Mein Junge, würden Sie wohl heuer im Sommer für mich arbeiten? Auf meinem neuen Schiff? Vielleicht auf meinem neuen Schiff?«

Jules gab ihm das Foto zurück. Eine gewisse Bewegung in den Fingerspitzen des Mannes ließ ihn Verdacht schöpfen.

»Als was?«

»Als Aushilfe. Als Kammersteward.«

»Ich fahre einen Lastwagen.«

»Ich würde Ihnen bedeutend mehr zahlen.«

»Aber ich habe eine Stellung. Ich fahre sehr gern.« Jules spürte, wie sich ihm der Mund zusammenzog und konnte nicht erklären, warum er so mißtrauisch war. Darum sagte er mit gekünstelter Begeisterung: »Aber es wäre vielleicht eine prima Idee, auf dem Wasser zu sein. Es wäre gesund.«

»Wir könnten in die Karibische See hinunterfahren«, sagte Bernard. »Ihre liebe Freundin Faye würde mich sehr glücklich machen, wenn sie mitwollte. Vielleicht könnten Sie sie überreden? Wenn diese Reise Sie interessiert, wäre sie vielleicht auch für sie interessant? Wie wäre es, wenn ich Ihnen schon jetzt, Monate im voraus, ein Gehalt zahlte?«

»Bernard, bist du wahnsinnig? Ich dachte, du hättest kein Geld«, sagte Faye.

»Seit vorigem Sonnabend habe ich Geld«, sagte er. Er war sehr nervös.

Jules war ängstlich bestrebt, zu entrinnen und sah beunruhigt auf Bernards warme, feuchte, ziemlich breite Stirn; es war etwas Kindliches und zugleich Abgespanntes an diesem Mann, wer er auch sein mochte, als ob die absonderliche Energie, die ihn dazu anspornte, minutenlang ununterbrochen zu reden, ihm auch zum Tanz in die Füße fahren und ihn rasend machen könnte, nur um ihn dann wieder schlaff zusammensinken zu lassen. Kleine Schweißbächlein rannen ihm von der Stirn.

»Es hat mit einem gewissen Darlehen geklappt. Ich gebe zu, daß ich kein festes Einkommen habe wie dein Freund, aber ich wünsche es mir auch gar nicht«, sagte er zu Faye. »Ich liebe das Abenteuer. Ich wage nicht zu prophezeien, wohin meine Abenteuerlust mich noch führen wird. Ich glaube, du weißt es, aber wir dürfen trotzdem niemals miteinander darüber sprechen, deinetwegen und wegen deines jungen Freundes hier.«

»Wie meinen Sie das?« fragte Jules bestürzt.

»Gute Nacht, ihr beiden«, sagte Faye. »Ich geh ins Bett.«

Sie brachten sie zur Tür. Dort legte Bernard Jules den Arm um die Schulter und sagte: »Sie ist wie eine Prinzessin aus dem hohen Norden. Eine Märchenprinzessin, sehr kalt und bezaubernd. Jules, mein Junge, lassen Sie mich Ihnen ab sofort Gehalt zahlen. Ich fühle mich heute wackelig, ich möchte, daß Sie mich heimfahren. Was hältst du davon, Faye, geht das?«

»Natürlich. Gute Nacht«, sagte Faye.

Sie standen miteinander auf dem Korridor. Jules schaute zurück auf die Tür, ganz konfus. Er wußte nicht, ob er sich ärgern sollte oder nicht, ob seine Ehre verlangte, daß er gegen die Tür hämmerte, oder Bernard von sich schob.

Bernard sagte gerade: »Aber Sie haben doch einen Führerschein?«

»Ja.«

»Dann fahren Sie mich also heim?«

»Wo wohnen Sie?«

»Nicht weit, höchstens einen Kilometer.«

Er war kleiner als Jules, ein aufgeregter, geschäftiger Mann. Er mußte mit den Händen fuchteln, um reden zu können. Der teure Regenmantel war zerdrückt und voller Flecken; seine Hosenaufschläge hatten Dreckspritzer; seine Schuhe hätten geputzt werden müssen. Als sie im Lift hinunterfuhren, sprach er Jules ins Ohr, vertraulich und rasch, als spräche er in einen Telefonhörer. Jules kam der Gedanke, er könne verrückt sein.

»Ich zahle gerne Leuten ein Gehalt, denen ich vertrauen kann. Freunden von Freunden. Faye irrt sich, wenn sie meint, ich hätte kein Geld. Frauen verstehen solche Sachen nicht. Sie können Geld nur erfassen, wenn sie es sehen. Im Grunde sind sie sehr primitiv. Sie begreifen nicht, wo Geld herkommt oder was es bedeutet oder daß ein Mann Geld wert sein kann, auch wenn er im Augenblick keines besitzt. Aber ein Mann begreift solche Sachen.«

»Vermutlich«, sagte Jules.

»Was für Menschen sind in Ihrer Familie?«

»Mein Onkel ist Samson Wendall. Vielleicht haben Sie von ihm gehört?«

»Ist der nicht auch im Transportgeschäft?«

»Nein, Werkzeug und Gesenke.«

»Werkzeug und Gesenke, richtig. Wendall. Der Name ist mir bekannt, ein netter Name«, sagte Bernard. »Und Sie heißen Julian? Jules? Ja, gut, Jules, mein Problem ist, daß ich alles zu tragisch nehme, ich rege mich sehr auf, und dann überkommt mich eine Art Schwäche – vielleicht habe ich einen zu hohen Blutdruck. Aber ich empfinde das Leben als Drama, ich empfinde die Geschichte als abrollende Tragödie, und ... und ich brauche jemand, der meinen Wagen fährt. Ich habe bereits Schwierigkeiten dabei, von einem Ort zum anderen zu kommen, bei den allersimpelsten Dingen. Ich hatte einen Fahrer, einen Schwarzen, aber der hat dauernd Unfälle gebaut. Ich mußte ihn entlassen. Er hat auf den Rücksitzen des Wagens einen Brand verursacht. Ich bin immer noch nicht dazu gekommen, das wieder reparieren zu lassen. Was würden Sie zu einhundert Dollar pro Woche sagen?«

»Einhundert?«

»Zweihundert, wollen wir sagen zweihundert Dollar die Woche?«

»Fahre ich bloß den Wagen? Bloß in der Stadt herum?«

»Demnächst irgendwann werde ich nach Toronto, St. Louis und Buffalo müssen, das kommt darauf an, wie die Geschäfte sich entwickeln«, sagte Bernard rasch, als wolle er nicht, daß Jules etwas davon nachprüfte, »aber im allgemeinen würde es nur in Detroit selbst sein. Ich brauche jemand, der Geheimnisse für sich behalten kann. Ich brauche jemand, der intelligent ist, wie Sie – man sieht es Ihrem Gesicht an, daß Sie intelligent sind. Erlauben Sie, daß ich Sie irgendwohin bringe, wo man Ihnen die Haare schneidet?«

»Die Haare schneidet?« fragte Jules.

»Die sind zu lang. Sie brauchen einen neuen Anzug. Sie brauchen einen Mantel. Es kommt nicht darauf an, wie ich aussehe, über all so etwas bin ich hinaus, aber Sie müssen ordentlich aussehen. Fahren Sie mich heim und behalten Sie den Wagen über Nacht und kommen Sie morgen mit geschnittenen Haaren wieder. In Ordnung?«

»Den Wagen behalten?«

»Ja. Über Nacht«, sagte Bernard. Sie standen auf der Straße. Er war sowohl begeistert als auch besorgt. Er blickte immer wieder über die Schulter nach hinten, als warte er darauf, daß jemand hinter ihm hergelaufen kam und diesem Unsinn ein Ende machte. »Hier ist mein Wagen«, sagte er, als sie sich einem am Bordstein geparkten Lincoln mit einem Strafzettel daran näherten, »und hier sind meine Schlüssel.«

Jules sah, daß er den Strafzettel sehr aufgeregt zerriß, er wußte wahrscheinlich gar nicht, was er tat.

»Ich wohne in einem Hotel in der Stadt. Man kommt von dort bequem zu Fayes Wohnung, aber wissen Sie, sie läßt sich selten sprechen. Ihr Leben ist schrecklich einfach und doch schrecklich kompliziert. Sie müssen mir irgendwann von ihr erzählen, davon, worüber Sie sich mit ihr unterhalten.«

Jules fuhr ins Hotel, und ehe Bernard ausstieg, neigte er sich nach vorne gegen den Sitz und reichte Jules etwas. »Hier ist ein Scheck. Lösen Sie ihn am Morgen ein, und nehmen Sie sich was davon und kommen Sie dann wieder und holen Sie mich ab. Wir werden Faye zum Mittagessen ausführen, wenn sie schon auf ist. Lassen Sie sich die Haare schneiden. Kaufen Sie sich einen neuen Anzug.«

Jules besah den Scheck: Er lautete auf Jules Wendall in Höhe von einhundert Dollar.

Am nächsten Morgen um zehn Uhr ging Jules zur Nationalbank von Detroit und schwitzte dort fünfzehn Minuten lang unter dem Mißtrauen einer Schalterbeamtin, obwohl er seinen Führerschein dabei hatte, um zu beweisen, wer er war. »Einen Moment bitte«, sagte das Mädchen. Jules, der den hundert Dollar schon so nahe war, daß er anfing, Bauchschmerzen zu bekommen, verlor sich im Anblick des Lockenkopfes einer Beamtin am nächsten Schalter, die Scheine hinblätterte. Scheine ohne Ende. Einhundert Dollar kamen auf ihn zu ... ein Geschenk ... ein Hexenkunststück. Seine Schalterdame führte ein Telefongespräch. Jules versuchte wegzuhören von dem, was sie sagte – was, wenn sie sagen würde: *»Ach so, das Konto ist aufgelöst? Ach so.«* Jules dachte an die hundert Dollar, die er nötig brauchte. Bernard würde wie ein Vater zu ihm sein. Er hatte bereits erkannt, daß Jules intelligent war und war bereit, in ihn zu investieren und ihn anzustellen ... Seine Schalterdame sagte soeben munter: »Vielen Dank«, als sei nichts geschehen und als habe sie nie einen Verdacht gehabt, sie trat an eine Geldschublade und fing an, ihr Scheine zu entnehmen. Sie kam zu Jules und zählte sie ihm auf die Marmorplatte des Schalters, neben Jules gierige Hand.

»Einhundert Dollar«, sagte sie.

»Danke«, sagte Jules heiser.

Er trat hinaus in den bewölkten Morgen von Detroit. Die hundert Dollar waren sicher in seiner Brieftasche verstaut. Seine Brieftasche war geborgen in seiner Gesäßtasche, von der engen Hose eng an seine Körper gepreßt. Er lehnte sich gegen den Wind auf seinem Weg ins Sheraton-Cadillac-Hotel, wo er sich die Haare schneiden ließ. Es war ihm wichtig, daß er sie sich gerade dort schneiden ließ, obwohl es eine Qual war, in dem stillen, parfümierten Frisiersalon zu sitzen – allzu bewußt, daß er, Jules Wendall, sich hier die Haare schneiden ließ und voller Sorgen, wieviel Trinkgeld er dem Friseur geben sollte – und dann, eine Weile später, war es eine Qual, in einer Umkleidekabine seine engen Hosen auszuziehen und neue Sachen anzuprobieren. Er brauchte einen neuen Anzug. »Der ist genau richtig, genau wie für Sie gemacht«, sagte der Verkäufer. Jules glaubte jedes Wort. Er war noch immer wie betäubt, verliebt in Faye und in eine Verheißung einer neuen, chaotischen, unbegrenzten Zukunft. »Man sieht es Ihrem Gesicht an, daß Sie intelligent sind«, hatte Bernard gesagt. Dafür wollte Jules vor allem gelobt und gepriesen sein – für seine Intelligenz.

Er war sehr enttäuscht, als der Verkäufer sagte, der Anzug müsse geändert werden; er konnte nicht damit aus dem Geschäft gehen! Er würde erst Freitag fertig sein! So stieg er denn, linkisch und betrübt, wieder in seine billige Hose und Jacke, und bekam einen roten Nacken.

Er fuhr hinunter, Bernard abzuholen. Der Schmerz hatte in

der Bank angefangen und sich in seinem ganzen Körper verbreitet; es war gar nicht er selbst, Jules, der seine Stellung für einen anderen, verrückten Job aufgegeben hatte, für einen ausgefallenen Job, der nun jemand namens Bernard abholen sollte, von dem er nicht sicher wußte, ob er ihn wiedererkennen würde. Zum Glück stand Bernard draußen auf dem Bürgersteig und wartete auf ihn. Es gelang Jules, den Wagen an den Bordstein zu bekommen, ohne auf den Bürgersteig hinaufzufahren, und man sah nicht, wie er schlotterte, als er sich zur Seite beugte, um die hintere Tür aufzuklinken.

Der Negerportier riß sie schwungvoll auf, und Bernard schwang sich mit einem Seufzer herein. »Ach, die Morgenluft, dieser Smog!« sagte er. Er gab dem Portier ein Trinkgeld – Jules konnte nicht sehen, wieviel – und setzte sich auf dem versengten Rücksitz zurecht. »Fahren Sie ganz geradeaus. Ich muß nachdenken. Ich muß heute vormittag mein restliches Leben planen«, sagte Bernard.

Eine Saite in Jules schwang bei dieser Bemerkung mit: heute vormittag sein restliches Leben planen! Es tat ihm leid, daß er an Bernard gezweifelt hatte. Warum konnte nicht auch Jules an diesem gleichen Vormittag sein restliches Leben planen? War er denn nicht frei, um nahezu alles geschehen zu lassen?

3

Als sie Faye abholen wollten, war sie nicht zu Hause oder hatte keine Lust an die Tür zu gehen. Bernard sagte betrübt: »Ich weiß nicht, wie ich an diese Frau gekommen bin und was sie mir bedeutet.« Er hatte etwas Dramatisches, das bei jedem anderen peinlich gewesen wäre; aber wie er so in seiner Unruhe an den Fingern lutschte und an seinem Kragen zerrte, wirkte Bernard wie ein Mann, der in ein unsichtbares Drama verstrickt ist und seinem Schicksal hilflos gegenübersteht. Sie gingen wieder auf die Straße hinunter. Bernard ging voran und sprach dabei über die Börsenberichte des heutigen Morgens und über die Wettervorhersage und über das Polstermaterial aus dem Wagen, das ihm hinten am Mantel klebte.

Jules empfand aufwallende Zuneigung für ihn, er war so ganz anders als die Männer, die Jules kannte.

»Jawohl, ich muß alles planen. Ich muß alles ordnen«, sagte

Bernard. »Die Fahrt nach Toronto entfällt, aber die Fahrt nach St. Louis ist dringender, als ich dachte. Ich muß dort eine Verbindung anknüpfen. Und Sie, Jules, könnten Sie mich binnen weniger Stunden fahren? Haben Sie Familie, müssen Sie für jemand sorgen? Wieviel Geld brauchen Sie?«

Er stieg wieder in den Fond. Jules setzte sich hinter dem Steuerrad zurecht und sah dabei zufällig im Rückspiegel das graue, ernsthafte Gesicht des Mannes. Bernards wässerige Augen irrten ruhelos über Jules' Hinterkopf.

»Geld? Brauchen Sie welches? Wieviel?«

»Ich glaube, im Moment brauche ich keins«, sagte Jules verlegen.

»Ich gebe Ihnen was für Ihre Mutter. Für Lebensmittel.« Er füllte einen Scheck aus, wobei er das Scheckbuch auf den Knien balancierte, und reichte ihn Jules nach vorn.

Er war über zweihundert Dollar. Jules nahm ihn verblüfft entgegen und starrte darauf nieder. »Aber, für Lebensmittel ...«

»Und jetzt müssen wir fahren. Ich habe heute vormittag ein großes Programm.«

Jules ließ den Wagen mit einem energischen Ruck an. Doch fast sofort sagte Bernard mit einem Fingerschnalzen: »Warten Sie! Ich muß einen Augenblick hier rein!« Er stieg vor einem Drugstore aus und wies Jules durch Handbewegungen an, um den Block zu fahren.

Jules fuhr los. Ihm schwindelte vor Überraschung über den zweiten Scheck. Er lag neben ihm auf dem Sitz, und er blickte darauf nieder, als wolle er sicher gehen, daß er Wirklichkeit war. Er glaubte, einen Fehler zu entdecken – war das Wort »hundert« nicht »hunert« geschrieben? Und würde der Schalterbeamte diesen Schreibfehler akzeptieren oder war der Scheck dadurch wertlos?

Er griff nach dem Scheck. Nein, »hundert« war richtig geschrieben. Jemand hupte ihn böse an, ein Taxichauffeur. Jules riß den Wagen gerade noch rechtzeitig nach rechts. Ja, »hundert« war richtig geschrieben.

Als er das dritte Mal den Block umrundete, kam Bernard aus dem Geschäft gelaufen; alles in seinem Gesicht schwabbelte. »Rasch, biegen Sie in die Fahrbahn für Linksabbieger. Wir haben zu tun!« sagte er.

Jules meinte, er fahre ungeschickt. Er schien sich nicht beruhigen zu können. Hier draußen im Frühverkehr und in einem teuren Wagen, der ihm kaum zustand, ging er große Risiken ein – er konnte einem Polizisten in die Hände fallen, als Strafe für seine Kühnheit. Doch er glaubte. Bernard werde nichts merken, nicht einmal einen kleinen Unfall; und ein kleiner Unfall wäre nicht so schlimm. Bernard war in Eile, wie er dort auf dem Rücksitz saß. Er schien vorwärts zu drängen. Er strömte einen feuchten, trüben Hundegeruch aus. »Jules«, sagte er dramatisch, »in den nächsten paar Stunden wird vielleicht etwas geschehen, das unser beider Leben ändert.«

»Was ist es denn?«

»Das kann ich Ihnen nicht sagen, aber es hat mit Valuta zu tun. Mit dem Goldmarkt. Verstehen Sie jetzt?«

»Ich . . . ich glaube nicht.«

»Welcher Tag ist heute, Jules?«

»Der 18. Juni 1956.«

»Wissen Sie es jetzt?«

»Was?«

»Lesen Sie keine Zeitungen?«

»Ich verstehe nicht.«

»Biegen Sie hier rechts ein. Nein, Vorsicht, der Autobus – ja, jetzt los – reihen Sie sich rechts ein.«

Jules entdeckte, daß er wieder in die East Jefferson einbog.

Bernard sagte verdrießlich: »Heute nachmittag kriegen wir einen neuen Wagen. Diesen hab ich satt! Sehen Sie sich diese Polsterung an, ich habe das Zeug überall am Mantel und in der Nase – ich habe Asthma – wenn ich auf die Versicherung warte, kann das Jahre dauern, da laß ich es lieber für die Steuer absetzen. Wir kaufen uns einen neuen Wagen. Einen neuen Lincoln.«

Während Bernard sprach, spürte Jules, wie ihm das Herz schwoll bei der Vorstellung von etwas Unfaßbarem und Wundervollem . . . das nicht allein mit Geld zusammenhing, sondern mit dem graugrünen metallischen Duft des Geldes parfümiert war, mit seiner Macht und, mehr als das, mit seiner geheimnisvollen Substanz.

»Biegen Sie hier ein und tanken Sie, wir haben kein Benzin mehr!« rief Bernard.

Der Tank war fast leer, und als er gefüllt war, rief Bernard: »Wieviel macht's? Auf wen muß ich den Scheck ausstellen?«

Der Tankstellenmann sagte mürrisch: »Ich glaub, wir nehmen keine Schecks.«

»Natürlich nehmen Sie Schecks, heutzutage trägt kein

Mensch Geld mit sich herum«, sagte Bernard. »Auf wen muß ich ihn ausstellen?«

»Wir nehmen nur Bargeld.«

»Jules, dann geben Sie ihm eben das Geld. Schnell!«

Jules bezahlte das Benzin, er gab dem Burschen einen Zwanzigdollar-Schein. »So. Schön. Behalten Sie sich den Rest«, sagte Bernard. »Los, fahren wir!«

Sie fuhren über den Lakeshore Drive und in die Innenstadt von Grosse Pointe. Sofort wichen die Häuser von der Straße zurück, Backsteinvillen, ungemütlich im grauen Licht, die Rasenflächen verunreinigt durch aus Detroit herübergewehte Zeitungsfetzen. Überall flatterten Papierfetzen und Blätter und ganze Zeitungen. Weiße Tupfen tanzten vor dem Auge. Bernard sagte ihm, wo er abbiegen sollte und wo noch einmal, und Jules stellte fest, daß er sich langsam in einer Welt von grünbelaubten und dunkelroten Ziegeln vorwärtsschob; er hatte an diesem Morgen vergessen zu frühstücken, und solche Anblicke stiegen ihm zu Kopf. Was für wundervolle Villen! Stille, saubere Bürgersteige und Straßen, auf denen sich keiner befand – das war immer das Erstaunlichste, diese Leere – so weit er blicken konnte, ging niemand, existierte niemand.

»Fahren Sie dort herein«, befahl Bernard und Jules fuhr in eine gebogene Auffahrt ein, die zu einem großen, blassen Ziegelhaus von eleganter Bauart führte, mit Säulen, viel zu groß für eine normale Familie. Jules hätte es für eine Leichenhalle oder ein Luxusrestaurant gehalten. Sein Körper begann zu prickeln bei diesem Anblick. Bernard sprang aus dem Wagen, als wohne er hier. Er tat einen Satz zur Haustür hinauf und klingelte. Jules tat, als schaute er nicht genau hin.

Hinter Jules bog ein anderer Wagen in die Auffahrt, ein blauer Kombi. Er hielt, um ein Mädchen aussteigen zu lassen, dann fuhr der Fahrer weiter, an Jules vorbei und zurück auf die Straße. Jules bewunderte all diese Geschäftigkeit. Das Mädchen, das aus dem Kombiwagen ausgestiegen war, war vielleicht sechzehn oder siebzehn, sie trug karierte Bermudashorts, und lange schwarze Haare wehten ihr um die Schultern, sie hatte eine Strohtasche bei sich. Sie schlenderte gemächlich an Jules im schwarzen Lincoln vorüber und warf nicht den kleinsten Blick dem Wagen zu, nur Jules, den sie mit ihren dunklen, ernsthaften, kritischen Augen musterte. Er erwiderte ihren Blick. Er fühlte, daß sie ihn durch und durch ansah, bis in den Hinterkopf. Aus den Augenwinkeln sah er sie weiterschlendern und sich Bernard nähern. Die beiden begannen ein Gespräch. Das Mädchen hob die Hände in einer Geste der Ratlosigkeit. Bernard bestand auf etwas – er machte kurze hackende Bewegungen, als stritte er mit ihr. Die Haustür wurde von einem schwarzen Dienstmädchen geöffnet. Bernard drängte sich hinein, noch immer streitend, das Dienstmädchen zögerte erst und ließ ihn dann eintreten. Das Mädchen folgte. Sie warf keinen einzigen Blick zurück auf Jules.

Das Haus wurde hinter ihnen geschlossen. Es stand da, blaß und überwältigend, ein kleiner Berg aus Stein, der Jules bis ins Mark erschütterte. Wer konnte das aushalten, in etwas derart Riesigem zu wohnen? Würde es nicht in jedem Raum hallen? Würde nicht der Druck zu schwer auf dem Gehirn lasten? Und wer besaß das Geld, ein derartiges Haus zu bauen? Beunruhigt und ein wenig vorwurfsvoll blickte er sich um und sah, wie ordentlich der Rasen aussah, über den nie jemand ging, Hecken, kleine Zierbäume, Blumen – alles verschwommen, wie unter einem Zauberbann. Auf jeden Fall hatte er einen weiteren Scheck. Er nahm ihn in die Hand. *Zweihundert Dollar...*

Loretta hatte ihm etwas zum Geburtstag und zu Weihnachten geschenkt. Nie viel. Maureen hatte ihm ein paar Kleinigkeiten geschenkt. Doch noch nie hatte er ein derartiges Geschenk bekommen, ein so überwältigendes Geschenk, daß einem fast das Herz stehenblieb, das einen lehrte, warum die Leute weiterlebten – warum denn auch sonst, wenn nicht in Erwartung solcher Geschenke, solcher unverdienter Überraschungen!

Das Mädchen, das ins Haus gegangen war, war auch so etwas – Erstaunliches. Jules konnte nicht aufhören, an sie zu denken. Trotzdem konnte er sich nicht genau an ihr Gesicht erinnern. Er erinnerte sich an etwas Neugieriges und Eindringliches bei ihr und an einen einwärtsgekehrten Fuß – sie hatte Turnschuhe angehabt – und ihre schlanken, blaßrosa Knie. Sie paßte zu dem Haus. Es war nicht verwunderlich, daß sie darin wohnte. Sie war die Tochter von irgend jemand – unerreichbar.

Jules schaute auf die große Haustür und wartete. Nach fünfzehn Minuten erschien Bernard wieder, allein, in Eile. Sein Mantel war nicht zugeknöpft und wedelte um ihn herum. Jules drehte sich nach hinten um, um ihm die rückwärtige Tür zu öffnen; er reagierte so mechanisch, als sei er aus Generationen von Dienstboten gezüchtet und hatte noch Zeit, das Gesicht seines Brotgebers in sich aufzunehmen: war der Mann nun verrückt oder nicht? »Was für Menschen! Was für Parasiten, ja, das sind sie, sie sind Parasiten, ohne Phantasie – was für Menschen!« schimpfte Bernard. »Als ob ich nicht wüßte, daß sie zu Hause sind! Zumindest sie war zu Hause, meine liebe Schwester, und hat sich versteckt – dafür bin ich von jetzt an mit ihnen fertig!«

»Wohin möchten Sie jetzt?« fragte Jules unterwürfig.

»Fahren Sie weiter, hier weg.«

Bernard sah intelligent, dabei aber irgendwie schroff und verglast aus. Seine Augen wanderten ständig überall umher. Seine Stirn, breit und schräg, schien eine blassere Haut als das übrige Gesicht zu haben; nicht nur eine hellere, sondern eine irgendwie straffer gespannte Haut von anderer Beschaffenheit. Es mochte daran liegen, daß der obere Teil seines Schädels sich langsam ausdehnte und außer Form geriet. Sein Doppelkinn und seine Kinnbacken waren schlaff, und auf seinen Wangen traten winzige Äderchen an die Oberfläche und gaben ihm ein gerötetes und erstauntes Aussehen, wie Jules es tagtäglich an vielen Vagabunden und Säufern in der Unterstadt sah.

»Los, rasch!« sagte Bernard laut.

War er gestern abend brüderlich, fast intim mit Jules umgegangen, in Fayes Wohnung, so neigte er jetzt, wo sie allein waren, dazu, Jules nicht anzusehen und sich auf eine würdige, etwas absurde Geschäftigkeit zurückzuziehen: an seinen Mantelknöpfen, mit seinen ungepflegten Fingernägeln oder mit Strähnen angesengten, weißen Polstermaterials, das aus dem Loch auf dem Rücksitz herausquoll. Seine Stimme, die bebte und kommandierte, klang Jules wie die Stimme eines Schauspielers, etwas zu hochgeschraubt für intimen Kontakt; sie hatte etwas zugleich Entpersönlichtes und Biegsames.

»Immer haben sie die Partei meiner Frau ergriffen«, sagte Bernard. »Kein Vertrauen! Ich habe ihnen die Rechnungen und Quittungen von ihren Ärzten gezeigt, von zwölf Ärzten, ob Sie es glauben oder nicht, mein Junge, und habe ihnen damit vor der Nase gewedelt. Sie halten sich für amerikanische Aristokraten, weil sie *arbeiten*, aber ich, ich rechne mich überhaupt zu keiner Klasse ...«

Jules hörte allem begierig zu, er hoffte auf sachliche Auskünfte. Er wollte mehr über das Mädchen herauskriegen. Endlich, nach ungefähr fünf Minuten über dieses Thema platzte Jules ungeduldig heraus: »Wer war das Mädchen?«

»Welches Mädchen?«

»Das Mädchen, das mit Ihnen ins Haus gegangen ist.«

»Ach, das war meine Nichte Nadine. Sie muß mittlerweile etwa zehn, zwölf Jahre alt sein, nein, sie muß älter sein – die Zeit vergeht so schnell – ich würde sagen, sie ist vierzehn oder vielleicht fünfzehn.«

»Sie ist älter.«

»Ach, ja? Ich weiß nicht, ich habe nicht aufgepaßt. Ein nettes Mädelchen, wenn man bedenkt wie ihre Eltern sind – eine erfolgreiche, aber unglückliche Ehe, eine sehr verbreitete Art Ehe ... das Mädchen ist beinahe im Clubteich ertrunken, ich erinnere mich noch daran, als ob es gestern gewesen wäre, obwohl sie damals zwei, drei gewesen sein muß. Ich habe seitdem nicht mehr auf sie geachtet. Ich bin es damals gewesen, der sie gerettet hat.«

»Sie haben sie gerettet? Vorm Ertrinken?«

»Ja. Es war im Teich vom Yachtclub.«

Jules empfand eine unsinnige Eifersucht.

»Also Jules, ich werde Ihnen jetzt etwas sagen und ich möchte, daß Sie sich das Ihr Leben lang merken: Trauen Sie keinem! Wollen Sie sich das merken?«

»Jawohl.«

»Sie sind zu jung, um zu wissen, wie das Leben ist. Wenn Sie so alt sind wie ich, werden Sie es wissen.«

»Ich weiß alles über das Leben«, sagte Jules fröhlich.

»Ich muß mehrere Telefongespräche führen, fast hätte ich es vergessen. Ich muß Verbindung mit Leuten aufnehmen, mit denen es sehr schwer ist, Verbindung aufzunehmen, die immer unterwegs sind, so wie ich. Fahren Sie mich jetzt ins Hotel zurück, und dann können Sie selber losfahren und einen neuen Wagen kaufen.«

»Haben Sie gesagt ... einen neuen Wagen?«

»Ja, aber doch keinen Lincoln. Ich möchte einen Cadillac.«

»Wünschen Sie, daß ich den neuen Wagen kaufe?«

»Lassen Sie ihnen diesen in Zahlung. Sie nehmen ihn für eine kleine Summe in Zahlung.«

»Aber ich versteh keinen Wagen zu kaufen, nicht solch einen Wagen«, sagte Jules.

»Dann werden Sie es lernen.«

»Sie lassen mich vielleicht gar nicht herein.«

»Sie gefallen mir, Jules, mir gefällt Ihr Gesicht und Ihre Intelligenz und eine gewisse Grazie an Ihnen«, sagte Bernard. »Um ganz offen zu sein, ich wünschte, ich hätte einen Sohn wie Sie, Männer brauchen Söhne, es hat etwas mit der Erbmasse zu tun, mit dem Weitergeben von Träumen. Es ist nicht bloß das, daß Sie Fayes Liebhaber gewesen sind, was ein Wunder ist, sondern ich habe Sie um Ihrer selbst willen gern – wenn ich Sie draußen auf der Straße kennengelernt hätte, ich hätte sofort Vertrauen zu Ihnen gehabt. Sie haben etwas Symphatisches, Sie haben das Gesicht eines intelligenten Ausgebeuteten. Wenn wir mit diesem Projekt fertig sind, an dem ich arbeite, wenn dieser ganze Streß vorbei ist, zahle ich Ihnen eine College-Ausbildung.«

»Eine College-Ausbildung?«

»Ja, gewiß. Sie können ... Philosophie als Hauptfach nehmen, oder Kunstgeschichte – was Sie wollen.«

»Aber ich habe mich von der höheren Schule gedrückt!«

»Nichts im Leben kriegt man ohne Umweg. Das ist eine der Ironien im Leben«, sagte Bernard schnell. »Man muß alles über das Leben aus Büchern lernen. Ich werde Sie in den Osten schicken. Jahrhundertealte Weisheit läßt sich in wenige Bücher zusammenpressen. Hier bitte links! Achtung! Ein Lieferwagen!«

So also geschahen die Dinge im Leben – wie ein plötzliches in die Höhe Getriebenwerden. Jules bog seitwärts aus und überholte den Wäschereiwagen wie im Traum, er sah nicht einmal das sauere Gesicht des anderen Fahrers. Er war auf dem Weg nach oben, und nichts würde ihn aufhalten. Das flatterige Gefühl in seiner Brust war sein Herz, das sich ausdehnte, oder vielleicht seine vom vielen Sauerstoff betrunkenen Lungen. Jules im College! »Ich würde das College gern besuchen, Sir, jawohl, sehr gern, dafür würde ich alles tun«, sagte er erregt.

»Jetzt wieder links. Nein, rechts. Wenn Sie fix machen, kommen Sie noch bei Grün hinüber ...«

In der Innenstadt überreichte Bernard ihm einen weiteren Scheck, den er hastig aus seinem Scheckbuck getrennt und an der perforierten Linie ungleichmäßig abgerissen hatte. »Da. Kaufen Sie einen schönen Wagen. Holen Sie mich hier um drei Uhr ab«, sagte er. Er knallte die Autotür zu und sprang davon. Jules hielt sich den Scheck vor die Augen. Zehntausend Dollar? Er mußte zwinkern, damit die Zahlen auf dem Scheck nicht verschwammen. Ein Scheck auf Jules Wendalls Namen ausgestellt – über *zehntausend Dollar?*

Eine Weile konnte er sich nicht rühren. Dann fuhr er an, ohne zu wissen was er tat, ungeschickt und blindlings um die Ecke, in eine Einbahnstraße hinein. Er fuhr sie in falscher Richtung. Ein gelbes Taxi wäre beinahe mit ihm zusammengestoßen, es hupte wild. Übermütig, aber keineswegs verärgert, mit einem Kopf so glatt und fest wie ein irdener Topf, begann er rückwärts zu fahren. Der Fahrer des Taxis hupte unaufhörlich. Jules fand das Geräusch so schön wie Musik. Er brachte seinen langen Wagen im Rückwärtsgang um die Ecke und fuhr von neuem los. Auf halber Höhe des Häuserblocks prallte er beinahe auf einen Städtischen Omnibus, der gerade die Bordkante verließ. Voller Grazie, wie verzaubert, schwenkte er um den Bus herum und fuhr auf dieser linken Fahrbahn, die sich ihm seltsamerweise öffnete und ihn durchließ, und so fuhr er zehn, zwanzig Minuten kreuz und quer, wußte nicht, wie spät es war, dachte nicht einmal in Worte gefaßte Gedanken, sonnte sich allein in der Ausstrahlung des Schecks auf dem Sitz neben sich, der auf Jules Wendall ausgestellt war – über zehntausend Dollar.

Er würde den Scheck einlösen und durchgehen. Nach Kalifornien.

Es war eine Versuchung, aber er konnte das nicht tun. Nie. Er hatte Bernard gern und konnte ihn nicht bestehlen. Außerdem wäre es Sünde, dieses Abenteuer so abrupt zu beenden. Es konnte sein Schicksal sein, dieses Abenteuer bis zum Ende durchzustehen. Und es gab auch noch das Mädchen, Bernards Nichte, deren Gesicht in seiner Erinnerung so verführerisch unscharf war. Immer wieder bewegte sie sich durch sein Blickfeld, vor dem Wagen vorbei, dort draußen jenseits der glänzendschwarzen Fläche der Kühlerhaube. Er versuchte, ihr Gesicht zu erkennen, doch er konnte sich nie recht daran erinnern – nur an den gleichmütigen, ernsthaften, impertinenten Blick, und in seinen Ohren summte es bedrohlich. Dachte sie an ihn? Sprach sie von ihm? Es war nicht genug, dachte Jules streng, daß einem die Dinge zuflogen, man mußte sich ihnen auch gewachsen zeigen. Was für eine Katastrophe, was für eine lebenslängliche Schande, wenn er sich dem, was ihm begegnete, nicht gewachsen zeigte!

Er fuhr noch eine Weile wie betäubt kreuz und quer und überlegte, ob er bei seiner Mutter halten dürfte, um ihr den Scheck zu zeigen – aber das war eine verrückte Idee. Er hätte gern Menschen auf der Straße angehalten und ihn ihnen gezeigt. Es war besser, an die ernsthafte Seite seines neuen Lebens zu denken: die Oberschule fertigmachen. Es würde schwer sein, sie fertigzumachen, wenn einem derart viel Geld nachgeschmissen wurde. Er würde den Ablenkungen widerstehen müssen, sogar Bernards aufregender Nichte, die er vielleicht eines Tages wiedersah ... er würde die Oberschule in Abendkursen beenden ... er würde schnell fertig sein, und dann, und dann würde er in den Osten fahren, irgendwo im Osten ein College besuchen, obwohl sein Gehirn bei dieser Vorstellung in sich zusammensackte und das Klingeln in seinen Ohren schriller wurde ... Das einzige College, das er kannte, war die Wayne State Universität, ein Komplex moderner Gebäude aus Glas und Aluminium inmitten der Geröllhalden von Detroit, und alles, was er vom Osten wußte, war die sanft absteigende Linie, die er im Atlas bildete, benagt vom Atlantischen Ozean. Dennoch war dies der Wendepunkt in seinem Leben, das wußte er, der eigentliche Anfang seines Lebens. Er würde sich ihm gewachsen zeigen müssen.

»Sieht so aus, als ob dies Kapitel Eins wäre«, sagte er.

Er brachte es fertig, den Wagen zu parken – in seinem Eifer fuhr er mit dem rechten Hinterreifen auf den Bürgersteig hinauf und ruckte heftig wieder herunter, und er mußte zweimal sämtliche Taschen durchsuchen, ehe er das passende Kleingeld für die Parkuhr fand, und dann machte er sich zu Fuß auf den Weg zur Nationalbank, wobei er auf die gleiche Schalterbeamtin hoffte. Als er die Bank betrat, beruhigte ihn die hohe Decke: dort würde man genügend Geld für ihn bereithalten. Doch wie, wenn einer an ihn herantrat und fragte: »Woher hast du denn einen so hohen Scheck, Jules? Wir kennen dich, Jules, ausgerechnet du ...« Wie, wenn der Polizist an der Ecke einen Schritt auf ihn zutat, beiläufig seine Pistolentasche aufknipste und die Waffe herausnahm?

Er wartete in der Schlange. Die Schlange am nächsten Schalter wurde schneller abgefertigt, aber er wechselte nicht dort hinüber, er war sehr brav, sehr tugendhaft. Er war ein guter Staatsbürger; mit seinem neuen tipptopp geschnittenen Haar hatte er es bereits weit gebracht! Er wartete.

Er würde nicht an die gleiche Kassiererin kommen, die er vorher gehabt hatte. Diesmal war es ein Mann in mittleren Jahren, ein mißtrauischer Mann. Als Jules an der Reihe war, sah ihm der Schalterbeamte direkt ins Gesicht. Er sah auf den Scheck, sah wieder auf Jules und sagte: »Sind Sie Jules Wendall?« Jules lächelte, um zu zeigen, daß ihm diese Frage kein Unbehagen bereitete. Er zog seine Brieftasche und ließ den Führerschein herausrutschen, wobei er die Brieftasche auf dem Schalterbrett liegen ließ, damit der Mann, wenn er wollte, darin noch mehr Geld sehen konnte, zusammengefaltet, gebündelt.

Dann fiel Jules der andere Scheck ein, der Scheck über zweihundert Dollar. Er suchte in seinen Taschen danach. Er legte ihn auf die Marmorplatte, glättete ihn, überlegte, ob es sich lohnte, ihn einzulösen – zweihundert Dollar waren schließlich nicht viel. Der Schalterbeamte griff nach diesem neuen Scheck. Sein Mund war schmal und säuerlich. »Den haben Sie noch nicht indossiert«, sagte er.

Jules schrieb seinen Namen mit einem Bankfüller und war erstaunt, festzustellen, daß seine Handschrift nicht auf beiden Schecks die gleiche war. Er hatte sogar schon angefangen, ein zweites N in seinen Nachnamen zu schreiben, merkte aber noch rechtzeitig, was er tat. Auf dem Zehntausenddollar-Scheck sah »Jules« schwebend und jugendlich aus; auf dem zweiten, den er unter den Augen des Schalterbeamten gegengezeichnet hatte, sah »Jules« bescheiden und ältlich aus. Der Schalterbeamte betrachtete die beiden Unterschriften. Er betrachtete Jules' Führerschein.

»Ihr Führerschein ist abgelaufen«, sagte er.

»Was?«

»Er ist abgelaufen. An Ihrem Geburtstag, im April.«

»Aber ... aber das hab ich nicht gewußt ... ich hab's vergessen ... ich meine ...« Es gelang ihm, sich zusammenzureißen. Er sagte: »Danke schön, daß Sie mich daran erinnern. Ich werde nachher sofort aufs Polizeirevier gehen.«

Der Kassierer wandte sich ab, er nahm beide Schecks mit. Jules beobachtete ihn und tat so, als beobachtete er ihn nicht. Wie, wenn das Geld nicht verfügbar war? Wie, wenn nichts von alledem Wirklichkeit war? Er war erst achtzehn Jahre alt, und das genügte nicht, um ihm diese Überraschungen in den Schoß zu werfen, er mußte ihnen gewachsen sein. Er mußte Bernards Ansprüchen gewachsen sein. Die Oberschule beenden. Ins College gehen. Philosophie als Hauptfach. Er mußte einem überragenden Jules gewachsen sein, einem Diktator, der sogar noch mehr voraussetzte als Bernard. Er mußte Bernards Nichte gewachsen sein, die in ihrem Alter vermutlich schon mehr wußte, als er jemals lernen konnte, einfach dadurch, daß sie in einem solchen Hause wohnte.

Der Kassierer sprach jetzt mit einem anderen Mann. Die beiden standen hinten neben einer großen Tresortür, die geschlossen war. Wurde er photographiert? Wie, wenn innerhalb der nächsten Minuten hier im Bankschalterraum ein Überfall stattfand und Jules irgendwie mittendrin geknipst würde? Es konnte sein, daß Bernard selbst ein Verbrecher war, ein Fälscher. Sie konnten alle zwei festgenommen werden. Und man würde annehmen, daß Jules seit Jahren der Komplice seiner Verbrechen gewesen war, sein Leibwächter, sein Chauffeur, sein Sohn ... Doch der Kassierer würde ihm vielleicht die zehntausend Dollar doch geben. Und eine Menschenmenge würde sich um ihn sammeln, schweigend, und zusehen, während ihm das Geld in die zitternden Hände gezählt wurde.

Dann kam Jules der Gedanke, daß keiner, der nicht verrückt war, zehntausend Dollar verlangte. Er hätte auf seinen eigenen Namen ein Bankkonto eröffnen sollen. Wie eröffnete man ein Bankkonto?

Zu spät. Der Kassierer war am Telefon, der andere Mann warf einen vorsichtigen Blick in Jules' Richtung, und die Reihen vor den Schaltern zu seinen beiden Seiten rückten vor, Leute wurden abgefertigt, Geld und Papiere wurden heraus- oder hineingereicht, Leute wandten sich zum Gehen, verließen die Bank und verschwanden, die Zahnräder drehten sich und Jules war hilflos darin gefangen. Der Mann war immer noch am Telefon. Er warf einen Blick zu Jules hinüber. In der Bank erhob sich plötzlich ein Stimmengewirr und drang überlaut auf Jules ein. Alle redeten gleichzeitig. Die hohe Decke des Schalterraumes warf Echos zurück und ließ sein Herz wie wahnsinnig schlagen.

Der Kassierer kam mit einem anderen Mann und einer stattlichen, strengblickenden Frau wieder. Alle drei sahen Jules an. Der Kassierer strich die Schecks auf dem Schalterbrett glatt und sagte: »Es wird am anderen Ende wegen einem Scheck nachgefragt, der vor zwei Tagen auf dieses Konto ausgestellt wurde, für Mr. Bernard Geffen bei der Commonwealth Bank, einem Scheck über zwölftausend Dollar, den Mr. Geffen als gedeckt bestätigt hat. Man wird deswegen in ein paar Minuten zurückrufen. Macht es Ihnen etwas aus, zu warten?«

»Möchten Sie das in bar, in mehreren Scheinen verschiedener Höhe?« fragte die Frau.

»Ich denke schon«, sagte Jules.

In der Schlange hinter ihm traten die Leute von einem Fuß auf den anderen, sie murrten, waren ungehalten über seinen Hinterkopf, seinen enganliegenden Anzug, mochten den stumpfen Glanz seines Jackettrückens nicht und hielten wenig von seinen abgestoßenen Schuhen. Schuhe! Er mußte sich Schuhe kaufen! Ihm schwirrte der Kopf von alldem, was er tun und kaufen mußte. Er würde kurz bei der Oberschule hereinschauen und sich über Abendkurse informieren, sich eintragen lassen und sich auf all diejenigen Fächer stürzen, an die er früher so wenig Gedanken verschwendet hatte, auf alle Fächer, in denen er durchgefallen war, mit dem Grinsen des Halbstarken – Jules Wendall, ein Halbstarker ...

Er wartete. Schließlich schnarrte eine Klingel. Der Kassierer nahm den Hörer ab und lauschte. Jules gab sich Mühe, nicht zuzuhören. Die Frau rückte an ihrer Brille und ging fort. Der Kassierer nickte eifrig. Er legte den Hörer in die Gabel. »Wollen Sie Scheine in verschiedener Höhe oder hauptsächlich große?«

»Ja. Ich meine, ja, große Scheine. Ich hab nicht genügend Platz.«

Der Kassierer zog die Geldschublade auf. Er begann Geld hinzublättern und netzte zwischendurch seine Finger an einem dicken roten Schwamm in einem Glasgefäß. Jules sah es, und es wurde ihm plötzlich ganz schwindlig, als würde er gleich ohnmächtig. Dann bekam er das Geld also doch? Zehntausend Dollar kamen auf ihn zu.

Er taumelte leicht und tat einen Schritt rückwärst, dabei rempelte er eine Frau mit Einkaufstasche an. »Entschuldigen Sie bitte«, sagte er. Die Frau murmelte etwas. Jules preßte sich die kalte Hand auf die Stirn und wurde ruhiger. Der Kassierer zählte Geld. Der andere Mann verschränkte die Arme und lächelte Jules zu. Überall in der Schalterhalle wurden Stimmen laut. Jules blickte hinüber zu der Kamera und dachte, daß sie ihn vielleicht dabei aufnehmen würde, wie er das Geld vom Kassierer entgegennahm, vielleicht war das als juristischer Beweis nötig. Er warf einen Blick hinauf zu der goldenen Decke der Schalterhalle und meinte einen Augenblick lang, es sei eine Kirche, er wäre irgendwie in der Kirche. Noch war es nicht zu spät, um sich zu entfernen. Der magische Augenblick war noch nicht da. Sowie er die Scheine berührte, würde er kompromittiert sein, Blitzlichter konnten aufflammen, alle Menschen im Schalterraum konnten sich zu Boden werfen, so daß nur er, Jules, stehenblieb, um von der Polizei erschossen zu werden.

Es war zu spät, um sich zu entfernen. Er hatte alle in der Reihe warten lassen. Er stand da und schwitzte, während der Kassierer fünfzehn, vielleicht zwanzig Scheine auf den Tisch zählte, sie dann zusammenraffte und nochmals durchzählte. Es war ganz klar, daß Jules sie nehmen mußte.

Zehntausendzweihundert Dollar ...

Mit einem gemurmelten Dank wandte er sich blindlings zum Gehen.

Als er Bernards Wagen wiederfand – er hatte sich nicht mehr so recht daran erinnert, wo er ihn geparkt hatte – sah er, daß ihm jemand in die linke, hintere Stoßstange gefahren war, es war nicht viel passiert, aber der Lack war abgesplittert und das Metall hatte ein kleine Delle. Er versuchte, es mit der Hand wieder auszubeulen. Es ging nicht. Vielleicht würde Bernard es nicht merken. Er mußte den Wagen ja sowieso in Zahlung geben. Was machte es schon? Jules fuhr an. Er war noch immer ein wenig geblendet. In seinem Gesichtsfeld wirbelten Licht- und Staubteilchen, so daß er dauernd blinzeln mußte, um sie loszuwerden. Er fuhr lautlos durch das Verkehrsgewühl der Innenstadt. Jetzt also in einen Autosalon, zu einem Cadillac-Händler. Eine Weile fand er keinen. Er fuhr kilometerweit herum. Er dachte, er würde vielleicht blind.

Da entdeckte er einen Autoausstellungssalon von Cadillac und ging hinein. In seiner Brieftasche in der Gesäßtasche trug er über zehntausend Dollar; er gehörte jetzt zu den Göttern. »Ich würde gern einen neuen Wagen kaufen«, sagte er höflich. »Ich möchte meinen alten in Zahlung geben.« Es wurde ihm bewußt, daß er bei einem Ford-Händler einen besseren Wiederverkaufspreis bekommen hätte, doch das war nicht seine Schuld, sondern die von Bernard. Der Verkäufer sprach mit ihm. Während er ihm einiges erklärte – seine Sätze waren fehlerfrei –, beäugte er Jules wiederholt mit einer gewissen Neugier. Jules merkte es, reagierte aber nicht darauf. Er bekam etwas über den Wagen erzählt, der vor ihm stand. Den Wagen selbst nahm er nicht richtig wahr. Er war derart groß, stand so schwer auf seinen Weißwandreifen mitten auf dem glänzend polierten Boden, so still, selbst glänzend und übergroß, daß Jules versucht war, die Augen zu schließen. Er war zur Ameise geworden, zum Floh, der auf der Oberfläche einer gewaltigen Wölbung aus Metall krabbelte.

Der Verkäufer öffnete feierlich eine der Türen. Jules wurde etwas im Inneren gezeigt. Er machte wirklich eine Sekunde lang die Augen zu. Er dachte an die Nächte auf dem Lande, als er noch ein Kind war, dem seine Mutter Bier zu trinken gab, damit er ein bißchen beschwipst wurde und lieber ins Bett ging. Jetzt war ihm fast genauso zumute. Er hatte die letzte Nacht kaum geschlafen. Er meinte, nie wieder richtig schlafen zu können.

Der Verkäufer war sehr beredt und sah gut aus, doch Jules hatte die absonderliche Vorstellung, der Mann werde ihn gleich packen und ihm etwas tun – ihm die Broschüre, die er in der Hand hielt, in den Mund stopfen oder ihn vielleicht in den Cadillac hineinzerren. Er war schon früher einmal in etwas gezerrt worden. Drei Jungen hatten ihn gezerrt ... doch es war falsch, in diesem Zusammenhang an den Cadillac-Verkäufer zu denken. Jules wußte, daß er aufwachen mußte. Das Problem bestand darin, daß der Verkäufer ebenso unwirklich war und ebenso schwer ins Auge zu fassen wie der Wagen. Jules empfand eine wahre Gier danach, etwas klar und ohne Zurückzuzucken zu betrachten. Wie war er bloß an diesen Job gekommen? Jules hätte gern gefragt, ob einem Jungen wie ihm vielleicht noch andere Jobs offenstünden. Vielleicht war es besser, sich hier zu verbergen, sich aus dem Leben, das das Geschick ihm bereitet zu haben schien, herauszuhalten. Kam man dabei rasch vorwärts?

Plötzlich saß er in einem kleinen Büro, während der Verkäufer auf leisen Sohlen irgendwohin entschwand, so leise wie die Weißwandreifen. Jules lächelte ein starres Lächeln. Vielleicht machten sie ihm den Wagen fertig? Vielleicht erwartete man von ihm, daß er ihn wegfuhr, während sie zusahen? Der Verkäufer kam mit einem anderen Mann wieder, einem klugen, sanften, grauhaarigen Mann, der sympathisch aussah. Er fing an, Jules Fragen zu stellen.

»Ich arbeite für ein Fuhrunternehmen«, sagte Jules. »Das heißt, ich habe dafür gearbeitet, aber ich habe soeben gekündigt. Jetzt arbeite ich für einen Privatmann. Er hat mich beauftragt, den Wagen zu kaufen.«

Man bat ihn um Ausweise. Jules nahm die Brieftasche heraus und spürte erschrocken, wie schwer sie war. Er zeigte ihnen seinen zerknitterten Führerschein.

»Der ist vorigen Monat abgelaufen«, sagte der ältere Mann.

»Aber ist er nicht immer noch in Kraft? Ich bin doch noch der Gleiche?« sagte Jules und wäre fast aus seinem Stuhl aufgesprungen.

»Natürlich, regen Sie sich bloß nicht auf.«

Sie lächelten ihn und dann einander an. Sie fragten ihn nach seinem Arbeitgeber: wie war die Adresse?

»Das weiß ich nicht genau«, sagte Jules.

Was war mit der Zulassung für den anderen Wagen?

»Die ist wahrscheinlich im Handschuhfach, ich weiß nicht.

Ich muß Ihnen, glaube ich, auch sagen, daß es in diesem Wagen gebrannt hat, ein kleiner Brand – die Rücksitze haben etwas abgekriegt, aber es ist nicht schlimm.« Sie betrachteten sein festgefrorenes Lächeln. Wo er denn wohnte?

»Ich habe nur ein möbliertes Zimmer und möchte demnächst umziehen. Ich glaube, es ist in der Bagley Straße, aber ich weiß die Nummer nicht, ich meine, sie ist nicht wichtig. Ich finde jederzeit leicht hin. Ich kenne die Gegend«, sagte er.

Es herrschte Schweigen. Er behielt die Tür zum Büro im Auge und überlegte, ob er nicht die Flucht ergreifen sollte. Er hatte die zehntausend Dollar nicht gestohlen, aber es konnten ja immerhin im Laufe des Tages zehntausend Dollar gestohlen worden sein, und sie würden ihn vielleicht dafür festnehmen. Irgendwen mußten sie ja festnehmen ...

»Ich hab es mir überlegt«, sagte Jules. »Ich hole den Wagen lieber erst später ab.« Er stand auf. Er ging zur Tür des Büros. Der Mann mittleren Alters tat erschrocken drei Schritte auf ihn zu, und Jules hob unwillkürlich den Ellbogen, um sich zu dekken. »Ich komm später wieder«, sagte er schrill.

»Aber Ihr Führerschein und Ihre Brieftasche, hier auf dem Schreibtisch –«

»Ach ja.« Jules kehrte um und nahm sie entgegen. Er hatte Schwierigkeiten, die Brieftasche in seine Gesäßtasche zu stopfen.

»Sie ... Sie meinen, Sie würden später zurückkommen? Heute noch?« fragte einer der Männer.

»Ja, heute noch, später«, sagte Jules ungestüm. »Ich habe es eilig. Ich muß jemand sprechen. Die Beleuchtung hier drin, diese Neonröhren tun meinen Augen weh ...«

Er ging hinaus. Es gelang ihm, die ausgestellten Wagen nicht anzurempeln. Über den beiden Männern, die dastanden und ihm nachblickten, befand sich der kaiserliche Helmbusch der Cadillac-Werke, ein hoch an der Wand angebrachtes Wappenschild. Jules ging gemessenen Schritts zur Tür. Er ging gemessenen Schritts hinaus auf den Bürgersteig. Als er sich umsah, sah er die beiden Männer, die ihm durchs Schaufenster nachblickten.

Bernard trug, als Jules ihn abholen kam, den gleichen Regenmantel. Er war noch in der gleichen Eile. Er schwang sich in den Wagen und nannte Jules eine Adresse, sprach bereits von etwas Dringendem, etwas von wertvollen Mineralien im Kongo. Jules konnte nur jedes dritte, vierte Wort verstehen. Er fuhr fast mit geschlossenen Augen, sehr erschöpft. Bernard schien den Wagen und die zehntausend Dollar vergessen zu haben. Er war aufgeregt und tyrannisch und unterstrich seine Pointen durch Fausthiebe gegen Jules' Rückenlehne. »Die werden mich nicht rausdrängen, ehe ich angefangen habe! Ich bin fünfundfünzig, und wenn ich jetzt nicht anfange – wann soll ich dann anfangen?«

»Ich weiß nicht«, sagte Jules.

Er dachte an Faye, daran wie er bei Faye gelegen hatte. Aus ihrem rätselhaften, kühlen Körper war all dies gekommen: ein Wagen, ein Mann, eine von Geldscheinen strotzende Brieftasche. Sie blieb von alledem unangerührt und interessierte sich nicht dafür. Er dachte an die Stunden, die er in ihren Armen gelegen hatte, an ihre langen, schlanken Beine, die in ihrer ganzen Länge die seinen berührt hatten, und hätte gern bitterlich geweint um all das, was ihm in dieser Alptraumstadt verlorenging. Faye hatte eines Nachts, als er albern gewesen war, zu ihm gesagt: »Immer gibst du an, reißt Witze, aber du meinst es immer ernst.« Das hatte ihm Eindruck gemacht. Es war wahr. Jetzt hätte er sich gern zu Bernard umgedreht und gesagt: »Sie sind immer ernst, aber es sind immer Witze. Immer machen Sie Witze!«

Wollte er diese zehntausend Dollar ausgeben, so würde er sie in Fünf-Dollar-Scheinen ausgeben müssen, nur mit Fünf-Dollar-Scheinen bezahlen. Anderenfalls würde man ihn erwischen.

Bernard sprach ärgerlich über die Messung von Luftverunreinigungen.

Jules fuhr ihn zu etwas, das nach einem Privatclub aussah, und Bernard stieg aus. Ein Neger mit einem vertrockneten Gesicht eilte herzu, um ihm aussteigen zu helfen, er war hier offensichtlich bekannt. Bernard existierte also.

Jules wartete. Es war ein sonniger Junitag, und hoch oben am Himmel zog ein Flugzeug geheimnisvolle Kreise. Lange, faserige Streifen Weiß zogen hinter ihm drein. Jules überlegte, wie es wohl sein mußte, dort oben, frei und schwebend, über die Erde hinzusegeln und Zeichen an den Himmel zu schreiben.

Bernard kam eilig zurück, er trug ein Päckchen. Sein Gesicht war rotfleckig und erhitzt. Er sagte: »Fahren Sie mich wieder hinüber zur Eastside. Schnell!«

Beim nächsten Halt mußte Jules eine ganze Weile warten. Er parkte in der Nähe eines bekannten Restaurants, und es interessierte ihn in gewisser Hinsicht, die Leute von ihren ausgedehnten Lunchpausen zurückkehren zu sehen, Leute, die an diesem milden Junitag nichts zu tun hatten außer Essen und Trinken und Reden. Worüber redeten die Leute? Sie redeten doch sicher nicht in all den Stunden bloß über Geld?

Den ganzen Tag über, während er Bernard herumfuhr, wollte Jules erklären, daß es ihm nicht geglückt war, einen Wagen zu kaufen, aber er brachte den Mut nicht auf. Bernard schien ohnehin nicht mehr daran zu denken. Er sprach jetzt immer öfter von St. Louis; sie würden morgen dort hinunterfahren.

»Gibt es jemand – vielleicht Ihre Eltern – jemand, dem sie Lebewohl sagen müssen? Nahe Angehörige?« frage Bernard.

»Meine Mutter«, sagte Jules zögernd, weil ihm etwas Sonderbares an dieser Frage auffiel und er zu müde war herauszufinden, was es war. »Die müßte ich wohl aufsuchen.«

»Oh, Ihre Mutter! Sie haben eine Mutter? Erhalten Sie sie?«

»Ich gebe ihr ein bißchen Geld, aber hauptsächlich lebt sie von der Fürsorge.«

»Hat sie Geld für Lebensmittel?« fragte Bernard besorgt.

»Ja, ich glaube schon.«

»Aber sie ist Fürsorgeempfängerin?«

»Seit April.«

»Um ehrlich zu sein, ich halte nichts von der Fürsorge«, sagte Bernard. »Ermutigt die Fürsorge nicht die Menschen zum Müßiggang?«

»Vielleicht.«

»Also brauchen Sie Geld für sie? Kommen Sie, Junge, ich schreibe Ihnen einen Scheck für sie aus.

»Nein, wirklich. Ich brauche ihn nicht.«

»Unsinn! Ich schreibe Ihnen einen Scheck, und Sie fahren damit zu ihr hin, natürlich, bloß sollten Sie ihr sagen, sie soll mit der Fürsorge aufhören, wenn sie kann. Sie können sie ja mitbringen und bei sich wohnen lassen, und ich sorge für Sie beide, mit Freuden.«

»Ich könnte vielleicht hier, im Wayne State, das College besuchen, statt im Osten«, sagte Jules.

Bernard riß den Scheck heraus und reichte ihn nach vorne zu Jules. Er lautete auf *John Wendall* auf Höhe von *25 Dollar.*

»Ich brauche ihn wirklich nicht«, sagte Jules beklommen.

»Unsinn, nehmen Sie! Mir ist es gleich. Ich geb ihn Ihnen gern.«

Ungefähr um fünf aßen sie in einem Howard-Johnson-Lokal. Bernard nahm sein Päckchen mit hinein. Jules bestellte sich das gleiche, was Bernard bestellte: Hamburger mit Pommes frites. Bernard war niedergeschlagen. Er aß mit nach vorne hängenden Schultern, und Jules war enttäuscht; er aß wie ein Fernfahrer an einer Theke. Jules dachte, während er seinen Hamburger kaute, an das vor ihm liegende Abenteuer. Er versuchte, noch einmal das Gefühl des Emporgetragenwerdens in seiner Brust zurückzurufen, wie war das gewesen? Jenseits der Straße sah er eine Kellnerin etwas aufwischen, daß auf dem Boden verschüttet war. Ihm schien, als könne dieses Bild ihn für allezeit herabziehen, wenn er nicht achtgab, wenn er nicht wegschaute ...

»Ach, ich habe was vergessen: dies ist für Sie!« sagte Bernard und schnalzte mit den Fingern. Er legte das Päckchen auf den Tisch. »Es ist ein sehr wesentlicher Teil Ihrer Ausrüstung – ich hoffe, Sie bekommen keinen Schreck.«

Jules sah zu, wie er es auspackte. Er war ein Revolver. Jules streckte in panischer Angst die Hand aus und zog das Einwickelpapier wieder darüber. »Mein Gott? Himmel nochmal!« flüsterte er.

»Natürlich hätte ich es nicht hier drin öffnen dürfen«, sagte Bernard einsichtig. »Ich werde es Ihnen draußen geben.«

»Mir nicht, nein danke«, sagte Jules. »Ich trage keine Waffe.«

»Aber warum denn nicht?«

»Ich will nicht in den Knast. Ich will nicht, daß man mir wegen unerlaubtem Waffenbesitz die Zähne einschlägt.«

»Na, dann legen wir ihn eben ins Handschuhfach.«

»Aber das ist doch das gleiche!«

»Wir wollen jetzt nicht mehr darüber reden.«

»Aber ...«

Am nächsten Morgen suchte er seine Mutter auf. Sie tranken Kaffee miteinander und schwatzten. Es war das übliche Gespräch: Ein Geschwätz über Maureens Appetit. *Sie ißt alles, was ich ihr mache, es geht ihr also gut* ... Und dann mußte er hineingehen und Maureen selber sehen, wie sie im Bett lag, ewig im Bett und sich mit Kuchen und Plätzchen und all dem süßen Zeug vollstopfte, das Loretta ihr gab, so daß sie im Gesicht Ausschlag bekommen hatte und ihr Körper abstoßend geworden war. Auch Maureen würde ihn verrückt machen, wenn er nicht Entfernung zwischen sich und sie legte. St. Louis war noch nicht weit genug.

Mittags fuhr er Bernard abholen. Bernard existierte; er erschien in einem Wölkchen und nahm daraus Gestalt an. Er trug den gleichen Mantel. Jules beugte sich nach hinten, um ihm die Tür zu öffnen, und hatte das Gefühl, sie beide seien schon lebenslang zusammen und vielleicht dazu verurteilt, noch einmal lebenslang zusammenzubleiben wie Verschworene, die schließlich miteinander in der Hölle sind – ein trüber Scherz, dies Beisammensein in alle Ewigkeit ...

Bernard sagte: »Zum Flugplatz.«

»Zu welchem?«

»Metropolitan. Rasch!«

Es war eine lange Fahrt. Jules schlief beinahe ein. Um wachzubleiben, versuchte er das mit dem Cadillac zu erklären, doch Bernard las eine Zeitung und schien ihn nicht zu hören. Draußen am Flughafen ließ Bernard Jules im Kreis herumfahren, während er in eine der Abfertigungshallen ging, um etwas festzustellen. Jules fragte sich, warum er nicht einfach angerufen hatte.

Bernard kehrte im Laufschritt zurück. Er seufzte gutgelaunt. »Aus! Ende! Unsere Pläne für St. Louis sind gestorben!« Er gab der Rückenlehne einen Schlag mit der flachen Hand, wie um etwas Nachdruck zu verleihen, an das er nicht wirklich glaubte.

Jules fuhr ihn nach Detroit zurück.

Und dann ...

Obwohl er später viel Zeit haben sollte, darüber nachzudenken, wurden ihm die folgenden Ereignisse nie wirklich glaubhaft. Als er ein paar Jahre später in einem Krankenhausbett lag und nichts zu tun hatte, außer dem einen, seine Kräfte wiederzugewinnen, konnte er jenen Nachmittag wieder und wieder vor seinem Geist vorüberziehen lassen, doch es gelang ihm nie, ihn wirklich zu glauben. Bernard wies ihn an, zu einer bestimmten Adresse auf der Livernois zu fahren, die sich als schmuddelig aussehendes Kurzwarengeschäft erwies. Dann zu einer anderen Adresse in der Nähe des Grand Boulevard. Jules konnte auf der Straße vor dem Haus parken, weil es ein Villenviertel war. »Ich muß da etwas zum Abschluß bringen«, sagte Bernard. Jules langte nach hinten und holte sich die Zeitung vom Rücksitz, um sie zu lesen, die Seite mit den Witzzeichnungen zuerst.

Nach einer Weile blickte er leicht beunruhigt auf. Die Straße war mäßig belebt. Menschen schlenderten umher. Kein Bernard. Das Haus, in das er gegangen war, war aus Ziegeln, alt und baufällig. Die Markise auf der Veranda war zerschlissen. Jules ließ Zeit vergehen, vielleicht eine Stunde, ehe er sich dazu aufraffte, aus dem Wagen zu steigen. Er sah das Haus an, und ein schreckliches Gefühl überfiel ihn: Würde er nie weiter kommen als bis hierher?

Er klingelte mehrmals an der Haustür, keine Antwort. Er probierte die Klinke, die Tür war offen. Eine Halle, ein Treppenhaus. Fasergipsplatten waren zu sehen. Ein paar Kleiderbügel lagen auf dem Boden. Das Haus war leer, aber vollgestellt mit Kisten und alten Kleidern und Plunder, wie sie von einer Familie übrigbleiben. Es stank. Jules suchte im unteren Stockwerk ein wenig herum, obwohl er instinktiv fühlte, daß das, wonach er suchte, nicht im unteren Stock sein würde.

Er stieg die Treppe hinauf. »Mister Geffen?« sagte er. Oben an der Treppe lag eine tote Ratte, ganz starr. Ihr Schwanz war lang und wie Gummi, aber regungslos. Er trat über die Ratte hinweg und schaute ins erste Zimmer, in dem ein Kartentisch stand. Zwei Stühle waren dicht nebeneinander an ihn herangeschoben. Ein zerknüllter Vorhang lag auf dem Boden. Ein Comic-Heftchen lag neben einem der Stühle. Jules roch in seinem Inneren einen schrecklichen, kalten Geruch, der nichts mit diesem Loch von Haus und nichts mit der toten Ratte auf dem Treppenabsatz zu tun hatte.

Er ging ins nächste Zimmer, schaute an den Türrahmen gelehnt hinein, und dort sah er Bernard. Bernard lag auf dem Rücken neben einer offenen Schranktür. Man hatte ihm die Kehle durchgeschnitten. Jules beugte sich tiefer ins Zimmer, als hätte ihm jemand von hinten einen Stoß gegeben, aber er tat keinen Schritt vorwärts. Bernard, ein ergrauender Mann um die Fünfzig, lag auf dem Rücken auf dem nackten Fußboden mit soeben durchschnittener Kehle und das Schlächtermesser war in seiner Hand, die Finger locker darum geschlossen. »Mein Gott!« sagte Jules laut.

Er fing jetzt an, aufzuwachen, wenn auch ziemlich langsam, und seine Augen umtanzten das Schauspiel dieses hellroten Blutes, das den Boden streifig färbte und Bernards Regenmantel besudelte, ein so helles Rot, daß es Bernard ein jugendlich-energisches Aussehen gab. Überall war Blut, bis auf seine Wangen hinaus verschmiert, sogar auf seine Stirn. Seine Augen standen offen, und sogar über sein eines Auge war Blut geschmiert und klebte ihm in den Wimpern.

»Mr. Geffen!« sagte Jules leise.

Er trat auf Zehenspitzen an den toten Mann heran. Ja, das Schlächtermesser war ihm in die Hand gesteckt worden und wieder ein wenig herausgerutscht. Bernard schien sich für das Messer nicht zu interessieren. Er sah verblüfft, aber würdevoll aus, selbst mit all dem Blut. Jules sah ihm ins Gesicht und bemerkte, daß das Blut über den Augapfel des einen Auges verschmiert war, den des linken. Das war sonderbar. Jules schloß die Augen, weil sie schmerzten. Als er sie einen Moment später wieder öffnete, hatte sich nichts verändert.

Er zog seine Brieftasche heraus und in einem zeitlupenhaften kalten Panikgefühl entnahm er ihr alles Geld. Eine dicke Handvoll Scheine. Angewidert, aber voller Würde beugte er sich herunter und stopfte das ganze Geld in Bernards innere Manteltasche, stieß es hinein. Er erinnerte sich an die Wagenschlüssel; er tat sie ebenfalls in die Tasche. Ein Geruch des Entsetzens erhob sich beizend ringsum. Er richtete sich auf. Er verließ das Zimmer. Draußen auf der Straße ließ er den Lincoln stehen, der ein Grüppchen Negerkinder angezogen hatte, und ging zu Fuß in Richtung seines möblierten Zimmers, das viele Kilometer entfernt lag und ließ Fingerabdrücke und alle Beweise seines Vorhandenseins, die das Schicksal gegen ihn verwenden konnte, zurück.

Er holte am Freitag den Anzug nicht ab.

4

September 1956. Jules fuhr einen Lieferwagen voller Blumen durch die blumenlosen Straßen von Detroit. Er hatte sich so ans Fahren gewöhnt, daß das Dröhnen des Motors mit seinen Gedanken, seiner Energie in eins zusammenfloß. In einem süßen, blumigen Rausch dachte er an Bernards Nichte, obwohl es nichts an ihr gab, an das er denken konnte, keinen festen Punkt.

Wann immer er Gelegenheit hatte, nach Grosse Pointe hinaus zu fahren, fuhr er planlos in der Nähe ihres Hauses herum, ohne Angst, gesehen zu werden, in dem Gefühl, unsichtbar zu sein. Sein Haar war unter seiner Lieferantenmütze glatt zurückgekämmt. An Bernard dachte er selten, weil ihn der Anblick dieses Mannes etwas erschüttert hatte. So viel Blut und Blut auf dem einen Augapfel ... Aber an Bernards Nichte dachte er ständig. Sie stand in völligem Gegensatz zum Anblick jenes toten Mannes, sie hatte irgend etwas von der duftigen Blumenfracht, die er auf den Straßen herumkutschierte und deren Stengel und Blätter und Blüten im Rhythmus seiner Anforderungen an den Lieferwagen nickten, den er in ständiger Eile, aber ohne Ziel fuhr. Er hatte keinen klaren Bezugspunkt. Er dachte an das Mädchen, und es mischte sich ihm mit der kühlen, verächtlichen Lieblichkeit von Fayes unerreichbarem Körper – Faye war mittlerweile verschwunden – und der Ergebnislosigkeit von Bernards Vorhaben, das Jules ein Rätsel war.

Er gab sich Mühe, nicht allzu tief über etwas nachzudenken. Er hielt sich lieber an sich selbst und fuhr weiter. Er war gerne abends müde, damit er ohne Gedanken, außer dem Gedanken an Bernards Nichte, schlafen konnte; und das waren keine richtigen Gedanken. Dennoch, es hatte ihn verwirrt, daß Bernard so rasch und für immer gestorben war. Eben noch war er zum Wagen gehüpft gekommen, und im nächsten Augenblick lag er flach auf dem Rücken und es war aus mit ihm. Es war keine Überraschung für Jules, daß ihn die Polizei nie holen kam, denn er wußte, wie sie Fingerabdrücke verwischte und Spuren verlor, so eilig wie die es hatten, aber er war überrascht, daß er nie erfuhr, was geschehen war – wochenlang hatte er die Zeitungen nach Nachricht über Bernards Tod durchsucht, aber nie einen Hinweis gefunden. Ein Mann konnte also sterben und verschwinden? Es war damit wie mit dem Gewehrschuß, der im August durchs Fenster einer Freundin von Loretta gegangen war. Ein Schuß hatte geknallt, eine Kugel hatte das Fenster durchschlagen und war in die Wand gefahren – nichts sonst – kein Schrei, kein Schreck – nichts sonst. Ein Gewehr wird abgedrückt, doch die meiste Zeit wird kein Gewehr abgedrückt. Nichts erfolgt.

Es zog ihn nach Grosse Pointe, obwohl es nicht an seinem Weg lag; er holte die verlorene Zeit dadurch wieder ein, daß er auf gewöhnlichen Straßen schnell fuhr. Grosse Pointe war für ihn ein Paradies aus Immergrün und Ziegeln. Dort schoß keiner in die Fenster; die Türen waren nicht zugeschlossen, die Beamten der Detroiter Mafia, auf der Suche nach dem vornehmen Leben, kauften sich Herrensitze und nahmen sich Kindermädchen für ihre lockigen Kinder; alles ließ sich nieder, ließ es sich wohlsein, atmete die Luft, die vom See heranwehte, tief ein. Jules wünschte sich, daß sein Brotgeber mehr nach den Villenvororten zu liefern hätte. Jules tat nichts lieber, als Blumen in ein Haus in Grosse Pointe zu liefern, einen als Geschenk verpackten schweren Chrysanthemenkübel hinauszutragen, die Blumen leicht und ihr Behälter schwer, teuer, an einem goldenen Klingelzug zu ziehen, und im Inneren des Hauses goldenes Geläut zu hören. Er hatte Träume, in denen Fayes Körper sich ihm mit den Umrissen eines Hauses mischte, einem jener schönen, reichgezierten Häuser, und das wiederum vermischte sich für ihn mit dem Körper, dem Wesen von Bernards Nichte, die infolge ihrer Unschuld, die Faye nicht besaß, ein Recht hatte, in einem solchen Haus zu wohnen. Faye würde nie in einem solchen Haus wohnen. Und er träumte, wenn er leicht schlief, von dem geheimnisvollen goldenen Inneren einer solchen Villa, von ihren Zimmern und Gängen, und ihrer Sanftheit, die wie die duftende Sanftheit eines intimen Frauenleibes war, und ihm noch immer ein Rätsel. Er war erst achtzehn.

Dieser Job war nichts wert, das wußte er. Trotzdem zögerte er zu kündigen und sich einen anderen zu suchen. Er war befangen in einer fröhlichen Entschlußlosigkeit, verliebt wie in Fernhypnose, dachte sich all seine Lieferfahrten in der Stadt und nach Grosse Pointe hinaus als kunstvolles Spinnennetz von Kreuz- und Querwegen, die ihn unweigerlich zu diesem Mädchen führen würden. Sie würde ihn gar nicht erkannt haben. Sie konnte sich seiner nicht erinnern. Aber er saß auf seinem Fahrersitz und bereitete sich auf sie vor, sein Gesicht bekam von seinen liebevollen Plänen einen weichen Ausdruck, und seine Augen blickten klug unter der dummen grünen Mütze hervor, die er tragen mußte oder aus Gleichgültigkeit trug.

»Ich kann dich in dieser Uniform nicht leiden. Ich mag Uniformen nicht«, sagte Loretta des öfteren, wenn sie betrunken war; vielleicht erinnerte sie sie an eine Polizeiuniform. »Nimm wenigstens im Haus die verflixte Mütze ab.«

»Ich will nicht angeben damit. Ich bin sehr zufrieden, einen Blumenlieferwagen zu fahren«, sagte Jules übertrieben höflich.

Dann verbeugte sich Jules und riß die Kappe mit einer Kavaliersgeste ab, die seine Mutter noch mehr erboste. »Du spinnst!« sagte sie.

Der Herbst, den man in Detroit gar nicht wahrnahm, war in Grosse Pointe wunderschön. Jules bemerkte, daß die Blätter sich zu färben begannen, und er bemerkte, daß an den Einfahrten in symmetrischen Anordnungen Herbstblumen gepflanzt waren. Er bemerkte die Teenager, die eben erst wieder in die Schule zurückgekehrt waren, in karierten Röcken oder Bermudashorts aus dunklem Stoff, manche mit Kniestrümpfen an den schlanken, kräftigen Beinen. Seine Begierde nach einem einzigen Mädchen überwucherte sie alle großzügig: verliebt in Bernards Nichte, liebte er sämtliche Nichten und Töchter von Grosse Pointe, diese hellhäutigen, nachdenklichen Mädchen mit dem schimmernden, sauberen Haar.

Mit vierzehn war er älter gewesen als mit achtzehn. Mit achtzehn, verliebt, verletzlich, mußte er sich dazu zwingen, an einen neuen Job, an Geld, an seine Schwester zu denken. Bernards Nichte befreite ihn davon, an Geld zu denken, weil kein Geld der Welt sie jemals kaufen konnte. Es war aussichtslos. Hundert Dollar hätten vor einer Weile noch Faye gekauft, aber sogar Fayes Preis war jetzt höher, und Faye war ohnehin verschwunden – wozu brauchte er also einen neuen Job, lebte er nicht in der Gegenwart? Was sonst war wichtig? Und da er in der Gegenwart lebte, wie sollte er es aushalten, an Maureen denken zu müssen?

Er brachte ihr diese und jene übriggebliebenen Blumen, doch sie lag in einem schmuddeligen Nachthemd im Haus herum und schaute nichts an. Er mied die Wohnung, weil er sie und Loretta und das jaulende Gör, Furlongs Kind, meiden wollte. Wenn er über dieses Mädchen hinwegkam und wieder der alte Jules wurde, gewieft und auf seinen Vorteil bedacht, würde er sich irgendwie Geld verschaffen und Maureen zu einem richtigen Arzt bringen und sie alle los sein. Doch er hatte Angst vorm Stehlen und vorm Erwischtwerden, besonders jetzt. Jetzt konnte alles geschehen; er konnte es sich nicht leisten, seine Freiheit aufs Spiel zu setzen. Er hörte auf, an Maureen zu denken und fing an, an Bernards Nichte zu denken. Sie war ständig bei ihm. Er dachte, ob er wohl verrückt würde, weil er sich so sehr der Erinnerung an ein Mädchen überließ, das er eine halbe Minute lang gesehen hatte; wo es doch andere Mädchen gab, die ihm so begeistert, wie in den Schlagertexten, in die Arme fielen und dort hingehörten, und er hatte die Vorstellung, daß jenes andere Mädchen nie, niemals dort hingehören würde, in seine Arme.

Doch er bereitete sich auf sie vor, mit anderen Mädchen: Er probte Jules Wendall, ihren Liebhaber. Er beobachtete sich kritisch. Er bewunderte sich. War er denn nicht Jules Wendall, ausgezählt und verprügelt, aber noch nicht k. o.? War er nicht sein Leben lang der Gefahr entronnen? Hatte nicht das Glück ihn wieder nach oben geschleudert, als sei er ein Gummiball, durch und durch aus dem gleichen Material, einem schaumig-vergnügten, unzerstörbaren, gummihaften Material, das nicht umzubringen war?

Nein, an Maureen wollte er nicht denken, an sein anderes,

düsteres Selbst, seine Schwester, die dalag und schwieg, ungewaschen, unansehnlich und plump – er durfte nicht zulassen, daß er an sie dachte, weil er achtzehn war und verliebt und er war nicht so dumm, nachzudenken. Er wankte in der Schlaftrunkenheit seiner Vorstellung von der Liebe, innerlich ausgerichtet auf ein Mädchen mit langen, schwarzen Haaren und einem direkten, fragenden Blick, das durch den gewaltsamen Tod ihres Onkels an ihn gebunden war, ihm aber völlig unbekannt, und an allem schuldlos, schuldlos an den anderen Frauen in seinem Leben, deren Arme ihn immer hinabzuziehen drohten. Doch noch war er frei. Alles lag noch vor ihm. Doch manchmal stieg ihm unter dem schäumenden Blumenduft in seinem Lieferwagen ein Geruch nach etwas Härterem, Dauerhafterem in die Nase, der Gestank der Erfolglosigkeit, aus dem Auspuff eines Städtischen Omnibusses oder eines großen Autotransporters in sein Gesicht geblasen, der saure, faulige Gestank der Erfolglosigkeit, der fauligdüsteren Welt, in der er sein Leben lang gelebt hatte und der er vielleicht niemals entrinnen würde.

Eines Abends, als er kein Geld mehr hatte, hielt er vor Lorettas Wohnung, um nach dem Rechten zu sehen, und in der Küche saß ein Mann.

Ach du lieber Gott, jetzt kommt wieder ein Kind, dachte Jules.

Loretta sprang auf. »Jules rat mal – rat mal wer da ist?«

Der Mann, der so frisch rasiert war, daß er noch ein Blutklümpchen am Kinn hatte, stand auf und schüttelte Jules die Hand.

Loretta rief: »Jules, das hier ist dein Onkel Brock! Dein Onkel! Mein Bruder! Brock, das ist mein Jules, mein großer Sohn. Was hältst du von ihm? Sieht er nicht gut aus?«

Sie schüttelten einander stramm die Hand.

»Sehr nett, freu mich sehr, dich kennenzulernen«, stotterte Jules.

»Ganz meinerseits. Was ist das für eine Uniform?« fragte Brock.

»Jules liefert Blumen. In einem Lieferauto.«

»Das ist fein.«

»Eine Dauerstellung. Jules ist sehr fleißig.«

Brock lächelte und wußte nichts zu sagen. Ihm war sehr beklommen zumute.

Jules fühlte, wie er angesichts von Brocks Größe und der Breite seiner Schultern zusammenschrumpfte; er wußte nicht, was er denken sollte – was wollte dieser Mensch, was war los? Oder war es gut, das Lorettas Bruder auftauchte?

»Das ist eine verrückte Geschichte, wie Brock uns gefunden hat! Mein Gott!« rief Loretta.

Jules zuckte ein wenig zurück vor ihrer Erregung, die etwas Alkoholisiertes hatte, und versuchte herauszubekommen, was dahintersteckte – sprach sie im Ernst, oder zog sie eine Schau ab? Es sah so aus, als ob sie es ernst meinte. Sie war flatterig und entzückt, und außerdem, dachte Jules, müsse er dankbar sein, daß das nicht wieder so ein Furlong war, der daherkam und zu ihr zog und ihr ein weiteres Balg andrehte. Gerade jetzt krabbelte der Kleine neben dem Tisch herum und war dabei, eine Dose Bier umzuwerfen. Jules sah teilnahmslos zu.

»Setzt euch, ihr beiden. Jules, willst du nicht ein Bier? Mein Gott, so eine Überraschung! Brock hat vor einer Stunde an die Tür geklopft, er ist ganz einfach die Treppe raufgekommen! Ich hab ihn sofort erkannt, obwohl wir uns – wie lange war es eigentlich? – neunzehn Jahre nicht gesehen haben! Du lieber Himmel! Neunzehn Jahre! Es ist schon eine gottverfluchte Geschichte, wie das Leben so spielt!« Loretta lachte. Sie zerrte Jules auf einen Stuhl. Brock setzte sich unbeholfen.

Jules beobachtete ihn mit behutsamem Lächeln; er traute ihm nicht. Dieser Bruder war ein Rätsel. Loretta hatte von Zeit zu Zeit angedeutet, sie hätte einen Bruder, der etwas angestellt und die Stadt hatte verlassen müssen, welche Stadt das auch gewesen sein mochte, und seitdem hatte sie ihn nicht mehr zu Gesicht bekommen, und all das hatte sie mit einer strahlenden, boshaften Freude erzählt. Brock mußte jemand umgebracht haben. Er sah aus wie ein Mann, der jemand umbrachte, der die Hosen hochzog und ein Gewehr in Anschlag brachte und bei jemand durchs Fenster schoß, durch ein beliebiges Fenster, und dann die Straße hinunterschlenderte. Brock sah nicht dumm aus, nur dumpf, mit seinem harten, bitteren, großporigen Gesicht und Augen, die, wie Jules feststellte, sehr den seinen glichen. Er stellte fest, daß er in seine eigenen Augen blickte im Gesicht dieses riesigen, speckigen Mannes. Er grinste töricht.

Furlongs Junge, Randolph, stieß die Bierdose um und Bier planschte ihm vorne aufs Hemd.

»Verflucht nochmal, so paß doch auf! Immer schmeißt er was um und macht dauernd eine Schweinerei!« rief Loretta. Sie packte Randolph und gab ihm einen Klaps.

Brock achtete nicht darauf. Seine gewaltigen Arme ruhten auf dem Tisch und er bemühte sich, Jules zuzulächeln, als erriete er, daß es auf Jules' Meinung ankam. Jules, von dem Lärm mit Randolph und dem unerwarteten Onkel beunruhigt, starrte mit leerem Blick auf die Bierdose in seinen Händen und überlegte, was er tun solle. Er zwang sich, an Bernards Nichte zu denken – sie war eine Gedankenoase. An sie wollte er denken. Was war an Mädchen, an Frauen, daß man in die Gedanken an sie einsinken konnte, wie man ihnen in die Arme sank, und dabei alles aufgab, in einen warmen, gefiederten Tod tauchte? Er stellte sich vor, er sei Soldat in einem Land, so fern wie der Mond, vielleicht Korea, und käme zurück aus dem Dreck des Männerkrieges und fiele einer Frau in die Arme, striche ihr übers Haar und über den langen, glatten Rücken mit den gleichen Fingern, die sich bemüht hatten, zu töten, und sich hierzu genauso eigneten – zum Töten oder Streicheln . . . Er trommelte nervös mit den Fingern auf dem Tisch. Er mußte eine weitere Nacht hinter sich bringen: Vielleicht würde er morgen Bernards Nichte begegnen. Er dachte nie weiter als eine Nacht.

»Papa ist also dort drin gestorben. Das ist ja traurig. Wann ist das denn passiert?« fragte Brock soeben.

»Das ist lange her, er hat nichts mehr gewußt – er hat mich nicht erkannt, als ich hinging.«

»Und Howard Wendall? Du hast ihn doch geheiratet, oder? Den, der Polizist war?«

»Ja, Howard Wendall«, sagte Loretta.

Jules beobachtete sie wie gebannt. Sie artikulierte den Namen so sorgfältig, als fürchte sie, ihn falsch auszusprechen, mit gerunzelter Stirn, sehr fein in ihrem rosa Kleid, wie sie da ihren Mann und Vater dreier ihrer Kinder einordnete, als ob sie ihn gelassen aus einer Verbrecherreihe heraus identifizierte. »Howard Wendall, er war eine Zeitlang Polizist.«

»Das hab ich gehört. Er ist also umgekommen?«

»Ja, bei einem Arbeitsunfall«, sagte Loretta langsam.

»Nicht erschossen?«

»Er hatte damals einen anderen Posten. In einer Fabrik.«

Jules trank etwas Bier, um etwas zu tun. Ihm war elend, und doch faszinierte ihn dieses Paar, Bruder und Schwester, durch obskure Erinnerungen verbunden, über denen sie die Köpfe zusammensteckten, und dabei wie gewöhnliche Leute an einem gewöhnlichen Küchentisch saßen. Nun, das Leben war voller Geheimnisse. Jules hätte gerne gewußt, warum das Geheimnis sich in der Form solcher minderen Menschen niederschlug.

»Ich geh jetzt lieber«, sagte er.

»Och, Jules, bleib doch noch. Willst du kein Essen heute abend? Ich mach uns allen etwas Leckeres.«

»Nein, danke.«

»Willst du dich denn nicht mit deinem Onkel unterhalten? Er ist eben erst gekommen, und du rennst schon wieder weg. Was gibt's denn so Wichtiges?«

»Nichts.«

»Du bist doch nicht irgendwie in der Klemme, oder?«

»Teufel auch, nein.«

»Triffst du Betty manchmal?«

»Nein.«

Betty blieb jetzt fast immer weg. Sie hörten allerlei über sie, vielleicht wurde übertrieben, aber sie sahen sie selten; sie wohnte bei Freunden in einem Gebäude an der Second Avenue, unterhalb der Wayne State Universität.

»Na«, sagte Jules, »wie geht's Maureen? Soll ich ihr Guten Tag sagen?«

»Sie schläft, aber du kannst ja mal den Kopf reinstecken. Los!«

Er steckte den Kopf durch die Tür, aber es war dunkel im Zimmer. Er sagte trotzdem Guten Tag zu ihr oder zur Dunkelheit und ging wieder.

Am nächsten Tag, als er vom Kercheval in Grosse Pointes spielzeugkleines Geschäftsviertel einbog, sah Jules das Mädchen auf dem Bürgersteig. Er wußte sofort, daß es Bernards Nichte war. Sie war allein; sie trug weiße Hosen und einen rosa Pullover. Er fuhr ohne großes Erschrecken neben ihr her und starrte zu ihr hinaus, um sich zu vergewissern, daß sie wirklich das richtige Mädchen war. Sie warf ihm einen Blick zu, einen einzigen. Er trug eine Sonnenbrille und, wie ihm einfiel, die grüne Mütze. Er riß die Mütze ab und warf sie nach hinten ... und geriet augenblicklich in einen Sturm der Erregung. Es gibt Zeiten, da zerbricht die Luft in funkelnde Teilchen, blendend und schön, und die Lungen schmerzen von der plötzlichen Stahlkälte der Luft; so geschah es Jules. Es war der gleiche Sturm, der über die hochgelegenen Landschaften der Erde hinfegte und alles tötete, und in Jules' Blickfeld wurde alles getötet außer diesem Mädchen. Ihr Haar wippte leicht beiderseits ihres Gesichts.

Jules bremste zitternd seinen Lieferwagen und sprang heraus. »Nadine ...«, sagte er, »ich habe etwas für Sie ... Blumen ...«

Sie blickte ihn an. Immerhin kam sie näher heran mit einer Art von unschlüssigem Zutrauen, dem Zutrauen von Grosse Pointe und seinen sauberen Trottoiren, näherte sich dem zitternden Stadtjungen, auf dessen Gesicht Schweiß perlte und dessen gierige Finger offensichtlich nach ihr hinstrebten. »Ich hab ein paar Blumen für Sie. Eine Überraschung für Sie«, sagte Jules.

»Woher wissen Sie, wie ich heiße?«

»Heißen Sie nicht Nadine?«

»Nadine, ja, aber woher kennen Sie mich?«

Jules hob vergnügt und hilflos die Schultern. »Durch Ihren Onkel. Ich war ein Mitarbeiter von ihm.«

»Mein Onkel Bernard? Was waren Sie?«

»Ich hab seinen Wagen gefahren.«

Sie sah ihn an. Sie war gänzlich außer Gefahr dort auf dem Bürgersteig.

Jules meinte lächelnd: »Ich habe ihn nicht umgebracht.«

»Hat ihn jemand umgebracht?«

»Wissen Sie denn nicht, daß er tot ist?«

»Es hat geheißen, er sei an einem Herzanfall gestorben – stimmt das nicht? Was ist passiert?«

Sie sahen einander an. Das Mädchen, von Jules' Lächeln aus der Fassung gebracht, fing an, ängstlich auszusehen, er merkte, wie sich ihre Lippen langsam voneinander lösten. In seinem Blickfeld wurde sie beinahe ausgelöscht durch den Sturm seines Begehrens, der nun von allen Seiten auf ihn eindrang, ihn zu ihr drängte. Das, worüber sie sprachen, hatte keinerlei Sinn, war nichts. Er wußte kaum, was er sagte. Er hätte sie gern mit glasigem Blick in seine Arme gezwungen, vielleicht hätte sie keinen Widerstand geleistet. Statt dessen sagte er mit törichtem Lächeln: »Viele Menschen sterben unter seltsamen Umständen in Detroit – besonders hier ist das so. Ich habe ihn nicht umgebracht und weiß auch nicht, wer's war. Es wäre mir jedoch lieber, er wäre nicht umgebracht worden.«

»Er war nicht besonders nett. Er ist fortgegangen, als meine Tante an Krebs starb.«

Das Mädchen lachte nervös auf, sie achtete nicht auf das, was sie sagte. Jules lächelte. Wie sehr er sie liebte! Er trat im Sonnengesprenkel auf sie zu und sagte, als zitiere er den Text zu einem Gassenhauer, einem beliebigen, um ihre Aufmerksamkeit zu fesseln: »Als ich Ihren Onkel das letzte Mal sah, lag er auf dem Rücken in einer Blutlache ... seinem eigenen Blut ... er hatte ein großes Schlächtermesser in der Hand ... ich hab es nicht hineingesteckt, Süße, und es hat mir sehr leid getan, es zu sehen. Er hat zu mir gesagt, Sie wären seine Lieblingsnichte.«

»Seine Lieblingsnichte? Ich bin seine einzige Nichte«, sagte sie und schlug die Augen nieder.

»Jedenfalls hat er Sie sehr gern gehabt, er hat mir Ihren Namen genannt, Nadine, und wir haben uns auch schon einmal gesehen, Nadine, obwohl Sie das nicht mehr wissen. Einmal hab ich ihn zu Ihrem Haus gefahren – erinnern Sie sich?«

»Nein.«

»Ich hab seinen Wagen gefahren, und Sie haben Shorts angehabt und eine Handtasche getragen und Sie haben mich fest angeschaut, als ob Sie mir einen Stempel aufdrückten, ein Mal. Und am nächsten Tag ist Ihr Onkel gestorben. Es hat mir sehr leid getan.«

Sie schüttelte den Kopf, als sei sie etwas verlegen. Sie konnte ein ekstatisches kleines Lächeln nicht von ihrem Gesicht tilgen. »Ach, er war so merkwürdig. Es wundert mich nicht. Er hat meinen Vater immer angepumpt. Er wollte ein Verbrecher sein, ein Gangster – sein Leben lang hat er das gewollt und hat nicht gewußt wie. Er hatte eine Masse Bücher über Verbrecher, und er hat Willie Sutton bewundert.« Sie lachte. Es war etwas Abstraktes und Schwindliges um sie, als sei Jules' Gegenwart eine Bedrohung, die sie nicht wirklich erfaßte, aber spürte. »So also ist er gestorben. Das ist eine sehr merkwürdige Art umzukommen, nicht wie wenn man im Krankenhaus stirbt, wo sie für einen sorgen.«

»Ich hab ihm also die Kehle nicht durchgeschnitten und auch sonst niemandem, das schwöre ich Ihnen.«

»Das hab ich ja nicht behauptet.« Sie sprach mit einem schwachen Anflug von Koketterie, einem fast automatischen Tonfall.

Jules war jetzt vor Erregung ganz schwach auf den Beinen und überlegte, wie er das Mädchen in irgendein sicheres Versteck bekam ... hinten in den Lieferwagen? Ihm war, als würde sie sich, wenn er sie berührte und sein Gesicht lang genug an dem ihren rieb, ihm ganz hingeben, weil sie sah, wie gut er war, wie sehr der Liebe würdig, er würde kein Messer brauchen, um sie von etwas zu überzeugen ... Doch er beherrschte sich. Er verlagerte sein ganzes Gewicht wieder zurück auf die Absätze. Er sagte: »Ich möchte Sie irgendwann sehen. Wie wäre es jetzt gleich? Könnten Sie jetzt gleich mitkommen?«

»Sie meinen ins Kino?«

»Ja, ins Kino.«

Ein Lächeln ging über ihr Gesicht. Dann verfinsterte es sich. Nach kurzem Zögern sagte sie vorsichtig: »Nein, jetzt nicht.«

»Warum nicht? Zum See hinunter. Ich fahr uns an den See. Warum nicht?«

»Ich glaube nein.«

»Bloß fünf Minuten!«

»Ich muß nach Hause«, sagte sie.

Sie war plötzlich nervös. Sie wich ihm in langsamer, aber berechneter Schwenkung aus; er konnte mit den Augen messen, bis wohin diese führen würde, wie viele Meter von ihm fort. Zu viele.

»Ich muß nach Hause«, sagte sie.

»Ich tu Ihnen nichts«, sagte er und hob die Hände, damit sie sah, wie leer sie waren, und nachträglich fiel ihm sogar noch ein, das Jackett aufzuknöpfen, das er trug, um zu zeigen, daß er nichts in den Gürtel gesteckt hatte. Darüber lachte sie. »Ich könnte Sie ja heimfahren. Ich weiß ja schließlich, wo Sie wohnen. Ich tu Ihnen nichts. Ich werde Ihnen nie etwas tun.« Das war die Wahrheit. Ein Fanfarenstoß schien seine Worte zu unterstreichen, er brandete ihm gewalttätig an den Kopf. Ihm war schwach. Hörte er nicht Musik? Er schüttelte den Kopf, um ihn zu klären und sagte zu dem Mädchen, das ihn jetzt mit starrem, kaltem, verzweifeltem Blick ansah, dem Blick eines Mädchens, das gleich schreien wird: »Ich hab mir's überlegt, vielleicht gehen Sie wirklich besser nach Hause.«

Sie ging um ihn herum. Hinter ihr tauchte aus dem verschwommenen Technicolor-Hintergrund eine Frau auf, mit beigefarbenem Kostüm und kräftigen Wanderbeinen. Jules zog sich Richtung seines Lieferautos zurück. Er wollte nicht, daß jemand schrie oder die Polizei rief. Nichts davon. Er zog sich zurück, die Lippe zwischen den Zähnen, mit einem gezwungenen Grinsen, dem das Mädchen unwillkürlich entsprach, indem es seine kleinen weißen Zähne in einem raschen, scheuen Lächeln zeigte. Du lieber Gott, dieses Mädchen zerfrißt mir das Herz, dachte Jules wie zu einer Melodie, während er mit dem einen Fuß rückwärts nach der Geborgenheit seines Lieferwagens tastete, und meinte vor sich eine Strecke schrecklicher, knochendürrer Stunden zu sehen, die er zu durchleben hatte, ehe er dies Mädchen wiedersah und sie allein in einen geheimen Winkel von Grosse Pointe kriegte.

Die Frau ging vorbei und weiter. Sehr verdächtig. Jules sagte leise: »Treffe ich Sie morgen wieder hier? Ungefähr um die gleiche Zeit?« Sie tat so, als hörte sie nicht. »Denken Sie daran, ich tu Ihnen nichts. Bleiben Sie nicht weg oder ich werde kommen und Sie holen müssen. Ich möchte nicht in eine dumme Lage kommen. Ich will nicht erschossen werden. Hat Ihr Vater eine Waffe? Ich liebe Sie, ich werde Sie morgen wiedersehen. Denken Sie daran, daß ich Ihren Onkel nicht umgebracht habe und auch sonst niemand, und nur das Beste von ihm gehalten habe.«

Der Lieferwagen, den er fortfuhr, war so schwer wie ein riesiger Lastwagen aus Gußeisen, ein Monstrum, wie der große Eisenofen von Detroit, dieses groteske Wahrzeichen, aus Größenwahn gegossen und danach für alle Zeiten ein Schandfleck auf Erden, doch er fuhr seinen Lieferwagen stetig, in dem Bewußtsein, daß man ihm zuschaute. Sein Fuß wurde bleiern, der Schweiß troff ihm von der Stirn, ein kalter erotischer Sturm winziger Teilchen umbrauste ihn. Bei dem Gedanken, bis morgen leben zu müssen, erfaßte ihn Panik.

5

Wie jedes Leben war auch das von Jules lang und reich an Langeweile und voller Ärger über die erstaunlichen Manifestationen des Körpers, die zu erwähnen er sich genieren würde, schriebe er seine Geschichte selbst; seine Geschichte würde nur von Geistigem handeln. Er hielt sich ausschließlich für Geist, der sich aus dem Morast des Fleischlichen freizukämpfen suchte. Er hielt sich für Geist, der mit der fleischlichen Erde rang, mit der Schwerkraft selbst, mit dem Tode. Er sah sich sein Leben lang so, und nur während gewisser trüber, unbegreiflicher Zeiträume – etwa, während er im Südwesten herumfuhr oder in einem Klinikbett lag und sich bemühte, wieder ins Leben zurückzufinden – hätte er seufzend zu sich selbst gesagt: *Mein Leben ist eine Geschichte, die sich ein Irrer ausgedacht hat.*

Jules' Geschichte handelt vom Ringen des Geistes, vom Ringen um Reinheit, von den Ausbrüchen in das Schöne, vielleicht nur bruchstückhaften, aber dennoch das Schöne, und Jules als jungem Amerikaner: das wären einige von den Kämpfen, über die er berichtet hätte. In Detroit wird alles zum Melodrama, und die meisten Leben in Detroit sind dazu bestimmt, melodramatisch zu verlaufen, doch Jules' Schicksal war es, wieder und wieder in verblüffende Zeitabschnitte grellen Irrsinns zu versinken, übertrieben im Physischen, ein Fehlschlag im Geistigen und dennoch irgendwo logisch. Von seinen Erlebnissen als Kind zu sprechen, war wenig Zeit, ohnehin gibt es genügend derartige Erinnerungen in anderen Büchern – über die Tausende von am Küchentisch verbrachten Stunden – diese ewigen Küchentische der Armen! – gibt es wenig zu sagen und auch über seine flüchtigen Begegnungen mit Stromern und kleinen Missetätern, kleinen Dieben, Schwindlern, Zuhältern, Männern ohne Einkommen und festen Arbeitsplatz und Zukunft, außer einer Zukunft mit Geld, ist wenig zu berichten; so gut kannte Jules sie wiederum nicht. Wen gehen die Stunden etwas an, die er träumend im Bett verbrachte, die Stunden bei der Arbeit, die Art, wie er sich die Schuhe anzog, obwohl derlei Dinge dem wahren Jules näherstanden als sein Liebestaumel. Denn Liebe, die ein Taumel ist, und ein pathologischer Zustand, macht aus dem, der liebt, einen Geistesgestörten; das Blut wimmelt von Bakterien, die die Körpertemperatur zu tödlicher Höhe hinauftreiben. Der wahre Jules, ein schlauer Bursche von sympathischem Aussehen, wurde durchdrungen und überwältigt von dem schweißigen und geistesgestörten Jules, einem liebenden Jules.

Er fuhr am nächsten Tag wieder hin, um das Mädchen abzuholen, aber sie war nicht da. Er wartete. Dann fuhr er ohne Überraschung und Enttäuschtheit auf der Straße weiter und schnappte mit den Augen nach jedem Mädchen, das er sah, in der Erwartung, sie zu sehen. Diesmal hatte er nicht die Lieferantenuniform an. Er trug ein weißes Hemd; und er hatte für alle Fälle einen Schlips eingesteckt. Er hatte sich sorgfältig rasiert. Sein langes Haar war ordentlich zurückgekämmt. Ohne Eile, wie auf einem Karussell, fuhr er mehrmals um den Block und suchte sie.

Als er sie in dem Gedränge von heimkehrenden Schülerinnen und Jungen und den kräftig ausschreitenden Hausfrauen von Grosse Pointe nicht erblickte, fuhr er im Zickzack wieder zu ihrem Haus zurück, er fuhr nach Gefühl. Eine süße Lethargie lag in diesem Fahren zu ihrem Haus, als kehre er heim. Ein Wohnblock nach dem anderen von eleganten Villen schien ihn einzuschläfern: ja, er kam nach Hause. Mochte das Mädchen sich hinter ihrer verschlossenen Haustür mit dem Eisengitter verschanzen; mochte sie die Treppe hinauflaufen und sich hinter einer weiteren Tür verstecken, und dann hinter noch einer; mochte sie auf den obersten Dachboden laufen, um ihrem Schicksal zu entgehen – er würde dennoch alles niederreißen und sie finden, und sie mit Händen, Körper und Stimme davon überzeugen, daß alles gut war, sie konnte nicht entkommen. Er hatte etwas von Bernards schonungslosem Optimismus angenommen, ein wenig starräugig, unerschütterlich, vielleicht unheilvoll, doch begeistert bis zum Ende. *Das Schlimmste, was passieren kann, ist der Tod,* dachte Jules.

Ein Streifenwagen der Polizei mit der Aufschrift »Polizei Grosse Pointe« kam um die Ecke, sah den Lieferwagen und glaubte, es sei alles in Ordnung: ein Lieferwagen mit Blumen, ein namenloser Fahrer im Inneren. Jules fuhr auf der Straße auf ein plattgewalztes Eichhörnchen zu. Er machte eine ausweichende Bewegung mit den Rädern, um das Tier zu vermeiden. Er wollte sich, weil er zu Nadine fuhr, nicht besudeln. Dennoch trug sein Gesicht eine Art erstarrtes Lächeln, selbst für dieses tote Tier, akzeptierte es, bezog es ein in seinen unbeirrbaren Weg zu Nadines Haus – ein Ding mehr, das er sehen und überwinden mußte, ehe er zu ihr kam. Er überlegte, ob man ihn vielleicht niederschießen würde. Erschossen Bewohner von Grosse Pointe andere Menschen? Wie starb man hier – im Krankenhaus, wo man gepflegt wurde? Er hatte gelesen, daß im Verlauf von ganzen zwölf Monaten hier kein Kapitalverbrechen begangen worden war, was ihm sonderbar vorkam, vielleicht war es ein Irrtum seitens der Zeitung. Und doch, was für eine liebliche Welt für Nadine, um darin zu wohnen!

Ihr Haus kam in Sicht. Es schien auf ihn zuzugleiten wie in einem Traum, lautlos. Seine Augen hefteten sich auf die wunderbare Haustür, der nicht nur ein eisernes Gitter vorgelagert war, sondern die auch noch mit einer Glasscheibe keusch verhüllt war, und hinter alledem gab es eine mittelalterlich aussehende Holztür, die alle Fremden aussperren sollte. Er parkte seinen Lieferwagen in der runden Auffahrt. Er war schlau genug, eine schwere Topfpflanze mitzunehmen – sie war in knisterndes rotes Papier verpackt, trug eine weiße Schleife und war für ein Krankenhaus bestimmt – mit der sprang er heraus und sah aus dem Augenwinkel den Polizeistreifenwagen vorübergleiten, der ohne Zweifel spazierenfuhr und sich des Lebens freute. Keinerlei Schwierigkeiten!

Jules zog den Klingelzug. Er dachte an Bernard, dem der Tod

vorbestimmt gewesen war, und wie er an diesem Klingelzug geläutet hatte. Ein schwarzes Dienstmädchen öffnete. »Ich habe hier etwas abzugeben für Fräulein Nadine ... Nadine ... ich kann den Nachnamen nicht lesen«, sagte Jules und sah auf die Karte.

»Greene?«

»Ja, Greene. Nadine Greene. Ist die Dame zu Hause?«

»Ich bring's ihr«, sagte das Mädchen schlechtgelaunt.

»Aber es ist eine Eilzustellung, sie muß selber unterschreiben«, sagte Jules.

Er atmete schwer. Das Mädchen musterte ihn freimütig und erkannte das hungrige Aussehen eines Jungen aus dem schlechten Stadtviertel, das die Blumen in seiner Hand nicht bemäntelten. Sie zögerte so lange, daß er es merkte.

Schließlich sagte sie: »Ich seh mal nach, ob sie da ist. Einen Moment.«

Jules drängte sich in eine kleine Diele, zwischen der Vordertür und einer inneren, nicht so schweren Tür. Eine weitere Diele erwartete ihn. Er trat durch den zweiten Eingang, und das Mädchen sah sich nach ihm um und sagte: »Wissen Sie nicht, daß Sie sowas am Lieferanteneingang abgeben müssen?« Sie sah ihn mit gleichmütiger Verachtung an, als durchschaue sie seinen Plan und fände ihn niederträchtig. Jules hätte sich an die Stirn geschlagen, wenn er das für überzeugend gehalten hätte; natürlich erledigte man Lieferungen an der Hintertür, er wußte es, hatte es während all seiner Dienstjahre gewußt. Weil er doch wegen Nadine hier war und seine Zivilkleider trug, hatte er es vergessen und war an die Haustür gekommen wie ein Bewerber.

»Entschuldigung, ich bin neu in dem Job.«

Die Frau verschwand. Er sah ihr nach, den Korridor entlang. Der Boden war auf Hochglanz poliert. Ein Kronleuchter hing von einem anderen Stockwerk herunter, Tausende von tränenförmigen Glasstückchen. Er sah unruhig zu ihm auf. Fast erwartete er, daß der Wind ihn anstieß und er die Aufmerksamkeit auf Jules, den Eindringling, lenken würde. Er erwartete, daß irgendwo eine Tür aufflog und ein Mann mit einer Waffe hervorstürzte.

Und doch: daß er so tief ins Haus vorgedrungen war, war ein Erfolg, war bereits mehr, als er ernsthaft zu hoffen gewagt hatte, und er brauchte nur hierzubleiben, vertrauensvoll und lächelnd, damit sich das Abenteuer ihm auftat. Kühn und berechnend wie er war, vertraute Jules zugleich auf das Stillhalten; er dachte an die sich vor ihm auftuenden Ereignisse, wie sie auf ihn zustürzten, ihn emporwehten, wie die Tatsache des Liebens ihn vor sich herfegte und aus ihm einen Jules machte, den er selbst sich nie hätte vorstellen können.

Irgendwoher kam die Stimme des Mädchens. Musik ... klingendes Glas?

»Unten. An der Haustür«, sagte das Dienstmädchen in ihrem ländlichen Dialekt.

Jules spürte Schritte, obwohl er sie nicht hörte. Er sah die Gestalt des Mädchens droben an der Treppe auftauchen. Die Treppe war mit einem dicken gelblichen Teppich belegt, auf jeder Stufe und unter jeder Stufe, elegant, anspruchsvoll, üppig, und er wünschte sich sehnlich, der Teppich unter ihren Füßen zu sein und den zarten Tritt zu fühlen.

Sie kam nur einige Stufen herunter. Sie zögerte. »Was ist denn?« fragte sie.

»Eine Eilzustellung.«

»Von wem denn?«

»Auf der Karte steht: ›von deiner Tante‹«, sagte Jules und blickte auf die Karte. Dort stand: »Für Tanya mit lieben Grüßen, Bessie.«

Er hielt ihr die Pflanze hin. Er hatte keine Ahnung, was es war, kränkliche weiße Blüten, die über dunklen wachsigen grünen Blättern nickten, sie sahen künstlich aus. Eine Pflanze für Tote. Nadine blickte ungläubig über die Spanne Fußboden hinweg zu ihm herüber. Jules hatte sie noch nicht deutlich gesehen, weil er selber nervös war, aber über die eng zusammengebundenen Blumen wagte er einen Blick.

Sie hatte ein bleiches, vom Schicksal gezeichnetes Gesicht.

»Meine Tante ist tot«, sagte sie.

»Von einer anderen Tante. Von der Tante von jemand anders«, sagte Jules sofort.

Sie blieb auf der Treppe stehen, regungslos. Ihre Furcht befeuerte ihn. Warum sollte er, wo sie so viel Furcht zeigte, irgend etwas fühlen?

»Ich weiß, wer Sie sind. Ich erinnere mich an Sie«, sagte sie.

Jules sagte großmütig: »Ich stelle die Pflanze hier auf den Boden. Sie können sie sich holen, wenn ich weggehe.«

»Ich dachte, ich müßte eine Quittung unterschreiben?«

»Sie können sie ja mit der Post schicken.«

»Sie sind verrückt.«

Sie trug Weiß. Das Kleid war aus grobem Leinen, sportlich, sehr süß. Jules liebte sie. Er stellte die Pflanze auf den Fußboden und schob sie mit dem Fuß ein Stückchen zu ihr hin. »Sehen Sie? Es ist nichts Gefährliches.«

»Ist das eine echte Pflanze?«

»Ist Ihr Vater zu Hause?«

»Nein.«

»Ihre Mutter?«

»Nein.«

»Wo sind sie?«

»Mein Vater ist in Chicago und meine Mutter ist den Nachmittag über ausgegangen«, sagte sie und blickte auf die Pflanze.

»Gibt es ein Zimmer, in dem wir uns unterhalten können?«

»Ein Zimmer?«

»Können wir uns in Ihrem Zimmer unterhalten?«

»Nein.«

»Warum nicht? Würden Sie lieber ins Kino gehen? Oder in meinem Kastenwagen spazierenfahren, oder eine Ballonfahrt machen oder –«

»Nein.«

»Sind Sie beschäftigt? Was tun Sie gerade? Was haben Sie eben jetzt getan, als ich geklingelt habe?«

»Ich habe meine Hausaufgaben durchgelesen und mir überlegt, was ich anziehen soll –«

»Überlegt, was Sie anziehen sollen? Was ist daran zu überlegen?«

Er tat entzückt einen Schritt vorwärts. Sie wich um einen Schritt die Treppe hinauf zurück. Jules dachte, wo wohl das Dienstmädchen sei. Der Lieferwagen hinter ihm war eine Belastung, die ihn zu Boden drückte; es war ein Fehler gewesen, ihn dort stehenzulassen. Darum sagte er, indem er sich zurückzog: »Also ich laß das hier und verabschiede mich. Ich muß noch fünf Stunden arbeiten.«

Sie sah ihn erstaunt an.

»Füllen Sie die Quittungskarte aus und schicken Sie sie per Post«, sagte Jules.

Er fuhr den Kastenwagen um den Block herum und parkte ihn dort in einer Seitenstraße und ging rasch zurück. In dem Zeitungsartikel über Grosse Pointe, aus dem er die niedrige Verbrechensrate erfahren hatte, hatte er auch gelesen, daß nur wenige Leute sich die Mühe machten, ihre Türen abzuschließen, sogar bei Nacht, und so war es etwas ganz Natürliches für ihn, einfach wieder zur Haustür zu schlendern und sie zu öffnen. Nadine neigte sich über die Topfpflanze. Er sah sie durch die innere Tür. Ihr Kopf war gesenkt, ihre Haare waren sehr schwarz um ihr Gesicht, ihr Gesicht war ernsthaft, blaß, zweifelnd, aber noch immer nicht ganz wirklich für ihn. Er hoffte, daß sein Gesicht das ihre nicht wundscheuern würde. Er klopfte an die Scheibe der inneren Tür und öffnete sie langsam. Sie fuhr mit einem Ruck herum.

»Können wir uns in Ihrem Zimmer unterhalten?« flüsterte Jules.

»Was wollen Sie?«

Sie schien ängstlich, und doch öffnete ein schwaches Lächeln ihr die Lippen.

»Nur ein paar Minuten.«

»Sie können dafür verhaftet werden!«

»Warum sollte man mich verhaften? Ich liebe Sie – ist das ein Verbrechen?« fragte Jules.

»Dann sind Sie verrückt und man könnte Sie einsperren.«

»Ist Ihr Zimmer oben?«

»Was wollen Sie von mir? Was tun Sie?« fragte sie.

»Ich tue, was ich muß«, sagte Jules.

Sie schien ihn mit der einen Hand abzuwehren, wie man den Schlag einer Axt abwehrt. Die andere Hand war unbeweglich und hilflos. Jules wünschte sich, ihre beiden Hände zu ergreifen und gierig zu küssen. »Wenn keiner zu Hause ist, warum können wir uns dann nicht unterhalten? Oben? Ich kann Ihnen ja überlegen helfen, was Sie anziehen sollen.«

»Wollen Sie das Haus plündern?«

»Das Haus plündern? Warum?«

»Ist noch jemand draußen, der zu Ihnen gehört?«

»Warum sollte ich noch jemand mitbringen?«

Sie lachte. Ihr Lachen war abrupt und im Diskant. Es verstummte plötzlich. Sie sagte: »Sie sind gekommen, weil Sie eine Wette abgeschlossen haben. Die anderen sind draußen und beobachten. Führen Sie mich zu ihnen hinaus und machen Sie mich mit ihnen bekannt.«

»Niemand ist draußen.«

»Doch, doch, es ist jemand draußen? Jemand aus der Schule oder von sonst wo! Es ist ein Ulk, lassen Sie mich mitspielen! Ich möchte wissen, worum es geht. Ich hab nicht gern, wenn die Leute über mich lachen.«

»Es ist kein Ulk. Wir sind ganz allein.«
»Wir sind nicht allein.«
»Wir sind ganz allein hier und unterhalten uns.«
Sie schüttelte den Kopf. »Nein, das ist nicht komisch. Sie dürfen mich nicht so hereinlegen. Manchmal liege ich die ganze Nacht im Bett und weine – es ist schlimm genug, ohne Grund zu weinen, aber jetzt, jetzt werde ich darüber weinen, daß Sie mich hereingelegt haben.«
»Womit soll ich Sie hereingelegt haben? Daß ich Sie liebe?«
»Sie lieben mich nicht!!
»Wieso nicht?«
»Sie lieben mich nicht, Sie lachen mich bloß aus. Wie könnten Sie mich lieben?« sagte sie zornig. Er sah, wie weiß das Weiß in ihren Augen war, das die Iris dunkler erscheinen ließ; sie hatte einen unnatürlich starren Blick. Ihr Gesicht würde sich vielleicht um die Ende zwanzig zur Schönheit erhärten. Es war etwas leicht Desorientiertes, Unharmonisches an ihr; sie war gereizt und beinahe hysterisch.
»Warum weinen Sie nachts im Bett?« fragte Jules sanft.
»Ich weiß es nicht – weinen nicht viele Menschen im Bett? Warum wollen Sie mich hereinlegen?«
»Ich will Sie nicht hereinlegen? Ich tue Ihnen nichts.«
»Das mit meinem Onkel – was Sie gesagt haben –«
»Ich weiß nichts über ihn.«
»Sie haben gesagt, Sie hätten ihn tot gesehen. Mit durchschnittener Kehle.«
»Das war der Onkel von jemand anders.«
»Nein. Sie haben es gesagt. Sie haben ihn tot daliegen sehen.«
»Haben Sie Ihrem Vater davon erzählt?«
»Er war seitdem nicht zu Hause. Warum sollte ich ihm etwas erzählen?«
»Ihrer Mutter?«
»Nein, natürlich nicht.«
»Können wir hinaufgehen?«
Sie betrachtete ihn mit einem sonderbaren, halben Lächeln, einem Lächeln, als stünde sie unter dem Einfluß von Drogen.
»Ist irgendwer im Hause außer Ihnen und dem Mädchen?«
»Niemand.«
»Ich tue Ihnen nichts«, sagte Jules leise.
»Mir könnte passieren, was will, und ich würde es gar nicht merken«, sagte sie. Jules ergriff ihre Hand. Sie sah auf seine Hand, die die ihrige festhielt. »Ich fühle mich so weit weg von

allem. Es könnte mir passieren, über mich weggehen, sich öffnende Türen und solche Dinge – daß ich voll Schmutz gespritzt werde – und es im Moment gar nicht merke. Und später dann fällt es mir ein, und ich fange an zu schreien. Ich habe die ganze Nacht durch über Sie nachgedacht, über das, was Sie gestern gesagt haben. Als Sie es sagten, habe ich gar nichts gedacht. Ich habe Sie kaum bemerkt. Und dann, als Sie wegfuhren, da habe ich angefangen, über Sie und über das, was Sie gesagt haben, nachzudenken, über meinen Onkel und alles das – und heute sind Sie wiedergekommen –«

»Sie haben nicht die Polizei gerufen?« Er liebkoste ihre Hand, die ganz kalt war. »Fünf Minuten oben? Allein? Ich möchte, daß Sie mich kennenlernen.«

Sie schien sich in dem gleichen Trancezustand zu befinden wie Jules. Doch er konnte nicht damit rechnen, daß er anhielt. Er küßte ihr die Hand. Er tat es absichtlich förmlich, sehr zart, so daß Nadines Kopf sich etwas vornüber neigte, wie um sich darauf vorzubereiten, der schweren Schneide einer Axt standzuhalten.

»Ich kenne Sie gar nicht«, flüsterte sie.

»In fünf Minuten werden Sie alles über mich wissen. Ich werde für Sie mein Innerstes nach außen kehren.«

Er hob die Pflanze auf und ging mit Nadine davon, den Arm um ihre Schultern gelegt. Möbel schienen rücklings vor ihnen an die Wand zu weichen, um ihnen Platz zu machen. Solche Möbel, meinte Jules, hatten keine andere Funktion als die, Raum einzunehmen, es gab so viel Raum in diesem Haus, und niemand war darin. Alles war still, aus Ehrfurcht vor seiner Kühnheit. Ob es ein schönes Leben war, das man in so einem Museum von Haus verlebte? Er würde also doch Geld verdienen. Warum kein Geld? Eine Million Dollar? Es gab für ihn keine andere Richtung, als die nach oben ... alles war oben, über ihm, das ganze Amerika ... und wenn er schon einmal unterwegs war, warum dann nicht alles anstreben ... Er konnte eine Million Dollar verdienen, ehe er dreißig war, und dieses Mädchen, Nadine Greene, heiraten.

»Ich liebe dich«, flüsterte er. »Ich habe dich geliebt seit dem Tag, an dem ich deinen Onkel hergefahren habe. Du bist vorn am Wagen vorbeigegangen, und ich habe mich in dich verliebt. Ich kann es nicht erklären ...« Sie neigte sich ihm entgegen und hörte zu. Sie war sehr verkrampft. Er konnte unter einem kindischen, flaumigen Büschel Ponyfransen ihre blasse Stirn sehen, er hätte gern ihr Haar ungeduldig zur Seite gestrichen, um ihr voll ins Gesicht sehen zu können. Er hatte Angst vor ihrer Unschuld. Vielleicht war es schlecht von ihm, sie in seine Liebe hineinzureißen, heraus aus diesem funkelnden Haus, diesen üppigen, schweigenden, leeren Möbeln. »Ich tu dir nicht weh. Niemals«, sagte er und dachte dabei unwillkürlich an einen Schrank in seiner Kindheit, in dem er mehrere Stunden lang mit irgendeinem Mädchen Dummheiten gemacht hatte, irgendeinem kleinen Mädchen, und er selbst noch ein kleiner Junge – noch nicht einmal unschuldig. Er stellte sich vor, Nadine sei in einem Schrank eingesperrt und er mit ihr, acht Stunden lang.

Jules zog mit den Fingerspitzen eine Linie von ihrem Ohr bis zur Spitze ihres Kinns. »Wann kommt deine Mutter heim?«

»Ich weiß es nicht.«

Sie führte ihn die Treppe hinauf in ihr Zimmer. Er sah jetzt, daß dies das erste Zimmer war, in dem er je gewesen war, das erste Zimmer, in dem jemals jemand ernsthaft gewohnt hatte. Die Zimmer seiner Schwestern waren keine wirklichen Zimmer gewesen. Dieses war in Weiß und Gelb dekoriert. Sein Herz begann plötzlich zu klopfen, als er es sah, begriff, daß es Nadine gehörte und um sie herum gebaut worden war, für sie und nur für sie gebaut worden war. Ihr Preis war unschätzbar. Er stellte den Blumentopf auf ihren Schreibtisch, froh, daß die Blüten weiß und rein waren, eine Opfergabe, die ihrer würdig war. Er schwieg.

Sie legte die Hände vors Gesicht. Jules' Sinne schienen sich alle zugleich zu regen, in unvermittelter, in explosiver Dringlichkeit; er trat zu ihr und schloß sie in die Arme. Sie war starr in seinen Armen, aber sie leistete keinen Widerstand. Er küßte sie leicht, in dem Wunsch, sie mit Küssen zu beruhigen, einzuschläfern, sein Mund war gewichtslos auf dem ihren wie Rosenblätter, wie die schwirrenden Flügel einer Motte. Alles war so ätherisch, selbst die Umarmung. Er küßte sie auf die Augen, das Haar, den Hals, den Mund, er atmete leise durch seinen Mund und durch den ihren, in sehnsuchtsvollem Verlangen nach ihrem reinen Atem, bereit, sich davon berauschen zu lassen. Wie sehr nötig hatte er diesen Rausch! Doch auf dem Höhepunkt seiner Zärtlichkeit fühlte er, daß sein Verstand nachgab und daß dies nicht dauern konnte. Er stolperte mit ihr rücklings auf das Bett. Er drückte sie nieder auf die hellgelbe Überdecke und legte sich auf sie, plötzlich ängstlich, überrascht davon, wie wirklich sie war, sie wand und wehrte sich nicht, ein bloßes

Häufchen Fleisch, sehr warm. Ihre Augen waren geschlossen. Er konnte fühlen, welch schreckliche Angst sie hatte. Schweigend bewegte sie den Kopf hin und her, sie wich seinen Lippen nicht aus, kam ihnen aber auch nicht entgegen. Ihm war zumute, als befinde er sich am Rande des Irrsinns oder unmittelbar vor einer schrecklichen Tat, die der andere Jules begehen würde, sich danach entfernen und ihn zurücklassen. Er schien in ein und demselben Augenblick ohnmächtig zu werden und wieder zu sich, zu Bewußtsein zu kommen. Bewußtsein war etwas Zartes. Er nahm ihr Gesicht in beide Hände und blickte auf sie nieder. Sein Herz hämmerte, trieb ihn vorwärts, dieses Diebsherz, das er hatte, doch ihre Regungslosigkeit drängte ihn, langsam vorzugehen, sie zu lieben. Wenn er nicht behutsam mit ihr umging, würde er sich das nie verzeihen.

»Ist dir auch gut? Tu ich dir weh?« fragte er.

Sie antwortete nicht. Sie schien fast bewußtlos.

Eine gewisse Zeit verharrte er so, rein und voller Ehrfurcht vor ihrem Gesicht, obwohl Gewalttätiges in ihm sich aufstaute und seine Hände von ihrem Gesicht zu ihrer Kehle wanderten, tasteten, streichelten, staunten ... zu ihren kleinen Brüsten, die ihm schrecklich schutzlos vorkamen, so dicht bei ihm und so nahe seinem wogenden Herzen, und er hielt sie mit den Schenkeln an sich gespreßt ... er fühlte den zarten Spalt ihrer Lenden, die mageren Muskeln. Mit den Beinen hielt er ihre Beine eng zusammen, schützte sie vor sich, doch eine plötzliche Aufwallung trieb ihn dazu, schwer auf sie herabzustürzen, mit den Zähnen nach Fleisch zu suchen, nach etwas, um sich in seiner Hilflosigkeit daran zu wetzen – sein Gesicht wurde zur Grimasse, die mit dem wahren Jules nichts mehr zu tun hatte. Alle seine Sinne flossen schließlich ineinander, gerieten außer Rand und Band, so daß er stöhnte und sich, um es zu ertragen, zähneknirschend an ihrem starren Körper scheuerte. Da war es vorbei.

Er lag neben ihr und wurde wach. Er hatte nicht geschlafen, und schien dennoch aufzuwachen, ins Leben zurückzukehren. Sein Atem ging stoßweise. Nadine, die steif dalag, den einen Arm über die Stirn geworfen, sah ihn nicht an. Jetzt konnte er sich umsehen. Er sah, daß er in einem Mädchenzimmer war, einem wunderhübschen weiß-gelben Zimmer, einem Bilderbuchzimmer. Auf dem Schreibtisch standen Sachen – darunter die weißen Blumen. Der Teppich war flauschig und gelb, für bloße Füße gedacht. Und doch hatte er, während er in diesem

Zimmer war, auf dem Bett lag, das sonderbare Gefühl, nicht wirklich darin zu sein, sondern es nur anzuschauen.

Sie bewegte ihren Arm nicht. »Das hat noch niemand mit mir gemacht«, sagte sie.

»Liebling, es tut mir leid.«

»Ich habe nicht einmal daran gedacht. An einiges denke ich nicht. Und wenn es dann passiert, weiß ich nicht, was es ist, und muß Zeit vergehen lassen, damit ich es herausfinde ...«

Er wollte, daß sie weiterredete, weil sie das Reden anscheinend so schwer, fast schmerzhaft fand. Er sah, wie sie innerlich danach rang, sich Worte auszudenken, irgendwelche. Doch er konnte ihr nicht helfen.

»Niemand faßt mich an«, sagte sie. »Ich laß sie nicht an mich heran. Ich will nicht, daß sie sich an mich heranmachen und alle so nahe kommen ...«

»Hoffentlich hab ich dir nicht weh getan«, sagte Jules und kam sich plump und schweißig vor, ganz und gar Körper.

»Zweimal bin ich weggelaufen. Die Polizistin, eine nette Frau, fragte mich beide Male, ob ich bei einem Mann gewesen wäre. Die denken, daß man nirgends hinflieht, sich nicht einmal vor die Haustür traut, wenn es nicht mit einem Mann zusammenhängt. Mehr brauchten sie mich nie zu fragen, weil sie es wußten, wenn sie mich anschauten. Noch nie ist mir jemand so nah gekommen.«

»Hab ich dir auch nicht wehgetan?«

»Ich weiß nicht mehr, was passiert ist. Alles gerät mir mit dem Onkel durcheinander.«

»Denk nicht mehr an ihn.«

»Ich spüre, wie ich irgendwo auf dem Rücken liege, so wie jetzt, in einem komischen Zimmer in Detroit, mit durchschnittener Kehle, und in dem Blut unter meinem Rücken, das mich naß macht. Ich kann es beinahe sehen. Und du kauerst über mir und schaust mich an.«

»Aber warum?« fragte Jules erschreckt.

Sie ließ den Arm sinken und öffnete versuchsweise die Augen. Sie sah ihn an. Ihr Blick war offen und wißbegierig und ein wenig kokett, obwohl Jules glaubte, er irre sich. Vielleicht würde sie statt dessen jetzt gleich anfangen zu schreien – ob er dann wohl vernünftig genug war, ihr den Mund zuzuhalten?

»Du bist also von zu Hause weggelaufen?« fragte er rasch. »Wohin denn?«

»Ins Zentrum.«

»Warum ins Zentrum«?

»Das ist weit genug, es ist wie eine andere Stadt. Warum sollte ich so weit fahren, bis nach Los Angeles? Detroit ist groß genug!«

»Ich wohne im Zentrum.«

»Allein?«

»Ja, allein.«

Sie versuchte ihn anzulächeln. Jules neigte sich erneut über sie, erwärmt, beruhigt, und liebkoste ihr Gesicht und Schultern. Sie schloß augenblicklich die Augen. Sie schien sich von sich selbst zu befreien, sich ihm zu überlassen. Ein Nadelstich in seinem Gehirn fing plötzlich an, stärker zu bohren, und er stöhnte und wand sich wieder auf ihr; den einen Arm sehr zärtlich um ihren Kopf gelegt, küßte er sie. Er hatte keine Vorstellung, wo er sich befand. Er vergaß alles – Bett, Schlafzimmer, Haus, Straße, Polizeistreifenauto – er konnte sich an nichts erinnern und an nichts glauben, was jenseits ihrer weichen, blassen Haut war. Er nahm ihren Arm und küßte ihn. Er hob ihn an die Lippen und fuhr mit der Zunge daran entlang, verliebt in ihr zartes Fleisch; er versuchte, sich ihren Arm um den Hals zu legen, wie zu einer Umarmung, aber er hing schlaff herab. Ihr Hals war gebogen, ihr Kopf zurückgeworfen. Er schloß die Augen und preßte sich an sie; er spürte, wie die Klarheit der vorigen Sekunden – sie hatten sich unterhalten – sausend aus ihm entwich und ihn um nichts klüger zurückließ. *Also, Jules,* dachte er, und konnte sich noch an seinen eigenen Vornamen erinnern, *hierfür lohnt es sich zu sterben!*

Er glaubte, in wenigen Minuten würde er tatsächlich ihr Geliebter sein und ihrer beider Leben für immer und unauflöslich verbunden, darum fing er an, sich zu erklären. Seine Stimme klang schwach und gehetzt.

»Ich weiß, daß daraus nur Gutes werden kann. Nur Gutes. Du hast recht gehabt, daß du dich nur von mir hast anfassen lassen und von niemand sonst ... Es ist, weil du weißt, wer ich bin, du fühlst es. Ich brauche ein paar Jahre, in denen ich genügend Geld verdiene, und ich werde Erfolg haben. Unser ganzes Leben lang werden wir ganz nah beieinander sein und nichts kann uns trennen ...«

Das Mädchen öffnete die Augen nicht. Sie hörte zu, verkrampft und schweigend.

»Ich habe mein Leben lang auf gewisse Zeichen, auf Vorahnungen vertraut«, sagte er. »Ich geh zum Beispiel irgendwo spazieren, und es kommt mir etwas, wie im Traum, ein Gedanke kommt mir, und ich spüre einen schrecklichen Drang, es sofort wahrzumachen. Mein Herz fängt an zu schlagen wie verrückt. Einmal, als ich beinahe das Foto von einem Mädchen verloren hätte, da hatte ich dieses Gefühl auch. Ich mußte das Foto wiederhaben, es war ein Zeichen für irgend etwas, ich weiß nicht was, und überhaupt habe ich das Mädchen danach vergessen, aus irgendeinem Grund, aber ich mußte das Foto haben und ich hab es bekommen. Es wäre einfach alles aus gewesen, wenn ich es nicht bekommen hätte. Ich weiß nicht, wieso ich das weiß –«

Das Telefon an ihrem Bett läutete.

Jules wäre vor Schreck fast aufgesprungen, um zu fliehen. Das Klingeln störte seine Gedankengänge: Er konnte nicht denken. Nadine griff verschlafen nach dem Apparat. Er war gelb. Jules sah zu, wie sie nach ihm tastete und wünschte sich, ihr die Hand zu führen. Sie zog den Hörer herunter und ließ ihn aufs Bett fallen. Eine winzige Stimme fragte etwas: »Heb ihn auf, sag Hallo!« sagte Jules erschrocken. Der Hörer fing an, herunterzurutschen, gleich würde er auf den Boden fallen. Jules hob ihn selber auf. »Wer dort? Wer am Apparat?« fragte er mit wüstem Negerakzent, dann knallte er den Hörer in die Gabel.

Nadine lachte.

»Wer war das? Ein Freund von dir? Deine Mutter?«

»Ich weiß es nicht. Warum sollte es meine Mutter sein?«

Das Telefon klingelte wieder. Diesmal setzte Nadine sich auf und antwortete; sie überraschte Jules durch ihre plötzliche Förmlichkeit. »Hallo, Brenda«, sagte sie und ihre Augen waren ihm bereits entzogen durch den Klang der kleinen, fremden Stimme, die ihr etwas bedeutete und ihm nichts. »Nein, ich kann nicht. Es ist was dazwischengekommen. Ruf Sue an. Was? Warum nicht? Ich weiß nichts. Mutter will nicht, daß ich gehe. Ich glaube nicht. Nein.«

Jules hatte Lust, ihr das Telefon aus der Hand zu reißen und einzuhängen. Es kam ihm so beleidigend vor, daß sie derart gleichgültig mit einer Freundin sprechen konnte, wo sie doch zerschlagen und befleckt war von Jules Begierde.

»Häng ein!« sagte Jules.

Sie sagte unvermittelt Adieu und hängte ein.

»Wie heißt du?« fragte sie Jules.

»Jules.«

»Der Name gefällt mir. Das ist ein schöner Name für einen Mann. Aber du darfst mich nicht herumkommandieren. Du darfst mir nichts befehlen.«

Er hörte das wenigste von dem, was sie sagte, weil er dabei war, sich sanft auf sie niederzusenken und sich dabei schwer und ungeschlacht vorkam. Er wollte sie nicht erschrecken mit seinem Körper. Sie war auf so naive Art unwissend, so passiv und wenig neugierig, daß er annahm, sie hätte keine rechte Vorstellung von dem, was nun mit ihr geschehen würde – der Rock ihres weißen Kleides war über ihre Schenkel hinaufgerutscht, und Jules bekam Sehnsucht, ihn wieder herunterzuziehen, sie zu beschützen.

»Ich befehle dir nie wieder was, nie wieder«, sagte Jules.

Sie lagen da, die Gesichter aneinandergedrückt. Jules war schweißnaß. Nadines Stirn war naß, von ihrem oder seinem Schweiß, er hätte es nicht sagen können. Ihm war, als schmölzen die Konturen ihrer Körper in der Hitze seiner Liebe. Es war ein Phänomen, das sich abseits von ihm vollzog, abseits von ihnen beiden, ein Naturgesetz. Er war noch nie jemandem so nahe gewesen – als liege er bei jemand Ausgedachtem, einem Mädchen, das er sich zurechtgeträumt hatte.

Sie griff nach seinem Handgelenk und gebot seiner Hand Einhalt. »Nicht!« sagte sie.

Sie zitterten beide.

Einen Augenblick später sagte sie, ohne sich zu bewegen: »Könntest du mich irgendwohin mitnehmen?«

»Was? Wohin denn?«

»Könnten wir irgendwohin wegfahren? Du und ich?«

»Davonlaufen, meinst du?«

»Ja, davonlaufen. Könnten wir? Könntest du mich mitnehmen? Könnten wir nach Mexiko fahren?«

Jules dachte eine Zeitlang nach. »Ja, gut.«

»Könnten wir heute weggehen?«

»Heute?«

»Könnten wir so tun, als ob wir verheiratet sind?«

»Willst du heiraten?«

Sie sagte ernst, fieberhaft: »Wir könnten so tun. Wir könnten allen sagen, die fragten ...«

Er berührte ihre Beine, und sie preßte ihre Knie zusammen, in Panik. »Nein, bitte«, sagte sie.

Sie lag schwitzend in seinen Armen. Er rieb sein Gesicht gegen das ihrige. »Laß mich zu dir kommen«, sagte Jules.

Sie rückte angstvoll von ihm fort. Er schien wieder das Bewußtsein zu verlieren, wurde rasch hinabgetragen, klammerte sich an sie, spürte das Gewebe ihres Leinenkleides an seinen zerrenden Fingern, vergaß sie. Es war, als sei in einem Film während der Aufnahmen die Spannung derartig stark geworden, daß sie unerträglich wurde: deswegen ein Blackout und Schluß. Jules hörte sich stöhnen, als habe er Schmerzen und staunte über die Schmerzen.

Nach einer Weile begann sie an seinem Gesicht zu schluchzen. »Du wirst mich hier herausholen. Ich werde in deinen Wagen steigen und die Tür zumachen. Sie werden mir nicht folgen können. Es gibt kein Zeichen, das zurückbleibt, nichts ... nur Autostraßen. Ich bringe mich um, wenn ich nicht hier herauskomme.«

Jules konnte in ihren Worten keinen Sinn entdecken. Er drückte sein Gesicht an sie und hörte nicht hin.

»Es ist gleichgültig, ob wir heiraten oder nicht, es ist mir egal. Ich will immer weiter fahren und aus diesem Land herauskommen und nach Mexiko hinein – ich habe Bilder von Mexiko gesehen. Ich möchte leben, wo die Leute eine andere Sprache sprechen, damit sie nicht mit mir sprechen können und ich nicht mit ihnen.«

Sie schien nicht begriffen zu haben, was Jules geschehen war und noch geschah. Auch sie war erregt bis zur Raserei, aber bei ihr ging es im Kopf vor sich und sonst nirgends – Jules konnte es beinahe spüren, diesen Druck, der noch schmerzlicher war als der, den er ausgehalten hatte.

»In der Schule versuche ich einzuschlafen. Ich sitze an meinem Pult, aber ich schalte das Gehirn ab, ich lösche einen Teil des Klassenzimmers. Es ist wie bei einem Puzzle mit einzelnen Stücken. Ich lösche ein Stück, dann noch eins, dann noch eins. Ich kann dasitzen, ohne zu schlafen, und doch schläft mein Gehirn, es ist neutral, nicht einmal verstört. Das Mädel, das mich angerufen hat – ich hab gar kein Verhältnis zu ihr, wirklich nicht, und auch zu sonst niemand. Ich weiß nicht warum. Und jetzt bist du gekommen – ich weiß nicht einmal, wie du hergekommen bist. Du bist in meinem Zimmer, und ich kann mich nicht erinnern. So sollten die Menschen kommen, so durch Zufall. Sonst ist in meinem Leben niemand ein Zufall«, sagte sie und Jules sah sich wie mit einem roten Farbklecks gezeichnet, als eine Art Monstrum markiert. »Ich werde demnächst siebzehn, aber in Wirklichkeit bin ich älter als meine

Mutter. Ich möchte nicht so sein, aber ich kann es nicht ändern. Jules, hörst du mir zu, glaubst du mir?«

»Ja.«

»Warum möchte ich dauernd schlafen? Warum bin ich zu alt für alles? Wenn meine Mutter sich über etwas aufregt, ist es mir peinlich zu sehen, wie kindisch sie ist. Du wirst meine Mutter nicht kennenlernen. Aber sie ist glücklich und ich bin es nicht. Meinen Vater wirst du auch nicht kennenlernen. Es sind brave Leute, ich habe sie gern, aber wenn man mit ihnen zusammen ist, hat man kein Interesse mehr daran, brav zu sein. Man meint, na, wenn das brave Leute sind, dann kann ich genauso gut was anderes tun. Man kriegt Kopfweh davon. Es ist alles abgedroschen. Mein Vater hat es immer eilig, aber er hat Zeit, Pläne zu machen. Er sitzt da und macht Pläne und trinkt Milch, spät am Abend ... Er macht auf diese Weise Pläne für fünf, zehn, fünfzehn Jahre – Pläne für das Geschäft. Er ist Vizepräsident und hat die Public Relations unter sich. Du weißt vermutlich nicht einmal, was das ist. Er reist überall herum. Ich habe ihn sehr geliebt, aber jetzt, glaube ich, liebe ich dich. Wenn du mich in den Armen hältst, kann ich mich kaum mehr an ihn erinnern. Ich glaube, bei dir werde ich sie alle vergessen. Wenn wir doch bloß hier herauskämen und irgendwohin fahren könnten, rasch, nach Mexiko oder nach Texas hinunter.«

Jules wischte sich den Schweiß aus den Augen. »Liebling, warum Mexiko oder Texas?«

»Das ist bloß so eine Idee von mir.«

»Du denkst dir das alles nicht bloß aus?«

»Nein.«

Er streichelte sie vergeblich und spürte, wie ihre Empfindungslosigkeit sich auf ihn übertrug. Er begriff, warum normale Männer – Tankstellenwärter, Taxichauffeure – Frauen umbrachten, weil sie deren Taubheit heftig in sich einströmen fühlten und dadurch alles zu Ende war.

Nadine stützte sich jäh auf den Ellbogen auf. An ihrem gestrafften Körper merkte Jules, daß sie etwas hörte, was er nicht hören konnte. »Meine Mutter ist nach Hause gekommen«, sagte sie.

Er hörte rumpelnde Geräusche, dann einen dumpfen Plumps. »Sie kommt aus der Garage ... sie ist in der Küche ...«

Jules hörte nichts.

Nadine stand langsam auf. Sie löste sich höflich von ihm, als wolle sie ihn nicht kränken. Er sah überrascht, daß sie krank aussah – ihr Gesicht war wundgerieben, ihr Haar feucht und wirr, ihr Kleid zerdrückt und verfleckt. *Bin ich verliebt? Ist das die Liebe?* fragte sich Jules. Er war berauscht vor Begierde, doch auch ein wenig verbittert durch sie.

Nadine strich sich zornig das Haar mit beiden Händen aus dem Gesicht. »Ich muß gehen, sonst kommt sie rein und redet. Du kannst auf mich warten.«

Wenn er hätte entrinnen wollen, dachte sich Jules, wäre er zu erschöpft gewesen; sein Wille war ermattet.

Er wartete auf sie. Es verging eine halbe Stunde, eine Stunde. Er hatte keine Angst. Sein Körper war der Körper eines Ertrunkenen, regungslos. Das Ärgste, was geschehen konnte, war der Tod, ein zweiter Tod ...

Nach einer Zeit kam Nadine zurück. Sie näherte sich dem Bett.

»Es kommen jetzt ein paar Leute zum Cocktail. Ich muß mich eine Weile mit ihnen unterhalten. Ich habe nichts verkehrt gemacht. Ich habe nicht geweint oder angefangen zu schreien. Das ist, weil ich nicht glauben kann, was geschehen ist, ich kann es mir noch nicht klarmachen.« Sie lächelte ihn an. »Du bist also in Sicherheit. Willst du auf mich warten?« Jules hob seine Arme zu ihr. Sie beugte sich über ihn und sie küßten sich. »Oder ich ruf vielleicht doch die Polizei, ich weiß nicht«, sagte sie im Hinausgehen.

Jules mußte geschlafen haben; als er zu sich kam, war es draußen fast dunkel. Er sprang auf die Füße, um sich zu prüfen. Ja, er war noch er selber. Sein Gesicht war wund, sein Körper schmerzte; als er den Mund verzog, rissen ihm an mehreren Stellen die Lippen auf, aber es war doch alles wiederzuerkennen. Er war fröhlich. Sein Schicksal war ihm offenbar vorgezeichnet und nicht mehr zu umgehen. Er durchsuchte ihre Schubladen, um sie kennenzulernen – Pyjamas, Pullover, Unterröcke, Wäsche – also doch ein echtes Mädchen, ein Mädchen wie alle. Er öffnete die Schranktür. Automatisch ging Licht an. Er sah ihre Kleider durch, faßte sie behutsam an, freute sich über ihre bunten Farben. Er stieß erfreut mit der Fußspitze nach ihren Schuhen. Er nahm an, daß er sie liebte. In diesen Gegenständen, Kleidern und Schuhen, war sie trotz ihres hohen Preises irgendwie erreichbar. Vielleicht konnte er das Vakuum in ihrem Inneren mit etwas von sich selbst ausfüllen? Warum sollte er nicht mit ihr durchgehen? Es war Zeit für ihn, wieder einmal wegzulaufen, für immer, nach Mexiko oder Texas. Das

Schicksal hatte es so eingerichtet. Er kaute an den Blumen, die er ihr mitgebracht hatte, nur so zum Spaß und spuckte sie dann auf den Teppich.

Sie kehrte zurück. Sie trat schweigend zu ihm und sie umarmten sich. Alte Freunde. Ein altes Liebespaar. Sie sagte in einem grellen, gespannten Flüstern: »Du bist schön. Wirst du mich mitnehmen?«

»Aber ja.«

»Hast du Geld?«

»Und du?«

»Bloß auf der Bank, aber die ist zu. Hast du gar keines?«

»Ein bißchen was.«

»Wir brauchen nicht viel, oder?«

Sie legten sich sanft wieder miteinander hin. Jules küßte sie und im Hintergrund seines Kopfes sah er etwas, das ihn erschreckte, aber er verlor es aus den Augen. Sie streichelte sein Haar. Sie streichelte seinen Nacken. Sie lächelten einander an, als träfen sie sich eben erst, hätten einander eben erst erblickt. Das Haus war gefährlich, das wußte Jules, aber es war so verlockend, regungslos zu verharren; er mochte sich nicht rühren. Der Gedanke an Mexiko kam ihm unwahrscheinlich vor.

»Ich könnte hier bleiben. Ich könnte den Rest meines Lebens hier in deinem Zimmer wohnen«, sagte er.

Nadine verließ ihn widerstrebend. Sie trat an den Spiegel und betrachtete sich. »Kein Wunder, daß die mich angeglotzt haben. Mutter hat mich gefragt, ob ich heute schon was gegessen hätte. Na, ich werde mich nicht mehr anschauen müssen, hier nicht«, sagte sie befriedigt. Es war also doch etwas Hartes und Intelligentes an ihr, dachte Jules. Sie fing an, Kleidungsstücke zusammenzulegen, rasch und ungeduldig, als sei sie allein.

Jules lag auf dem Bett und sah ihr zu. »Es ist nicht wirklich dein Ernst?«

»Ich meine immer alles ernst.«

Diese Antwort gefiel ihm. »Gut«, sagte er. »Und du hast dich für Mexiko entschieden?«

»Ich würde lieber mit dir fahren als allein«, sagte sie. »Ich habe ohnehin vorgehabt, wegzulaufen. Ich habe immer daran gedacht, auf und davon zu gehen, fort. Ich weiß nicht warum. Ich will im Grunde nicht herumvagabundieren. Ich will keine anderen Kinder besuchen und all den Mist. Ich möchte irgendwohin, wo es leer ist, wo sie eine andere Sprache sprechen. Ich werde es probieren. Und ich hab mir dich nicht ausgesucht, du bist gekommen. Ich bin nicht schuld. Es muß etwas bedeuten, es muß ein Zeichen sein. Ich habe dich nicht hindern können, hier heraufzukommen und ich liebe deinen Namen und dein Gesicht. Ich liebe sonst niemand, ich bin für sie tot, ich schlafe für sie. Aber ich hab das hier nicht herbeigeführt. Sondern du. Du bist zur Haustür hereingekommen. Ich bin nicht schuld.«

»Ich auch nicht«, sagte Jules fröhlich.

Sie warteten noch ein paar Stunden. Sie saßen nebeneinander auf ihrem Bett. Jules rauchte eine Zigarette, und Nadine wedelte den Rauch fort, als solle es die nächsten vierzig Jahre so weitergehen. Sie unterhielten sich. Von Zeit zu Zeit merkte er, wie sich ihr Gesicht zu einer Maske winziger, ungeduldiger Fältchen verzog, weil etwas sie ärgerte. Jules beugte sich hinüber, um sie auf die Schulter zu küssen. Sie liebkoste leicht und zärtlich sein Gesicht, wie überrascht über sich, darüber, daß sie so zärtlich war. Gegen ein Uhr machten sie sich fertig zum Aufbruch. Jules kam es vor, als verlasse er ein Zimmer, in dem er ein gut Teil seines Lebens verbracht hatte.

»Bist du aufgeregt?« fragte er.

»Ja. Und du?«

»Ich bin bereit.«

Sie gingen die Treppe hinunter. Nur in der Diele brannte noch Licht. Jules hatte Respekt vor dem Haus, fühlte sich demütig darin und doch entpersönlicht; es war vollkommen richtig, daß er dieses Mädchen daraus stahl. Nadine nahm ihn an der Hand und führte ihn zur vorderen Haustür. »Und jetzt – was tun wir jetzt?« fragte sie.

»Jetzt stehlen wir einen Wagen, Liebling.«

»Stehlen einen Wagen? Wo?«

»Ich brauch ihn bloß, um nach Detroit zu kommen und meinen eigenen Wagen zu nehmen. Ich habe einen. Hast du Freunde, Nachbarn?«

»Gleich dort neben uns. Ich weiß nicht, wie sie heißen. Aber wie kannst du einen Wagen stehlen?«

»Einfach reingehen und ihn stehlen, wenn der Zündschlüssel steckt.«

»Er wird im Wagen von der Frau stecken, der Zündschlüssel«, sagte Nadine. Sie trug ihre Kleider in eine Papiertüte gestopft, keine allzu große. Es war die leichte Bürde ihres neuen Lebens.

Ohne Angst, voller Vertrauen in das Schicksal ging Jules um das riesige Haus herum zur Garage. Die Tür stand offen. Es waren drei Wagen darin und in einem davon steckten die Schlüssel und warteten.

Alles war wie verzaubert.

Minuten später, als sie frei waren und den Lakeshore Drive entlangrasten, griff Jules hinüber nach ihrer Hand. Er küßte sie wie ein neugebackener Ehemann. Sie hatte angefangen zu weinen. »Nichts kann uns mehr aufhalten«, verkündete Jules.

6

Der Atem wurde ihm in langsamen, wollüstig-schmerzlichen Seufzern ausgesogen. Er konnte sich auf das Objekt seines Verlangens nicht konzentrieren. Er schlief noch und versuchte den Schlaf abzuschütteln, wollte sich darüber klar werden: Was war so schmerzlich, was durchdrang ihn mit solcher Bitterkeit? Er wünschte nichts so sehr, als zu begreifen. Bilder ungeträumter Träume tauchten blitzartig vor ihm auf wie Karten. Er erinnerte sich an die erste Klasse, an die Karten mit Worten und Zahlen darauf. Er erinnerte sich an Schwester Jerome. Ihr blasses, lebhaftes Gesicht fuhr durch sein Erinnern und erlosch. Er dachte an seine Mutter, wie sie Einkäufe aus einer Tragtüte nahm. Er dachte an Maureen. Er erwachte.

Es war noch sehr früh, zu früh, um aufzuwachen. Im Fenster umrahmte ein dampfiges helles Licht den Vorhang; in mehreren Spalten zeichnete sich das Licht ab. Sie sahen aus, wie mit einem Zaubergriffel eingeritzt. Jules schloß schnell die Augen, in der Hoffnung, noch einmal einzuschlafen. Die Tage, in denen sie fuhren, in denen sie auf der Flucht waren, überforderten ihn, und eine halbe Stunde nach dem Aufstehen war ihm zumute, als sei er gar nicht ins Bett gekommen. Doch der Verkehr auf der Autobahn wurde laut, war bereits Stunden vor ihm aufgewacht. Die ganze Nacht hindurch hatte er das Beben der vorüberfahrenden Lastwagen gespürt. Und sehr spät war draußen gerufen worden – Kinder vermutlich, betrunken, die per Anhalter fuhren oder zu Bauernhäusern unterwegs waren – in Jules' Alter, aber mit Jules nicht artverwandt. Die Autobahn war ein dicker schwarzer Strich auf der Karte, die Nadine und er betrachteten, aber er konnte sich nicht mehr an die Strecke oder ihre Nummer erinnern. Waren sie schon in Arkansas? Oder waren sie durch Arkansas durchgefahren. Waren sie in Texas? Jules öffnete plötzlich angstvoll die Augen: konnte die Straßenkarte lügen? Wenn man erst fuhr, kam man vielleicht gar nicht mehr vom Fleck, und die eine Landschaft ging in die andere über. Michigan, Illinois, Arkansas, Texas – es gab keine Anzeichen am Boden, die zeigten, wo das eine aufhörte und das andere anfing.

Neben ihm lag Nadine und wandte ihm den Rücken zu. Ihr zerzaustes, glänzendes Haar hing mit den Schmerzen in seinem Schlaf zusammen. Er wäre gerne an sie herangerückt, hätte gern die Arme um sie gelegt und sein Gesicht an ihr vergraben und wäre wieder eingeschlafen, aber das konnte er nicht. Er konnte sie nicht wecken. Aus irgendeinem Grunde mußte er an ein verirrtes Kind denken, dem er einmal bei Nacht in Detroit begegnet war. Es war nichts Außergewöhnliches, Kindern zu begegnen, die sich herumtrieben, und meist wußten sie, wo sie hinwollten oder wohin sie gehörten und liefen nach einer Weile wieder heim, doch dieses Kind hatte Jules ans Herz gegriffen, weil es wirklich verirrt war und weil seine Angst ihn von allem, was es umgab, trennte. Es war etwa sechs Jahre alt gewesen, ein Junge von weißer Hautfarbe. Sein Haar war lang gewesen und stumpf von tagelanger Vernachlässigung, die Kleider verschmutzt, doch als Jules ihn gefragt hatte: »Na, Kleiner, hast du dich verlaufen?« hatte er vor Angst nicht geantwortet. Die Augen des Jungen tränten in überwältigender, zerdehnter Angst, und er schien Jules weder zu hören noch zu sehen, obwohl er dessen Gegenwart wahrnahm. Es war ungefähr um drei Uhr früh gewesen und auf der Straße noch ein ziemlicher Verkehr von Nachzüglern, und der Junge hatte an der Tür einer verdunkelten Spirituosenhandlung vor dem Gitter gestanden, ohne sich zu rühren. Er hatte nur wenige Meter entfernt von Jules gestanden, und doch in einer schrecklichen Leere, in einem Traum, in den sich Jules nicht hineinwagte. Er glaubte, wenn er den Jungen anfaßte, würde der ihm die Zähne in die Hand schlagen wie ein Tier.

So war Nadine, dachte er. Ihre Hübschheit war zugleich Ferne. Wenn er sich endlich in sie hineingraben würde, seinen Körper in einem letzten Appell um Gnade auf den ihren werfen, so würde sie aus ihrer sanften Lethargie erwachen und sich augenblicklich in ein Tier verwandeln, bereit, sich bis zum Äußersten zu verteidigen.

»Nein, rühr mich nicht an! Ich kann nicht! Ich habe Angst!« sagte sie immer.

Er berührte mit den Fingerspitzen ihr Haar. Sie schlief weiter. Jeden Abend sank sie in einen tiefen Schlaf, wie ein betäubtes Kind und ließ ihn wach zurück; draußen auf der Autobahn fuhren dröhnend die Lastwagen vorüber und ließen den Bungalow oder das Zimmer, das sie für die Nacht genommen hatten, erzittern. Jules, den seine Gedanken und der Lärm wachhielten, konnte unmöglich schlafen. Er wurde allmählich lebhafter, intelligenter, während sein Fleisch abnahm, er hatte Gewicht verloren, ihm war, als würde er dabei auch geistig magerer, intensiver. Was wollte er mehr als dieses Mädchen? Und doch konnte sein Verstand nichts mit ihr anfangen, er konnte nicht vernünftig mit ihr reden und sie fortschicken. Er konnte mit sich selbst nicht vernünftig reden. Sie war auf unheimliche Weise entzükkend, wie sie so in seinen Armen lag, vollständig angezogen, obwohl ihre Kleider immer zerknittert waren und schief saßen und die von Jules naß waren von der Qual seines Körpers, und doch erhielt sie das Bild ungetrübt, das sie von sich hatte – *wenn er sie liebte, würde er ihr nicht weh tun* – und machte dabei Pläne für sie beide, die sich allabendlich in Nichts auflösten, wenn Jules ihr zu verstehen gab, daß sie heute nicht noch weiter fahren könnten, da er völlig am Ende sei. Ihre kläglich-böse Vorstellung von Reinheit erhielt ihn rein. Er durfte sie nicht mit seiner Begierde besudeln; sie schien nichts zu empfinden.

»Wie spät ist es?« fragte Nadine im Aufwachen.

Jules drückte sein Gesicht gegen ihren Rücken. Sie hatten sich gestern abend nicht ausgezogen und in der südlich-herbstlichen Wärme ohne Decken geschlafen, und daher gab es nie wirklichen Schlaf für sie, dachte Jules, immer nur dieses unbehagliche, provisorische Ausruhen, als seien sie beide darauf gefaßt, binnen Sekunden aufzuspringen und aus dem Zimmer zu laufen.

»Es ist noch früh«, sagte Jules.

»Sollten wir nicht aufbrechen?«

»In einer Weile.«

Sie drehte sich herum und sah ihn an. Ihr Gesicht war schlafverschwollen. Wie sehr vertraute sie ihm, ihrem Liebsten Jules! Es war ein Zeichen dafür, daß noch nie in ihrem Leben jemand sie verletzt hatte, sie mißhandelt, sie betrogen, und daß ihr Körper siebzehn Jahre in Amerika verbracht hatte, ohne daß ihm ein Schimpf angetan worden war. Das liebte er an ihr, ihre törichte Unberührtheit. Er liebte an ihr, daß sie ihm so vertraute. Was seinen Händen so uneingeschränkt anvertraut war, schenkte ihm eine Meinung von sich – er war also doch ein guter Mensch, nicht böse, und größerer Liebe fähig, als er sich jemals vorgestellt hatte.

Sie legte ihm die Arme um den Hals. Sie küßten sich. Jules, dessen Qual aufs neue wach und bereit war, sah ihr in die verschwommenen halbgeschlossenen Augen und fragte sich, ob er dies alles lebend überstehen werde.

»Heute laß mich fahren«, sagte sie.

»Du hast keinen Führerschein! Und die Polizei?«

»Warum sollte die uns anhalten?«

Jules fuhr einen nicht allzu neuen Ford, der genauso aussah, als gehöre er einem Jungen wie ihm, und witterte immer noch überall Gefahr. Er war erstaunt, wie viele Polizisten er sah. Immer wenn sie durch kleine Städte fuhren, fuhr er brav langsamer, denn dort war die Polizei, zwei, drei untätige Männer in Uniform in einem Streifenwagen, hinter einer Plakatwand, die nichts zu tun hatten, außer auf den Verkehr zu achten, und denen Nummernschilder anderer Staaten sofort auffielen; auf den einsamen Autobahnstrecken fuhr Jules so schnell, wie sein Wagen hergab, ungefähr 130 Stundenkilometer, und da war auch schon die Straßenpolizei – magere, namenlose Männer mit Sonnenbrillen, die ewig auf und ab patrouillierten und verbotenerweise auf der Autobahn umkehrten, um hinter einem mutmaßlichen Verkehrssünder herzurasen, und mit ihren Tagen nichts anzufangen wußten, als auf den Autobahnen zu patrouillieren und das Leben zu genießen, das für sie gänzlich aus dem Auf- und Abfahren, dem Anhalten und dem Zeit-Stoppen bestand. Er hatte Angst, sie würden neben ihm halten und ihm zurufen: »Fahren Sie rechts heran!« und dort, auf dem Randstreifen, sich in sein Fenster hereinbeugen und rufen: »Wo haben Sie das Mädchen her?«

Er malte sich aus, wie Nadine schrie: »Er hat mich gezwungen, mit ihm zu gehen, er hat mich aus Detroit entführt.«

Sie setzte sich auf. »Ehe wir losfahren, sollten wir uns etwas zu essen kaufen. Und ein Shampoon. Ich möchte mir die Haare waschen.«

»Muß es so bald schon wieder gewaschen werden?«

»Ich möchte sauber sein. Könntest du das besorgen?«

Müde probierte er seine Beine: Sie bewegten sich. »Ich wollte du liebtest mich«, sagte er traurig.

»Aber ich liebe dich ja. Wie meinst du das?«

Er drehte sich herum und erhob sich. Alles war anders und

doch jeden Morgen das gleiche: Er glaubte an die Zukunft und hoffte zuversichtlich, daß sie schließlich auf eine ideale Landschaft stoßen würden, auf etwas, das Nadine zusagte, aber hier war das nicht. Arkansas oder Texas, einerlei in welchem Staat ... ein Zustand von Himmel und Erde, der irgendwie nicht stimmte ... er kam Jules nicht richtig vor. Sein Instinkt sagte ihm, er müsse weiterfliehen; es iritierte ihn, sich an einen Traum zu erinnern, den er einmal gehabt hatte, von einer Wildnis mit einer Lichtung darin wie eine Insel – denn wie konnte in der Wildnis eine Lichtung sein, ohne daß jemand sich dafür abgemüht hatte? Ohne daß jemand betrogen wurde?

»Wo soll ich Geld hernehmen, Liebste?« fragte Jules. »Ich hab bloß noch zwei Dollar.«

Sie antwortete nicht.

»Also gut, ich bin in einer halben Stunde zurück«, sagte Jules.

Er planschte sich Wasser ins Gesicht, in dem stinkigen kleinen Waschraum mit der feuchten, tropfenden Dusche. Überall waren die Überbleibsel von Wanzen, und auch ein paar lebendige Wanzen waren dabei, die langsam krochen. Als er heraustrat, strich sich Nadine langsam das Haar aus dem Gesicht und lächelte ihm zu.

Daß er sie bei sich hatte, daß sie mit ihm reiste, als gehörte sie zu ihm – was für ein Triumph!

Er geriet nie außer Reichweite seiner Liebe zu ihr. Die folgte ihm überallhin, die atmete er in seine schmerzenden Lungen ein und wieder aus, die gab den eingefallenen Wangen der alten Weiber auf den Straßen etwas Zauberhaftes. An diesem Morgen, einem warmen Septembermorgen, wirkte alles nebelhaft verwunschen, in ein stumpfes Gold getaucht, das ebenso bedrohlich wie verheißungsvoll war. Er war ein wahrhaftig Verzauberter, dachte Jules, während er auf der Autostraße rasch einer nahegelegenen Kleinstadt zuwanderte. Eines Tages würde Nadine zu seiner Liebe erwachen; er hatte Vertrauen in ihre Intelligenz. Es kam ihm vor, als sei sie wirklich außergewöhnlich und als entspräche gerade die Intensität ihres sonderbaren Wesens einer Seite bei ihm, einer Leidenschaftlichkeit, die er sich nie so recht eingestanden hatte. Gewiß waren sie für ein besonderes Schicksal ausersehen.

Besondere Schicksale gab es in zweierlei Form, beide übernatürlich, aber die eine führte zu Reichtum und Macht und Bedeutung, die andere zu einem jähen Tod, einer vom Messer eines Unbekannten aufgeschlitzten Kehle oder einem harten, unnachgiebigen Schädel, der einen Zentimeter unter der Schädeldecke abrasiert wurde. Man mußte für sein Schicksal irgendwie bezahlen. *Jules Wendall zu sein, das ist mein Schicksal,* dachte Jules freundlich, denn er wußte, daß es nicht Nadine war, die ihn formte, sondern er selbst – ein anderer Mann würde sich nicht in sie verliebt haben ... nur Jules konnte sie so inbrünstig lieben.

Nadine nährte seine Träume vom Reichwerden, als gäbe er ihr selber die Stichworte. Er würde reich werden, dessen war sie sicher, wie hätte es ihm mißlingen sollen? »Weil es viele dumme Leute gibt, die ich kenne und die reich sind«, sagte sie zu ihm. Und Jules, der Verstand und Glück hatte, konnte es nicht mißlingen. Insgeheim pflichtete Jules ihr bei. Er vertraute auf den automatischen Schwung nach oben, wenn er erst einmal wirklich den Grund erreicht hatte; es war klar, daß ihm alle Möglichkeiten offenstanden. Warum denn nicht? Er würde sich im Südwesten niederlassen und in einem Gebiet, das sich entwikkelte, anfangen ... als Handlungsreisender, als Versicherungsvertreter? Als Makler? Im Ölgeschäft? Mit seinem Aussehen und seinem Verstand, meinte er, konnte er doch genauso viel Geld verdienen wie sein Onkel Samson verdient hatte. Nämlich auf dem Wege zum Millionär ...

Die Raststätte, in der sie übernachteten, sah bei Tageslicht schäbig aus, und die verschiedenen Gebäude an der Straße, auf der rohen, roten, ausgewaschenen Straßenböschung wirkten genauso. Jules ließ den Blick prüfend in die Runde gehen und konnte nichts finden, was vielversprechend ausgesehen hätte. Wo war das Schöne, auf das er gewartet hatte? Vereinzelt wuchsen Kiefern, aber sie sahen bleichsüchtig und minderwertig aus. Die verkrüppelten Ulmen von Detroit waren nicht weniger schön. Er kam an einer Kegelbahn vorüber, die aussah, als sei sie geschlossen. Auf der Kieseinfahrt davor spielten Kinder, fuhren auf Rädern. Ihre Schreie erregten Jules. War nicht auch er ein Kind gewesen, auf dem Lande? Doch dies war nicht das Land. Es war auch nicht die Stadt. Unverarbeitete, gähnende Gruben waren in die Erde gerissen worden – vielleicht sollte dort ein Einkaufszentrum entstehen – Bäume waren umgeworfen und verdorrt. Leere Felder. Eine rosa angestrichene Kneipe. Die ausgeknipsten Neonröhren sahen im Tageslicht widerwärtig aus. Während er die Kneipe betrachtete, kam die Sonne heraus oder brannte sich durch den Nebel, und ein plötzlicher Hitzestoß traf ihn. Er war wirklich in einem fremden Land. Er war ein Ausländer – es war nicht nötig, daß er die Sprache verstand.

Obschon er darauf achtete, sich jeden Abend zu waschen, eifrig bedacht, bei Nadine keinen Widerwillen zu erregen, ließ die südliche Sonne doch seine Poren vor Schweiß schmerzen. Fast sofort fühlte er sich schmutzig: Er konnte nichts tun, um sauber zu bleiben. Nadine war mit sich selbst sehr eigen und hielt Haare, Gesicht und Körper sorgfältig rein, wie sie sich von der Besudelung durch die Liebe reinhielt. Sie wusch sich jeden zweiten Tag die Haare; ihre langen, dichten, schwarzen Haare, die er liebte, und ließ sie trocknen und bürstete sie aus, nachdenklich, stirnrunzelnd, wie ein Kind, dem die Probleme des Lebens im verkleinerten Maßstab verfilzte Stellen unter der Bürste sind, etwas, an dem man arbeiten muß, um es aufzulösen. Er liebte sie so sehr!

Voller Liebe zu ihr, allein in diesem fremden Land, wanderte er in einer warmen, feuchten Betäubung dahin. Die Sonne streichelte ihm den Rücken auf die gleiche naive Art wie Nadine. Er war völlig sicher, daß sie ihn liebte, doch sie hatte Angst vor ihm. Selbstverständlich hatte sie Angst vor ihm: Zuviel in ihm erwartete sie, zuviel Leidenschaft. Aber er wollte ihr jene Lust bereiten, die in ihm aufgestaut war, für sie allein, wollte sie in die Arme nehmen und sie einer liebevollen Hingabe ausliefern, sie in der Liebe untergehen lassen. Seine Begierde nach ihr, die ihn langsam zum Wahnsinn trieb, war zum Teil die Begier, ihr angenehm zu sein und sie in einen etwas veränderten Menschen zu verwandeln – in eine junge Liebende. Noch immer sagte sie voller Selbstmitleid: »Du willst mir wehtun«, und er versuchte ihr zu erklären, daß er das nie tun würde – außer natürlich ein klein wenig, was sein mußte. »Aber warum denkst du immer nur *daran*?«, sagte sie ängstlich. »Genügt es nicht, daß wir Freunde sind? Gute Freunde? Liebst du mich denn *so* nicht genug?«

Während er dahinschritt, hüllten ihn Wagen und Lastwagen in Staubwolken. Der Staub blieb auf ihm kleben. Schon war sein Hemd naß, und er kam eben erst in die Stadt. Er merkte, daß er ein Bauernmädchen auf einem Lastwagen anschaute, das auf dem Beifahrersitz zu ihm hinaussah. Sie winkte. Der Lastwagen brauste vorüber. Jules spürte, wie Erregung in ihm aufflackerte und überlegte, ob sie ihn zu kennen gemeint hatte oder ob es nur ein Zeichen war, ein Zeichen, daß er gut aussah, daß man ihn gern haben mußte. Die Zuneigung anderer stak in Jules wie ein Angelhaken: Er ließ sich von jedem liebenswürdigen Wort begierig emporziehen. Und war es nicht möglich, daß sich Nadine, die weiter und weiter in den Süden geschleppt wurde, seinem Zugriff zärtlich und hingebungsvoll ergeben würde, wenn erst die Erinnerung an Detroit verblaßte? In Texas, in einer kleinen Stadt, würde sie seine Braut werden, wie vierzehn-, fünfzehnjährige Mädchen des Südens Braut wurden, ohne viel Aufhebens.

Er kam an einer Automatenwäscherei vorbei. Ein Luftzug aus dem Inneren erstickte ihn beinahe – was für eine Hitze! Ein paar Hausfrauen standen drinnen herum und schwatzten wie die jungen Dinger, stopften Wäsche in Öffnungen, zerrten Wäsche heraus. Ein Mädelchen kauerte in der Tür und lächelte Jules an: ein gutes Zeichen. Nun kam er an einem Selbstbedienungsladen vorüber. Einkaufskörbe auf Rädern standen übereinandergeschoben vor dem Gebäude. Ein paar standen verstreut auf dem Grundstück. Sowie er Geld hatte, würde er etwas zum Essen kaufen, in diesem Geschäft, genau hier. Das schien in Ordnung zu sein.

Er ging weiter, trat in den Schatten, wenn welcher vorhanden war, kam an geparkten Wagen vorüber, an schlendernden Leuten, die mit Kindern einkaufen gingen, an einem Drugstore, überquerte die Straße, sein Blick fiel auf eine Frau in Hosen und gelber Bluse, die mit einem Polizisten schwatzte. Jules konnte die Augen nicht von ihr wenden, mußte den Kopf nach ihr drehen, als er vorüberkam, obwohl er meinte, das sei nicht ungefährlich, der Mann war schließlich Polizist. Er hatte einen Schopf bräunlich-blonder Haare, viel zu lockig. Er kaute Kaugummi. Er achtete nicht auf Jules.

Erregung quoll plötzlich in Jules empor. Unruhig, mit waberndem Blickfeld, blieb er vor einem Sportwarengeschäft stehen und tat so, als interessiere er sich für Campingausrüstungen. Angelruten aus Glas und Metall . . . hohe Gummistiefel . . . Moskitonetze . . . Alle diese Dinge kamen ihm unwahrscheinlich vor, verdreht; es gefiel ihm, daß sie so männlich waren. Im Schaufenster konnte er deutlich das Spiegelbild des hinter ihm vorbeigehenden Mädchens erkennen. Sein Blut wallte auf vor Ehrgeiz nach der Zukunft – er würde Ölquellen verkaufen, würde Architekt werden und Häuser bauen, imponierende Wolkenkratzer, er würde Politiker werden, ein Gouverneur, ein Senator, er würde im Fernsehen sprechen, nichts würde für ihn unerreichbar sein . . .

Er kam zu einem Zigarrengeschäft. Es erinnerte ihn an Detroit, so ging er denn hinein; der männliche Geruch nach Tabak und Druckerschwärze gefiel ihm. Sein Blick fiel auf einen Zeitschriftenständer. Er tat, als sei er ernsthaft interessiert, er runzelte die Stirn. Er hätte schon wieder auf dem Weg sein sollen, doch er blieb stehen. Die Umschläge der Taschenbücher faszinierten ihn. ›Wollust und Liebe‹ lautete der Titel des einen; Jules blätterte es durch, er hoffte auf einen Rat, einen Trost. Ein anderes Titelblatt zeigte ein Mädchen mit zerzausten roten Haaren, das auf einen angeketteten Mann trat, einen Mann mit einem Gesicht, das dem von Jules entfernt ähnlich sah. Was für ein Schicksal! Jules ging zögernd weiter. Zeitschriften lagen aus, Hunderte von Titeln. ›Das Kriminaljournal‹, und auf dem Titelblatt ein Mädchen im engen roten Rock, das in ein Taxi gezerrt wurde. »Der geile Taxichauffeur von Memphis«, war eine der Überschriften. Jules nahm die Zeitschrift in die Hand und blätterte sie nervös durch. Die rauhen Seiten ließen sich nur widerwillig umblättern. Er stieß auf eine andere Geschichte: »Lockvogel von Boise wird Opfer eines Sittlichkeitsverbrechers – ermordet!« Die Geschichte war mit mehreren Fotos illustriert, ein vierzehnjähriges Mädchen mit schnippischer Miene, langem blondem Haar, dessen Mund mit den geöffneten Lippen ein sonderbares, teuflisches Vergnügen zeigte. »Die Mutter bekam einen hysterischen Anfall, als die Polizei ... Eltern wußten nichts von ihrem geheimnisvollen Doppelleben ... Fuhr zum Vergnügen per Anhalter auf der Autobahn ...« Jules überflog die Geschichte, suchte nach einem entscheidenden Absatz, hatte aber kein Glück, und als er versuchte, die Seite umzublättern, blätterte er zu viele um. Das Mädchen ging ihm verloren. Zitternd stieß er auf eine andere Geschichte: »Der Vater meines Babys wurde in meinen Armen erschossen.« Die Photographie eines schmutzigen Wohnwagens, eine Frau in Hosen, ein undeutliches Gesicht, im Hintergrund Männer, die aussahen wie die Straßenpolizei. »Eine Minute, nachdem ich mein Baby empfangen hatte, wurde sein Vater in meinen Armen erschossen – mein voriger Mann kam hereingestürzt und jagte ihm fünf Kugeln in den Leib!« Jules überflog diese Geschichte, wobei er sowohl Erregung wie Ekel empfand. Er überflog die Abschnitte, in denen das Paar sich kennenlernte, miteinander zum Campingplatz für Wohnwagen zurückwanderte, miteinander ins Bett ging und schließlich das Pfeifen der Geschosse und das Ende. Dann legte er die Zeitschrift angewidert hin. Ihm war schwindlig. Rings um ihn waren Photos von Mädchen auf Titelblättern von Zeitschriften, auf Bucheinbänden, auf Karten, die zum Verkauf auslagen, Mädchen ohne Kleider und selbst gegen Jules' Qual ohne Schutz. Er sah sie an und schwitzte.

Der Ladenbesitzer kam ihm langsam immer näher. Jules ging fort.

Die Luft draußen war erstickend, die Sonne verschwunden. Die Luft hing schwer um ihn, wie vom Atem zu vieler Mädchen, zu vieler Männer. Ein Mädchen von ungefähr zwanzig ging an ihm vorüber und sah ihn mit dem unverhohlenen, freundlichen Interesse eines Mädchens vom Lande ins Gesicht, und ihm wurde sofort schwach, als hätte man ihn geschlagen. Er dachte an ihre Schenkel in dem engen Rock, an ihren zum Schrei geöffneten Mund, auf einem Foto. Er ging weiter, ein wenig geblendet. Er liebte Nadine so sehr ... Vor einem Greyhound-Busbahnhof streifte ihn eine Frau, die ihr Kind ausschalt, und er spürte die Gefahr der Frauen wie einen furchtbaren Schlag und fuhr davor zurück. Es war eine Art Gift, diese Zufallsberührungen.

Er schlenderte in die Bus-Station. Die Wände waren dünn mit Weiß überstrichen. Ein Automat für Süßigkeiten. Ein Popcorn-Automat. Er tat aus übergroßer Vorsicht so, als ob er sich dafür interessiere. Er sah sich im Raum um. Babys wimmerten unruhig. Ein alter Mann beugte sich vor und spuckte sorgfältig auf den Boden. Jules wagte nicht, eine Frau anzuschauen, er beschränkte sich vielmehr auf die Gesichter von Männern, die ihm grob vorkamen. Trotzdem schnellte seine Temperatur in die Höhe. Kleine Klümpchen im Blut, wie die Sporen fiebriger Frühlingspflanzen, vielleicht Löwenzahn, trieben erstickend in seinen Adern. Wenn er nur das Mädchen nicht so sehr liebte! Er sah einen Mann in einem billigen grauen Anzug zur Herrentoilette hinübergehen.

Er ging auch hinüber und betrat die Herrentoilette. Der Mann stand an einem der Becken und beglotzte sich traurig im Spiegel – ein junger Mann, der alt aussah und eine Haut hatte wie Pergament. Jules sah seine Augen im Spiegel über Jules' Gesicht flitzen, unmittelbar ehe Jules zusprang – Jules packte ihn an seinem ziemlich langen Haar und riß ihn nach hinten. Die eine Hand auf seinen Mund gepreßt, und versuchte ihn mit dem Kopf gegen die Kachelwand zu stoßen. Er verfehlte ihn. Er packte den Mann an der Kehle, und diesmal gelang es ihm, ihn rückwärts gegen die Wand zu knallen. Der Mann ging schwer zu Boden. Jules langte ihm in die innere Manteltasche, nach der Brieftasche und dachte gerade in diesem Moment, es sei eigentlich ziemlich sinnlos, jemanden zu bestehlen, der so aussah; aber es war zu spät! Binnen weniger Sekunden war er wieder draußen im Warteraum und auf dem Weg hinaus.

Der Überzug von Schweiß auf seinem Körper hatte sich in dünnes Eis verwandelt.

Im Supermarkt kaufte er ein, wie ein junger Ehemann: einen Beutel Kartoffelchips und etwas Käse und Weißbrot und noch allerlei, einschließlich Shampoon für seine kleine Braut und reihte sich geduldig unter die einkaufenden Damen ein. Wo wäre er sicherer gewesen, als in einem Supermarkt? Angesichts der nackten Beine der jungen Ehefrauen, die hinter ihrem Einkaufswagen herschlenderten, wurde ihm schwindlig, doch er blieb seiner Liebsten treu, Nadine, die sich unschuldig erhielt und ihre Kinderhände um seinen Nacken legte und mit ihm im Flüsterton sprach, spät in der Nacht. »Jetzt liege ich nie mehr wach und weine nachts«, hatte sie erstaunt geäußert. Sie schlief, während Jules wachte, nicht direkt weinte, aber mit trockenen Augen tief grübelte. Er spielte mit dem Gedanken, sich auf sie zu stürzen und allem ein Ende zu machen, sich die Pulsadern aufzuschneiden – doch sie in ihrer Eigensucht und Reinheit war schließlich alles, was er hatte. Er konnte ihr nicht wehtun.

Am Zahlschalter durchblätterte er seine neue Brieftasche, die Brieftasche eines Fremden. Es war ein Zeichen für seine Verwirrung, daß er bis jetzt nicht daran gedacht hatte, nachzusehen, wieviel Geld er besaß. Was für eine angenehme Überraschung: zweiundzwanzig Dollarscheine, die jemand gehörten, genügend Geld für ein Weilchen. Er war in Sicherheit. Er nahm eine Zwanzigdollarnote heraus, um seine Einkäufe zu bezahlen und war recht stolz auf sich.

»Hier, Ihre Rabattmarken«, sagte die Frau an der Kasse und gab ihm einige Marken, und Jules wandte sich galant an die hinter ihm Wartende und bot sie ihr an. Sie lächelte überrascht und dankte ihm.

Als er in den Bungalow zurückkehrte, hatte Nadine die Tür für ihn geöffnet und erwartete ihn. »Ich habe mir Sorgen um dich gemacht«, sagte sie. »Hast du mir Shampoon mitgebracht?«

»Allerlei.« Sein Lächeln schmerzte, aber er wich vor ihrer Umarmung nicht zurück. Auf dem Weg hierher hatte er die Brieftasche weggeworfen, doch er war zweifellos in Gefahr. »Könnten wir nicht von hier wegfahren?« fragte er.

»Sowie ich mir die Haare gewaschen habe.«

»Es wäre schön, wenn wir gleich fahren könnten.«

»Jules, bitte ...«

Im Waschraum beugte sie sich über den Ausguß, ein Handtuch um die Schultern und er wusch ihr selbst die Haare. Sie hatte herrliches, dichtes Haar, und er liebte sogar die Strähnen, die sich loslösten und sich um seine seifigen Finger wickelten.

Sie fuhren nach Beaumont, Texas, hinein, vorwärtsgetragen von den Hitzewellen auf der Autobahn. Jules spürte ein beständiges Brennen in den Augen – so viel Land, so viel Sonne, und alles durcheinander wogend in seinem Gehirn. Diese paar Tage mit Nadine hatten dazu geführt, daß er anfing, so zu sprechen wie sie, seinen Mund nach dem ihren zu formen. Vielleicht war der leicht beschwipste Zustand, in dem er sich befand, die Hysterie eines Mädchens und unvermeidlich. Wie konnte er aufhören, sich in sie zu verwandeln?

Trotz Hitze schmiegte sie sich an ihn, bedurfte der Zärtlichkeit, der Aufmerksamkeit. Sie sagte gereizt: »Ich hab das Gefühl, daß dauernd etwas an mir zerrt, an mir reißt. Ich weiß nicht, was ich will.«

Es war eine Aufforderung, er möge ihr eine Antwort geben, und er erwiderte im Gefühl wilder Hoffnungslosigkeit, einer Vergeblichkeit alles dessen, was er überhaupt zu ihr sagen konnte: »Vielleicht brauchst du Liebe?«

Und sie sagte: »Und was dann? Was kommt dann? Kommt dann gar nichts mehr?«

Sie waren stundenlang unterwegs. Als sie, einer Laune von Nadine folgend, zum Golf von Mexiko einbogen, wunderte sie sich ein wenig über das flache, trostlose Land und die weiten Strecken der Ölfelder – Öltürme in umzäunten Rechtecken dürren Bodens, und in der Nähe grasende Kühe –, und die großen Baumdickichte überraschten sie. Beaumont lag am Fluß Neches, einem Fluß, der Jules keinen Eindruck machte. Er hatte noch nie von ihm gehört. Im Osten lag der Fluß Fabine und Louisiana; er spürte, wie seine Phantasie angeregt wurde, die Sehnsucht, Städte zu sehen, die sich hinter Namen wie Sulphur und Creole versteckten. Doch die Autokarte hatte ihn schon oft genug enttäuscht; die brüchig werdenden Falten darin glichen den sich auflösenden Säumen seines Verstandes.

»Wenn du die Liebe nicht willst, warum bist du dann so weit mit mir mitgefahren?« fragte er.

Noch immer war sie erfüllt von einer merkwürdig kindlichen Vorfreude, während Jules Mühe hatte, auch nur wach zu bleiben; immer war sie bereit für eine Überraschung in der Stadt unmittelbar vor ihnen, immer auf der Suche nach historischen Hinweisschildern und Häusern, die historisch aussahen. Dennoch machten sie sich nie die Mühe, aus dem Auto zu steigen. Sie fuhren vorüber, schauten an, was sich ihnen bot und waren immer vage enttäuscht. Nadine fand fast alles enttäuschend. Jules war froh, daß sie nicht von der Polizei erwischt wurden.

»Liebling«, schlug er immer vor, »du solltest deine Eltern anrufen und ihnen sagen, daß du in Kalifornien bist. Daß du heil und gesund und in Kalifornien bist.«

»Ich kann nicht mehr mit ihnen reden.«

»Aber natürlich. Tu es für mich.«

»Ich kann nicht einmal an sie denken.«

Es erschreckte ihn zu sehen, mit welcher kalten Beiläufigkeit sie alles abtat – sie dachte wirklich nie anders an ihre Familie, als an Gegenstände im langen Monolog ihres Lebens. War es möglich, Menschen so leicht zu vergessen, fragte sich Jules, oder brauchten Eindrücke eine Weile, ehe sie bis zu ihr durchdrangen? Ihn fröstelte bei dem Gedanken, dieses junge Mädchen, Tochter reicher Eltern, zart und anmutig und wohlerzogen, könne derart oberflächlich sein. Je weiter er von seiner Familie weglief, desto gegenwärtiger wurde sie ihm. Selbst auf der Straße, wie jetzt, wo er offensichtlich niemands Sohn oder Bruder war, spürte er das niederziehende Gewicht ihrer Sorgen. Er war noch immer für sie verantwortlich. »Wenn du mich doch lieben würdest«, sagte Jules müde, im Wagen oder im Restaurant oder im Bett, und manchmal erwiderte Nadine müde: »Aber ich liebe dich ja. Was meinst du denn? Warum sagst du das immer?« Sie konnte es wirklich nicht begreifen. Manchmal sagte sie verzweifelt, wie um von jemand verstanden zu werden, der eine fremde Sprache sprach: »Du redest so viel von der Liebe! Ich weiß gar nicht, was du meinst – warum fängst du immer wieder davon an? Warum heißt es immer wieder Liebe, Liebe, Liebe? Ich habe noch nie von jemand gehört, der so viel von Liebe gesprochen hätte, außer in Büchern.«

Beaumont, Texas. Keine Berge, keine Schönheit. Jules hatte Texas satt. Die Stadt war größer, als er es sich gewünscht hatte, und schon drängten sich an ihrer Peripherie Einkaufszentren und Autokinos. Von Detroit nach Beaumont waren sich Land und Städte gleich – auf dem Lande Entwässerungsgräben und Lehmboden, im Norden braun, hier im Süden eher rostrot; in den Städten Minigolfplätze und billige Reihenhäuser, im amerikanischen Kolonialstil, alles im amerikanischen Kolonialstil, und die Ferne voller leuchtender neuer Häuser im Kolonialstil. Durch all dieses Reisen wollte Jules wenigstens zu einer Art Persönlichkeit werden, der Persönlichkeit eines jungen, verliebten Mannes, oder eines geborenen Verbrechers oder eines Millionärs während der ersten Etappe seines Aufstiegs; das viele Land mußte sich doch zu einer Summe zusammenaddieren lassen!

Während sie nach Beaumont hineinfuhren, sagte Jules: »Das ist für heute Endstation.«

»Können wir nicht weiterfahren, zum Golf?«

»Am Golf, da ist nichts. Nichts zu sehen. Schau dir die Karte an und sieh nach, was da ist. Ich kann heute nicht weiterfahren.«

Die Luft von Beaumont stank. Es mußte das Gas aus den Raffinerien sein, ein schwach süßlicher Geschmack lag in dem einen Wind, und ein schwach säuerlicher im anderen. Nadine in ihrer Harmlosigkeit schnüffelte und sah sich dauernd beunruhigt um. Jules, der lang in Detroit gelebt hatte, wußte, daß nichts zu sehen sein würde.

Der Benzinstandanzeiger zeigte auf null. Trotzdem war ihr Benzin noch nicht zu Ende. Was Jules' Besorgnis erregte war die Tatsache, daß es ihm so ging wie dem Benzin im Tank. Er selbst war das Benzin. Er mußte dafür sorgen, daß sie weiterfuhren, sein Pegel sank; er mußte wieder auftanken. Was geschah mit ihm? Er lachte und küßte Nadine aufs Ohr. »Such uns ein Quartier, Liebling, damit wir irgendwo zu einem Schlaf kommen. Ich bin wirklich total fertig.«

Sie kamen an riesigen Palmen vorbei. Die Rosenbüsche blühten noch. Eine lastende, spinnwebhafte Feuchte hing über allem. Die Palmen waren zu dick, zu groß. Etwas an ihrer plumpen, gedrungenen Vierschrötigkeit biß Jules in den Augen. Auch der Anblick der weißen Holzhäuser und regenverwaschenen Scheunen dicht bei dicht versetzte ihm einen Stoß, und er dachte, wie wirklich dies alles wohl sei. Texas? Waren sie tatsächlich in Texas? Er wurde hinter einem verdreckten Autobus eingeklemmt, einem der städtischen Linie. Die Straße hatte Schlaglöcher – erst schlingerte der Bus, dann schlingerte Jules. Nadine sah sich verwundert um. »Ist das Texas?« fragte sie. Der

Weg wurde unvermittelt zum Landweg. Er gabelte sich, und die eine Abzweigung schien zu so etwas wie der städtischen Abfallhalde zu führen. Jules folgte dem Bus auf der anderen Abzweigung. Der Gasgeruch nahm zu. Eine Horde Negerkinder flitzte vor dem Wagen über die Straße. Hütten aus Holz und Teerpappe tauchten an der Straße auf, Hühner pickten im Schmutz, ein zum Skelett abgemagerter Hund starrte Jules mit Jules' Augen an.

»Jetzt fängt's an zu nieseln«, sagte Nadine. »Ein Ort ist das ... zum darin sterben!«

Als sie auf die Autobahn zurückgefunden hatten, suchten sie sich ein Motel aus rosagetünchtem Beton aus, das sie schon die ganze Zeit gesehen hatten, mit Neonbeleuchtung und einigen verstreuten Gartenstühlen davor. Jules bemerkte rasch – trotz seiner ausgedörrten Augen und seinem ausgedörrten Hirn –, daß es in der Nähe eines neuerrichteten Wohnviertels aus normalen Wohnhäusern und ein paar Läden lag.

Er trug sie beide ein, zögerte nicht, seinen wahren Namen anzugeben, schrieb fröhlich seine Autonummer. Er war kein Verbrecher, kein wirklicher Verbrecher. Er hatte nichts zu verbergen. Und doch überkam ihn, während er unterschrieb, eine ungeheure Müdigkeit, und als er zu Nadine zurückkehrte, fühlte er den Boden unter seinen Füßen leicht schwanken.

Sie saß noch im Wagen. »Sieht aus wie das Dings, in dem wir vorige Nacht waren«, sagte sie.

»Macht nichts. Wir brauchen beide Ruhe.«

»Ich möchte mich nicht ausruhen.«

»Was willst du denn dann?«

»Ich weiß es nicht. Wieso ist es noch so früh? Es ist erst halb sechs, und du willst schon zur Nacht einkehren. Ich verstehe dich nicht.«

Er öffnete die Wagentür, und sie stieg langsam aus. Sie umarmten einander. Obwohl es heller Tag war und nicht weit von ihnen der Verkehr über die Autobahn rollte, leistete sie keinen Widerstand; sie war leblos und abwesend. »Du kommst mir so müde vor«, sagte sie. »Weißt du, ich liebe dich wirklich. Ich liebe dich deswegen, weil du mich so weit hergebracht hast.«

Er schloß die Tür zu dem Zimmer auf. Das Zimmer war dunkel und feucht. Es roch stark nach Insektenpulver. Jules knipste das Licht an, und eine huschende Bewegung in der einen Ecke fiel ihm auf – eine Schabe –, zum Glück hatte Nadine sie nicht bemerkt.

Er prüfte das Bett mit dem einen Knie. »Warum ist es hier drin so feucht? Es riecht so feucht.«

»Es ist nicht schlimm.«

Er setzte sich mit zitternden Knien auf den Bettrand. Er versuchte sie anzulächeln. Er hatte immer darauf gewartet, daß sie zusammenbrach, doch sie hatte nie mit der Wimper gezuckt, nie sich etwas anmerken lassen: Was für ein Triumph eiserner Nerven! Und jetzt schien es, als ob er, Jules, zusammenbräche. Er fühlte eine schmerzhafte Regung in den Eingeweiden. Selbst seine Begierde war an diesem heißen Nachmittag mit Nieselregen schwach geworden.

Sie kniete sich neben ihn und legte die Arme um ihn. Sie liebte es, ihn auf die Augen zu küssen. Sie ließ sich gern von ihm küssen – mit der gleichen verschwommenen, angenehmen Vorfreude wie im Wagen, wenn sie auf eine neue Landschaft wartete. Es war eine Art, erfolgreich die Zeit zu durchqueren. Als er ihr junges Gesicht mit den verträumten Augen sah, dachte er an das ›Kriminaljournal‹ und überlegte, ob es wohl jemanden gäbe, für den Nadine nicht mehr war als ein Wirbel von Armen und Beinen, ein erstickter Schrei, ein verzweifelter, bedeutungsloser Körper. Sie plauderte fröhlich drauflos, über irgend etwas. Ihre Worte brandeten gegen ihn, aber sie hatten keinen Sinn. Jules merkte, daß sein Körper schwitzte, daß ihm die Kleidungsstükke auf dem verschmutzten Körper faulten.

»Haben wir Geld, um was zum Essen zu kaufen?« fragte Nadine.

Der Gedanke an Essen erregte Jules' Übelkeit, doch er zeigte es nicht. Er wusch sich im kleinen Waschraum und ging wieder hinaus, hinaus auf die Straße. *Das also ist Jules in Texas,* dachte er. Nein, er hatte kein Geld, aber das war nicht Nadines Problem, sondern seines. Von Gassen und Winkeln wurde er angezogen wie ein Hund. Er hatte Leibschmerzen, doch er handelte aus Gewohnheit. Mechanische Bewegungen kamen Jules magisch und darum geheiligt vor – fast unsichtbar –, er konnte nicht dabei erwischt werden, wie er etwas zum zehnten Male tat – ganz sicher wurde er nie erwischt. Er lächelte, wenn er an Jules, den geborenen Verbrecher dachte, einen unsichtbaren jungen Mann, den man nie erwischte. *Die Polizei schwor, die Überfälle seien von einer mehrköpfigen Bande begangen worden ...* Er war in einer Wohngegend von Weißen, und sie sah ärmlich aus; es gab nichts, was sich mitzunehmen gelohnt hätte. So wanderte er immer weiter und überquerte mehrere Gleise und kam in eine vornehmere Gegend, ein Viertel, das auf schwammig-sumpfigem Boden errichtet war und aus bäuerlichen Ziegelhäusern mit hohen, schmalen, horizontalen Fenstern bestand. Eine Hausfrau im grünen Kittel kam barfuß über ihren Rasen, um eine gefaltete Zeitung aufzuheben. Dieses Bild gefiel Jules – es war so alltäglich und einleuchtend. Während er dort so allein ging, war er selbst in seinen verschwitzten Kleidern dem geheimen Gang aller Dinge so nahe, der Art und Weise, wie Menschen lebten, wenn sie unbeobachtet waren. In ihm ging nichts seinen geheimen Gang: Er hatte kein alltägliches, vernünftiges Leben.

Er kam an einem Wohnhaus vorbei, dessen Jalousien heruntergelassen waren, auf der Veranda lagen Papierfetzen – eine Versuchung – doch im Nachbarhaus bellte ein Hund. Jules eilte weiter und dachte dabei an Nadine, an ihre Arme, ihr süßes Gesicht, das leicht Feuchte ihrer Augenlider und überlegte, wie es zugegangen war, daß er sich derartig verliebt hatte, daß diese Verliebtheit ihn derart hatte herunterkommen lassen, wo ihn doch mit Nadine nichts verband und auch mit niemand sonst. Er brauchte nur weiterzugehen und er war frei ... Eine andere Hausfrau mit massiger Taille, aber flink und beweglich, eilte über einen anderen Rasen, um im Nachbarhaus an die Tür zu klopfen: Sie rief einen Namen, jemand öffnete die Tür, sie ging hinein. Das sah richtig aus: Die Haare in Jules' Nacken sträubten sich. Sein Instinkt zog ihn in ihr Haus. Seine Beine trugen ihn ohne Zögern den Weg hinauf. Es war kein Irrtum möglich. Er war sicher. Er ging ohne Umwege an die Vordertür und tat, als ob er klingelte, und tat einen Augenblick später, falls ihn jemand beobachtete, als begrüße er jemanden, während er die Tür aufstieß.

Als er erst drinnen war, hatte er keine Zeit zu verlieren: sofort in die Küche. Das Haus war kühl, mit Klima-Anlage und roch nach Insektenpulver. Er ging rasch durch ein Wohnzimmer, durch ein Eßzimmer, in die Küche. In dem einen Zimmer daneben lief der Fernsehapparat. Vermutlich saßen Kinder davor. Doch er hatte keine Angst vor ihnen, und beim Betreten der Küche entdeckten seine Augen binnen einer einzigen Sekunde, was er brauchte – eine Damenhandtasche. Er trat herzu und öffnete sie, wobei er sich lautlos und furchtlos bewegte. Er nahm das Portemonnaie heraus und ließ es in seine Tasche gleiten. Eine offenstehende Tür zog ihn an: ein Schlafzimmer, das Bett schlampig gemacht, sein eigenes Spiegelbild, das düster in einem Kommodenspiegel auftauchte. Einem Impuls folgend, legte er sich auf das Bett, die Füße parallel gerichtet. Er lächelte. So also war das. Doch er wußte nicht, was er meinte.

Als er das Haus verlassen hatte, ein paar Minuten später, brach ihm ein widerlicher Schweiß aus. Er zählte das Geld im Portemonnaie – über fünfzig Dollar. Aber er fühlte sich trotz des Geldes nicht wohler. Er schwitzte noch immer. Er wandte sich zurück zum Motel, auf dem gleichen Weg, den er gekommen war. Er besaß einen abnormalen Ortssinn, irrte sich nie in der Richtung. Wieder zurück über die Gleise, hinunter in das ärmlichere Viertel, ohne Eile, aber voller Unruhe unterwegs, ein Junge, der hier irgendwo zu Hause sein mochte. Ein hiesiger Halbstarker. Von der texanischen Hitze mitgenommen. Sein Haar war wieder lang geworden und gab ihm etwas Ländlich-Schläfriges. Er wirkte harmlos.

Er betrat den kleinen Gemischtwarenladen. Er kannte bereits Nadines Geschmack; ihr zu Gefallen wollte er einkaufen. Doch nah der Straßenecke standen zwei Polizisten, Weiße, mit einem Farbigen, und schwatzten in einem Ausbruch von südländischem Akzent und überraschten Rufen. Einer der Polizisten krümmte sich fast vor Lachen. Es war quälend für Jules, einen Polizisten lachen zu sehen, so wie es ihn früher gestört hatte, einen Priester hemmungslos lachen zu sehen. Jules suchte sich Milch, Käse, Brot, eine Packung Schokoladenkeks für Nadine zusammen. Noch immer waren die Polizisten nicht weg, und er ging hinten im Verkaufsraum ziellos herum und spürte einen wütenden Schmerz in den Gedärmen, während er darauf wartete, daß sie gingen. Der Schmerz war nicht unerträglich. Er gab sich Mühe, daß man es seinem Gesicht nicht ansah, was er fühlte. Eine Weiße in Caprihosen sah sich von der Kasse her nach ihm um, sie beobachtete den Kunden, war aber zugleich entzückt über die Polizisten und den Neger, deren fröhliches Gespräch, und Jules glaubte, er müsse zu ihr treten, seine Lebensmittel bezahlen und fliehen. Er mußte dorthin, direkt an den Polizisten vorbei. Der Schmerz in seinem Bauch wurde scharf und heiß.

»Mann«, sagte einer der Polizisten und griff nach Jules. »Das glaubst du nicht, was der Kerl uns da erzählt!« Jules zuckte nicht zurück. Der Polizist sah nicht älter aus als er selber; er schüttelte ratlos den Kopf. Beide Polizisten grinsten. Der Schwarze, der um die vierzig sein mochte, oder aber auch sechzig, schüttelte erstaunt den Kopf, versuchte komisch zu sein, protestierte mit hoher, krächzender Stimme, wie Jules sie oft auf den Straßen von Detroit gehört hatte. »Ich hab überhaupt noch nie gelogen! Was glaubt ihr denn? Ich werd doch jetzt nicht damit anfang'n!« Für Jules gaben die Worte keinen Sinn, sie waren eine Musik, deren Anfang er nicht gehört hatte und die ihn nicht interessierte; er lächelte sie leer an und setzte seine Einkäufe auf dem Kassentisch ab. Die Frau kicherte und sah an Jules vorüber; sie wartete auf mehr.

»Der Kerl da, der ist dir vielleicht einer«, sagte der Polizist, »mit dem dauert's kein Jahr mehr!« Es gab da eine freundliche, joviale Verbrüderung, die Polizisten und der Neger und Jules, eine Art von Ballett, doch Jules konnte es nicht mittanzen; sein Körper tat ihm so weh, daß er fürchtete, dem Polizisten in die Arme zu sinken. »Kuck bloß, was seine Frau mit dem angestellt hat! Paß bloß auf, daß deine Frau es dir nicht mal so macht!« sagte der Polizist zu Jules und zog dramatisch die Augenbrauen in die Höhe.

Jules sah den Neger höflich an. Er sah, daß sein Gesicht von Narben entstellt war – von seltsamen Narben in langen, dicken Strähnen, als wäre etwas daran entlanggelaufen. Sein Gesicht hatte teilweise eine verdickte Haut wie die Haut eines Alligators. Jules starrte darauf. Er fand nichts Komisches daran. Der Neger hielt einen Augenblick inne und überließ sich dann wieder dem Gelächter in erstauntem, kopfstimmigen Gekicher, als sei das alles zuviel für ihn: er und die zwei Polizisten, die solches Aufhebens von seinem Gesicht machten, und nun noch Jules, ein Neuankömmling, der natürlich alles genau hören wollte.

»Was ist denn passiert mit seinem Gesicht?« fragte Jules.

»Seine Frau hat es satt gehabt, daß er immer fremdging«, erläuterte der Polizist und hielt Jules dabei immer noch krampfhaft fest, wie um ihm zu helfen, seines Lachens Herr zu werden, »und hat einen feinen großen Topf mit Wasser zum Kochen auf den Herd gestellt und hat Zucker reingetan – verstehst du, Zukker! – und wie er heimgekommen ist, da hat sie ihn gar nicht erst gefragt, wo warst du denn oder sowas, nix, nix, sie hat ihm einfach das Wasser übergekippt – ist das nicht das Blödsinnigste, was man je gehört hat?«

»Warum eigentlich?« fragte Jules und versuchte zu grinsen, »ich meine, warum den Zucker?«

»Er soll's selber erzählen«, sagte der andere Polizist, und sie blickten alle den Neger an. Der schüttelte verwundert den

Kopf. »Sie hat den Zucker reingetan, weil's dann kleben bleibt, mein Junge, das klebt dann – Wasser, das klebt nicht, das läuft einfach runter. Zucker klebt, Junge, merk dir das!«

Die Polizisten brachen in ein heiseres Gelächter aus, und Jules brachte ein keuchendes Lachen zustande, um zu zeigen, daß er zu ihnen gehörte. Er benutzte ihre gute Laune, um seine Einkäufe näher an die Kassiererin heranzuschieben. Jesus, kam er denn nie aus dieser Bruchbude heraus?

»Zucker klebt«, schrie einer der Polizisten, außer sich vor Lachen.

Ihr Gelächter folgte ihm hinaus auf die Straße. Er dachte, ob er wohl das Beste im Leben dadurch versäumte, daß er sich immer zurückzog, immer dringend fliehen wollte. Er mußte jetzt heftig auf die Toilette, und das genügte, um seine Phantasie auszufüllen. Er vergaß die Polizisten. Ihr Gelächter verklang, schwoll wieder an – es gab ja so viel auf der Welt, über das man lachen konnte! Er konnte sich nicht erinnern, ehrlich gelacht zu haben; wie war ein Lachen in einen solchen vor Schmerz brennenden Körper gezwängt möglich?

Er kehrte ins Motelzimmer zurück und legte seine Einkäufe auf das Bett und ging sofort auf die Toilette. Die Tür schloß nicht ganz, nicht ganz fest. Verzweifelt riß er daran, doch sie schnappte trotzdem nicht ein. Mit sich trug er Nadines Bild – Nadine, drüben im Nebenzimmer, ihre Überraschung, als er an ihr vorbeiging und sagte: »Ich muß mal verschwinden«, und wie sie erschrocken war über den Ausdruck auf seinem Gesicht, jetzt fand sie ihn wohl nicht schön. In dem elenden kleinen Raum stöhnte er vor Schmerz und versuchte, die Fäulnis loszuwerden, die sich in ihm gebildet hatte – aber er konnte nichts machen, es geschah nichts. Er preßte die Stirn an das verzogene Holz der Toilettentür und fing an zu weinen.

Nach einer Weile kam er heraus, er zitterte. »Ich glaube, ich habe die Grippe«, sagte er.

»Bist du krank?«

»Die Grippe.«

Sie schaute von ihm fort. Der Brotlaib war ausgepackt, auf dem Nachttisch. »Das Brot hier riecht nach Insektenpulver, ich kann es nicht essen.« – »Tut mir leid«, Jules war zu schwach, um zu sprechen. Er legte sich auf sein Bett.

Nadine, in der sich ein Gefühl des Mitleids regte, sagte: »Ich kann dir die Kissen aufschütteln.«

»Ich werd nicht lange krank sein.«

»Kann ich irgendwas für dich tun?«

»Du könntest mir vielleicht ... ein Aspirin aus der Drogerie holen.«

»Wo ist denn die Drogerie?«

Er hatte angefangen, heftig zu zittern. Er kroch unter die Decken, die Augen geschlossen. Es war schon viel, daß er ein lautes Stöhnen unterdrücken konnte.

»Soll ich einen Arzt holen?« sagte Nadine erschreckt.

»Es ist bloß die Grippe.«

»Du siehst so elend aus.«

Der Schmerz war so scharf, daß er erschrocken die Augen öffnete. Dann warf er die Bettdecke zurück und stolperte zurück in die Toilette. Die Diarrhö schien ihn zu verbrühen. Zitternd, überwältigt vom Gestank seiner Entleerungen, schaukelte er auf dem Toilettensitz vor und zurück und preßte die Handflächen auf die Ohren. Was hatte er gewollt von dem Mädchen im Nebenzimmer? Was versuchten menschliche Wesen von einander zu bekommen? Er konnte an nichts anderes mehr denken als an die Fäulnis in seinem Inneren.

Als er ins Bett zurückkehrte, stand Nadine in der Tür des Motelzimmers, wie im Fortgehen. »Jules, bitte, laß mich einen Arzt holen.«

Er legte sich hin, er fühlte sich sehr schwach. Er hatte sie nicht recht gehört.

»Wie kommt sowas?« fragte sie. »Es wird durch Bakterien oder sowas hervorgerufen? Ist es in der Luft?

Er konnte ihre Worte nicht begreifen, war aber dankbar für sie, sie füllten den Abstand zwischen ihm und Nadine. Zeit verging. Er hätte gern geschlafen.

Nadine saß auf dem Bettrand, hielt seine Hände, knetete seine Finger und sah ihm dabei traurig ins Gesicht. »Ach, Jules, ich liebe dich. Werde gesund. Ich hab Angst. Ich kann es nicht aushalten, wenn du krank bist.«

»Morgen wird es mir besser gehen.«

Aber die Nacht war schlimm. Immer wieder wankte er zur Toilette, verwundert und entsetzt über die Art, wie sein Körper außer Kontrolle geraten war, krümmte sich vor Schmerzen, schlotterte. Noch nie war ihm so kalt gewesen. »Aber es ist doch nicht kalt, es ist heiß hier drin. Es ist schrecklich heiß«, sagte Nadine, und ihm war trotzdem kalt, er zitterte vor Kälte. Er dachte, ob er wohl sterben würde. Das war ein vorstellbares Ende. Gegen Morgen schlief Nadine in ihrem Stuhl neben dem

Bett ein. Jules war dankbar dafür – er wollte mit seinem Elend allein sein. Er schämte sich dieses Elends.

Am Morgen ging sie aus, um einiges für ihn zu besorgen. Jetzt schälte er sich aus seinen schmutzigen Kleidern und ließ sie zu Boden fallen. Er lag in seinem Unterzeug im Bett. Auch dies war beschämend, und er empfand eine wilde, unlogische Angst davor, Nadine könnte ihn hassen, könnte seinen Körper hassen. Er zog die Leintücher herauf bis ans Gesicht. Er haßte sich: *Jules, den Sterbenden.* An seine Verliebtheit in Nadine konnte er sich verschwommen erinnern, in Einzelstücken, aber er konnte sich nicht erinnern, was die Liebe an sich war. Sein Körper schauderte wiederholt. Der Ekel seines Körpers vor sich selbst lähmte ihm das Rückgrat.

Nadine kehrte zurück. Sie gab ihm Pillen zum Einnehmen, sie schwatzte mit ihm. Er begann wieder zu schlottern, seine Zähne klapperten. Nadine rief verzweifelt aus: »Was ist los mit dir? Was ist denn los?« Sie preßte ihr Gesicht auf seinen Kopf. »Stirb nicht, verlaß mich nicht«, sagte sie.

»Ich sterbe nicht«, Jules versuchte zu lachen. Dann geschah etwas . . . ein Delirium schien bei ihm einzusetzen. Ihm war sehr heiß, dann fing er wieder an mit den Zähnen zu klappern.

Nadine, die aus einem Nebel näherkam, neigte sich über ihn und sah ihn an. »Jules, deine Zähne bluten. Dein Zahnfleisch blutet. Wieso ist um deine Zähne herum Blut?«

Er dachte, ob diese Worte Wirklichkeit wären oder zu einem Traum gehörten. Er wischte sich übers Zahnfleisch, und tatsächlich war Blut auf seiner Hand, aber auch seine Hand kam ihm unwirklich vor. In seinen Adern dehnten sich kleine Stückchen Schotterkies aus. Die Hitze in ihm stieg an. Seine Begierde nach Nadine hatte nie sein Blut so befeuert wie jetzt die Grippe, es immer höher aufgeheizt, immer höher, bis sein Hirn vom fauligen Körper gelöst einherzuschweben schien, voller Sehnsucht, diesen Körper loszuwerden, der eine Grube geworden war, eine Grube in einem Kerker, eine Jauchengrube voll Gestank und Schleim . . . ein plötzlicher heißer Strom um seine Schenkel war wie ein Wunder, ein Ventil für den Schmerz. Er lag in seinem Gestank und überlegte, ob das vielleicht ein hoffnungsvolles Zeichen war.

Er verlor das Bewußtsein, er träumte. Seine Träume wurden von einem Licht aufgestört. Er wachte auf und fand das Bett naß, voll von Exkrementen, und versuchte entsetzt aufzustehen. Er war zu schwach. Sein Körper war schwach, aber noch immer nicht leer. Ein neuer Schmerzenssturm braute sich in ihm zusammen. Er stöhnte laut, gelähmt von dem spiralförmigen, heißen Schmerz, und er dachte an den Neger, dem man den Topf kochendes Wasser über den Kopf goß, mit Zucker darin, damit es klebte und brannte. Wieviel Schmerz konnte ein Mensch aushalten, ehe er aufhörte, ein Mensch zu sein?

Als er zu sich kam, zu unbekannter Stunde, war sein Geist fieberfrei und sein Körper seltsam schwach. Er war allein. Erst spürte er es, dann sah er es. Keine Nadine. Er rief nach ihr; keine Antwort. Nach einer Weile schleppte er sich aus dem verdreckten Bett und schaute zur Tür hinaus. Keine Nadine. Kein Wagen. Sie hatte ihn im südöstlichen Texas zurückgelassen, und das, so schien ihm, war das Ende der Geschichte von Jules und Nadine.

7

Jemand, ein Mädchen, stellt sich vor, der Spiegel werde ihr kein Spiegelbild zeigen. Sie wagte nicht hinzuschauen. Ihr Körper hat das hoffnungslose Gefühl, eine Last geworden zu sein, eine Masse; er ist zu viel geliebt worden, benutzt und abgenutzt. Er ist geschwächt von monatelangem Schlaf. Er hat kein Spiegelbild, kein Gesicht. Ein Körper ohne Kopf. Die Decke ist auf bestimmte Art angeordnet. Sie bewegt sich weder nach oben noch nach unten. Tapete über Tapete geklebt, dicke Schicht über dicker Schicht. Dies Papier wirft sich. Einzelne Flecken sind dabei, herunterzufallen. Wenn das Mädchen weiter an die Tapete denkt, wird ihr schlecht. Es genügt, eine tote Last zu sein, die im Bett schwitzt.

Jemand sitzt bei ihr und spricht auf sie ein: ihre Mutter. Plätscher ... Plätscher ... alle Worte schrillen ... wie kleine, boshafte Vögel. Manchmal schwatzen Vögel draußen vorm Fenster, aber sie sind unsichtbar. Sie kann den Kopf nicht so weit herumdrehen. Sie traut Fenstern nicht – durch das Glas zu schauen ängstigt sie. Jemand anders sitzt da und redet. Ein Mann. Er liest Zeitungen. Das Rascheln der Zeitungen, ihr besonderer Geruch, das flatternde Panikgefühl, daß Dinge außerhalb ihres Zimmers geschehen. Lieber nicht hinhören. Sie hört nicht hin.

Im Nebenzimmer läuft der Fernseher. Gedämpfte Geräusche, anschwellendes Gelächter.

Ihre Mutter breitet ein orangefarbenes Papier aus. »Ich komm mit diesem dämlichen Schneebesen nicht zurecht«, sagt sie.

Der Mund wässert ihr. Sie ist hungrig, hungrig. Ein entsetzlicher Hunger steigt in ihr auf. Essen ist etwas, womit sie ihren ganzen Körper anfüllen kann und ihn schwer und friedlich hält. Es folgt der Schlaf. Der Fernseher wird leiser. Das Kindergeschrei wird leiser. Ihr Onkel Brock, der im Lehnstuhl sitzt, liest ihr die Comics vor und auch seine Stimme tritt zurück.

Ein Plätzchen, ein Pfefferkuchen, aus der Packung. Er fällt zu Boden. Sie wartet, denkt daran, wie er auf dem Boden liegt, außer Sicht. Ihr wässert der Mund. Schließlich beugt sie sich hinunter, knurrt, hebt ihn auf. Sie hebt ihn auf. Sie ißt ihn rasch. Der schale, milde Geschmack nach altem Lebkuchen weckt sie. Ihr wässert der Mund nach mehr.

Sie denkt nicht, aber gelegentlich formen sich Wörter in ihrem Inneren, gegen ihren Willen. *Was macht die andere Maureen jetzt gerade?*

Sie windet sich das Haar in einem dicken, schlangengleichen Strang über den Kopf, mit geschlossenen Augen, die Finger sehr graziös ...

Du verdammtes kleines Luder ... mit dem Negermädel rumzulaufen, das hat mir genau noch gefehlt ... schau, daß du rauskommst ... Ich ruf die Polizei, damit sie dich ins Kreuz tritt ... das hier ist kein Niggerpuff, in dem du dich verstecken kannst ... mach, daß du auf die Straße kommst ... geh zum Teufel ... du schmieriges Zuchthauspflänzchen ... du Pferdegesicht!

Loretta schreit. Betty rennt an ihr vorbei und in Maureens, Zimmer hinein, in Bluejeans. *He, Reeny! Schaff mir dieses alte Miststück vom Hals! Los, reiß dich zusammen! Dir fehlt nichts, und das weißt du auch!*

Loretta versucht Betty wegzuzerren. *Sie ist krank ...*

Dann hast du sie krank gemacht mit deinem Dreckszeug!

Loretta schlägt Betty. Betty holt mit dem Arm aus und schlägt Loretta wieder. Loretta kreischt auf. Betty brüllt etwas und läuft aus dem Zimmer. Weiteres Geschrei. Loretta geht hinaus. Loretta brüllt: *Mit 'nem Nigger rumziehn ... mir egal, ob's ein Kerl ist oder ein Mädel ... meine Tochter und macht sowas ... die kann sich zum Teufel scheren!*

Brock liest die Comics vor: Rex Morgan, Gasoline Alley,

Brenda Starr. Er zeigt Maureen die Seite mit den Zeichnungen, aber sie schaut nicht hin. Sie schaut nicht weg.

Brock sagt: »Deine Mutter war bei der Post. Es ist ein Brief gekommen. Eine Überraschung. Willst du mal hören?«

Maureen schweigt, sie liegt kalt und schwer unter den Dekken, sie wartet nicht. Manchmal sieht sie Brock an, manchmal nicht. Das ist ihr Onkel. Sie ist nicht sicher, was ein Onkel ist. Sein Gesicht, seine tastende Stimme, das häufige Schütteln des Bettes, wenn er vorbeikommt, erinnert sie an etwas, an jemand. Sie verfolgt diese Erinnerung nicht. Eigensinnig, schwer von Schlaf liegt sie da, in diesen fremden Körper verkleidet und wartet außerhalb davon, wartet auf etwas.

Brock öffnet den Brief.

14. Dezember 1956

Liebe Mama und liebe Maureen!

Stellt Euch vor, ich bin in Houston, Texas! Ich schreibe länger, sobald ich Zeit habe. Macht Euch keine Sorgen um mich, mir geht's o.k. Wie ich Arbeit gesucht habe, habe ich schon nach zwei Tagen einen Job gehabt bei einer Maklerfirma am Golf. Anbei eine Broschüre, die ihre Tätigkeit beschreibt und Bilder etc. Sowie ich ausgebildet bin, werde ich Vertreter und reise herum und besuche Kunden. Ich muß mir einen Anzug kaufen. Wie geht's Euch allen? Hoffentlich gut. Ich denke oft an Euch alle. Mir geht's jetzt ganz gut, wo der Winter anfängt. Die Hitze hat mir zugesetzt. Die ist mir wirklich auf die Nerven gegangen. In Texas fängt der Winter erst im Dezember an, ich meine dort in Texas, wo ich jetzt bin. Der Staat ist sehr groß. Ihr solltet ihn Euch mal auf der Karte ansehen. Die Ungeziefer sind jetzt weg, tot oder verstecken sich. Ich gehe ohne Mantel aus, obwohl Dezember ist, aber das kann ich schon vertragen, nicht wie die Hitze. Mit mir ist alles in Ordnung. Ich denke an Euch. Bring Maureen zu einem guten Arzt, pflege sie. Ich werde Geld schicken, sobald ich kann. Es tut mir leid, daß ich so lange nicht geschrieben habe.

Alles Liebe Jules.

Ihre Mutter nimmt den Brief von Brock entgegen, sie staunt. *Was? Von Jules? Ein Brief von Jules?* ruft sie aus.

Sie blättert den Prospekt durch. He, das sieht ja nach was aus, sagt sie voller Ehrfurcht. Brock mit seinem haarigen Gesicht und seinem linkisch-plumpen Körper sieht es mit ihr zusammen an. *Das Goldene Dreieck. Ein Paradies für den Lebensabend. Noch Grundstücke am Golf frei.* Loretta liest Maureen den Prospekt vor, die daliegt, ohne sie anzusehen und ohne zuzuhören. Trotzdem hört sie einiges. Sie verschließt ihr Gehirn vor dem, was hinter den Worten steckt: Mexikanischer Golf? Texas? Ihr Bruder Jules? An solche Dinge will sie nicht denken. Sie will nicht, daß ihr weh getan wird.

Jetzt setzt man ihr zu, daß sie aufstehen soll. »Komm schön, Schatz, so ist's fein«, sagt ihre Mutter. Sie hat vergessen, wie man Arme durch Armlöcher steckt. Man muß es ihr zeigen – ihre Mutter und eine andere Frau. Eine Frau mit kurzem, rotgefärbtem Haar, eine Freundin. Sie und Loretta sind gleich groß. »Schatz«, sagte Loretta, »dir geht es ja prima! Geht's ihr nicht prima? Hab keine Angst. Paß auf meine afrikanischen Veilchen dort auf ...«

Brock sitzt in der Küche. Er lächelt, und sein Lächeln verwandelt sich in Furlongs Lächeln. Maureen weicht zurück.

»Was ist denn?« ruft Loretta.

Maureen weicht vor ihnen zurück, sie drängt verzweifelt in ihr Zimmer, in ihr Bett zurück. Sie muß wieder ins Bett. Die rothaarige Frau läßt sie los, Loretta hält sie noch eine Sekunde lang fest, zerrt an ihr und läßt sie dann verärgert los: »Au, verdammt. Mist!« ruft sie. »Ich hab dieses Leben satt, ich hab diese ewige Wirtschaft satt! Es ist mir egal, ob sie krank ist oder nicht – wer denkt an mich? Was wird aus meinem Leben?«

Maureen kann sie hören, vom Bett aus, kann hören, wie die Mutter im Nebenzimmer weint.

»Was wird aus meinem Leben?« fragt Loretta. »Wann fängt es endlich an?«

Brock liest wieder einen Brief vor.

1. Februar 1957

Liebe Mama und liebe Maureen!

Wie ihr am Poststempel seht, bin ich nicht mehr in Houston, sondern in Dallas. Das Immobiliengeschäft hat mir nicht zugesagt! Ich bin nicht in den Knast gekommen, nicht mal über Nacht, also macht Euch wegen mir keine Gedanken. Ich paß schon auf. Diese Irren! Anliegend zwanzig Dollar. Bringt Maureen zu einem guten Arzt, nicht bloß in die Poliklinik. Hoffentlich geht's ihr besser. Schreibt mir postlagernd Dallas, Texas. Ich denke an Euch alle und habe Sehnsucht nach Euch, ich habe

Euch alle lieb. Ich bin zu spät draufgekommen, daß alle Menschen einsam sind, jeder von uns, jetzt wo mir das Alleinsein nicht mehr soviel ausmacht. Ich kann besser allein sein, wenn ich mir überlegen kann wie alles ist. Ich arbeite jetzt als Vertretung von einem Kerl, der krank ist, bei einem Bau, und solang es nicht regnet, ist es keine üble Arbeit. Der Regen kann ziemlich kalt werden. Zwei Burschen in meinem Alter sind da, mit denen ich sowas wie befreundet bin. Ich geh aber nicht viel mit ihnen. Alle sind recht freundlich, aber ich schließe mich nicht sehr an. Die Firma Goldenes Dreieck ist gestorben. Ich weiß nicht, wohin der Präsident sich abgesetzt hat. Ich bin zu einem Kunden gekommen, einem Alten, total verkrüppelt mit einem ganz ekelhaften Gesicht und es sah verdächtig in dem Haus aus und drunten auf der Straße hab ich ein paar Polizisten gesehen und da bin ich weg. Ich bin per Anhalter nach Dallas gekommen. Gesundheitlich geht's mir viel besser. An den meisten Tagen fühl ich mich gut. Macht Euch keine Sorgen um mich und gebt schön acht auf Euch. Ich denke oft an Euch, wie Leute es tun, wenn sie erst fort und selbständig sind.

Alles Liebe Jules

Eine Erinnerung: die Autobahn entlangfahren. Große Ausschachtungen in der Erde, Lehm, Wagenkolonnen, orangefarbige Schilder, auf denen steht: Umleitung. Sie sitzt neben einem Mann in einem Wagen, nicht ihrem Vater, nicht Furlong, nicht Brock. Es ist ein Fremder. Er sagt gerade: Schön, wenn's Dienstag nicht geht – wie wär's mit Mittwoch? Seine Hand bedeckt die ihre. Seine Hand gleitet auf ihren Schenkel. Ihr Fleisch kommt ihm entgegen wie Sandkörner abwärts rieseln, ohne Eile. Er neigt sich in diese Richtung. Jetzt spreizen seine Beine die ihren ... alles kann geschehen, alles, was rasch und brennend und unvermutet kommt ... sie spürt, wie die Muskeln in ihrem Gesicht wartend erstarren ... er dringt in sie ein, und alles in ihrem Körper erstarrt, von ihm erhärtet, von dem, was er tut, all ihre bebenden Körperzellen werden zu diesem gefrorenen Mittelpunkt hingedrängt, zu ihm, hilflos.

Im Nebenzimmer läuft das Fernsehen. Sie liegt allein, weder schlafend noch wach. In ihrer Erinnerung ist beständig der Geruch der Samenflüssigkeit, die aus ihr herausrinnt ... noch warm von ihrem Körper. Es gibt soviel davon, ein Strom, wie ein Strom Blut, endlos. Sie ist gelähmt davon. Sie stellt ihn sich vor, jetzt, zwischen ihren Schenkeln. Die Decke ist bedrohlich

... aber wenn die Tapetenbahnen sich lösen und ihr aufs Gesicht fallen, wird sie unfähig sein, eine Bewegung zu machen oder zu schreien. Sie schließt die Augen.

Die andere Maureen ist draußen auf der Straße und schlenkert mit der Handtasche. Schlitzaugen, ein hübscher Mund, alles weich. Wie in einem Tanz hält sie inne, um den weißen Schal um den Kopf zu binden, und ein Mann, der vorbeikommt, ein Unbekannter, bleibt stehen, um ihr dabei zu helfen. Er knotet die Enden des Schals unter ihrem Kinn. Sie senkt den Blick. Er umgreift mit den Händen ihr Gesicht, ihren Hals. Er schaut ihr starr ins Gesicht. Er neigt sich vor, um sie zu küssen. Er küßt ihren Mund, seine Hände umfassen ihre Schultern, halten sie fest. Er küßt ihren Mund langsam aus der Form.

Betty in der Tür, frisch von der Kälte draußen, ihr kurzes Haar ist feucht, sie sagt laut und lachend: *Dir fehlt gar nichts, und das weißt du auch. Du bist nicht die erste auf der Welt, die ein Kerl zusammengeschlagen hat!*

Und Loretta schreit sie an: *Hau ab! Hau ab!*

Betty ruft: *Mich wird kein Schweinehund verhauen, mich nicht, das sage ich dir! Und auch das ewige Gevögel laß ich mir nicht gefallen, wie du und Maureen und überhaupt, scher dich zum Teufel, Mama, und komm dir nicht immer so gescheit vor!*

Sie reden über Betty, und Maureen merkt, daß sie zuhört. Loretta sagt zu der Rothaarigen: »Sie ist eben wüst, der wird keiner Herr. Sie hat ein hartes Herz. Ich bin nicht schuld, daß sie so endet, was hab ich denn falsch gemacht?« Ihre Freundin sagt: »Schatz, du hast überhaupt nichts falsch gemacht. Das weißt du doch. Schau dir Jules an, ist er nicht zu brav für einen Jungen in seinem Alter? Ist allein losgezogen, sich die Gegend ansehen und hat sich eine Stelle gesucht und schickt Geld nach Hause.« Loretta sagte verstört: »Früher hab ich mit Betty reden können, bestimmt. Ich hab zu ihr gesagt, sie soll's gescheiter machen. Aber immer hat sie dagegengeredet und ist mit so einem Luder aus ihrer Bande rumgezogen, einem Mischling, schwarz und weiß, und du weißt ja, wie ich von sowas denke! Eines schönen Tages verpfeif ich sie selber!«

Maureen schließt die Augen und sieht Betty wieder als Kind von elf, wie sie im Ladenviertel herumlungert mit einer Schar Mädchen, sämtlich in Bluejeans, wie sie lacht und kreischt. Eine Geheimsprache. Sie, Maureen, duckt sich hinter irgendwelche Leute, weil sie nicht gesehen werden will. Plötzlich verdichtet sich die Luft. Sie schließt die Augen. Ein Nebel umhüllt sie, eine Hupe ertönt ganz nah. *Maureen, was zum Kuckuck machst du denn?* Jemand ergreift ihren Arm. Gut. Fest und sicher gehalten werden, gut. Ihr Arm wird krampfhaft, ungeduldig festgehalten, und sie spürt, wie ihr Körper sich leert, ihr Kopf sich leert ... eine männliche Stimme sagt etwas nah bei ihrem Ohr ... Münzen klirren ... Autoverkehr, Hupen ... Der Geruch des Auspuffs. Sie ist schon auf dem Autobus, während ihre Mutter sie immer noch festhält, und wendet sich um und sieht sich selber aus ihrem Körper heraustreten, mit einer plötzlichen, krampfhaften Bewegung, sich befreien, flüchten. Dieses Ich ist sie. Dieses Selbst tritt wieder herunter auf den Bürgersteig, schiebt sich an anderen Menschen vorbei, die in den Autobus einsteigen wollen. Sie wirft einen Blick zu sich hinauf. Alles stürzt jetzt aus Maureen heraus und gesellt sich zu dem anderen Körper, dem freien Körper, der wegläuft ... Es ist wie der schreckliche Druck des Wassers, das ins Freie drängt ... wie sehnt sie sich danach, zu diesem anderen Körper zu gelangen, loszukommen, vor Schmerz und Angst über dieses Loskommen zu schreien ...

Sitz still, sitz doch still, um Gottes willen, sagt ihre Mutter.

Sie setzt sich. Sie wendet sich verzweifelt um, um aus dem Fenster zu schauen, dorthin, wo ihr anderes Ich auf dem Bürgersteig steht. Menschenmengen kommen vorbei. Menschen, Fremde, scheinen sie zu umbranden ohne sie zu berühren. Sie gehen um sie herum. Sie werden unsichtbar, während sie selbst, ihr anderes Selbst lebendig und blendend wird, wie es dort auf dem Bürgersteig steht, den Kopf schmerzhaft nach hinten abgewinkelt, und die Maureen auf dem Autobus ansieht, das Gesicht schuldbewußt und verzweifelt. *Paß doch auf, wo du hintrittst.*

Im Traum tritt sie schwerfällig herab. Der Bus bleibt stehen. Warum erhebt sich nicht der Bürgersteig rings um sie und zermalmt sie? Sie ist so schwer und so tot, diese Maureen. Verkleidet als Maureen. Kein Mann würde zu ihr treten und mit den Enden ihres Schals spielen. Kein Mann würde in dieses Fleisch eindringen. Sie wankt auf dem Bürgersteig hin und her, schwindlig von Luft und Wind.

Los, Maureen, komm weiter. Wir sind wegen dir schon spät daran!

Ein Gebäude. Stein. Ein gewisser stechender Geruch ... nach Medizin. Sie setzt sich. Stühle wie Küchenstühle mit Metallbeinen und von rissigem Plastik überzogenen Sitzen. Auf der anderen Seite des Korridors ein dickes Kind, ein weißes, knolliges Gesicht, sehr fett. Die Augen treten leicht hervor. Sie sind auf Maureen gerichtet. Ein dicker Rodelanzug, rot, verdreckt, schlaffe, hervorquellende Augen und ein geschürzter Mund, aus dem Speichel rinnt. Maureen sitzt schlafend in ihrem Körper und weiß, daß sie in Sicherheit ist. Ihre Mutter neben ihr, lehnt sich von Zeit zu Zeit zu ihr herüber und flüstert, wie Mütter mit Töchtern flüstern. *Das ist eine nette Tasche, siehst du die? Mußt du auf die Toilette, oder was? Mach keinen wütend, du starrst immer so lang hin.*

Das fette Mädelchen hängt sich an den Stuhl der Mutter, an eins von den Stuhlbeinen. Es fällt hin. Mit bösem Gejaule fällt es hin und will nicht wieder aufstehen. Der Stuhl wird vom Fleck gerückt. Das Kind stößt mit den Füßen, blubbert, sabbert ...

Ein Jammer sowas, flüstert Loretta Maureen zu.

Eine Glasscheibe am Empfang, um die Empfangsdame zu schützen. Die Schwester blättert in Papieren. *Wendall? Sind Sie sicher, daß Sie schon mal hier waren?* Sie ist ganz jung, aber ihr Gesicht ist bereits faltig vom Durchlesen zu vieler Papiere.

Dr. Morris läßt bitten.

Wer? Wo ist denn Dr. Stein?

Der ist nicht mehr in Detroit.

Aber ich sollte doch zu ihm kommen. Und ich sollte jedesmal, wenn ich komme, nach ihm fragen.

Dr. Morris läßt bitten.

Ach, verdammt nochmal!!!

Brock liest ihnen beiden einen Brief vor:

8. März 1957

Liebe Mama und liebe Maureen,

vielen Dank, Mama, für Deinen Brief, aber viel stand nicht drin. Wie geht's Maureen? Hoffentlich besser. Anbei fünf Dollar. Wie geht es mit den Zahlungen? O.k. hoffe ich. Laß Dich bloß nicht übers Ohr hauen bei der Fürsorge! Du hast die gleichen Rechte wie alle anderen. Ist Dein Bruder noch in Detroit? Wie geht es Euch allen? Hier fängt das Wetter an, besser zu werden. Ich habe Aushilfsjobs gehabt. Wenn ich heimkomm nach Detroit, mach ich die höhere Schule fertig. Man kann gar nichts anfangen, ohne Schulabschluß und ohne College. Ich komm hier mit niemand zusammen. Ich bleibe ganz für mich.

Ich rede nicht mehr soviel wie als Kind, wo ich mich rumgetrieben hab. Ich bin jetzt gescheiter. Hat Dein Bruder Arbeit? Ich suche nach einer Dauerstellung, aber es ist widerlich, all diese Telefonate zu führen, all diese Groschen. Ich verfolge die Stellenanzeigen. Hier geht alles gut. Sobald ich die Dinge geordnet habe, schreibe ich wieder. Macht Euch keine Sorgen. Ich hab Euch lieb.

Alles Liebe Jules

»Er ist ein komischer Kerl«, sagt Brock.

»Ja, irgendwie komisch war er immer. Aber er ist gescheit«, sagt Loretta.

»Er klingt wirklich gescheit, und es sieht so aus, als ob er an dir hängt, er schickt immer wieder Geld. Er ist wirklich ein sonderbares Kind«, sagt Brock verlegen. »Ich meine, daß er immer wieder sagt, daß er euch lieb hat.«

»Er hat mich immer lieb gehabt, er war nicht wie die anderen Kinder, die weglaufen und sagen, ihre Mütter könnten zum Teufel gehen«, sagt Loretta. »Ich hab ihn gut behandelt.«

»Es ist auch nett, daß er so Kontakt hält.«

»Ich hab ihn richtig behandelt. Ich hab ihm immer viel Liebe gegeben und ihm zugehört, nicht wie *unsere Mutter* – die hatte ja keinen blassen Schimmer von Kindern. Jetzt, wo ich daran zurückdenke, wundert es mich, daß ich selbst überhaupt Kinder hab aufziehen können.«

Maureen denkt an Jules, aber wenn sie an ihn denkt, wird ihr plötzlich schwach. Sie möchte aufschreien: *Jules, Jules ...*

Nein nein nein nein ...

Nicht Jules beugt sich über sie, sondern ein Mann, irgendein anderer Mann. Ehe sie schlagen kann, schläft sie ein. Sie liegt nicht mehr auf dem Fußboden, sondern in einem Bett. Sie schläft.

»He, kann ich hier mal baden? In meiner Wohnung ist alles in Klump geschossen, und das Wasser fließt nicht.« Stimmen im Nebenzimmer, eine Freundin von Loretta. Frauen, Frauen, Freundinnen. Immer reden sie, schwatzen. Sie reden von Männern und Bauchweh und Salat, der schon faul war, als sie ihn heimbrachten, sie reden von einem Begräbnisplatz, den sie sich gekauft haben. »Mein verrückter Schwiegervater ist nun endlich gestorben, am Abend vorher ist er noch auf dem Rennen gewesen und hat das tägliche Doppel gewonnen ... der alte Knaster hat doch immer Glück gehabt ... und am nächsten Tag, mittags, ist er umgefallen ... Pech hat er auch immer gehabt, direkt nach dem Glück. Das war eben so seine Art ...«

Manchmal sind sie im selben Zimmer wie Maureen, rauchen und schwatzen. Maureen schläft. Sie »leisten ihr Gesellschaft«. Loretta sagt aufgeregt: »Wenn dieser Kerl meint, er kriegt mich rum, dann spinnt er. Ich hab alles das schon zu oft durchgemacht.« Die Freundin sagt: »Ach, der ist kein übler Mensch. Sein Junge ist als ›schwer erziehbares Kind‹ abgeholt worden, und das hat er sich sehr zu Herzen genommen. Er trinkt eben zu viel. Auf dich hält er riesengroße Stücke, Loretta, das hat er mir selbst gesagt.« Und Loretta sagt mit ihrer rauhen Stimme: »Quatsch!«

Midge hat ihre kurzen roten Haare in rosa Wicklern; ihr Gesicht sieht faltig und verzogen aus. Zigarettenrauch und Parfüm. Maureen, die in ihrem Körper schläft, unaufmerksam, unbesorgt, läßt ihre Augen langsam über diese Frau hinwandern, ohne Neugier. Was bedeutet es, eine Frau zu sein? Wie halten diese Menschen das aus, wie können sie damit weitermachen, sich weiterschleppen in der Hülle ihres Körpers, die Haut um die Knochen angeschwollen, und leben? Sie machen weiter. Schlafen. Maureen schläft selbst. Eine ruhende Masse. In ihrem Körper regt sich nichts, in ihrem Kopf regt sich nichts, alles ist gedunsen, gefräßig, und ruht im Schlaf.

»Alle sagen, daß die Nigger was Böses vorhaben«, sagt Midge. »Am Neujahrsabend hab ich mir blödsinnige Sorgen gemacht. Und wenn sie die Bruchbuden hier alle anzünden, was dann?«

»Himmel, war das komisch damals – wann war denn das – 1945?« lacht Loretta. »Wir hatten alle gehört von den Unruhen, und da bin ich hin, um zu schauen und hab eines von den Gören mitgenommen, das noch kaum laufen konnte – Betty war's. Und die Polizisten haben mich am Hudson angehalten und gesagt, ich sollte umkehren. Angebrüllt haben sie mich. Himmel nochmal, ich hätte umgebracht werden können! Ich hab nicht gemeint, daß es so wird, wie es geworden ist!«

»Ja, das war ein Ding!«

»War ich vielleicht blöd, mit dem Gör loszuziehen! Mein Gott, ich mach auch solchen Blödsinn!«

»Ja, ich kann mich erinnern. Das war wirklich ein tolles Ding.«

»Alle waren durchgedreht. Es war direkt irre.«

»Ich hab Angst, daß die Häuser hier anfangen zu brennen.«

»Irgendwer, ein Freund von Howard, hat uns erzählt, daß wirkliches Blut auf dem Fußboden entlanggelaufen ist, im Krankenhaus. Glaubst du das? Blut, das den Gang entlangläuft? Was hältst du davon?« fragt Loretta ernsthaft.

Dr. Morris läßt jetzt bitten.

Wir brauchen Blut für einen Wassermann ...

Wie lange ist sie schon so?

Wir haben kein Krankenblatt von Ihnen ... Miß Greacon von der Wayne State ... Sozialhelferin ... Sozialarbeit. Sie öffnet eine Handtasche, öffnet einen Aktendeckel. Sie hat Strümpfe an, sie zieht den Mantel nicht aus. Sie sagt zu Loretta: *Wie lange ist sie denn schon so, Mrs. Wendall?* Brock macht das Fenster auf.

»Wie wär's mit frischer Luft?« fragt er.

Lorette haut die Tür hinter sich zu. »Dieser Dreckskerl, dieser Hund glaubt, mit mir kann er's machen! Ich habe ihm gesagt, ich brauch eine Krankenzulage, und dieses Arschloch läßt mich vier Stunden dastehen und warten, heiliger Bimbam, ich könnt jemand umbringen! Und eine fette Negerin neben mir salbadert was daher und hat ihr Gören rumlungern, und dabei ist es *Vorschrift,* die Kinder daheimzulassen! Und der läßt mich warten – läßt mich warten und rumsitzen, vier Stunden lang, und kein anderer Mensch nimmt mich dran. Die haben gesagt: ›Wer ist Ihre Fürsorgerin? Sie müssen warten.‹ Ich geh nochmal hin und zünd denen ihre verdammte Scheißbude an!«

»Nun beruhige dich erstmal.«

»Sag mir bloß nicht, daß ich mich beruhigen soll«, schreit Loretta. »Ich muß hin, nicht du! Mein Geld ist es, nicht deines. Was zum Teufel bildest du dir eigentlich ein, mir sagen zu wollen, was ich tun muß?«

»Ich meine ja bloß ...«

»Du meinst überhaupt nichts. Behalte du deine Meinung für dich, du Dreckskerl! Das ganze ist deine Schuld, also behalt deine Meinung für dich!«

»Wieso ist es meine Schuld?« fragt Brock.

»Deine Schuld ist es! Deine Schuld, verdammt nochmal – deine. Warum zum Kuckuck hast du ihn damals in der Nacht umbringen müssen. Du Obergescheiter, du Saukerl, bloß weil du angeben mußtest! Angeben mit deiner Waffe!«

»Loretta!«

»Du bist schuld! Halt deinen dreckigen Mund! Er war noch das reinste Kind und du, du hast angeben müssen mit deinem

Schießeisen, dir war's total egal, wen du erschießt, darum hat du *ihn* erschossen – *ihn* umgebracht – und nun sieh mich an, sieh mein Leben an, du bist an allem schuld, und du zeigst dich hier und willst Abendessen haben, ein Witz ist sowas, ein Witz! Einen Tritt in den Hintern sollte ich dir geben, daß du rausfliegst! Ein Witz ist mein Leben, und ich kann nicht einmal drüber lachen.«

Etwas fällt zu Boden, ein Teller. Brock sagt winselnd: »Jetzt hast du mir das Hemd bekleckert!«

»Ich werde dir das Hemd bekleckern, du Mistkerl du! In die Fresse werd ich dir's schmieren!«

Nach dem Abendessen wird das Fernsehen angestellt. Es wird in Maureens Zimmer getragen. Loretta geht aus, und Brock sieht fern und spricht mit Maureen. Er sagt: »Reg dich nicht auf, wenn deine Mutter durchdreht. Sie hat ein schweres Leben. Sie macht sich Sorgen um dich, Schatz, deswegen mußt du gesund werden. Am 1. Mai probierst du es, ob du aus dem Bett aufstehen kannst, ja?«

Er liest ihr eine Geschichte über Hunde vor. Über Hunde, die Kunststücke machen. Sie hört nicht zu, und sie stellt auch ihr Gehirn nicht ab. Sie liegt still.

Er liest ihr die Zeitung vor.

Er öffnet einen Brief, er liest ihn ihr vor.

24. April 1957

Liebe Mama und liebe Maureen!

In Tulsa, wo ich jetzt bin, hab ich für sechs Wochen einen Job mit ein paar anderen Jungens. Ich schreib Euch mehr, sobald ich dazu komme. Hier sind zwanzig Dollar. Die Arbeit ist sehr interessant, aber ich weiß nicht recht, worin sie besteht, ich muß mich in einer Art Schlafsaal aufhalten, mit ein paar Burschen, jeden Morgen um sechs gehen wir in eine Art Büro und warten dort, bis jemand uns ins Nebenzimmer läßt. Dort drin ist ein Arzt. Der untersucht uns, Zunge und Herz etc. Was er mit mir macht: bloß ein paar Tropfen ins Auge tun. Es sticht höchstens ein bißchen. Ich darf nicht in die Sonne und muß am nächsten Tag wiederkommen, und dann untersucht er mich wieder. Ich hab massenhaft Zeit für solche Sachen wie Lesen, hier in der Bibliothek, und Platten anhören, die sie haben. Du solltest ein paar Platten und einen Plattenspieler kaufen für Maureen. Musik ist nett, wenn man allein ist. Einem von den anderen Burschen geht es viel schlechter als mir, dem machen sie Spritzen. Sein Arm ist schon ganz wund und hat Ausschlag.

Alles Liebe Jules

P. S. Ich glaube, es hat was mit der Regierung zu tun oder mit dem Militär oder sowas. Die Leute sind verrückt.

Brock bürstet Maureen das Haar. Er ist ernst, ein Mann mit ernstem Gesicht. Maureen macht sich steif. Er sagt: »Ich weiß, daß du mich hörst, und es ist mir wurst, was du für Geschichten aufführst. Deine Mama hat mir erklärt, was los ist und wie er dich geschlagen hat, und mich geht's nichts an, weil all das passiert ist, ehe ich herkam. Aber das möchte ich dir sagen: Sowie ich eine Stellung hab, bringen wir dich zu einem richtigen Arzt. Richtige Ärzte muß man zahlen. *Er* müßte dafür zahlen, aber er ist abgehauen, die finden ihn nicht, auch nicht bei der Fürsorge für entlassene Strafgefangene, nirgends, aber ist ja egal. Du hast's versprochen – am 1. Mai stehst du auf. Okay?«

Während er im Liegestuhl sitzt, den er sich in Maureens Zimmer gezogen hat, sagt er: »Es ist schon verrückt, das Leben. Ein Jahr lang hab ich drunten in Indiana im Gefängnis gesessen, aber erzähl das keinem. Ich hab deine Mutter nicht aufregen wollen. Passiert ist das so: Mir war innerlich so mies, ich wär am liebsten gestorben. Ich konnte mich nicht rausarbeiten, konnte mich nicht ändern. Da hab ich bei mir gedacht, ich laß mich von der Polizei erschießen, ich selber krieg das ja sowieso nicht hin. Ich bin glatt in ein Restaurant gegangen und hab einen Überfall inszeniert und hatte doch nicht mal ein Schießeisen. Na, das Mädel hat mir alles Geld gegeben. Sie war noch ein Kind. Und wie ich dann das Geld in der Hand hatte, mußte ich weggehen, was hätte ich sonst tun sollen? Das hat mich drei weitere Tage in Schwung gehalten, ich hab viel getrunken und bin ziemlich in Stimmung geblieben. Dann hat's nachgelassen, und mir war wieder mies und ich hab beschlossen, mich fertigmachen zu lassen. Da bin ich ins Geschäftsviertel gegangen in irgendeinem Drecksnest, ich hab vergessen, wie's hieß, und bin in ein Drugstore rein. Ich hab so getan, als wollte ich einen Whisky kaufen, hab mir ein paar Flaschen genommen, und dann hab ich dem Kerl, der den Laden hatte, gesagt, das ist ein Überfall, und er soll mir sein ganzes Geld geben. Eine Frau mit Kind, die im Lokal war, hat angefangen zu schreien. Ich hab zu ihr gesagt, sie soll den Mund halten. Also hat sie den Mund gehalten. Der olle Mümmelgreis leert das Kassenschubfach aus und gibt mir das Ganze, was sollte ich machen? Ich hab irgendwie herumgewartet, dann bin ich da weg.

Ich hab ungefähr hundert Dollar zusammengekriegt in diesem Laden, und dabei hatte ich es überhaupt nicht geplant. Das hat mich eine ganze Woche lang prima über Wasser gehalten. Gegen Ende dieser Woche hat mich einer ausgenommen. Wie ich aufgewacht bin, war mir schrecklich schlecht, und mein Gesicht war ganz zerschlagen, und diesmal war ich fest entschlossen, mich umbringen zu lassen. Ich hatte das Leben satt. Ich hatte mein Gesicht satt – ich hab es sowieso nie leiden können. Ich bin also in eine Bank und hab in der Reihe gewartet und bin an den Schalter gekommen und hab gesagt, daß es ein Überfall ist, und das Mädchen dahinter ist fast in Ohnmacht gefallen und mußte sich an dem Marmording festhalten, dem Schalterbrett, aber sie ist nicht in Ohnmacht gefallen und hat mich immerzu so angeschaut, als ob sie gleich schreien würde, aber sie hat auch nicht geschrien, und schließlich hat sie mir Geld in Umschlägen gegeben. Ich hab sechshundert kassiert. Die Alarmanlage hat nicht funktioniert. Ich hab's am nächsten Tag in der Zeitung gelesen – sie hat sie mit dem Fuß ausgelöst, aber sie hat nicht funktioniert, der Draht war nicht in Ordnung. Ich hatte glatt Lust, wieder hinzugehen und sie richtig zu erschrecken – aber sie hat mir leid getan, so verängstigt wie sie war, und hat auf das verdammte Ding mit dem Fuß gedrückt!

Aber ich bin fort aus der Stadt, und es ist mir ein paar Wochen prima gegangen, und dann bin ich – bums – wieder unten gewesen. Ich wollte per Anhalter zu einem Ort an einem See, von dem ich gehört hatte, wo es im Sommer so schön war, dort wollte ich mich total vollaufen lassen und mich dann ertränken. Ich war ganz optimistisch deswegen. Aber auf dem Weg dorthin hat ein Kerl gehalten und mir Zigaretten angeboten und was zum Trinken, das er auf dem Sitz bei sich hatte, und ich hab's getrunken, und dann wurde er komisch und tätschelte mir die Hand, und da hab ich gesagt: ›Ich möchte lieber wieder aussteigen, Mister‹, und da sagt er, ›du steigst noch nicht wieder aus‹, und fängt an zu lachen wie so ein Verrückter. Mein Gott, hab ich eine Angst ausgestanden! Ich war erst fünfundzwanzig oder so und noch ein Kind, nicht wie jetzt; ich hätte fast in die Hosen gemacht vor Angst, und dieser Kerl fährt immer weiter – mit einer Hand – und mit der anderen tastet er an mir herum, und ich drück mich an die Tür und überlege mir, ob ich sie aufmachen und rausspringen soll, einfach so auf die Autobahn, wo er doch seine hundert drauf hat, und er hat angefangen, die Haut an meinem Hals so rumzudrehen, es tat verteufelt weh, und ich hab ihn von mir geschubst, und er hat zurückgeschubst und hat ganz schwer geatmet, und ich hab ihm eine gelangt, von der Seite her ins Gesicht, und der Wagen ist beinahe gegen was gefahren, aber der Kerl war ein guter Raufer und hat den Wagen wieder geradegekriegt und mir eine wiedergehauen, auf die Schläfe, und ich hab Sterne gesehen und bin ihm an die Gurgel, um ihn zu erwürgen, solche Angst hatte ich, verrückter Schweinehund, will mich umbringen, und ich hatte ihm doch nichts getan, und gerade in dem Moment kommt ein Polizeiauto über die Kuppe, und wir fahren beinahe frontal hinein. Schließlich waren wir in einem Feld mit der Unterseite nach oben, und der Wagen von den Polizisten lag auf der Seite im Graben, und die kommen schreiend angerannt, und der Kerl dreht durch und erzählt denen, er hätte mich im Auto mitgenommen, und ich hätte versucht, ihn zu berauben und ihm den Wagen zu klauen, und wir wären gerade im Raufen gewesen, als die Polizisten kamen, und da haben sie seinen Wagen angeschaut, der ziemlich gut war und seinen Anzug, und er hat eine Brille aufgehabt und ausgesehen wie ein Lehrer oder sowas, und dann haben sie mich angeschaut, einen Landstreicher, und da haben sie natürlich gewußt, wem sie glauben müssen – und so bin ich ins Kittchen gekommen. Ein ganzes Jahr – und als ich wieder rauskam, da hatte ich ganz vergessen, daß ich mich habe umbringen wollen, es war mir nicht der Mühe wert.«

Er liest einen Brief vor:

16. Mai 1957

Liebe Mama und liebe Maureen!

Habt keine Angst, mir geht's gut. Man hat mich ins Krankenhaus bringen müssen, von dort schreibe ich Euch, weil etwas in meinem Kopf so wehgetan hat. Das Experimentierprogramm ist vorbei. Ich bin ausgezahlt worden. Aber jetzt muß ich das Krankenhaus zahlen, darum habe ich nichts, was ich Euch schicken könnte, im Gegenteil, ich schulde denen schon fünfzig Dollar, und hier drin habe ich am Montagabend eine Infektion erwischt, und am Dienstag früh war ich schwerkrank. Es ist eine Krankenhausinfektion, sagt die Schwester, und eine Masse Leute haben sie gekriegt. Sie geht im ganzen Krankenhaus um. Ich war schwerkrank und mußte durch die Adern ernährt werden, durch das Blut, und es hatte nichts mit der ersten Krankheit zu tun, die, glaube ich, ausgeheilt ist. Meinen Augen geht es jetzt besser. Ich darf noch ein paar Monate nicht in die helle Sonne gehen. Mein Kopf tut mir jetzt nicht mehr so weh. Wie geht es Euch allen? Ich habe Sehnsucht, wieder nach Detroit rauf zu kommen, sobald hier alles geordnet ist. Oder vielleicht sollte ich noch eine Weile hier unten bleiben; ich hab von einem Job gehört, gerade ehe ich krank wurde. Ist das Wetter droben schön? In dem Bett neben mir ist ein Mann mit blutenden Magengeschwüren, und seine Frau sagt, er ist sehr krank, und der Mann auf der anderen Seite ist neulich gestorben. Jetzt liegt ein alter Mann dort, der sich nicht rühren kann. Ich weiß nicht, was er hat, er kann nicht mal die Bettschüssel benutzen. Er ist ziemlich alt. Das Schlimme ist nur, daß er mich am ersten Abend gebeten hat, ihm aufzuhelfen, nachdem das Licht aus war, und ich hab es versucht, ihm aufzuhelfen, und da hab ich gemerkt, daß sie ihn irgendwie festgeschnallt hatten. Da hab ich Angst gekriegt. Ich hab ihm gesagt, er soll sich lieber wieder hinlegen. Aber all das entmutigt mich überhaupt nicht, nein, im Ernst, wenn erst mein Kopfweh ganz weg ist und meine Augen besser sind, dann werde ich so gut wie neu sein, wo doch das Krankenhaus alles untersucht hat und so. Wenn ich erst raus bin, kann geschehen, was will. Ich bin voller Hoffnung. Hier drin hab ich ein paar gute Bücher gelesen, die sie hier rumgeben, und hab auch in die Bibel geschaut, womit ich mich, wie ihr wißt, früher nie abgegeben habe, es sind ein paar interessante Dinge drin. Das Wichtigste, was ich rausgekriegt habe, ist, daß die Menschen immer gleich gewesen sind, einsam und voller Sorgen und voller Hoffnungen, und daß sie ihre Gedanken niedergeschrieben haben, und wenn wir sie lesen, dann sind wir in der gleichen Zeit wie sie, und es ist, als ob die Zeit nicht wirklich vergangen wäre. Geht Ihr noch in die Kirche? Wenn ja, betet für mich, das wäre mir ein angenehmer Gedanke, wenn ihr das tätet. Ich bete nicht zu Gott, ich bete nur vor mich hin, ich meine, ich denke mir die Worte und bete manchmal zu allerlei Leuten, die ich gekannt habe – ich glaube, das klingt verrückt. Ich denke Gedanken gern ganz klar zu Ende. Ich denke gern darüber nach, was die in den Büchern mit »der Geist des Herrn« meinen. Ich weiß, daß ich ihn in mir habe. Als ich Schmerzen hatte und ziemlich schwer verletzt war, hatte ich viel Zeit, darüber nachzudenken, und ich bin ganz sicher, daß in uns allen ein »Geist des Herrn« ist, er macht uns fähig, miteinander zu reden und einander zu lieben. Ich verlaß mich auf mein Glück. Ich weiß, daß alles gut werden wird. Es gibt hier viele Jobs, und mit allem in den Vereinigten Staaten geht es aufwärts. Sobald die mich aus dem Krankenhaus entlassen, schreibe ich Euch wieder, macht Euch keine Sorgen, ich habe Euch lieb

Jules

»Ich werde aus dem nicht klug«, sagt Loretta aufgeregt und stolz. »Habt ihr je jemand so reden hören? Als er ein Kind war, sah es so aus, als ob er im Knast enden würde, wie die anderen Gören, und nun seht mal –«

»Du darfst stolz auf ihn sein, Schatz«, sagt Midge.

Maureen träumt, etwas unruhig gemacht durch den Frühling. Das offene Fenster zeigt ihr den Himmel. Ihre bläulichweißen Hände liegen regungslos auf der Bettdecke. Ein übelriechendes Bett. Ein Winterbett. Der Stumpfsinn um sie her ist dicht erfüllt mit Schrot, zu Sand verdichtet die Luft, die auf sie herunterregnet. Sie gähnt. Sie schläft. Eine Tür öffnet sich in ihrem Hirn. Sie sagt fragend zu sich selbst: *Wo ist Maureen jetzt?* Aber wenn sie durch die Tür hinausschaut, sieht sie niemand. Keine Maureen. Sie denkt: *Und was ist mit Jules?* Ein Angstgefühl erhebt sich in ihr, Angst um Jules. Warum ist Jules nicht da? Jules mit an den Armen befestigten Schläuchen, dem man Blut füttert, Jules ganz am anderen Ende des Landes, drunten in Texas und Oklahoma ... Sie schläft und versucht, diesen Gedanken zu entrinnen. Aber sie sieht sich an einer Straßenecke einem Mann gegenüber schweigend Worte formen. Sie hat das Notizbuch für ihre Klasse verloren, und Schwester Marie Paul ist böse, erzählt sie ihm. Der Mann schlägt ihr ins Gesicht, um es zu verwunden. Oder schlägt Schwester Marie Paul sie? Wenn ihr Gesicht verwundet ist, wird sie nie Geld verdienen. Wenn ihr Körper zerschlagen und verwundet ist, kein Geld, kein Geld. Träge und stinkend und fett geworden – kein Geld. Sie sagt zu einem Unbekannten an der Ecke, die aussieht wie Michigan Avenue, mit wimmernder Kinderstimme: *»Haben Sie mein Notizbuch gesehen?* Der Mann ist gut angezogen, fein, da muß er Geld haben, er beugt sich zu ihr herunter und umarmt sie, so daß sie seinen Körper in seiner ganzen Ausdehnung fühlt. *Mein Notizbuch*, sagt sie und schaut über seine Schulter in den Himmel, *haben Sie es nicht gesehen?*

Ein Tag auf Belle Isle fällt ihr ein, an dem sie ziellos mit einem

Mann im Park herumgefahren ist, im Auto eines Mannes. Er redet und redet. Er ist sehr traurig. »Ich habe diese Frau, die schon fünfundzwanzig Jahre meine Frau ist ... fünfundzwanzig Jahre ... ein Vierteljahrhundert kennen wir uns ... und wir sind auch schon so lange verheiratet. Wir haben vier wundervolle Kinder ... und ich liebe sie alle ... mir bricht das Herz, wenn ich an sie denke ... mir ist, als ob ich in Stücke gerissen würde ... ich liebe dich und ich denke die ganze Zeit an dich ... und mir ist, als ob ich davon in Stücke gerissen würde ...«

Die Teile von Maureens Körper, feucht und warm, werden in der Masse ihres Körpers, einer Verkleidung, wieder zusammengefügt. Sie schläft voller Unbehagen. Sie wartet auf Geräusche, die sie nicht hören möchte. Hinter dem Gebrummel des Fernsehers hört sie neue Geräusche, Geräusche von draußen, von Menschen, die sich auf der Treppe unterhalten, Menschen draußen ... so viele Menschen ... Fenster stehen in dem warmen Wetter offen und lassen die Laute frei. Gegen ihren Willen horcht sie. Neugierig und schüchtern und ängstlich und ein wenig verstimmt horcht sie. Brock liest ihr aus der Zeitung vor. Rex Morgan. Gasoline Alley. Brenda Starr. Seine Lieblinge. Loretta geht aus, und Brock bleibt zu Hause, um Maureen zu bewachen. Er leistet ihr Gesellschaft. Er redet stundenlang. Er redet über Indiana, darüber, wie er auf den Eisenbahnzug aufgesprungen ist, darüber, wie er auf Farmen gearbeitet hat, im Gefängnis war ... er redet stundenlang, stundenlang. Maureen schläft ein und wacht wieder auf bei seinem Gerede. Seine Masse ist wie ihr Körper, er bedeutet Sicherheit. Sie fängt an, ihm zu vertrauen. Ihre Augen sehen ihn an. Er liest ihr immer wieder die Briefe von Jules vor. »Ich werde dir das über die Busfahrt, die er gemacht hat, nochmal vorlesen, das ist ein netter Brief«, sagt Brock. Er holt die Briefe aus einer Zigarrenschachtel und sieht sie durch. Er zeigt ihr die Bilder aus den Comics. Er stellt ihr den Fernseher ans Fußende des Bettes auf einen Kartentisch. Er versucht, mit ihr Karten zu spielen, aber sie spielt nicht. Sie liegt eigensinnig und kalt unter der Decke, wach, aber nicht willens, Karten zu spielen; sie versteckt sich. Brock spielt Solitaire. Loretta kommt heim, ihre hohen Absätze lärmen in der Küche. Sie öffnet die Eisschranktür, um nach dem Rechten zu sehen, auf dem Weg zu Maureens Zimmer, und Maureen hört alles, was sie sagt.

»Rate mal, wen ich in der Stadt getroffen hab!« fragt Loretta.

Mein Gott, denkt Maureen, *wache ich etwa auf?*

Sie hat Angst. Sie fühlt sich offen, als seien ihr die Beine auseinandergezerrt worden, alles Mögliche kann passieren. Sie schließt die Augen, will zurücksinken, aber es geht nicht, so liegt sie statt dessen mit schwindelndem, hämmerndem Herzen, unfähig zu schlafen, wach. Sie ist wach.

Eines Tages wird sie ungeduldig mit der Mutter und Brock. Sie sind draußen in der Küche und trinken Kaffee. Maureen setzt sich auf und horcht; sie kann hören, daß die Post gekommen ist. Sie hört den Briefträger drunten. Schwitzend, in panischer Angst, windet sie sich unter den Decken und formt stumme Worte: *Warum hört ihr ihn nicht unten? Ist ein Brief von Jules da?*

Die stummen Worte sind schmerzhaft. Sie fühlt sie riesig in der Kehle, sie zerdehnen ihr den Mund. Verzweifelt, erschöpft, versucht sie sie zurückzuhalten und tot auf dem Kissen zu liegen, schwer und kalt. Und dann findet sie sich plötzlich aufrecht sitzen, wie sie ausruft: »Ist die Post da? Ist ein Brief von Jules da?«

Loretta und Brock kommen sofort an die Tür und schauen zu ihr hinein. Und sie sagt laut, kindisch und ungeduldig, als ob sie gleich weinen würde: »Bitte schaut unten nach. Hört ihr nicht, daß der Briefträger da war? Vielleicht ist ein Brief von Jules gekommen.«

Sie ist endgültig aufgewacht.

11. Februar 1966

Liebe Miss Oates,

ich war vor Jahren Ihre Schülerin. Sie werden sich meiner nicht erinnern. Ich schreibe Ihnen diesen Brief, weil ich weiß, daß Sie sich nicht an mich erinnern.

Warum ich mit Ihnen sprechen möchte? Sie haben es eilig im Leben und werden mir nicht zuhören. Als ich Ihre Schülerin war, kam ich schlecht vorwärts, warum sollten Sie sich meiner erinnern? Ich war damals nicht fett, sondern verwandelte mich wieder in das, was ich vorher gewesen war. Vorher war ich fett gewesen. Na ja, macht nichts. Ich möchte Ihnen etwas mitteilen, und ich weiß nicht, was es ist.

Ich greife mir an den Kopf und versuche, mich an mein Leben zu erinnern, wie alles kam und in welcher Reihenfolge. Aber es ist alles durcheinander. Da bin ich neulich in die Bibliothek gegangen und habe mir die Zeitungen zwischen April 1956 und Mai 1957 herausgesucht und habe sie durchgelesen.

Während ich schlief, ist alles weitergegangen! – es nimmt kein Ende, ein Gewirr von Menschen und Ereignissen – Fotos von Panzern und Soldaten, von Leuten, die auf der Straße liegen, ich weiß nicht einmal, wer sie waren, sie liegen tot auf der Straße – alles geht weiter, immer weiter. Die Bücher, nach denen Sie uns unterrichtet haben, haben das nicht erklärt. Irgendwie war der Wirrwarr dahinter verborgen. Die Bücher, nach denen Sie uns unterrichtet haben, sind größtenteils erlogen, das kann ich Ihnen versichern. Aber damit will ich Sie nicht kritisieren.

Ich glaube, ich schreibe Ihnen deswegen, weil ich an der Art, wie Sie hinter Ihren Reden und Ihrer Beherrschung und der Art, wie Sie sich beim Unterrichten sorgfältig Notizen gemacht haben, sich die Worte, die Sie sagten, aufschrieben, etwas erkannt habe, was so ist, wie ich bin. Mein Name ist Maureen Wendall. Ich hoffe, daß Sie noch wissen, wer ich bin, aber warum sollten Sie? Ich war nicht gut in Ihrem Kurs und bin aus der Schule weggeblieben und sollte mich schämen, daß ich Ihnen so schreibe. Bitte denken Sie nicht schlecht von mir. Ist es eine Beleidigung, wenn ich sage, daß ich Ihnen schreibe, weil etwas an Ihnen so ist wie ich?

Hochachtungsvoll
Maureen Wendall

8

11. März 1966

Liebe Miss Oates,

danke, daß Sie meinen Brief beantwortet haben. Es hat mir leid getan, daß ich geschrieben hatte, und ich wollte es zurücknehmen, aber jetzt bin ich froh, so ist es auch gut. Ich wünschte, ich könnte meine Gedanken niederschreiben, nicht in einem Durcheinander wie das meiste in meinem Leben, sondern in einer Ordnung – ich will etwas erklären, es mir klarmachen. Ja, es war im Jahr 1964, daß ich den Kurs bei Ihnen an der Uni in Detroit besucht habe. Hatten Sie es noch im Kopf, oder mußten Sie meinen Namen im Klassenbuch suchen? Es würde mir so viel bedeuten, wenn ich denken dürfte, Sie erinnerten sich meiner, aber ich erwarte es nicht, warum sollten Sie sich an mich erinnern, wo ich selber es kaum kann? Ich bin letzten Donnerstag nach der Arbeit in die Bibliothek gegangen und habe die

Zeitungen noch einmal durchgesehen. Man kann, wenn man jeden Tag Zeitung liest, nicht sehen, was passiert, man muß den ganzen Jahrgang durchsehen. Dann stürzt alles auf einen ein. Man kann sehen, daß das ganze Jahr vergeudet war. Immer schneller kommt die Schlagzeile, ein Tag hat mit dem folgenden nichts zu tun, plötzlich ist jemand umgebracht worden, oder eine Nation steht auf dem Titelblatt. Die Fotos von Leuten, die auf der Straße liegen, wechseln, die Namen wechseln, alles hebt und senkt sich und rüttelt einem am Auge. Ich habe in der Bibliothek angefangen zu schwitzen, solche Angst hatte ich. Wie kann ich mein Leben leben, wenn die Welt so ist? In dieser Welt kann man nicht leben, niemand kann richtig darin leben. Sie ist außer Rand und Band, sie ist verrückt. Ich habe es sogar in der Bibliothek gespürt, obwohl alle still an ihren Tischen saßen. Ich habe mich umgesehen. Die Leute dort würden die Bücher gern aus den Fenstern werfen, Lampen und Stühle zertrümmern und sich gegenseitig mit allem, was sie nur greifen können, eins über den Kopf hauen. Doch sie sind still, sitzen da und lesen. Ich möchte nicht, daß Ihnen das verrückt klingt. Ich sage nur, was ich glaube. Die Bibliothek ist sehr sauber und modern, solche Orte liebe ich, hinter ihnen ist nichts, oder nicht viel – nicht viel Geschichtliches. Ich habe es gern, wenn die Leute leise auftreten und höflich sind. Bei mir zu Hause ist niemand leise oder höflich.

Ich will Ihnen von meiner Familie erzählen, wie wir gelebt haben. Ich will Ihnen von mir erzählen. Jetzt haben wir März 1966, und ich kann dieses Datum nicht glauben. Es ist, als lebte man in der Zukunft – nicht in Wirklichkeit. Es ist so viele Jahre später, als das, was mir geschehen ist, aber ich lebe immer noch, und ich bin dabei, ein neues Leben anzufangen, ganz neu anzufangen mit einem neuen Leben. Mein Herz gefriert mir vor Angst bei dem Gedanken, hinzugehen und von vorn anzufangen. Ich muß mit jemand sprechen. Ich möchte mich Ihnen mitteilen.

Was wird nach dem Heute geschehen? Ich sitze hier in meinem Zimmer in Highland Park, in der Nähe der Second Avenue und schreibe dies hin, damit Sie es lesen. Es ist zehn Uhr abends. Ich bin allein. Ich lebe allein. Mein Leben ist ruhig. Als ich in dem Abendkurs Ihre Schülerin war, hatte ich eine Ganztagsstellung als Sekretärin, jetzt habe ich einen besseren Job und nehme zwei Abende in der Woche an einem Kursus des Highland Park Junioren-College teil. Es heißt, es sei eine viel leichtere Schule als die Uni in Detroit. Aber ich möchte mit meiner College-Ausbildung weitermachen. Ich möchte lernen, was ich nur kann, vielleicht hilft es mir, weniger Angst zu haben. Ich habe Angst beim Wachen und beim Schlafen, und wie soll man leben, wenn man dauernd Angst hat? Ich habe Angst vor Männern draußen auf der Straße, wenn ich sie sehe oder wenn ich sie nicht sehe, ich habe Angst, überfahren oder von Menschen ausgelacht zu werden. Ich habe Angst, meine Handtasche zu verlieren, Angst, mich in einem Laden erbrechen zu müssen, in der Bibliothek laut zu schreien und hinausgeworfen und nie wieder zugelassen zu werden. Ich sitze immerzu da und denke an die Zeit. Fünfzehn Minuten nach zehn am 11. März 1966, und ich weiß, das sollte eine geheiligte Zeit sein, weil sie nie wieder kommen wird, aber ich empfinde nichts für sie, ich bin gefühllos. Was wird in Zukunft geschehen? Ich habe Angst. Ich habe nicht bloß vor meiner eigenen Zukunft Angst, sondern vor der der Welt. Wenn ich die Zeitungen lese, ist mir, als ob ich mich verliere, mein eigenes Ich Maureen Wendall und so werde, wie die Welt selbst, die nicht weiß, was am nächsten Tag passiert und nie darauf vorbereitet ist. Vielleicht schreibe ich Ihnen nicht deshalb, weil Sie mir gleichen – das klingt ein bißchen verdreht! –, sondern weil Sie das genaue Gegenteil sind; Sie sind niemals überrascht, Sie sagen alles voraus, und mitten im Wirrwarr der Zeitungen leben Sie friedlich Ihr eigenes Leben: Sie sind bereit.

Die Studenten in Ihrer Klasse, wenigstens einige, haben Sie etwas merkwürdig gefunden. Die finden die meisten Lehrkräfte merkwürdig. Das war im Jahr 1964, im Januar und Februar, im zweiten Semester. Sie fanden, Sie wären sehr intelligent aber kalt. Sie freuten sich über die Bücher, die wir lasen, Sie haben uns gern Stellen laut vorgelesen, wir haben gemerkt, daß die Freude im Klassenzimmer für Sie die am Buch war und nicht die an uns. Ich weiß nicht, ob ich Sie anfangs auch nur sympathisch gefunden habe. Ich habe manchmal Frauen sehr gern, und manchmal sind sie mir widerlich. Sie waren kaum älter als ich, vielleicht war ich einfach eifersüchtig. Ich wünschte mir meine Lehrer immer älter, eigentlich wünsche ich mir alle Leute älter, damit ich ihrem Beispiel folgen kann. Jetzt werde ich selber schon alt, ich bin sechsundzwanzig! Das scheint mir ein schreckliches Alter, um darin allein zu sein und keinen Beruf zu haben und anders zu sein als alle anderen, deren Leben vorgezeichnet ist. Aber ich habe so viel durchgemacht, daß ich statt sechsundzwanzig in Wirklichkeit vierzig oder fünfzig sein müßte. Im Inneren meines Körpers und meines Gesichts bin ich eine alte Frau, nicht einmal eine Frau oder ein Mann, sondern einfach ein alter Mensch; vielleicht schreibe ich Ihnen deshalb, um all das loszuwerden und mich wieder jung zu machen, um wieder zu empfinden, wie ich mit sechsundzwanzig, im Begriff, mich zu verlieben, empfinden sollte.

Es gibt da einen Mann, den ich heiraten möchte – ich möchte mich in ihn verlieben.

Wir wollten gerne mehr von Ihnen wissen, von Ihrer Ehe. Sie waren so ruhig und intelligent, und Ihr Sinn für Humor hat uns immer Angst eingejagt. Wie konnten Sie verliebt und verheiratet sein? Das war es, worüber ich nachdachte. Manchmal erinnerten Sie mich an meinen Bruder Jules. Jules hätte so intelligent sein können wie Sie – ich meine, man hätte ihn bilden können, wenn sich die Dinge nicht anders entwickelt hätten. Ich habe Jules von Ihnen erzählt. Mein Bruder Jules ist der wichtigste Mensch in meinem Leben, aber was fängt man an mit Menschen, die einem viel bedeuten? Sie lieben? Wie liebt man sie, was genau bedeutet das? Heißt das, daß man dasitzt und an sie denkt und sie beschützen möchte? Wenn es so ist, dann müßte Jules, um geborgen zu sein, tot und begraben sein. Ich möchte einen Mann heiraten und mich in ihn verlieben und von ihm beschützt werden. Ich bin bereit, mich zu verlieben. Aber mein Herz ist hart und mein Körper starr, gefroren.

Vermutlich erinnern Sie sich nicht an mich. Der Kurs, den ich bei Ihnen genommen habe, hieß »Einführung in die Literatur«. Ich habe immer so gern Bücher gelesen, aber in dem Unterrichtsraum im Gebäude für Handel und Finanz kam mir alles kalt und fremd vor, bedrohlich. Die anderen Schüler waren bedrohlich. Es war ein Abendkurs, das machte es noch schlimmer. Abends wirkt alles übertrieben. Wir haben gemerkt, daß Sie sich darüber geärgert haben, in einem Abendkurs zu unterrichten. Ich habe in der dritten Reihe gesessen und hatte damals lange Haare, lange, dunkle Haare, aber jetzt habe ich kurze, und auf einem Foto von Ihnen in der Zeitung habe ich gesehen, daß Sie jetzt auch die Haare kurz tragen, dunkle, kurze Haare. Alles das war vor drei Jahren. Haben Sie mich jemals angesehen und über mich nachgedacht? Haben Sie sich gedacht: *Dieses Mädchen gleicht mir irgendwie?*

Eines Abends haben Sie was aus ›Madame Bovary‹ vorgelesen, das sollte unsere Hausaufgabe sein, über die Frau, wie sie im Feld mit ihrem Hund spazierengeht. Sie waren anscheinend der Meinung, das sei wichtig. Draußen im Feld sieht sie sich um – sie sieht – ich weiß nicht was. Ich kann mich nicht erinnern. Dann spürt sie, wie ein kalter Wind anfängt zu wehen und geht wieder nach Hause. Sie haben uns die Stelle vorgelesen und haben uns auf irgend etwas aufmerksam gemacht, und ich hab gemerkt, daß Sie dachten: *Diese Frau ist mir irgendwie ähnlich*, so wie Sie, uns fremd, und ich saß da und hörte mich innerlich denken: *Dies ist nicht wichtig, nichts davon ist wirklich.* Mir war elend und schwindlig, während ich das dachte. In der damaligen Zeit fastete ich gern, um Zeiten auszugleichen, in denen ich soviel gegessen hatte, und manchmal wurde mir abends schwindlig. Ich habe morgens Cracker gegessen und nach der Arbeit Brot und eine Banane oder Orange oder so was, das war alles. Ich mochte es gern, wenn ich vor Hunger Magenschmerzen bekam und dabei wußte, daß ich hungrig war und nicht vollgestopft und nicht mehr fett. Mir ist während Ihres Abendkursus oft schwindlig gewesen. Warum haben Sie das Buch über Madame Bovary für so wichtig gehalten? All diese Bücher? Warum haben Sie zu uns gesagt, sie seien wichtiger als das Leben? Sie sind nicht wichtiger als mein Leben.

Als ich noch ein anderer Mensch war, ehe ich verrückt wurde, habe ich Bücher geliebt. Ich war dreizehn Monate lang verrückt. Niemand hat mich irgendwohin eingewiesen, man hat mich zu Hause gelassen. Ich lag im Bett und war verrückt. Ich konnte hören, aber ich hörte nicht zu. Ich war nicht Maureen Wendall, sondern eine Fleischmasse, die auf einem Bett lag. Ich hätte mein Leben lang dort liegenbleiben können, aber ich bin zurückgekehrt, bin aufgewacht. Ich weiß nicht, warum ich aufgewacht bin. Es ist geschehen.

Ich schreibe das jetzt in einer Bibliothek, nicht in meinem Zimmer. Draußen ist es dunkel. Morgen abend treffe ich mich mit dem Mann, den ich zu heiraten beabsichtige, dem Mann, den ich will, aber heute abend bin ich eine junge Frau in einer Bibliothek in Detroit, einer kleinen Bibliothek, allein, die allein am Tisch sitzt, und einen Brief an eine Frau namens Joyce Carol Oates, eine frühere Lehrerin von mir, schreibt. Heute abend sind außer mir bloß drei Personen da, weil es draußen stark schneit. Es ist beinahe ein Blizzard. Das eine ist eine Frau mit dem Mantel an, noch immer zugeknöpft, mit einem Kragen aus falschem Pelz, der struppig und häßlich ist, einem Mantel, der aussieht wie ein Herrenmantel; und ein Mann, der ungefähr siebzig ist, über die ›Detroit News‹ gebeugt, mit einem ganz leeren Gesicht, der die Zeitung ganz langsam liest; und noch ein Mann um die fünfzig, den will ich nicht anschauen, weil ihm die Nase läuft und er kein Taschentuch hat und sie sich mit den Fingern wischt. Dann ist noch die Bibliothekarin da, mit ihrer weißgeränderten Brille. Ich komme immer her, aber sie tut so, als ob sie mich nicht kennt. Sie arbeitet am Ausgabepult. Wir alle sind hier drin, und draußen schneit es heftig, und wir sollten uns einander nahe fühlen, aber wir tun es nicht. Wir sprechen nicht miteinander und wir sehen uns nicht an.

Dieser Brief ist eine verrückte Idee, aber das ist mir egal. Es ist mir egal, was Sie denken. Vielleicht bekommen Sie viele verrückte Zuschriften. Ich habe es aufgegeben, mich darum zu kümmern, was die Leute denken, ich kann sie nicht ändern. Rings um mich her sind Regale mit Büchern drin, und keines dieser Bücher ist irgend etwas wert, das weiß ich jetzt, auch nicht die Bücher von Jane Austen, die ich früher geliebt habe, und nicht das Buch über Madame Bovary, das Ihnen so gefallen hat. Diese Dinge sind nicht geschehen und werden nicht geschehen. Keines davon ist je geschehen. In meinem Leben ist etwas geschehen, und darüber muß ich weiterhin nachdenken, wieder und wieder. Eine Weile war ich krank. Es war mein Geist, der krank war, er hat nachgegeben, er wurde benebelt und träge und hat sich vom Gerede der Menschen zurückgezogen. Sie haben in dem Kurs immer zu schnell geredet, das war nicht gut an Ihnen. Wir haben dagesessen und versucht, den Sinn in Ihren Worten zu entdecken, und Sie haben immer schneller und schneller gesprochen, um uns zu entkommen. Haben Sie uns denn gehaßt, daß Sie deswegen so schnell gesprochen haben? Sie haben uns hinter sich gelassen. Ich wollte nach dem Unterricht zu Ihnen nach vorn gehen und fragen: »Warum wollen Sie uns hinter sich lassen?« Aber ich hatte nie den Mut dazu.

Als ich gesund wurde, führte mein Onkel mich spazieren. Er brachte mich von dort, wo ich als Verrückte war, zurück. Er hat mich aufgeweckt, dieser Onkel. Ich habe ihn jetzt seit Jahren nicht mehr gesehen, aber das macht nichts, es ist der Onkel Brock aus dem Jahr 1957, an den ich mich erinnere, und die Mutter von 1957, an die ich mich erinnere, sonst kommt mir alles durcheinander. Mein Gesicht war gräßlich. Er hat mich zurückgeholt, indem er mit mir sprach. Er hatte ein trauriges, ernstes Gesicht, er sah selber gräßlich aus, als Mann ein Versager, ohne Mut. Mama hat Andeutungen gemacht, daß er mal was getan hat, was Schlimmes, und die Stadt verlassen mußte. Ich weiß es nicht. Aber er hat mich zurückgeholt von dort, wo ich war. Ich liebe ihn, ganz egal, was für ein Wrack er in seinem eigenen Leben ist, oder ob er überhaupt ein eigenes Leben hat.

Warum fällt mir immer wieder die Dame ein, die in einem Feld in Frankreich spazierengeht, irgendwo auf dem Lande, die ihren Hund spazierenführt und im Wind fröstelt? Ich möchte mich daran nicht erinnern, wo ich so viel anderes vergessen habe. Sie haben es uns vorgelesen, Sie haben es mit einem bestimmten ernsthaften Blick und in ernsthaftem Ton vorgelesen, der mich fast hat frösteln lassen, es bedeutete Ihnen so viel, und deshalb haben Sie mit uns nie gesprochen; weil sie nämlich glaubten, daß das Buch wichtiger wäre als Ihre Studenten. Stimmt das nicht? Sie klammerten sich an Ihre Bücher, und wir Studenten kamen und gingen, Abendschüler und Tagschüler, hinaus und herein, und Sie haben diese Schule verlassen, sind woanders hingegangen, aber Sie haben Ihre Bücher mitgenommen, und ich wette, in jedem von ihnen stand vorne Ihr Name, und sie waren Ihnen wichtiger als einer von uns. Das ist in Ordnung. Ich habe die anderen Studenten nicht gekannt, ich hatte keine Zeit für sie. Mein Leben war gehetzt. Ich wollte gut in der Schule sein und eine Stellung suchen, meinen Weg machen, heiraten, aber mein Leben war gehetzt, und ich war zu nervös, um meine Sache gut zu machen. Ein Jahr lang lag ich verrückt im Bett, und ein paar Jahre später war ich im College, in Ihrer Klasse, saß dort in der dritten Reihe und starrte Sie an und hatte Angst vor Ihnen und vor dem Unterricht. Ein Jahr lang lag ich im Bett und schwieg, und ein paar Jahre später schrieb ich Arbeiten für Sie, versuchte sie zu schreiben. Sie haben mich durchfallen lassen. Sie haben mir den Schulbesuch verbaut.

Ich mache niemand einen Vorwurf. Ich mache nie jemandem Vorwürfe. Ich bin wie ein Stück Holz, das vom Wasser davongetragen wird, das dahintreibt und dabei Dingen begegnet und sie hinter sich läßt, ohne zu urteilen, ohne darüber zu schimpfen. Der Mann am anderen Ende vom Nachbartisch zieht so laut und rasch in der Nase hoch, wie gewisse Männer es in der Öffentlichkeit tun, und man möchte sie anschreien: *Sofort nehmen Sie ein Taschentuch, Sie Schwein!* aber ich denke mir: *Nein, es ist bloß ein Mann, kümmer dich nicht darum.* Mein

Vater war so. Er hat morgens seine Nebenhöhlen ausgeblasen, im Bad, das an das Zimmer stieß, das Betty und ich teilten. Laß sie. Sie machen solche Sachen, sie machen noch anderes mit einem, atmen einem ihren persönlichen Atem ins Gesicht, und dann sterben sie, das ist eben so. Ich mache ihnen keinen Vorwurf. Ich mache auch Ihnen keinen.

Mein anderer Englischlehrer in dem College, Mr. Kowack, war sehr streng, wenn er meine Arbeiten korrigierte, und ich dachte, er müsse so tun als ob und den Strengen spielen, wo sich doch kein Mensch einen Dreck darum scherte, wo doch draußen auf der Livernois-Avenue die Bremsen immerzu kreischten und die Luft stank und die Neger an den Straßenecken standen, den ganzen Tag, und darüber nachdachten, was sie machen sollten, und Pläne schmiedeten. Brände und Schießereien. Brennt Detroit nieder! Aber er hat die Arbeiten zurückgegeben mit Note 4 und 5 und hat mit roter Tinte alle meine Fehler erklärt. Sie haben mir Note 5 für die einzige Arbeit gegeben, die ich abgeliefert habe, aber Sie haben sich nicht die Mühe gemacht, mir zu erklären, was daran falsch war. Mangel an logischem Zusammenhang im Aufbau, haben Sie unten drunter geschrieben. Sie haben mit blauer Tinte geschrieben, Mr. Kowack mit roter. Ihre Handschrift war groß und verträumt und mit runden Buchstaben und langen gekreuzten t's, die hoch nach oben und nach unten reichen, und sehr deutlich, sie ist es vermutlich noch. Was haben Sie damit ausgedrückt? Ich habe nicht verstanden, was Sie meinen. Sie wußten, was Sie meinten, aber ich nicht. Sie wären nicht die Frau, die dreizehn Monate lang gelähmt daliegen würde, weil ein Mann versucht hat, Sie umzubringen, Sie sind nicht die Frau, die sich Männern für Geld hingeben würde oder für sonst etwas, nicht einmal aus Liebe, und Sie würden Ihre Nächte nicht damit verbringen, in einer Bibliothek zu sitzen und einer Unbekannten Briefe zu schreiben.

Ich möchte mich gar nicht in Sie verwandeln, aber ich möchte mich gern so sehen: in einem Haus außerhalb der Stadt wohnend, in einem Ranchhaus oder einem Haus im Kolonialstil, das hinten herum einen Zaun hat, eine Frau, die in der Küche arbeitet, vielleicht dabei Hosen trägt, ein Baby in der Wiege im Kinderzimmer, dünne, weiße Mullgardinen, ein Schlafzimmer für meinen Mann und mich, ein Fenster im Wohnzimmer, das auf einen Rasen hinausgeht und auf die Straße und auf das Haus gegenüber. Jede Zelle in meinem Körper sehnt sich schmerzhaft danach! Meine Augen schmerzen danach, die Augäpfel in ihren Höhlen hungern schmerzhaft danach, mein Gott, wie wünsche ich mir dieses Haus und diesen Mann, wer es auch ist.

Ich denke an die Monate, in denen ich wieder in die höhere Schule ging, in die Abendkurse und aufholte, was ich versäumt hatte. Damals habe ich angefangen, von meiner Zukunft zu träumen. Ich bin in die Schule gegangen, ich habe die Monate, in denen ich verrückt war, wieder ersetzt. Ich habe das getan. Wie aber verliebt man sich? Ich habe gehört, daß Mama zu einer Freundin sagte, es gäbe im Leben nichts anderes als die Männer, nichts als die Liebe. »Mein Gott, wenn man sich's recht überlegt, was gibt es denn sonst?« hat sie mit ihrer eintönigen, amüsierten Stimme gesagt, als habe sie alles ausprobiert und müsse diese Wahrheit zugeben. Aber wie verliebt man sich? Ich denke daran, wie Mama betrunken in der Küche mit Sachen geworfen hat und geweint und mit häßlich verzerrtem Gesicht und häßlichen Worten, die ihr aus dem Mund kamen, wenn ein Mann sie enttäuscht hatte – sie haben sie immer enttäuscht, die arme Mama, und sie war doch in ihrer Art eine hübsche Frau. Warum hat sie sich solchem Schmerz ausgesetzt? Immer wieder hat sie sich dem ausgesetzt.

Ich werde mich verlieben. Morgen abend werde ich mich mit dem Mann treffen, den ich mir ausgesucht habe, um ihn zu lieben. Er ist schon verheiratet; er hat drei Kinder. Ihn will ich. Ich will, daß er mich heiratet. Ich werde erreichen, daß es geschieht und werde mit meinem Leben anfangen. Wir werden ein gemeinsames Schlafzimmer haben, wir werden Kinder haben, er wird seine vorigen Kinder verlassen. Ich erzähle Ihnen das alles, obwohl Sie eine verheiratete Frau sind und nicht wollen würden, daß eine Frau Ihnen Ihren Mann wegnimmt. Aber Sie sind, glaube ich, eine verheiratete Frau, der es nichts ausmachen würde, jemand anders den Mann wegzunehmen, wenn es nur gut genug vor sich ginge, schön genug, so wie in einer Geschichte. Ab und zu aber glaube ich nicht daran, daß mein Leben sich ändern wird. Ich glaube nicht daran, daß er mich heiraten oder auch nur an mich denken wird. Ich glaube nicht daran, daß etwas so Sonderbares geschehen könnte. Und dann verfalle ich in einen traurigen Zustand und komme nicht wieder heraus. Ich lehne mich vornüber, und der Kopf hängt mir zwischen den Schultern, und meine Knochen scheinen hilflos zu werden, und ich denke mir: *Warum bin ich nicht gestorben? Warum hat er mich nicht umgebracht?* Dreizehn Monate lang war ich ein Tier. Mama braucht einen anderen Ausdruck, sie sagt »es wäre eine Phase gewesen«, aber ich erinnere mich an alles, ich weiß. In diesen Monaten habe ich überhaupt nicht gedacht, bloß Bilder sind mir durch den Kopf gezogen wie in einem Alpdruck. Sogar wenn ich wach war, schlief ich. Sogar jetzt, wo ich in dieser Bibliothek sitze und Zeit vor mir habe, soviel gefährliche Zeit, habe ich in Armen und Beinen ein komisch weiches Gefühl, das so ist wie eine Erinnerung. Aus meinem Körper bekomme ich solche Erinnerungen nicht. Ich habe keine Liebe empfunden zu den Männern, aber ich habe die Arme um sie gelegt. Sie sind an der geheimsten Stelle meines Körpers in mich eingedrungen, diese Fremden, und der Raum zwischen uns war nur eine glitschige Oberfläche von Haut und Schweiß. Ist das bei der Liebe anders? Wie ist das, wenn man sich aus Liebe hingibt? Oder liegt man da und empfindet Entsetzen bei dem Gedanken, daß es – Liebe oder nicht, Ehemann oder Fremder – immer das gleiche ist und daß keine Worte es verändern können? Ich war nie verliebt. Die haben mich nicht geliebt. Die haben mich immer wieder umarmt; im Geist werde ich immer sehen, wie ein Mann ein Mädchen umarmt, das ich bin. Ich kann die Hände des Mannes über den Körper des Mädchens streichen sehen, aber die Körper sind einander fremd. Ich kann diese Erinnerung nicht loswerden. Mein Körper ist wie der Leib eines Tieres oder wie eines von den Dingern, die bloß aus einer Zelle bestehen und winzig sind und ihre ganze Geschichte völlig für sich behalten und immer gleich alt sind, ich meine, in jedem Jahrhundert, zur Zeit, in der Christus gelebt hat, und eben jetzt sind diese Dinger immer die gleichen, die Erinnerung sitzt fest in ihnen drin und hat mit dem Gehirn nichts zu tun. Ich erinnere mich. Ich werde lange leben und mich erinnern.

Ich bin also zurückgekehrt. Ich bin aufgewacht. Ich habe die Schule fertiggemacht, ich bin aus der Wohnung meiner Mutter ausgezogen, ich habe als Stenotypistin gearbeitet und habe mir ein Zimmer in der Nähe der Bushaltestelle genommen, ich habe bei der Uni von Detroit für einen einzigen Kurs belegt, im Herbst 1963: Schriftliches Gestalten. Mr. Kowack gab mir die Note 4! Ich habe einen weiteren Kurs belegt, den von Ihnen. Ich bin zum Unterricht gekommen, ich habe Ihnen zugehört, ich habe nachts wachgelegen und daran gedacht, daß ich es gerade noch schaffen muß, daß ich die Note 3 in diesem Kurs kriegen muß, daß ich mich zusammennehmen und so werden muß wie die anderen. Aber ich habe versagt. Sie haben mich versagen lassen. Sie haben mir die Note 5 gegeben.

Sie haben mich durchfallen lassen.

Dieses Jahr an der Universität von Detroit war seltsam für mich. Tagsüber habe ich gearbeitet. Drei andere Stenotypistinnen, ich, eine Sekretärin. Im Stadtzentrum. Ich habe hin und zurück den Bus genommen. Ich fand es gräßlich. Ich saß allein. Ich hatte Angst, aber ich hielt durch. Ich habe mir keine andere Stellung gesucht. Ich bin nirgends hingegangen, außer zur Arbeit und in den Abendkurs. Ich habe mich nicht getraut, ins Kino zu gehen. Ich hatte Angst vor diesen ersten paar Minuten, in denen man in einem Kino nicht gut sieht. Aber von sieben bis acht Uhr dreißig war ich zweimal die Woche im Abendkurs im College. Ich habe versucht, so auszusehen wie andere Mädchen. Ich hatte damals schon abgenommen, und mein Teint war wieder sauber. Ich habe mir zweimal täglich das Gesicht gewaschen, Gesichtscreme daraufgeschmiert, alles damit gemacht, und das Gesicht, das Sie gesehen haben, wenn Sie sich die Mühe machten, es anzuschauen, war wieder ein nettes Gesicht. Ich kaufte mir Schuhe und Kleider wie die anderen Mädchen. Ich rollte mein Haar auf Wickler und habe es immerzu gewaschen. Ich war ein hübsches Mädchen. Jetzt, mit sechsundzwanzig, glaube ich noch hübscher zu sein. Ich verdiene es, mich zu verlieben und geheiratet zu werden. Damals wagte ich nicht an etwas so Fernliegendes zu denken, es genügte, einfach den Tag hinter sich zu bringen, ohne zusammenzubrechen. Ich habe nie ans Heiraten gedacht. Ich hatte Angst vor Männern. Worum ich Sie beneidet habe, war Ihre ungezwungene Art mit Männern, die Art, wie Sie mit ihnen redeten wie mit Freunden – die anderen Lehrerinnen auch, mit denen ich Sie in der Halle sah –, konnte man mit Männern befreundet sein? Ich glaubte nicht, daß eine Frau mit einem Mann befreundet sein könnte. Eines Tages sah ich Sie vor dem Unterricht mit einem Mann auf das Gebäude zugehen, einem Professor wie Sie, einem großen, gutaussehenden Mann mit grauen Haaren, sehr gut angezogen, und Sie haben beide geredet und gelächelt, als sei nichts dabei, und Sie haben mich beide nicht gesehen, und ein anderes Mal habe ich Sie gesehen in einem schwarzen Volkswagen, als Ihr Mann Sie zur Schule fuhr und die Auffahrt heraufkam. Ihr Ehemann.

Alles in mir sehnt sich qualvoll nach einem Ehemann. Nach einem Haus. Ich habe diese schmerzhafte Sehnsucht mein Leben lang mit mir herumgetragen und nicht gewußt, was es war.

Jeder ist damit behaftet, mit diesem Riß, der mitten durch ihn hindurchführt. In Ihnen ist er für eine Weile zugekittet. Sie empfinden keinen Schmerz. Ich weiß, daß Sie gerade jetzt keinen Schmerz empfinden. Ich beneide Sie nicht, und ich will nicht so sein wie Sie, ich möchte nur dem Schicksal entrinnen, mein Leben lang *Maureen Wendall* zu sein. Ich träume von einer Welt, in der man Körper betreten und verlassen und die Seele wechseln kann, alles wechseln kann und nicht für immer festgelegt ist, wo man zu Männern und Frauen werden kann, zu Töchtern, wieder zu Kindern und auch zu alten Leuten und spüren, wie es dann sein wird und sie danach nicht haßt, draußen auf der Straße. Ich will nicht hassen. Es gibt zu viel fremde Leute. Ich schreibe dies an eine Fremde, schreibe in einer Bibliothek, die gleich schließen wird. Sie, die Fremde, meine ehemalige Lehrerin, die mich hat durchfallen lassen, Sie lesen dies, so schnell Sie können, haben keine Geduld dafür. Sie wollen keine Menschen, die Ansprüche an Sie stellen. Ich weiß: Ich mache Ihnen keinen Vorwurf und verurteile niemanden. Sie haben gesagt: »Literatur gibt dem Leben Form«, ich erinnere mich sehr genau daran, daß Sie das gesagt haben. Was ist Form? Warum ist sie besser als die Art, wie das Leben sich von selber abspielt? Ich hasse das alles, diesen verlogenen Mist, diese vielen Worte in all den Büchern. Was ich in dieser Bibliothek gern lese, sind Zeitungen. Ich möchte wissen. Der alte Mann liest eine Zeitung, auch der Mann mit der laufenden Nase. Sie wollen, wie ich, herausbekommen, was los ist, was wirklich ist. Sie haben keine Zeit in ihrem Leben für Ausgedachtes. Aber ich erinnere mich, daß Sie das über die Form gesagt haben. *Die Form.* Ich weiß nicht, was das Wort bedeutet. Vielleicht würde mein Bruder Jules es wissen. Ich weiß es nicht. Ich bin selbst eine bestimmte Form, eine Gestalt, wie ich hier sitze mit meinem ausgeleerten Kopf und Angst habe, das ist alles.

Im Krankenhaus, als mich ihr Mann verprügelt hatte, versuchte mir ein Arzt Blut zu entnehmen. Ich war bei Bewußtsein. Er hatte eine große Nadel und stocherte in meinem Arm nach einer Vene. Er konnte keine finden. Er zog die Nadel wieder heraus und steckte sie wieder hinein und suchte nach einer Vene, und er quetschte mir das Handgelenk, damit die Vene anschwoll, um hineinzukommen, aber es funktionierte immer noch nicht, da probierte er es beim anderen Arm und hielt ihn gestreckt fest, weil ich weinte. Ich denke immer wieder daran, wie die Nadel sich hereinbohrt und versucht, meine Vene zu finden, an den Doktor, einen Mann, der in meinem Arm nach einer Vene stocherte und keine fand. Ich hätte die Vene gern für ihn dick und weich gemacht, wenn ich gekonnt hätte, aber wie kann man das? Schließlich bekam er Blut heraus. Er hat gesagt: »Man muß einen Wassermanntest mit ihr machen« – zu irgendwem, nicht zu mir. Ich würde mich für die Liebe offen und bereit machen, aber wie kann man das? Wie kann man sich selbst ändern?

Die Bibliothek schließt jetzt gleich.

Dies nimmt kein Ende.

In welcher Form geschehen denn die Dinge? Ich wäre gern nach dem Unterricht zu Ihnen nach vorn gegangen und hätte diese Frage gestellt, sie Ihnen ins Gesicht geschrien. Ihre Worte waren verkehrt! Sie hatten Unrecht! Eines Tages kam die Sekretärin von der Arbeit weg in unser Büro gerannt. Sie sagte zu uns: »Mein Gott, der Präsident ist erschossen worden. Der Präsident ist erschossen worden!« Mandy, das Mädchen neben mir, sprang auf und warf dabei einige Papiere herunter, die auf dem Schreibtisch lagen. Alle fingen an, Fragen zu stellen. Im Nebenzimmer lief das Radio. Unser Chef kam herein, ganz bestürzt. Ich hob die Papiere wieder ordentlich auf, und während ich vornübergebeugt dastand, raste mein Gehirn so schnell wie ein Eisenbahnzug und dachte: *Hier geschieht jetzt etwas, was ich begreifen sollte.* In der Toilette weinte Mandy, und ich wollte sie nicht ansehen, nicht diese Tränen und ihre zuckenden Schultern. Ich sagte zu ihr: »Aber es sterben doch jeden Tag Leute. Gerade hier in Detroit werden sie genauso erschossen.« Etwas Schreckliches, Unsichtbares kam dicht an mir vorüber. Was war es? Warum konnte ich nicht begreifen? Draußen auf der Straße waren die Menschen sonderbar, alle bestürzt. Ich wollte zu ihnen hinlaufen, sie am Arm packen, ich wollte rufen: »Warum denn? Warum steht alles still? Warum jetzt? Was ist denn geschehen? Was ist es?«

Als ich an diesem Abend zum Abendkurs kam, sprachen alle davon. Ein paar Mädchen weinten. Ein Junge machte einen Witz über Mrs. Kennedys rosa Wollkostüm, irgend etwas mit Erdbeermarmelade. Die Mädchen wichen vor ihm zurück und verzogen die Gesichter. Ich saß ganz allein, allein, und schwieg. Aber es sterben doch jeden Tag Menschen, dachte ich. Wer war John Kennedy, daß er nicht sterben durfte? Eine Kugel drang ihm auf bestimmte Weise in den Schädel, und was im Inneren dieses Schädels war, wurde zerstört. Eines Tages wird es uns passieren. Einigen von uns ist es schon passiert, und passiert gerade jetzt im Augenblick in Detroit. Ein Mädchen sagte sehr aufgeregt: »Habt Ihr das gehört, mit dem Professor für Finanzwirtschaft? Ich glaube, es war Finanzwirtschaft. Er ist in die Klasse gekommen und hat gesagt: ›Gottseidank, daß jemand den Schneid gehabt hat, es zu tun!‹ Das hat er gesagt, zur ganzen Klasse.« Die Mädchen schrien auf, sie schüttelten den Kopf. Einer von den Jungen lachte. Ich faßte mir ins Gesicht, um zu fühlen, wie sich meine Haut anfühlt und hoffte dabei, daß mich keiner ansieht, hoffte, daß keiner mein Geheimnis entdeckt.

Ein paar Minuten vor neun. Die Bibliothekarin knipst die Lichter aus und wieder an, um uns vorzuwarnen. Es ist Zeit aufzustehen, sich fertigzumachen. Die Überschuhe anzuziehen. Es wird draußen sehr kalt sein. Der Mann mit der Triefnase blickt überrascht auf. Hat er Angst? Weiß er nicht, wo er hin soll? Er hat ein blasses, sommersprossiges Gesicht, das Falten schlägt, und ein zerknittertes Hemd. Ich sehe ihn lieber nicht an. Der Uhrzeiger springt eine Minute weiter, der alte Mann faltet seine Zeitung sorgfältig zusammen und legt sie wieder ins Fach zurück. So viel für heute. Seine Hände sind pedantisch. Er hält sich noch auf, ordnet die übrigen Zeitungen zu Stößen. Die Frau am Heizkörper tut einen tiefen Seufzer, den ich durch den Raum hören kann, schiebt eine Zeitschrift von sich, als schöbe sie einen Teller fort, und starrt auf die Tischplatte. Und ich, ich sitze da und mein Herz schlägt regelmäßig und bedächtig, und schreibe das alles aus Haß, weil es mir jetzt so vorkommt, als wären Sie es, die ich hasse, meine ehemalige Lehrerin, eine Frau, aber das ist verrückt, weil ich Sie nicht gekannt habe und gar nicht für Sie gearbeitet habe, vielleicht hätte ich den Kurs abschließen können und vielleicht auch nicht, wieso war es Ihre Schuld?

Aber ja. Ich hasse Sie und niemanden sonst, nicht einmal jene Männer, nicht einmal Furlong. Sie hasse ich, und das ist das einzige Sichere an mir. Nicht die Liebe zu dem Mann, den ich heiraten will, sondern Haß auf Sie. Haß auf Sie, mit Ihren Büchern und Worten, und daß Ihr Mann Sie in die Schule fährt, und daß Sie soviel wissen, was nie geschehen ist, in einer perfekten Form, und jetzt sind manchmal sogar Fotos von Ihnen in der Zeitung: Sie mit Ihrem Wissen, während ich bereits ein ganzes Leben durchlebt habe und mich um und umgekrempelt und nichts dafür bekommen habe, überhaupt nichts. Ich weiß jetzt nichts, nicht mehr, als ich vorher gewußt habe. Jene Männer haben mich nichts gelehrt. Ich hasse sie nicht einmal. Ich habe mein Leben gelebt, doch es hat keine Form. Keine Gestalt. All die Menschen, die nachts allein liegen, krümmen sich vor Haß, den sie nicht einordnen, in keine Form bringen können, all die Frauen, die sich Männern hingeben, ohne zu wissen, wer diese Männer sind – wir alle gehen rasch, mit einem Haß wie einem Drang in den Eingeweiden, in schrecklicher Angst, aber was wissen Sie schon davon? Sie schreiben Bücher. Was wissen Sie?

Die Frau am Heizkörper steht auf. Sie ist schwer, das Stehen scheint ihr wehzutun; dicke, sahnefarbene, fettmarmorierte alte Beine, armselige Beine, berstende Venen, die an die Oberfläche treten, eine Frau in mittleren Jahren. Oh, wir Frauen wissen Dinge, die Sie nicht wissen, die Ihr Lehrerinnen nicht wißt, Ihr Leser und Schreiber von Büchern nicht wißt, wir sind diejenigen, die in Bibliotheken herumsitzen und warten, wann es Zeit ist, fortzugehen, oder allein in der Küche sitzen und Kaffee trinken; wir machen verrückte Pläne, Heiratspläne, aber wir haben keinen Mann, wir träumen davon, Männer zu stehlen, wir sind die, die sich langsam umschauen, wenn sie aus dem Autobus aussteigen, und finden dabei nicht einmal, was wir suchen, können uns nicht recht erinnern, wie wir dort hingekommen sind, überlegen fortwährend, was als Nächstes geschehen wird, was an Schrecklichem als Nächstes geschehen wird. Wir sind die, die Zeitschriften mit farbigen Illustrationen durchblättern und lange, lastende Stunden verbringen, in unseren Körpern versunken, und denken, uns erinnern, träumen und darauf warten, daß etwas zu uns kommt und soviel Schmerz in eine Form bringt.

9

Juli 1966. Jules war immer noch so froh, wieder im Norden zu sein, daß es ihm nichts ausmachte, seine Mutter jede Woche ins Krankenhaus zu fahren, in dem sein Onkel schon seit einigen Monaten mit einer rätselhaften Krankheit lag, die sich nicht besserte. Er sagte sich, daß ein Teil des Lebens darin bestand, Menschen zum Krankenhaus und wieder zurück zu fahren, Besuche in Krankenhäusern zu machen und gelegentlich selbst in einem zu landen. Während er sich im Südwesten aufgehalten hatte, war er dreimal im Krankenhaus gewesen wegen verschiedener Krankheiten. Das Klima hatte ihm zugesetzt, hatte ihn anfälliger gemacht für Kopfschmerzen, für Augenschmerzen, für Schwindelanfälle, und einmal war er mit einem Wagenheber verletzt worden, sein Knie wäre beinahe kaputtgegangen, und während er im Krankenhaus lag, hatte er sich bemüht, eine Insel der Stille um sich herum zu schaffen, damit er nachdenken, sein Leben organisieren konnte. Doch in den Krankenhäusern war es immer so laut, Tag und Nacht gingen ineinander über, schlaflose Nächte und schlaflose Tage, zu viel Essen, zu viel andere Menschen – daß er zu dem Schluß kam, es sei vielleicht besser, überhaupt keinen Verstand zu haben und nur dazuliegen und zu warten.

Nun, da seine Mutter wieder mit einem Mann ausging, sah ihr Leben freundlicher aus, aber für einen Besuch im Krankenhaus mußte alles schlecht stehen, deswegen blickte sie traurig drein. Jules konnte ihre Gedanken erraten. Er hatte sie gern, er liebte sie wegen all der Dinge, die ihn, als er noch kleiner war, zur Verzweiflung gebracht hatten. Er liebte den elastischen Schritt der Mutter und wie sie die Krankenhaustreppe hinaufstieg. Darauf war Verlaß.

»Man sollte meinen, daß mir diese Stadt mittlerweile zum Hals raushängt«, sagte Loretta, »aber an so 'nem Tag wie heute ... wo das Wetter so schön ist ... Wenn doch bloß Brock wieder auf die Beine käme ...«

»Der wird schon wieder.«

»Jetzt sagen sie, es ist die Leber. Leber, Nieren, was ist es denn? Er erinnert mich an unseren Vater, deinen Großvater. Solche Männer gibt's überall auf der Welt, die kommen einfach nicht wieder auf die Beine, die kommen nicht in Schwung, sie stolpern und fallen, und wenn man eine Frau ist, muß man versuchen, sie wieder hochzukriegen. Aber es geht nicht. Eine Frau verbringt den größten Teil ihres Lebens auf den Knien und putzt hinter ihnen her und wäscht ihre dreckigen Sachen und schüttelt den Schmutz aus ihren Schuhen und kocht ganze Haufen von Essen für sie – fressen tun sie wie die Schweine und trinken wie die Schweine, trinken wie die Fische. Sie schwätzen dir das Blaue vom Himmel runter, was sie alles tun werden, wenn sie erst gesund sind, aber zum Schluß bist du's, die sich die Stellung sucht, und das ist die einzige Möglichkeit, zu Geld zu kommen, wenn man überhaupt welches will. Die einzige Möglichkeit. Die schwätzen nur und kotzen in den Ausguß,

Ausguß, weil sie zuviel gesoffen haben, und ihr Atem stinkt von ihren faulen, gelben Zähnen, und jede Hure, die auf der Straße vorbeikommt, kriegt sie dazu, ihr zu folgen, während jemand anders zu Hause bleibt und kocht und ihren Dreck wegputzt. Und der da, der liegt jetzt auf der Nase. Was zum Kuckuck fehlt ihm?«

Ihr Zorn war immer mehr angeschwollen. Jetzt wandte sie Jules das Gesicht zu.

»Ich weiß es nicht. Die kriegen ihn schon hin, mach dir keinen Kummer«, sagte Jules mit einer Munterkeit, die nicht weiter reichte als sein Lächeln.

Sie kamen am Empfangspult im Foyer vorbei, gingen auf altem Kachelboden, der nicht sehr sauber war, einen Korridor entlang, vollgestellt mit Wäschekarren, Karren mit gebrauchtem Geschirr, Karren mit gebrauchter Bettwäsche, gingen rasch am Röntgenraum vorbei, am Raum mit den Verkaufsautomaten in einen dunklen Gang, in dem der Lift soeben einige Schwestern ausspuckte. Jules steckte die Hand in die Lifttür, damit sie nicht schließen konnte, und trat mit Loretta hinein, bereits vertraut mit dem grünlichen Licht in der kleinen Kabine und dem sanften Summton.

»Ich hasse Krankenhäuser, in denen krieg ich eine Gänsehaut«, sagte Loretta.

»Sei froh um die Krankenhäuser«, sagte Jules.

Sein Leben war zur Zeit nicht unangenehm. Er hatte eine Stellung bei seinem Onkel, dem Bruder seines Vaters, Samson Wendall, einem vorsichtigen, schlaffen, schlechtgelaunten Mann von der Art, mit der Jules glaubte umgehen zu können. Eine Stellung bei Samson Wendall! Auch wenn der Job nicht viel taugte und nicht gut bezahlt war – Jules glaubte an die Zukunft. Der alte Mann war eines Tages aufgetaucht, um Jules zu beschnüffeln; sein Sohn war von einem College nach dem anderen abgegangen und trampte jetzt durch Europa, war irgendwo in Europa verschwunden zum Erstaunen und Ärger des alten Mannes, deshalb war er aufgetaucht und hatte seinen Neffen gesucht, von dem er in vergangenen Tagen über Mama Wendall, die Klatsch von einem Haus ins andere trug, Außerordentliches gehört hatte. Damals waren alle ihre Prophezeiungen von Jules' hervorragenden Eigenschaften ungehört verhallt oder geringschätzig entgegengenommen worden, doch nun war aus rätselhaften Gründen die Blüte in Samsons Kopf aufgegangen, und Jules hatte eine Stellung in seiner Fabrik in Wyandotte. Er wurde nun endlich erwachsen. Er war siebenundzwanzig Jahre alt.

Diese Abteilung des Krankenhauses war hauptsächlich für Fürsorgefälle, deshalb standen viele Neger in unterschiedlichen Stadien der Bekleidung herum, saßen aufrecht, lehnten sich schmerzerfüllt zurück, lagen regungslos unter reinen weißen Laken, Betten über Betten voll von kranken, harmlosen Menschen. Jules steuerte seine Mutter vorwärts. Er hatte Angst, sie könnte ihm zuflüstern: »Bist du nicht wenigstens froh, daß du kein Nigger bist?« was sie früher einmal getan hatte. Sie kamen durch Schlafsäle, lange Reihen von Betten. Loretta sah sich mitleidig um. Sie war sich ihrer weißen Haut so bewußt! Schließlich wandte sie sich zu Jules um und sagte mit leiser Stimme, etwas lauter als im Flüsterton: »Mein Gott, möchtest du ein Nigger sein und dann auch noch krank? Das wenigstens habe ich für dich getan, Junge.« Jules stieß den Atem aus, um Zustimmung und Humor zu zeigen. Er war tatsächlich riesig froh, weiß zu sein. In Detroit schien ihm das ein besonderes Geschenk, ein Segen, weiß zu sein – es wäre so leicht gewesen, nicht weiß zu sein! Nur in Alpträumen hob er vielleicht die Hände vors Gesicht und sah dunkle Haut, Negerhaut, ein hoffnungsloses Braun, das mit nichts herunterzubekommen war, nicht einmal mit einer Rasierklinge.

Brocks Bett stand zwischen zwei unseligen Betten, deren Insassen langsam starben, und das ohne Schönheit und Geheimnis; in dem einen ein alter Neger, der mehrere Herzanfälle hinter sich hatte, ein fetter Mann, der abgemagert war; und im anderen ein Weißer mittleren Alters, Grieche oder Italiener, der in eisernem Schweigen dalag und an die Decke starrte und einen seltsamen Geruch ausströmte, fast einen Grabeshauch. Wenn jemand ihn besuchen kam, schwieg auch dieser, alle schwiegen.

Alsdann, da sind wir wieder! Lorettas Gesicht nahm den Ausdruck »Besuch im Krankenhaus« an, ein breites, unechtes Lächeln, und Jules stand aufmerksam hinter ihr und kam sich vor wie zehn Jahre alt. »Tag, Brock, Grüß dich. Hast wohl gemeint, wir kämen nicht, was?« sagte Loretta und schrie beinahe vor Wohlwollen.

»Grüß dich. Schön, euch zu sehen«, sagte Brock und versuchte zu lächeln.

So begann der Besuch. Bis jetzt waren es acht, zehn Besuche gewesen. Brock war kein alter Mann; dennoch war sein Körper alt, sagte der Arzt; sein Herz das Herz eines alten Mannes, die

Nieren und die Leber verbraucht, sein Magen schwach, alles vom Trinken, vom Trinken und Herumlumpen oder auch bloß vom Leben – hatte der Doktor gesagt und jemand, der so tat, als sei er Doktor und bloß Student war; es war schwer zu unterscheiden. Sie machten Tests mit ihm. Schon diese Tests hatten ihn altern lassen, das sah Jules. Er hatte ein erschöpftes, schwitzendes Gesicht, sein Haar war dünn geworden und wich von seinem erstaunten, mürrischen Gesicht zurück, der Mund hing schlaff, die Wangen waren schlaff, ja sogar der Blick seiner Augen war schlaff und unpräzise, außer wenn sich jemand Weißgekleidetes näherte – dann bekam er ein unheimliches, beinahe dämonisches Aussehen, als wollte er sich wehren. Ein wenig hatte er ihnen von den Tests erzählt, doch im Grunde darüber Schweigen bewahrt. Es war besser, man wußte nichts, dachte Jules weise. Man dachte besser nicht an das, was in Krankenhäusern geschah.

Jules empfand eine tragische Verbundenheit zwischen sich und dem Onkel, eine Verbundenheit der Verwandtschaft und der Verzweiflung. Doch er, Jules, war erst siebenundzwanzig und auf der Schwelle zu einem neuen Leben, fühlte sich unsterblich, hatte zum ersten Mal eine ordentliche Stellung, in ordentlichen Kleidern, hatte den roten Lehm des Südens und Südwestens hinter sich gelassen und war im Norden wiedergeboren – einen Monat lang war es ihm so schlecht gegangen, so elend; er hatte sich drüben in Texas als Hunde- und Katzenfänger verdingt, herrenlose Tiere rund um die Parkrasenflächen und Villenviertel aufgegriffen, oder auch in irgendwelchen Gassen, und sie zu einem Veterinär gebracht, der sie seinerseits an ein medizinisches Experimentierlabor verkaufte mit einem Gewinn, dessen Höhe Jules nie so recht herausbekam, obwohl er es versucht hatte, weil er selber in das Geschäft einsteigen wollte; so tief war er gesunken; und auf dem Heimweg nach Norden hatte er sich in St. Louis von einer Gesellschaft anstellen lassen, die den Verkauf von Gebrauchtwagen mit Kreditfinanzierungen kombinierte, und sein Job hatte darin bestanden, die Wagen wieder zu stehlen, bei denen die Gläubiger mit den Zahlungen in Verzug geraten waren, ein höchst abenteuerlicher, undankbarer Posten, obwohl man dazu Verstand und Geschicklichkeit brauchte – all diese verrückten Dinge hatte er getan, aber jetzt, nach seinem siebenundzwanzigsten Geburtstag, sah es so aus, als ob er es am Ende doch zu etwas bringen werde.

Am anderen Ende des Korridors rührte sich etwas – einige Schwestern, ein Assistenzarzt. Ein Patient schien sich zu erbrechen oder zu bluten. Jules hielt den Blick auf seinen Onkel gerichtet und zwang Loretta dadurch, ihn ebenfalls weiter anzusehen, er wollte nicht, daß sie sich aufregte. Diese Besuche waren schlimm genug, peinlich genug – man durfte sie nicht noch ärger machen, indem man auf das Elend anderer achtete. Er fürchtete, daß Loretta rufen könnte: *»Oh, das ist ja Blut, schau doch!«* oder *»Wo hat der Mann sein Bein?«* Er hielt sie für nicht ganz so dumm, meinte eher, daß sie einen weiblichen Trick anwandte, unbewußt die Unwissende und Verblüffte spielte, um dadurch die große Entfernung zwischen ihr und solchen Greueln aufzuzeigen – sie war eine flusige, blonde Frau, gutmütig, sonst nichts. Greuel überraschten sie. Aber sie war vernünftig genug, sich nicht wegen Brocks Aussehen zu ereifern. Darüber schwieg sie. Irgendwas ging in Brocks Gesicht vor sich – seine Oberlippe schien weggefressen zu werden, sich langsam aufzulösen. Woche für Woche. Die Unterlippe war normal, aber die Oberlippe wurde auf der linken Seite schmaler, sandig, körnig, sehr trocken. Jules erinnerte sich, das schon bei früheren Besuchen bemerkt zu haben, gesehen und doch nicht recht gesehen zu haben, in dem Gefühl, es ginge ihn nichts an; warum hatte sich der Arzt nicht darüber geäußert? Natürlich, sie hatten den Arzt jetzt drei Wochen nicht mehr gesehen. Vielleicht hatte sein Onkel Lepra. Alle redeten immer von Herz und Nieren und Leber, geheimnisvollen inneren Organen. Er versuchte, über die Lippe des Onkels hinwegzusehen.

»Und Maureen geht's gut, Brock, einfach prima, sie macht sich so gut in ihrer Stellung, und sie geht auch noch zum Abendkurs«, sagte Loretta. In Wirklichkeit war Maureen von der Universität Detroit geflogen und hatte einen minderwertigen Job als Schreibkraft, aber Maureen, die den städtischen Bus nahm, war ein Wunder, nachdem sie ein Jahr lang im Bett gelegen hatte, und jeder wußte es. »Und so hübsch ist sie jetzt, hat sich einen Frühjahrsmantel gekauft, noch nie war sie so hübsch. Oder so gesund.«

»Ist sie glücklich?« fragte Brock.

»Aber ja. Klar ist sie glücklich!« rief Loretta aus. »Sie wäre heute mitgekommen, aber sie hat wohin gemußt. Es ist einfach wundervoll, wie Maureen jetzt wieder ganz die alte ist ... und alles wegen dir.«

Brock nahm dies ernsthaft entgegen. Er glaubte es. Während

er rasselnd Atem holte und schweigend dalag, schien er die schlanke, geheimnisvolle Maureen vor Augen zu haben. Es war seltsam, daß sie ihn nie besuchen kam. Immer entschuldigten sie sie. Aber Maureen lehnte es, angstvoll und abrupt, immer ab, ins Krankenhaus zu gehen. »Ich möchte ihn besuchen, aber ich kann nicht! Laßt mich in Ruhe«, rief sie ärgerlich aus und drängte fort, wieder in ihr einsames Privatleben.

Brock lag ein paar Minuten schweigend da und dachte an sie. »Na, ich bin froh, daß sie eine Stellung hat und das alles«, sagte er schließlich.

Loretta begann jetzt wieder zu schwatzen, über Mieter in ihrem Haus, Kinder mit Läusen, gräßliche Kinder, die einem die Haare vom Kopf stehlen würden, wenn man ihnen nicht zeigte, wer der Herr war, Pack, das über ihnen wohnte, und Pack, das unter ihnen wohnte, ein Badezimmerfenster, das den ganzen Winter hindurch kaputt gewesen und nie repariert worden war, die undichten Röhren, die fehlende, herausgebrochene Treppenstufe, die von der Fürsorge lebenden Frauen mit Bäuchen wie die Wassermelonen, die einem auf dem Bürgersteig einfach vor den Leib prallten, wenn man ihnen nicht auswich, und sämtliche Negerhuren natürlich – und wie sie, Loretta, um jeden Preis ihre Fettröllchen loszuwerden versuchte und, koste es was es wolle, Betty wieder nach Hause zu holen versuchte, wie sie versuchte, die Familie wieder zusammenzuführen, und daß sie, Loretta, eine Todesangst hatte, das Jules beim Hierherfahren irgend so ein Niggerbalg überfahren könnte. Überall auf der Straße wimmelten sie herum, überall, und was war, wenn er so ein Kind überfuhr und alles kommt aus den Häusern gestürzt und reißt ihn in Stücke? Und was sie wohl mit ihr anfangen würden?

»Mamma, nicht so laut«, sagte Jules.

Seine Aufmerksamkeit wurde von einer Schwester gefesselt, die durch den Saal ging. Sie war jünger als er, aber sie schritt zuversichtlich und leise einher auf ihren weißen, gummibesohlten Schuhen, ein Mädchen mit honigfarbenem Teint, das er gern in die Arme genommen hätte, um sie zu überraschen. Er lächelte ihr zu; sie blickte ihn an und schlug die Augen nieder. Er erinnerte sich, sie schon einmal gesehen zu haben. Sein Herz tat einen unsinnigen kleinen Sprung. Er hatte seine Liebe zu Nadine nie überwunden, obwohl sein Elend ihr hätte ein Ende machen sollen, und nun waren all seine Beziehungen zu Frauen, ob nun öffentlich wie diese oder privat und körperlich von der

Erinnerung an Nadine überschattet, die in seinen Adern eine törichte Melancholie auslöste. Wie hatte er dieses Mädchen geliebt! Sie zu hassen war nur eine Form der Liebe gewesen, hoffnungslos wie die Liebe, und seine Besessenheit hatte sich viele Monate hindurch, Jahre hindurch, aus sich selbst gespeist, bis die Vorstellung von Nadine sich fest und für immer in seinem Kopf niedergelassen hatte, so steif und fest, daß er ihr mit noch so vielen Frauen nicht untreu werden konnte und sie, Nadine, unbetrogen, vielmehr irgendwie geehrt blieb. Er wußte nicht, ob er diese seine Schwäche, diese Liebe, hassen oder dafür dankbar sein sollte.

Während seine Mutter erbittert über jemanden, der über ihnen wohnte, weiterklatschte, entschuldigte sich Jules und folgte der Schwester aus dem Schlafsaal. Er ging rasch, war sich bewußt, gut auszusehen, ein sympathischer junger Mann, der ganz leicht hinkte nach einem fürchterlichen Hieb, den er vor einiger Zeit gegen das Knie bekommen hatte (bei einem Handgemenge mit einem Mann, dessen Wagen er sich gerade für die Kreditgesellschaft wieder aneignete, einem Neger, der versucht hatte, ihm die Kniescheibe mit einem Wagenheber zu zerschmettern). Auf dem Gang holte er sie ein. Er bemerkte anerkennend ihre saubere weiße Uniform und ihr glänzendes Haar.

»Gibt's hier in der Nähe ein Cafe?« fragte Jules.

Sie sah ihn erschrocken an. Im ersten Augenblick war Jules von der Phantasielosigkeit ihres Blicks enttäuscht, fuhr aber, während er langsam neben ihr der großen Halle zuschritt, fort: »Ich komme jede Woche meinen Onkel besuchen; aber mein Onkel wird anscheinend nicht gesünder.«

»Ja, ich erinnere mich, Sie schon einmal gesehen zu haben.«

»Meinem Onkel geht es nicht besser. Ich glaube manchmal, daß er sterben wird. Haben sie vertrauliche Informationen?« fragte Jules mit einem Lächeln.

Sie sah sich nach rechts und links um. Ihre Stirn war gerunzelt. »Wie meinen Sie das, vertrauliche Informationen?«

»Kann ich Sie mal irgendwohin zum Kaffee einladen?«

»Nein.«

»Warum nicht?«

»Ich bin im Dienst. Ich habe zu arbeiten.«

»Wann haben Sie Dienstschluß?«

»Um sechs.«

»Dann komme ich wieder und hole Sie ab, und Sie können mir alles darüber erzählen«, sagte Jules und berührte sie leicht am Ellbogen. »Gibt es nicht immer vertrauliche Informationen? Über Ärzte und Schwestern? Über das, was in der Praxis vorgeht?«

Sie errötete und sah ihn nicht an. »Sie meinen das nicht ernst«, sagte sie. »Sie machen sich lustig über mich.«

»Ich meine das sehr ernst. Ich bin nicht kritisch, ich will es bloß wissen. Jeder will etwas über Krankenhäuser wissen. Außenstehende haben großes Vertrauen zu Krankenhäusern und Ärzten, aber sie machen sich doch Gedanken. Ich bin ein paar Wochen lang im Süden in einem gelegen und habe die Beine von Küchenschaben in meiner Suppe gefunden – eine ganze Küchenschabe wäre was anderes gewesen, die hätte ich mit den Fingern rausgefischt und auf den Boden geworfen und wäre sie losgewesen, aber Stücke von einer Küchenschabe deuten auf etwas Ernsteres hin – man kann nicht hoffen, der Sache auf den Grund zu kommen. Was meinen Sie?«

»Ich habe noch nie eine Küchenschabe in irgendeiner Suppe gesehen«, sagte das Mädchen.

»Meinem Onkel wird die Lippe weggefressen. Keiner erwähnt es. Auf seinem Arm habe ich rote Punkte bemerkt, Einstiche von Spritzen. Spritzt ihr ihm Krebszellen ein?«

Das Mädchen blickte geradeaus. »Ich spritze keinem Menschen etwas ein, außer wenn ich Anweisung dazu habe«, sagte sie.

»Oh nein, Sie nicht, ich meine nicht Sie, wenn Sie sowas täten, wäre es ja nicht absichtlich«, sagte Jules munter. »Ich meine einige von den Stationsärzten, vielleicht den, der Nachtdienst hat – experimentieren die nicht alle herum? Mit all den Niggern dort drin, warum denn nicht? Ein paar Krebszellen hier, ein neues Krebsmittel dort, erst das eine Bett und dann das nächste – warum nicht? Die Fürsorgeempfänger tun eifrig mit.«

»Ich weiß überhaupt nicht, wovon Sie reden«, sagte das Mädchen.

»Ich quaßle nur so zum Zeitvertreib, weil Sie mir gefallen«, sagte Jules und seine gute Stimmung verebbte langsam. »Es geht keinen was an, was die Ärzte mit denen anstellen, Niggern und Weißen. Warum auch keine Experimente machen? Ich erlaube mir da kein Urteil. Wenn ich Arzt wäre, würde ich es vielleicht genauso machen. Ich würde dauernd was Neues ausprobieren, und beim Nachtdienst könnte mich keiner daran hindern, Zehen und Finger zu transplantieren, Ohren an Mägen anzunähen, bloß so zum Spaß, Schwämmchen in Gebärmüttern liegen

zu lassen, eine Gabel aus Nirosta-Stahl, die jemand aus dem Auge ragt. Ich würde neue Krankheiten entdecken und noch in der gleichen Nacht eine Behandlungsmethode dagegen. Ich würde mich prima amüsieren. Also ich treff Sie dann um sechs am hinteren Eingang.«

»Ich weiß nicht ...«

»Doch, um sechs. Ich werde dort sein. Mein Wagen ist weiß.«

»Ich glaube nicht. Ich weiß nicht.«

»Sechs Uhr«, sagte Jules.

Er ließ sie stehen und ging zurück in den Schlafsaal seines Onkels, leicht deprimiert. Der Krankenhausgeruch war nichts für Jules; vermischt mit dem leichten Duft einer Frau wurde er widernatürlich und drückend. Er tilgte den Geruch der Frau. Er ging langsam zurück, die Hände in den Taschen, hörte irgendwo eine Schreibmaschine klappern und darunter ein leises, dumpfes Murren, wie das Murren in einem Keller, das Murren in der Hölle. *Wir sind schon jahrelang hier. Seit Jahren warten wir auf dich!* Würde vielleicht der Chor der Sterbenden rufen, wenn er den Saal betrat, nach seiner Jugend gieren ...

Seiner Jugend.

Die vorige Nacht war ihm, als er in den Armen einer Frau lag, die mit einem Bekannten verheiratet war, ein entsetzlicher Gedanke gekommen: Der Einlaß zu diesen Frauen war immer der gleiche, bei jeder gleich, und doch war er nie wirklich eingelassen worden, immer zurückgewiesen, fortgeschickt. Er hatte nie etwas zu Ende gebracht.

Ein Mann in einem Bett in Brocks Nähe setzte sich auf und hatte einen schwarzen Rosenkranz zwischen den Fingern baumeln, er sah Jules an, als wollte er sagen *»Ja, wir Männer werden immer zurückgewiesen«.* Jules sah fort. Es konnte unmöglich sein, daß er, Jules, zu einem Mann heranwuchs wie alle anderen Männer – daß er keine besonderen Gaben besaß, keine Grazie oder Zartheit, kein Schicksal, das seinen Begierden entsprach. Er wollte so viel! Jetzt, wo er auf das Bett seines sterbenden Onkels zuging, auf den hampelnden, klatschsüchtigen Körper seiner Mutter, fühlte er sich nicht so sehr im Krankenhaus als vielmehr im Gefängnis, beim täglichen Spaziergang, mit einer winzig kleinen Freiheit bedacht. Er hätte sich gern eine Zigarette angezündet. Angst erhob sich in ihm, nichts Schlimmes, doch als er zu Brock zurückkehrte und auf dieses Wrack blickte und zufällig wieder die roten Stiche im Arm des Onkels sah, schien es ihm wahrscheinlich, daß die Ärzte wirklich mit Krebszellen experimentierten – es war kein Scherz, sondern Ernst –, Injektionen, denen wuchernde Kulturen folgten, farbige Zellen unter Mikroskopen, eine Sequenz von Antibiotika, Bakteriziden, Geheimtränken, die nachts vom Begabtesten unter den Stationsärzten gebraut wurden, von dem, dem der Ruhm bestimmt war. Möglich war alles.

Was für ein Triumph, Arzt zu sein!

10

Jules fuhr seinen Onkel zum London Chop House zum Mittagessen und übergab den Wagen einem schwarzen Parkplatzwächter, er selbst war darüber hinaus, Parkplatzwächter zu spielen und sogar ein wenig darüber hinaus, jemand den Chauffeur zu machen, und hatte doch etwas von deren liebenswürdigen Servilität an sich – man kam dadurch vorwärts. Er war gut angezogen, trug einen leichten Sommeranzug, der über hundert Dollar gekostet hatte, mit einem Schlips von stählernem Hellgrau, geputzten Schuhen, sauber geschnittenen Haaren, und hielt den Blick auf des Onkels herausfordernden, unsteten Gang gerichtet. Onkel Samson konnte unmöglich Howard Wendalls Bruder sein – es schien beinahe unmöglich. Nur das Trinken war ihnen gemeinsam.

Samson Wendall besaß eine eigene Werkzeug- und Gesenkefabrik in Wyandotte, Michigan, und war gut im Geschäft, das Geld strömte ihm zu; er lebte jetzt in einem riesenhaften Haus im Tudorstil in Grosse Pointe selbst, mit seiner fetten Frau und seinen Töchtern, die ein Großteil ihres Lebens damit zugebracht haben mußten, aus den Barockfenstern auf den langen, abfallenden Bilderbuchrasen hinauszublicken und darauf zu warten, daß die Damen von Grosse Pointe sie besuchten. Es kam keine. Der Grosse Pointe Yacht Club lud sie nicht ein, auch nicht der Detroit Athletik Club, obwohl Samson, als ihn Jules an dem großen Gebäude vorbeifuhr, ziemlich giftig höhnte: »Sieh dir das an, schau mal! Einen Block weiter hinten stehen die Niggerhuren auf dem Trottoir, die Haare gebleicht wie nur was, und das dort ist der Detroit Yacht Club in voller Größe – schönen guten Tag!« Jules lächelte und fuhr weiter. Es war seine Pflicht, bei Samson weder witzig noch neugierig zu sein, sondern nur ein Sohn, ein Ersatz für den unbändigen, durchgegangenen Vetter: Einmal war er plötzlich aufgetaucht, der Vetter, ein Junge mit Namen Joseph, und wieder verschwunden. Zum Teufel mit Joseph, Joseph in Europa. Jules war in Detroit und fuhr Onkel Samson gewandt umher. Das einzige, sagte Samson immer wieder, was er zu tun hatte, war Mund halten und Augen und Ohren weit aufmachen. Er sollte mit dem Fabrikmanager arbeiten. Er sollte in Samsons Nähe bleiben und lernen.

»Hör mal, weißt du, daß ich jetzt mit Jets fliege? Mit Düsenflugzeugen?«

»Das ist ja wunderbar«, sagte Jules.

»Die Zeiten haben sich tatsächlich geändert seit früher. Ja, mein Gott, das haben sie«, sagte Samson mit säuerlichem Lächeln.

Von Jules' Vater sprachen sie nie.

Von Jules' Mutter sagte Samson: »Wie ich höre, hat deine Mama einen kleinen Jungen gekriegt. Na, das wird sie jung halten – Frauen wie sie wirtschaften gern mit einem Baby herum, nicht wahr?«

Nur von Jules selbst sprach er in dem begeisterten Wortschwall, von dem Jules glaubte, daß er nichts bedeutete, wie er auch bei Bernard Geffen nichts bedeutet hatte. »Als erstes schicken wir dich mal aufs College, belegen die richtigen Fächer, damit wir das hinter uns haben. Stopf dir den Kopf voll, mein Junge, und lerne das Übrige direkt von mir. Ich brauche jemanden, dem ich vertrauen kann. Mir gefällt dein Gesicht.«

»Danke«, sagte Jules.

»Danke mir nicht! Ich habe gesagt, daß mir dein Gesicht gefällt. Zu dir habe ich Vertrauen.«

Sie betraten das Restaurant und stiegen in eine kostspielige Dunkelheit hinab, Jules neigte sich höflich zum Ohr der Empfangsdame, um nach ihrem Tisch zu fragen. Ja, er mußte ein gutes Gesicht haben, alle reagierten gut darauf. Aber war es das gleiche Gesicht, das er selber sah? Am Tisch mit dem rotweißkarierten Tischtuch, ganz hinten in der Ecke, verloren in der üppigen Weinkellerdämmerung des Lokals, saß jemand namens Yates und wartete auf sie. Samson kam vierzig Minuten zu spät, weil er sich aus irgendeinem Grund in der Toilette seines Büros hatte übergeben müssen, während Jules in berufsmäßiger Erstarrung, wie er sie jetzt zu entwickeln wußte, aus dem Fenster auf die talgige Luft von Wyandotte, Michigan, geschaut hatte. Jetzt begrüßte Samson den Mann grunzend, schüttelte ihm die

Hand, stellte Jules vor, setzte sich schwerfällig, mit dem irritierten, erwartungsvollen Gehabe dessen, der zu den etablierten, mehr als reichen Geschäftsleuten Detroits gehört, wie sie im London Chop House zu Mittag essen.

»Ein finsteres Loch ist das hier! Was haben die denn zu verbergen?« murmelte Samson.

Der andere antwortete sofort mit einem beipflichtenden Bellen, und Jules entfaltete eine Serviette mit einem Lächeln, das Joseph Wendalls Lächeln sein sollte. Er fühlte sich verantwortlich für diesen Onkel, obwohl Samson an die hundert Pfund schwerer war als er und einige Phon lauter selbst beim Atmen: ein Mann mit gewaltigem Brustkorb, mit grauem Haar, ohne andere hervorstechende Eigenschaften als seine Arroganz, der Howard Wendalls 0815-Eingeweide oberhalb eines stark einengenden, teuren Gürtels mit sich herumtrug. Jules hoffte, daß er erst dann tot umfallen würde, wenn Jules' Stellung gefestigter war. Jules atmete nur dann frei in Gegenwart seines Onkels, wenn er, Jules, zu allem *ja* nickte, und sei es noch so ausgefallen. Der Witz des Tages bei diesem Mittagessen war aber Lady Bird Johnson. »Also, Lyndon Baines steigt eines Morgens aus der Badewanne und sieht plötzlich ...« Jules lächelt noch vor der Pointe und sah sich bei dieser Gelegenheit in dem gutbesetzten Lokal um und überlegte, ob sein Gesicht wohl von dem vielen Lächeln, das er aufsetzen mußte, schon abgenutzt sei. In Wirklichkeit bewunderte er seinen Onkel. Er hatte ihn immer wegen seines Geldes bewundert, angespornt von Großmama Wendalls Bewunderung und Neid und dem Haß seiner Mutter, denn er wußte, daß der Erfolg eines Mannes Neid und Haß bei den Erfolglosen auslösen muß. Schon oft war er mit dem Onkel so zum Essen gegangen: in teure Restaurants im Geschäftsviertel, in Restaurants beim Fisher Center, in Dearborn, draußen in Woodward, draußen am Flughafen, zu lauter geschäftlichen Essen, bei denen er, Jules, dasitzen und zuhören mußte, als Sohn, pflichtbewußt und schweigend, intelligent und verläßlich. Er trank nur ein Glas und mußte dann zusehen, wie die Älteren zu einem zweiten, dritten und vierten Glas übergingen, wie sie es stets taten.

»Das Lokal ist aber wirklich finster! Wenn ich was umschmeiße, dann gibt es einen Affenkrach«, sagte Samson. Wie eine Figur aus den Comic-Heften hakte er bei einer gewissen Bemerkung ein und brachte sie mit verdrossenem Grinsen immer wieder aufs Tapet, als sei es für die übrigen ein wundervolles Geschenk, ein Rettungsring, der sie in den gefährlichen Wassern der Unterhaltung flott hielt. »In solchen dunklen Lokalen addieren die das Datum mit auf die Rechnung«, sagte er.

Der andere Mann gab ein abruptes, trockenes Geräusch von sich, das ein Lachen sein sollte.

Samson hatte vor Jahrzehnten als ungelernter Arbeiter bei Ford angefangen; war dann ins Werkzeug- und Gesenkegeschäft eingestiegen; war dort weggegangen, um ein eigenes Geschäft aufzubauen, wurde Zulieferer größerer Firmen. Er hatte seinen Weg gemacht ohne einen Schnitzer, ohne Dummheiten, war aufgestiegen, hatte fremdes Kapital herangezogen, bis er jetzt prahlen konnte, daß er außer sich selbst noch sechs andere Männer zu Millionären gemacht hätte. Jules saß neben einem Millionär. Dennoch schien es ihn nicht zu überzeugen: Er hätte an einer Theke neben einem Unbekannten sitzen können.

»Das Verflixte ist, daß da 600000 Dollar drin sind«, sagte Samson zu Yates und schnippste ärgerlich mit dem Daumen, »was sollen wir also machen? Der Kerl sagt, irgendwas veranstalten. Ich hab ihn gefragt: was denn veranstalten? Aber aus denen kriegst du ja nichts raus – die haben eine Sprache für sich in ihrem Neu-England! Also hab ich Mike angerufen und es ihm erzählt, und er hat gesagt, ja, ja, da gibt's einen Kerl am Metro Airport, mit dem mußt du dich in Verbindung setzen, und was macht er, er organisiert uns ein paar Mädels von der Universität von Michigan –«

»Von der wie bitte?« fragte Yates.

»Von der Universität von Michigan. Mädels. Studentinnen. Es kostet dreißig Dollar pro Nacht, aber ich hab zu Mike gesagt, sollen wir das zahlen? Nämlich 600000 sind 600000, aber diese Art von Geschäft hab ich noch nie gemacht, und es ist vielleicht zu spät, damit anzufangen. Da hat er gesagt, wir wollen mal still sein und abwarten, wer die dreißig Dollar pro Nacht zahlen wird, und *das* lassen wir entscheiden. Es handelt sich nicht um die verdammten dreißig Piepen für – wie viele – wie viele sind's denn? Vier oder fünf Kerls? Aber zum Kuckuck nochmal, ich laß doch nicht so mit mir umspringen.«

»Woher hast du denn das gehört? Das mit der Uni von Michigan? Du willst mich wohl verulken?«

»Ich hab keine Zeit, jemand zu verulken«, sagte Samson ärgerlich.

Die Getränke kamen. Das Restaurant kam ihnen heller vor. Samson beugte sich über den Tisch, um Mr. Yates ins Gesicht zu sprechen, ein Mann von etwa seiner Art, und jetzt fing er an, von seinem Boot zu erzählen. Jules hörte andauernd über dieses Boot erzählen. Es war fünfzig Fuß lang und hatte viele tausend Dollar gekostet, aber es funktionierte nicht immer; der Motor sprang nicht immer an. Samson lud Jules immer wieder auf dieses Boot ein, aber er konnte sich nie dazu durchringen, ihm einen festen Termin zu nennen.

Samson sagte zu Yates: »Ich hab heute vormittag bereits fünf Mal mit meinen Anwälten telefoniert, Teufel auch, meinst du, die könnten eine solche kinderleichte Sache in Ordnung bringen? Mein Gott! Natürlich war's eine Riesendummheit von ihr, eine große Wassermelone einfach über Bord zu schmeißen – sie war verfault und verdorben, das Drecksding – und diese Kinder waren beim Wasserskilaufen, also sie hätte es wissen müssen, und natürlich gab's einen Riesenstunk und meine Frau will dauernd anrufen, die Eltern, und am Telefon weinen oder sonstwas. Ich habe zu ihr gesagt, genau das wollen die ja ...«

Jules' Blick schweifte müde zur Seite, und da erblickte er Nadine in eigener Person. Sie saß mit zwei anderen Frauen zusammen und sah ihn an. Das Herz tat ihm einen Luftsprung in der Brust. Er blickte sofort weg. Er war nicht sicher, ob die Frau Nadine war.

Sein Onkel sprach von dem Boot und dem Prozeß. Ein Prozeß folgte dem anderen. Der nächste Prozeß am Montag. Prozesse. Anwälte. Richter. Gerichte. »Früher war das Leben nicht so kompliziert«, sagte Samson und verzog das Gesicht, so daß er beinahe aussah wie Jules' Vater, aus dem Grab zurückgekehrt, ein grämliches, verblüfftes, mißtrauisches Gesicht. Er hatte anscheinend einen begabten jungen Mann von einer gewissen Firma eingestellt – diese schreckliche Begebenheit vermischte sich mit dem Vorfall beim Bootfahren – und dieser junge Mann hatte sich als Dieb herausgestellt, als gewöhnlicher Dieb, »ein mieser, kleiner Drecksdieb, dieses Schwein!« sagte Samson laut. Wieder ein Prozeß. Eine Firma in New Jersey hatte gegen ihn, Samson Wendall, Klage eingereicht, weil er diesen Mann angestellt hatte, der Mann hatte bereits gekündigt und arbeitete für eine andere Firma drüben in Kalifornien, dieses Miststück – was würden nicht die Zeiten noch alles bringen?

Mr. Yates aß lärmend Stangensellerie und schlürfte seinen Drink und sagte: »Ich habe gehört, daß Indian Floeman genau das gleiche passiert ist. Genau das gleiche.«

»Und wie ist es ihm ergangen?«

»Ist pleite.«

»Ich hab nicht gewußt, daß er denen Pläne stehlen wird. Ich hab überhaupt nichts gewußt.«

»Kannst du das beweisen?«

Weitere Drinks kamen. Jules blickte sich voller Nervosität wieder nach der Frau um, von der er meinte, es sei Nadine, aber er konnte sich nicht klarwerden, es flimmerte ihm zu sehr vor den Augen. Ihm war, als müsse er ersticken. Der Zigarrenrauch seines Onkels machte ihn verrückt. Dann warf sie wieder einen Blick zu ihm herüber, und ihre Augen trafen sich und er wußte, daß es Nadine war, Nadine selbst. Er schlug die Augen nieder, als habe ein Hieb ihn getroffen.

Samson sagte jetzt etwas über George Romney – war das ein Verbrecher oder ein Heiliger? Yates stimmte laut mit ein. Einer von ihnen konnte Romney nicht ausstehen und der andere bewunderte ihn. Jules konnte nicht herausbekommen, welcher Mann welcher Meinung war, vielleicht tauschten sie die Meinung oder mischten sie durcheinander, aber die Diskussion dauerte an, auf freundliche, laute Weise, während Jules wie erstarrt dasaß.

Er erwiderte Nadines Blick.

Sie saß mit zwei anderen Frauen zusammen, die älter waren als sie. Sie sah ihn nicht mehr an. Halb von ihm weggewandt, mit geneigtem Kopf jemand zuhörend, saß sie ganz still, ihre Arme und ihre Kehle waren nackt, sie trug schwarz, ihr schwarzes Haar war auf dem Kopf getürmt und kunstvoll frisiert. Jules spürte, wie ihm bei diesem Anblick das Herz schwer wurde, es kam ihm so schön vor. Er hätte gern den Mund auf diese dikken, glänzenden Locken gedrückt. Er wollte sich ihr von hinten nähern und sie in die Arme schließen, denn hatte sie schließlich nicht vor Jahren in seinen Armen gelegen? Hatte sie nicht seine Küsse hingenommen, seine Liebkosungen, seine Leidenschaft?

»Wo starrst du denn hin, Junge?«

Jules sah wieder seinen Onkel an.

»Mensch, du siehst aus, als ob dich einer auf den elektrischen Stuhl gesetzt hätte!«

»Mir fehlt nichts«, sagte Jules kalt.

Die Luft im Restaurant schwoll an und verebbte. Jules spürte, wie sie vibrierte. Er versuchte zu essen und sah zu, wie die Männer an seinem Tisch aßen und war willens, es ihnen nachzutun. In Jules erhob sich eine seltsame, noch tiefere Dunkelheit aus der luxuriösen gedämpften Beleuchtung des Restaurants, ein Gefühl von Abend und Nichtigkeit. Es erschreckte ihn, weil er es nicht begriff. Ihm war, als werde eine Tür tief in seinem Innern geöffnet, doch es war kein wirkliches Öffnen, kein wahrer Anfang, vielmehr eine Öffnung ins Nichts.

Dennoch begann eine ruhige Freude in ihm aufzuglühen, ihm brach am ganzen Körper der Schweiß aus. *Sie wird nicht weggehen, ohne mich anzusprechen,* dachte er. Er nahm Nadine wahr, wie sie dort am Tisch saß und aß, mit zwei Frauen, Unbekannten, sich zu ihnen neigte, lächelte, sprach, eine tödliche Frau, unmittelbar an der Schwelle zu Jules' Leben, und mit der Spitze ihres teuren Schuhs nach ihm stieß. Der Kopf war ihm schwer und wirr. Er stellte fest, daß er sie noch immer liebte und daß seine Begierde nach ihr stärker war als zuvor. Sie hatte sich verändert, war älter geworden, eleganter, von einer eigentümlichen, durchsichtigen Schönheit, als hätte sie eine Frau entworfen, genau die richtige Frau, um Jules zu erobern. Trotz der höflichen Krümmung ihres Rückens war es, als sei sie in Trance, als höre sie den Worten ihrer Freundinnen allzu aufmerksam zu. Immer spielte sie Theater, wie Jules – er empfand es als Erkenntnis ihres Wesens. Eifrig, mit gesenktem Nacken, horchte sie, und Jules spürte, wie er langsam entzweiging.

Als er die Fragen des Onkels beantwortete, klang seine Stimme langsam und schwer. Er konnte sie wie aus einer Entfernung hören. Glücklicherweise hatten sein Onkel und Yates genügend getrunken und waren selber in einer Art von Trance, stampften und fuchtelten, kippten vornüber, in ihrer Besorgnis über den stagnierenden Wagenverkauf, kippten hintenüber und murmelten etwas von einer Yacht, von einer Wassermelone. Jules konnte keinen Sinn darin erkennen. Er sah, daß Nadine aufstand. Er hätte sie gerne angerufen, aber er sah nur hilflos zu, wie sie nach ihrer Handtasche griff wie die anderen Frauen auch. Dann wandte sie sich um, schlank und kerzengerade, als überblicke sie den Raum von einem Aussichtsturm aus, der unsichtbar und unangreifbar war, die verschiedenen Blicke, die sie abtasteten, störten sie nicht. Er sah, wie sie sich ihm näherte. Sie trug modische Schuhe im übertriebenen Stil der derzeitigen Mode, offene Ferse, dünne Riemchen, kleine, klobige Absätze und vorn eine Dekoration aus Schildpatt. Er ließ seine Augen langsam hinaufwandern zu ihrem Gesicht, als widerstrebe es ihm, sie wirklich zu sehen, und sein Onkel und Yates glotzten die fremde Frau an, die an Jules herantrat und ihm einen Zettel gab. Er nahm ihn ihr sofort aus den Fingern und steckte ihn in die Tasche, ohne Überraschung zu zeigen. Sie ging fort.

»Du lieber Himmel, wer war das denn?« rief Onkel Samson.

»Wir sind miteinander in die Oberschule gegangen«, sagte Jules.

»In die Oberschule!« rief Samson. »Du lieber Gott, manche von denen sehen aus wie Buben, flachbrüstig – meine Güte, so geht's doch nicht – soso, ihr seid miteinander in die Oberschule gegangen.«

»In die Oberschule«, wiederholte Jules.

»Du meine Güte, die sehen ja aus wie die Jungen, sowas gehört sich nicht. Wie war sie im Gesicht? Alles wird anders ...« Samson fing allmählich an, ins Leere zu starren. Jules überlegte, ob sein Onkel wohl bei Tisch einschlafen würde wie beim letzten Mittagessen, wo er leise geschnarcht hatte, während der Kellner die Krümel wegwischte, sorgsam bedacht, ihn nicht zu stören.

»Bestell uns mal 'n Cognak, mein Sohn«, sagte er zu Jules.

Ihr Nachname war nicht mehr Greene. Sie wohnte nicht mehr in Grosse Pointe; sie wohnte im Bloomfield Hills. Es war eine lange Fahrt bis in die Woodward Avenue. Die Fahrt begann für Jules in rasender Aufregung und Nervosität, wandelt sich aber langsam zu einer sonderbaren Gelassenheit, einem Gefühl des Getragenwerdens, als fahre er einen Wagen, dessen Mechanismus auf ein bestimmtes Schicksal eingestellt war und der nicht verfehlen werde, ihn dort hinzutragen. Zuerst schreckte ihn der Verkehr, doch ungefähr beim Six-Mile-Road wichen die Gebäude zurück, und das unregelmäßige Grün des Palmer Parks begann, ihm folgte der städtische Golfplatz und eine Reihe von Friedhöfen. Friedhöfe machten Jules nichts aus; er fand, sie seien die schönsten Sehenswürdigkeiten von Detroit. Woodward Avenue war von einem grünen Mittelstreifen unterteilt, voller Abfall, aber immerhin grün und erfreulich für das Auge. Während er weiterfuhr, lichtete sich seine Verzeiflung. So lange ihm dieser Wagen gehörte, hatte er sein Schicksal immer in der Hand – nichts war ihm vorherbestimmt. Er war ein richtiger Amerikaner. Sein Wagen war sein Schneckenhaus, das er hierhin und dorthin schieben konnte, mit imponierender Geschwindigkeit; er war niemandes zweite Generation. Er war sein eigener Ahnherr.

Nadine zog ihn mit einer Kraft an, der er nicht widerstehen konnte. Törichte Säfte durchpulsten wohlig seine Adern. Was kümmerte ihn sein sterbender Onkel Brock, ein Leib in einem Bett der Fürsorgeabteilung, dem die Lippe weggefressen wurde und in dessen Augen Elend und Hoffnung leuchteten? Was ging seine Schwester Betty ihn an, die wegen schamlosen Benehmens festgenommen worden war, was alles und jedes bedeuten konnte; er hatte so eine Ahnung, daß es etwas mit Rauschgift zu tun hatte, aber was kümmerte es ihn, wo doch alles in ihm Nadine zustürzte, einer Fremden? An seine Mutter, seine Schwester Maureen, seinen Halbbruder konnte er nicht ernstlich denken. Er dachte nur an Nadine.

Die Fahrt war lang und der Tag warm. Er versuchte, nicht zu schnell zu fahren. Durch die nördlichen Vororte der Stadt, eine lange, lange Allee entlang, durch Birmingham in die Stadt Bloomfield Hills – die gar keine Stadt war, die kein Geschäftsviertel und anscheinend keine Wohnhäuser hatte, weil sie an stillen Wegen irgendwo in der Landschaft weit voneinander lagen – zog er seines Weges mit einem Gefühl, als führe er sorglos in seinen Untergang. Sie hatte ihm einen Zettel gegeben, auf dem ihr Name stand, mit einer Adresse. Sie hatte kein Datum vorgeschlagen. Er hatte einen Tag gewartet, zwei Tage, und am dritten Tag war er zittrig aufgestanden mit der Gewißheit, daß er seinem Onkel Samson sagen würde, er müsse heute nachmittag zum Arzt, und entginge dadurch der Autorität des alten Mannes, seinem Versprechen, seinem kalten, vernünftigen Blick . . .

Am Rande der Autobahn, jenseits des sauber gemähten Grasstreifens, wuchsen, schon ein wenig abgeblüht, Wiesenblumen. Was ihn zu Nadine trieb, war die schreckliche Begierde, sich in sie zu versenken, sich in ihr zu erfüllen, auf eine gerade, saubere Straße zu gelangen, so wie die Woodward Avenue, aber dauerhafter, eine Straße geistiger Klarheit: Was war die Wahrheit über ihn? Welche Bedeutung hatte sein Leben? Er spürte, daß die Bedeutung seines Lebens untrennbar mit dieser Frau verbunden war.

Bei einem seiner Sonntagsbesuche beim Onkel war er zu dieser Überzeugung gekommen. Maureen war widerstrebend mitgekommen. Loretta war recht ausgeglichen nach einer Woche ohne dramatische Niederlagen, ihr Mund war teilnahmsvoll geschürzt. Jules hatte sie empfunden, diese Teilnahme, in der die Frauen am besten waren, am unkompliziertesten, wenn sie einem Mann Teilnahme zuwandten, wenn ihnen die Augen feucht wurden vor Liebe zu eines Mannes Sterben. Er empfand es, er verstand es. Diese Teilnahme holten die Frauen aus dem tiefsten, intimsten Wesensgrund herauf, aus der schrecklichen Erkenntnis des Preisgegebenseins, der Sterblichkeit, und nun war sie auf seinen Onkel gerichtet – einen Menschen ohne Wert, einen Versager – und eines Tages würde sie auf Jules überspringen, ihn hervorheben wie der Strahl eines Leuchtturms, deutlich, wissend und verzeihend, aber nicht persönlich. Es war dieses entpersönlichte, blinde Mitgefühl, beinahe eine Sehnsucht nach körperlicher Vereinigung, das er bei Nadine spürte, obwohl sie nicht den Körper einer Mutter oder Schwester, sondern den einer Fremden hatte.

Er kam zu ihrem Haus. Es erschreckte ihn, wie sehr es jenem anderen Haus ähnelte, das ihr Vater gebaut hatte. Es lag weit von der Straße, auf einem großen Rasen – hier gab es mehr Land als in Grosse Pointe – und sah ungeschlacht und teuer aus, wie etwas Neues, ganz und gar Unpersönliches. Jules fuhr die geschwungene Auffahrt hinauf und parkte vor der Haustür, im Schwindelgefühl eines *dejà vu*. Er sah sich von weitem, überdeutlich, eine Gestalt auf einem Foto oder in einem Film. Ein Kreuz schwebte über ihm, ganz nah, und kennzeichnete ihn. Er merkte, daß irgendwo mit schrillem, beharrlichem Brummen ein Rasenmäher lief. Als er die Schlüssel aus dem Zündschloß zog, spürte er eine seltsame Übelkeit in sich aufsteigen, die Furcht des Artfremden in sauber bestelltem Land. Er war zu rasch ans Ziel seiner Wünsche gelangt.

Das Brummen des Rasenmähers wurde lauter, aber er konnte nicht sehen, von wo er sich näherte.

Nadine öffnete selbst die Tür. Sie streckte ihm die Hand entgegen, um nach der seinen zu greifen, doch sein Zögern ließ einen Händedruck daraus werden. »Guten Tag«, sagte sie.

Jules nickte. Sie war wie hingehaucht, sonderbar, in einem Kleid aus einem blaugrünen Seidenstoff, das die weichen Oberarme freiließ. Um von seiner Nervosität abzulenken, sagte er lächelnd: »Mir kommt hier alles recht bekannt vor.«

Mit einem Blick in die Runde wies er auf die Diele, den weißen Tisch mit den krummen Beinen, die Stühle mit den Purpurpolstern, den schweren Spiegel unweit der Treppe. In diesem Spiegel spiegelten sich Nadine und er verzerrt, die Gesichter von einem Buckel im Glas zerdehnt.

»Ich wohne hier seit drei Jahren«, sagte Nadine voller Eifer, ihm zu gefallen, obwohl sie nicht wußte, was er meinte. »Mir kommt es noch nicht bekannt vor.«

Der Händedruck war zu Ende. Sie wich etwas zurück, voller Verlegenheit. Er schloß die Tür hinter sich, und sie umarmten einander, wenn auch förmlich. Sie trat mit einem verzeihungsheischenden Lachen beiseite. Sie stieß an den weißen Tisch, er sah nach Antiquität aus, elfenbeinweiß, goldene Ornamente.

Jules fragte: »Hast du dir wehgetan?«

Sie lachte wieder und schüttelte den Kopf. Wie konnte sie sich in diesem Haus wehtun?

»Es ist ein herrlicher Besitz«, sagte Jules. »Genau wie du. Alles hier drin ist genau wie du.« Beinahe hätte er gewünscht, daß sie ihm widersprach, aber sie verstand nicht; er konnte fühlen, wie seine Worte, seine Gegenwart sie einschüchterten.

»Davon weiß ich nichts. Ich begreife dich nicht«, sagte sie.

Sie führte ihn weiter. Ihr Gesicht und ihr Körper benahmen Jules den Atem und erlaubten ihm, während sie sich abwandte, ein Erschlaffen; obwohl er nun nur wenige Meter von ihr entfernt war, erfüllte ihn Grauen. Graute ihm im Grunde vor anderen Menschen, war das sein Geheimnis? Er wollte Nadine und fürchtete sich doch vor ihr? Sie drehte sich um. Sie setzte sich auf ein kleines Sofa. Jules setzte sich neben sie. Eine Wolke von Abwesenheit senkte sich auf ihn – eine der sonderbarsten, ungeheuerlichsten Erlebnisse seines Lebens – einige taube Sekunden der Auflösung, der Unbeweglichkeit. Es war, als sei er durch das offene Tor eines Tempels geführt und dahinter mit einem gesichts- und seelenlosen Wesen konfrontiert worden, oder als sei er auf der unwirtlichen, leeren, beleuchteten Seite des Mondes aufgewacht, wo alles glatt und unirdisch war, wo seine Seele verlorenging, indem sie den Schrecken hinter sich ließ und in Nichts zerfloß. Sie erschien ihm als Nichts – er konnte sich nicht an sie erinnern. Ihm war schauerlich kalt, schwach, als mache er eine körperliche Veränderung durch und sie müsse zusehen.

Ihr Gesicht war voller, als er es in Erinnerung hatte. Ihre Haut war jetzt leicht gerötet, rosig und angeregt, besonders auf den Wangenknochen. Jules konnte keine Bewegung machen. Widerstrebend fing er an, sich ihren Herzschlag, das Pulsieren ihres kostbaren Blutes vorzustellen. Er starrte die Frau an, als sei er selbst nicht wahrhaftig da, nicht wahrhaftig neben ihr, sondern schaue durch ein Fernglas. Sie wirkte gezwungen, wie eine Frau, die merkt, daß man sie heimlich belauert. Sie schien große Angst zu haben, aber nicht vor etwas, das er sehen konnte.

»Du kommst mir so unwirklich vor«, sagte sie. Sie streckte die Hand aus und berührte ihn.

Jules kam wieder zu sich. Er begann, wieder zu atmen. Nadine, von seiner Stimmung angesteckt, griff kindlich nach seinem Arm und gab sich Mühe, ihn anzulächeln. Sie schien aus einem Fenster zu schauen, hinter dem es hoffnungsvoll aussah. »Du wirst mein Leben nicht zerstören?« fragte sie.

»Niemals.«

»Warum bist du nicht schon früher gekommen?«

»Wann? Heute?«

»Nein«, sagte sie ungeduldig, »früher – neulich, an dem Tag, als ich dich sah. Ich bin heimgefahren und hab auf dich gewartet. Ich hab den ganzen Tag auf dich gewartet.«

»Du meinst am Montag? Am Montag hast du auf mich gewartet?«

»Ja, natürlich. Was hast du denn gedacht? Ich hab an nichts andres denken können. Ich bin nach Hause, ich habe die Frauen fortgeschickt und ich habe auf dich gewartet.«

»Ich habe nicht gedacht, daß du mich schon so bald willst!«

»Ja, ich hab dich gewollt.«

»Aber jetzt ist es doch noch nicht zu spät?«

»Du bist so sonderbar. Ich kriege Angst vor dir.«

»Ich habe Angst vor dir«, sagte Jules.

Er führte ihre Hand an seine Lippen. Er küßte sie, er schloß dabei die Augen. Er hatte wirklich Angst vor ihr, Angst davor, sich in ihrem Körper zu vergraben, ihr die Knochen zu brechen, sie umzubringen. Sie schien so willig, umgebracht zu werden. Ihr Körper hatte etwas Bedrohtes, als befinde er sich dauernd kurz vor einem hysterischen Anfall – ein Mann braucht einen solchen Körper nur zu berühren, um ihn zu zerstören. Er sagte: »Sieh mal, Nadine – sag mir, was du möchtest. Sag mir, wie dein Leben jetzt ist. Sprich weiter und erklär mir alles, bitte.«

»Es gibt nichts zu erzählen.«

»Wen hast du geheiratet? Was machst du? Hast du Kinder?«

»Nein.«

»Wann hast du geheiratet?«

»Ich bin hin und wieder ins College gegangen. Dann habe ich damit aufgehört und habe geheiratet.«

»Wer ist er?«

»Das spielt keine Rolle.«

»Aber gewiß spielt das eine Rolle.«

»Ein Mann, ein netter Mann, ein Syndikus –«

»Wovon?«

»Kartellgesetz, Steuergesetze«, sagte Nadine. »Es dreht sich alles um Steuern und wie man sie vermeidet.« Sie blickte auf Jules' Hände nieder, die die ihren festhielten, und einen Augenblick lang sah es so aus, als wüßte sie weit weniger über sich selbst als er. Er würde vorangehen müssen. »Er ist jetzt verreist. Er ist am Montag nach New York gefahren. Er kommt morgen wieder.«

»Morgen, das ist ja schon so bald«, sagte Jules enttäuscht.

»Nein, er ist dauernd weg. Er fliegt dauernd nach New York.«

»Wie sieht er aus?«

Sie zog seine Hand an ihr Gesicht. Sie preßte ihre Wange darauf. Jules hätte gern hysterisch aufgelacht, wirklich überzog ein breites Grinsen sein Gesicht, zerbrach dann aber zu etwas anderem. Er hatte plötzlich die Vision, wie er diese Frau erwürgte. Er legte ihr die Hände um den Hals, sie saßen beide ganz still, den Blick gesenkt, und atmeten hastig. Sie schien sich zu fügen, schien ihm zu erlauben, die Führung zu übernehmen. Aber er sagte nur: »Du bist wunderschön. Viel schöner als früher, ganz verändert. Ich glaube nicht, daß ich es aushalten werde.«

»Würdest du mich denn heiraten?« fragte Nadine.

»Ja.«

»Wenn du mein Leben zerstören würdest, ich meine, mein jetziges Leben«, sagte sie verwirrt, »würdest du mir dann ein neues Leben geben? Würdest du mich heiraten?«

»Ich würde dich sofort heiraten.«

»Du würdest mich nicht verlassen?«

»Wie kann ich dich verlassen?«

»Aber ich habe dich doch verlassen, ich bin doch von dir fort.«

Jules wischte das beiseite.

»Ich habe dich dort in dem Zimmer zurückgelassen. Du warst krank –«

»Ich hätte eben nicht krank werden sollen«, sagte Jules mit einem Lachen.

»Ich habe dich geliebt. Ich weiß nicht, warum ich davongelaufen bin.«

»Denk nicht mehr daran.«

»Ich habe dich geliebt. Wirklich geliebt. Ich war ganz krank von Liebe zu dir und hab versucht, darüber wegzukommen, aber ich hab es nie geschafft.«

In Gegenwart einer Frau spürte Jules einen gewissen Schwindel, ein goldenes Glühen, das von ihnen auszustrahlen schien, eine Wärme, die unbewußt und trostreich war; sie war ein wenig gefährlich, eben weil sie unbewußt war. Er wurde von Frauen angezogen wie von einer Wärmequelle, aus der Kälte herausgezogen, neigte er sich begierig, um in solcher Wärme aufzugehen. Bei Nadine war der Instinkt kraftvoller und blinder. Er spürte die Gefahr deutlicher, als erkenne er durch halbgeschlossene Augen tatsächlich Umrisse von Felsen unter sich, während er so tat, als sähe er nichts. Er war taub in Erwartung des Glücks. Geräusche drangen zu ihm wie durch brandende Wassermassen, sein Blut war dumpf und verworren. Er wollte weder sehen noch hören. Er wollte vergewaltigt werden, auf seltsame, leichte, schmerzlose Weise, vergewaltigt ohne zu begreifen.

Bestürzt sagte er: »Nun ja, ich hab dich auch geliebt, natürlich. Ich liebe dich noch. Ich hab mir das nicht ausgesucht. Was soll ich dagegen machen, daß ich dich liebe?« Seine Erregung versetzte ihn zurück in die verschwitzten Stunden in Motelzimmern, in denen er auf schmuddeligen Bettdecken gelegen hatte. Er strich ihr mit den Fingern über den Hals. Er dachte bei sich: *Jetzt will mich diese Frau.* Er spürte, daß sie wie gelähmt war. Er konnte sich vorstellen, daß sie mehrere Tage auf ihn warten würde, eine Frau, die auf einen Mann wartet, die dasaß und stand und umherging in einem eleganten Haus, ihr Gesicht, so wie jetzt eben, zurechtgemacht, parfümiert und lieblich und dennoch allein, wartend, unvollständig; darunter konnte der Verstand einer Frau entzweigehen. Auch ihre Blindheit spürte er, ihre seltsame Taubheit. Er sah plötzlich ein Bild vor seinem Inneren, wie sie beide in einem Floß dahintrieben, auf diesem grünsamtenen Sofa – sanft schaukelnd stromabwärts trieben, und von den Ufern nichts hörten oder sahen. Er konnte sich an die Jahre, in denen er sie nicht gesehen hatte, nicht mehr erinnern, und auch irgendwie nicht mehr an diese jüngere, unwichtigere Nadine.

»Ich werde dir dein Leben nicht ruinieren«, sagte er. »Alles wird sein, wie du es willst. Sag mir bloß, wie du es willst.«

Sie schien seine Worte abzutasten, zu liebkosen. Er spürte, wie sie beide unaufhaltsam stromabwärts trieben. Er sagte: »Du liebst mich doch?«

»Ich habe dich nie vergessen, und auch sonst nichts. Ich liebe dich.«

»Ich bin jetzt ein anderer. Ich renne nicht herum und stehle Wagen und Sachen und hau Menschen eins über den Schädel. Es kommt mir phantastisch vor, alles das, aber ich weiß, daß ich das getan habe. Ich bin älter geworden. Ich habe nie gedacht, daß ich das dreißigste Jahr erleben würde«, sagte Jules. Er war verlegen; seine Worte schienen seine Empfindungen nicht wirklich auszudrücken.

»Ich wollte dich wiedersehen«, sagte Nadine. »Ich habe versucht, dir zu schreiben, aber ich wußte nicht wohin. Ich habe ein paar Namen im Telefonbuch nachgeschlagen – es war sehr verwirrend. Als ich wieder nach Detroit kam, war ich selbst krank. Eine Weile haben sie mich zu Hause gepflegt, und dann haben sie mich in eine Klinik gebracht.«

»Was hat dir denn gefehlt?«

»Ich konnte nicht schlafen und nicht essen. Ich habe andauernd geweint«, sagte sie gereizt. »Ich konnte an nichts anderes denken als an dich. Ich hab versucht, zu verhungern. Ich habe mir selber leid getan und wollte meine Eltern strafen. Ich hab immer nur an dich gedacht, nur an dich. Jules, ich hab dich im Stich lassen müssen, ich mußte aus diesem Motel raus. Ich weiß noch, wie ich war. Du warst so krank, du warst es eigentlich gar nicht mehr, du bist mir vorgekommen wie ein Fremder. Ich hab immerzu daran gedacht, daß du krank bist, ein Fremder, damit ich dich nicht lieben mußte, aber ich hab es nie wirklich glauben können. Ich war nicht frei. Ich mußte weg, aber als ich weg war, bin ich nie mehr damit fertig geworden. Ich hab deinen Wagen genommen, aber er ist nach ein paar hundert Kilometern kaputtgegangen. Ich hab zu Hause angerufen. Sie sind beide heruntergeflogen, um mich abzuholen.«

Er hätte ihr gern gesagt: *Mach dir keine Gedanken wegen des Wagens,* dann wurde er sich klar, daß sie sich gar keine Gedanken deswegen machte; sie hatte sich nie welche gemacht.

»Ich mußte weg und dich verlassen. Ich mußte fliehen. Es tut mir leid.«

»Ich verstehe.«

»Ich habe dir lange Briefe geschrieben, verrücktes Zeug. Sie haben mich in eine Art Klinik gebracht, dort war es sehr nett. Ich bin nie mehr in die Schule zurückgekehrt, wie man gewöhnlich in die Schule geht, ich hab für mich allein Kurse besucht. Na, es war nicht besonders schön dort, ich weiß, warum ich das gesagt habe, es war eine Anstalt für Leute, die nicht richtig im Kopf sind. Wir hielten uns, als ob wir aus Glas wären, wir waren sehr zerbrechlich. Mein Vater hat für mich Lehrer von der Universität von Michigan genommen. Es war nicht weit von dort. Ich habe diese Männer immer wieder angeschaut und ihnen zugehört, aber ich habe sie nicht gesehen und nicht gehört, ich habe immer darauf gewartet, daß sie sich in dich verwandeln. Ich konnte mir keinen Mann denken, der nicht du war, sie schienen alle du zu sein.«

Jules sah sie an.

»Es war sehr merkwürdig für mich, daß ein Mann, ein junger Mann, ein eigenes Gesicht haben konnte, das nicht deines war«, sagte Nadine träumerisch. »Ich habe mir die Einzelteile seines Gesichts angesehen, seine Augen, seinen Mund, und mir überlegt, ob es deine sein könnten, dir gehören könnten. Ich weiß nicht, was Gesichter voneinander unterscheidet. Die Augen können die gleichen sein, bis auf die Farbe. Münder sehen gleich aus. Ich weiß nicht – wie Menschen verschiedene Personen sein könnten, was sie voneinander trennt. Aber keiner von diesen Männern war jemals du.«

Jules hatte das Empfinden einer Gefahr. Er sagte: »Ist noch jemand in diesem Haus?«

»Heute nicht.«

Ihm war, als würde er gleich explodieren und die Gewalt würde Nadine töten. Sie war regungslos und traumhaft, wie sie sich so an ihn lehnte, die Arme um seinen Hals gelegt. Ihre Umarmung war konventionell. Wenn er den Verstand verlor, so war das eine Nebenwirkung ihrer Gegenwart, ihrer Stimme, des grünen Sofas, der beharrlichen Wogen, die sie forttrugen. Was aber, wenn diese Frau nicht Nadine war, wenn eine andere Frau ihm die Arme um den Hals gelegt hatte und ihn hypnotisierte? Was, wenn in wenigen Augenblicken die Verzauberung erlosch und sie unter eines der Sofakissen griff und eine Waffe herauszog?

»Ich komme zu dir, aber wo anders«, sagte Nadine. »In der Stadt. Irgendwo anders, nicht hier.«

»In einem Hotel? Wann?«

»Morgen vormittag.«

»Wann kommt dein Mann nach Hause?«

»Ungefähr um drei, aber er ruft nicht an, der Wagen ist auf dem Flugplatz –«

»Auf welchem?«

»Metro.«

»Wird er nicht erwarten, daß du zu Hause bist?«

»Ich werde zu Hause sein, wenn er heimkommt. Ich werde um drei Uhr dreißig zurück sein.«

»Also kommst du in die Stadt? Ins Sheraton-Cadillac?«

»Ja.«

»Wirst du das wirklich tun?«

»Ja, ja.«

»Soll ich ein Zimmer nehmen, soll ich auf dich warten? Wie bald kannst du da sein?«

»Um elf.«

»Aber tu es nicht, wenn du ... wenn es dich aufregt.«

»Ich werde mich nicht aufregen.«

»Ich fürchte doch.«

»Nein. Ich muß das tun. Ich brauche dich«, sagte Nadine.

Er empfand ein hilfloses, schmerzliches Mitleid mit ihr. Aber durfte er ihr glauben? Ihre Schlaffheit, ihr Ausgeliefertsein, ihr erschrockenes Atmen schienen ihm unnatürlich, eine Steigerung seiner eigenen Furcht. Das Zittern, das er in ihrem Körper spürte, war genau wie das Zittern, das er in dem seinen unterdrückte, als sei ihnen zum Schluß, wenn sie einander in die Arme fielen, eine unlösbare Verkrampfung vorausbestimmt, den Mund gierig aufeinander pressend in einer Pose, die sich in Wahrheit keiner von ihnen freiwillig gewählt hatte – wie Wasserspeier, die miteinander aus Stein gehauen sind, Monstren aus bemoostem Stein. Jules sagte rasch: »Wir müssen nichts sofort tun. Wir können uns ja vorher noch ein paar Mal sehen –«

»Nein, ich komm morgen.«

»Wir können miteinander reden –«

»Es gibt nichts zu reden.«

»Ich glaube doch. Willst du mich wirklich heiraten?«

Sie preßte die Stirn auf seine Schulter. Sie überlegte.

»Willst du dich scheiden lassen und mich heiraten? Jules Wendall?«

»Ja, ich glaube schon.«

»Alles was du willst, also.«

»Dich will ich. Ich kann nicht aufhören, an dich zu denken.«

»Was ist mit deiner Ehe?«

»Es ist eine gute Ehe, er ist ein guter Mensch ... aber er ist nicht du. Ich habe vor ein paar Jahren geheiratet, als es für mich an der Zeit war zu heiraten. Er war wie diese Studenten von der Michigan-Universität, diese Examenskandidaten: Er hat sich nie in dich verwandelt. Ich habe nichts über ihn zu sagen. Sowie ich dich in dem Restaurant gesehen hatte, habe ich angefangen, die Verbindung zu anderen Menschen zu verlieren, sogar zu dem, was ich gerade sagte. Alles ist sprunghaft, aber so wie im Traum, es hat keinen Zusammenhang. Das klingt verrückt. Es sieht mir gar nicht ähnlich, so zu sein, ich bin doch jetzt viel älter und anders geworden seit damals, wo du mich gekannt hast. Ich habe damals ein paar schlimme Monate durchgemacht, ehe ich darüber weg war. Aber ich bin drüber weggekommen. Aber jetzt ... Bei dir, Jules, kann ich nicht an mein Leben denken und daran, wie es ist. Ich kann gar nicht an mich selber denken. Es ist, als ob ich irgendwo spazierenginge und es finge eine sehr laute Musik an, die mich taub macht, und jemand nähme mich bei der Hand und führte mich fort. Warum nicht? Wie kann ich mich daran erinnern, wer ich bin, was bedeutet das schon? Drei Tage habe ich auf dich gewartet. Ungefähr jede Stunde wurde mir klar, daß ich weggehen müßte, zu meiner Mutter oder einfach fort, irgendwohin. Ich durfte das nicht alles nochmal durchmachen müssen, das mit dir. Aber ich kam nicht weg. Dann dachte ich, du kämst nicht, oder wolltest mich dadurch kränken, daß du ein paar Tage zu spät kämst, was du ja auch getan hast, aber ich habe trotzdem weiter gewartet. Alles in meinem Leben schien sich dir zuzuneigen, so wie wenn etwas ganz langsam umfällt. Mir wurde klar, daß ich nichts anderes mehr lieben konnte, obwohl ich es gern täte. Ich kann nicht.«

Sie schwiegen. Endlich sagte Jules: »Ich habe auch an dich gedacht. All die Jahre hindurch.«

»Ja?«

»Ich habe dich nicht direkt geliebt, es war tiefer. Ich wollte dich wieder so halten wie jetzt. Nein, nicht wie jetzt. Nicht wie wir jetzt sind. Ich wollte dich ganz fest halten ...« Er konnte es nicht erklären.

Sie sagte: »Ich verstehe.«

»Bist du einsam gewesen?«

»Ja.«

»Sogar mit deinem Mann?«

»Ja. Sehr einsam. Mit ihm und mit jedem.«

»Ist es schlimm für dich, für eine Frau, einsam zu sein?«

»Ich habe es überlebt.«

Sie lächelten einander zu. Jules hatte das Gefühl, daß sie Freunde werden könnten.

»Was hast du gemacht, als ich dich verlassen hatte?« fragte sie.

»Ich bin nach ein paar Tagen gesund geworden. Ich hab ein paar Jobs gehabt, bin herumvagabundiert, bin wieder auf die Beine gekommen. Ich mußte Geld verdienen, um zu essen. Dadurch bin ich in Schwung geblieben. Schließlich bin ich wieder herauf nach Detroit, als ich soweit war. Ich hab versucht, nicht an dich zu denken, aber du warst immer da, im Hintergrund.«

»Ich danke dir«, sagte sie.

Sie begann ihn zu küssen. Jules umfing sie begierig. Sie schienen starräugig in eine Umarmung zu versinken und atmeten erleichtert und schmerzlich. So wie er sie küßte, hätte er gern zu ihr gesprochen: ihr erklärt, wie unausgefüllt sein Leben sei. Von ihr geblendet, sah er seine Liebe zu ihr ganz klar – sie gehörte ihm nicht, war etwas, über das er keine Macht hatte, ein Gefühlssturm, in den er hineingeraten war – ein ganz altmodisches Schicksal. Ein zauberhaftes Licht schien ihn zu blenden; verwegen betasteten seine Hände ihren Körper. Das Licht war ein Strahlen, das teils von ihrem Gesicht, teils von den Möbeln in diesem glänzenden Zimmer ausging. Er sagte sehr erregt: »Andauernd verliebt sich irgendwer in mich oder will etwas, das ich nicht geben kann. Ich muß sie von mir abschütteln, muß sie loswerden. Keiner von denen wie du«, und seine Stimme brach bei dieser Erkenntnis.

»Du bist sehr gut. Du bist kein Egoist wie ich.«

»Können wir nicht jetzt nach oben gehen, gleich hier?«

»Nein.«

»Nadine?«

»Nein«, sagte sie kläglich. »Nicht hier. Hier kann ich nicht. Ich bin mit ihm verheiratet. Ich –«

»Schon gut.«

»Jules, bitte ...«

»Ich verstehe schon. Es ist gut. Soll ich jetzt weggehen?«

»Gleich.«

Er lachte. Er nahm ihr Gesicht in beide Hände und lachte. »Du bist so schön, es kann nicht wahr sein. Was kommt schließlich dabei heraus? Können wir was damit anfangen? Was nützt es uns, daß wir ineinander verliebt sind? Was sollen wir mit dieser Liebe anfangen?«

»Sag sowas nicht!«

»Ich stehe jetzt deinem weiblichen Ich, deiner Seele gegenüber – was soll ich bloß mit ihr anfangen?«

»Mach keine Witze. Deine Witze hab ich nie gemocht!«

»Witze zeigen, daß einer verzweifelt ist«, sagte Jules. Er erhob sich, fuhr sich durch die Haare und zog seine Kleider zurecht. Er war verzweifelt. »Sag mir bloß, was du willst, Nadine, und ich werde es dir verschaffen! Entscheide dich!«

Sie blickte zu ihm auf. Der Rock ihres Kleides war über die Schenkel hinaufgerutscht. Er sah ihre Haut, so glatt unter dem Gewebe ihrer Strümpfe, diese intime Nadine, sein Besitz. Wie eine Stoffpuppe kam sie ihm vor, sein Besitz, sein Eigentum, unbekümmert darum, was aus ihr wurde. Und doch besaß er sie nicht wirklich und hatte keine Vorstellung, woran sie wohl dachte.

»Sag mir, was du denkst«, sagte er.

»Ich denke dies«, sagte sie müde. »Eine Frau, das ist wie ein Traum. Ihr Leben ist ein Traum des Wartens. Sie lebt in einem Traum und wartet – auf einen Mann. Es gibt keinen anderen Ausweg, so kränkend das auch ist, keine Frau kann dem entrinnen. Ihr Leben ist ein Warten auf einen Mann. Das ist alles. In diesem Traum gibt es eine bestimmte Tür, durch die muß sie hindurch. Ihr bleibt keine Wahl ... Früher oder später muß sie diese Tür öffnen und hindurchgehen und zu einem bestimmten Mann gelangen. Sie kann heiraten wen sie will, aber hierin hat sie keine Wahl. Das denke ich.«

»Ist das deine Überzeugung?«

»Ja.«

»Ist sie nicht übertrieben?«

»Dieser Mann, das bist nicht unbedingt du. Es ist das, was ich mit dir tun muß, um überhaupt am Leben zu bleiben. Ich brauche dich für mich, für mein Leben. Ich muß dich lieben.«

»Du wirst nicht hinterher weglaufen und mich verlassen?«

»Ich bin diesmal älter. Ich bin eine verheiratete Frau.«

»Ich will dich nicht mit einem anderen Mann teilen.«

»Schon gut.«

Sie begleitete ihn bis zur Tür. Sie zitterten beide, aber ihre Bewegungen waren leicht und unbekümmert. Jules war wie berauscht. Er ergriff ihre Hand und bedeckte sie mit Küssen, entzückt von der Vertraulichkeit, die er bei ihr genoß, entzückt von dieser schlaffen, warmen Hand, einem Glied des Körpers, der ihm gehören würde – sogar der große Brillant an ihrem Finger würde ihm gehören.

»Auf morgen vormittag also. Und du wirst dich nicht aufregen?«

»Nein.«

»Gut. Ich liebe dich. Wir wollen sehen, was geschieht.«

»Ich liebe dich, Jules.«

Beim Nachhausefahren sah er alles deutlich: Plakate, Restaurants, Tankstellen, andere Wagen. Er sah alles und hinterließ keinen Eindruck seiner selbst darauf, so frei war er geworden und so stark. Erst um zehn Uhr abends, allein in seinem Zimmer, wurde er sich darüber klar, was geschehen würde, was bereits geschehen war. Ein Gefühl tiefer Niedergeschlagenheit überkam ihn.

Würde er das lebend überstehen? Würde es danach auf der Welt noch etwas geben, über das er staunen konnte?

11

Am nächsten Morgen um neun meldete er sich in dem Hotel an. Sein Zimmer, zu 16 Dollar pro Tag, war eine Enttäuschung; das Fenster ging auf eine nahe gelegene Mauer hinaus. Es überraschte ihn, sich in einem so alltäglichen Raum zu befinden, der nichts Magisches hatte. Das stete Geräusch von fließendem Wasser drang aus dem Badezimmer, und er konnte nicht ausmachen, was verkehrt war, wenn überhaupt etwas daran verkehrt war. Er ging zwischen Fenster und Bett hin und her und versuchte, ruhig zu werden.

Gestern abend hatte seine Mutter ihm den Bericht des Pathologen über seinen Onkel gegeben. Er hatte ihn rasch durchgelesen und gewisse Chiffrierungen waren ihm im Gedächtnis geblieben: Zellenlehre, Leukämie, Blutsenkung, Möglichkeit des Rückfalls ... und hatten ihn verblüfft, denn ihm war es so vorgekommen, als stürbe der Onkel an einer Art Krebs. War das möglich? Daß man wegen einer Sache in die Klinik kam und wegen einer anderen starb? Er hatte sich dem Onkel nahe gefühlt, weil sie beide unentrinnbar an ein einziges Schicksal gebunden waren, was machte es aus, wie sie dorthin gelangten? Jules lag auf seinem Bett, als erwarte er sein Verderben, als warte er darauf, daß es ihn erfüllte und ertränkte. Er starrte an die Decke. Sein Onkel lag im Sterben. Einer weniger. Sein Vater war bereits tot und vergessen. Sein anderer Onkel, sein gesunder Onkel Samson Wendall, schleppte sich jeden Morgen weiter – jeden Morgen verließ er um 6 Uhr 30 Grosse Pointe, eifrig bestrebt, den Tag zu beginnen, voller Unwillen über den Schlaf und dessen bloßes Drum und Dran, über das Bett, das ihm gehörte, das Schlafzimmer, in dem er mit seiner Frau schlief, und vielleicht außerdem über seine Frau – trotz seines bellenden Hustens und seiner trüben mißtrauischen Augen starb dieser Onkel noch nicht, und wenn es nach ihm ging, würde er niemals sterben. Jules begriff: Auch er wollte niemals sterben.

Er lag ganz still. Obwohl er den größeren Teil der vorigen Nacht nicht geschlafen hatte, war er nicht müde. Seine Gedanken rasten. Er hatte die Vorstellung, daß sie nicht kommen würde, und er wäre riesig erleichtert gewesen, das zu wissen; aber sie war so unsicher, daß sie vielleicht schließlich doch auftauchen würde. Er bemühte sich, nicht an sie zu denken, aber immer von neuem formte sich ihr Gesicht vor seinem inneren Auge. Ihre Schönheit war eine Belohnung, für ihn, für ihn allein. Er war ihr treu geblieben, und jetzt kam die Belohnung.

Draußen auf dem Gang wurde gestritten, ein Mann mit einer Frau. Jules stellte sich vor, die beiden seien verheiratet und in mittleren Jahren. Ihr Streit war nicht aufregend und regte sie auch tatsächlich nicht auf. Er versuchte, die Worte zu verstehen.

Er spürte, wie sich Falten in seinem Gesicht bildeten. Konzentrationsfalten. Er war bereit für ein plötzliches Nachlassen der Kräfte, ein Hereinströmen, eine Weichheit. Durch ihn würde etwas seinen Lauf nehmen, durch seinen Körper. Ihm war, als schwebe er in einer sonderbaren Finsternis, schweigend; die Leute auf dem Gang waren fortgegangen; drunten auf dem Washington Boulevard zog fern ein Verkehr träge dahin, den er sich nicht vorstellen konnte. Er preßte die Hände an die Ohren und hätte gern herausgeschrieen, daß er verloren sei . . . war es so, wenn man starb . . . daß man alles aufgab, zutiefst beschämt . . .

Er spürte seinen Willen aus sich wegfließen. Er floß wie aus einem lecken Rohr im Badezimmer, ein zu geringfügiger Defekt, um ihn abzustellen, ein Zeichen für schundige Ware. *Die Zeit vergeht,* dachte er. Er bewegte sich nicht.

Um elf hatte er sich damit abgefunden. Sie würde kommen oder auch nicht, die Entscheidung lag nicht bei ihm. Vielleicht würde statt dessen der Ehemann kommen. Er war zu träge, um sich darum Sorgen zu machen. Ein kaltes Feuer überlief seinen Körper, und er versuchte, sich auf Gespräche draußen in der Halle zu konzentrieren . . . auf das Geräusch einer Wasserspülung in einer nahegelegenen Toilette . . . Verkehr auf dem Boulevard . . . irgend etwas, das ihn fixierte, das ihn aus dem Zustand befreite, bloß Körper zu sein, der gequält darauf wartete, über einen anderen Körper herzufallen. Es war eine Schande, Jules zu sein, und eine derartige Kreatur. Es war ein Verrat am wahren Jules.

Das Telefon klingelte. Es war elf Uhr zwanzig. Es klingelte einmal kurz, und Jules nahm sofort den Hörer auf. »Hallo?« sagte er zittrig.

»Hallo«, sagte Nadine.

»Na, wo bist du denn?« fragte er. Sie sagte: »Ich bin noch zu Hause –«

»Zu Hause? Wieso zu Hause?« fragte er. Seine Erbitterung gab ihm Halt, er fühlte, daß er sie haßte.

»Willst du immer noch, daß ich komme?« fragte sie.

Jules sagte nichts.

»Ich habe die ganze Nacht nicht geschlafen. Ich fühle mich nicht wohl. Ich ... Jules? Bist du noch da?«

»Klar.«

»Willst du immer noch, daß ich runterkomme?«

»Das liegt bei dir.«

»Ja, ich komme runter.«

Er hängte ein. Sein Zorn rüttelte ihn. Er schritt auf und ab, vom Bad zum Fenster und dann zum Bett und rieb sich die kalten Hände. Er war in einem Zustand gewesen, der an Schock grenzte, sein Körper hatte ihm nicht mehr gehört, und dieser aufwallende Zorn war wie eine heiße Flüssigkeit, die ihn durchströmte. Trotzdem waren seine Hände kalt, seine Füße kalt. Er schaute auf die Uhr und rechnete aus, daß sie mindestens eine halbe Stunde brauchen würde, um herunterzukommen, vermutlich eine Stunde.

Er ging hinunter und trank ein Glas Bier. Er kam wieder nach oben, weil er glaubte, sie wäre vielleicht, während er fort war, eingetroffen. Er öffnete die Tür zu seinem Zimmer: einem leeren Zimmer. Er legte sich wieder aufs Bett. Er wartete.

Jemand klopfte an die Tür.

Er sprang auf, um sie hereinzulassen. Nun war alles einfach und eilig. Sie umarmten einander, begrüßten einander mit Ausrufen.

»Du bist gekommen, du bist da«, sagte er.

Nadine lachte. »Hast du mir nicht geglaubt?«

»Aber du zitterst ja. Setz dich. Setz dich dorthin.«

Behutsam führte er sie zu dem einzigen Stuhl im Zimmer. Er kniete neben ihr nieder. Er küßte ihre Knie. Nadine legte ihre

Hand um seinen Hinterkopf und neigte sich über ihn. Er spürte, wie ihre Angst und seine Erregung sich gegenseitig steigerten.

»Ich hab nicht kommen wollen, deshalb hab ich dich angerufen«, sagte sie rasch, »weil ich mich heute morgen nicht wohl fühle. Ich bin nicht in Ordnung –«

»Was hast du denn?«

»Ich konnte die ganze Nacht nicht schlafen. Ich hab die ganze Nacht wachgelegen.«

»Ich war auch die ganze Nacht wach.«

»Jetzt bin ich nicht wohl. Ich meine ... mir ist nicht gut.«

»Liebste, sitz ruhig. Sei nicht so nervös. Wir können doch miteinander reden, wir haben doch Jahre vor uns, in denen wir reden können. Was möchtest du, daß ich für dich tue? Möchtest du auf dem Zimmer essen? Möchtest du ein Lunch? Champagner? Ist es Zeit für ein Lunch? Ich kann ein paar auswärtige Zeitungen heraufschicken lassen. Ich kann einen Kopfstand für dich machen, Liebling, bloß schau nicht so traurig!«

»Aber ich bin nicht wohl. Es hat vorige Nacht angefangen.«

»Was?«

»Bauchkrämpfe. Es hat in der Nacht angefangen.«

Jules liebkoste schweigend ihre langen, seidigen Beine. Er blickte auf sie, dann auf den Teppich. Der war von einem stumpfen, fahlen Gold, nicht sehr sauber. Er starrte auf die einzelnen Fadenstränge, die nach Nadines weißen Schuhen und seinen Knien niedergedrückt wurden.

»Deshalb hätte ich wahrscheinlich nicht kommen sollen ...«

»Ist schon gut.«

»Jules, ich liebe dich so, es tut mir leid.«

»Möchtest du ein Aspirin oder sowas? Etwas zu trinken?«

»Nein.«

»Ist es sehr schlimm?«

»Mir ist ein bißchen schwummrig. Ich ...«

Jules blieb auf den Knien liegen. Er preßte sein Gesicht demütig an ihre Knie und empfand Entsetzen über die eigene Hilflosigkeit. Selbst der Schmerz in ihrem Unterleib war etwas, über das er keine Gewalt hatte, etwas das er nicht abstellen konnte. Das alles war etwas Intimes. Nadine streichelte eifrig seinen Nacken. »Vorige Nacht war ich ganz aus der Fassung. Ich war so unruhig, das Ganze war wie ein Alptraum. Ich bin immerzu im Haus herumgegangen und habe gedacht, wie Menschen die Nacht überstehen, besonders Frauen. Weißt du, Jules, die Liebe eines Mannes erschafft die Liebe einer Frau. Du hast mich zu dem gemacht, was ich bin, davon bin ich völlig überzeugt. Es gibt Männer, die sind für immer im Leben einer Frau, alles an ihnen ist für immer und schrecklich, niemand denkt von ihnen *dies hab ich mir vorgenommen,* man hat dabei gar keine Wahl. Du liebst mich und ich liebe dich, und ich habe gar keine andere Wahl.«

Jules gab einen verzweifelten Laut von sich, eine Art Gelächter. »Ich glaube, das stimmt«, sagte er.

»Möchtest du denn nicht, daß ich mit dir rede?« fragte sie. »Bist du böse?«

»Natürlich nicht.« Er stand auf.

»Es ist so sonderbar, daß ich hier bin und solche Dinge zu dir sage. Du bist einer der Menschen, die mich nicht besuchen dürften, wenn ich krank wäre, oder zu meiner Beerdigung kommen.«

»Warum denn nicht?«

»Du würdest nicht kommen. Du würdest höchstwahrscheinlich nichts davon erfahren.«

»Vermutlich nicht. Keiner würde es mir sagen. Denkst du ans Sterben?« Nadine lachte beunruhigt. »Mein Mann hat eine Waffe –«

»Wo?«

»Zu Hause. Einen Revolver. Ich hab ihn vorige Nacht herausgenommen. Ich habe ihn angesehen und gedacht, was das doch für ein geheimnisvoller Gegenstand ist, so ein Revolver. Ich bin zum Spiegel gegangen und hab mir den Revolver an die Schläfe gesetzt und habe eine Weile dagestanden und mich im Spiegel gesehen.«

»Warum denn zum Teufel?«

»Sei nicht böse, es war nicht gefährlich. Aber es war sehr interessant, mich so zu sehen.«

»Was hast du denn?«

»Ich habe einfach Angst.«

»Aber ich bin es doch nur, Jules. Ich bin bloß ein Mann. Ich bin ein Wrack. Warum solltest du Angst vor mir haben?« Er setzte sich auf den Bettrand ihr gegenüber. Er spürte, wie eine schwachsinnige Gutmütigkeit sich in seinem Gesicht abzeichnete.

»Ich liebe dich wirklich«, sagte Nadine leise.

»So sehr, daß du dich erschießen möchtest?«

»Ich möchte mich nicht erschießen.«

»Wen möchtest du denn dann erschießen?«

»Niemanden. Ich will gar nichts. Ich will ein gutes, einfaches Leben leben. Ich will an Dinge glauben, die einfach und klar sind. Das ist alles, was eine Frau verlangt. Ich will mein Leben in Ordnung bringen.«

»Das ist nicht leicht«, sagte Jules.

»Darf ich dich etwas fragen?«

»Aber ja.«

»Über deine Vergangenheit?«

»Ich habe keine Vergangenheit, Liebling.«

»Mach keine Witze!«

»Das ist kein Witz.«

»Deine Vergangenheit – was du vorige Woche getan hast, letztes Jahr. Ich möchte etwas über dein Leben wissen.«

»Was denn daraus?«

»Warst du schon einmal verheiratet?«

»Nein.«

»Warst du schon einmal unmittelbar davor?«

»Nie.«

»Was hältst du vom ... vom Heiraten.«

»Dich möchte ich heiraten. Dich.«

Sie lächelte scheu. »Ich hab in Wirklichkeit aber nicht viel Geld, nicht viel, wirklich, vielleicht täte es dir später leid. Ich wäre dann ganz auf mich gestellt, geschieden. Würdest du mich dann auch noch wollen?«

»Selbstverständlich.«

»Aber ... aber warst du mal verliebt? In eine andere?«

»Nein.«

»Im Ernst?«

»Ich war nie verliebt, nein. Außer in dich. Damit ist es aus. Ich will mich nicht verlieben oder auch nur mehr daran denken, außer in dich. Dies ist das letzte Mal.«

Sie neigte sich ihm zu und preßte ihre Lippen auf seine Wange. Er wurde aus Nadine nicht klug und aus sich selbst auch nicht. Wenn die Natur ihn so zu ihr trieb, ihn zu einem Liebesakt gerade mit dieser Frau trieb, so überschüttete doch der Gefühlsüberschwang, den er ertragen mußte, alles wie ein Lavastrom: erstickend und sinnlos. All dies würde doch wohl nicht damit enden, daß ein Kind gezeugt wurde? Detroit wimmelte von Kindern.

»Hast du mit anderen Frauen geschlafen?«

»Nein.«

»Wirklich nicht?«

»Ich kann mich nicht erinnern. Ich hab's vergessen.«

»Warum sagst du mir nicht die Wahrheit?«

»Was du hören willst, ist etwas Schmutziges, warum also soll ich dir davon erzählen? Deine Vorstellung von meiner Vergangenheit ist schmutzig«, sagte Jules. »Vergiß alles, was vorbei ist. Es hat mit uns nichts zu tun.«

»Ich will aber alles über dich wissen.«

»Du wirst es aber nicht erfahren. Es ist vorbei.«

»Willst du nichts über mich wissen?«

»In der Unterhaltung, ja. Die nächsten dreißig Jahre lang. Aber es ist nicht wesentlich. Ich kann mich nicht darauf konzentrieren. Ich kann dich nicht einmal fragen, ob du seit deiner Heirat oder vorher Liebhaber gehabt hast, weil es mich nichts angeht.«

»Selbstverständlich habe ich keine gehabt.«

»Also gut. Schön.«

Sie schwieg. Sie wich von ihm zurück. »Also«, sagte sie. »Ich glaube, ich muß dich jetzt verlassen.«

»Verlassen?«

»Drunten hat mich jemand erkannt, das weiß ich bestimmt. Sie hat mich so komisch angesehen.«

»Na, wenn schon.«

»Ich ... ich glaube, ich sollte heimgehen.«

Jules schnalzte betrübt.

»Jules, hör mal«, sagte sie rasch. »Finde mich nicht abscheulich. Aber ich habe immer gemeint, habe immer gefürchtet, daß du eine Krankheit haben könntest. Du verstehst mich schon.«

Jules war, als hätte er einen kalten Guß bekommen. Er starrte sie an. Dann tat er, als sei es ein Witz gewesen und versuchte zu lachen. »Nein, Liebling, mir fehlt nichts.«

»Schon immer hab ich wahnsinnige Angst vor sowas gehabt.«

»Ich hab keine Syphilis.«

»Ich hab nur gemeint, wo du dort lebst, und wie in der Stadt alles ist, mit all den Negerweibern und Negermädchen –«

»Nein.«

»Hast du schon mal ... mit einer Negerin?«

Jules rieb sich die Augen. Seit er sich für die Experimentalreihe hergegeben hatte, damals vor Jahren, taten ihm oft die Augen weh, besonders wenn er irritiert war. Sie fingen dann an zu tränen. »Warum ist alles, was du dir vorstellst, schmutzig, deine ganze Phantasie schmutzig?« fragte er gequält.

»Sag sowas nicht!«

»Oh, mein Gott.«

Sie schwiegen eine Weile, ohne sich anzusehen. Nach einer Weile sagte Jules: »Du kannst gehen, wenn du willst.«

»Ich rufe dich in ein paar Tagen an.«

»Du wirst nicht anrufen, niemals.«

»Oh doch.«

Sie saß zurückgelehnt auf ihrem Stuhl, die eine Hand über den Leib gelegt. »Ich werde dich anrufen, Jules. Ich bin bloß nicht wohl. Ich habe Pillen genommen gegen die Schmerzen, aber die haben nichts genützt. Ich sollte im Bett liegen, ich hätte nicht herkommen sollen und dich aufregen. Was kann ich dafür, daß mir das passiert ist?«

»Hast du es erwartet?«

»Erst nächste Woche.«

»Na, du hast es offenbar herbeigezogen«, sagte Jules mit dem Versuch, besorgt zu klingen. »Nicht, daß ich dir einen Vorwurf mache oder darüber eine Meinung habe. Es tut mir leid, daß du Schmerzen hast.«

»Ich habe meinen Wagen drüben auf der anderen Straßenseite stehen.«

»Ja? Laß doch mal deinen Parkschein sehen.«

»Wozu willst du den sehen? Glaubst du mir nicht?«

»Laß doch mal sehen.«

Sie zeigte ihm den kleinen Pappstreifen.

»Stimmt, der gleiche Parkplatz. Ich hab mal dort gearbeitet«, sagte Jules.

»Auf diesem Parkplatz?«

»Ja. Ich hab die Wagen hin- und herrangiert, als Junge.«

Nadine suchte in ihrer Handtasche. »Ich glaube, ich hab nicht genügend Geld, um das da zu bezahlen. Ich hab überhaupt kein Geld dabei.«

»Ich bezahle es«, sagte Jules.

»Aber ... warum habe ich kein Geld mitgenommen? Ich bin ohne einen Pfennig ausgegangen.« Sie wühlte ärgerlich in ihrer Handtasche. Sie machte einen völlig hilflosen Eindruck.

»Ich zahl es gern.«

Er sah eine einzelne Träne von ihrer Wange und in ihre Handtasche tropfen, und der Anblick rührte ihn. Er liebte sie wirklich.

»Ich weiß gar nicht, was mit mir los ist«, sagte Nadine.

Er gab ihr einen Zehndollarschein. Sie dankte ihm und steckte ihn sorgfältig in ihre Handtasche. Sie nahm Jules den Parkzettel wieder ab.

Diese Gesten zeigten ihm, daß ihr Zusammensein ein Ende hatte. Sofort fühlte er sich deprimiert. »Du rufst mich bestimmt an?« fragte er.

»Ja.«

Sie standen auf. Jules' Traurigkeit floß in sie über. Weinend trat sie zu ihm und ließ sich von ihm in die Arme schließen. Sie hielten einander umfaßt. Jules spürte ihren warmen, leicht feuchten, angespannten Körper unter seinen Händen und dachte, ob wohl in ihrem Innern immer noch die gezielte, perverse Reinheit herrschte, diese obszöne Reinheit, die vor Jahren bei ihr so hoch im Kurs gestanden hatte. Ging sie zwischen den Dingen ihres Lebens umher mit dem Gedanken: *Nadine Greene geht hier umher, unbefleckt, hier links vorbei, hier rechts, korrekt und jungfräulich?* Er begriff, daß nicht ihr Ehemann sein Nebenbuhler war – er war als Mann wohl eher sein Verbündeter –, sondern das Bild des Weiblichen, das diese Frau sich gemacht hatte, ihre melancholische Gefühlskälte.

»Wahrscheinlich willst du mich gar nicht lieben«, sagte er leise und vorwurfsvoll.

»Das ist nicht wahr.«

»Du tust, als wären wir Bauklötze für Kinder, die man zu Mustern legt.«

»Das verstehe ich nicht.«

»Du willst dich mir gar nicht schenken.«

»Ich liebe dich doch, denke ununterbrochen an dich, bin ganz krank vor Liebe zu dir – was willst du denn noch? Ich bin gefangen in meiner Liebe zu dir.«

»Das klingt nicht gut.«

»Ich spüre es, es wird mich noch verrückt machen, Jules. Das Ganze war irgendwie nicht freiwillig, und das kränkt mich.«

Weinend stand sie in seinen Armen; sie hatten einander nichts mehr zu sagen. Jules sah sich nach dem Kommodenspiegel um, der ihnen ihr Bild zurückwarf, wie um sich zu beweisen, daß sie dort genauso standen, die Frau in seinen Armen, beide steif und verklemmt.

Als sie gegangen war, verließ er das Hotel sofort und ging in eine Bar, wo er ein paar Gläser trank. Finstere Niedergeschlagenheit lastete auf ihm. Er hatte nicht die Kraft, zur Fabrik seines Onkels hinauszufahren, wie er es dem Alten versprochen hatte; statt dessen rief er ihn an. Er sagte: »Ich muß heute nochmal ins Krankenhaus hinaus. Meine Mutter hinbringen. Ja. Nein, noch nicht. Ja, ziemlich schwer. Ja, Krebs.« Eine ehrfürchtige Pause. Onkel Samson hatte nur Ehrfurcht vor Krebs und vor Geld. »Ja, danke. Tut mit leid wegen heute. Mir paßt es ja auch nicht. Danke. Ja. Wiedersehen. Ja, Lymphdrüsenkrebs oder sowas, irgend so eine Art von Krebs. Nein, nicht vom Rauchen.«

12

Zwei Wochen vergingen. Jules wartete.

Als sie schließlich anrief, war er skeptisch geworden und ihre Stimme klang unglaubhaft: eine Zufallsbekanntschaft. Sie schien ihm eine bestimmte Adresse, eine bestimmte Stunde durchzugeben. Er schrieb sich diese Informationen auf und lehnte sich dabei vornüber, um die Stirn an die Wand drücken zu können. In seinem ganzen Körper war nichts Festes, nichts was ihn außer der Wand vor dem Vornübersinken bewahrt hätte.

Er brach früh auf, um nicht zu schnell fahren zu müssen. Sein Kopf, der mit belanglosen Details aus dem Büro des Onkels und dessen offiziellem Leben angefüllt war, hielt die Erregung nieder, die ihn zu überschwemmen drohte. Während der Fahrt schien er in einen Trancezustand hinüberzuwechseln, in dem er zwar das Vokabular des Alltags beibehielt, dessen Bedeutung aber enthoben war. Was er auch tat, Jules glaubte, man könne ihm keinen Vorwurf daraus machen, er sei unfähig, die Konsequenzen des realen Lebens auf sich zu nehmen; er war keine Gestalt des »realen Lebens«. Er stellte sich die Zwölfuhr-Nachrichten an, um sich über die Alltagswelt zu unterrichten, die sich offenbar ziemlich gleichgeblieben war. Er konnte daher erleichtert denken: *Das habe ich schon einmal erlebt.*

Während der letzten beiden Wochen hatte er sein Leben gar nicht wirklich gelebt. Er hatte mit Nadine gerungen wie mit einer Ertrinkenden, hatte sie ständig vor Augen gehabt. Dieses Ringen war schwebend und verborgen und hatte keinen echten Gegner, weil Nadine plötzlich verschwunden war – er hatte versucht, sie anzurufen, aber sie war nicht ans Telefon gegangen. Erleichtert hatte er eingehängt. Aber sie war allgegenwärtig, wie ihr Parfüm, ein luftig-leichter Hauch des Verderbens, der an ihm hängengeblieben war. Er haderte mit sich. Er sprach von sich in der dritten Person. Er hielt sich verzweifelte Ansprachen und sagte: »Jules, du mußt da heraus!« Doch der wahre Jules, der tiefere, weisere Jules erwiderte bloß immer: *Wie sollst du mit dir selber leben können, wenn du dem allem – diesem Gefühl, nicht gewachsen bist?*

Die Wohnung, die sie genommen hatte, lag im fünften Stock eines alten Mietshauses in der Nähe von Palmer Park. Es war aus dunkelroten Ziegeln, schwer und pompös, mit kleinen sinnlosen Balkönchen aus Schmiedeeisen. Die Balkone waren nur symbolisch, nur zeremoniell. Auf allen vier Ecken des Gebäudes standen schmutzige, unerklärliche Türmchen. Für Jules hatten sie etwas Militärisches, aber er verstand nichts von Architektur und hätte nicht angeben können, was sie einmal in einem anderen Jahrhundert gewesen waren. Sie stimmten ihn besorgt. Es flatterten nur Tauben schwerfällig um sie her, doch er erwartete, daß mit Waffen gefuchtelt wurde. Es zuckte ihm in der Brust beim Gedanken an einen solchen Tod. Wünschte er sich, totgeschossen zu werden, oder wollte er lieber in einem Krankenhausbett sterben wie sein Onkel? Seine Phantasie war von Filmerinnerungen aufgeheizt, von kruden schwarz-weißen Todesbildern niedergeschossener Männer, immer niedergeschossen; es war der Preis, den man für eine bedeutungsvolle Rolle zu zahlen hatte. Jules war selbst zu bedeutungsvoll, zu viel allein. Als Kind hatte er gespürt, daß im Film stets ein lärmender Tod eintrat, wenn ein Mann zwei, drei Minuten alleinblieb; er verließ unklugerweise seine Gefährten, pfiff vor sich hin, während er einen Safe öffnete oder das Hemd wechselte, allein, und binnen einer Minute schwenkte die Kamera tükkisch herum und zeigte den Lauf einer Waffe ...

Das Gebäude beeindruckte ihn. Wie von seiner Anwesenheit aufgerührt, erhob sich plötzlich der Geruch nach Staub; es war ein Geruch, den er sonderbar und elegant fand. Er hatte oft genug Schmutz gerochen, aber nie diese Art von sauberem, bitterlichem, klarem, unsichtbarem Staub. Der Lift war altmodisch. Er setzte sich nur zögernd in Bewegung. Er war rasche, leise Aufzüge gewöhnt, er war Rolltreppen gewöhnt, das Funktionieren technisch perfekter Maschinerie. Gerade das Langsame an diesem Lift erregte sein Entzücken.

Als er im fünften Stock ausstieg, verlor er plötzlich den Mut. Wie im Traum näherte er sich ihrer Tür ... sah die Tür offenstehen. Der Türspalt wurde breiter, wie um ihn zu necken. Er starrte darauf, wie man auf eine Kinoleinwand starrt. Die Symmetrie der Tür wurde zerstört; es war eine Tür aus dunklem Holz, es kam ihm teuer vor. Alles hier kam ihm teuer vor. Er streckte die Hand aus, um die Tür anzufassen, und Nadine griff nach seiner Hand. Er trat wortlos zu ihr und vergrub sein Gesicht in der Vertiefung zwischen ihrer Schulter und ihrem Hals.

Er kam sich in dieser Umarmung gestaltlos vor, unfähig, sich seiner selbst zu erinnern. Die Nadine in seinen Armen schien ihm auch gestaltlos und sehr warm, voller Verlangen nach ihm. Er hätte ihren Namen nicht aussprechen können. Es war, als ob er sich selbst zusähe, einem Jules, der immer kleiner wurde, wie eine ausgehende Kerzenflamme, ausgelöscht vom Aufruhr ihres Körpers. Alles andere geriet ihm aus dem Blickfeld. Er hatte keine Worte. Nadines Gesicht und Körper, die ängstlichen Bewegungen ihrer Hände auf seinem Rücken waren wie ihm entgegengerufene Worte. Gerade jetzt sagte sie etwas. »Jules«, sagte sie, und er hatte die Kraft nicht, ihr zu antworten. Sie zog ihn irgendwohin weiter. Er spürte die Blindheit in ihrem Körper, spürte, daß sie versehentlich gegen etwas stieß, seine Beine waren ebenfalls taub und blind. Sie setzte sich auf einen Bettrand. Jules kniete vor ihr nieder und legte die Arme um sie. Er preßte sein Gesicht an sie. Er spürte ihre Finger in seinem feuchten Haar und stellte sich vor, daß sie auf ihn herabsah, aus traumbefangenen, erschrockenen Augen, als verstehe sie seine Begierde nicht, unterwerfe sich ihr aber, weil sie ihre Gewalt begriff. Sie zog ihn empor. Es war eine unpersönliche, abstrakte Kraft, mit der er sich zu ihr erhob.

Jules vereinigte sich mit ihr, noch immer wortlos und ohne jedes Erinnern, dies schon einmal mit anderen Frauen getan zu haben; sein Körper leitete ihn, während sein Geist in einer Art Ohnmacht nach einem Halt suchte, nach einem festen Punkt, um zu sich zurückzufinden. Er brauchte eine Stütze; er hatte die wahnsinnigste Angst, jeden Halt zu verlieren. Doch alles in ihm gab nach. Er wurde in einer Woge der Leidenschaft fortgetragen, Jules Wendall, ein Opfer, ein Objekt, und grub sich mit einem Aufstöhnen überrumpelter Leidenschaft in Nadine, die sich ihm unterwarf, ihn umfing, ihre Zartheit seiner entpersönlichten Gewalt überließ. Dennoch empfand er Entsetzen: er wußte nicht, was er tat. Er würde sich nie daran erinnern können.

»Jules, ich liebe dich«, sagte Nadine.

Er öffnete die Augen. Sie sahen einander an.

»Jules, liebst du mich?«

»Ich liebe dich.«

Er zitterte, war schweißbedeckt. Er fühlte sich beseligt, befreit von einer Schwere, die er wochenlang mit sich herumgeschleppt hatte. Nun war diese Verbohrtheit, diese Unreinheit fort; er hatte das Gefühl, all das in Nadines Armen abgeladen zu haben. Schweigend lagen sie nebeneinander und sahen sich an. Jules tat aus einer Art Höflichkeit so, als sei er schläfrig. Nadine lächelte. Sie hatte ein unvermutetes, überraschendes Lächeln; sie schien glücklich. Das wunderte Jules. Er sah auf ihren Mund, der sich zum Geschenk dieses Lächelns verzog. Er konnte an ihre Schönheit nicht glauben. Sie legte ihm die Arme um den Hals und berührte seinen Mund schüchtern mit dem ihren. Wie erschrocken schloß er sie erneut fest in die Arme und hätte sich gern in ihr vergraben. Sie klammerten sich eng aneinander.

Jules lag auf dem Rücken und sah sich um. Eine Decke, ein Zimmer. Er hatte dieses Zimmer noch nie gesehen, und jetzt öffnete es sich ihm in rascher Folge belichteter Flecke: ein weißer Plafond, weiße Wände, ein Fenster mit duftigen Vorhängen. Alles war kahl. Man hatte das Gefühl, als müsse es hier ein Echo geben, eine unbestimmte Leere. Jules wischte sich den Schweiß aus den Augen, wie ein Schwimmer das Wasser, verzweifelt bemüht zu sehen, voller Furcht vor dem Element, in dem er sich befand. Ihm war zumute, als sei er aus großer, gefahrvoller Tiefe aufgetaucht.

»Ich habe nicht mehr geglaubt, daß dies geschieht. So wie jetzt«, sagte er. »Du liebst mich also?«

Er wollte nicht in ihrer Nähe ertrinken, ihre Nähe war unheimlich. Alles in ihm hätte Widerstand leisten sollen, doch er hatte sich nicht in der Gewalt, hatte keine klare Erinnerung an sich. Er hatte diese Frau also besessen? Sie war seine Geliebte?

»Wie ist das geschehen?« fragte Jules.

»Ach, mach doch keine Witze.«

»Aber das ist doch ein wundervoller Witz! Er ist wundervoll! Ich könnte daran sterben!« Er spürte, wie das Sonnenlicht im Zimmer bis in die tiefste Schicht seines Gehirns drang und ihn blendete. Licht durchflutete alles. »Wo sind wir, Liebling? Hast du dies hier gemietet?«

»Ja, für einen Monat.«

»Hast es für uns gemietet?«

»Ja.«

»Aber ich habe so lange nichts von dir gehört, ich dachte, es sei aus. Ich dachte, du hättest aufgegeben.«

»Hab ich nicht.«

»Warum hast du nie angerufen, Nadine?«

»Ich habe die ganze Zeit an dich gedacht. Ich hab an nichts anderes denken können«, sagte sie.

Jetzt, wo sie ein Liebespaar waren, war sogar die Schranke ihrer kühlen, raschen, nervösen Sprechweise gefallen: Sie sprach leise. Die Art, wie ihr heißer Atem sanft über ihn hinstrich, war für ihn von zauberhafter Intimität. Jules war verwundert, wie anschmiegsam sie war. Er küßte ihren Körper, liebkoste sie, staunte über ihre glatte Haut. Er schämte sich seiner eigenen Hand, seiner Hände, seines Körpers, er schämte sich, sie zu berühren.

Doch Nadine zog ihn an sich und sagte: »Ich liebe dich. Ich liebe dich«, wie in Trance. »Ich wollte dich nicht wiedersehen, aber ich habe es nicht ausgehalten. Du hättest mich anrufen sollen. Ich habe immer darauf gewartet.«

»Du hast nicht gewartet – ich habe versucht, dich anzurufen.«

»Ja? Aber ich ... ich hab von dir auch nichts gehört und ich hatte Angst, dich anzurufen ... ich wollte sterben, so unglücklich war ich. Ich habe immer an dich gedacht.«

»Ich habe immer an dich gedacht«, sagte Jules fröhlich, der sich an das Elend jener Wochen erinnerte, als habe jemand anders, jemand Lächerliches sie durchlitten. Er richtete sich auf und wandte sich ihr wieder zu, und Nadine preßte graziös und erschrocken ihren geöffneten Mund auf den seinen und wartete. Er drang so leicht in sie ein, als habe es all die Jahre des Getrenntseins und Entbehrens nie gegeben. Er stellte sich diese Frau nicht als Ehefrau eines anderen vor, für die die Liebe etwas Gewohntes sei, sondern als die tiefere, die eigentliche Nadine, die stets nur auf ihn gewartet hatte, allein auf ihn, auf den einzigen Mann, den ihr Körper wirklich annahm. In seiner Begierde sah er ihr verschwommen-blasses Gesicht zu nah, um es wirklich zu sehen; sie klammerten sich aneinander, sehr warm, die Grenzen ihrer Körper waren nicht mehr fest definiert. Wieder und wieder drückte sich Jules auf ihre leisen Aufschreie herab, wie um sie zu beschwichtigen. Ihm war, als sei sein Kopf zum Hohlraum geworden, und ihr Stöhnen halle darin wider. Eine gewaltige Seligkeit entstand in ihm, und er wünschte sie heftig zu umarmen und bis zu ihrem Innersten, ins tiefste Schweigen ihres Inneren einzudringen, um diese Seligkeit auch in ihr hervorzurufen. Doch sie schien ihm zu entgleiten, zu schwach oder zu überwältigt, und er fühlte wieder, wie sich seine Liebe mit leidenschaftlicher Gewalt in sie entleerte, während sie ihn in den Armen hielt, die Hände auf seinen Rücken gepreßt, verkrampft wie vor Schreck und im entscheidenden Augenblick völlig erstarrt.

»Nadine?«

Sie fuhr sich mit dem Handrücken über die Stirn.

»Geht es dir gut?«

»Ja. Wunderbar.«

Jules sah zum ersten Mal die Kissen: weiß mit dunkelgrüner Stickerei an den Kanten. Alles war fremd. Er befühlte die schlanke Biegung ihres Körpers mit den Händen, fasziniert von ihrer Haut. Er konnte sich an keine andere Frau erinnern, war nicht sicher, dies schon jemals getan zu haben. Alles war aus seinem Gedächtnis fortgespült, es gab nichts Authentisches in seiner Erfahrung; sein persönlicher Lebenslauf hätte aus Filmen und Büchern stammen können, war von Fremden ausgedacht.

Das Zimmer hatte ein großes Fenster auf den Park hinaus. Das Fenster war renoviert worden und neuer als das übrige Zimmer, das altmodisch war. Der Stuck oben an der Decke sah alt aus wie mumifizierter Kuchen; es war ein Schock, ein schwarzes Telefon auf dem Boden stehen zu sehen, sehr modern, kraß und zweckmäßig.

»Warum hast du ein Telefon?« fragte Jules.

»Es ist nicht angeschlossen.«

»Gehört es zur Wohnung?«

»Ja.«

Das gefiel ihm außerordentlich. Er wurde fröhlich. Seine Beine kamen ihm plötzlich sehr kräftig vor, drängend kräftig.

»Dann wird uns niemand anrufen. Das Telefon wird nie klingeln«, sagte er.

»Nie.«

Sie lagen eine Weile da und sahen einander lächelnd an. Jules spürte, wie die Kraft in seinen Körper zurückebbte. Es war ein sonderbares Gefühl. Nadine streichelte ihn, und die Haut unter ihren Fingern rauhte sich zu winzigen Höckerchen.

»Wo ist dein Mann?«

»Kümmer dich nicht um ihn.«

»Ist er wieder fort?«

»Ja.«

»Aber wann kommt er wieder?«

»Frag nicht.«

Sie lagen aneinandergepreßt. Jules, der verliebte Jules, betrachtete ihren Körper mit einiger Furcht, er konnte an soviel Schönheit nicht glauben, an dieses Geschenk der Schönheit, der Vollkommenheit. Er hatte Angst, er habe sie durch ein Versehen, durch ein Mißverständnis erobert. Er blickte heimlich an ihrem Körper herunter bis zu ihren nackten Füßen. Die Kehle zog sich ihm zusammen vor Rührung: Noch nie war er so bewegt gewesen. Er sagte mit verzweifelter Leichtfertigkeit: »Können wir hier beide wohnen? Hier in dieser Wohnung?«

»Ja«, sagte Nadine.

Am Spätnachmittag erhoben sie sich taumelnd. Jules sah auf den kahlen Boden nieder, auf diesen glänzend gebohnerten Boden. Ringsum sah er überall die Resultate einer Arbeit, die nicht er geleistet hatte, eine Art Zauberei. Nadine selbst war Zauberei. Es war ihm peinlich, einfach so aus dem Bett aufzustehen und ins Bad zu gehen, während Nadine sich aufsetzte und ihr rassiges Rückgrat sich leicht krümmte. Sie sah ihn nicht an. Weil Jules nackt war, hätte er sich gern vor ihr versteckt, vor einem zufälligen Hinsehen. Aber sie drehte sich nicht um. Ihr Haar hatte sich gelöst und hing ihr in dunklen, schimmernden Locken um die Schultern. Sie sah aus, als sei sie soeben dem Meere entstiegen, erschöpft von Stunden ohne Atem.

Das Badezimmer war gleißend hell – weiße Vorhänge, weiße Kacheln, ein weißer Duschvorhang. Auch dieser Raum war renoviert worden, neu ausgestattet. Jules taumelte an den Waschtisch und starrte sein Spiegelbild an. Er sah toll aus. Überall im Gesicht war Nadines Lippenstift verschmiert, aber er erkannte sich dennoch: den verliebten Jules, den liebestollen ... Dieses Gesicht hatte er schon einmal gesehen, andeutungsweise, aber noch nie die Verzweiflung darin so bis in die Knochen gespürt.

Als er zurückkehrte, zog sie sich einen gelben Morgenmantel über. Ihre Bewegungen waren träge, schläfrig, wie hypnotisiert. Sie schien wirklich aus einem anderen Element aufgetaucht zu sein, aus einem Element ohne Luft, oder aus einer Welt, in der die Luft dick wie Sahne war. Ihre Haut sah sahnig aus. Sie sah aus, als läge ein zarter Überzug darüber, etwas Weiches und Schmachtendes. Sie trat an den Schrank, in dem ein offener Kleiderkoffer stand. Auf den Bügeln im Schrank hingen weitere Kleider. Jules schluckte trocken, als er ihre Sachen dort hängen sah. Es sah so vertraut aus. Zum ersten Mal glaubte er, daß sie ihm gehörte, daß sie beide zueinander gehörten und beieinander bleiben würden für alle Zeit. Der Gedanke kreiste in seinen Adern mit jedem Schlag seines Herzens.

»Nadine?«

Er empfand eine so durchdringende Liebe zu ihr, daß sein Körper sich zu einem Kristall der Liebe zu verformen schien, zu einem Kunstwerk, seine Knochen wurden brüchig und taub. Auch Nadine, die sich ihm jetzt scheu zuwandte, ohne seinen Körper anzusehen, kam ihm wie ein Kunstwerk vor, zerbrechlich in ihrem seidenen Mantel, mit rosigem Teint, erschrocken, scheu. In seine Gier, sie zu besitzen, mischte sich Panik. Er war besessen von ihr, von seiner Liebe besessen; es war eine wahnsinnige Last, ein Druck, wie der von Elektrizität vor der Entladung. Jules konnte überhaupt nicht denken. Er umarmte sie, wie sie da an der Schranktür stand, zwischen dem Schrank und ihm schwankend, und gleich eine beiläufige, verlegene Bemerkung über etwas Alltägliches machen würde. Er nahm sie in die Arme und spürte, wie er über sich hinausgetragen und verklärt wurde. Er zog sie zurück aufs Bett, spürte, wie sehr sein Ungestüm auch sie verführte, sie zum Schweigen brachte. Sie umschlang ihn mit beiden Armen und gab sich ihm hin.

Als Jules aufwachte, war Nadine verschwunden. Sie trat sofort in die Tür, als hätte sie es gefühlt, ein Schatten aus Gelb, der sich in seinem Augenwinkel regte.

»Bist du wach, Jules? Komm doch mal her«, sagte sie.

Er stand auf. Er fuhr verträumt in die Hosen und trat zu ihr.

»Schau mal den Sonnenuntergang. Schau mal den Park«, sagte sie. Sie lehnte sich schwer an ihn. Sie waren in einem langen, breiten Raum, offenbar einem Wohnraum. Es gab nur zwei Stühle, einen altmodischen mit grüner Seide bezogen, vielleicht etwas Antikes oder Nachgemachtes, und einen gewöhnlichen Stuhl mit steiler Lehne. Auf dem Boden lagen Zeitschriften, eine Zeitung. Die Sonne schien durch die Blätter vorm Fenster und erglühte in tausend glimmernden Pünktchen.

»Wir sind auf einem Bild, Leute auf einem Gemälde«, sagte Jules begierig und dachte dabei an ein namenloses Bild, das er einmal vor Jahren in einer Galerie gesehen hatte, auf einem seiner ziellos neugierigen Wege durch einen Stadtteil. Es war ihm damals so vorgekommen, als enthalte es eine geheime Botschaft für ihn – den Weg aus Detroit heraus. Nun er mit Nadine in dieser leeren Wohnung stand, fühlte er sich in jene Tage zurückversetzt. Er meinte, sein Leben sei jetzt über all das hinausgewachsen, was er sich bei aller Energie hätte ausmalen können. War über sich hinausgelangt. Er befand sich auf einem Gemälde, umarmte eine Frau auf einem Gemälde. Ihre auf ihrem Höhepunkt so schweißige und brutale Vereinigung war in tausend saubere, glitzernde Pünktchen und goldene Blätter zersprungen.

»Mir ist, als wäre ich von etwas besessen. Von dir«, sagte er.

»Machst du schon wieder Witze?«

»Ich mache nie Witze.«

»Doch, du machst immer Witze und meinst es dabei immer ernst. Beides gleichzeitig. Das weiß ich noch. Aber ich war damals einfach zu jung, um dich wirklich zu lieben. Ich mußte erst erwachsen werden.«

»Ich habe dich schon damals geliebt.«

»Ich weiß. Das war es, woran ich mich erinnern konnte. Es hat in all den Jahren keinen Tag gegeben, an dem ich nicht an dich gedacht hätte.«

»Wirst du immer an mich denken?«

»Mein Leben lang. Ich weiß es, ganz gleich was mit uns wird.«

»Was wird denn mit uns?«

Sie lachte und drückte ihr Gesicht an seines. Sie war jetzt kühl und anmutig. Sie hatte sich die Haare gekämmt und Lippenstift aufgelegt, sie hatte sich für ihn zurechtgemacht. Die Liebenswürdigkeit dieser Frau, die er nicht erwartet hatte, schien Jules aus der Welt, die er kannte, hinauszuschleudern, in eine sonderbar fremde Dimension, in der seine Art zu leben, seine Worte, sein ganzes Selbst keinerlei Macht hatten.

»Komm in die Küche, ich mach dir was zu essen«, sagte sie.

Die Küche war klein und altmodisch; der Ausguß ein wenig fleckig. Im Eingeweide eines Bauwerks, bei der Installation, offenbaren sich gewisse Geheimnisse – der Hahn über diesem Ausguß tropfte, langsam und leise. Jules holte die beiden Stühle herbei, Nadine setzte sich in den eleganteren, er auf den einfacheren, steif wie ein Gast. Sie schnitt Käse für sie beide, mit einem billigen Küchenmesser. Jules hatte überwältigenden Hunger. Noch nie hatte er sich so gesund gefühlt. »Ich hab auch Roggenbrot da«, sagte Nadine fröhlich. Sie war rosig vor Freude, kindlich, beinahe übermütig. Sie sah ihm heimlich zu, wie er aß, und er genierte sich – alles war so überhöht, bis zu einem Punkt, wo es fast schmerzte. Er lachte. Er saß einen Meter von dieser Frau entfernt, in einem Liebestaumel, sehr hungrig, und aß Käse.

Aus dem Wohnzimmer kamen Kleckse goldenen Lichts und fielen von der Seite her in Nadines Gesicht. Sie wirkte jung, ihre Haut ein wenig wund. Er hatte sie mit der seinen wundgescheuert. Rings um ihre Lippen, in der zarten Haut, war ein rosiger Ton – dort war ihr Lippenstift eingesickert. Jules aß Stücke Käse und Brot, das sie ihm reichte und starrte sie an. Es war ein Wunder, diese Verwandlung. Er sah ihr ins Gesicht, in das Privatgesicht einer Frau, in seiner Art so unpersönlich und lieblich wie ein Kunstwerk, unbelastet von persönlichen Schmerzen. Ein feingezeichnetes Gesicht und doch nicht beschwert von Intellekt – es reflektierte Licht, Sonnenschein vom Fenster oder das Licht von Jules' leidenschaftlicher Zugewandtheit. Er blickte auf die Stelle, an der ihr Morgenmantel schloß. Er konnte den Ansatz ihrer Brüste nicht sehen, aber er verstand, daß sie unter dem Mantel nackt war, eine Intimität, die ihm den Atem benahm, es war ein so ausgefallenes, unverdientes Geschenk.

»Wirst du mich lieben? Wirst du dich von mir lieben lassen?« fragte er plötzlich.

»Mir bleibt gar nichts anderes übrig«, sagte sie.

Ihre Haut war durchsichtig, die Haut eines Opfers. Doch sie lächelte. Ihre Zähne waren gleichmäßig weiß, gleichmäßig, normal. Ihr Lächeln gab sie langsam frei, diese Zähne. Jules' Zähne waren nicht so weiß und nicht so wohlgeformt, aber wenigstens hatte man ihm keinen ausgeschlagen. Er lächelte sie zögernd an und nahm ihre Hand. In ihrer unpersönlichen Vollkommenheit lag das Zerbrechliche eines Schmuckstücks, einer Perle. Was er ihr getan hatte, alle Begierde, lag ruhig in ihrem Innern, leuchtete durch ihre Poren und wartete.

»Mir kommt das alles so unwirklich vor«, sagte sie endlich.

»Ja, mir auch.«

»Du hast mich so glücklich gemacht, Jules.«

»Ja?«

Sie legte seine Hand an ihr Gesicht und preßte sie an die Wange. Er sah die blaßblauen Adern auf ihrem Handrücken. »Ich kann spüren, was du in mir zurückgelassen hast, tief in mir«, sagte sie träumerisch. Es lag etwas Lethargisches, beinahe Mühsames in ihrer Sprechweise; es klang, als hätte sie ein Narkotikum genommen. Jules erschrak ein wenig bei ihren Worten, dann war er entzückt und schließlich erregt. Er überlegte, ob sie sich so wie er von der plötzlichen Ausdehnung der Liebe zermalmt fühlte, von zu viel blendendem Licht, von zu viel

Gewalttätigem. Er nahm sie bei den Schultern und küßte die Stelle, an der sich ihr Mantel öffnete.

»Du wirst mich nicht verlassen, Jules?«

»Wo sollte ich denn hin?«

Sie war träge und schläfrig, wie ein Kind, das von etwas Unerklärlichem fasziniert ist. Ihre Haare hingen ihr lose ums Gesicht. Jules empfand verzweifelte Begierde nach ihr, deren er sich jedoch schämte. Ihr Körper, der dem seinen so gehorsam war, schien ihm ein zartes Gefäß für seine Lust; er wollte ihn nicht zerstören. Er küßte ihren Mund, ihr Gesicht. Ihm war, als küsse er wunde Haut. Sie schloß die Augen und legte die erhobenen Hände um seinen Hinterkopf, liebkoste ihn. Ihre Berührung brachte ihn zur Raserei. Er erinnerte sich, daß sie ihn so liebkost hatte, während er sie besaß, mit einer sanft drängenden, vorantreibenden Berührung.

»Könnten wir ... ich meine ... wie ist dir?« fragte er heiser.

Sie stand auf. Er küßte sie begierig. »Ich möchte dich glücklich machen. Ich möchte dir nicht wehtun«, sagte er.

Während er mit ihr ins andere Zimmer ging, hatte er eine Art Halluzination – eine vergrößerte Photographie seiner selbst blitzte auf. Er stellte sich oft voller Ironie vor, er würde photographiert, beim Laufen, in einer dummen Lage, beim Essen, idiotisch grinsend. Auch jetzt kam es ihm, wie ein Blitz, und er sah sich, wie er diese schöne Frau zum Bett führte, den einen Arm vertraulich wie ein Ehemann um sie gelegt, das Gesicht im Ausdruck von vertraulicher Zärtlichkeit erstarrt. Er war zum Ehemann geworden. Doch der Jules auf dieser Photographie war auch schon in anderen erfundenen Rollen aufgetreten, in weniger schmeichelhaften Positionen. Ohne Ende hatte Jules diesen Jules verfolgt, in endlosen Geschichten und Träumen, und nun hatte er dieses glänzende, gebohnerte Reich betreten, und die unmittelbare Nähe von Nadines Körper war ein solches Wunder, daß er über seinen Mut staunte. Er öffnete ihr den Mantel. Er beugte sich vor, um ihren Körper zu küssen. Sie trat einen Schritt zurück, wie erschreckt und doch nicht wirklich erschrocken; er folgte ihr, sie ließ den Mantel fallen. Die Schranktür stand ein wenig offen. Er stieß sie zu. Schon als Kind hatte er sich vor nicht geheuren, offenstehenden Türen gefürchtet.

Er kniete sich über sie und ließ sich sanft auf sie nieder. Sie wölbte sich ihm entgegen. Er umarmte sie und hielt sich an ihr fest, als fürchte er, daß jemand sie ihm wegreißen könnte. Die weißen Wände des Zimmers schienen vor ihnen zurückzuweichen. Wäre ein Spiegel in der Nähe gewesen, so hätte er wie in einem weißen Nebel Jules' Umriß zurückgeworfen, wie er sich abmühte, einen Zustand der Dauer zu erreichen. Er kniete, als tue er einen endlosen Sturz und nur ihr Körper halte ihn auf. *Eine Photographie von Jules, wie er stürzt.* Die Dunkelheit ihres Körpers, seine heimliche Wärme, aber auch sein kühles weißes Äußeres, ihre sauber gewaschene Haut verblüfften ihn. Er wurde aus sich selber hinausgedrängt. Voller Furcht, zu rasch zu Ende zu kommen und sie zu verlassen, warf er wild den Kopf zurück, sehr jung. Nadines Hände auf seinem Rücken waren besitzergreifend, drängten ihn weiter. »Liebste . . .« sagte er und hoffte, dieses Wort würde ihn bremsen. In ihm war ein beängstigender Druck, vor dem er sich fürchtete, weil er ihn bei ihr nicht würde beherrschen können. Er war keine Maschine, sondern eine Masse drängenden Fleisches, schamlos fast, ein Masse Gier ohne Namen.

Nadine schlang die Arme um ihn. Sie bewegte ihren Mund an dem seinen, als spräche sie mit ihm, verzweifelt, wortlos. Verloren in seiner Liebe zu ihr, hilflos unter seinem Körper lag sie da und kämpfte um jene Lust, die ihm so leicht zuteil geworden war. Sie begann kurz und keuchend zu atmen. Jules' Gesicht war verzerrt. Wenn sie doch jetzt, wenn sie doch bloß . . . wenn sie sich doch emporreißen ließe, so, so wie er, und wie er vom Kampf erlöst würde. Doch er spürte, wie sie sich erhob und wie es ihr versagt blieb. Er spürte, wie die Spannung sich bis ins Hysterische steigerte und dann zusammenfiel, als habe ihr Körper die Kraft nicht, sie aufrechtzuerhalten. In einem Delirium machte er minutenlang weiter, in dem verzweifelten Wunsch, ihr zu helfen, doch plötzlich verließ ihn die Verzweiflung, er konnte sich nicht mehr erinnern, oder sich nicht mehr darum kümmern, und alles in ihm wurde in wildem Drängen vorwärtsgestoßen, sich in sie zu ergießen. Seine Nerven waren bis zum Irrsinn aufgepeitscht. Sein innerstes Wesen, der *Jules* in seinem Körper verlangte ungestüm nach Erlösung und war nicht zurückzuhalten, obwohl Nadine sich in seinen Armen wand und sagte: »Geh nicht fort, bitte, Jules«, und sich an ihn klammerte mit ihren fiebernden Händen, an seinen Rücken, seine Schenkel, seine Schultern. Jules entglitt ihr. Ihm war, als fiele er durch sie hindurch, entzöge sich ihr, ihre Schädel rieben sich durch ihre gerötete Haut stumm und hart gegeneinander.

Sie begann zu schluchzen. Sie lag fiebernd in seinen Armen,

beinahe hysterisch. Jules sagte: »Es tut mir leid.« Er küßte sie auf die Stirn und strich ihr das Haar aus dem Gesicht. Sein Versagen war sonderbar, es hob sich so lebhaft ab von der schwebenden Leichtigkeit seines Körpers. Er wußte, daß er sie enttäuscht hatte, aber sein Körper, der sich an sie preßte, fühlte nur eines: Sieg. Diese noch immer anhaltende, verschwebende Lust, die akute Erinnerung an die Lust erlaubte ihm zu glauben, daß er sie nicht wirklich enttäuscht habe. Und doch weinte sie. Er bog sich zu ihr herunter und ließ seinen Mund über ihren Körper gleiten. Sie war naß und seidig. Sie schauderte unter ihm, und er spürte, wie sie sich ihm verweigerte, noch ehe sie ihm ins Haar griff und in scharfem Ton sagte: »Nein, nicht!«

Jules hielt inne. Er drückte sein Gesicht auf ihren Leib. »Laß mich doch. Laß mich dich küssen«, sagte er. Aber sie begann in langen, schaudernden Atemzügen zu schluchzen. »Bitte nicht«, sagte sie. Er fürchtete, ihr zu mißfallen, er fürchtete sich vor ihr, vor ihrer Heftigkeit, die er nicht begriff. Sie klammerten sich blind aneinander. Jules liebkoste ihre Schenkel, fuhr mit geöffnetem Mund über ihr Fleisch hin, doch wieder entzog sie sich, wies ihn zurück. »Drinnen in mir, tief drinnen, dort brauch ich dich«, sagte sie schwach. Sie schob ihn von sich. Er legte sich vorsichtig neben sie, fremd und unheimlich, noch immer schwebend, gewichtslos, schwindlig. Angst flog ihn an, daß er diese Frau so ganz und gar enttäuscht hatte und sie doch so völlig hingegeben in seinen Armen lag, feinknochig, zart, ein Teil von ihm. Sie wollte ihn nicht ansehen. »Es tut mir leid«, sagte Jules und deckte seine Hand über die ihre. »Ich liebe dich so sehr.«

»Ich liebe dich«, sagte Nadine. Sie schwiegen. Ihre Vertrautheit wirkte auf Jules wie ein Zauber – er konnte nicht glauben, daß zwischen ihm und ihr solche Distanz lag, wie sie durch ihre Trauer andeutete. Er fand, sie sei zu einem Teil von ihm geworden. Die Erinnerung an ihren Körper, dieses Kennenlernen ihres Körpers war ihm seidig, geheimnisvoll, warm. Es gab da keine Komplikationen. Und doch hatten sich welche eingestellt, die er nicht begriff. Gerade Dringlichkeit und Macht dessen, was er empfunden hatte, erschreckten ihn, denn sie zu nehmen und zu besitzen, befriedigte ihn nicht, sondern stachelte ihn nur dazu auf, sie aufs neue zu begehren, sie in seinen Vorstellungen immer wieder an sich zu reißen ... Der Ausweg aus dieser Hochspannung war die Erlösung, aber die Heftigkeit dieser Erlösung hatte etwas Berauschendes. Er kam in Gedanken gar nicht davon los. Als sei sein Gehirn von einem Fieber ergriffen, das seinen Körper durchglüht hatte, um ihn zu reinigen.

Sie war erschöpft. Er fühlte das lastende Schweigen zwischen ihnen und war erleichtert, als sie, mit dem Kopf auf seiner Schulter, einschlief. Sie schlief unruhig. Aber es war eine Erleichterung, von ihrer bewußten Gegenwart befreit zu werden. Jules sah sich, während er sie im Arm hielt, im Zimmer um. Weil es so leer war, hatte es nichts Bedrohliches. Es war ein Zimmer ohne jede Vergangenheit, das allein der Zukunft angehörte; in Zukunft würde es sich erfüllen. Jetzt, in der Gegenwart, war es kahl und unwirklich. Alles konnte darin geschehen. Das Gewicht von Nadines fieberheißem Körper an seiner Seite schien ihm unwirklich. Er sah sie immer wieder wie aus der Entfernung, sein Blick stieß von oben auf sie herab, um sich ihr Gesicht, ihre Augen, die zarten Linien ihres Körpers einzuprägen, dieses Körpers, der dem seinen so nah war und ihm ein Rätsel. Alles in seinem Inneren verschlossen. Er verfügte nicht über die Worte, um sie zu befreien, um sie aus diesem Schlaf des Unbehagens zu wecken. Sie atmete mühsam. Überdeutlich war ihm die Feinheit ihrer Knochen unter ihrer nassen Haut bewußt, die Schlankheit ihres Halses, sogar die feingemeißelten Linien ihres Gesichts. Nur ihr Haar war wirr. Selbst in ihrer Erschöpfung und Verschwitztheit kam sie ihm elegant und geheimnisvoll vor. Ihr langer, glatter Körper war eine Herausforderung. Er glaubte langsam zu erblinden, nach innen gezogen von der heißen, seidigen Verlockung durch Nadines Körper.

Er lag im Halbschlaf. Es war Nacht. Nadines anderer Arm war nach oben geworfen in einer kindlichen Geste der Preisgegebenheit. Ihr Atem ging jetzt ruhig. Jules versuchte, seine Gedanken zu klären. Alles war feucht. Die Leintücher waren zerwühlt. Wenn er so lag, konnte er nicht denken. Eine sonderbare Furcht überfiel ihn: war er nun vielleicht für immer an diese Frau gebunden, waren sie beide in einer nie mehr endenden Leidenschaft aneinandergekettet? Hatte er schließlich doch die Kraft, Wunder zu wirken? Durchtränkt, übersättigt von den Wundern seines eigenen Leibes, war er wie zerfleischt von dem Zuvielen, das er schon durchlebt hatte. Seine Augen brannten von allen erfahrenen Wundern, wie die Augen eines bärtigen, irreblickenden Propheten der Bibel in einer namenlosen Wüste, in endlosen heißen Wüsten voll von flammenden Dornbüschen, apokalyptisch sich auftuenden Himmeln, aufschießenden hellen

Wassern, auf zielbewußter Flucht vor Fabelwesen ... Er verlor langsam seine Kraft, seine Seele.

Er erwachte, weil sie ihn anrührte.

»Jules?« fragte sie. »Träumst du?«

»Ich weiß nicht ...«

Er schlug verwirrt die Augen auf. Sie stand über ihn gebeugt. Die Luft ihres Bettes war schal und süß. Er fühlte ihr Haar auf seiner Brust, sie war nah bei ihm, milchig und süß. In einer Woge kehrte seine Liebe zu ihr zurück; ihm wurde beinahe schwach. »Ich liebe dich so sehr«, sagte Nadine, aber ihre Worte waren kindlich und harmlos. Jules legte die Arme um ihren Kopf und drückte ihr Gesicht an sich. Es war sonderbar und aufregend für ihn, sein nackter Unterarm an ihrem Hinterkopf, der ihr das Haar im Nacken zu einem Knäuel zusammenschob.

»Sprich mit mir, erzähl mir von dir«, sagte sie.

»Es gibt nichts zu erzählen.«

»Jules ...«

»Nein«, sagte er unsicher, »nichts. Ich kann mich nicht mehr an mein Leben erinnern. Wie lang wirst du so bei mir bleiben können?«

Sie zögerte. »Warum nicht für immer?«

»Ist das dein Ernst?«

»Ja, das ist mein Ernst. Für immer. Ich werde für immer bleiben.« Sie preßte ihren Körper in ganzer Länge an ihn. Behaglich und warm lag sie da, als überdenke sie jedes ihrer Worte. »Ich war im Geliebtwerden durch andere immer so verloren. Mein Mann – ich hab seinen Namen vor mich hingesprochen, seinen Kosenamen, und gemeint, ich liebte ihn. Ich habe es ihm gesagt. Aber es war nur das Aufsagen eines Namens, eines Namen für die Liebe. Ich habe ihn zum Schutz ausgesprochen, vor der Welt, vor allem, was nicht er war, was mich nicht kannte, und sich nicht kümmerte, was ich bin oder was ich leide bei meinen Versuchen, jemanden zu lieben. Ich habe seinen Namen davor aufgerichtet. Ich habe mich immer so entsetzlich gefürchtet.«

»Wovor?«

»Vor allem. Vor dem Verrücktwerden.«

»Du, Nadine? Meinst du das im Ernst?«

»Du mußt mich schon ernst nehmen, Jules.«

»Ich möchte dich ja ernst nehmen, aber das kann ich nicht glauben. Was ist dir denn jemals im Leben passiert, das dir Angst gemacht hat?«

Sie schwieg.

»Ich möchte, daß du es mir erzählst«, sagte Jules sanft.

Ihr Schweigen war abwehrend. Er streichelte ihr Gesicht, als versuchte er, dessen Ausdruck zu entziffern.

»Also, was ist es«, fragte Jules.

»Du kommst mir vor, als seist du sehr weit fort.«

»Das stimmt nicht. Wie meinst du das?«

»Du liebst mich, aber du hörst mir nicht zu. Du ziehst dich vor mir zurück. Dein Leben lang wirst du dich dahinter verschanzen, daß du arm gewesen bist, daß du herumgestoßen worden bist, bloß um Menschen wie mir überlegen zu sein. Du magst nicht denken, daß wir Wirklichkeit sind.«

»Das ist nicht wahr!«

»Ich erinnere mich daran, wie ich mit meinem Vater in einem Eisenbahnzug allein war. Er hat angefangen, sich zu erbrechen. Er hat Blut gebrochen, und in dem Blut waren Gegenstände ... Fleischstückchen. Daran erinnere ich mich –«

»Mein Gott, es tut mir leid. Denk nicht mehr daran.«

»Ich will aber daran denken. Ich weiß, wo die Grenze ist, genau wie du. Vielleicht sogar besser. Aber du glaubst mir nicht, du glaubst nicht, daß ich wirklich bin. Ich bin etwas, was du erfunden hast, sogar mein Körper ist etwas, was du dir ausgedacht hast.«

Schon ihre Stimme versetzte ihn in Erregung. Es war etwas Wahres an dem, was sie sagte, er hatte sie sich ausgedacht, sie sich erfunden. Aber außerdem war sie wirklich. »Sprich nicht so«, sagte er.

»Weil es so klingt, als ob ich verrückt wäre? Aber das ist ja die Grenze, die ich meine, hinter der man überschnappt ...«

Er hörte ihrer beider Stimmen und ihre Worte, aber sein Gehirn nahm sie nicht recht auf. Er wollte nichts anderes als sie umarmen, hatte aber Angst, sie könne sich ihm entziehen. Langsam und zart glitt er mit den Händen über ihren Körper, während sie sich unterhielten, als seien diese Liebkosungen ohne Bedeutung, ein Teil des Gesprächs. Sie sagte: »Ich hab mir vorgestellt, wie du draußen auf der Straße gehst, irgendwohin. Wie du per Anhalter fährst. Solche Männer gehen am Straßenrand, manchmal gehen sie rückwärts und schauen nach Wagen aus. Sie scheinen sehr gewitzt, sehr durchtrieben. Sie strecken den Daumen in die Höhe und winken, um mitgenommen zu werden, beobachten alles spöttisch. Sie sind sehr gefährlich, glaube ich. Vielleicht sind sie es auch nicht, vielleicht sind sie zärtlich, woher soll ich das wissen? Ich nehme keine Anhalter mit. Aber du bist einfach in meines Vaters Haus gekommen. Ich konnte nicht nein sagen. Seit Jahren verfolgt mich seitdem der Alptraum, daß du wieder einbrichst in unser Haus, daß du zu meinem Fenster hinaufkletterst ...«

Jules war so nervös, daß er nur lachen konnte.

»Warum lachst du? Es hat mir solche Angst gemacht.«

»Es gibt keinen Grund, Angst zu haben. Sag nicht solche Sachen.«

»Ich liebe dich. Ich brauchte dich so sehr, so bitter notwendig, ich glaube nicht, daß ich es aushalten kann«, sagte Nadine plötzlich. »Wären wir auf einem Boot, würde ich es zerbrechen, es unter uns versenken. Wir würden ertrinken. Ich kann meine Gefühle zu dir nicht beherrschen, darum würden wir eben ertrinken. Wenn wir in einem Wagen wären und ganz schnell führen, dann würde ich dir ins Steuerrad greifen und uns verunglücken lassen.«

»Warum sagst du solche Sachen?«

»Ich weiß es nicht.«

Sie atmete hastig. Jules strich ihr mit den Händen über Schultern und Rücken, voller Angst vor ihr, unfähig, innezuhalten. Er konnte sie nicht verstehen. Der kleinste Spalt zwischen ihnen öffnete sich sofort zu einer großen, stürmischen Kluft, und er hatte die Vorstellung, daß sie ihn haßte, wenn er fern war. Weil er ihr nicht glaubte? An ihre Angst nicht glaubte? Weil sie, wie seine Schwester Maureen, eine Frau war, die sich dem Schrecknis unterwarf, keinen Widerstand leistete, weil sie nicht Kraft genug hatte, um zu fliehen?

Sie fuhr fort: »Einmal hat mich ein Hund angefallen, ein Schäferhund. Er ist wild geworden, hat mich gebissen, an den Knöcheln, in die Beine, in die Arme. Er ist wild geworden und ich schrie und schrie und versuchte wegzukommen, aber der Hund fuhr immer wieder auf mich los und warf mich um. Er war wütend. Es war wie etwas, das ins Schleudern gekommen ist und das keiner mehr in der Gewalt hatte. Ich glaubte nicht, daß ich sterben müßte, ich hatte gar keine Zeit, daran zu denken. Ich hatte viel zu große Angst. Der Hund warf sich immer wieder auf mich, und aus seinem häßlichen Maul flogen Speichelfetzen. Ich kann dieses Maul noch immer sehen – die schwarzen Lippen, die Zunge, die Zähne – er war ohne Grund in solch einer irren Wut und wollte mich in Stücke reißen. Monatelang habe ich nie schlafen können, ohne von diesem

Hund zu träumen. Manchmal nahm er auch, während ich wach war, neben mir in der Luft Gestalt an, ein Hund, der sich aus der Luft heraus bildet, eine angespannte, schwere, schreckliche Gestalt in der Luft. Meine Arme und Beine waren voller Blut. Ich hab immer noch ein paar Narben. Aber es war nicht das Gebissenwerden, was mich später ängstigte. Es war diese Macht. Es war die Macht, die sich direkt neben mir aus der Luft zusammenballte, eine furchtbare Gefahr. Ich dachte, sie könnte in mich übergehen, und ich könnte etwas Entsetzliches tun, jemanden umbringen oder mich selbst ...«

Jules hielt sie an sich gepreßt. »Jesus, das muß furchtbar gewesen sein«, sagte er.

»Die Gestalt von dem Hund war so schrecklich. Ich dachte, ich würde verrückt.«

»Ich wünschte, du dächtest jetzt nicht mehr daran.«

»Ich weiß gar nicht, warum ich es überhaupt erwähnt habe. Um dir mit der Gefahr zu imponieren, die ich überlebt habe? Aber du selbst bist ja die größte Gefahr für mich – was kann ich dagegen tun, daß ich dich liebe?«

»Was könnten wir tun?«

»Andere Leute haben mich geliebt, und ich hab genau gewußt, was das war. Aber du liebst mich wie jemand, der in einer Menge einen Namen ruft – der mich kennt und direkt auf mich lossteuert. Ich kann nicht entrinnen. Ich will nur so in deinen Armen liegen wie jetzt und daß du mich besitzt, ich verliere vor Begierde nach dir noch den Verstand.« Sie sprach rasch, mit einer leisen, verzweifelten Inständigkeit. Als beichte sie etwas, das zu häßlich war, um es laut auszusprechen.

Er spürte, wie sie ihn erregte, indem sie ihren nervösen, warmen Körper an dem seinen rieb, wie um ihn aufzustacheln. Er strich ihr mit den Händen fest den ganzen Körper entlang, wie um ihren Umriß zu bestimmen, ihr feste Form zu geben. Er fühlte sich selbst neben ihr Gestalt annehmen, die Macht seines Begehrens gab seinem ganzen Körper Form, schuf ihm im Dunkeln einen Umriß. All diese Gefühle wurden ihm sonderbar deutlich. Im Geist sah er blitzartig sich und Nadine, ineinander verschlungen, die langen, bleichen Frauenarme um seinen Körper gerankt, und Jules kräftigen Rücken in tödlicher Umklammerung ihr zugeneigt. Hatte er nicht immer auf solche bizarre Eingebungen vertraut? Jules, der dies riskierte, sich auf jenes stürzte, Jules, der sich in alles einließ? Er war der Held unzähliger Geschichten, deren Ende mit dem Anfang der nächsten verschwamm, alles nur in der Phantasie. Daraus hatte sein Leben bestanden. Doch all diese endlosen Kapitel hindurch war er auf der Suche gewesen, nach einer Frau, nach dieser Frau, wie sich herausstellte, einer Frau, die ebenso verwunschen war wie er, und vom Schicksal dazu ausersehen, ihn zu umarmen und sich ihm völlig hinzugeben.

Wenn die Armen zu Reichtum kommen, dachte Jules, dann betäubt er sie, und ihre Augen trüben sich vor all den Wundern – so konnte auch der lebenslänglich arme Jules, nun übersättigt vom Luxus der Liebe, das Gefühl des Unwirklichen nicht ganz abschütteln. Der Glanz seiner Begierde beleuchtete schlaglichtartig alles, was unwirklich war. Nadine, seine Liebste, seine Geliebte, eine Frau, die aus irgendeinem Grund einen anderen geheiratet hatte, zog ihn an sich und machte allen Fragen – aber nicht der Verwunderung dahinter – ein Ende. »Ich liebe dich, ich bin verrückt nach dir«, sagte er gequält, drang in sie ein, und der Umriß seiner Worte ging ihm verloren. Er fürchtete sich vor dem, was er in ihr fühlte. Er meinte, seine Seele könne ihm verlorengehen, von ihrer Liebesgier aus ihm herausgesogen werden. *Ich kann es nicht aufhalten, ich habe keine Macht darüber,* dachte er.

Sie spannte sich, an ihm gepreßt, bis zum Äußersten an. Es lag eine furchtbare Kraft in der Verkrampfung ihrer Beine und Arme. Eine Kraft wie die des Blitzstrahls lag in ihren graziösen Knochen und zerrte sie beide bis an jenen äußersten Rand, an dem die Welle sich brechen sollte; doch sie wollte noch immer nicht brechen, nichts brach, nichts erlöste sich. Jules küßte sie. Sie kämpften gemeinsam, rangen gemeinsam. In ihrer Raserei zerkratzte sie ihm den Rücken. Die Gottheit, die in ihm so gewaltig erregt war, blieb ihr fern; sie konnte sich nur an ihn klammern und sie in Höllenqualen herbeisehnen. »Ich liebe dich, ich liebe dich«, stöhnte sie, doch ihr Körper schien sich gegen ihn zu wehren, keine Liebe für ihn zu hegen, nur eine Art staunendes Grauen. Jules blieb bei ihr, hielt sie umfangen. Der Augenblick war so seltsam, daß es ihm gelang, vor ihm zurückzuweichen, an der Schwelle des Orgasmus diese Frau noch zu leiten, sie beide zu dirigieren, trotz der schnellen, raschen, rhythmischen Stöße der Wollust, die sie jetzt spürte und teilen wollte. Sie schien bei ihm eine ursprüngliche, ungestüme Kraft zu wittern, die auch die ihre hätte sein müssen, da ihr Körper sie auslöste, ihr aber nicht gehörte, ihr auf geheimnisvolle Weise versagt blieb. Sie zog die Zähne scharf über die Seite seines Gesichts.

»Jules, geh nicht ...«

»Schon gut.«

Ihre Schreie waren spitz und erschreckt, wie die Schreie von Seevögeln. Er spürte, wie sie sich in einen wilden, grausamen Vogel verwandelte. Er spürte, wie sie in ihrer inneren Erregung auf- und niedertauchte, unfähig sich zu erheben, hinabgedrückt in die Empfindungslosigkeit. Er wollte sein Gesicht abwenden. Statt dessen küßte er sie, selbst hungrig und hemmungslos, in einer Nachahmung ihrer Leidenschaft, aus Höflichkeit, wie um es vor ihnen beiden zu verbergen. Wenn sie lächeln könnte, dachte Jules, so würde ein dünnes, bösartiges Lächeln ihr Gesicht erhellen – so sehr begehrte sie ihn, jeden Teil seines Körpers! Was er bei ihr für Eleganz gehalten hatte, war nur ihre Distanz zu ihm, eine weibliche Distanz. In Wahrheit waren sie miteinander gefangen, kämpften gemeinsam. Sie waren Feinde. Er stellte sich ihren Körper von tiefen, roten Wunden zerfleischt vor, den irren, verzweifelten Bissen, die der Hund ihr zugefügt hatte, und der Gedanke an ihr Blut, an den Anblick von Blut erregte ihn. Er wußte, daß er ihr jetzt weh tat, obwohl sie keinerlei Schmerz empfinden konnte. Er wußte, daß ihr Gesicht und ihr Körper von ihm bereits wundgerieben waren, aber ihm fehlte die Kraft für solche Grausamkeit. Sie tat ihm leid. In Wirklichkeit wollte er ihr nicht wehtun, obwohl sie es von ihm verlangte, sie verlangte, daß er ihr Blut vergoß, aber Jules konnte nicht weitermachen, wollte nicht durch ihre brutale Phantasie neu aus der Luft erschaffen werden. Sie sagte bittend: »Jules ...« doch es war schon zu spät, er verströmte sich in ihr mit einem Aufschrei der Lust und des Besiegtseins.

»Oh, geh doch noch nicht fort. Wie kannst du mich jetzt verlassen?« Sie weinte.

Ihm war, als habe sie mit diesen Worten nach ihm geschlagen. Wieder hatte er sie enttäuscht; erschöpft, fast taub, wie er war, konnte er ihr nichts sagen, konnte überhaupt nicht denken. Sein Körper verblaßte vor ihm. Weder sich selbst, noch Nadine konnte er sich mehr vorstellen. Ihre Frustration, die Begierde, die sie nach ihm empfunden hatte, waren jetzt nicht mehr vorstellbar. Er glaubte, dem Sterben nahe zu sein, während Nadine, noch immer elend lebendig, sich an ihn klammerte und ihr feuchtes, verzerrtes Gesicht anklagend an das seine preßte.

»Du liebst mich nicht, du kümmerst dich nicht um mich.«

Sie verstummte. Jules sprach nicht. Als ihm das Bewußtsein zurückkehrte, konnte er ermessen, wie tief er sie enttäuscht hatte und schämte sich, konnte es nicht begreifen. Er war beschämt und verwirrt. Er hätte gern gesagt: »Aber natürlich liebe ich dich. Was beweist das schon! Na und? Wir haben zwanzig, dreißig Jahre miteinander Zeit, laß mir Zeit, dich zu lieben!« Doch er sagte nichts. Die Vorstellung von zwanzig, dreißig Jahren, von einer Ehe zwischen Jules und Nadine kam ihm jetzt unwahrscheinlich vor. Er hatte Angst, sie mißverstanden zu haben. Und jetzt, wo sie ihn als fern, als lieblos empfand, war sie bereit, ihn abzuweisen. Er konnte nicht begreifen, wieso er sie nicht hatte befriedigen können. Ihr eigener Körper hatte sie im Stich gelassen, doch er war ihm anvertraut, in seiner Obhut. Er war ihr Liebhaber und konnte sie trotzdem nicht in der rechten Weise lieben, nicht wirklich – denn bei ihr war alles versteckt, geheim, verspannt. Er konnte es nicht verstehen. Jeder Teil ihres Körpers, jede Zelle ihres Gehirns war in ihn verliebt und hatte sich ihm überantwortet; er hätte ihr das Herzblut aussaugen können, so aufgetan war alles an ihr ihm gewesen, und doch stand jetzt zwischen ihnen etwas, das nicht geglückt war. Ihr Körper bekam für ihn einen unheilvollen Glanz. Er öffnete und verschloß sich vor ihm, trieb ihn zum Äußersten an Begierde, fast zum Wahnsinn, und doch hatte er versagt. Das war ihm ein schwerer Schlag. Er fühlte sich erschöpft und bleiern. Sogar das schwache Licht von der Straße her schmerzte ihn auf der Haut.

Er wollte die Innenseite ihrer Schenkel küssen, aber sie rückte von ihm weg. Sie schien seinen Kummer zu teilen; sie war jetzt gänzlich abwesend; er öffnete seine Augen dem bleichen Licht der Straßenbeleuchtung, das ihren Körper umfloß und dachte einen sonderbaren Augenblick lang: Diese Frau kenne ich nicht.

Nach einer Weile setzte sich sich auf. Sie sagte: »Mir ist nicht gut. Ich glaube, ich nehme ein Bad oder sowas ...«

Jules richtete sich auf und strich ihr über den Nacken. Er konnte nichts anderes sagen als: »Es tut mir leid ...«

Sie ließ den Kopf kurz auf seine Schulter sinken, dann wandte sie sich ab. Als sie aufstand, spürte Jules zum ersten Mal das scharfe Brennen ihrer Nägelmale auf seinem Rücken.

Er folgte ihr ins Badezimmer. Sie drehte die Hähne auf, um heißes Wasser einzulassen, die Luft füllte sich mit Dampf. Es lag eine düstere, befriedigende Gewalt im Geräusch des strömenden Wassers. Jules streichelte ihren schmächtigen, schlanken Körper, sie stand da, reagierte nicht und starrte das Wasser an. Er kniete nieder, um einen ins Gelbliche spielenden blauen

Fleck auf ihrem Schenkel näher zu betrachten. »War ich das? Verzeih ...« sagte er. Es tat ihm aufrichtig leid. Sie wandte sich ihm unbewußt zu, als könne sie seine Worte nicht recht hören. Jules spürte, wie er verzagte, doch er sagte, sie fröhlich in die Arme schließend. »Entschuldige, ich tu es nie wieder!«

Sie erwiderte nichts. In Jules' Auge zuckte ein Nerv. Er war verliebt und wußte, daß Nadine ihn liebte. Doch wie er so dastand, leicht geblendet durch den Dampf in der Luft, fühlte er eine Fremdheit zwischen ihnen entstehen und konnte nichts dagegen tun. Sie beugte sich über die Wanne, von ihm fort. Er umfaßte ihre Taille mit beiden Händen. Ihr Körper gehörte ganz augenscheinlich ihm, und doch änderte das nicht viel. Und doch konnte er nicht erraten, woran sie dachte. Liebe, dieses Hinstreben zu einem Einswerden, zu einem schrecklichen Verschmelzen – warum bedeutete sie so viel?

Er war ganz verwirrt und geängstigt, als er darüber nachdachte. Warum bedeutete sie so viel?

Nadine stieg in die Wanne und hielt sich dabei an seinem Arm fest. Sie setzte sich unbeholfen, als hätte sie Angst, dabei zu fallen. Jules sah auf sie nieder, wie auf ein Kind, auf eine seiner wieder zum Kind gewordenen Schwestern. »Paß mal auf, jetzt wird dir besser. Ich muß dir die Haut ganz schön wundgescheuert haben.«

Sie legte sich zurück. Ihr Körper war weiß unter dem Wasser. Plötzlich fiel Jules eine Muttergottesstatue ein, die er als Kind angestarrt und dabei darauf gewartet hatte, daß sie sich bewegte. Er hatte es sich so sehr gewünscht, sie sich bewegen zu sehen – er hatte ein Zeichen der Freundschaft, des Erkennens so nötig gehabt. Jetzt kniete er neben der Wanne und drückte seine Stirn an ihren Rand. Er sagte nichts. Nadine sagte nichts. So blieben sie eine ganze Weile. Er konnte sich nicht denken, warum seine Gefühle für diese Frau so heftig waren. Warum wünschte er nichts so sehr, als sie zu besitzen, immer wieder, wo doch sie sich von ihm zurückgezogen und ihm vorgeworfen hatte, er enttäusche sie? Er glaubte nicht an ein wirkliches Versagen, an irgendeine Spielart des Versagens. Darum war es ihm unbegreiflich. Wie konnte er versagt haben, wo doch sie und er ein und dasselbe waren in der Liebe? Aber ihr Körper schmerzte von ihm. Ihre Haut war wund. Sein Rücken brannte von den Kratzern ihrer Nägel. Er spürte eine steigende Gereiztheit in ihr, die Gereiztheit der Liebe, die sie von ihm entfernte, ohne daß sie anderswo hinblickte.

Er sah zu ihr herab. Sie lag völlig regungslos im Wasser, ihr Körper wurde rosig davon. Jules probierte das Wasser mit dem Finger und sagte: »Mein Gott, ist das heiß.« Sie sah ihn nicht an. Sie schien wie unter einer Droge, wie hypnotisiert. Er glaubte, daß sie fühlte, was er fühlte – daß sie in der Begierde nach Vereinigung, nach Verschmelzen zusammengespannt waren, sah sich aber rüde abgewiesen und genarrt. Er hatte ihr Entsetzen nicht so recht glauben können, doch jetzt war er bereit, es ihr zu glauben. Es war etwas Entsetzliches an diesem weißen Badezimmer, dem schimmernden Porzellanwaschtisch und der Wanne, früh um vier, bei künstlichem Licht. Hier konnten einem die Pulsadern aufgeschnitten werden, und mit der Morgendämmerung wäre alles ausgeblutet. Sollte er Nadine umbringen und anschließend sich, um ihre Liebe richtig ein für allemal festzulegen? Doch er konnte sie nicht umbringen, ohne ihr weh zu tun; er wollte ihr nicht wehtun.

»Du glaubst es wohl nicht, daß ich dich liebe?« fragte er.

In der Spannung zwischen ihnen lag etwas Tyrannisches – sie war es, die sie aufrechterhielt, und sie machte beide dadurch zu Opfern. Sie waren nicht frei. Nadine lag wie eine Geopferte in dem heißen Badewasser, eine Frau Mitte zwanzig, schlank, intensiv, verhemmt. Ihr Haar war zerzaust. Strähnen hingen ihr in Stirn und Wangen. Ihre Augen waren fahl, ebenfalls ein wenig wild, aber geweitet, narkotisiert, gewittrig. An ihrem Kinn war ein Ausschlag entstanden, der sich rötete, als forme ihn die warme Luft. Jules konnte sich vorstellen, wie viele Ausschläge seine Hände auf ihrer empfindlichen Haut hervorgerufen hatten. Selbst erschöpft, fühlte er ihre Erschöpfung mit. Die feuchte Luft hüllte seine Gedanken wie in Wolken. Er konnte nicht mehr klar denken, was sie wollte, oder was er selbst wollte.

Sie hob die Hände aus dem Wasser und deckte sie über ihre Brüste. Langsam sah sie an sich herunter. »Du denkst über mich nach, darüber, daß ich eine Schlampe bin, nicht wahr ...«

»Aber Nadine ... was ...?«

»Du findest nach alledem, daß ich ein Hürchen bin – eine Schlampe?«

»Sag doch nicht solche Sachen, du weißt doch, daß das nicht wahr ist!«

Sie schwieg. Plötzlich wollte er sich über sie beugen und sie küssen, aber es war etwas Stilles und Tödliches um sie. Sie hatte die Macht über die Spannung zwischen ihnen; sie lag in ihrem Körper beschlossen. Jules schmerzte der Kopf von der Verzauberung, unter der er sich nun schon so viele Jahre quälte, und er sah hilflos, daß sie für Nadine fortgezogen und nicht mehr zurückzurufen war. Die Metamorphose ging weiter. Ihr Gesicht, das noch vorige Woche in ihrem Haus für ihn geleuchtet hatte, war nun ganz starr und nach innen gekehrt. Sie schien ganz mit ihrem Staunen beschäftigt.

»Was ist los?« fragte Jules. »Ich liebe dich. Ich will nicht, daß sich irgend etwas ändert.«

»Du denkst darüber nach, wie ich bin, wie abscheulich«, sagte sie langsam. »Genau wie eine von deinen Hürchen. Wie eine Negerin. Du hast gesehen, wie ich bin, und du wirst es nie mehr vergessen.«

»Ich versteh nicht, was du meinst.«

»Ich hab dich immer haben wollen«, sagte sie mit ihrer trägen, eindringlichen Stimme, als formuliere sie ein Geständnis. »Ich hab an nichts anderes denken können. Ich wollte dich, nur dich. Ich wollte mit dir schlafen, und daß es nie endet. Ich war ganz elend, so sehr wollte ich dich. Ich bin dort draußen in dem Haus herumgegangen und war elend, während alles doch so schön war, alle die Dinge, die mir gehörten und die ich nicht brauchen konnte. Ich konnte nichts daran ändern, daß ich dich liebe, nichts. Mein ganzer Körper schmerzte. Alles in mir schmerzte. Ich wollte sterben, so satt hatte ich es. Hast du gewußt, daß Frauen so empfinden können? Es lastete schwer auf mir, es zog mich hinunter. Ich konnte an nichts anderes denken. Ich konnte nicht schlafen. Alles belastete mich, mein Körper, die Luft, die auf meinen Körper drückte, alles. Ich dachte immer nur daran, wie es sein würde, wenn du in meinen Körper eindringst, und die Zeit blieb für mich stehen, mein Herz blieb stehen, wenn ich nur daran dachte. Und nun weißt du, wie ich bin.«

Sie war für ihn ein kleiner, fester Gegenstand, eine Statue aus etwas Weißem, in sich selbst zurückgezogen, in wütender Selbstsucht, etwas Vollkommenes. Ihre Worte waren der Abschluß von etwas, eine Art Ende. Jules sagte verzweifelt: »Na, und? Was ist schon dabei? Was bedeutet es schon?«

»Ich bin ein Schwein«, sagte sie langsam.

»Du lieber Gott, was soll das heißen? Ein Schwein! Ich bin noch nie einem Schwein begegnet; dieser Ausdruck sagt mir nichts. Mein Leben lang bin ich nie einem Schwein in menschlicher Gestalt begegnet und nun erst du – nie, niemals!«

Sie schien ihm beinahe zuzuhören, doch sie blickte nicht auf.

»Du bist völlig fertig, du weißt nicht mehr, was du sagst«, sagte Jules zitternd. »Ich habe dich ganz durcheinandergebracht, weil ich gekommen und so lange geblieben bin.«

»Ja, ich bin durcheinander.«

»Das ist ganz natürlich, daß dir so zumute ist. Ich bin zu lange bei dir geblieben, ich hätte sanfter mit dir umgehen sollen.«

»Ja.«

»Und dein Mann – an den denkst du wahrscheinlich. Möchtest du, daß ich für eine Weile fortgehe? Für ein paar Stunden? Dann komme ich wieder, und wir reden über alles.«

»Du willst fortgehen?« fragte sie. Zum ersten Mal seit Minuten wandte sie den Kopf, um ihn anzusehen. Ihre Augen waren glanzlos und irr. Er fühlte Übelkeit in sich aufsteigen, so fremd kam sie ihm vor. Sie fragte: »Bin ich dir widerlich, Jules? Woran denkst du? Vergleichst du mich mit anderen Frauen?«

»Natürlich nicht.«

»Denkst du: *Ich habe sie zum Ehebruch verführt?* Denkst du das?«

Er drückte die Stirn wieder an den Wannenrand; er begann, mit dem Kopf dagegenzustoßen, als wollte er sich den Schädel einrennen.

Was oben vor sich ging, wiederholte sich unten: Jules dachte schwindelnd an seine Scherze, an die Leichtfertigkeit, mit der er sich zu einem unschuldigen Himmel hatte hinauftragen lassen und an seine Leidenschaft und das schwere, schwarze, fiebrige Blut, das ihn herabzog. Er war ein Verbrecher. Sein Geheimnis bestand darin, daß er der geborene Verbrecher war. Ihr Körper gehörte jemand anders, und er war eingebrochen, konnte ihn aber nicht mit sich fortnehmen; er hatte zwar die Macht, zu zerstören, aber nicht die, damit zu entrinnen. Er hatte aus Nadine eine besudelte Mitwisserin seiner Wollust gemacht. Er kniete auf dem gekachelten Badezimmerboden, schlug mit dem Kopf gegen den Wannenrand. Schließlich sagte er verzweifelt: »Du hast also Ehebruch begangen. Na, wenn schon!«

»Ich möchte nicht daran denken.«

»Dann denk nicht daran.«

»Ich kann es nicht ertragen, wach zu sein.«

»Du willst dich ja bloß krank machen. Du willst es zum Nervenzusammenbruch bringen. Warum tust du sowas?«

Sie waren zu lange zusammen gewesen. Ihre Intimität hatte zu lange gedauert. Nadine lag ganz still, war aber trotzdem nicht entspannt, nicht friedlich. Er konnte spüren, wie verspannt sie war. Es war wie ein Irresein, jenseits von Worten und Erklärungen. Er hatte es hervorgerufen, konnte es aber jetzt nicht erreichen, nicht ändern, als sei er nicht mehr der Mann, den sie einmal begehrt hatte.

»Ich hab Ehebruch begangen. Ich bin mit dir ins Bett gegangen. Ich habe dich hergerufen, habe gesagt, daß du kommen sollst und habe die ganze Zeit genau gewußt, was passieren würde«, sagte sie langsam. »Ich habe an keinen außer dir gedacht. Ich denke auch jetzt nicht an meinen Mann. Was ist an dir, warum bist du so fremd? Du könntest verheiratet sein, ich wüßte es nicht. Du könntest schließlich doch irgendeine Krankheit haben. Es ist mir gleich. Es ist mir gleich, wo du wohnst oder wo du arbeitest. Du bist mir total gleichgültig, ich will bloß eines – mit dir schlafen. Jetzt siehst du, wie ich bin. Ich sollte sterben.«

Es war ihm widerlich, das anzuhören. Er sagte nichts.

»Du hast mich erniedrigt, aber das habe ich gewollt. Alles in mir, in meinem Inneren, ist beschmutzt. Meine Phantasie ist schmutzig. Ich sollte sterben, ich dürfte nicht leben ...«

Angewidert erhob sich Jules und ging hinaus. Im anderen Zimmer blieb er bestürzt und wie gelähmt stehen, er erinnerte sich nicht, erinnerte sich nicht mehr, wo er war, was geschehen war. Er sah zum Fenster hinaus. Ein Fenster war immer etwas Verheißungsvolles, konnte Überraschungen bringen. Es dämmerte, war noch sehr früh am Tage. Ein paar Wagen hatten nachts in der Straße geparkt, an der Ecke stand noch immer sein Wagen! Die Fluchtmöglichkeit! Solange er noch seinen eigenen Wagen hatte, war er Amerikaner und unsterblich. Aber der Raum zerrte an ihm – er mußte sich zu ihm umwenden, ihn zur Kenntnis nehmen. Die Leintücher auf ihrem Bett waren ein wirrer Knäuel, befleckt von seinem Samen, entsetzlich anzusehen. Er war wie gelähmt, wie hypnotisiert vom Anblick dieses Bettes. Was zwischen ihnen geschehen war, war nicht wieder zurückzunehmen, und dennoch versuchte sie ihn nun von sich zu stoßen, versuchte, allem ein Ende zu machen. Wie konnte ihr Körper ihn nach so viel Liebe zurückweisen? Er spürte die schwere, tranceähnliche Lethargie ihres Körpers, dessen Wollust mächtiger war als alles, was zu empfinden er fähig war, eine Lust, die weit über die seine hinausging. Er war verdutzt, verblüfft von seinem Versagen.

Er stolperte herum und suchte seine Sachen. Er sah nicht gut, seine Augen füllten sich mit Tränen. Er bekam plötzlich Angst, sie könnte sich etwas antun.

Er klopfte an die Badezimmertür. »Nadine? Ist alles in Ordnung?«

»Ja.«

»Komm, komm doch jetzt heraus.«

»Ja, gleich.«

Er kleidete sich an. Er brachte ihr den Bademantel an die Tür, öffnete sie schüchtern und lehnte sich hinein. »Hier«, sagte er und reichte ihn ihr, aber er fiel auf den Boden. Sie dankte ihm. Er zog sich zurück.

Während er darauf wartete, daß sie herauskam, ging er im Zimmer auf und ab und hinaus in den größeren Raum, bedrückt durch soviel Leere. Sein Gehirn konnte mit solchen halbdunklen, kahlen Räumen nichts anfangen. Selbst der glänzende Fußboden deprimierte ihn. Er war viel zu allein ohne Nadine. Er dachte an ihre Vereinigung, an ihre gequälten, weitgeöffneten Augen dabei, er dachte daran, wie sie sagte: *Jetzt siehst du, wie ich bin.* Aber er sah es nicht, er verstand es nicht. Wie war sie denn? Was hatte er gesehen? Er konnte sich an nichts erinnern außer an seine Liebe, daran, wie er sich tief in ihren Körper vergraben und gewünscht hatte, dort zu bleiben, und in diesem schwerelosen Wunder ohne Denken zu sterben ... doch sowie er an sie dachte, flammte sein Begehren wieder auf, und dieses Begehren war verderblich.

Er hörte sie im Schlafzimmer, aber er ging nicht hinein. Er fürchtete, ihr lästig zu fallen, in ihren Privatbereich einzudringen. Nach ein paar Minuten erschien sie hinter ihm, vollständig angezogen.

»Jules!«

»Ja?«

»Gehst du jetzt?«

»Wäre es nicht das Beste? Ich komme dann später zurück, wenn du dich wohler fühlst. Wenn du geschlafen hast. Oder möchtest du nicht, daß ich gehe?«

»Doch, ich glaube, du solltest gehen.«

Sie lächelte ihn an, ihr Lächeln sagte nichts aus.

»Kann ich dich dann heute später sehen? Heute nachmittag?«

»Ich weiß nicht.«

Sie trat zu ihm und strich ihm leicht über den Arm. Überrascht und erfreut neigte er sich vor, um sie zu küssen. Sein Körper verlangte heftig nach ihr, aber er wagte sie nicht zu berühren; glaubte sie dadurch zu zerstören. Sie küßte ihn wieder, berührte seine Lippen kühl mit den ihren. Er spürte, wie seine Seele bei ihrer Berührung erblindete.

»Nadine, ich liebe dich so sehr. Ich liebe dich«, sagte er.

»Ich liebe dich, Jules«, sagte sie langsam.

Es war, als spräche sie gegen ihren Willen. Einen Augenblick lang standen sie da und sahen sich an. Dann sagte sie unvermittelt: »Ich geh mit dir bis zu deinem Wagen. Ich bin seit ... seit über 24 Stunden nicht mehr an der Luft gewesen.«

»Schön. Gut.«

»Ich möchte in der Öffentlichkeit neben dir gehen, auf dem Bürgersteig. Ich glaube, das würde mir gefallen«, sagte sie.

Er merkte, daß sie ihn jetzt aus der Wohnung haben wollte, daß sie ihn lenkte. Als er sie aber an beiden Schultern nahm, um sie zu küssen, hob sie ihm sofort widerstandslos das Gesicht entgegen. Er küßte sie eine Weile ganz sanft. Er spürte, wie blind seine Küsse sie machten, und wie wenig Eindruck sie doch auf ihre eigensinnige, hypnotisierte Seele machten. Er küßte ihre Lider, um sie zu schließen. Er wollte ihr nicht wehtun. Das grämlich Morbide ihrer Worte war von ihm gewichen, er wollte sich ihrer nicht erinnern, er setzte sein Vertrauen in den Zauber der Liebe, der sie weitertragen würde – warum nicht, wenn sie so gehorsam dastand und sich küssen ließ, ihm erlaubte, ihre Lider zu küssen, sie blind zu küssen? Warum nicht? Seine Küsse mußten sich für sie anfühlen wie zarte Motten, wie Schmetterlinge ... Wenn diese Metamorphose über sie gekommen war, sie in Liebe aneinandergekettet hatte, warum sollte nicht noch eine andere kommen? Warum mußten die Verwandlungen aufhören? Sie hatte ihn einmal heftig geliebt, und er war überzeugt, daß sie ihn wieder lieben würde, daß ihre Liebe stärker sein würde als ihre Abneigung.

»Bitte denke daran, daß ich dich liebe. Daß ich ununterbrochen an dich denke«, sagte er.

»Ja.«

»Und daß ich dich heiraten möchte. Ich muß dich heiraten.«

»Ja, ich will dich heiraten«, sagte sie.

Er ließ sie los, seiner Sache nicht sicher. Sie versuchte zu lächeln. Dann gingen sie miteinander zur Tür, Jules hatte den Arm um ihre Schultern gelegt, bemüht um eine muntere Vertraulichkeit, eine Zwanglosigkeit. Sie waren Liebesleute. Sie ging neben ihm her, preßte sich leicht an ihn, in einem Kleid aus dunklem, grobem Gewebe, einem modischen Kleid mit Matrosenkragen. Ihre Beine waren nackt. An den Füßen hatte sie schwarze Schuhe mit Blockabsätzen. Er roch Seife, er roch die Feuchtigkeit in ihrem Haar. Ein Gefühl der Zärtlichkeit stieg in ihm auf, so dringend, daß ihm fast übel davon wurde. An der Tür ließ er sie vorausgehen, fühlte sich geschwächt, kam sich absurd vor.

»Ich komm also dann heute nachmittag«, sagte er rasch. »Soll ich vorher anrufen?«

»Ich hab kein Telefon.«

»Ach so, stimmt. Ich hatte es vergessen. Du hast ja hier keinen Anschluß.«

Sie gingen zum Lift. Jules drückte auf den Knopf, der rot aufglomm. Abwärts. Einen Knopf für Abwärts, damit sie auf die Straße kamen. Es würde wundervoll sein, mit dieser schönen Frau auf dem Bürgersteig, so in aller Öffentlichkeit, mitten auf dem Bürgersteig. Warum kam ihm das so gefährlich vor? Er küßte sie auf den Hals. Er küßte sie aufs Haar. Warum ging er eigentlich? Er konnte sich nicht recht daran erinnern. Sie hatten in ihrer Unterhaltung irgend etwas beschlossen. Er hatte etwas gesagt, sie etwas erwidert. Wenn er nicht gerade diese Worte gebraucht hätte, so hätte sie nicht so geantwortet, und nicht ihrer beider Schicksal besiegelt. Doch er hatte jetzt weniger Angst vor ihr. Er bewegte sanft sein Gesicht an dem ihren, schwach, liebevoll. Er liebte sie.

Draußen auf der Straße sah er, daß die Stadt erwachte. Ein Herr in schickem Anzug überquerte vor ihnen den Bürgersteig, auf dem Weg zu seinem Wagen. In einer anderen Straße verließ ein Wagen den Bordstein. Die frühe Morgenluft war kühl und belebend. Jules warf einen Seitenblick auf Nadine und sah, daß sie ihn anstarrte. Sie schauerte zusammen; sie ließ beim Gehen beide Arme steif herunterhängen. »Du solltest einen Mantel oder eine Jacke anhaben«, sagte Jules. »Was hast du?« Sie starrte ihn so sonderbar an. Er neigte sich zu ihr und wollte ihren Arm nehmen, doch sie wich zurück und starrte ihn immer noch an.

»Nadine, was zum Kuckuck ist denn los? Warum führst du dich so auf?«

Sie gingen langsam an den Mietshäusern vorbei, an einem nach dem anderen. Grüne Rasenflächen, teure Büsche und Stauden, schmiedeeiserne Zäune. Ein Mann und eine Frau in Reisekleidung, der Mann trug einen Koffer, sie überquerten die Straße zu einem großen, schwarzen Wagen. Gut. Ihre Vertrautheit sah gut aus. Überall standen teure Wagen, das mußte etwas bedeuten. Etwas Gutes, etwas Friedliches. Doch noch immer starrte ihn Nadine ohne ein Zeichen des Erkennens an.

»Nadine?«

Sie ging mit ihm in gleicher Höhe, aber auf der anderen Seite des Bürgersteigs. Dann zog sie einen Gegenstand aus der Tasche. Jules blickte hin und sah zuerst ein schwarzes Täschchen. Dann schaute er nochmal hin und sah eine Waffe. Sie streckte sie ihm entgegen, als wolle sie ihn damit von sich weisen.

»Was machst du denn, mein Gott?« sagte Jules, mehr in Angst um sie, als um sich und voller Besorgnis, es könne sie jemand sehen. »Was machst du denn, Nadine. Steck das weg, versteck es!«

Sie ging neben ihm weiter, als zwänge sie ihn vorwärts. Mit der Waffe hielt sie ihn von sich ab, bestimmte ihn. Nichts in ihrem Gesicht deutete darauf hin, daß sie ihn kannte. All ihre Schönheit war hart geworden, hart und leer.

»Nadine, du willst mich doch nicht erschießen, mich doch nicht«, sagte Jules erstaunt. »Du liebst mich, ich liebe dich – liebst du mich denn nicht?«

Sie drückte ab. Die Kugel drang ihm irgendwo in die Brust – mit einem fürchterlichen Schlag. Jules taumelte und sah den Sonnenschein zersplittern in den Windschutzscheiben einer Riesenfläche glänzender, teurer Wagen.

Der Geist des Herrn verließ Jules.

Komm, Seele mein, die du so lang geschmachtet ...

I

April 1966. Ein verliebtes Mädchen steht vor dem Spiegel, ganz still. Ihr Blick ist auf ihr Spiegelbild gerichtet. Der Name Maureen Wendall gehört zu diesem Spiegelbild, einem fleckigen Bild in einem billigen Bürospiegel, und sie schaut es an, weil es alles ist, was sie hat. Sie liebt, ist verliebt, ist verliebt bis über beide Ohren ...

Draußen auf der Straße spielt ein Rudel Jungen Baseball. Es ist eine Straße in Highland Park, einem Viertel, das von Detroit umgeben und von der Woodward Avenue, der Zweiten Avenue, der Dritten Avenue durchtrennt ist. Sie wohnt in einem großen Steinhaus auf der Dritten Avenue, in einem Einzelzimmer. Ein alleinstehendes Mädchen in einem Einzelzimmer. Ihr Gesicht ist herzförmig und sehr klar, es weiß von nichts. Ein vorsichtiges Gesicht. Es ist blaß, wie von Staub, von einem billigen Puder, selbst die Partie unter den Augen ist sonderbar blaß, als ob sie nichts, gar nichts gesehen hätte. Nichts ist ihr jemals widerfahren. Sie drückt ihren schlanken Bauch an die Kommodenkante; sie hält ihr Gesicht nah an den Spiegel. Ist sie verurteilt, ihr Leben lang Maureen zu sein? Es kommt ihr geheimnisvoll vor, daß sie immer sie selber sein soll, diese spezielle Person; es gibt keinen Ausweg. Doch sie wird entfliehen, in die Liebe, in der Liebe versinken, rücklings in einen Abgrund von Liebe stürzen, der das meiste von dem, was einmal Maureen war, auslöschen wird.

Im Krankenhaus, nachdem Furlong sie zusammengeschlagen hatte, hat man ihr ein schmales Plastikarmband mit ihrem Namen umgelegt: MAUREEN WENDALL. Man kann seinem Namen nicht entfliehen, das ist unmöglich.

Sie trägt einen weißen Unterrock. Ihr Haar ist ums Gesicht herum kurz geschnitten; lockiges Haar, mit dem sie aussieht wie ein kleines Mädchen. Sie ist jetzt Mitte zwanzig und sieht weit jünger aus. Sie betrachtet sich genau und behutsam. Der Himmel draußen hat sich von blau in grau verfärbt, ein Mittelwesten-Himmel, veränderlich und doch eintönig. Maureen hat zu viele Jahre unter diesem Himmel verbracht. Sie schrickt vor ihm zurück, hat Angst vor Fenstern, hat allzu oft bei der Arbeit gedacht: *Und wenn ich jetzt dort aus dem Fenster falle?* (Sie arbeitet im 7. Stock in einem Bürohaus in der Stadt.) Es zieht sie etwas zum Fenster und bestürmt sie: *Und wenn du nun aus dem Fenster fällst?*

Der Mann heißt Jim. Sein Name ist zu kurz. Er kommt ihr zu kurz vor, um sich daran festzuhalten, um nicht aus einem offenen Fenster zu fallen. Er heißt Jim Randolph. Randolph ist auch der Vorname ihres Stiefbruders; eine Rotznase von zwölf Jahren; sie will nicht an ihn denken, ihr Inneres verschließt sich gegen ihn und seine unflätigen Redensarten. Sie denkt nur an ihn, wenn Loretta das Gespräch auf ihn bringt und sich über ihn beklagt. Wenn Maureen ihre Mutter besucht, ist Randolph für gewöhnlich nicht da und treibt sich irgendwo herum. Zu viele Jungen auf den Straßen. Mit zwölf sind sie schon erwachsen, bis auf die fürchterliche Energie in ihren Beinen. Maureen braucht Randolph nur anzusehen (die anderen Jungen rufen ihn Ran), um zu wissen, daß dieses schlacksige, vorlaute Bürschchen alles weiß, alles. Loretta klagt »er ist genau wie Betty war, ich werde mit dem nicht fertig, und er läßt sich nichts sagen, aber er ist noch schlimmer als Betty – er hat mehr Energie.« Loretta, nun sechsundvierzig, muß stundenlang von einem Leben träumen, in dem keine Kinder sie belasten. Maureens Krankheit war schlimm genug, dreizehn Monate lang, aber Randolph mit seiner unerschütterlichen Gesundheit ist noch schlimmer; er macht ein Wrack aus ihr, beklagt sie sich, schmollt dabei und meint es ganz ernst. Wozu war das nun alles, all diese Kinder? Und Betty ist andauernd im Knast. Und Jules, wenn man bedenkt, was Jules passiert ist ...

Jules ist beinahe gestorben. Aber er ist nicht gestorben. Eine Frau hat versucht, ihn umzubringen; sie hat ihm zwei Kugeln in die Brust gejagt und dann die Waffe auf sich selbst gerichtet, ebenfalls ohne sich zu töten – das Wichtigere hätte sein sollen, daß Jules nicht gestorben war, aber er schien es irgendwie nicht überlebt zu haben. Er lebt irgendwie nicht mehr richtig; er ist irgendwo in Detroit verschwunden. Sie hören von ihm, aber selten. Warum nur hat die Frau ihn umbringen wollen? Warum sollte jemand Jules umbringen wollen? Maureen erinnert sich seiner als sanft, viel zu sanft. Sie liebt ihn, aber sie will ihn nicht sehen. Sie hat Angst vor dem, was sie vielleicht zu sehen bekommt, einen veränderten Jules, einen verbrauchten Jules. Er ist fast dreißig. Ein Leben lang ein Kind und jetzt – fast dreißig! Maureen versucht daher, nicht an ihn zu denken, sondern lieber an den Mann, den sie zu heiraten hofft.

Sie besieht sich im Spiegel, sieht sich so, wie er sie sehen muß. Sie liebt ihn. Ihr Leben ist für ihn bestimmt, dafür, ihn zu lieben. Sie nimmt auch an, daß ihr Körper dazu bestimmt ist, ihn zu lieben. Sie empfindet sich selbst als billige Gipsfigur auf dem Rasen, die Jungfrau Maria oder ein Reh, etwas, das stark aussieht, aber in Wirklichkeit zerbrechlich ist und leicht entzweigeht. Durch das Fenster kann sie Kinder spielen sehen. Sie werfen sich den Ball zu, scheinen ihn aber nie fangen zu können – er fliegt ihnen aus der Hand, brennt auf der Haut, knallt dann gegen eine Veranda – so viele dumpfe Aufschläge, so viele schrille Töne und schwingende Erschütterungen . . . das Gefühl ständigen Aufpassens und Aufderhutseins gerät ihr mit den Träumen von Jim durcheinander. Wie wird sie sich ihm hingeben? Wie wird sie ihn umarmen, wenn es soweit ist? Sie schließt die Augen und stellt es sich vor. Aber ihr Körper ist steif vor panischer Angst.

Vielleicht hat sie sich deshalb einen verheirateten Mann ausgesucht, weil sie hofft, daß es nichts wird?

Er unterrichtet im Abendkurs des Highland Park Junior College. Dieses College ist im gleichen Gebäude wie die Oberschule. Maureen nimmt den Autobus von der Dritten Avenue, und ihre Fahrtroute ist ganz einfach; es sind genügend Straßenlaternen und eine Masse Leute da, die ein- und aussteigen; viel Verkehr. Aber eines Tages hat sie eine Gruppe Negerkinder gesehen, die um zwei raufende Jungen herumstanden. Alle kreischten und klatschten in die Hände. *»Los, gib's ihm, gib's ihm!«* Die beiden Raufenden umkreisten einander mit der schrecklichen Vorsicht der Erwachsenen. Der eine hatte ein Messer und der andere seine Jacke, um dem Gegner damit durchs Gesicht zu schlagen. Ein Messer! Eine grüne Leinenjakke! Maureen blickte zu ihnen hinaus und stieg an diesem Tag nicht aus dem Autobus; sie war wie gelähmt und konnte nicht aussteigen . . . ihr Haß auf die Neger lähmte sie. Sie haßte sie wütend, mit einer Art Besessenheit. Sie haßte die Teenager-Jungen, diese brüllenden Rowdies, sie haßte die Teenager-Mädels, die kleineren Kinder, die andauernd rannten und kreischten, die Männer, die Frauen, alle. Aber am nächsten Tag zwang sie sich wieder hinzugehen. Sie ging wieder hin. Nichts durfte sie davon abhalten, in dieses Klassenzimmer zu kommen, weder die Männer, die in niederen, grellfarbenen Sportwagen die Gegend abpatrouillierten, Weiße oder Schwarze, die sich aus dem Wagenfenster beugten und sie fragten, ob sie nicht ein Stückchen mitfahren wollte, noch die Polizisten in ihrem Streifenwagen, die sie musterten, noch die schäbigen, schmutzigen alten Männer, die unaufhörlich Autobus fuhren und sie anstarrten, abwesend, noch all die Zeitungen, die ihr von einem mittleren Orkan ins Gesicht geblasen wurden, noch die schwere Luft, der wechselnde Himmel, die melancholische Erschöpfung der Mitschüler in ihrem Kurs – nichts würde sie abhalten.

Eben jetzt kleidet sie sich für den Abendkurs an. Ihre Vorbereitungen erfüllen sie mit freudiger Erwartung. Sie ist jetzt ganz von dem Gedanken besessen, die Aufmerksamkeit dieses Mannes auf sich zu lenken, ihm zu gefallen, ihn zu sich heranzuziehen. Sie, Maureen, ist ein Schaufenster, das ihn anlocken, ihn faszinieren wird. Er wird sich in sie verlieben und sein derzeitiges Leben hinter sich lassen. Er wird seine Familie verlassen. Sie begehrt ihn so heftig, daß der Mann selbst dadurch bei ihr ausgelöscht wird und sie nur noch daran denken kann, daß sie ihn begehrt, daß sie *es* begehrt, das Verheiratetsein. Sie möchte ihn lieben mit Herz und Körper, aber es bleibt keine Zeit, in der sich die Liebe in ihr erheben könnte; sie weiß nicht, wie man sie hervorruft und pflegt, sie hat zu viel darüber gehört von ihrer Mutter und anderen Mädchen und aus den Filmen, und es ist ihr zu oft davon etwas in die Ohren geraunt worden, von Männern, die sie nicht geliebt haben, sie aber zu lieben glaubten. So glaubt auch Maureen, daß sie diesen Mann lieben wird, wenn sie erst mit ihm verheiratet ist. Sie blickt sehnsüchtig in den Spiegel, als blickte sie in die Zukunft. Ihr Gesicht ist ihr Weg in die Zukunft. Nichts kann sie ins Leben führen, in die Welt hinaus, wenn nicht ihr Gesicht.

Jules ist im Krankenhaus, sein Gesicht ist bleich und mager, seine Augen liegen dunkel und melancholisch in ihren Höhlen. Was ist ein Gesicht, ein paar Knochen und Knorpel und Haut? Aus welcher geheimnisvollen Substanz besteht das Auge, und welchen Zauber verbreitet es? Maureen begreift es nicht. Dieser Zauber ist entsetzlich grausam, weil er sich abnutzt. In Amerika nutzt er sich rasch ab. Sie fühlt Schrecken, panische Angst, wie sie sich so ins Gesicht sieht und weiß, daß es nicht dauern wird und daß der Verlust dieses Gesichts schrecklicher ist als der Verlust von Fleisch und Bein, die in der Erde faulen.

Ein behutsames, vorsichtiges Spiel mit diesem Mann. Er ist ihr Lehrer und muß Distanz halten. Sie ist bereit, ihn zu lieben, vielleicht begreift er? Er blättert raschelnd in seinen Papieren, er ist nervös, er ist freundlich und milde; ihr wird immer wieder klar, daß er ein Mann ist, den man heiratet, ein idealer Ehemann. Sie möchte ihn heiraten und ihn von seiner Frau und seinen drei Kindern trennen. – *Frau und drei Kinder* – sind ein Aushängeschild, das Maureen sofort anzog, denn er ist zur Ruhe gekommen, versorgt, ein guter Mensch, der seine Zukunft geplant hat und mit ihr zufrieden ist, ein idealer Ehemann. Wenn er um ihretwillen seine Familie verläßt, so wird dieser Wechsel ein Beweis seiner Liebe sein, und er wird es nie, niemals mehr wagen, noch ein weiteres Mal zu wechseln. Er ist vierunddreißig und sie ist sechsundzwanzig. Gut. Der Altersunterschied ist gerade groß genug – die Familie, der er um ihretwillen verläßt, ist gerade groß genug – als Beweis dafür, wessen sie, Maureen, fähig ist, als Beweis ihrer Macht, als Beweis seiner Liebe, wenn es wirklich dazu kommt, daß er sie liebt – um ihn von der Vergangenheit zu trennen und die Zukunft zu sichern.

Beim Gedanken daran wird sie nervös und gierig.

Vorigen Herbst ist sie oben bei der Kirche Jesu spazierengegangen, die einen Block oberhalb des Sex-Miles-Road liegt und einen Block vor der Universität von Detroit, in einer Umgebung von großen, steinernen Villen. Diese großen Villen! Diese Rasenflächen! In jedem Haus wohnten Menschen, Familien, Mütter und Väter und Kinder und lebten ihr Leben, als sei das Leben in einem solchen Heim nichts Außerordentliches. Maureen staunte, als sie sich darüber klarwurde, daß diese Menschen ihr Leben nicht voll erfaßten. Sie erfaßten die Entfernung zwischen sich und Maureen nicht, die in ihrer Gegend spazierenging und so tat, als habe sie ein Ziel. Sie war darauf erpicht, Menschen zu sehen, zu hören. Manchmal arbeitete eine Frau draußen auf ihrem Rasen, manchmal spielten Kinder auf dem Gehsteig, und Maureens Herz tat einen Luftsprung vor Begier zu sehen, wie diese Leute aussahen. Sie wäre gern zu ihnen getreten und hätte sie begrüßt. Zwei Frauen, junge Mütter, unterhielten sich temperamentvoll über etwas, und Maureen wäre so gern die dritte junge Frau gewesen, hätte mitgeredet, eine junge Mutter, die sich beiläufig auf dem Gehsteig unterhält und nichts Außergewöhnliches daran findet. Sie starrte die Frauen an. Ihr Neid war nicht Haß, er ähnelte vielmehr der Liebe: Sie liebte sie. Näher würde sie der Liebe nicht kommen.

Männern gegenüber konnte sie keine Liebe empfinden, keine wirkliche Liebe. Sie würde mit ihrem Mann ein Baby haben, um die fehlende Liebe zu ersetzen, um der Liebe einen Ort anzuweisen, sich selbst einen bestimmten Platz zu bestimmen, aber wirklich lieben würde sie ihn nicht. Aber es bestand die Möglichkeit, daß sie ihn, wenn er erst einmal ihr Mann war, lieben lernen würde.

Sie konnte nicht so sein, wie ihre Mutter, immer bereit für ein Morgen, immer neugierig, fröhlich, sogar bei ihren Klagen immer noch gespannt auf das, was nun kommen würde – sie konnte nicht sein wie Loretta, immer bereit, von vorne anzufangen. Loretta war immer bereit, von vorne anzufangen. Sie war nicht die Tochter ihrer Mutter. Sie empfand einen beinahe körperlichen Widerwillen gegen diese Art Frauen, Lorettas Art, mit den Lockenwicklern im Haar, die äffischen Gesichter lachbereit verzogen.

Ich will mich verlieben, denkt Maureen. *Ich werde ihn dazu bringen, daß er mich liebt.*

2

An diesem Morgen störte ihn etwas, noch ehe er aufwachte, nicht direkt ein Gedanke, mehr das Vorausahnen eines Gedankens, der verblassende Abschluß eines Traumes. Während er schlief und ganz er selber war, erschreckte ihn der große Spielraum seiner Sehnsüchte, und das Aufwachen war ihm immer eine Erleichterung. Im Aufwachen begriff er, wer er war und was er war. Er rührte sich, um die Frau zu umarmen, die neben ihm schlief, seine Frau, und schöpfte Trost aus ihrer Wärme.

Sie waren jetzt neun Jahre verheiratet.

Daß sie so fest schlief, schien ihm ein Zeichen großen Zutrauens, etwas Kostbares. Sie schlief still in seinen Armen. Es bestürzte ihn, daß sie neun Jahre lang so miteinander geschlafen hatten, er und diese Frau, daß ihrer beider Leben unauflöslich verbunden war und er sich nur noch verschwommen an eine Zeit erinnerte, in der er sie nicht gekannt hatte. Diese Zeit gehörte einem anderen, jüngeren, hilfloseren Ich. Es freute ihn, daran zu denken.

Sie war zweiunddreißig. Sie hatte ihm drei Kinder geboren, sie schliefen jenseits des Korridors in der kleinen Wohnung, zwei davon zusammen in einem Zimmer, friedlich und in ihrem Schlaf für ihn ein Wunder, ein dauernder Grund zum Staunen, weil er sich einer Zeit im Leben erinnerte, als es sie noch nicht gegeben hatte, als er selber noch ein Kind gewesen war, das sich in unnatürlicher Weise vor den Fallen alles Dauerhaften in acht genommen hatte, die von den Erwachsenen so gleichmütig hingenommen wurden. Er war hinter seiner Freundlichkeit und seinem gutmütigen, geduldigen Lächeln immer ein vorsichtiger Mensch gewesen. Kurz vor dem Aufwachen, wenn er noch durch das graue Gewirr des Schlafes einhertrieb, das dem wirren Haar einer Frau glich, erhob sich die Vorsicht in ihm und wurde zu etwas Bösem. Worauf wartet er? Was wird geschehen? Wird er in seinem Leben etwas anstellen, etwas, das nicht wieder gutzumachen ist?

Er merkte, daß er wieder aufwachte, mitten aus einem wirren Traum heraus – etwas von einem Zug, in dem er einen eisigen Kontinent überquerte. Plötzlich dehnte sich der Tag vor ihm aus, wie ein Kontinent voller Gefahren und alberner Scherze und kleiner Zurücksetzungen, wie etwas, das überquert sein wollte. Seine Frau war aufgewacht. Sie drückte wortlos ihr Gesicht an das seine. Er dachte an den klapprigen Zug, der in die Eiswüste hinausfuhr, und ein Angstgefühl überfiel ihn, für das er keine Erklärung hatte; der Schweiß brach ihm aus. »Ich möchte nicht zu spät kommen«, sagte er und rückte von ihr ab. Er stand auf. Sie stieg auf ihrer Seite aus dem Bett. Die Vorhänge des kleinen Zimmers waren zugezogen, doch er wußte, daß an dem Tag wieder bedecktes, eintöniges Wetter sein würde. Er war vierunddreißig Jahre alt, und der Himmel von Detroit hatte sich ihm ins Bewußtsein gebrannt, es gezeichnet mit seiner Düsternis, seinem Schmutz und etwas Erbarmungslosem, Eintönigem, Mächtigem.

Seine Frau sprach mit ihm. Wie sie ihren Morgenrock zuknöpfte, stand sie solide und muskulös da. In all ihren Bewegungen, selbst in ihren Gesten lag etwas Tüchtiges. Sie wußte, wie man über den Tag wegkam. Sie waren seit neun Jahren verheiratet. Er versuchte ihr zuzuhören, aber es ging irgendwie nicht, und sein Gesicht sprang für ihn ein und lächelte ein Morgenlächeln, zeigte angestrengte Zuneigung. Sie sprach davon, daß sie nachmittags einkaufen werde. Von Geld. Stirnrunzelnd und schuldbewußt sprach sie mit ihm über Geld.

In der Küche draußen saß er mit aufgestütztem Kopf am Tisch, bis seine Frau flüsterte: »Ist was? Hast du Kopfweh?« Nein, es sei alles in Ordnung, sagte er ihr. Während sie Frühstück machte – er trank immer bloß Kaffee –, saß er und dachte mit schlechtem Gewissen an seinen Traum, an sich selber, den

Vorsichtigen, Listigen im grauen Wirrwarr des Schlafs. Das war nicht sein wahres Ich, aber ihm war es lieber. Das Ich, das er bewohnte, war vertraut und wurde vertraut behandelt, von seiner Frau und seinen Kindern und seinen Freunden und seinen Vorgesetzten und der ganzen Welt, die in ihm einen freundlichen Mann sah, mit freundlichen Falten im Gesicht.

Seine Frau sagte flüsternd, um die Kinder nicht jetzt schon zu wecken: »Ich könnte Brenda zum Babysitten kriegen. Wann wirst du denn heute zu Hause sein?«

»Ich hab mir gedacht, ich geh direkt von der Schule aus ins College hinaus und laß das Abendessen ausfallen.«

»Glaubst du, daß du das Abendessen ausfallen lassen darfst?«

»Bevor ich unterrichte, ist mir nie sehr nach essen.«

»Möchtest du nicht doch erst heimkommen?«

»Anders wäre es leichter. Die lange Fahrerei ...«

Er war verliebt in diese Frau, gefestigt im Zustand der Verliebtheit, verstrickt in die Geschichte, die sie miteinander durchlebt hatten, dafür verantwortlich. Er konnte sie aus einiger Entfernung sehen, vielleicht durch das Fenster dieser winzigen Küche, einen Mann, der an einem normalen Frühstückstisch saß und seine Frau genau beobachtete. Was war über einen solchen Mann zu sagen? Er schielte dann verzweifelt auf sich selber, hoffte auf ein Erkennen, auf Gewißheit. Er war also Jim Randolph. Er hatte einen älteren Bruder, Tony, auf den er sein Leben lang eifersüchtig gewesen war. Seine Mutter hatte mehrere Schwestern, die hatten alle Familien, und darum hatte er viele Cousinen, von denen er einige gern mochte und andere nicht ausstehen konnte; und zwei seiner Großeltern lebten noch, alles Menschen, die notfalls seine Identität bezeugen konnten. Und natürlich seine Mutter und seinen Vater. Alle kannten sie ihn.

Er preßte die Hände auf die Augen und grübelte.

Eine Frauenzeitschrift lag auf dem Küchenbüffett. Auf dem Titelblatt war eine schreiend bunte Abbildung eines Kuchens, einer Geburtstagstorte. Was für Farben, was für ein Format, was für eine seltsam gedruckte, unverschämte Autorität lag in dieser Torte. Die Schlagzeilen: *Frühling in Ihrem Heim! Geschenke für liebe Menschen! Ein Arzt über intime Eheprobleme!* Seine Frau kaufte solche Zeitschriften ab und zu, und es war Jahre her, daß sie sich zuletzt deswegen entschuldigt hatte. Er war neugierig auf die Zeitschrift und hätte gern gewußt, was sie zu den Eheproblemen zu sagen hatte, doch es wäre ihm nie der

Mühe wert gewesen, sie aufzuschlagen – dazu war er zu intellektuell und zu stur und verachtete derlei Dinge zu sehr. Seine Frau flüsterte wieder, über ein Kleid für Terry. Terry war seine Fünfjährige. Er lächelte seine Frau an und stimmte ihr zu. Manchmal glich seine Liebenswürdigkeit einer Hand, die ihr ins Gesicht fuhr, und dann verstummte sie gekränkt, und er war gezwungen sie zu fragen, was los sei und warum sie böse sei. Dann sagte sie kalt: »Weil du mir nie richtig zuhörst!« Das Band der Liebe zwischen ihm und seiner Frau war ihm ein Rätsel, aber kein erfreuliches. Es bestimmte sein Leben; es war dadurch festgenagelt. Er war kein Katholik von der Sorte, die eine Scheidung für unmöglich hielt, und auch nicht ein Katholik, der seine Religion sehr ernst nahm, empfand aber die Liebesbindung zwischen sich und seiner Frau als unwiderruflich, als Dauerzustand wie seinen Namen. Einmal jedoch hatte sich etwas ereignet, das ihn erschreckt hatte. Er war auf dem Heimweg gewesen, damals noch von einer anderen Universität, wo sie in einem Heim für verheiratete Studenten gewohnt hatten – es war Jahre her –, und hatte ein paar junge Frauen erblickt, die sich bei den Briefkasten am Rande der Landstraße unterhielten. Seine Phantasie hatte sich nur ganz leicht gerührt, er hatte sie nur bewundern wollen, es waren ihm dabei ihre schlanken Beine aufgefallen und ihr nervöses Lachen, der schrille Unterton in ihren Stimmen, der anzeigte, wie dicht unter der Oberfläche dieser jungen Körper die Hysterie lag. Aus einiger Entfernung dünkten sie ihm recht anziehend, doch als er näherkam, und eine von ihnen eine müde, zynische Handbewegung machte, als schöbe sie die Luft von sich weg, hatte er plötzlich empfunden, daß alles ein Irrtum, ein Fehler war, dieses Aneinanderketten von Körpern und Lebensläufen, diese erbärmliche, scherzhafte Kameraderie der Armut, der ständigen Unsicherheit; die Menschen waren doch jeder für sich besser daran. Dann drehte die Frau sich um, und es war seine eigene, die ihn in diesem Augenblick bemerkte. Es war ein ganz alltägliches Ereignis, und doch erschreckte es ihn, weil es so alltäglich, so gewöhnlich war.

Er hatte geheiratet, um sich in einem bestimmten Lebenskreis anzusiedeln, um sich in eine bestimmte Beziehung zu seiner und ihrer Familie zu begeben, die er ganz gern mochte. Er mochte sie alle ganz gern. Er hatte der Ungewißheit ein Ende machen wollen, den Gefühlsverwirrungen, die ihm während seiner Pubertät übel mitgespielt hatten, und der Gedanke erschreckte ihn, daß er mit vierunddreißig in Wirklichkeit nichts in Ordnung gebracht hatte. Er hatte keine Gewalt über seine Gefühle. Sie schäumten und fluteten quälend um ihn her.

Trotzdem: es würde nichts passieren.

Seine Frau ging, um das Jüngste aufzunehmen, und er zog sich ihre Zeitschrift heran. Er blätterte sie hastig durch. *Geben Sie ein Riesenfest zum Geburtstag Ihres Kindes!* Das überschlug er. *Wie macht man glücklich?* Er trank seinen Kaffee und überflog den Artikel: *Vermeiden Sie grundsätzlich* ... »Machen Sie sich keine unnötigen Sorgen. Erwarten Sie nicht zuviel, besonders nicht von Ihrem Mann. Vergleichen Sie Ihr Leben niemals mit dem Ihrer Freunde. Halten Sie nichts für selbstverständlich. Hängen Sie nicht Tagträumen nach.« Das ärgerte ihn. Warum nicht Tagträumen? Er blätterte um und stieß auf einen weiteren Artikel, nein, es war eine Kurzgeschichte über eine Hochzeit ... eine weichgezeichnete, düstere Illustration ... ein Mädchen mit übergroßen Augen im Brautkleid ... Der erste Absatz lautete: »Elinor meinte bestimmt, das Telefon hätte geläutet, doch ... nein ... sie hatte nichts gehört. Bittere Tränen stiegen ihr in die Augen ...« Auf der nächsten Seite der Artikel von einem Arzt: *Intime Eheprobleme.* »Das verhängnisvollste Problem in der Ehe ist das fehlende Gespräch, insbesondere über Liebe, Sex und Geld ...« Und dann seitenweise neue Frühjahrsfrisuren, Mädchen mit glänzenden, gesundem Haar, die zu ihm emporlächelten, backfischhafte Mädchen, keine bedrohlichen, mit einem Band im Haar oder einer kleinen Blütenknospe, mit strahlendem, hygienisch einwandfreiem Lächeln, weder für ihn noch für überhaupt einen Mann gefährlich, die gleich in einen Chor ausbrechen würden: »So liebe uns doch, liebe uns doch bloß!«

Allem zugrunde lag die Liebe, eine Begier und ein Geheimnis. Er selbst liebte, liebte seine Familie, er liebte sich, in gewissem Sinne als den Mann in dieser Familie; liebte diese Rolle. An sich selbst außerhalb dieser Rolle dachte er nicht, weil dieses Ich nicht existierte, auch keinerlei Möglichkeit bestand, daß es zum Leben erwachte. Ein plötzlicher Einfall: warum nicht wegziehen aus Detroit? Er wollte eine andere Gegend sehen. Nach Europa? Eine Reise nach Europa? Er wünschte sich, seine Familie an einem fremden Fluß zu sehen, an einem Meer, er wünschte sie sich voller Freude über die Freiheit und darüber, vollkommen und für alle Zeit geliebt zu sein. Er wollte mit ihnen aus Detroit entfliehen.

Und jetzt? Würde sein Wagen anspringen? Er ging hinaus und sah nach. Es kam immer unerwartet, und er empfand sowohl eine verzweifelte Hilflosigkeit als auch eine Art objektiver, amüsierter Verachtung bei dem Gedanken, ob er wohl anspringen würde. Sein Schicksal lag nicht in seiner Hand. An diesem Vormittag sollten sie die komplizierten Ursachen für den Verfall Europas im 18. Jahrhundert durchnehmen. Verfall hatte immer komplizierte Ursachen, wogegen Gedeihen etwas Simples war: War das nun ein Rätsel oder eine Lüge? Sein Freund Max hatte eines seiner Bücher auf dem Fußboden liegen lassen, eine Taschenbuchausgabe von ›König Lear‹. Max arbeitete für den Dr. phil. im Englischen und war überarbeitet, einsam, wortkarg ... und verlor dauernd etwas. Es war gut, so einen Freund zu haben, ihn zum Abendessen einzuladen und mit ihm über seine Probleme zu reden. All das war vertraut, so vertraut. Aus alter Gewohnheit blätterte er in dem Buch. Bücher fesselten ihn. Es gab viele Fußnoten darin, viele Marginalien in blauer Tinte. Unbestimmte Besorgnis überfiel ihn, als er die Verszeilen überflog. Er traute Shakespeare nicht. Tragödien hatten ihn mit ihren groben, rohen Ab- und Ansätzen, ihrer gewählten Sprache, ihren blutrünstigen Schlüssen und geruhsamen Neuanfängen immer geängstigt, diesem Bewußtsein des Apokalyptischen, dem ein alltäglicher Morgen folgte. Horatio und Fortinbras spielten in einem zugigen, mit Samt drapierten Zimmer gähnend und geduldig miteinander Schach, redliche Männer, die übriggeblieben waren, um einen guten Kampf zu kämpfen, einfältig genug um zu überdauern. Und immer blieb ein Cassio übrig, zerschlagen aber energisch, und ein Kent, von Vergangenem betäubt, aber noch optimistisch genug, um das Künftige auf sich zu nehmen, das langsame Heranbranden der Historie. Er blätterte in dem Buch, ohne seine Augen allzu lang auf einer bestimmten Stelle ruhen zu lassen: »Und doch bist du mein Fleisch, mein Blut, mein Kind, Nein, eine Krankheit eh'r in meinem Fleisch ...« »Hängt ihn sogleich, reißt ihm die Augen aus ...« »Die Krankheit wächst in mir ...«

Soviel Aufhebens vom Tod zu machen! Vom Leben! Ihm war etwas übel, als er das Buch zuschlug. Nein, es tat nicht gut. Es war witzlos, über den Tod, über das Leben nachzudenken. Man mußte den Tag hinter sich bringen ... Der Tag war ein Teil des gewaltigen, undeutbaren Granitblocks seines Lebens, an dem er herumnagen, meißeln und beißen mußte, ohne Instrumente zu besitzen, die scharf oder wirksam genug waren, um zu tun, was ein anderer vielleicht mit einem einzigen Hieb schaffte, *Liebe, Sex, Geld* ... Der Traum von Europa war etwas schal geworden. Er hatte mit seiner Frau zu oft davon gesprochen, hatte ihrer beider Rollen mit zu großer Begeisterung durchgespielt, damit war es aus. Die Zukunft also. Aber sein Wagen funktionierte wenigstens, schließlich sprang er doch noch an – war das nicht ein gutes Omen? Ein Splitter vom großen Granitblock, diesem Grabstein von Block, auf dem sein Name stand: Der Wagen sprang heute morgen an. Wenn er wieder zu spät zum Unterricht kam und sich die Studenten zusammenrotteten, um sich zu beklagen, was, was würde dann im nächsten Semester? Er hatte Schulden, er hatte drei Kinder.

Er warf das Taschenbuch ›König Lear‹ auf den Rücksitz. Es tat nicht gut, so früh am Morgen solche Sachen zu lesen. Er war zu sensibel. Schwach. Was hatte er anderen zu geben, selbst einer Frau? Er stand seiner Frau näher als sonst jemand auf der Welt und doch, was hatte er ihr zu geben, das einzig ihm gehörte. Seine ewige Liebe, seine intelligente, ernsthafte, dauernde Liebe?

Der Tag verging. Es kam der Abend. In der Schule im Highland Park wartete ein Mädchen, um ihn noch vor der Stunde zu sprechen. Er hatte sie gebeten, rechtzeitig da zu sein. Er war nervös, als er näherkam, voller Bangen, ob sie auch wirklich da war, und stellte dann ziemlich befriedigt fest, daß sie da war – im halbdunklen Gang stand, sehr verlassen, und auf ihn wartete. Er hätte sich gern mit den Händen energisch die Augen gerieben, aber er behielt seinen seriösen Gesichtsausdruck bei und lächelte sein seriöses Lächeln.

Sie begrüßten sich. Sie war still, schattenhaft. Er saß an dem ihm bestimmten Pult (das er sich mit einem Tageskurslehrer teilte, den er nie sah) und das Mädchen ihm gegenüber. Sanft, sehr ruhig. Er wurde fröhlich und laut, ahmte einen seiner Onkel nach. Ein Wetter heute, was? Eine Luft! Er mußte einiges sagen, einige Banalitäten sagen. Dann nahm er ihre Aufsätze aus seiner Aktenmappe und überflog sie, obwohl er sie genau kannte. Das Mädchen saß da und beobachtete ihn. Nach ein paar Minuten sagte er lächelnd, wie um sich und sie zu trösten: »Ich fürchte, Schreiben ist nicht Ihre stärkste Seite, Miss Wendall.«

»Das tut mir leid.«

»Das braucht Ihnen nicht leid zu tun. Deswegen lernen Sie es ja hier.«

Ein freundliches Lächeln, ein Plakatlächeln. Nimm ihr die Befangenheit, sie ist Studentin. »Deswegen nehmen Sie ja diesen Kurs. Aber ich sehe einige Schwierigkeiten voraus, wenn Sie sich ans nächste Thema machen. Mir scheint, sie haben ernstliche Schwierigkeiten beim Schreiben ... im Ausdruck ... im Wortschatz, in der Niederschrift.«

Er lächelte und spürte, wie sich Krähenfüße um seine Augen bildeten, wie sich die Falten in seinem Gesicht vertieften. Er war heute zugleich munter und alt; munter in Gegenwart des Mädchens und alt nach einem langen, gehetzten Arbeitstag – ein wenig außer Fassung darüber, daß das Mädchen noch so jung war. Sie sah aus, als sei sie keine zwanzig. Das erregte ihn, und doch nahm er es übel. Sein Kopf fing an zu schmerzen. Er sagte: »Ich würde gern sagen, daß es von Aufsatz zu Aufsatz besser wird, aber es ist, als verfielen Sie immer wieder in die gleichen Fehler. Im Grunde sind es gar keine Fehler –«

»Vermutlich ist es meine Art zu denken«, sagte sie.

»Ja, das mag sein, ich weiß es nicht. Nein, das möchte ich nicht sagen«, sagte er rasch und erschrocken. Er wich ihrem stillen, bekümmerten Blick aus und hantierte wieder mit den Papieren herum. Er war als Mensch zu ungeschickt, um das hier zu handhaben. Hilflos suchte er in den Aufsätzen.

Es herrschte Schweigen. Das Mädchen machte keine Bewegung, sehr unterwürfig und ergeben. Während er die Blätter durchlas und auf die Handschrift starrte, die er jetzt nicht entziffern konnte, und kein Wort sagte, hatte er plötzlich das Gefühl, als unterdrücke sie den Impuls, die Hand nach ihm auszustrecken und ihn anzurufen.

Aber nein. Nichts. Er sah auf, und alles war wie immer.

Er räusperte sich. »Verstehen Sie meine Korrekturen in Ihren Aufsätzen? Halten Sie sie für gerecht? Wie beurteilen Sie meine Kritik?«

Es war eine Finte von ihm, eine seiner üblichen Ausreden: so zu tun, als hinge er von seinen Studenten ab. In Wirklichkeit war es umgekehrt. Das Mädchen spielte nicht mit: sie sah ihn ratlos an.

Sie sagte: »Aber ich weiß doch gar nicht genug, um mir ein Urteil zu erlauben.«

Er lachte. »Miss Wendall, das stimmt nicht. Stimmt überhaupt nicht! Verstehen Sie zum Beispiel, was ich mit – mit ›zusammenhanglos‹ meine?« Und dann, als gäbe er plötzlich auf, bemerkte er, daß sie ein schönes Mädchen war, das ihm an dem abgestoßenen Schreibtisch hilflos gegenübersaß. Ihre Schönheit hatte nichts mit ihrem Haar, ihrer Haut, ihren Augen zu tun, sie schien tiefer zu sitzen, eine Art Wunde, ein Bestürztsein. Er konnte sie sich nicht erklären, wurde selber hilflos davor. Niemand würde sie jemals für eine Zeitschrift photographieren; sie war nicht klar, wurde nicht deutlich, sie war bedrohlich. Ihr Blick war unheimlich. Im Klassenzimmer, während er anderthalb Stunden lang salbaderte und heimlich nach der Uhr schielte, hörten seine Studenten ihm schweigend zu, auch dieses Mädchen hörte ihm zu und sah ihn an und schien sich fortwährend für ihn aufzutun, anders als die anderen. Aber stimmte es, daß sie so anders war als alle anderen? War nicht etwas Verschwommen-Wesenloses an ihr, etwas, das man mit dem Daumen abwischen konnte? Ihr Schweigen machte ihn nervös.

»Lassen wir das doch jetzt. Erzählen Sie mir etwas über sich«, sagte er.

Sie regte sich, wurde gehorsam lebendig. Sie lächelte beinahe. »Da ist nicht viel zu erzählen.«

»Nichts über Ihre Umwelt, das eine Erklärung wäre? Für dieses Problem, meine ich, daß Ihre Sätze keinen rechten Sinn geben, daß sie nicht logisch aufeinander folgen, meine ich«, sagte er verlegen, voller Angst, taktlos zu sein. »Ich meine, gibt es nichts in Ihrem bisherigen Leben, das vielleicht eine Erklärung dafür wäre, daß Sie konfus sind? In gewisser Hinsicht unsicher?«

»Ich weiß es nicht.«

»Hat einmal jemand Sie irgendwann entmutigt, als Sie Ihre Gedanken ausdrücken wollten? Ich meine, eine Lehrkraft oder jemand aus Ihrer Familie? Hat jemand mit Ihnen diskutiert? Ihre Ideen verworfen?«

»Ich glaube nicht.«

»Sie scheinen nicht ganz sicher?«

»Es tut mir leid.«

»Nein, das braucht Ihnen nicht leid zu tun«, sagte er und lachte etwas zu laut. »Mein Himmel! Ich überlege ja nur, was Sie hemmt. Sie haben doch ganz offenbar etwas zu sagen. Sie sind intelligent. Aber hier ...« er klopft mit einer energischen Bewegung auf ihre Papiere, »zeigt es sich nicht.«

»Das tut mir leid«, sagte das Mädchen.

»Wenn ich Ihnen nur besser helfen könnte, irgend etwas tun ...«

»Ich habe keine Schwierigkeiten gehabt ...«

»Fahren Sie fort, sprechen Sie weiter! Sie haben keine Schwierigkeiten gehabt ...«

»Ich habe nie Schwierigkeiten gehabt, eh mein Vater uns verlassen hat.«

»Ihr Vater hat Sie verlassen?«

»Er hat meine Mutter verlassen.«

Sie sprach scheu, schien aber eine sonderbare Befriedigung über ihr Geständnis zu empfinden. Es war das erste Persönliche, was er von ihr hörte, und es befriedigte auch ihn. Ihr Mantel war noch immer zugeknöpft, ein billiger gelber Mantel, der bei diesem Licht zitronenfarben aussah.

Er beugte sich diskret vor. »Ihr Vater hat also seine Familie im Stich gelassen?«

»Ja. Ich war damals fünfzehn.«

Und wie alt sind Sie jetzt? hätte er gern gefragt. Ihre Jugend irritierte ihn. Doch er sagte: »Das tut mir leid zu hören.« Man hörte seiner Stimme an, daß es ihm tatsächlich leid tat. Sie blickte überrascht zu ihm auf. Der Augenblick lastete seltsam auf ihnen, er spürte, daß sich sein Gesicht gleich zu einem törichten Grinsen verzerren würde. »Aber Sie ... ich meine, jetzt sind Sie doch darüber weg? Wohnen Sie daheim?«

»Jetzt nicht mehr. Ich bin ausgezogen.«

»Leben Sie allein?«

Eine sonderbare Frage. Hätte ich nicht stellen sollen ... Schon viele Menschen waren in den Kreis seines freundlich-geduldigen Lebens geraten, Studenten und Freunde, immer hatte er allen zur Verfügung gestanden: er war ein guter Mensch. Er sah auch so aus wie ein guter Mensch. Sein Vater, der eine Chemische Reinigung geführt hatte, war ebenfalls fünfzig oder achtzig Jahre lang ein guter Mensch gewesen; es lag in der Erbmasse, war Schicksal. Die Saloppen und Einsamen fühlten sich angezogen von seinem freundlich-schlampigen Äußeren, ermutigt von seinen ungeschnittenen Haaren, seinem Augenzwinkern, seinem tastenden Suchen nach Ausdrücken, seiner leisen, unsicheren Stimme, ja sogar davon, daß ihm morgens früh häufig die Hände zitterten. Seine blauen Augen standen leicht vor, und er spürte, wie sie sich im Lauf seines langen, ermüdenden Arbeitstages röteten, und winzige Äderchen im gelblichen Augapfel sprangen. Auf dem Rücken seiner breiten, eckigen Finger, die manchmal bebten, wuchs feiner, goldbrauner Flaum. Plötzlich war ihm, als sei seine Frau bei ihm im

Büro. Sie neigte sich vor, um ihm ins Gesicht zu schauen, ihn zu beobachten und zu verurteilen.

»Sagten Sie, daß Sie allein leben?«

»Ja. Allein.«

Sie wirkte wie eine gewisse Sorte von Studentinnen – Abendkurse, Tageskurse, die sich über mehrere Jahre hinzogen, hoffnungslos. Verloren und gedankenvoll. Ihre Augen waren klar, überraschend, bewußt. Was tun? Sie hatten einander nun schon mehrere Sekunden lang angesehen. Zwischen ihnen auf der zerkratzten Schreibtischplatte lag ihr letzter Aufsatz mit den roten Korrekturen. Er sah erschrocken, wie grausam sie aussahen, diese Korrekturen – rote, zornige Ausrufe, gegen die kleinen, ordentlichen, mittelmäßigen Zeilen ihrer Handschrift.

»Ist mein Geschreibsel hoffnungslos?« fragte sie.

»Das möchte ich nicht sagen, nein. Nein, natürlich nicht.«

»Ist es ... ist es das Geschreibsel einer Geisteskranken?«

»Natürlich nicht«, sagte er entgeistert.

Er verstummte, verblüfft über ihr Ahnungsvermögen. Das Geschreibsel einer Geisteskranken? Ja, das stimmte, stimmte so ziemlich. Und doch war sie nicht geisteskrank. Davon war er überzeugt. Er wich ihrem verwirrten Blick aus, wie er auch während des Unterrichts ihrem Blick auswich – er eröffnete ihm zu viel, beunruhigte ihn. Scheu und naiv und doch sonderbar wissend – undefinierbar. Was dachte sie über ihn? Intelligenz. Zärtlichkeit. Seine Frau warf wohl einen Blick auf ihn und sah alles, was zu sehen war, denn sie hatte schon vor Jahren alles gehört, was zu hören war, und war außerstande, diese Tatsache, diese historische Tatsache, zu ändern. Sie durchschaute ihn – warum auch nicht? Hatte sie ihn doch teilweise mit entworfen. Sie hatte ihm geholfen, sich eine Vorstellung von sich zu machen. Es war unvermeidlich, daß sie seine Bemühungen durchschaute, leise und überlegen zu sprechen (er imitierte darin seinen Lieblingsprofessor), seine panische Angst kannte, seine Erschöpfung, die Schäbigkeit der alten Tweedjakke, die er trug, die leicht exotische Krawatte mit dem Muster aus roten und grünen Säbeln oder Papageienschnäbeln, diese ausgefallene Krawatte, die er nun schon seit vielen Jahren trug. Achteten seine Studenten auf seine schäbigen Kleider oder auf ihn selbst? Er unterrichtete hier an zwei Abenden die Woche von 8 bis 9.30 englischen Aufsatz, und die fünfzehn Erwachsenen in seinem Kurs beobachteten ihn an diesen langen

Abenden, als sei er eine Gestalt aus ihren unruhigen Träumen, in seiner lächelnden Ironie, in seiner Diktion unbegreiflich, vielleicht das Anhören wert, bedeutend, wenn sie nur hätten wachbleiben können. An solchen Abenden lasteten Müdigkeit und Sinnlosigkeit in der Luft. Sie hatten ihn alle gern, das wußte er. Es gehörte zu ihrer Müdigkeit und der Sinnlosigkeit. Mehrere Hausfrauen, ein mürrischer Taxichauffeur, drei Männer, die unter Tags bei Ford arbeiteten, alle abgenutzt durch andere Existenzen, andere Identitäten, die ihnen für immer den Rükken gekrümmt hatten. Wie gern hätte er das Buch mit dem Ausruf: »Hol's der Teufel«, weggeschleudert und ihnen über die schmerzenden Schultern gestrichen oder eine kühle Hand auf ihre schmerzenden Augen gelegt. Ach, sie schonen zu können! Ihr Leben zu ändern!

»Ist noch Hoffnung für mich?« fragte das Mädchen plötzlich.

Er kam zu sich. Einen Augenblick lang glaubte er, sie frage ihn nach ihrem Leben, ob für ihr Leben noch Hoffnung sei. Aber sie sprachen ja über ihr *Schreiben.* Sie war seine *Schülerin.* Ungeduldig sagte er: »Selbstverständlich ist Hoffnung. Sie müssen natürlich weiter lesen und schreiben, das Schreiben üben. Ich gebe Ihnen ein paar Bücher, die Ihnen vielleicht gefallen werden. Sie werden Fortschritte machen, bitte machen Sie sich keine Sorgen.«

Er entdeckte im wachsamen, verträumten Blick dieses Mädchens eine besondere Art Intelligenz: nicht viel konnte sie überraschen. Eine plötzliche Begierde nach ihr züngelte in ihm auf. Er neigte sich vor und legte den Arm vor sich auf den Schreibtisch.

»Warum – ich meine, was veranlaßte Sie zu der Bemerkung über Ihr Schreiben? Wie eine Geisteskranke? Warum haben Sie gerade das gesagt?«

»Es ist mir so eingefallen.«

»Beunruhigt Sie irgend etwas?«

»Nur ganz allgemein.«

»Was?«

»Wie man leben soll, was man tun soll, wie man über bestimmte Tage wegkommt«, sagte sie. Sie lächelte zögernd.

»Werden Sie nach dem Kurs heimgebracht, oder nehmen Sie den Bus?«

»Ich nehme den Bus.«

»Ist das nicht riskant?«

»Mir ist noch nie etwas passiert.«

»Aber es könnte doch mal gefährlich sein bei einem Mädchen wie Sie –«

»Ich kann es nicht ändern.«

»Nein, vermutlich können Sie es nicht ändern«, sagte er stokkend.

Er wußte, er sollte sie wegschicken. Es war Zeit, aufzuhören. Draußen im Korridor wartete jemand, eine andere Kursteilnehmerin. Er blätterte noch einmal in ihren Papieren, stirnrunzelnd, obwohl er es müde war, so zu tun, und im Grunde auch dieses Mädchens müde, über das er schon zu lange nachdachte. Es war absurd, daß er über sie nachgedacht hatte. Er konnte sie nicht in seinem Leben brauchen. Er hatte nicht einmal Zeit für sie. Und weil er so war, wie er war, hätte er nicht einmal, wenn er etwas von ihr gewollt hätte, gewußt, wie er es anfangen sollte: Er war zu lange verheiratet.

»Es möchte Sie jemand sprechen, ich glaube, Mrs. Thibodeau«, sagte sie.

»Schön.«

Sie ging. Er hatte es überstanden: Er hatte ihr nicht angeboten, sie nach Hause zu fahren. Etwas erleichtert bereitet er sich auf Mrs. Thibodeau vor, eine der Klassensprecherinnen, nervös und immer in Abwehr. Sie kam zu ihm mit irgendeinem gewichtigen, imposanten Anliegen, ließ sich in den Stuhl gleiten, den Maureen verlassen hatte.

Er sagte sehr jovial: »Wie geht's, Mrs. Thibodeau?«

Nur noch wenige Minuten, dann begann der Unterricht.

An diesem Abend stand er nach dem Unterricht noch herum und unterhielt sich mit einigen Studenten und sah das Mädchen nicht weggehen. Er warf, als er zu seinem Wagen ging, keinen Blick auf die kleine Gruppe der Wartenden an der Haltestelle. Diese Gruppe schützte sie. Sie konnte auf sich selbst aufpassen. Er fuhr heim und spürte, wie ihre Anziehungskraft auf ihn nachließ, dünn und zerdehnt wurde. Er war Ehemann, Vater von drei kleinen Kindern, ein Mann einer bestimmten Identität. Diese Identität zog ihn nach Hause. Er wußte, wohin er gehörte. Es war die Stimme dieses Mädchens, die ihn vielleicht am meisten beeindruckte, eine leicht gedehnte, verträumte Stimme von einer gewissen Autorität, erwartungsvoll. Erinnerte sie ihn an etwas? Woran erinnerte sie ihn? Wenn er ihre schriftlichen Arbeiten las, konnte er sie fast reden hören, mit ihrem nachdenklichen Stimmchen. *Es ist der Vollzug der Gerechtigkeit der menschlichen Macht entzogen, es ist die Hand Gottes.* In solchem Stil schrieb sie. Woher hatte sie die Wörter, woher solchen Unsinn? Es war irre, und doch verstand er es. Und es war rührend, dachte er, daß sie an Gott glaubte.

Sehr dunkel jetzt draußen. Die Fahrt lang. Drahtkarren aus einem Supermarkt auf der Straße. Gefährlich. Ein paar Negerjungen alberten an einer Ecke herum. Das Haar wuchs ihnen buschig und wild, als seien ihre Köpfe durch ein exotisches Ritual aus der Form gepreßt worden, das ihnen geheime Kräfte verlieh. Schuttbedeckte Bauplätze ... eine Matratze auf dem Bürgersteig ... überall eine verblasene, zerzauste Unordnung ... Ein Wohnblock. Wohnte Maureen Wendall in einem von diesen häßlichen Gebäuden? Wie ließ sich die Häßlichkeit ihres Lebens mit ihr identifizieren, konnte man sie ihr anlasten? Er dachte, ob sie wohl die gleichen Anblicke hatte, einen nach dem anderen, wenn sie im Bus inmitten eines Haufens müder, hilfloser Leute hin- und zurückfuhr.

Durch Zufall war er in das Leben solcher Menschen wie seiner Schüler hineingeraten. Er hatte an der Wayne State Universität studiert, um in Soziologie einen höheren Grad zu erwerben, er hatte erst Geschichte studiert, war dann aber umgestiegen, weil er allmählich verzweifelt ungeduldig wurde mit all den Toten, die so beflissen Kontakt mit dem Leben, mit den Lebenden suchten. Er hatte ziemlich jung geheiratet, er hatte drei kleine Kinder, was ihn mit Staunen erfüllte – und ihretwegen, der Kinder wegen, hatte er sich noch von dem Institut für Neue Sprachen seiner Universität zusätzliche Arbeit geben lassen, würdig und verzweifelt in seinem alten Tweed-Jackett und seinem sauber getrimmten braunen Bart, ein junger Mann, ein Gentleman, einer, der gute Miene zum bösen Spiel macht. Er machte auf seine Vorgesetzten Eindruck, weil er sich nicht leid tat, sondern das Unvermeidliche freundlich hinnahm: kurzum ein Mann, wie sie ihn brauchten. So hatte er sich denn im Büro des Sprachinstituts herumgedrückt und um Arbeit gebeten, um irgendeine Arbeit. Er besaß die nötigen Voraussetzungen, um in irgendeiner trostlosen Dependence oder Gemeinschaftsschule oder einem Junior-College zu unterrichten, weil er vor sechs Jahren seinen Magister in Englisch gemacht hatte, als er noch andere Pläne für sein Leben hegte – an diese »anderen Pläne« versuchte er nicht mehr zu denken. Die Jahre, in denen er Englisch studiert hatte, waren seine trübe Zeit gewesen, deren er sich nicht mehr gern erinnerte.

In diesem Semester nahm er drei Kurse an der Universität: ein

Oberseminar über sozial-psychologische Aspekte der organisatorischen Theorie, ein Seminar über menschliche Umweltsbeziehungen und noch ein weiteres über soziologische Methodik. Er war wissenschaftlicher Assistent bei einem seiner Professoren, einem strengen, vielbeschäftigten Mann und verbrachte so manche Stunde seiner wertvollen Zeit in der Bibliothek über statistischem Material. Er aß sein Lunch zwischen Bücherregalen der Bibliothek. Am Nachmittag rannte er über den Campus, um einen Erwachsenenkurs »Einführung in die Soziologie« abzuhalten, der dreimal wöchentlich von 4.30 bis 5.20 Uhr in einem baufälligen, abrißreifen Gebäude stattfand. Danach rannte er zurück in die Lesenische in seiner Bibliothek und machte sich selber Notizen über seine Vorlesung, kritzelte mit verschiedenfarbigen Tinten – roter, blauer, grüner – auf Karteikarten und schrieb dabei sehr schnell. Jede Farbe bedeutete eine andere Art der Information. Zum Abendessen aß er das, was vom Lunch übriggeblieben war, etwa einen Apfel. Er hatte keine Zeit, hungrig zu sein. Manchmal gab er zwischen 5.30 und 7.00 Uhr einen Groschen dafür aus, seine Frau anzurufen, die anfing, sich zu Hause einsam zu fühlen. Sie redeten schnell, tauschten Neuigkeiten aus. Eines der Kinder war erkältet. Ein Brief von ihrer Mutter war gekommen, sie hatte Angst, ihn aufzumachen. Wie es ihm denn ginge? Wann er denn heute abend heimkäme? Selber gelangweilt und erschöpft, bat ihn seine Frau, manchmal den Tränen nahe, mit ihrer vernünftigen Stimme, er solle sich doch nicht so abhetzen, ach warum waren sie bloß so arm, und er solle sich doch bitte, bitte, kein Geld mehr von Fred borgen, das sei eine Schande, und sie könne es nicht ertragen ... warum nur war das Leben ein solcher Pfusch? Unter seelischem Druck bekam ihre Stimme einen eigensinnigen, melodiösen Ton; er konnte sich vorstellen, daß ihr Gesicht sich rötete.

Er liebte das Leben, er lebte gern. Aber Pfusch war es bestimmt. Es war so verklemmt, unterdrückt, unmöglich. Dienstags und donnerstags mußte er zu diesem Junioren-College fahren, das in einer Oberschule untergebracht war, durch einen öden Verhau traurig blickender Gebäude; wenn sein Wagen versagte, wie das häufig vorkam, mußte er selber den Bus nehmen. Im Bus konnte er wenigstens seinen Unterricht vorbereiten und schob es immer auf, bis er es im Bus in fieberhafter Eile tat. Man zahlte ihm 250 Dollar pro Semester für diesen Kurs. »Was ist an diesem Satz falsch? Kann mir jemand erklären, was an diesem Satz falsch ist?« fragte er seine hohläugigen Hausfrauen und Lastwagenfahrer und blickte ihnen in ihre runzligen, ehrlichen Gesichter, während sie sich mit hektographierten Übungsblättern herumschlugen, die er sich in letzter Minute von jemand aus der Englisch-Abteilung geborgt hatte. Seine Schüler hingen an diesen hektographierten Übungsblättern, als würde darin alles erklärt, was verkehrt war, als seien sie die Deutung für den ungeheuerlichen, grundlegenden Irrtum des Universums. Maureen Wendall war unter ihnen, sie wartete. Würde ihr jetzt alles erklärt werden? War die Offenbarung nahe?

Er fand ihren Glauben an Gott rührend. Er war selber Christ, ohne darin zu weit zu gehen. Er ging bei keiner seiner Überzeugungen zu weit.

Als er an diesem Abend endlich zu Hause eintraf, ging er sofort ins Schlafzimmer und legte sich hin. Er schien zusammenzubrechen. Seine Frau beugte sich erschrocken über ihn. Er hörte sich murmeln, fast schon weinend: »Ich schaff's nicht. Ich kann dieses Tagespensum nicht durchhalten, dieses Leben bringt mich um. Ich kann nicht mehr so weitermachen . . .«

Er dachte verrückterweise, seine Frau könnte vielleicht alles ändern, indem sie ihm erlaubte, aufzuhören. Sie könnten alle irgendwohin fahren, rund um die Welt, entfliehen. Warum nicht? Doch sie sagte statt dessen, nun nicht mehr so voller Zutrauen, plötzlich voller Angst vor ihm und seiner Schwäche: »Was sollst du denn sonst tun? Was denn sonst?«

Am Morgen war er dann wieder so weit. Er war ein Mann von vierundreißig, der Jahre jünger aussah, vielleicht weil ihm nichts anderes übrigblieb. Er war ständig in Bewegung.

3

Ständig wartete er darauf, daß es geschah – voller Angst, daß etwas geschehen könnte und daß es vielleicht nie geschehen würde. Er hatte keinerlei Vorstellung, was es sein könnte. Er hatte schon früh im Leben angefangen, darauf zu warten. Eine Zeitlang hatte es mit dem Beruf des Geistlichen zu tun gehabt, dann mit der Heirat, jetzt hing es unbestimmt mit dem Geheimnis seiner Träume zusammen, jener beunruhigenden Träume, die zu einem anderen Mann zu gehören schienen und doch die seinigen sein mußten. Am Tag, im Wachen hatte er keine Zeit zu träumen. Er rannte herum, von einem riesigen Beton- und Glasbau zum anderen, kürzte ab, quer über die Rasenflächen des Universitätsgeländes, kam an weißen, asphaltierten Wegen und freien Plätzen mit Bänken vorüber, hatte keine Zeit, etwas wirklich zu sehen; überquerte Straßen bei Rotlicht, wurde vom Novemberregen ohne Schirm überrascht, komisch anzusehen, schrecklich allein zwischen den Tausenden von hastenden Studenten – ein Mann, der trotz aller Eile darauf wartete, daß etwas geschah. Im Hintergrund seines Bewußtseins lauerte das Vorgefühl, daß alles vergebens sei, daß er schließlich doch enttäuscht werden würde, die Ahnung, daß er nichts anderes war, als der mittelmäßige Mann, der zu sein er sich stets bemüht hatte, und daß es sein Schicksal war, mittelmäßig zu sein.

Sein Wagen sprang an. Es war wieder Dienstag abend, ein weiterer Dienstag abend. Er fuhr hinaus nach Highland Park und spürte, wie seine Spannung sich steigerte: nicht die Sorge um seine müde Klasse, sondern Sorge um das Mädchen, dessen Gesicht er sich das ganze Wochenende über verzweifelt versucht hatte, ins Gedächtnis zurückzurufen ... wenn sie diesmal nicht kam? An mehreren Abenden, an denen sie gefehlt hatte, hatte er eine unnatürliche Gereiztheit empfunden – einen nagenden Schmerz, eine Bestürzung. Er war zu sensibel. Seine Frau beklagte sich manchmal darüber, er sei schwach und sein Nettsein sei nur ein Teil seiner Schwäche; er begriff, daß das stimmte. Es stimmte alles. Aber die Tatsache störte ihn, daß dieses Mädchen, hilflos wie sie war, ihr eigenes Leben hatte und ihn nicht wirklich brauchte. Sie war seinem Einfluß entzogen. Auf gewisse Weise hatte sie die Kontrolle über seine Gefühle, und war ihm doch selbst entzogen. Er empfand nicht nur dieses unvernünftige Furchtgefühl im Zusammenhang mit dem Mädchen, sondern witterte Unordnung, Gefahr, die etwas mit dem Raum zu tun hatte, durch den er fahren mußte: die Dritte Avenue hinauf, am Fisher Centrum und dem Ford Hospital vorüber, hinaus in die heillos verstopften Wohnviertel von Detroit. Zu viele Umrisse in seinen Augenwinkeln ... zu viele Gebäude, Tankstellen, radelnde Kinder. Ein Druck von zu vielen Menschen. Druck. Druck auf Augen und Gehirn. Wohin konnte er unterwegs sein in dieser gefahrvollen Landschaft? Es schien ihm nicht gerecht, daß er, der Sohn seines Vaters, für solche Ziele geboren sein sollte. Er sagte zu sich: Ich möchte ... ich würde gern ... aber die Schlußworte fielen ihm nicht ein, er war unfähig, den Gedanken zu Ende zu denken. Er war zu erschöpft dazu, er konnte nicht klar denken. Sein Leben war ein Witz. Die vielzähligen Farben und Formen an seinem Weg waren ein Witz. Trugbilder schwankten vor seinen Augen, wie die ständig bewegten Leinen mit Fähnchen vor Tankstellen. Er fuhr von der einen Frau, seiner Frau, zu einer anderen, die er nicht kannte. Und dennoch hämmerte sein Herz vor Verlangen, sie zu erreichen.

Er war immer ein Mensch gewesen, für den das Abenteuer etwas Reizvolles hatte, die Sehnsucht danach. Sein Kopf steckte voller Filme und Bücher. Er liebte die alleralltäglichsten Dinge, Filme, Fernsehprogramme, Filme in drittklassigen Vorstadtkinos – nicht nur weil sein Leben als Student so völlig vom Intellektuellen und Außergewöhnlichen in Anspruch genommen war, sondern weil er sich körperlich instinktiv zum Banalen hingezogen fühlte. Er war ein intelligenter Mensch, und dennoch vollkommener Durchschnitt und bemüht, Durchschnitt zu bleiben. Er sah durchschnittlich aus. Manchmal empfand er sich als geradezu öde normal, war er zufrieden und doch traurig darüber und hätte den Menschen auf der Straße gern zugerufen: »Ja, ja, das bin ich, aber das ist nicht mein wahres Ich. Schaut nochmal hin, und genauer!«

Wenn nun das Mädchen heute abend nicht kam?

Als er ins Klassenzimmer hastete, bereits fünf Minuten zu spät, war sie nicht da. Nicht gekommen. Er nahm den abgekauten Bleistift, der auf dem Pult liegengeblieben war, in die Hand und untersuchte ihn mit ungewöhnlicher Anteilnahme, dann legte er ihn wieder hin. Alle übrigen waren in der Klasse und warteten. Nein, nicht alle, Hendrix, der Taxichauffeur fehlte. Er räusperte sich. Da trat das Mädchen ins Klassenzimmer, und alles war wieder in Ordnung, alles wurde vollkommen.

Er sprach. Maureen saß da, mit aufgeknöpftem Mantel, sie sah müde aus; er versuchte, nicht zu ihr hinzuschauen. Über ihm flackerte das billige Neonlicht. Schlecht für Augen und Hirn. Die Gegenstände verloren ihre vorgeschriebenen Umrisse bei dieser Beleuchtung und die Substanz ihrer Dimensionen. Er fühlte sich ungewöhnlich und beunruhigend stark. Ein fast schwindelerregendes Machtgefühl. Er redete mechanisch daher, eine wohlbekannte Lektion, er kannte das alles so gut, kannte es seit Jahren; er beherrschte es, er sprach zu ihnen, sprach und übte Macht aus über diese Fremden. Und war doch auf der Hut, wartete. Er unterrichtete gern, er liebte es, wie ihre Augen an ihm hingen, wie sie an seiner Stimme hingen. Er schien sich in das zu verwandeln, was sie sich vorstellten, verlor seine gewohnte schäbige Gestalt im Licht der Neonröhren.

Als die lange Unterrichtsstunde vorbei war, empfand er Freude, aber zugleich das Gefühl eines Verlustes. Dies und seine übergroße Erschöpfung wunderten ihn. Er gab seinen Studenten so viel, selbst den unbeholfensten seiner Studenten, sie dagegen gaben ihm nichts. Tatsächlich nichts. Sein Leben floß dahin, die Tage wurden ihm büschelweise entrissen ... er war fast fünfunddreißig ... Maureen stand auf und knöpfte sich den Mantel zu. Jede Bewegung ihrer Finger war ein heimliches Zeichen, das Bedeutung hatte: Er glaubte so inbrünstig an Zeichen und Symbole. Hatte nicht dieses Mädchen seit Wochen versucht, mit ihm in Verbindung zu treten? Hatte er sie mißverstanden? Hatte er sich alles nur eingebildet? Er mußte sie erreichen, ehe sie verschwand. Er sagte: »Kann ich Sie heute abend nach Hause fahren?«

Sie sah nicht allzu erstaunt aus. Sie freute sich sehr. Sie lächelte und sagte: »Vielen Dank.«

So war denn dies geschehen. Er legte seine Bücher und Papiere zusammen und versenkte sie in seine Aktenmappe. Er hatte dabei keine Ahnung, was er tat. Das meiste waren Requisiten, er brauchte sie gar nicht, meinte aber, daß Studenten Bücher und Papiere auf dem Pult eines Lehrers sehen wollten, es machte einen besseren Eindruck. Unter dem forschenden Blick des Mädchens blickte er an sich herunter und sah, daß er nicht besser angezogen war als seine Studenten. Der gleiche grünrote Schlips, den er neulich angehabt hatte, ein Hemd mit schmalen blauen Streifen, ein langweilig kariertes Jackett, dunkelgraue Hosen, und seine Schuhe waren braun, abgeschabtes Wildleder. Aber es lag Trost darin, daß alles so schlecht zueinander paßte. Es lag eine Art Naivität darin.

Er führte sie in ein Restaurant zum Kaffee. Er fragte sie, ob sie sonst noch etwas wollte, und sie sagte nein, sonst nichts. Er aß ein Stück Kuchen; er war plötzlich hungrig, heißhungrig. Das Mädchen sah ihm beim Essen zu. Sie war sehr schlank, mager. Warum lebte sie allein? Lebte sie wirklich allein? Er versuchte, die Erregung in seinem Inneren im Zaum zu halten. Da waren sie, beide. Maureen in der schwebenden Leichtigkeit eines Vogels, abwartend. Ihr schmales Gesicht war etwas eckig, die Haut durchsichtig.

»Erzählen Sie mir noch mehr über sich«, sagte er. »Wo sind Sie angestellt?«

»Dort ist es nicht besonders.«

»Vorige Woche haben Sie mir erzählt ... daß Ihr Vater ...«

»Da habe ich nur erklären wollen, warum ich so dumm bin.«

»Aber Sie sind doch gar nicht dumm.«

»Ich bin schwer von Begriff. Es fällt mir nicht leicht.«

»Sie haben gesagt, daß Ihr Vater seine Familie verlassen hat.«

Sie errötete leicht. »Ja, er hat uns verlassen.«

»Warum?«

»Um anderweitig zu heiraten.«

»Ist er einfach so ... fort?«

»Er hat uns verlassen. Er hatte genug und hat uns verlassen – so etwas passiert ja fortwährend.«

»Und Ihre Familie?«

»Oh, wir sind durchgekommen. Mama hat es immer fertiggekriegt, uns durchzubekommen, wenn es darauf ankam.«

»Haben Sie Ihren Vater nie wieder gesehen?«

»Doch, doch. Er ist verheiratet. Ich sehe ihn und sie manchmal.«

»Es macht Ihnen nichts aus, sie zu besuchen, nach allem, was er getan hat?«

»Ich hasse ihn nicht oder sowas. Warum sollte ich ihn nicht besuchen?«

»Sie hassen ihn nicht?«

»Nein«, sagte Maureen. Sie lächelte flüchtig. »Er hat sich in eine Frau verliebt und meine Mutter verlassen – er hat gesagt, er kann nicht anders. Er hat versucht, es meinem Bruder und mir zu erklären, wie er sich verliebt hat, aber wir wußten es bereits. Wir wußten es.«

»Sie und Ihr Bruder – Sie haben ihn also nicht gehaßt?«

»Weswegen sollten wir ihn hassen?«

Sie verschränkte die Arme, schüchtern. Die Ärmel ihres gelben Pullovers waren hochgeschoben und gezerrt, die billige Wolle straffgezogen. Es fuhr ihm durch den Kopf, daß ein Mädchen wie dieses, mit dem gleichen hellrosa Lippenstift und dem gleichen Pullover, der Typ Mädchen war, den man oft an abgelegenen Orten tot auffand – es war etwas Schicksalgezeichnetes an dem herzförmigen Medaillon, das sie an einem dünnen Kettchen um den Hals trug. Vielleicht hatte es schon vielen Mädchen gehört und war diesem weitervererbt worden. Er konnte sich Schlagzeilen einer Zeitung vorstellen, widerliche, schundige Fotos in einem Kriminaljournal: hier der Schuppen, in dem man die Leiche fand, hier die Kleidungsstücke, die man 200 Meter weiter fand ...

Maureen sagte gerade: »Ich liebe meinen Vater trotzdem. Er ist in Ordnung. Es war aus zwischen meinem Vater und meiner Mutter, und er war noch jung und hat sich eben in jemand anderes verliebt. Ich kann das verstehen. Ich habe mich selbständig gemacht und mit Abendkursen angefangen. Es war zuerst nicht leicht, mich dazu zu zwingen. Aber ich wollte so gern eine höhere Bildung und eine gute Stellung, wissen Sie, nicht bloß mein Leben lang tippen. Ich möchte etwas aus mir machen. Am ersten Abend habe ich mich überwinden müssen, um in den Kurs zu gehen, aber ich hab es geschafft. Es war Ihr Kurs. Er war wichtig für mein ganzes Leben, er hat mein Leben verändert.«

Er war unfähig, ihr in allem zu folgen, doch den Schluß hörte er. »Wieso hat er Ihr Leben verändert?«

»Sie. Die Art, wie Sie unterrichten.«

»Ich? ... Das freut mich aber. Und jetzt haben Sie auch keine Angst mehr, oder?«

Sie machte eine flatternde Bewegung mit den Fingern, um Mißfallen anzudeuten. »Aber ja, doch. Das kann ich nicht ändern. Ich komme immer so ins Grübeln, wie ich versagen werde und daß alle anderen mehr wissen als ich, oder ich stell mir vor, daß mich einer bis nach Hause verfolgt. Ich wohne allein, und da habe ich Angst.«

»Das tut mir leid.«

»Das kann ich nicht ändern. Ich wüßte auch nicht, wie.«

»Könnten Sie nicht mit jemand zusammenziehen? Mit einem anderen Mädchen?«

»So gut bekannt bin ich mit niemand.«

Sie schlug die Augen nieder, als könnte sie sich sonst seinem Charme nicht entziehen. Wirkte er so stark?

Sie sagte: »Ich sollte Ihnen das eigentlich nicht erzählen, weil Sie sonst meinen, daß ich verrückt bin, aber manchmal ist mir sterbenseinsam ... Ich will aber keinen bei mir haben. Ich glaube, daß sich nie etwas ändern wird, daß mein Leben immer so weitergeht. Ich bilde mir ein, daß vielleicht jemand in der Halle auf mich wartet, wenn ich heimkomme. Es ist verrückt. Wo ich doch weiß, daß es nicht stimmt. Aber mir kommt es so vor, als könne ich nicht weitermachen, wenn ich nicht hoffen darf, daß es einmal besser wird, daß ein neues Leben anfängt. Es muß doch mehr für mich geben, als nur dies, aber ich muß es selber in die Hand nehmen. Ich muß selber dafür sorgen, daß es anders wird.«

Er sah sie an. »Viele Menschen denken so.«

»Sie nicht?« fragte sie schüchtern.

»Manchmal.«

»Aber Sie sind doch verheiratet und haben Familie, nicht wahr?«

»Das ändert nichts daran.«

»Nein?«

»Ich weiß auch im Grunde nichts.«

»Aber doch, bestimmt.«

»Nein, ich nicht. Ich weiß gar nichts«, sagte er mit einem Lächeln.

Er fuhr sie nach Hause. Das Mädchen sagte ängstlich und ohne sich anzulehnen: »Meinen Sie, daß etwas dabei ist, daß Sie mich so heimfahren?«

»Dabei? Wieso?«

»Wenn die anderen Schüler es erfahren.«

»Das erfahren die nicht.«

Sie blickte zu ihm hinüber. Er zwang seinen Mund in ein beruhigendes, freundliches Lächeln, aber er war innerlich aufgewühlt.

Sie parkten vor ihrem Wohnblock. Es war kaum mehr als ein großes, wenig erfreuliches Haus, etwas schäbig. Etwa das, was er sich im Gedanken an sie vorgestellt hatte. »Soll ich Sie hinaufbegleiten?« fragte er. Er hatte Angst, sie würde plötzlich die Wagentür öffnen und fortgehen.

»Das ist nicht nötig.«

»Ich tu es gern.«

»Mir passiert sicher nichts.«

»Gehen Sie mit einem bestimmten Mann aus? Gehen Sie überhaupt mit jemand aus?«

»Nein.«

»Warum nicht?«

»Mir gefällt keiner. Ich kenne keinen.«

»Keinen?«

»In der Art bin ich mit niemand mehr ausgegangen, seit ich sechzehn war. Glauben Sie mir?«

Sie sah ihn von der Seite an; vielleicht hatte sie etwas Sonderbares verraten. Er begriff nicht. »Ich glaube Ihnen. Warum denn nicht?«

»Ich habe Angst.«

»Wovor?«

»Vor Männern.«

Davon war er seltsam gerührt. Er konnte es nicht recht verstehen. »Aber wollen Sie denn nicht heiraten?«

»Nein.«

»Warum nicht?«

»Ich möchte es eben nicht.«

»Aber ist da ... ist da nicht etwas verkehrt? Was ist denn verkehrt?«

»Manchmal glaube ich, ich würde gern sein wie andere Menschen; ich sehe manchmal Männer gern, und ich gehe gern in Lokale und solche Sachen, die man eben tut – aber ich kann es nicht zu Ende bringen. Ich fürchte, den Leuten zu nahe zu kommen, und ich fürchte, daß sie mir wehtun.«

»Warum sollte jemand Ihnen wehtun wollen?«

»Menschen tun einem eben weh. Das kommt vor. Das kommt vor«, sagte sie und warf ihm einen Blick zu.

»Es ist merkwürdig, daß Sie Angst haben. Fürchten Sie sich doch nicht.« Er sprach unruhig und scherzhaft, als wolle er sie necken. Sie sah ihn schweigend an. Er beugte sich zu ihr hinüber und rieb ihre kalten Hände. Es zu tun bedurfte keiner Vorbereitung, keines sonderlichen Mutes. Zwischen ihnen entstand eine plötzliche Erschütterung, eine Atemlosigkeit, die fast schmerzhaft war. Er erinnerte sich daran, wie er seine Frau zum ersten Mal berührt hatte, dachte an seine Hochzeitsnacht, an die Geburt ihres ersten Kindes: Erschütterung, genauso eine Erschütterung. »Lassen Sie mich mit hinauf kommen«, sagte er bittend. »Ich möchte sehen, wo Sie wohnen. Ich werde nicht lange bleiben.«

»Ich –«

»Bitte. Ich tu Ihnen nichts.«

Sie schien sehr verwirrt. Er griff über sie hinweg nach der Tür und öffnete sie. »Geht das?« fragte er.

»Aber ...«

»Schön. Nur ein paar Minuten.«

In der schäbigen Eingangshalle des Hauses hingen zwei Reihen Briefkasten, genau die gleichen wie bei ihm zu Hause. Das freute ihn. Billige Briefkästen aus Messingimitation. Sie waren angelaufen und verbeult, und vorne war eine Öffnung in Form einer Rosette, durch die man sehen konnte, ob Briefe darinlagen. Sein Auge glitt zum Namen *Wendall*, er sah, daß er leer war. Nichts darin.

Oben tastete sie wie im Traum nach ihrem Schlüssel, und er stand neben ihr, innerlich in vollem Aufruhr und dachte *Was wird jetzt geschehen?* Es war gleichzeitig komisch und gar nicht komisch. Er hätte lächeln mögen, aber er lächelte nicht – so auf sich selbst gestellt, immer allein! Wie so etwas belastete! Die Scheu des Mädchens und das fahrig Draufgängerische seines eigenen Körpers lockten ihn immer weiter, er fühlte, er brauchte nicht länger zu denken und zu planen, es war alles bereits entschieden. Das Mädchen schloß die Tür auf und führte ihn hinein. Sie knipste das Licht an und warf einen ängstlichen Blick auf ihn, um zu sehen, ob er das Zimmer häßlich fand ...

»Hier also wohnen Sie«, sagte er.

Er hatte es in jovialem Ton sagen wollen, doch es klang matt und verkrampft. Er setzte sich. Das kleine Zimmer wurde ihm in einzelnen Flecken bewußt: ein braunes Sofa, ein Stuhl, ein billiger Tisch mit polierter Tischplatte, darauf ein paar Tassen und Teller. Sie hatte keinen Besuch erwartet. Der Frühstückstisch? Diente das Zimmer gleichzeitig als Küche? Ja, jetzt sah er einen kleinen Eisschrank in der Ecke, und einen Spültisch ... und dieses Sofa verwandelte sich offenbar nach anstrengenden Zauberkunststücken in ein Bett ... Die Wände des Zimmers waberten und verloren vor seinen Augen die Form ... Er roch Essensgeruch oder Parfum. Noch einmal sagte er unbeholfen: »Hier also wohnen Sie.«

»Ja, hier verbringe ich die Nacht.«

»Und die Wochenenden?«

»Ja, auch die Wochenenden.«

»Ich kann es nicht glauben.«

»Wieso nicht?«

Es schien ihm, als trete ein neuer Mann auf, um seinen Platz einzunehmen, um die Führung zu übernehmen. Jetzt konnte es eine Szene aus einem Zeitungsroman oder einem Film sein. Jawohl, aus einem Film. Er war der Detektiv, der jemanden suchte, und sie war das Mädchen, das sich zwischen ihn und sein Ziel stellte, das Entscheidendes wußte, dieses erschrockene, süße Mädchen im zitronenfarbenen Mantel, mit rosa Lippenstift. Oder er war irgendein Mann, der sich an jemand rächen wollte, ein Mörder, und das Mädchen war die Freundin des Mörders, oder vielleicht seine Schwester; das klang besser. Sie war keusch und erschrocken und konnte niemandem angehören. Oder vielleicht war er auch nur hinter dem Mädchen her, er allein, von sich aus, hatte sie durch die ganze

Stadt verfolgt, in Hotels nach ihr gefragt, in Mietshäusern, in Autobusbahnhöfen, war dabei nach einer eigenen, ausgefallenen Methode vorgegangen, hatte mit allem gerechnet. War ihr gefolgt bis in dieses spezielle Haus, in das Nichts. Es war ein Symbol für das Nichts. Seiner Art nach stand es nirgends, stand im Nichts. Es hatte kein Dasein. Sie begegneten einander auf Punkt X, der an keinem festgelegten Ort des Universums war, und schienen eine Todesangst zu haben, einander zu erkennen ... Er griff ungeschickt nach ihren Händen und warf dabei eine Tasse auf dem Tisch um.

»Nein, bitte, stehen Sie nicht auf«, sagte sie rasch.

Er setzte sich erschrocken nieder.

Im Mantel, im noch immer zugeknöpften Mantel setzte sie sich und sah ihn an. Sie zwang ihn, sich auf diesem Sofa anzulehnen, zu entspannen. Er versuchte, sein Gesicht zu entspannen. Doch er spürte, wie seine Haut prickelte, sich zu winzigen, fürchterlichen Tüpfelchen zusammenzog. Die Augen des Mädchens auf seinem Gesicht verursachten das. Sein Kopf und Körper fühlten sich sehr schwer an, und dennoch rasten seine Gedanken fieberhaft davon. Er begriff, daß er Ehebruch beging und alles aufs Spiel setzte, alles riskierte, was die Summe seines Lebens war. Sich selbst setzte er aufs Spiel. Er näherte sich einer Tat von der Tragweite eines Mordes, die nie wieder ungeschehen zu machen war. Es war eine Tat, die er ohne besonderen Hinblick auf seine Frau beging, an die er sich nicht mehr so recht erinnerte. Es war eine Tat, die in den Armen dieses Mädchens, in den Armen einer Unbekannten begangen werden mußte, und wenn er jetzt nicht abbrach, würde er unaufhörlich mit ihr verbunden sein, sein Leben mit dem ihren, dem Leben einer Fremden. Der Mund war ihm trocken geworden. Er starrte in das blasse Gesicht des Mädchens und an ihrem Mantel herunter auf ihre schlanken Beine; die Strümpfe gaben ihren Beinen einen matten, reizvollen Schimmer, und auf ihre schmalen Schuhe. An diesen Schuhen erkannte er eine schwache Feuchtigkeitslinie. Es rührte ihn – dies und ihre Schweigsamkeit und ihr Kummer und ihre Schönheit, die sie ihm zuwandte und doch vor ihm verbarg, offen und zugleich scheu, ebenso erstaunt, so verblüfft wie er. Sie hielt den Blick unverwandt auf ihn gerichtet, als habe sie sich mit ihrer Angst selbst hypnotisiert.

Nach ein paar Minuten sagte er mit rauher Stimme: »Erzählen Sie mir von sich. Bitte.«

Sie antwortete nicht.

»Sie mögen Männer nicht?«

»Ich kann ... nicht darüber sprechen, ich kann über solche Sachen nicht sprechen.«

»Bitte reden Sie darüber. Reden Sie mit mir ...«

»Ich fürchte mich.«

»Wovor?«

»Was kann ich sagen? Ich bin nicht klug, ich kann mich nicht ausdrücken wie Sie, wie die Menschen, die Sie kennen. Ich habe Angst vor dem Leben und davor, daß es so wirr ist, ich habe Angst ... vor Detroit, aber auch davor, Detroit zu verlassen, weil ich sonst nichts kenne. Mein Onkel Brock war im Krankenhaus, und wir haben alle gedacht, daß er stirbt. Er sah so schlecht aus. Er hat an die vierzig Pfund abgenommen und so schlecht ausgesehen, und wir haben gemeint, daß er stirbt, aber irgendwas ist geschehen, und er ist von dort weggegangen – eines Tages ist er aus dem Bett aufgestanden und hat sich seine Sachen geholt und ist aus eigener Kraft aus dem Krankenhaus weg; er ist weggegangen ... und ... und niemand weiß, wo er hin ist, einfach weg. Die Schwestern und der Arzt und alle waren so überrascht, er ist einfach ... einfach weggegangen, wo er doch im Sterben lag. Ich glaube, er hatte das Krankenhaus einfach satt. Aber so etwas kann ich nicht. Ich weiß nicht, wie. Wie kann ich Detroit verlassen? Mein Onkel Brock lag im Sterben, aber dann hat er sich's überlegt, ist aus dem Krankenhaus weg, einfach weg! Wie hat er das geschafft? Ich wüßte gern, wie er das gemacht hat, wie es war, wie er aufgewacht ist und zu sich gesagt hat, daß er jetzt weggeht, daß er sich seine Kleider geholt hat und zum Lift hinuntergegangen und davon ist, einfach so, und nicht einmal gesagt hat, wohin. Sogar zu meiner Mutter hat er nichts gesagt, zu niemand hat er was gesagt. Er ist fort. Wie macht man sowas? Was ich mir mein Leben lang gewünscht habe, ist – eine bestimmte Person zu sein, jemand Erfolgreiches, Festes und Stabiles«, sagte Maureen stockend, »nicht so etwas, was aus Träumen zusammengesetzt ist. Etwas, das man beiseite wirft. Meine Mutter, die ist so – die scheint hellwach und ist immer irgendwohin unterwegs und immer bereit, tüchtig zu lachen, aber in Wirklichkeit ist ihr Leben Schlaf. Auch meine Tante Connie lebt so. Und all ihre Bekannten, Männer und Frauen, alle schlafen sie, aber ich kann das nicht erklären. Auch mein Vater und mein Stiefvater schlafen, sind Schlafende. Ich möchte Maureen Wendall sein, aber ich möchte auch, daß das etwas bedeutet. Ich möchte wach sein. Aber in meinen schlimmsten Augenblicken weiß ich, daß das Ich, das mir eine bestimmte Person scheint, in Wahrheit gar keine ist, sondern lauter durcheinandergemengte Dinge ..., das, was mir entfallen ist, das, was ich sehe, das, was ich denke. Ich habe keine Macht darüber. Es brodelt und kocht alles, und ich fürchte mich davor.«

Er starrte sie an, so verblüfft, als habe sie ihn geschlagen. Sie sprach stockend, und doch blickten ihre Augen fast grabesernst, magisch, wie narkotisiert. Er hatte noch nie im Leben jemand so reden hören. Er wollte ihre Worte von sich schieben, den schweren, ertrinkenden, intensiven Blick von sich schieben, aber er starrte sie bloß an und brachte kein Wort heraus. Dies war der Irrsinn, den er an ihr gefürchtet hatte, und doch zugleich der Irrsinn, der ihn angezogen hatte; und war doch wieder kein Irrsinn, kein wirklicher Irrsinn. Er begriff ihre Worte, während sie ihn durchdrangen, mühelos.

»Ich will nicht, daß Sie mich für verrückt halten, aber ich kann nicht anders«, sagte sie langsam und sah ihn an. »Ich muß es Ihnen erzählen. Manchmal sitze ich dort am Fenster und schaue in die Sonne. Ich sehe zu, wie sie untergeht. Es dauert scheinbar lange, aber es geschieht jeden Tag, sie vergeht und ist vorbei, und damit gut. Sie kann nicht wiederkommen. Ich habe viel Zeit, zuzusehen wie sie untergeht. Ich habe Zeit zu lesen und lese immer viel, Bücher aus der Bibliothek, Dinge, die Sie beim Unterricht erwähnen. Ich suche darin nach etwas, darum lese ich immer weiter. Ein Mensch, der allein lebt, hat viel Zeit. Die muß er ausfüllen. So schaue ich denn aus dem Fenster. Ich warte immer darauf, dort etwas zu sehen, so wie das Licht, das vergeht ... ich möchte etwas ... etwas Gesetzmäßiges daran sehen.«

»Was?«

»Etwas Gesetzmäßiges. Etwas, das wieder- und wiederkehrt, und das ich begreifen kann.«

Er nickte rasch und hilflos.

»Sie sollten vielleicht jetzt gehen«, sagte sie. Sie strich sich mit der Hand durchs Gesicht, als beunruhige sie sein Blick.

»Gehen? Soll ich? Soll ich jetzt heimgehen?« fragte er.

»Müssen Sie denn nicht heimgehen?«

Er erhob sich. Ihm war, als streife er dicht an der Szene eines furchtbaren Geheimnisses vorüber, ohne das Geheimnis zu erkennen, ohne es berühren zu können.

Er trat zu ihr und schloß sie in die Arme. Schwer atmend, hilflos, umgriff er ihre Schultern und neigte sich über sie. Sie kam ihm so klein vor, fast wie ein Kind. Erregt, aufgewühlt, zog er sie zu sich empor, bis sie auf den Füßen stand.

»Nein, bitte nicht ... nein«, schrie sie.

»Schick mich nicht weg«, sagte er.

»Wenn Sie mich nicht lieben, dann bitte nicht ... ich kann es nicht ertragen ...« Er ließ sie los.

»Sie sollten gehen«, sagte sie. »Bitte. Wenn Sie mich nicht lieben, gehen Sie bitte. Bitte tun Sie mir nicht weh.«

»Verzeihung«, sagte er. Er stolperte rückwärts und tastete nach dem Türknauf. Wo war die Tür? Seine Sinne stürmten vor- und rückwärts, versuchten ihn zu dirigieren. Er wußte nicht mehr, wie es hierzu hatte kommen können, wo er war, wie es kam, daß er sich so heftig zu dem Mädchen hingezogen fühlte. Der Eindruck war bei ihm stürmisch und schwer zugleich, es zerrte ihn zu ihr hin. Er rührte sich nicht. »Soll ich wirklich gehen? Willst du, daß ich gehe?«

Sie schlug die Hände vors Gesicht.

»Ich möchte dich nicht hier alleinlassen«, sagte er.

Sie sagte nichts.

»Warum sollte ich dich verlassen«, sagte er ungestüm. »Schick mich doch nicht weg!«

Maureen wandte sich von ihm ab. Er sah, daß sie erschrocken war, genau wie ein Mädchen in einem Detektivroman, wie ein Mädchen aus dem alleralltäglichsten Traum. Aber sie sagte schrill: »Sie werden mir weh tun. Wenn Sie mich nicht lieben, werden Sie mir weh tun! Und wie soll ich das aushalten? Ich bin zuviel allein gewesen! Ich habe zu sehr Angst gehabt, und jetzt Sie ... Sie machen mir Angst, Sie sind wie alle die anderen, wie kann ich Ihnen trauen, wenn Sie mir weh tun, was wird dann, was wird, wenn ich morgens nicht mehr aufstehen und zur Arbeit fahren kann, weil ich so zerschlagen bin, ein solches Wrack, was wird, wenn Sie mir das antun – was dann? Was bleibt mir dann? Ich habe zehn Jahre lang keinen Mann in meine Nähe gelassen! Zehn Jahre! All das war in einem anderen Leben, an das ich mich nicht einmal mehr erinnern kann! Wenn sie mir nahekommen, fangen Sie mit all dem wieder an und ich ... ich bin nicht stark genug, ich kann es nicht ertragen. Wenn man so leidet, wie ich gelitten habe, dann lernt man nichts daraus, es lehrt einen nichts, es bessert einen nicht, es zerbricht einen bloß, warum wollen Sie mir weh tun?«

»Ich will dir ja nicht weh tun«, sagte er.
»Und doch wollen Sie mir weh tun!«
»Ich will dich lieben ...«
Sie drehte sich nicht zu ihm um. Er kam schweigend zu ihr, legte die Arme um sie und umklammerte sie fest. *Und was geschieht jetzt?* dachte er. Er hatte fürchterliche Angst. Aber er konnte nicht aufhören, und das Mädchen hinderte ihn nicht, und seine Angst nützte ihm nichts, und das überlaute Herzklopfen änderte nichts, mit dem sie ihn von sich wies, mit dem sie ihn an sich zog.

4

Ende Mai ging Maureen ihre Mutter besuchen. Loretta saß mit einer Freundin zusammen; das Fernsehen lief. Diese Freundin, Bridget, begrüßte Maureen mit strahlend-neugierigem Lächeln.
»Je später der Abend, desto schöner die Gäste«, sagte Loretta. »Was machst du denn so? Gibt es etwas Neues?«
Maureen setzte sich auf die Stuhlkante und sah mechanisch auf den Bildschirm. »Einiges«, sagte sie.
»Du siehst gut aus, Maureen«, sagte Bridget.
»Danke schön.«
Auf dem Bildschirm zitterte das Bild einer Menschenmenge, die gelegentlich von einem Polizeikordon verdeckt wurde. Die Polizei hielt die Menge zurück.
»Was ist das denn?«
»Ach, irgendwelche Kerle machen Krawall«, sagte Loretta. »Sie streiken gegen den Krieg.«
»Vor zwanzig Jahren hätte man sie alle miteinander ins Gefängnis gesteckt«, sagte Bridget.
»Ach wo, gehängt hätte man sie«, sagte Loretta zornig.
»Ach, ist es das?« sagte Maureen und blickte auf den Fernsehschirm. »Ich glaube, ich hab einen Geistlichen gesehen.«
»Schatz, was ist mit dir los? Du kommst hereinspaziert und setzt dich hin und erklärst gar nichts – wieviel Wochen ist es denn schon her, seit ich dich gesehn hab, drei, vier? Du siehst hübsch aus. Ist alles in Ordnung? Wie geht's in deiner Stellung?«
»Okay.«
»Wie denkst du denn über den Krieg, Reeny«, fragte Bridget.

»Solche Leute sollten keinen Stunk machen. Und so rummarschieren und die Dinge noch wirrer machen«, sagte Maureen langsam.

»Stimmt genau, die sollten keinen Stunk machen. Wir haben schon Stunk genug«, sagte Bridget.

»Ich seh die Dinge ungern so wirr«, sagte Maureen. Sie fühlte sich träge, aber eine ernsthafte Gewißheit gab ihr Kraft; sie wußte, daß sie recht hatte.

»Guckt mal dort das Kind«, sagte Loretta lachend. »Ist das ein Junge? Mit den vielen Haaren? Wenn's meiner wär, würde ich ihn hinsetzen und die Schere holen. Himmel nochmal!«

»Die sehen wirklich ulkig aus«, sagte Bridget.

Die Nachrichten schalteten um auf einen Mann, der am Schreibtisch saß.

»Ach zum Teufel, schalte das aus. Ich hab's alles schon mittags gesehen«, sagte Loretta.

Maureen beugte sich vornüber und knipste den Apparat aus.

»Und was gibt's für dich Neues, Kind? Du bist doch nicht irgendwie in Schwierigkeiten?«

»Nein«, sagte Maureen und zog eine Grimasse.

»Was denn dann?«

»Ich bin vielleicht nur gekommen, um mich mit dir zu unterhalten«, sagte sie. »Warum nicht? Du brauchst mich nicht so komisch anzusehen.«

»Aber ja, unterhalte mich. Erzähl mir was.«

»Wie geht's Randolph?«

»Hat sich den Knöchel verstaucht.«

»Wann denn?«

»Vor ein paar Wochen. Das dumme Ding heilt nicht. Er rennt immer rum damit. Und Bridget, die ist ganz übel dran, ihr Mann ist wieder frei und treibt sich in der Gegend rum.«

»Oh«, sagte Maureen. Sie sah die Freundin ihrer Mutter höflich an, eine Frau um die fünfzig, grobknochig und freundlich. »Und wie kam das denn?«

»Es ist eine lausige Geschichte. Die haben sich eine spezielle Methode ausgedacht, ach du lieber Gott«, sagte Bridget und rollte die Augen. »Bei der tun sie so, als ob er prima in Ordnung wäre und geheilt und nicht mehr spinnt. Sie haben zu ihm gesagt, daß er zur Bewährung heim darf, oder wie sowas heißt, und ich hab mir die Oberin gekauft und ihr gesagt, daß er spinnt und daß ihm nicht zu trauen ist und daß, wenn er erst anfängt zu saufen, der Teufel los sein wird. ›Soll ich mich den

Rest meines Lebens vor ihm verstecken müssen?‹ hab ich sie gefragt. Da hat sie gesagt, sie hätte ihm eine Stellung verschafft. Na, und nun ist er raus und treibt sich rum. Ich kann mir gar nicht vorstellen, wann er arbeitet, oder ob er schon rausgeflogen ist oder weggeblieben. Er hat zu jemand gesagt, daß er mir den Hals durchschneiden wird. So ist das bei mir zu Hause. Und meine Schwiegermutter, die war auch schon mal da. Die muß jetzt achtzig sein und so helle wie ein Glöckchen. Bei der muß man die Handtasche gut wegschließen, wenn sie kommt.«

»Im Ernst, kommt die denn immer noch? Wie geht's ihr denn?« fragte Loretta.

»Ich glaub gut soweit. Sie kann immer noch weiter.«

»Howards Mutter, die war ein prima altes Mädchen, was, Reeny? Groß und stark und wußte, was sie wollte. Die hat sich keine unverschämten Antworten gefallen lassen, von niemand.«

»Tja, aber diese Alte redet selber nicht. Sitzt einfach rum und schaut einen an. Tja, so ist das bei mir, Reeny. Und wie steht's bei dir, wie ist es denn da, wo du arbeitest?«

»Ich geh dort weg.«

»Warum denn?«

»Ich will heiraten.«

Alle waren still. Dann schrie Loretta auf. »Was? Mein Gott, Reeny! Heiraten? Soll das 'n Witz sein?«

»Nein.«

»Ja, wer ist es denn?«

»Der Mann, der mich im Abendkurs unterrichtet.«

»Mein Gott, ein Lehrer am College? Soll das 'n Witz sein?«

Maureen wandte den Blick gewaltsam vom leeren Fernsehschirm und auf die schmutzigen nackten Füße ihrer Mutter und Bridgets breite gemütliche Füße in indianischen Mokassins. »Warum sagst du das dauernd? Ist es denn so sonderbar, daß jemand mich heiraten möchte?«

»Wirst du tatsächlich heiraten?«

»Ja.«

»Schatz, du bist ein schönes Mädchen, und es ist nicht sonderbar. Aber ich ... ich hab gedacht, du gehst mit keinem. Du hast mir nie ein Wort davon gesagt!«

»Dieser hier ist der erste, der erste Mann.«

»Wie sieht er denn aus?«

»Er ist sehr nett, er ist klug, er liebt mich sehr und möchte mich heiraten.«

»Ist er katholisch?«

»Ja, katholisch.«

Loretta lachte vor Überraschung. Sie warf die Arme um Maureen. »Mein Gott, das hätte ich nicht gedacht! Jesus! Hat mir nie ein Wort davon gesagt und geht einfach mit einem Lehrer vom College! Ich hab eigentlich immer gemeint, du wolltest nicht heiraten, du hättest deine Gründe oder so –«

»Ja, das hab ich auch gedacht«, sagte Bridget fröhlich.

»Aber ich bin wirklich glücklich, es ist eine wirklich gute Nachricht – bloß daß du so heimlich getan hast damit! Warum hast du ihn denn nicht mitgebracht oder so?«

»Weiß nicht.«

»Bring ihn am Sonntag zum Abendessen! Okay?«

»Weiß nicht.«

»Am Sonntag, da mach ich was ganz Feines, und du bringst ihn her. Nur wir drei alleine! Da lernen wir uns dann kennen. Mein Gott, so eine Überraschung!«

»Was ist er denn für ein Landsmann?« fragte Bridget.

»Nichts. Amerikaner.«

»Er ist doch bestimmt kein Polack, oder?« fragte Loretta und stieß Maureen neckisch in die Seite.

»Bestimmt nicht!«

»Und was ist sonst mit ihm los?« fragte Loretta. »Was stimmt nicht?«

»Er ist verheiratet.«

Loretta stand auf. Immer noch lächelnd, immer noch überrascht, starrte sie auf Maureen nieder und schien nicht zu begreifen. »Verheiratet?«

Maureen nickt.

Loretta starrte auf sie herunter. Dann gab sie Maureen plötzlich eine Ohrfeige.

»Mamma!« schrie Maureen auf.

»Ein verheirateter Mann – du und ein verheirateter Mann!«

»Schatz, laß sie zufrieden«, sagte Bridget und sprang auf. »Warum willst du dich mit ihr anlegen? Laß sie zufrieden!«

»Eine Hure ist sie, eine kleine Hure!«

»Das darfst du nicht sagen, du weißt ja nicht, wie's zusammenhängt.«

»Bist du eine Hure oder nicht?« fragte Loretta. Maureen hielt sich die Backe mit der Hand und gab sich Mühe, nicht zu weinen. Loretta sprach mit seltsamer Ironie, schwer und säuerlich und doch nicht ohne Liebe.

»Bist du eine Hure oder nicht?« fragte Loretta.

»Ich hab neulich mit seiner Frau gesprochen. Sie ist zu mir gekommen.« Maureen fing an, lautlos zu weinen. Ihr Gesichtsausdruck war gefaßt, als sei die Frau noch immer anwesend. Sie warf der Mutter zwischendurch immer wieder einen raschen Blick zu. »Sie hat gesagt, ich soll ihn in Ruhe lassen damit, daß er sich scheiden lassen und mich heiraten soll, weil das nicht geht, und deshalb soll ich ihn in Ruhe lassen, und sie hat angefangen zu weinen und von ihren Kindern gesprochen, und da hab ich gemerkt ... da hab ich gemerkt, daß er sie vielleicht mal geliebt hat, aber jetzt nicht mehr liebt, und daß er nichts dafür kann und ich auch nicht. Sie hat mich angeschrien, so eine wohlerzogene Frau wie sie, und hat böse Ausdrücke gebraucht gegen mich, die ihr mittlerweile eingefallen sind. Und da hab ich ihr erklärt, daß ich ihn heiraten werde und daß sie sich wegscheren kann, ob sie nun gebildet ist oder nicht und drei Kinder und zwei Fehlgeburten mit ihm gehabt hat. Ich würde auch Kinder mit ihm haben, und keiner könnte mir das ausreden! Das alles hab ich mich sagen hören und hab gestaunt, aber es war alles wahr, sie hat auch *zu mir* einiges gesagt, über das sie bestimmt gestaunt hat, und das Ende war, daß ich ihr sagte, ich würde ihn niemals aufgeben, niemals, und ich liebte ihn und damit basta und sei in ihn verliebt und würde ihn heiraten, und sie könnte machen, was sie wollte, denn daran würde sie nichts ändern.«

Loretta war starr. »Jesus, das alles hast du gesagt? Du? Zu seiner Frau?«

»Ja, mitten ins Gesicht.«

»Meine sanfte, kleine Maureen?« sagte Loretta ironisch und erstaunt.

»Ich hab die richtigen Worte gefunden. Sie sind mir eben gekommen.«

Es entstand eine Pause.

Loretta setzte sich ganz langsam wieder hin. Sie atmete aus und saß in Habacht-Stellung, den hellen, ironischen Blick auf Maureen gerichtet.

»Na, es hört sich an, als ob du getan hättest, was du mußtest«, sagte Bridget.

»Also ... du heiratest den Mann einer anderen?«

»Ja.«

»Und hast die ganze Zeit gewußt, daß er verheiratet war? Oder?«

»Ja.«

»Von Anfang an?«

»Ja.«

»Aber das hat dich nicht gehindert, wie?«

»Nein.«

»Wann ist die Hochzeit?«

»Wenn die Scheidung perfekt ist.«

»Wie findest du das«, sagte Loretta schelmisch zu Bridget, *»wenn die Scheidung perfekt ist!* Reden sind das, wie? Ich sollte dich zu Vater Burney runterschleppen, mal hören, wie der darüber denkt ... *Wenn die Scheidung perfekt ist!«*

»Die modernen Sachen sind alle so kompliziert«, sagte Bridget.

»Nein, sie ist eine Hure, das ist nichts Modernes, aber sie ist eben eine. Sie hat eine werden wollen und hat es auch geschafft«, sagte Loretta. Sie klatschte in die Hände und rieb sie sich dann kräftig. »Soso. Da bist du ja völlig entschlossen. *Wenn die Scheidung perfekt ist* ... Und wieviel Kinder haben die, hast du nicht gesagt, drei?«

»Ja. Drei.«

»Was wird aus denen?«

»Woher soll ich wissen, was aus denen wird?«

»Die bleiben bei der Mutter, was? Er zahlt für die Kinder?«

»Ja.«

»Wird dir das nichts ausmachen? Kindergeld und Unterhalt?«

»Nein.«

»Na, du hast dir ja alles schon prima herausklamüsert. Wie schaffst du das bloß?«

Maureen wischte sich die Tränen ab. Sie sagte: »Sonst weiß ich nichts, worüber wir heute miteinander reden müßten. Ich wollte dir das bloß sagen.«

»Du meinst also nicht, daß du eine Hure bist.«

»Jetzt nicht.«

»Was soll das heißen? Jetzt nicht? Bist du auch so ein Neunmalklug?«

Maureen blickte ihre Mutter schüchtern an. Sie hatte ein bißchen Angst vor dem, was sie vielleicht sehen würde, aber Lorettas Gesicht war gerötet, entrüstet und zugleich beruhigend – es bestand doch noch eine Verbindung zwischen ihnen. Maureen stand auf. »Also dann, danke schön«, sagte sie.

»Danke schön wofür? Bist du schon wieder naseweis?«

»Ich bin nie naseweis gewesen. Das war jemand anders, Betty oder Jules«, sagte Maureen.

»Ach du lieber Gott, sprich mir bloß von denen nicht!«
»Aber ich nie. Nicht ich, Maureen! Ich war ganz anders.«
Loretta schnaubte verächtlich. Bridget ging verlegen mit Maureen bis zur Treppe. »Du bist ein so hübsches Mädel geworden, wirklich hübsch«, sagte sie, weil sie Lorettas Aufgebrachtheit nicht verstand, und sie ihr peinlich war. »Mach dir wegen deiner Mutter keine Sorgen. Die lenkt schon wieder ein. Du hast sie bloß irgendwie überrumpelt, das ist alles. Sie will nicht, daß du die gleichen Fehler machst, wie sie. Verstehst du? Aber sie liebt dich sehr. Hab ich recht?«
»Ich weiß«, sagte Maureen. »Ich hab sie auch sehr lieb.«

5

Eines Nachmittags im Juni 1967 erblickte ein junger Mann sein Spiegelbild im Schaufenster eines ausgeräumten Geschäfts – er dachte einen Augenblick lang, er sähe einen Fremden, einen möglichen Feind, dann erst erkannte er sich. Er ging langsam weiter. Er ging immer langsam. Dort, wo er herkam, gab es ein Zimmer in einem Haus, einen Block weiter, aber das Zimmer und das Haus waren ihm bereits aus dem Gedächtnis entschwunden; er war unterwegs in ein Kino auf der Woodward Avenue, das jeden Mittwoch das Programm wechselte, aber dieses Kino war ihm noch nicht eingefallen. Alles war in angenehmer, fließender Erwartung. An der Ecke war ein Revco Drugstore, ein billiger, kleiner dunkler Laden, ein paar Negerjungen überquerten vor ihm die Straße, eine lärmende Horde ... zwei weiße Mädchen mit langen Haaren kamen an ihn herangeschlichen, sie trugen Hosen. Er ließ alles vor seinen Augen verschwimmen, und die Mädchen glitten ihm aus dem Blick, als ob sie ihn neckten, ihre langen dunklen Haare leuchteten in der Sonne, und ihre gestikulierenden Hände, die eine musikalische Sprache deutlich machten, wollten ihm gerade ein Geheimnis mitteilen, waren darauf aus, seine Aufmerksamkeit zu erregen. Doch er konnte sie nicht wieder klar vor die Augen zurückholen. Er ging an ihnen vorbei, ohne Interesse. In genau dem Moment, in dem seine Augen in ihre Gesichter wanderten, sie in sich aufnehmen und werten und rasches Erkennen hätten zeigen sollen, hatte er sie vergessen und ging weiter.
Das Pflaster war heiß. Erst Mitte Juni, und schon hatte die

Luft einen verbrauchten, schalen Geschmack. Er hatte also einen weiteren Sommer überlebt, er würde auch noch einen überleben. Vorigen Herbst war er beinahe gestorben, war in die Unfallstation eines Krankenhauses eingeliefert worden, Blut war aus ihm gesickert, aber er war nicht gestorben, er hatte überlebt, einen weiteren Sommer lang. Er dachte an den Sommer als an etwas, das nie endete, obwohl er eben erst angefangen hatte. Hatte er eben erst angefangen? Er konnte sich an frühere Sommer nicht richtig erinnern, und doch kam ihm dieser endlos vor. Die Energie eines Jungen auf einem Motorrad, der vorüberraste, ließ Jules zurückfahren – Lärm! Energie! Das Aufblitzen von Licht auf Chrom. So jung war er nie gewesen.

Viele Monate lang hatte er einen zurechtgeflickten, zugestopften, vielleicht sogar mit blutigen Wattebäuschen ausgestopften Körper bewohnt. Man hatte ihn wieder gebrauchsfähig hingekriegt. Doch deswegen dankbar sein? Mußte er dankbar sein? Seine Gedanken verschwammen. Er hatte sich – in irgendeinem Körper – überdauert. Er war ein Gewicht geworden, Jules, ein Objekt, das einen unpräzisen Schatten vor sich her warf, aber keinen Raum einnahm . . . jedenfalls nicht viel Raum. Vor ihm ging ein alter Mann, vielleicht auch eine alte Frau . . . in Hosen, grauhaarig, ruppig, schäbig, schlafwandelnd, und warf einen Schatten aufs Pflaster. Er heftete seine Augen auf diesen Umriß. Die Beine bewegten sich, als hätte fünfzig-sechzigjährige Übung es ihnen leichtgemacht, eine Form von einem bestimmten Gewicht und mit einer bestimmten Wasserverdrängung, sollte sie jemals ins Wasser stürzen. Das Gehen als Gewohnheit . . . Leben als Gewohnheit, mechanisch. Formen! Gewichte! Jules empfand sie als irritierende Fremdkörper in den Augäpfeln. Ein Druck auf die Augen wie der Druck der großen, kalten Maschine, die sie ihm an die Augen herangerollt hatten, um im Inneren etwas abzulesen.

Was hatten die Ärzte abgelesen, als sie durch seine blutigen Augen bis in sein Gehirn geblickt hatten?

Am billigen Drugstore kam er täglich vorbei. Jetzt fiel es ihm ein. Das Geschäft hatte eine Fassade, die Fröhlichkeit vortäuschte, sauber und blitzblank. Drinnen war eine Gruppe Menschen, Neger und Weiße. Und jeden Tag steuerte er entweder nach links daran vorbei, und kam dadurch zu dem stinkenden griechischen Laden und zu den drei Läden in dem ausgebrannten Wohnblock, von denen einer offenbar eine Wäscherei war; oder aber er schlenderte nach rechts und kam dann an einem großen Wohngebäude vorbei, in dem Studenten der Wayne State Universität wohnten, es war eng und laut dort, und rundherum war ein Chaos von Mülltonnen und Pappschachteln, die von der städtischen Müllabfuhr nicht abgeholt wurden. Er kam an Craters Ausschank vorbei, in dem die Studenten aus- und eingingen, schon am Rande studentischen Lebens, fast schon zu seiner Art Leben gehörig, ja, fast am Rande des Lebens schlechthin. Noch ein paar ausgebrannte Ruinen, unerklärliche Plakate: *Wählt ... Wählt ... Wählt.* Wählt, um euer Leben zu ändern, dachte Jules. Einen der Kandidaten hatte man entstellt, ihm das Gesicht geraubt, seine Augen waren mit Tinte ausgelöscht, die Zähne mit Tinte. Ihm mußte der Himmel aussehen wie aus einer fauligen Frucht heraus betrachtet. Ein paar Negerjungen amüsierten sich ... in gelb und lila ... einer davon tanzte, schnalzte mit den Fingern und sang mit belegter, ängstlicher Stimme

Sag mir, wo du hingehst,
denn ich muß es wissen ...

Ein Gedanke kam Jules, ganz schwach: niemand fragte ihn, wo er hinging, niemand mußte es wissen, niemand hatte das geringste Interesse daran.

Er, er war ein Mensch im Inneren einer fauligen Frucht, sie geriet ihm immer wieder in den Mund. Der Himmel hatte eine orangebraune Schattierung wie eine überreife Melone, etwas unverwechselbar Fauliges. Die Stimme des Negerjungen klang weich, faulig, bröcklig, moderig, belegt und weibisch. Lieber nicht hinhören. Jules ging weiter. Er war nun das unsichtbare Kind, als das er sich vor Jahren gesehen hatte. Er war nun wirklich unsichtbar geworden. In seinen leicht abgetragenen, angeschmuddelten Sachen war er für niemand mehr ein Gegenstand des Neides, sein gemächlicher, aber nicht träger Gang mit dem leichten Nachziehen der einen Ferse deutete auf inneren Aufruhr: Vielleicht hatte er Rauschgift genommen und konnte gefährlich werden, das hielt die Menschen von ihm fern und zog ihm nur die Blicke leichtfertiger Mädchen zu. Sein Gesicht war weder schwachsinnig noch schlau, es enthielt nichts, versprach nichts, seine Augen blickten starr, trübe und ohne Licht. Eindrücke fluteten durch ihn hindurch. Nichts blieb hängen. Er war vor der eigenen Vergangenheit sicher, hatte seine Vergangenheit abgestoßen wie der Onkel, der aus dem Krankenhaus entwichen und verschwunden war. Auch Jules war verschwunden.

Einen leeren Raum mitten in dieser Stadt sein eigen nennen, ihn für sich zu haben, ohne egoistisch zu sein, das war Jules' Wunsch geworden. Es wäre schön, den Rest des Lebens tagtäglich so loszuwandern, ohne Eile, aber auch nicht wirklich müßig, mit einem Ziel. Seine Füße wurden vorwärts gezogen. Die Verheißung eines dunklen Kinos, ein paar Stunden Film. Auf dem großen Supermarkt sich etwas zum Essen kaufen oder auch nicht. Essen oder auch nicht. Wenn er in den Supermarkt ging, schlenderte er langsam darin herum wie in einem Park, durch die Gänge, sah die sauber verpackten Lebensmittel, die Dosenstapel, Dosen mit bunten Etiketten: Der Gedanke freute ihn, daß er nichts brauchte. Vorn im Verkaufsraum lehnte ein schwarzer Polizist am schmierigen Kassenschalter und eine sarkastisch-freundliche Gelassenheit verband ihn mit Jules. Die Pistole des Polizisten steckte im Halfter und die Bereitschaftstasche war zugeknipst. Der Polizist, ein junger Mann mit Schnurrbart, blickte zu Jules hinüber, wie man Männern nachblickt, die allein herumwandern, aber Jules' Schritt flößte ihm Vertrauen ein, beruhigte ihn. In diesem Stadtteil waren Weiße verdächtiger als Neger. Was wollte denn der hier? Hier? Lebte der freiwillig *hier?*

Jules überquerte die Straße. Ein verfallenes Gebäude war das Hauptquartier der Studentenrevolution gegen den Vietnamkrieg. Zornige weiße Aufschriften. Davor ein paar herumlungernde Jungen. Gehörten sie zur Studentenrevolution oder hatten sie bloß nichts zu tun? Ihre Augen waren glasig und neugierig, richteten sich fest auf Jules, wie auf etwas Unerklärliches, und ließen ihn dann wieder frei. Vor ein paar Tagen war in ihrer Eingangshalle einer ihrer Leute umgebracht worden, erschossen, ein Organisator. Ein wütender Taxichauffeur war hineingelaufen und hatte ihn in die Brust geschossen. Tot. Der Taxichauffeur hatte den Reportern erzählt, daß er einen Sohn in Vietnam habe und stolz darauf sei.

Eines der Mädchen rief etwas, vielleicht galt es Jules. Teile eines Schlagers. Diese Mädchen sangen immer, trällerten immer vor sich hin. Jules sah sich nicht um. Doch, er sah sich um. Das Mädchen war barfuß, und er schaute nur auf ihren Fuß, auf einen roten Plastikring an ihrem kleinen Zeh. Sie sagte etwas, aber er reagierte nicht. Er hörte sie in Wahrheit gar nicht. Ihre Stimme trieb musikalisch durch die Luft dahin, ohne Gewicht; es schien ihm keine Menschenstimme zu sein. Nur ein Klang.

Über ihm war ein Schild angebracht: *He, Freundchen, nun*

lächle deinem Bruder mal zu und fang an, deinen Nächsten zu lieben, aber sofort!

Polizei in einem Streifenwagen in der Nähe. Sie wartete. Jules versuchte nicht hinzusehen. Sie verursachten ihm einen gewissen Druck in den Augen, ihre Gestalten, ihr Gewicht. Die Buchstaben *Polizei* tanzten weiß vor seinen Augen. Jemand schaute ihn an. Jules konnte nicht widerstehen: Er drehte sich um und sah zurück – tauschte einen leeren, kalten Blick, einen erstaunten Blick mit einem Polizisten. Das Gesicht des Mannes hatte etwas Wuchtiges und Massiges, etwas Gedankenvolles, das Jules unbehaglich war. Stirnglatze, breit. Dort, an der Stelle, wo Jules früher Unbehagen empfunden hätte, regte sich ein dumpfes Staunen; es war nicht direkt ein Gefühl. Er lächelte. Der Polizist reagierte nicht. Ein anderer Polizist drehte sich um, als wittere er Gefahr und beobachtete Jules beim Vorübergehen. Als er ihnen den Rücken kehrte, fühlte er sich verwundbarer.

Mitten auf der Straße merkte er, daß ihn jemand am Arm griff. Keiner von den Polizisten jedoch, jemand anders. Ein junger Mann. »Mensch, Jules, ich hab mir doch gedacht, daß du es bist! Hast du nicht gehört, wie ich dich gerufen hab?« Dieses Gesicht grinste und war erregt. Zu herzlich. Jules blieb nur ungern stehen, kam aber nicht los. Er sagte etwas. Die beiden überquerten die Straße gemeinsam. Der junge Mann redete. Jules empfand eine dumpfe Unruhe. Er wollte nicht, daß Leute *Jules!* riefen. Hatte er seinen Namen so freigiebig verteilt? Er spürte ein Gewicht neben sich, das Gewicht dieses jungen Mannes, der Mort hieß. Geschäftig und charmant, dieser Mort, seine Hände bewegten sich beim Reden im Zickzack.

»Du rennst rum wie unter Drogen, aber *high* bist du nicht!« Er griff Jules spielerisch in den Nacken. »Du antwortest einfach nicht, wenn man dich ruft!«

Jules stieß ihn zurück. »Ich hab es eilig.«

»Aber ... aber ich muß mit dir reden«, sagte Mort gekränkt. »Wir wollen mit dir reden, ein paar von meinen Freunden, Freunden von Marcia. Ich hab dich gestern auf der Straße gesehen, wie du die Cass rauf bist, aber dann warst du verschwunden. Bist du in einen Laden gegangen oder was?«

»Weiß ich nicht mehr.«

»Wohin hast du's denn so eilig?«

Jules sagte nichts.

»Mein lieber Freund«, sagte Mort und neigte sich ihm freimütig zu, »in Wirklichkeit ist es so, daß du nirgends hinmußt, genau wie ich, und genau das ist es, was wir ändern wollen, wir alle – daß wir nirgends hingehören. Ach, ich meine ja nicht Liebe und sowas, verliebt sind wir alle mehr oder weniger. Ich glaube, sogar du hast eine Freundin und bist ›verliebt‹. Ich meine etwas Dauerhaftes, etwas Transzendentes –«

»Faß mich nicht an«, sagte Jules.

»Verzeihung. Es kam mir so«, sagte Mort. Er hatte eine olivfarbene Haut und war unter all seiner Energie kränklich; er versuchte Jules anzulächeln. Wie sie so gingen, kam sein geschwungener Arm dem Arm von Jules ganz nah. Ein Jucken. Ein Reiz. Die Berührung durch andere Menschen, der unvermutete Anblick von Zähnen in ihrem Lächeln, von angefaulten, schlechten Zähnen . . .

Mort redete. Er redete über den Anteil der schwarzen Bevölkerung. Über die Afro-Kommune. Über das Diskutieren brennender Fragen, daß er aus einer Zusammenkunft der STUDENTEN FÜR DEN FRIEDEN weggegangen war. Von der UUAP. Was war die UUAP? Mort sagte mit ruhiger, ernsthafter Stimme: »Es ist so gut wie sicher, daß es dieses Wochenende losgeht. Ich hab's von Coleman selber, der ist Präsident, du weißt schon, von der UUAP, und wenn es soweit ist, sind wir bereit; wir haben bestimmte Pläne, ich hab bloß eine irre Angst, daß uns die Sache über den Kopf wächst, und er, er scheint sich über das Ausmaß . . . möglicher Schäden nicht im klaren zu sein. Irgendwie kriegen wir es nicht hin, uns zu organisieren. Die Leute kommen und gehen wieder. Wieviel Erfahrungen hat unsereiner schon? Sie haben Angst. Was wissen wir über Straßenkämpfe?«

Jules sah ihn an.

»Was ist?«

»Wie meinst du das . . . Straßenkämpfe?«

»Wenn der Aufstand losbricht, werden wir die Stadt zum Stillstand bringen. Aber ich mach mir dauernd Sorgen. Nachts kann ich nicht mehr schlafen, ich nehm Schlafmittel, aber die nützen nichts, ich denke doch immer weiter darüber nach, was passiert, wenn uns die Geschichte aus den Händen gleitet . . .«

»Was für ein Aufstand?« fragte Jules.

»Der Aufstand ist für dieses Wochenende angesetzt, so gut wie sicher. Sonnabend abend. Außer wenn es gießt oder so.«

»Der Aufstand?«

»Na ja, der Aufstand, du weißt doch . . .«

Jules lachte. »Es wird keinen Aufstand geben«, sagte er. Sie standen vor einem Antiquitätengeschäft, einem Trödlerladen, und die stillen, verstaubten Möbel hinter der verstaubten Scheibe zeigten, wie richtig seine Worte waren. Wie konnte irgend etwas auf dieser Welt geschehen? Wie konnte jemals etwas in Bewegung kommen? Alles blieb sich stets gleich, wurde niedergehalten. Mort war ein Objekt von gewissem Gewicht. Er hatte ein Gesicht, ja ein Gesicht von den üblichen Proportionen, stumpfe, olivfarbene Haut, unzufrieden und aufgeregt, einen kurzgehaltenen schwarzen Bart, der ihm Umriß gab, es festlegte. Die Straße kam Jules sehr flach und offen vor, und doch konnte sich nichts darauf ohne große Anstrengung bewegen.

»Jules, komm mit, wir müssen über das alles mal reden! Ich hab dir soviel zu sagen, und einige Freunde von mir wollen auch mit dir reden – wo hältst du dich auf? Marcia sagt, daß du manchmal vorbeikämst, daß sie aber nie wüßte, wann du zu erwarten wärst. Ist sie jetzt bei der Arbeit?«

»Ja, bei der Arbeit.«

»Sie ist eine wundervolle Frau. Du hast einen Mordsdusel, aber ich möchte dich nicht beleidigen . . . ich beleidige die Leute immer mit meinem Mundwerk. Komm mit, Jules!«

Jules zögerte. Dann sagte er: »Kann ich mir von dir zwanzig Dollar borgen?«

»Zwanzig? Wieso brauchst du denn so viel?«

»Zwanzig Dollar.«

»Aber ich hab dir doch erst vorige Woche fünfzig geliehen? Warst du das oder jemand anderes?« Er sah ehrlich verblüfft aus, als könne er sich nicht erinnern.

»Davon weiß ich nichts mehr«, sagte Jules.

»Na ja, wenn du sie wirklich brauchst. Ich hab heute früh meinen Scheck kassiert, und da . . .« Verlegen nahm er seine Brieftasche heraus und zählte zwanzig Dollar für Jules ab.

Jules nahm und faltete sie zusammen und steckte sie in die Tasche. Seine Brieftasche war seit einiger Zeit unauffindbar, vermutlich gestohlen.

Sie gingen weiter, Mort führte. »Ich bewundere dich und ich bewundere Marcia – nicht daß ich einen von euch kenne, bestimmt nicht –, aber ich möchte, daß wir uns zusammentun und miteinander reden, damit wir einander helfen. Wir würden dir alle so gern helfen. Und ich glaube, du würdest uns auch gern helfen, du weißt Dinge, die wir wissen sollten. Wir müssen miteinander reden! Es organisieren! Die Zeit für diese Stadt geht zu Ende, und wenn wir die Sache nicht in die Hand nehmen, dann werden andere es tun. Die Afros haben sich abgespalten – sie wollen keinen Meinungsaustausch mit Ausnahme ihres Präsidenten, der ein sehr intelligenter junger Mann ist, aber emotional. Die übrigen sind auch alle emotional, wir müssen die Dinge ordnen, organisieren, einteilen ...«

Jules dachte an Marcia. Er besuchte sie gelegentlich; es kam ihm überraschend, ihrer beider Namen miteinander genannt zu hören. Warum hatte Mort ihre Namen gemeinsam genannt? Als er an Marcia dachte, fiel ihm Faye ein ... kalt und silbrig, eine Blondine, deren Gesicht er vorigen April auf der Gesellschaftsseite der Zeitung gesehen hatte ... Faye, die sich in die Gattin eines Menschen in Bloomfield Hills verwandelt hatte, wie sie vorm Meadowbrook Theater mit ihrem Mann und einem anderen Paar ausstieg ... Sie war als Gesicht in der Zeitung gelandet und war doch nicht weniger wirklich als Marcia ... Marcia, die kennenzulernen er nie Zeit haben würde, hatte etwas von Faye, etwas gereizt Distanziertes, selbstbewußt Blondes – unfaßbar.

Mort redete jetzt temperamentvoll, sein Ellbogen stieß an Jules' Arm. »Die Hölle wird losbrechen«, rief er. Lastende Schwere. Was konnte schon losbrechen aus dieser Schwere? Die Temperatur stieg auf 35 Grad. Hoher Feuchtigkeitsgehalt, dick. Solche Schwere, so flau, so backwarm, bedrückend Lastendes, als löse sich sogar die Seele der Straße in Dampf auf, verlöre alle Kraft, verschwände. Wie konnte man in solchem Dunst Schwarz und Weiß auseinanderhalten?

»Alles wird entzweibrechen, aufbrechen! Es gehört aufgebrochen und entsteint, der Stein rausgespuckt! Warum soll alles festgefahren bleiben? Wir sind auf der Achterbahn, der Wagen schüttert. Ein wenig Wind ist alles, was wir brauchen. Jules – wie heißt du übrigens mit Nachnamen? Hast du ihn schon mal erwähnt?«

»Nein.«

»Jules, ich möchte dich kennenlernen, weich mir nicht aus. Schau, ich weiß ja, ich rede zuviel, aber ich bin bloß Amateur, ich bin einer, der nicht weit herumgekommen ist, ein faules Schwein, aber ich habe Hoffnung, habe Träume – für uns alle, schwarz und weiß, für die Kinder von Vietnam, für die Vietnamesen – ich habe diese Träume, und ich kann nachts nicht schlafen, weil ich immer dran denken muß, was passieren könnte, wenn wir nur dafür sorgten, daß es passiert! Ich möchte nicht mein Leben damit hinbringen, über die Runden zu kommen – Geld von einer Uni, Geld von der Regierung, so lala durchkommen –, ich meine, ich möchte nicht über mich nachdenken, während alles rings um mich verfault und zum Teufel geht. Ich möchte das alles loswerden, wie man eine Schlangenhaut abstreift. Ich möchte diese Stadt wirklich niederbrennen sehen und neu aufbauen. Jesus, ich kann's kaum erwarten.« Er hielt inne, atmete hastig. »Jules, warst du schon mal *high?* Du hast mal gesagt, daß du noch nie *high* warst.«

»Nein, nie.«

»Vielleicht ist das verkehrt bei dir. Du befreist dich nie von dir selber. Gehst nie auf einen Trip, siehst nie die Dinge neu – die Gegend verändert sich so schnell, wie wenn man mit den Fingern schnalzt! Wie kannst du leben, ohne dann und wann von dir selber frei zu werden?«

»Ich bin immer frei«, sagte Jules. Seine Stimme klang hohl, widerhallte in etwas Hohlem. Er hatte erneut die Vorstellung, eine riesenhafte, faulige Frucht zu bewohnen – die Fäulnis einzuatmen, schon eine aufgeweichte Haut davon zu haben ... einen Hohlraum im Verwesenden, ausgehöhlt, braun.

Während Mort sprach, kam der Polizeistreifenwagen vorbei, aber Mort merkte es nicht. Sie betraten eine Bar an der Canfield. Der Fäulnisgeruch war hier dichter, düsterer. Mort stellte Jules mehreren Leuten vor, drei Männern und einer jungen Frau. Die Frau rutschte auf der Bank, um Jules Platz zu machen. »Jules, was möchtest du? Bier? Bitte bestell dir doch was, trink doch mit uns«, bat Mort.

Jules schüttelte den Kopf. Nein. Nichts. Trinken bekam ihm nicht. Jeder Verlust der Kontrolle, selbst ein sekundenlanger Verlust des Gleichgewichts brachte ihn aus der Fassung. Dann fiel ihm das Geräusch eines knallenden Schusses nahe an seinem Kopf ein, ein Echo in seinem Kopf. Dann fiel ihm ein, wie er zu Boden gestürzt war. Er sagte nein. Mort setzte sich abrupt und linkisch hin. »Du traust uns nicht. Du willst nicht mit uns trinken, weil du uns nicht traust! Jules, ich weiß ja, daß wir dir sehr anders vorkommen, aber wir sind doch alle deine Brüder –«

Jules hieß Mort mit einer Handbewegung schweigen.

Mort lachte. »Naja«, sagte er zu seinen Freunden, »das gewisse Unterdrückte hat er ja. Ich meine nicht verprügelt oder ungesund oder häßlich oder so etwas – ich würde im Gegenteil sagen, daß er soweit ein schöner Mann ist, so einfach ist das nicht, aber er sieht aus, als sei er für immer aus der Sonne geraten, ein Kind der Depression –«

»Quatsch, so alt ist er nicht«, sagte die Frau wegwerfend.

Sie trug Hosen und ein betont männliches Hemd, hatte runde Schultern, war aber nicht ohne Reiz. Jules erinnerte sich, daß sie Lehrerin an der Wayne war. Er hatte sie bei jemandem in der Wohnung kennengelernt. »Ich würde meinen, er ist noch keine fünfunddreißig. Sind Sie schon fünfunddreißig, Jules?«

»Nein, noch nicht.«

»Dann sind Sie auch kein Kind der Depression.«

»Nicht unbedingt der *historischen Depression*«, sagte Mort. »Ich meine eine andere, die ständige Depression der Seele.«

Die Frau schnaubte. Jules zündete sich eine Zigarette an und konzentrierte sich auf den Geschmack des Rauches in seinem Inneren. Drang er wirklich in seine Lungen, zeichnete den Umriß seiner fleischig-blutigen, schwachen Lungen nach? Die Teile seines Körpers ließen sich nachzeichnen ... röntgen ... photographieren, übelriechend. Er konnte sich nicht damit abgeben, die Teile in Zusammenhang zu bringen, mochten sie miteinander atmen, pulsieren. Manchmal bereitete sein Körper ihm Lust, aber das hielt nicht an, das Erinnerungsvermögen des Körpers war sehr geheimnisvoll. Was war die körperliche Lust anderes als ein Geheimnis? Man konnte sie nicht einmal photographieren, wie das an- und abschwellende Herz. Früher einmal war er ein Springquell gewesen, ein glitzernder Springquell, und das Sonnenlicht hatte sich schön in einem polierten Boden gebrochen ... doch jetzt war selbst die Erinnerung an diese Freude unbegreiflich.

»Dieses Gesellschaftssystem hat dir offensichtlich übel mitgespielt, wir brauchen dabei nicht ins Detail zu gehen«, sagte Mort brüsk, etwas geängstigt durch Jules' Blick, »aber wir anderen ... wir anderen haben, offengestanden, mehr auf der Sonnenseite des Lebens gelebt ...«

»Verdammter Quatsch! Schließ nicht von dir auf andere ...«, sagte jemand.

Erinnerungen an Freuden nützten nichts. Erinnerungen des Körpers nützten nichts, weil sie nirgends ansässig waren, nicht einmal im Fleisch. Die Fotos der Teile von Jules' Körper würden, wenn man sie zusammenlegte, einen Körper ergeben, aber nicht Jules. Man saß besser in einer halbdunklen, stinkigen Bar und tat so, als höre man diesen Leuten zu. Ungepflegten, ernsthaften Leuten. Worte befeuerten sie. Das Fleisch spannte sich über ihren Adamsäpfeln, so dringend war ihr Anliegen. Worte schienen sie aus dem Sitz hochzutreiben, auf den Kampf vorzubereiten.

»Es ist mir ernst – mir ernst!« rief Mort aus, und sein Bart hob sich sehr schwarz von seinem blassen Gesicht ab. »Ich habe es satt, daß man mir in den Rücken fällt, und es ist mir ernst, so wahr mich Gott strafen möge.«

»Verdammter Quatsch, du redest ja bloß gern, ihr redet ja alle so gern«, sagte ein Mann. Jules war ihm schon einmal begegnet – er war Professor oder so etwas, wahrscheinlich Engländer. Dunkel und jüdisch und leicht erregbar, wie ein Kind angezogen, mit schmutzigem Rollkragenpulli und Bluejeans, hatte er ein vorzeitig gealtertes, faltiges, verbittertes Gesicht; seine Augen flitzten karnickelschnell. »Verkauft hast du dich, Mort, und das versuchst du mit deinem Gerede jetzt zuzuschminken. Reden, reden, reden. So ein verfluchter Quatsch!«

»Mort kann nichts dafür, daß man Sie rausgeworfen hat«, sagte die Frau.

»Keiner kann dafür, daß man mich rausgeschmissen hat, ich bin Freischaffender und möchte von Einflüssen jeglicher anderer frei bleiben, vielen Dank, aber es kann sehr wohl mal einer daran schuld sein, daß man ihn *nicht rausschmeißt,* dann hat er nämlich seine Aktionen so sorgfältig vorbereitet, daß die Uni sein Foto nicht in ihren Ordnern hat – wo bleibt da der freie Wille – wie?«

»– und ich finde es nicht richtig«, fuhr die Frau entschlossen fort, »daß Sie all Ihren Schülern in Ihren Kursen Note 1 geben – es hätte prinzipiell das ganze Benotungssystem abgeschafft werden müssen –«

»Selbstverständlich!«

»Aber es hat vielleicht persönliche Gründe.«

»Und zwar?«

»Ihre Zuneigung zu Ihren Jungen!« sagte Mort. »Zu all den Jungen, die Sie in Ihre Wohnung mitnehmen!«

Ein düsteres Grinsen leuchtete auf dem Gesicht des Mannes auf und erlosch dann wieder.

»Sie reden Blödsinn«, sagte er kalt.

»Wir wollen nicht über Ihre Motive reden. Zum Teufel mit dem Privatleben«, sagte Mort. »Deshalb quatscht nicht überall über mich, über uns, ob nun im Amt oder nicht, ich hab noch keinen Vertrag und kann alles wieder verlieren, wie ihr sehr wohl wißt. Was ist, wenn man mich auch rausschmeißt? Ihr wißt, was das für einen Rückschlag geben würde. Wir müssen drin bleiben, in der Machtposition, und dürfen nicht aufgeben. Haltet mich nicht auf mit euren bürgerlichen Ehrbegriffen: Mein lieber Freund, Ehrbegriffe können wir uns nicht leisten. Jawohl, es tut mir leid, daß man Sie rausgeworfen hat, und wir haben getan, was wir konnten, aber die hatten Sie in der Hand, da war nichts zu machen. Ehre ist mir zu abstrakt! Zum Teufel mit Ehre und dem ganzen Gequassel – ich habe es ebenso satt wie Sie. Was not tut, ist, daß wir in die Gemeinschaft hineinkommen, tatsächlich hinein. Wir müssen dorthin, wo diese Menschen leben, oder in all ihrem Dreck doch zu leben versuchen. Wir müssen lernen, wie man haßt, mit aller Kraft haßt, und nicht bloß redet, damit wir uns bis in die Eingeweide auf die Revolution vorbereiten, und nicht bloß im Kopf ...«

»Und dabei Geld von der Regierung über die UUAP nehmen«, sagte einer der Männer und stieß ein wieherndes Gelächter aus.

»Und könnten Sie die Stellung antreten, Sie selbst?« rief Mort. »Würde man Sie für unbedenklich erklären?«

»Sind Sie noch stolz darauf, daß Sie von der CIA als unbedenklich geführt werden!«

»Ja, ich bin stolz darauf. Ich bin stolz darauf, bei der CIA für unbedenklich zu gelten, weil das bedeutet, daß ich mich nie von einem Impuls, einer Emotion habe hinreißen lassen, weil ich dadurch in einer Machtposition verbleibe, in der ich etwas tun kann, während ihr draußen bleiben, wimmern und euch beklagen werdet ...«

»Bitte hört auf. Bitte«, sagte die Frau und griff sich krampfhaft an den Kopf.

»Wo wäre die ganze Kommune ohne das Geld, wo denn?« schrie Mort. Er schlug mit der Faust auf den Tisch. »Geld bleibt Geld. Ein Treu-Eid ist der Weg zu Geld, zu Munition, zu Waffen und Pamphleten – schaut mich nicht so an, mit euren gekränkten Bürgeraugen, eurer gekränkten Pfadfinderehre, weil ich nicht zugelassen habe, daß die mich kaputtmachen, so wie euch –«

»Nun hört schon auf, bitte«, sagte die Frau zornig.

»Viele von uns haben sich bei der Campagne gegen die Armut anstellen lassen, warum auch nicht? Ich hab den Dr. phil., habe in Soziologie promoviert. Ich bin in hohem Maß dazu befähigt, meinen Verstand zu verkaufen, verdammt nochmal, und mir Mittel und Wege auszudenken, alles in Brand zu stecken – wieviel Geld, meint ihr, hat man uns versprochen, wie? Ich hab das Geld, das man mir gegeben hat, ziemlich großzügig wieder verteilt, wie ihr sicherlich wißt – nun hört schon auf, mir am Zeug zu flicken!«

Eine Weile schwiegen alle. Dann sagte einer: »Warum dauert bloß alles so lange?«

»Na, die schwarze Bevölkerung hat über hundert Jahre lang geduldig gewartet, ganz brav – oder sind's schon dreihundert?«

»Im Abwarten sind wir alle gut. Zu gut.«

»Ich sehe da immer eine Gestalt aus einer Erzählung vor mir, ich glaube, sie ist von Poe – ein Mann erlebt etwas Entsetzliches, macht irgendeine ausgefallene Erfahrung, ich glaube, er fällt in einen Wasserwirbel oder so und sieht aus dem Zentrum des Strudels eine große weiße Gestalt, einen Riesen, ganz und gar weiß –«

»Na und –«

»So müssen wir aussehen für die Schwarzen, genauso. Wie weißer Nebel –«

»Aber das ist doch Mystizismus, in *den* wollen doch die Schwarzen nicht mehr verfallen; was wir weiß nennen, ist nur das Ego, das selbstsüchtige, mistige Ego, das müssen wir doch loswerden – Weiße wie Schwarze, alle beide. Black Power ist nichts anderes als nur wieder Macht – wir wollen keine Macht, wir haben genug von Männern und Mächten, von Macht und Mensch – als ob nicht die menschliche Seele auch ohne funktionierte –«

»Die Seele vielleicht, aber der Körper nicht!«

»Mort, das Schlimme an dir ist, daß du nie zuhörst! Du hast keinen Sinn für Wortspiele und Nuancen. Dein Doktor in Soziologie hat dich die Seele gekostet –«

»Zum Teufel! Zum Teufel mit weißen Nebeln und dem Himmel und ›Alle Menschen werden Brüder‹, zum Teufel damit!« schrie Mort. »Wenn euch die Bullen jagen, dann sagt das zu denen, aber nicht zu mir! Ich will keinen Nebel und nicht diesen Quatsch mit Ehre und so! Ich will Taten, Geld und Waffen, ich will eine Organisation, bei der die Leute pünktlich zur Stelle sind und Verantwortungsbewußtsein haben, und nicht ewig an ihr verfluchtes, saudummes Ich denken, immer bloß an ihr Ich – Ich – Ich.«

Jules bemerkte ein Mädchen, das zu ihnen herantrat. Im ersten Augenblick, als er sie sah, schien sich in ihm etwas zu regen, fast ein Stöhnen werden zu wollen, doch dann sah er, daß sie niemand war, niemand Bekanntes, ein Mädchen um die zwanzig, im üblichen schluderigen Stil dieses Viertels angezogen, in einem formlosen Sackkleid, bloßen Beinen und Sandalen. Doch wie alle übrigen Studenten, die »arm« spielten, hatte sie gute Zähne, und wirkliche Armut hörte bei den Zähnen auf.

Mort erhob sich. »Vera! Du hier? Mein Täubchen!« er griff nach ihrer Hand und stellte sie unbeholfen in der Runde vor. »Vera ist meine beste Schülerin, meine vielversprechendste Schülerin – setz dich doch, Schatz. Komm, Schatz, ich bestell dir was. Bist du hier runtergezogen? Wo wohnst du denn?«

»Nein, ich wohne immer noch zu Hause.«

»Wo ist denn das?«

»Drüben auf der West Side, ziemlich weit den Six-Mile-Road hinauf. Ich bleibe übers Wochenende hier bei einer Freundin.«

»Weißt du auch, daß der Aufstand für dieses Wochenende geplant ist?«

»Das hab ich gehört. Ich war ja so aufgeregt, daß ich gleich hergekommen bin, um dich zu suchen.«

Sie setzte sich flink Jules gegenüber. Ihr Gesicht war hübsch, wirkte feucht, etwas kindlich und verwegen. Das Haar fiel ihr ins Gesicht. Sie lächelte jeden freimütig an, denn sie spürte, daß sie gleichzeitig willkommen und unwillkommen war, und war mit sich zufrieden. »Also was habt ihr vor? Wie sind eure Pläne?« erkundigte sie sich.

»Wir haben unsere Pläne noch nicht koordiniert«, sagte Mort.

»Sind sie geheim?«

»Liebchen, doch nicht vor dir – du gehörst ja zu uns.«

Mort rieb sich begeistert die Hände. Er war kleiner als Jules, mit festem, rundem Gesicht und beweglichen Lippen, mit einer robusten Nervigkeit, die liebenswert wirkte. Jules schloß das eine Auge halb, und Mort wurde zum verschwommenen Fleck, der in die Luft redete. Das Mädchen daneben, mit den langen, wehenden Haaren, wurde ein verschwommener Fleck, der zuhörte. Jules versuchte, sich auf sie zu konzentrieren. Durch das Stimmengewirr ringsum hörte er gelegentlich ihre Stimme heraus, eine kehlige, verlegene Stimme ... sie klang wie jemand auf dem Maskenball, der sich verkleidet hat, sich geniert und doch mit seinem Kostüm zufrieden ist ... Was ging es ihn an? Während etwas in ihm abschnurrte, saß er leicht vornübergeneigt im Stuhl und gab sich Mühe, sich für sie zu interessieren. Die Begierde war sehr zart bei ihm, zart wie Schmetterlingsflügel. Sie brauchte Luft, Sonnenlicht und günstigen Wind; unter dieser Kruste gewöhnlicher Luft konnte sie sich nicht entfalten.

Er empfand sie als Gegenstand der Begierde. Schmächtig, weich. Ein zarter Gegenstand von zartem Gewicht. Mit leiser Stimme. Mit feuchter Haut. Jules' Haar war lang und dicht geworden, und er konnte sich vorstellen, daß die Finger dieser kindlichen Hand es streichelten, wie andere Finger durch sein Haar gefahren waren, manchmal müßig, und manchmal leidenschaftlich ... jemand gab ihr ein Glas Bier, ihre Finger schlossen sich um das Glas. Jules öffnete die Augen und blickte darauf.

»Ja, ich glaube, das wird ihn herziehen. Ich glaube, er wird herkommen, schwer bewacht, in einem Sonderflugzeug, ja, das glaube ich, ich habe meine Gründe zu dieser Annahme«, sagte Mort schwer atmend. »Der Präsident in eigener Person, dieser dreckige Hurenbock, dieses faschistische Schwein, und ich wäre bereit – ja, es ist mein Ernst – ich wäre bereit, mein Leben für das seine einzutauschen, wenn es nicht schlicht Vergeudung wäre, wenn ich es aushalten könnte, zu verpassen, wie die Geschichte sich entwickelt –«

»Eine Kugel, eine einzige Kugel«, sagte jemand halblaut.

»Eine verdammte Kugel!«

»So schwer bewachen können die ihn nicht. Nicht die ganze Zeit. Wenn er aber nicht kommt?«

»Ich glaub's nicht, daß dieser Kerl kommen würde!«

»Johnson? Der kommt nicht! Nicht wegen eines Aufstands, nicht einmal wegen eines Krieges!«

»Ich habe Grund zu der Annahme, daß er kommt: auf Stimmenfang! Für die Politik! Damit der Gouverneur als Idiot dasteht!«

»Der könnte nicht erreichen, daß Romney als noch größerer Idiot dasteht als jetzt!«

»Wer soll ihn denn eigentlich erschießen?«

»Du glaubst wohl, du bist ein guter Schütze wie der Oswald? Du glaubst, du könntest das abziehen, mit einem Volltreffer und dann nicht erwischt werden?«

»Vielleicht nicht ich, vielleicht nicht ich«, sagte Mort mit ingrimmig leiser Stimme, »aber vielleicht hab ich ein paar junge Freunde, die es könnten!«

»Und sich selber opfern würden?«

»Warum nicht?«

»Schau, wir könnten austauschbare Pläne machen, fünf oder sechs Pläne. Wir könnten eine große Zahl von Gebäuden vorbereiten, Leute auf die Dächer postieren, in den obersten Stock, alle mit Gewehr im Anschlag. Kinder, ich kriege Gewehre, soviel ich will«, sagte der andere Mann, warm werdend. »Ich scherze nicht, ich habe Kontakte, gegen die eure der pure Scheißdreck sind – ich will damit nicht sagen, daß ich selber mit einem Gewehr umgehen kann, aber ich könnte es lernen, und manche könnten Nachtfernrohre draufhaben, so eine Art Teleskop, mit dem man im Dunklen sieht.«

»Jesus, gibt's solche Dinger? Ist sowas möglich?«

»Ich glaube schon, daß es möglich ist.«

»Nein, wahrhaftig, ist das möglich?«

»Ist das nicht –«

»Ich könnte selbst mit einem Gewehr umgehen lernen. Ich möchte es!« rief das Mädchen aus. In ihrer Aufregung hätte sie beinahe ihr Glas Bier umgeworfen. Jules fing es auf. »Mir ist es egal, was aus mir wird, ich habe genug von daheim. Hört mal, ich wäre sogar bereit, mich vor diesem Kerl zu verbrennen, wie eine vietnamesische Nonne, oder auch, ihn mit Benzin zu übergießen und anzuzünden – es käme im Fernsehen und in sämtlichen Zeitungen!«

»Aber wenn wir den umbringen – immer angenommen, wir kriegen es hin – wenn wir den umbringen«, sagte die andere Frau säuerlich, »wie können wir dann deutlich machen, was wir damit aussagen wollen? Seht euch doch den Oswald an, das war doch wirklich das Letzte! Nichts hat er zu sagen gewußt! Hat Kennedy umgelegt – Kennedy hat übrigens verdient, daß man ihn umlegt und das seit langem –, hat ihn abgeknallt und rings um die Tat nichts zuwege gebracht als leeren Raum – um diese Tat, eine der heldenhaftesten Taten des 20. Jahrhunderts, und nichts zu sagen gewußt! So eine Vergeudung! Nichts zu sagen!«

»Wäre es für Vietnam oder für die Schwarze Revolution?«

»Vietnam ist wichtiger.«

»Wie können wir ihn wissen lassen, warum er stirbt? Wäre es nicht besser, es ihn wissen zu lassen, es ihm zu erklären?«

»Wir könnten ... wir könnten nachher einen Brief an die Zeitung schreiben«, sagte Mort. »Wir könnten den Brief vor der Ermordung aufgeben, damit jeder weiß, daß er legitim ist, ein legitimer Brief ... und darin könnten wir erklären, daß das

Ganze ein feierlicher Protest gegen die Situation in Vietnam ist.«

»Geht mir doch mit eurem Vietnam! Und was ist hier bei uns? Ich meine in Detroit! Genau hier, in Detroit, diesem Dreckhaufen, der zum Himmel stinkt – wie wär's, wenn wir Detroit in die Luft jagten? Ihr denkt, so einen Kerl umzubringen ist genauso viel, wie eine Großstadt anzuzünden? Das Amt würde einfach Humphrey übernehmen, und schaut euch den doch an, diesen Lumpen! Und danach müßtet ihr ihn umbringen, und wer bleibt dann? Jesus, ich weiß es nicht mal – Everett Dirksen? Und dann?«

»*Den* würde ich gern umbringen!«

»Alle miteinander würde ich sie gern umbringen! Es wäre so leicht, wenn erst alles in Gang ist! Ich wundere mich, daß nicht mehr Leute es versuchen! Habt ihr gewußt, daß der Mord als politische Methode im Mittleren Osten in biblischer Zeit etwas Verehrungswürdiges war? Ja doch! Ein Regent regierte sein Leben lang und die einzige Art, ihn loszuwerden, war ihn umzubringen. Darum hat man sie alle abgemurkst.«

»Und wer hat danach die Regierung übernommen?«

»Ein anderer.«

»Aber wir wollen nicht allzu viele Leute umbringen«, sagte Mort schwitzend und sehr befriedigt. »Hört mal, wir wollen doch nicht, daß das hier banal wird. Ich habe furchtbare Angst vor der Banalität – das liegt an meinem melodramatischen Wesen –, wir müssen dafür sorgen, daß der Tod etwas Heiliges und Schreckliches bleibt! Dann bedeutet es auch etwas, wenn Johnson umgebracht wird!«

»Wie kann der Tod etwas Heiliges sein? Und ihr haltet euch über die Bürger auf«, sagte die Frau aufgebracht. »Habt ihr denn die Zeitungen nicht gelesen! Tausende von Menschen sterben da drüben, Tausende von *Menschen!* Bomben, Napalm, brennendes Benzin, flammendes Benzin, es treibt mit dem Wasser, und wenn die Bauern sich im Graben verkriechen, läuft es in den Graben wie Wasser, wie flammendes Wasser und verbrennt sie bei lebendigem Leibe! Wie könnt ihr sagen, der Tod sei etwas Heiliges! Der Tod von einem Kerl wie Johnson etwas *Heiliges!* Man sollte ihn durch die Fleischmaschine lassen und an die Schweine verfüttern! Er sollte untergepflügt und als Dünger verwertet werden!«

»Bitte sprich nicht so laut –«

»Es ist mir völlig Wurst, wer mich hört –«

»Aber wenn jemand horcht –«

»Wer soll schon horchen, es sind doch bloß wir hier!«

»Zurück zum Ausgangsproblem! Wir wollen uns nicht erhitzen. Das Problem heißt Mord – eine politische Methode, die entweder ehrenwert ist oder nicht. Ist sie es?«

»Ja.«

»Ja, und außerdem gehört alles niedergebrannt!«

»Ich will nicht, daß meine Bücher verbrennen!«

»Mir ist es egal, wenn meine Bücher verbrennen. Ich gebe sie auf.«

»Aber wenn Johnson nicht kommt, was dann?«

»Dann Romney. Bringt den Gouverneur dieses Staates um!«

»Wird ihn das nicht zum Märtyrer machen?«

»Na, und wenn schon!«

»Für was wäre er denn ein Märtyrer?«

»Ich halte Romney nicht für bedeutend genug, um ihn zu töten. Hör mal. Na ja, er ist es schon wert, getötet zu werden, wenn man in allgemeinen, politischen Begriffen denkt ... als Mittel, die bestehende Struktur einzureißen ... Und obwohl ich ihn nicht mag, glaube ich –«

«An und für sich möchte ich lieber Cavanaugh umbringen.«

»Warum?«

»Weil es näherliegt – er ist Bürgermeister.«

»Aber du arbeitest doch für ihn!«

»Ich nehme sein Geld. Im Grunde verachte ich ihn. Er hat ein paar brauchbare Ideen, aber er kommt nicht schnell genug von der Stelle. Keiner von denen kommt schnell genug von der Stelle, um mit der Geschichte Schritt zu halten –«

»Er ist zu dick geworden. Das ist ein schlechtes Image!«

»Ihn können wir immer noch umbringen. Er wird sich noch eine Weile in der Stadt aufhalten!«

»Aber wenn Johnson nicht kommt – und ich zweifle daran, daß der Kerl dumm genug ist, um nach einem Aufruhr herzukommen, auch nicht wegen Wahlstimmen, dann, glaube ich, sollten wir uns nicht mit Romney beschäftigen, der schmeichelt bloß den Republikanern. Ich glaube, wir sollten jemand von Bedeutung umbringen, wie Keast –«

Alles lachte.

»Keast? Keast umbringen. Von dem hat doch kein Mensch je gehört. Wer schert sich um den Präsidenten der Wayne State Universität?«

»Er hat mehr Einfluß, als die Leute wissen – er ist ein Symbol. Und die Schwarze Revolution und die Jugendrevolution sollten in der Universität zusammenlaufen, sollten sich auf dem Campus begegnen. Der Campus wird das Schlachtfeld werden, und nicht die Slums!«

»Ihr glaubt, eine Universität hätte solch eine Bedeutung? Ein Universitätspräsident verglichen mit einem Senator?«

»Welchem Senator?«

»Nach dem Aufstand werden sie beide kommen, alle werden sie aufkreuzen, Hart auch, bestimmt –«

»Das ist ein guter Mann.«

»Quatsch! Es gibt keinen guten Mann in der Regierung. Das muß alles zerstört werden!«

»Aber hältst du Hart für einen Mann von hinreichender nationaler Bedeutung?«

»Wer hat außerhalb Michigans schon von dem gehört?«

»Wie wär's mit einem Negerführer, wie wär's mit King?«

»Ja, der kreuzt vielleicht auf, wenn der Aufstand schlimm genug wird.«

»Wenn King erschossen würde –«

»King ist ein Kerl, der auf beiden Schultern trägt, der hat jeden Schwarzen hier im Lande betrogen, und verdient, erschossen zu werden«, sagte Mort zornig. »Die Jungens der Kommune – die Canfield Babes, mit denen wir arbeiten, diese Bande – würden bestimmt bei einer Erschießung Kings begeistert mittun. Die haben keinen blassen Dunst, wer Johnson überhaupt ist –«

»Aber was hat das mit Vietnam zu tun? King ist gegen Vietnam!«

»Wir könnten das Anliegen Vietnam in eine Rassenfrage umbiegen, oder dahin, daß wir alle führenden Persönlichkeiten beseitigen wollen ...«

»Warum ausgerechnet Martin Luther King?«

»Was hast du gegen den? Ist der nicht genauso wichtig wie Johnson? Ist er weniger wichtig, bloß weil er schwarz ist? Es wäre hochdramatisch, wenn er umgebracht würde – es würde dem rechten Flügel zur Last gelegt!«

»Dann hätten wir keine Kontrolle über die Ermordung! Wir geben ihr nicht genügend Bedeutung!«

»Doch, wir hätten die Kontrolle, und zwar auf sehr raffinierte Art.«

»Das Anliegen geht verloren!«

»Das geht nicht verloren! Wir kontrollieren es, wir schreiben einen Brief!«

»Und beschuldigen darin den rechten Flügel? Oder die Nationale Scharfschützengesellschaft?«

»Aber es wäre doch viel logischer, Stokely Carmichael zu ermorden, wenn ihr es der anderen Seite in die Schuhe schieben wollt«, sagte einer ungeduldig. »Himmel, ihr wißt ja nicht, was ihr redet! Das weiß doch jeder, daß King für die Rechte arbeitet, warum zum Teufel sollten die ihn denn ermorden? Quatsch, alles Quatsch! Carmichael ist der rechte Mann – das ist ein Heiliger – der hat keine Angst, herzukommen, und sein Tod wäre was wert!«

»Aber entschuldigt, Carmichael statt Johnson – ich meine, sind wir damit nicht irgendwie abgerutscht? Ich meine, nicht moralisch, aber in Sachen Publicity? Seien wir ehrlich, keiner wird sich einen Pfifferling um Carmichael scheren außer denen, die sowieso das ganze Land niederbrennen möchten!«

»Was ist daran verkehrt?«

»Die Schlagzeilen werden ganz verdreht aussehen, oder? Wäre das besser? Es würde den übrigen Ländern zeigen, was für ein Rassenhaß in Amerika herrscht, wie damals, als die CIA Malcolm X erschossen hat!«

»Die übrigen Länder wissen das alles, und es ist ihnen total piepe! Warum auch nicht? Die werden doch bezahlt!«

»Ich hab eine Idee. Wir bringen alle um, alle, von denen wir gesprochen haben. Wir könnten doch alle umbringen, die nach Detroit kommen und hier Reden halten! Warum denn nicht – es würde sie lehren, den Aufstand ernstzunehmen und das Aufstandsgebiet zu meiden, verdammt nochmal –«

»Also nur wegen des dramaturgischen Effekts –«

»Nein, nicht wegen des dramaturgischen Effekts. Es würde genau den gegenteiligen Effekt haben! Ihr habt keinen Sinn für Maß! Nur mal angenommen, Robert Kennedy taucht hier auf und wir erschießen ihn und die anderen auch – wer, glaubt ihr denn, kriegt die Schlagzeilen? Er und Johnson! Die anderen kämen irgendwo auf die inneren Seiten. Es wäre einfach Vergeudung! Ihr redet alle miteinander einen bodenlosen Mist! Ich wollte, ihr hättet Sinn für Theatereffekte, für geschichtliches Bewußtsein!«

»Also das Ganze kotzt mich allmählich an«, sagte Mort, »wie ihr mit den Begriffen rumschmeißt! Ich hab das Geld an der Hand, ich weiß, wie man's macht, ich hab die Jungens unter mir, die drauf brennen, ein paar Schießeisen abzufeuern, aber ihr laßt mich die Sache nicht organisieren. Ihr legt euch dauernd mit mir an und nörgelt an mir herum!«

»Kein Mensch nörgelt an dir herum, Mort«, sagte die Frau.

»Himmel nochmal, es kann einem wirklich die Laune verderben! Mal bin ich oben, jetzt unten, manchmal steige ich gen Himmel wie eine Rakete, jetzt sink ich zu Boden – armer Mort, und gleich bis auf den tiefsten Meeresgrund. Ich habe mich verirrt in einer erbärmlichen Eisrinne droben am Nordpol, die Sterne sind ganz klein. Wie finde ich den Weg zurück zur Erde! Sag mal, Jules, hast du diesem Mist eigentlich zugehört?«

Jules hatte soeben unter dem zappelnden Ellbogen von jemand eine Taschenbuchausgabe der Bhagavad Gita entdeckt.

»Wie ist denn deine Meinung, Jules?«

»Ich habe keine.«

»Wen sollen wir ermorden, Jules? Wenn du den Finger am Abzug hättest, wen würdest du ermorden?«

»Keinen.«

»Warum nicht?«

»Warum? Warum überhaupt jemand umbringen? Die Menschen sterben sowieso früher oder später«, sagte Jules. Er betrachtete den bunten Schutzumschlag und erinnerte sich, daß irgend etwas damit zusammenhing, er mußte es einmal vorgehabt haben, dieses Buch zu lesen. »Es würde überhaupt nichts ändern.«

»Nichts ändern? Was? Alles ist zu ändern, wenn die richtigen Leute es sich vornehmen! Du solltest mal die Jungens in meiner Bande sehen – offiziell tun wir so, als ob wir Arbeitsplätze für sie suchten – für Jungens, die sich mit nichts anderem beschäftigt haben als mit verbotenem Zahlenlotto, mit Rauschgifthandel und Zuhälterei – Zuhälterei im Alter von zehn Jahren – nun finde mal Arbeitsplätze für die! Einer von denen hat ein so grauenhaftes Leben hinter sich, einer aus seiner Familie hat ihm gestoßenes Glas zu fressen gegeben, als er vier war, und jetzt ist er gerade dreizehn und ein erstklassiger kleiner Lude – der hat eben seiner Mutter einen Pelzmantel gekauft. Und du meinst, denen ihr Leben müßte nicht geändert werden? Du meinst, es soll alles so weitergehen wie seit Jahrhunderten?«

»Er klingt wie ein verdammter Katholik oder sowas, dein Jules«, sagte die Frau kopfschüttelnd zu Mort. »Die Sinnlosigkeit der Geschichte – und all der Quatsch! Das Getriebe der Geschichte muß mit Blut geölt werden, sonst rührt sich nichts.

Die Geschichte ist keine natürliche Sequenz, sie ist von Menschen gemacht. Wir machen sie. Der Mensch macht alles und macht alles kaputt. Ich könnte einen kleinen Teil der Menschheitsgeschichte nur dadurch ändern, daß ich jemandem eine Bombe ins Fenster schmeiße, glaub mir! Laut Fanon –«

Das Mädchen, das Jules am Tisch gegenübersaß, kicherte plötzlich und bedeckte ihr Gesicht mit den Händen.

»Worüber lachst du denn?« fragte die Frau. »Was ist denn so komisch?«

Sie lugte zwischen den Fingern durch. »Ich hab Angst!«

»Ach, du lieber Gott!«

Alle begannen gleichzeitig zu reden. Mort haute mit der Faust auf den Tisch. Seine Stirn glänzte von Schweiß, auch seine Nase, er bewegte die Lippen geschäftig und eifrig ... die Frau neben Jules strömte einen starken Schweißgeruch aus, war in ihrer Erregung sehr weiblich, derb und weiblich ... die übrigen Männer zupften an ihrem Kinn, an ihren Lippen und Nasen, als hätten sie etwas gegen ihre Gesichter, nervös, irritiert, ungeduldig, verwirrt, während Jules' Blick sich auf das Mädchen richtete, und er sah, daß sie hübsch war und sich in ihrem Gesicht nichts Zukünftiges ausdrückte – gar nichts. Sie war wie der heiße, feuchte Sommer selbst, der eben erst angefangen hatte – es war erst Mitte Juni – der jedoch schon Monate gedauert zu haben schien und jede Erinnerung an kühleres Wetter ausgelöscht hatte. Der Fußboden war sehr flach, wie das Trottoir und die Straße. Der Sommer kam Jules flach vor, der Horizont flach. Langsam legte er seine Hand über die ihre.

Ihre Augen zuckten hinauf zu seinem Gesicht.

»Hab keine Angst. Warum hast du Angst?« fragte er leise.

Sie zog ihre Hand weg. Mort, der sie nervös beobachtete, tat so, als merke er nichts und fiel jemandem mit explosivem Lachen, beinahe einem Rülpser in die Rede. »Alles niederbrennen! Ich biete euch obendrein noch all meine Bücher, Bücher im Werte von ein paar tausend Dollar! Das Haus meiner Eltern in Grosse Pointe! Prächtig! Prächtig! Alles fürs Feuer! Brennt es nieder und hinterlaßt drunten am Grund, im feinen, weißen Knochenstaub am Grund nicht Johnson und nicht Romney oder sonst einen von den Kerlen, sondern jemand ganz Gewöhnliches, irgendeinen schwarzen Jungen, ein Opfer und Märtyrer des ganzen Establishments, das wir Zivilisation nennen – ist es nicht so? Symbolisch und literarisch? Das ganze Establishment ruht auf den pulverisierten Knochen eines Kindes!«

»Das hast du bei Thomas Mann geklaut, aus dem Zauberberg!«

»Ich hab nie Thomas Mann gelesen«, sagte Mort gekränkt. »Wohin gehst du denn?« fragte er, als das Mädchen aufstand.

Sie war bereits auf dem Weg zur Tür. »Wiedersehen!« sagte sie.

»Wo gehst du hin?«

Sie winkte ab. Jules stand auf und folgte ihr. Mort sank in sich zusammen und starrte hinter ihnen her, während er stumm die Lippen bewegte.

»Hallo, Schatz«, sagte Jules mit singender Stimme, während er hinter dem Mädchen hereilte, »warum lächelst du deinen lieben Nächsten nicht an? He, so warte doch!«

Sie drehte sich nicht um.

»Wohin denn so eilig, Schatz?«

Auf dem Bürgersteig im Sonnenschein blieb sie stehen und sah ihn an. »Ich hab's da drin plötzlich mit der Angst gekriegt. Ich weiß nicht warum!«

»Kein Grund zum Angst haben.«

»Über was die alles gesprochen haben! Ich hab angefangen zu zittern.«

»Wo zitterst du denn? In den Knien?«

»Ja, in den Knien. Ich bin erst achtzehn. Er war mein Lehrer in ›Einführung in die Soziologie‹, weißt du. Mr. Piercy – Mort, meine ich – und ich hab mich letztes Semester irgendwie in ihn verliebt, aber jetzt bin ich nicht mehr so sicher, ich weiß nicht mehr, was ich von ihm denken soll. Er hat uns die ›Elenden dieser Erde‹ zu lesen gegeben, und das hat meinem ganzen Leben eine andere Richtung gegeben.«

»Zitterst du immer noch?« fragte Jules.

»Ein bißchen.«

»Warum gehst du nicht dort rüber?« fragte Jules. Seine Stimme war jetzt nicht hohl, sondern freundlich, sie klang freundlich. »Geh dort drüben«, sagte er und drückte seine Knöchel in die feste Säule ihres Rückgrats, um sie vorwärtszudrängen. Verlassene Kaufhäuser, alte Wahlplakate, sein täglicher Weg. Er ging ihn jetzt rückwärts. »Erzähl mir was über dich, Schatz. Sprich mit mir.«

»Ich weiß nicht mehr, was ich denken soll. Ich bin mit einem Koffer, mit ein paar Sachen, mit ein paar Dollar hergekommen. Zu Hause hat es einen schlimmen Krach gegeben. Ich hab sie alle bis hier, die sind ja hoffnungslos, und da hab ich gedacht, ich sollte, na ja, ich sollte für immer hier unten wohnen. Aber ich hab kein Geld. Du heißt Jules, nicht wahr? Ich kenn dich, ich hab dich schon mal wo gesehen. Du gehst mit einer Frau, die Marcia heißt? Sie hat ein kleines Kind? Warum kann ich bloß nicht aufhören zu zittern, mir ist so komisch.«

»In ein paar Minuten ist dir besser. Die Sonne wird dich aufwärmen.«

Sie schauerte zusammen. Ihre Zähne schlugen aufeinander.

»Schatz, warum hast du solche Angst? Du hast doch nicht etwa vor mir Angst?«

»Vor dir? Ich hab dich dort drin die ganze Zeit beobachtet. Ich hab sie reden hören, aber ich hab auf dich geschaut. Aber wo ist diese Frau? Sie sieht gut aus, deine Freundin? Lebst du mit ihr? Mit ihr und dem Kind? Lebt ihr alle zusammen«

»Hie und da«, sagte Jules, »aber erzähl was über dich.«

Sie gingen langsam durch die Sonne. Jules beobachtete ihre beiden Schatten. Die Beine des Mädchens warfen lange, zarte, sehr graziöse Schatten.

»Ich weiß nichts zu sagen, Jules. Ich hab dich schon mal wo gesehen. Ich weiß nicht, warum ich in diese Richtung gehe, ich sollte in die entgegengesetzte gehen. Vielleicht sollte ich am Six-Mile-Road den Autobus nehmen oder meinen Vater anrufen. Ich hab die Schule aufgeben müssen, weil ich so durcheinander war – den englischen Aufsatz hab ich verhauen, ich konnte meine Gedanken nicht ordnen. Es muß schon verdammt angenehm sein, von Natur Verstand zu haben, so wie Mort und diese – wie heißt sie schon – und die übrigen. Ich bewundere sie alle, und dich auch. Du kriegst nie Angst.«

»Ja. Das stimmt. Ich krieg nie Angst.« Er berührte wieder ihr Rückgrat, sehr leise. Er blickte auf ihren Rücken und fuhr mit den Fingern daran entlang.

»Was machst du denn?« fragte sie und wich zurück. »Es ist so komisch, wie du dich benimmst. Ich weiß nicht, was ich von dir denken soll. Ich habe dich schon irgendwo getroffen, aber du hast dich nicht mehr an mich erinnern können –«

»Dafür denke ich jetzt über dich nach. Ich kann an gar nichts andres mehr denken.«

»Aber du darfst mich nicht so anfassen! Was machst du denn?« sagte sie schwach und tat einen Schritt von ihm fort. Jules Hand sank herunter. »Was könnte ich über mich sagen? Hörst du zu? Ich möchte lebendig werden, eine wirkliche Persönlichkeit, ich möchte lieben, intensiv und dauerhaft lieben und mich dem ganz hingeben, aber es muß meiner würdig sein, und ich habe Angst, Angst, daß ich sie nicht erkennen werde, die Liebe – es ist, wie wenn man in einem Sarg eingesperrt wäre und nicht raus könnte. Ich weiß die richtigen Worte nicht. Ich weiß, daß ich hübsch bin, aber das ist Leuten wie Mort total egal. Die möchten, daß man das Richtige sagt, und ich weiß doch die Worte nicht. Ich fühle mich in einen Sarg gesperrt.«

»Hier rüber, geh hier rüber«, sagte Jules, als sie zur Ecke kamen.

»Aber dort will ich doch gar nicht hin!«

»Doch, hier entlang«, sagte er und nahm ihren Arm.

Sie ging mit ihm die Straße hinauf, sie stolperte dabei ein wenig. »Seit gestern abend hab ich nichts gegessen. Seit dem Abendessen gestern. Ich bin heute früh weg, ohne was zu essen. Mir ist so schwach.«

Ein paar Negerjungen liefen kreischend an ihnen vorbei. Das Mädchen warf sich Jules entgegen, in panischer Angst. Er griff ihr von hinten um den Hals und streichelte sie unter ihrem heißen, schweren Haar.

»Ich weiß ja, wie Mort zumute ist ...«, sagte sie und schüttelte den Kopf, wie um sich von Jules' Hand zu befreien. »Ich weiß, was er meint, wenn er alles niederbrennen will. Es gibt keinen anderen Ausweg. Einen großen Bulldozer und alles damit einebnen, Menschen und Bäume und Häuser und was nach dem Brand übrigbleibt: Schutthaufen, schwarze und weiße, beide. Manchmal sitze ich da, wenn ich gerade *high* bin, hellwach und träume von einem brennenden Gebäude, das in sich zusammenstürzt, bei dem sich jeder Stein von den anderen löst und allein in die Straße hinunterfällt, weit hinunter, und sich dabei in der Luft dreht und schließlich zerschellt ... alles so schön ... und die Feuerwehrleute, zerquetscht unter dem Brand ... und wie in jedem Zimmer Menschen aufwachen und auf Treppen hinausstürzen wollen, die unter ihnen in Flammen aufgehen und in sich zusammenbrechen, und alles stürzt, brennt, und die Leute selber auch ...«

Jules liebkoste ihren Nacken und führte sie weiter.

»Aber ob ich einer von diesen Menschen sein möchte? Ich weiß nicht, was ich will, ich kann nicht logisch denken, ich glaube, ich bin nicht gesund. Mein Gehirn ist völlig wirr. Ich träume von Blut und daß den Leuten die Eingeweide rauskommen, das ist noch von der Biologiestunde aus der Oberschule, wo ich einen Frosch hab sezieren müssen und es ekelhaft fand, ekelhaft – mein Gott, Jules, bitte tu das nicht!«

Er trat hinter ihr auf die andere Seite und änderte den Griff seiner Hand. »Ich will dich vor der Straße beschützen, Schatz. Zu viele Leute!«

»Ich kann die Wagen hören, aber nicht sehen. Riechen kann ich sie.«

»Zu viele Wagen auf der Straße.«

»Ich möchte nicht nach Hause.«

»Erzähl mir von dir, irgendwas«, sagte Jules. Tief in seinem Inneren löste sich etwas auf und fiel. Doch er ließ es nicht fallen. »Schläfst du gut? Träumst du?«

»Früher, da hab ich gern geschlafen, aber jetzt habe ich Angst davor. Ich kann träumen, was ich will, ich darf alles träumen ...«

»Bist du nicht gern frei?«

»Doch, ich möchte frei sein, nichts wünsch ich mir so sehr, aber ... ich fürchte mich vor den Träumen, die ich träume, ich kann sie mir nicht aussuchen. Ich hab einen Traum, in dem bin ich bewaffnet, mit einem Gürtel, ich trage einen Gürtel. Wozu trage ich einen Gürtel? Warum ist alles so verrückt?«

Sie klapperte mit den Zähnen. Sie warf Jules einen ängstlichen, sonderbar koketten Seitenblick zu.

»Hier mußt du über die Straße. Warte den Wagen ab«, sagte Jules. Er legte ihr den Arm um die Schultern, um sie zu führen. Sie sah zu ihm auf und riß dann gewaltsam ihren Blick von ihm los und sah sich um. Sie stolperte über die Bordschwelle. Verwirrt, unbeteiligt stand sie auf dem Bürgersteig und sah sich um.

»Wo sind wir hier? Detroit? Sind wir noch in Detroit?«

»Ja, Schatz. Immer noch in Detroit.«

»Bist du auch bei denen, bei dieser – wie heißt es doch – Kampagne gegen die Armut? Großaktion gegen die Armut? Arbeitest du mit denen zusammen, bekommst Geld und fälschst Berichte und kaufst Waffen? Oder gehörst du zu den Armen?«

»Ich gehöre zu den Armen.«

»Aber du bist doch nicht schwarz. Bist du sehr arm?«

»Viel ärmer kann man nicht mehr werden.«

»Wie lebst du denn?«

»Ich komme durch.«

»Aber für einen Armen redest du ... als ob ... als ob es nicht wichtig wäre. Ich dachte, die Armen wären anders, ich dachte, sie wären meistens schwarz ...«

Er ergriff ihre Hand, als sei er hiervon entzückt und versuchte, sie an die Lippen zu ziehen, aber sie wich zurück. Dann streckte sie ihm verwirrt und verlegen die Hand wieder hin und erlaubte ihm, sie zu ergreifen. Jules kaute sanft auf ihren Knöcheln. Das Mädchen lachte. »Hör auf damit«, sagte sie. »Geh weg.«

»Aber ich wohne hier. Ich kann nicht weggehen.«

»Hier? Hier wohnst du? Kann man hier wohnen?«

Sie sah sich entsetzt um. »Verzeih«, sagte sie, »ich weiß nicht, was ich rede. Es sieht hier so aus, als würde alles abgerissen. Gebäude und alles. Aber ein paar stehen noch, in denen kann man noch wohnen. Seit Sonnabend abend ist mir so komisch, ich hab auch nicht viel essen können ...«

Einen Moment stand sie regungslos. Dann drängte sie sich an ihm vorbei und lief wieder über die Straße zurück, in die Richtung, aus der sie gekommen waren. Der schwarze Fahrer eines Lastwagens brüllte sie an.

»He«, rief Jules, »wohin willst du denn?«

Er lief hinter ihr her und schnitt ihr den Weg ab, indem er sie in einen Durchgang trieb. Sie lief mit vors Gesicht geschlagenen Händen. »Du willst doch nicht, daß die Polizei dich mitnimmt, Schatz? Du mußt schön aufpassen«, sagte Jules.

Er wußte, daß er zu ihr sprechen mußte, eine gewisse Anzahl Worte. Ein wohlbekanntes Rad drehte sich, ein Rad physischer Logik, und er fühlte sich darauf fortgetragen. Das Mädchen drängte sich in den Hauseingang und verbarg das Gesicht. Jules griff sie von hinten an beiden Schultern.

»Laß mich lieber gehen«, sagte sie. »Ich will meinen Vater anrufen.«

»Dann such ich dir eine Telefonzelle.«

Sie drehte sich um. Sie versuchte, an Jules vorbeizukommen, aber er vertrat ihr den Weg. »Das ist die falsche Richtung«, sagte er. »Hier gibt es kein Telefon.«

Sie versuchte zu fliehen, doch er packte sie an den Haaren, nahm eine Handvoll davon und wand es sich um die Faust. Das Mädchen stand, ohne sich zu rühren. Sie schloß die Augen, das Gesicht zu einer angestrengten und schmerzlichen Grimasse verzogen. Sie nahm seine Faust und versuchte sie aufzubrechen. Verzweifelt zerrte sie an seinen Fingern. »Ich rufe die Polizei«, sagte sie.

»Liebchen, die Polizei macht noch schlimmere Sachen als das hier. Die sperren dich in die nächste Garage, und wenn sie mit dir fertig sind, dann bist du für niemand mehr einen Pfifferling wert, nicht mal für deinen Vater.«

»Das ist nicht wahr.«

»Das ist wahr. Alles, was ich sage, ist wahr.«

Sie sah ihn an. Ein Lachen stieg in ihr auf, sie konnte es nicht verhindern. Jules lächelte. Er spürte sein Lächeln im Gesicht wie einen Streifen Leuchtfarbe.

»Wo ist denn hier ein Telefon? Gibt's hier ein Kaufhaus oder irgendwas mit Telefon?«

»Ich such dir eines.«

»Du wirst keines finden! Du willst mir ja nicht helfen!« Es gelang ihr, seine Finger zu lockern und seine Hand wegzuschieben. »Ich glaube, ich bin schon lange hier, schon lange Zeit – verirrt. Ich hab das Gefühl, ich bin schon mal hier gewesen, mit so jemand wie dir – und mit *denen* da. Sie sah haßerfüllt zur Seite, auf die Menschen auf der Straße, meist Schwarze, die an ihr und Jules vorübergingen, ohne sie besonders zu beachten. »Ich weiß meine eigene Telefonnummer daheim nicht mehr. Allerlei Zahlen fliegen mir absichtlich in den Kopf, um mich zu verwirren!«

»Wenn dein Vater im Telefonbuch steht, könntest du ja nachschlagen«, sagte Jules.

»Ich hab keinen Groschen.«

Plötzlich erschöpft, trat sie mit sonderbar verzerrtem Lächeln rückwärts in den Hausflur hinein. Ein schräger Schatten fiel über ihren Körper. Jules folgte ihr. Er krümmte den Arm um ihren Nacken und küßte sie. Er drückte sich flach an sie, spürte seine Erregung wie aus großer Entfernung, unbestimmt und taub trotz des erschrockenen warmen Atems des Mädchens, ihres warmen Mundes. Er küßte sie auf die Lider. Er liebkoste ihren Nacken unter den Haaren und drehte am obersten Knopf ihres Kleides, der ging sofort ab und fiel zu Boden. Er und das Mädchen richteten sich ruckartig auf, als habe jemand sie angerufen. Jules trat einen Schritt zurück, um sie gehen zu lassen.

»Ich kann selber ein Telefon suchen«, sagte sie.

Sie setzte sich erneut in Bewegung, aber er faßte sie am Arm und drehte sie in eine andere Richtung.

Sie gab nach. Eilig schlug sie die andere Richtung ein, und Jules bückte sich, um den billigen Knopf aufzuheben, der von ihrem Kleid abgesprungen war. Er folgte ihr, erstaunt über die hysterische Energie ihrer Beine und Schenkel. Ihr Haar wehte im Wind. Er konnte sich ihre schlauen, angstvollen Augen vorstellen und ihr unbewegtes Gesicht. An der nächsten Ecke blieb sie stehen und sah nach beiden Seiten. Sie wirkte wie ein erschrecktes Pferd, ein heimlich erschrecktes Pferd. Das Wohnviertel war zum Teil niedergebrannt, zum Teil niedergerissen. Jules holte sie ein und strich ihr über den Kopf, als sei sie ein erschrecktes Pferd. »Ich hab was für dich«, sagte er. Er versuchte, den Knopf durch das Knopfloch zu zwängen. Sie stieß ihn lachend weg. Der Knopf rutschte durchs Loch und fiel auf den Bürgersteig.

»Ich halt das nicht aus«, sagte das Mädchen. Sie sah aus, als wollte sie gleich blindlings auf die Fahrbahn und in den Verkehr hinauslaufen. Jules legte den Arm um sie. Sie bewegte sich nicht. Das Sonnenlicht über ihrem Kopf sah verschleiert aus, wie photographiert. In der einen Richtung war die Straße durch schwarzgelbe Barrikaden abgesperrt, das Pflaster aufgerissen. Große Mülltonnen waren umgeworfen, die Kinder spielten dazwischen. Ein Langhaariger auf dem Motorrad wand sich durch die Straßensperren, holperte auf dem aufgerissenen Teil der Straße und fuhr davon. Jules zog das Mädchen von hinten in die Arme, fühlte ihr Herz schlagen und wunderte sich, wie wenig ihm das bedeutete. Ihr Herz schlug. Sie war lebendig.

»Wenn du dort rübergehst, findest du ein Telefon und alles, was du willst«, sagte er. Er führte sie die Straße hinunter zu dem Mietshaus, in dem er wohnte. Ein alter Mann, ein Weißer, saß auf der untersten Stufe, blickte aber nicht auf. Jules und das Mädchen machten einen höflichen Bogen um ihn. Er führte sie bis zum ersten Treppenabsatz, dort blieb sie stehen. Sie wankte, als wollte sie in Ohnmacht fallen. Jules streichelte ihr Kopf und Schultern und sah stirnrunzelnd auf sie nieder, er wartete darauf, daß etwas in ihm einsetzte. In der nächsten Sekunde würde es einsetzen. Die Vision der aufgerissenen Straße kam ihm, verschleiert vom Sonnenlicht, die Straßensperren und Barrieren, gelb und schwarz gestreift, ein großes rautenförmiges Schild, auf dem stand SACKGASSE. Er nahm das Ohr das Mädchens zwischen die Zähne, fuhr mit der Zunge über die Windungen ihres Ohres und überlegte, ob Form und Geschmack ihm vertraut vorkämen.

»Ich halte das nicht aus«, flüsterte das Mädchen. Sie lehnte sich an das Treppengeländer, während sie sich ungeschickt zu ihm herumdrehte.

Jules küßte sie flüchtig. Sie lächelten einander zu. »Wohin wolltest du denn, als ich dich traf?« sagte Jules. »Wolltest du treppab oder treppauf?« Er half ihr auf die nächsthöhere Stufe. Die Hand um ihren Ellbogen gelegt, führte er sie in den dritten Stock und drängte sie sanft nach rechts hinüber.

»Was ist hier? Wo bin ich?« fragte das Mädchen.

Sie schüttelte die Enden ihres Haares mit der gleichen Bewegung aus wie ihre Fingerspitzen. Er sah, daß sie keine Handtasche bei sich trug. Ihr Kleid war hinten arg zerknüllt. Die Muskeln ihrer Beine traten weiß und gefährlich hervor, und in ihren Kniekehlen wurden, während sie ging, winzige blaue Äderchen abwechselnd gestochen scharf und wieder verschwommen. Jules hätte sich am liebsten hinuntergebeugt und sie in die Kniekehlen geküßt.

»Ich könnte jetzt weggehen«, sagte sie. »Ich könnte dann rechtzeitig zum Abendessen zu Hause sein.«

Jules stieß die Tür zu seinem Zimmer auf. Sie war unverschlossen. Der Raum hatte nur ein einziges Fenster und keine Vorhänge. Jules' Augen wurden von etwas Dunklem auf dem ungemachten Bett angezogen – vielleicht eine Kellerassel? – und sein Instinkt hieß ihn das Mädchen herumdrehen, damit sie es nicht sah; er bückte sich rasch, wie zu einer spöttischen Verbeugung und schnippte es zu Boden. Es war eine tote Kellerassel.

Das Mädchen schloß die Augen. Jules griff nach ihr. Er kniete vor ihr nieder und rieb sein Gesicht an ihr. Allmählich überkam ihn wildes, verträumtes Ungestüm – das zu seinem besten Instinkt geworden war, zum Instinkt für Notfälle. Die Vorstellung des aufgerissenen Pflasters geriet ihm immer wieder in den Sinn. Er konnte beinahe sehen, wie der Motorradfahrer aus den Querrinnen hopste, den Lenker fester umgriff und weiterfuhr, dem Rande der Schnellstraße zu; er bedauerte, daß er sich den Fahrer nicht genauer angesehen hatte ... Das Mädchen begann ihn von sich zu schieben, aber ohne Energie, mit Fingern, die so unkoordiniert und hemmungslos waren, wie die in Jules aufsteigende Begierde. Sie sagte etwas, teilte ihm Wichtiges mit. Eine Warnung. Er mußte aufhören. Aber Jules mußte nicht aufhören, das wußte er. Er mußte überhaupt nichts. Er zog sie auf das Bett herunter und hielt sie schwitzend und wie hypnotisiert mit der einen flach auf ihre Schädelbasis gepreßten Hand nieder und empfand sich als unpersönliche Macht, die sie im Nacken gepackt hielt, nicht speziell Jules oder sonst jemand, nicht einmal unbedingt ein Mann, aber in Gestalt eines Mannes.

Er dachte an Mort, er dachte daran, wie Mort sagte: *Jetzt steig ich und jetzt fall ich,* und das eindringlich Phantastische dieser Worte paßte zu seiner Begierde, die ihn durch ihre Heftigkeit erstaunte, und einen Augenblick, nachdem es vorüber war, rückte er von dem Mädchen herunter und legte sich neben sie. Ein Überzug aus Schweiß hatte sich, wie ein Wunder, auf seinem Körper gebildet.

Das Mädchen wimmerte: »Ich hab doch gar nicht kommen wollen . . .ich hab nicht gewußt, wo das hier ist . . . ich kenn dich doch gar nicht . . . ich liebe dich nicht . . . ich kann mir nicht mal denken, wer du bist . . .«. Sie brach in Tränen aus.

Jules' Augen schmerzten. Er lag still und wartete darauf, daß sein Herzschlag langsamer wurde.

Das Mädchen sagte: »Wenn ich dich lieben könnte, wäre es was anderes . . .«

»Es ist schon gut.«

»Aber ich weiß ja nicht mal, wo wir hier sind . . .«

Nach einer Weile stand er auf und suchte seine Zigaretten. Sie waren ihm aus der Tasche gefallen und lagen auf dem Fußboden, in ein Leintuch verwickelt. Er sagte: »Ich hab einmal gemeint, es wäre unmöglich, ohne Liebe zu leben, aber es ist möglich, man lebt weiter. Man lebt immer weiter.«

»Was war? Was tut man?«

»Man lebt immer weiter.«

6

»Du hast dir also das mickrige kleine Ding unter den Nagel gerissen. Wo hältst du sie denn versteckt?«

»Ich halte niemanden versteckt!«

»Ist sie wenigstens weiß? Ich meine, sie ist doch weiß?«

»Ein Negermädel würde ich nicht anrühren«, sagte Jules.

»Das weiß ich, du Schweinehund. Das weiß ich genau.«

Jules schaute aus dem Fenster. Ein Wagen kam die Straße herunter, ohne Eile: Er heftete seine Augen darauf. Wer saß in diesem Wagen, und wohin fuhr er? Ob es wohl ein lohnendes Ziel war? Als der Wagen außer Sicht geriet, richtete Jules seine Augen auf einen neutralen, leeren Fleck, etwas Harmloses.

»Was hast du heute gemacht, Jules? Den ganzen Nachmittag?«

Jules war wie gebannt von dem leeren Fleck.

»Warst du wieder im Kino, Jules? oder wo?«

»Im Kino.«

»In welchem denn? Wo?«

Er zuckte die Achseln.

»Ist irgendwas, Jules?«

Er sagte nichts. Schweigen begann sich in ihm anzuhäufen.

Er wandte sich vom Fenster weg. Die Hitze in dieser Wohnung war bedrückend; draußen war es dampfig, um die 33 Grad. Der Juni war vorbei, und jetzt war man im Juli eines nicht endenwollenden Sommers. Jules wischte sich immer wieder das Gesicht, aber es hatte keinen Zweck, es war sofort wieder schweißfeucht; es stach in seinen Augen. Er setzte sich auf Marcias Bettrand. Im Badezimmer beugte sich Tommy, ihr vierjähriger Sohn, im Spiel über die Badewanne. Jules mußte hilflos die Vision erdulden, daß dieses Kind stürzen und sich in der Wanne den Schädel aufschlagen könnte. Er konnte das Blut sehen. Seine Vorstellung lief rückwärts zum Bild einer Frau, die sich in einer schimmernd weißen Badewanne in sehr heißes Wasser legte. Das Wasser glitzerte über ihrem Körper. Ihr Körper war blaß und begann sich in der Hitze des Wassers zu röten ... Jules wurde übel, und seine Phantasie sackte in sich zusammen.

Marcia strich ihm übers Haar. »Möchtest du etwas essen?«

»Eigentlich nicht.«

»Ich mach Tommy und mir gleich Sandwiches, bloß Sandwiches. Möchtest du eins?«

»Nein.«

»Ein paar Kartoffelchips?«

»Nein.«

Marcia schwieg eine Weile. Ihr Schweigen war nicht ruhig; er spürte ihre Nervosität darin. Dann sagte sie ärgerlich: »Was machst du eigentlich den ganzen Tag? Ich nehme nicht an, daß du dich bei deiner kleinen Hure so verausgabst – die ist ja voller Rauschgift, sagen alle. Wo hältst du sie denn versteckt? Hast du dich mit der Polizei irgendwie arrangiert? Nicht daß es mich das geringste anginge, aber ich muß schließlich den Leuten was sagen können. Mort bekniet mich dauernd und fragt, wo du bist.«

Jules schloß die Augen. Er spürte, wie sie ihm über den Kopf strich, doch es war keine Freude dabei; sie fuhr ärgerlich damit fort, als fürchte sie aufzuhören. Er lief ab, lief aus. Selbst die

Luft war verzerrt. Dinge konnten in ihr schmelzen. Sein Körper konnte zu Fett werden, konnte schmelzen, während das winzige Körnchen Energie in seinem Mittelpunkt – Jules Wendall – hart und bitter und sinnlos war, wie ein Sandkorn, ein Staubkorn.

»Wir kennen uns jetzt fünf Monate«, sagte Marcia. »Bist du dir darüber klar, daß wir schon Mitte Juli haben? Schon Mitte Juli? Bedeutet dir das alles nichts? Und ich?«

Jules bemühte sich, ihre Worte zu einem sinnvollen Satz zusammenzusetzen.

»Na, sag schon«, sagte sie.

»Doch.«

»Und Tommy, hast du den auch lieb?«

»Ja.«

Einen Augenblick lang stand sie über ihn geneigt. Er hörte sie aufseufzen. Sie sagte: »Ich muß uns was zu essen machen. Komm raus in die Küche, erzähl mir was.«

Jules folgte ihr nicht. Er blieb auf dem Bettrand sitzen. Auf dem Fensterbrett stand eine kleine Pflanze in hellbraunem Keramiktopf. Sie ließ die Blätter etwas hängen. Die Erde im Topf war ausgetrocknet und hatte sich zu kleinen, lebendigen, hart aussehenden Kügelchen verformt. Wie Kiesel. Jules ging ins Bad, füllte Marcias Zahnputzbecher halb mit Wasser und kam zurück, um die Pflanze zu gießen.

Marcia schaute von der Küche aus um die Ecke zu ihm herein. »Oh, danke schön, daß du das getan hast, ich vergeß es immer«, sagte sie. Jules ließ den Becher auf dem Fensterbrett stehen und setzte sich wieder aufs Bett. »Jules, ist dir nicht gut? Nimmst du irgendwas? Bitte sag es mir.«

Er sagte nichts.

»Nimmst du was?«

»Nein.«

»Ich hätte Angst um Tommy, wenn du das tätest. Bitte, sag doch –«

»Nein.«

»Aber was ist mit diesem Mädchen? Es gibt doch da ein Mädchen. Sie heißt Vera, stimmt's?«

»Ja, vielleicht.«

»Was ist mit ihr?«

»Nichts.«

»Liebst du sie?«

Jules hatte eine plötzliche, verschwommene Halluzination:

Tiere, durchsichtige Tiere in dem Raum zwischen ihm und der Küchentür.

»Aber was bedeutet es dir?« fragte Marcia.

»Was bedeutet was?«

»Alles.«

»Ich weiß es nicht.«

Die Umrisse der durchsichtigen Tiere verschmolzen wieder mit der feuchten Luft. Jules empfand eine kleine Erleichterung.

»Die werden bestimmt streiken«, sagte Marcia. »Diese verdammten Fernfahrer, schon wieder streiken sie, und wenn sie streiken, dann baut der mich ab, ich weiß es! Ich bin die erste, die fliegt! Und dann mitten im Sommer einen neuen Job suchen, ach du lieber Gott! Ich wollte, ich könnte hier weg.«

Jules sagte nichts.

»Überall wäre es besser als hier, alles wäre besser. Ich weiß bei Gott nicht, warum ich in dieser Drecksstadt gelandet bin ...«

Tommy rutschte auf dem nassen Boden aus, doch er schlug sich nicht den Schädel ein. Er stand allein wieder auf. Jules sah, daß er sich wehgetan hatte und spürte den Drang, zu ihm zu gehen, aber er rührte sich nicht. Der Junge fing an zu weinen.

»Oh, mein Gott«, schrie Marcia. »Was hat er jetzt angestellt?«

Sie lief zu ihm und beugte sich herunter, um ihn an sich zu drücken. Jetzt sah Jules sie an. Sie war eine starkknochige Frau Ende zwanzig, mit so hellblondem Haar, daß es gefärbt aussah; es war kurzgeschnitten, damit man die Ohrläppchen sah. Wenn sie auf der Straße ging, sah sie schwungvoll, offen und handfest aus; im Hause hatte sie etwas leicht Gequältes, Ungeduldiges. Sie schloß Tommy in die Arme und zog über seine Schulter weg Jules ein Gesicht.

»Aber, aber, du fällst ja dauernd hin, du Dummerchen du! Bist du vielleicht ein Dummerchen? Na, nun ist es wieder gut, du hast dir ja gar nichts getan. Kein Schnitt, kein Kratzer, gar nichts. Ist es wieder gut?«

Sie richtete sich auf. Tommy ging wieder spielen.

»Warum ist er bloß immer so heiß? Er muß Fieber haben. Ich weiß wirklich nicht, mit was zum Teufel die ihn füttert, ich sollte ihn dort wegnehmen, aber wenn ich entlassen werde, brauche ich sie nicht. Dann kann ich hier rumliegen und mir die Nägel lackieren. Ich kann mit dir ins Kino gehen.«

Jules stellte fest, wie kräftig ihre Gesichtsknochen waren,

selbst in dieser warmen Luft. Er selbst spürte keine Kraft. Ihm war, als ob alle Kraft aus ihm herausgeflossen sei, in der Luft dieses Zimmers verdampft, in der Luft anderer Zimmer, aus denen sich seine Vergangenheit zusammensetzte. Marcia, die kühner und listenreicher war als er, hatte nichts von ihrer Kraft eingebüßt, obwohl ihr Mann sie vor zwei Jahren verlassen hatte – einfach davongegangen war und dabei behauptet hatte, er führe nach Kanada. Das kam Jules irgendwie bekannt vor, aber er konnte nicht sagen, wieso. Hatte Furlong Kanada erwähnt? Es kam Jules sonderbar vor, wie vertraut alles schien, als bestehe die ganze Welt aus wenigen Anblicken und Geräuschen, die – wie das Betreten und Verlassen dieses Zimmers – wieder und wieder verwendet wurden. Lag er mit Marcia im Bett, so fühlte er, wie seine Seele zwischen den wirren Leintüchern und Kissen ziellos herumstöberte, blind, selbst seine Finger blind für den Körper dieser Frau, die eine x-beliebige hätte sein können. Seine Begierde nach ihr war die Begierde nach einer x-beliebigen Frau. Er war davon erfüllt, aber nicht ernsthaft. Er erinnerte sich daran, vor vielen Jahren ein Spiel mit anderen Kindern gespielt zu haben, selbst noch ein Kind, bei dem er sie mit Holzschwertern durch den Keller eines Lagerhauses führte. Damals war der Jules in ihm, der eigentliche Jules, eifrig und ungeduldig gewesen und bereits geformt. Nun er dreißig war, lag dieser Jules schlafend oder sterbend, leergelaufen, seines Selbst beraubt. Er konnte für immer auf diesem Bettrand sitzen bleiben, der zu Marcias Bett gehörte. Jetzt sprach sie mit ihm. Sie kam nach einem Arbeitstag nach Hause, in dem sie Bestellformulare für Fernfahrerkonzerne ausgefüllt, den ganzen Tag getippt hatte, mit dem Bus hin- und zurückgefahren war, und jetzt war sie daheim bei ihrem Sohn und ihrem Liebhaber, der Jules war, das Gesicht leicht gerötet von . . . ja, von was, . . . von Sorge über den kleinen Unfall ihres Sohnes oder von Liebe und Sorge um Jules, um ihre »Familie«.

»Na, vielleicht ist es das Beste, wenn die Kerle wirklich streiken. Vielleicht kommen wir dann hier raus«, sagte sie.

Jules antwortete nicht. Er sah sie nicht an.

»Wir könnten vielleicht in eine andere Stadt ziehen. Jules? Mein Gott, was bist du bloß für ein Mensch – ich meine, was ist bloß mit dir los? Bei dir ist es hoffnungslos, du sitzt bloß da. Ich muß verrückt sein, daß ich was aus dir rauskriegen will – irgendwas!« Sie drückte beide Hände auf die Stirn, mit einer ungeduldigen, männlich wirkenden Bewegung und rieb sich die

Schläfen mit den Handflächen. Jules dachte, wie unmöglich es sei, sie zu lieben, eine Frau zu lieben, die sich so die Stirn rieb, sich so den Schweiß abwischte. »Woran denkst du, Jules? Warum siehst du mich nicht an?«

»Ich muß in ein paar Minuten weg.«

Sie war betroffen.

Er sah weg.

»Wohin denn?«

»Muß jemand besuchen.«

»Wen denn? Wer ist es denn?«

»Ich komm bald wieder.«

»Aber wen willst du denn besuchen? Soll ich dich begleiten?«

»Nein, ich komm ja gleich wieder.«

Aber er hatte nicht die Energie aufzustehen und die Treppe hinunterzugehen und sich wieder der Straße auszusetzen. Die Luft zwischen ihm und der Tür war trübe und tückisch, wie bevölkert von unsichtbaren Formen.

»Ich weiß nicht, warum ich immer an dir rumnörgele«, sagte Marcia. »Ich liebe dich. Ich will nicht dauernd so weiternörgeln ...« Er hörte jetzt ihre klanglose, schmachtende Stimme, die zweite, weniger reizvolle von ihren Stimmen.

»Ist schon gut«, sagte Jules.

»Ich meine bloß immer, wenn du woanders einen Job bekämst, dann könnte ich mir auch einen nehmen, dann könnten wir vielleicht raus. Dauernd höre ich, daß es zu Unruhen kommen wird, jedes Wochenende soll es hier Unruhen geben. Mort und seine blöden Freunde, diese Maulhelden, glauben, das wird ein Faschingsfest. Ich hab ihn neulich auf dem Heimweg zufällig getroffen und bin ihn kaum mehr losgeworden. Ich glaube, der wird noch verrückt über all dem. Er und diese Kerle werden sich als Generäle aufspielen, die alles befehligen – Brände und Bombardierungen –, sie wollten die Brücke und den Tunnel und die Expreßstraßenkreuzung in die Luft jagen, und er hat auch was von der Wasserversorgung gesagt. Mann, sieht der elend aus. Der ist ja am Zusammenbrechen.«

Jules nickte.

»Er hat gesagt, du arbeitest für ihn. Stimmt das? Für dieses Dingsda – dieses Gemeinschaftsprojekt? Was tust du denn dabei?«

»Nichts.«

»Und was sollst du tun?«

»Ich weiß nicht. Nichts.«

»Aber du kriegst doch Gehalt? Wieviel?«

»Nicht viel. Ich hab noch nichts ausgezahlt bekommen.«

»Wieviel denn ungefähr? Ein paar hundert Dollar im Monat?«

»Ich weiß es nicht mehr.«

Marcia lachte. »Hundert im Monat? Fünfzig? Es wird nicht lange dauern mit ihm und seinem Geld. Oder aber einer von seinen Kontaktmännern bringt ihn um. Wissen sie denn nicht, daß sie den Niggern scheißegal sind? Die trauen ihnen nicht und auch ihren großen Worten nicht, die sie nicht verstehen. Nigger bleibt Nigger. Ich hab nichts gegen Nigger, aber sie sind nun mal was anderes als die Weißen, und sie *wollen* gar nicht das gleiche sein, wie die Weißen. Mort ist immer so nervös, er kichert. Es war nicht immer so schlimm mit ihm.«

Jules stand auf. »In ein paar Minuten bin ich wieder da.«

Tommy kam aus dem Bad gelaufen. »Ich geh mit«, sagte er.

»Nein, Schatz, er geht nur ein paar Minuten weg. Sei still. Ich mach Abendessen.«

»Ich will kein Abendessen.«

Tommy hatte blondes, lockiges Haar, seine Augen waren blau. Von den vielen Stunden in dem einen oder anderen Kindergarten hatte er sich eine geduckte Haltung angewöhnt, als warte er darauf, daß er geschlagen oder angepfiffen wurde. Jules wußte nie, was er zu ihm sagen sollte, obwohl er den Jungen gern mochte. Aber vielleicht wußte er überhaupt mit Kindern nichts anzufangen – bei ihnen erlosch seine Vorstellungskraft.

Marcia folgte ihm in die Diele. »Du bist also böse auf mich?«

»Nein.«

»Du willst nichts essen?«

»Nein.«

»Warum kannst du mich nicht anschauen? Warum können wir nicht miteinander reden? Ich will doch nicht viel von dir. Ich möchte mich ab und an mit dir unterhalten, das ist alles. Ich möchte bloß jemanden haben, mit dem ich reden kann, jemand Intelligentes, der nicht ... der nicht spinnt, weißt du. Jules, warum geht denn das nicht?«

»Es geht doch prima.«

»Denkst du nie an nächstes Jahr?«

»Was ist mit nächstem Jahr?«

»Ich meine: die Zukunft. Ich meine, hier wegfahren und anderswo Stellen suchen und heiraten.«

»Nein, darüber denke ich nicht nach.«

Auf seinem Weg den Häuserblock entlang traf er auf eine kleine Gruppe von Schwarzen auf dem Bürgersteig. Mehrere Männer trugen bunte Tücher um den Kopf gebunden. Ein Neger in Arbeitskleidung, total betrunken, wurde soeben von einem schwarzen Polizisten festgenommen. Es lag eine Feststimmung über dem Ganzen, ein heiteres, tuschelndes Schweigen. Der betrunkene Neger schwankte von rechts nach links, und der Polizist versuchte ihn geradezurichten.

Plötzlich wurde geschrien, gejault, man hörte Füßegetrappel. Jules machte höflich einen Bogen um sie. Der betrunkene Neger versuchte mit dem Polizisten zu raufen, der genauso aussah wie er – es war verblüffend, wie sehr sie einander ähnelten, beide an die dreißig Jahre alt, mit sehr schwarzen Gesichtern und tückischen Augen. Der Polizist stieß seinen Arrestanten an die Hausmauer, und der Kopf des Mannes hüpfte töricht auf und nieder. Der Polizist nahm seinen Gummiknüppel und begann auf ihn einzuschlagen. Ein Schlag. Noch ein Schlag. Jules ging weiter. Er wollte Raum zwischen sich und die da legen.

Vor einer Weile hatte es unten in seinem Wohnblock eine Rauferei gegeben, und aus Neugier war Jules hinuntergegangen und hatte sich, als alles still geworden war, umgesehen. Ein paar Blutflecken am Boden. Jemand erzählte, der Hausherr hätte einen mit dem Baseballschläger verdroschen. Der Hausherr war gar nicht wirklich der Hausherr, sondern der Verwalter, ein vierschrötiger hellhäutiger Neger, der immer einen Hut aufhatte. Der Hausherr war, so hieß es, ein anderer Neger, der drüben in Palmer Woods in einer Villa wohnte. Es gab allerlei Gerüchte. Hinter dem einen Neger stand noch ein anderer, erfolgreicherer und hinter diesem ein noch erfolgreicherer: Alle waren stolz auf ihn. Jules glaubte die Geschichten nicht, bezweifelte sie aber auch nicht. Seine eigenen Diebstähle waren so klein, so phantasielos, daß er weder Lust noch Interesse noch die Möglichkeit hatte, sich zu freuen, wenn man ihm von den Beutezügen fabelhafter anderer Diebe erzählte. Jeder kämpfte, kämpfte sich nach oben, doch Jules saß abseits, benommen, glücklich, unglücklich, und wartete auf nichts. In Pension. Er hatte Fayes Photographie in einer Zeitung gesehen, nach all den Jahren, und es hatte ihm keinen Eindruck gemacht. Er war kurze Zeit ihr Liebhaber gewesen. Welche Bedeutung hatte das, der Liebhaber einer Frau zu sein? Was änderte es? Sie war jetzt mit jemand verheiratet und dachte bestimmt nie mehr an Jules, konnte sich seiner wohl gar nicht mehr entsinnen. Einmal hatte er auch seine Schwester Betty auf der Straße gesehen, in Gesellschaft unbekannter Rabauken. Betty in äußerst enger, schicker Wildlederkleidung, Hose, Jacke, Seidenschal – sie wirkte gleichzeitig konservativ und bizarr, ihr an sich reizloses Gesicht war zum Ausdruck rohen, verächtlichen Selbstbewußtseins hochgeschminkt, ihr grausamer Mund war noch das beste daran. Und Jules, der sich plötzlich vor ihr fürchtete, hatte sich abgewandt. Mit seiner Kindheit war es aus.

An seine Schwester Maureen dachte er gar nicht mehr. Sie war mit jemand verheiratet: Sie war in Sicherheit. Auch an Loretta dachte er nicht, außer wenn eine untersetzte, laute Frau auf der Straße ihn an sie erinnerte – es lag nichts Geheimnisvolles in diesem Vergessen – gar nichts. Er war wie das Unkraut, das sich durch Pflasterritzen nach oben kämpfte, meterhoch aufschoß, jedoch ohne Böses im Schilde zu führen und ohne Grausamkeit, hirnlos und zufrieden. Oder wie die Pflanzen auf Bauplätzen, die aus dem Schutt wuchsen, sich durch den Schutt zwängten. Ringsumher waren Dinge oder Teile von Dingen, die irgendwann einmal von Menschenhand gemacht waren und noch die Zeichen menschlichen Geistes trugen, aber die Kräuter waren, weil absichtslos, das Dauerhaftere.

Jules schaute in einige Bars hinein. Im »Glückshufeisen« hatte er Erfolg: Vera eilte auf ihn zu. Sie sagte: »Ich hab hier auf dich gewartet. Irgendwelche Schwierigkeiten?«

»Nein. Und bei dir?«

»Na ja, vielleicht. Weiß nicht. Ich begreif's nicht recht.«

»Los, komm.«

Sie bettelte so rührend mit ihrem langen Haar, das ihn langweilte, und ihren rußschwarzen, übergroßen Augen, diesem hoffnungslos jungen Gesicht – daß er nicht anders konnte, als ihr den Arm um die Schultern legen.

Sie schmiegte sich dankbar an ihn. »Es ist einfach zum Kotzen ...«

Jules erwiderte nichts. Er führte sie zurück in sein Zimmer. Sie war unsicher auf den Füßen, oder tat so, als stütze sie sich auf ihn.

»Ich fühl mich so deprimiert«, sagte sie. »Ich hab stundenlang auf dich gewartet, und das Lokal ist so dreckig. Mir ist gar nicht gut.«

»Wo ist dir nicht gut?«

»Im Kopf, im Hals.«

»Wieviel hast du denn gekriegt?«

»Bist du auch nicht böse?«

»Nein, Schatz. Wie hast du denn abgeschnitten?«

»Ich hab ein bißchen was gekriegt, aber ich fühlte mich nicht gut, und da bin ich zu Sheila in die Wohnung, wo ein paar von den Jungen waren. Ich weiß nicht, was sie dahergeredet haben, lauter wildes, phantastisches Zeug, weißt du. Diese Bande ist wirklich verrückt.«

Jules stieß einen Laut aus, um zu zeigen, daß er zuhörte.

»Da ist dieser Benny, der spinnt komplett! Er ist heute in die Wayne rüber und in den Professorenzimmern rumgestiegen und hat eine elektrische Schreibmaschine geklaut, eine große, schwere, und ist einfach damit weggegangen. Er hat den Personalaufzug genommen! Und die hat er verkauft und hat fünfzig Dollar dafür gekriegt. Er ist immer so voller Rauschgift, daß man überhaupt nicht mit ihm reden kann. Und er sieht aus – fürchterlich. Ich möchte lieber sterben, als so aussehen, Liebling. Ich seh doch noch ganz gut aus, oder? Seh ich noch nett aus?«

»Ja.«

»Du bist mir also nicht böse? Mir war nämlich wirklich nicht gut, und Sheila hatte was zum Essen da, und da hab ich gedacht, ich könnte genauso gut dort essen.«

Droben in Jules' Zimmer legte sie sich aufs Bett und bedeckte ihr Gesicht mit den Armen. »Mir tut der Kopf weh. Mein Genick ist ganz steif. Glaubst du, daß ich vielleicht Kinderlähmung kriege?« fragte sie.

»Wo ist das Geld?« fragte Jules.

»Da drin«, sagte sie. Sie setzte sich auf. Sie nahm ein Portemonnaie für Kleingeld aus ihrer Kleidertasche und gab es ihm. »Ich glaube, es sind vierzig oder fünfzig Dollar drin. Bitte sei mir nicht böse ...«

Jules zählte fünfundsechzig, sechsundsechzig Dollar. Er nahm sich fünfzig und reichte ihr das Geldtäschchen zurück.

»Schatz, du bist doch nicht böse?« fragte sie.

»Nein, ich bin nicht böse.«

»Du hast gesagt, ich soll hundert zusammenbringen ...« Sie sah ihn mit ihren schmachtenden, schwarzgeränderten Augen an.

Jules setzte sich auf die Kante des Fensterbretts und versuchte, ihr zuzulächeln.

»Also du bist mir nicht böse.«

»Nein, nie.«

Er hatte eine undeutliche Erinnerung daran, daß er dieses Mädchen mit einem zusammengebogenen Kleiderbügel verprügelt hatte. Er war sorgsam darauf bedacht gewesen, sie nur auf den Rücken zu schlagen. Das war vor ein paar Wochen gewesen. Ihr Rücken hatte leicht geblutet und blaue Flecken bekommen. Aber er war nicht wütend auf sie gewesen. Es war aus einem anderen Grunde, um ihr etwas begreiflich zu machen; aber war das wirklich Jules gewesen, der dieses Mädchen verprügelt hatte?

»Kann ich dir was erzählen? Willst du's hören?« fragte sie.

»Nein, nicht besonders gern.«

»Etwas wirklich Verrücktes. Dieser eine Kerl, der wollte –«

»Nein.«

Sie lächelte ihn verwundert an. Er sah, wie jung sie war, und es rührte ihn nicht, aber es rückte ihn noch weiter von ihr fort, drückte ihn nieder. Sein Körper wog vierhundert Pfund, tausend Pfund. Er würde ihn nie bewegen können. Der zarte Körper des Mädchens, der seit Juni magerer geworden war, wog vielleicht achtzig und war so schmächtig, daß er ihn für nicht ganz real hielt. Vermochte sie Schmerz zu fühlen? Überhaupt etwas zu fühlen?

Sie fragte: »Bleibst du heute abend hier?«

»Ich weiß nicht.«

»Gehst du immer noch zu *ihr?*«

Ihre Frage war ihm nicht recht verständlich, obwohl die Worte klar genug waren. Er fühlte, wie er immer schwerer wurde, und sehr heiß. Der Mund des Mädchens lächelte, ihre Augen baten ihn um etwas Verschwommenes und Anstrengendes. *Wenn du wieder hysterisch wirst,* dachte Jules, *werde ich dich aus dem Fenster werfen müssen.* Doch selbst dies war nicht das Werk seiner Phantasie: Vor einer Woche war eine schwarze Prostituierte von ihrem Zuhälter aus dem Fenster geworfen worden, daher hatte Jules diese Idee. Er fühlte sich sehr matt.

»Komm her, Jules. Komm zu mir.«

Er legte sich neben sie, konnte aber die Augen nicht schließen. Sie fing an, ihn zu küssen. Sie fing an zu weinen. »Jules, ich liebe dich«, sagte jemand. »Jules, ich liebe dich.«

Liebe! Es gab so viel Liebe! Er fühlte ihre Arme um sich, spürte, wie seine Arme sich um sie legten. Magere Rippen. Ihr klopfendes Herz. Von zuviel Liebe wurde sie verrückt, von zuviel Hysterie. Und wenn Marcia ihre Stellung verlor, was dann? Dann hatten sie kein Geld, nichts; dann würden sie alle von Vera leben müssen oder von Marcia selbst – warum nicht? Tommy fiel ihm ein, wie er sich beim Alleinspielen duckte. Tommy zwinkerte ständig, als müßte er abschätzen, wie stark er bedroht sei. Unsichtbare Erwachsene schienen dauernd hinter ihm her zu sein. Klug und flink für sein Alter, mit dünnen blonden Härchen und geduldigem Blick, das Kind eines Mannes, der auf und davon war, ein verlorenes Kind ... Jules konnte ihm nicht helfen und hörte auf, an ihn zu denken.

Er versuchte sich auf Vera zu konzentrieren. Mit schmeichelnden Liebestönen sprach sie zu ihm, nannte ihn bei einem unveränderlichen Namen, nannte ihn »Jules« – warum hatte er beim Verlassen der Klinik nicht daran gedacht, seinen Namen zu ändern? – und stöhnte: »Jules, mir tut alles weh, weh nach dir, ich liebe dich, will dich in mir spüren, Jules, nur dich, Jules, bitte ...«

Nach einigen Minuten sagte Jules: »Tut mir leid, ich kann nicht.«

In seinen Adern brannte Begierde, doch er wußte nicht wonach. Nach einer Frau? Er war dessen nicht sicher, nicht mehr sicher. Vera schluchzte in seinen Armen. Sie hatte die Knie angezogen, wie um sich vor weiteren Verwundungen zu schützen. Jules' Blut hämmerte, wollte etwas erfahren, eine Intensivierung seiner selbst. Neulich abends hatte eine Frau ihm eine Spritze gegeben, sich zärtlich über ihn gebeugt, ihn mit listiger Liebe eine Nadel in die Vene gebohrt, die am Innenarm entlangführte, und Jules war nahe daran gewesen, sie zu lieben, als Dank für die Lust, die diese Spritze ihm verschafft hatte – eine Lust, die hoch oben im Rückgrat schlagartig einsetzte und von dort ausstrahlte, ihn überwältigte. Das also war es – so also fühlte sich das an! Doch die Erinnerung an diese Spritze ließ ihn von sich abschweifen, seltsam leicht und beziehungslos.

Vera weinte. Sie war eines seiner durchsichtigen Tiere, hilflos. Sehr warm. Glitschig von Schweiß, unterhalb der Taille ein hilfloses Tier; sie tat ihm leid. Auch Marcia hatte in seinen Armen geweint. Er hatte seinen Körper in den ihren entleert, und gerade durch das Gewaltsame des Liebesaktes hatte er sie abgeschüttelt, war frei. Die Nadel war eingedrungen und hatte ihn aus sich selbst herauskatapultiert, doch das war es nicht, was er wollte, er wollte nur sich, nichts Gefälschtes. Er begriff nicht, was er wollte. Er umklammerte Vera, vergaß sie, und in ihrem Elend schien auch sie ihn zu vergessen, in sich selbst zu versinken. Warum konnte er noch immer nicht an jene andere

Frau denken, die er so lange geliebt hatte? Er dachte nicht an sie. Um ihre Person lag es wie tödlicher Nebel, wie ein Dunst, den er nicht zu durchdringen wagte. Wollust hat kein Gedächtnis, doch die Liebe schien ganz und gar Gedächtnis zu sein, ein Verhängnis des Geistes, jetzt schlimmer als damals, zu der Zeit, als er in den Armen jener Frau gelegen hatte. Und jetzt lag er bei einer anderen, beide waren verschwitzt und elend. Plötzlich überfiel ihn der Schlaf. Veras Schluchzen wurde leise, sie schlief ein. Er liebte sie augenblicklich dafür, daß sie einschlief und ihn allein ließ. *Du hast dir also das mickrige kleine Ding unter den Nagel gerissen?* hatte Marcia gefragt, erfahren und ironisch. Sie wußte alles. Nun ja, das hatte er. Er schlief ein.

7

Jules, der den Überblick über Nächte und Tage verloren hatte, erwachte plötzlich mit jagendem Herzklopfen. »Wer ist da?« rief er. Einen Augenblick lang konnte er sich nicht erinnern, wo er war, was für eine Tageszeit es war, und ob er achtzehn oder dreißig war.

In seinem Inneren war etwas leer und um ihn – langsame Bewegung. Er lag ganz still, während er sich prüfte. Er konnte Gegenstände im Zimmer erkennen, wenn auch verschwommen, war also nicht blind. Er konnte sehen. Seine Lungen taten ihm nicht zu weh. Es war seine Haut, die wehtat, als ob er sich verbrannt hätte. Er kratzte sich und es blieben ihm kleine Hautteilchen unter den Nägeln. Er sah an sich herunter: Er hatte an einigen Stellen Sonnenbrand. Wie war das passiert?

Schlaftrunken erinnerte er sich an einen Park, an eine gemähte Wiese, braune, duftende Stoppeln und wie er darübergegangen war. Langsames Sichbewegen – Bewegung ... Er mußte auf der Wiese eingeschlafen sein – in einem Stadtpark – und sich einen Sonnenbrand geholt haben. Oder war das vor Jahren gewesen? Er kratzte auf den schmerzenden Hautstellen und bemühte sich herauszukriegen, was es war, dann vergaß er es.

Es war ihm wichtig, sich an das gestern Geschehene zu erinnern. Er hatte Marcia verlassen, aber das konnte schon mehrere Tage her sein; es nützte nichts, daß ihm das jetzt einfiel. Ihr zorniges, tränenüberströmtes Gesicht, ihre geröteten Augen ... einen muskulösen Hals hatte dies Mädchen. Eine gute Frau. Zu gut für ihn, er mußte es zugeben und sie so weit bringen, es zuzugeben, er war lange genug wach gewesen, um die Sprache darauf zu bringen. *Ich bin nicht der Richtige! Ich nicht!* hatte er geschrien. Eine Straßensperre aus Limonadeflaschen ... langsam, als ob er träume, fiel ihm eine Straßensperre aus Limonadeflaschen ein. War er in eine Schlacht zwischen Jugendlichen hineingeraten? Oder hatte Marcia mit etwas nach ihm geworfen? Das Ende der Welt würde langsam heraufziehen, wie ein Segel über den Horizont heraufgezogen kommen. Bei dieser Erkenntnis wurde ihm ganz friedlich. Selbst der Schmerz in seinem Körper war friedlich.

Die Limonadeflaschen waren aus dem Park herangesegelt: irgendwelche Kinder, die sich in den Haaren lagen. Und dann waren sie aus unerfindlichem Grunde gegen Jules losgezogen. Er hatte nicht die Kraft wegzulaufen. Er hatte sich auf das gemähte Gras gelegt. Sie hatten sich gegenseitig angebrüllt, nicht ihn, hatten Flaschen, Stöcke, Steine geworfen, alles Negerjungen und noch ziemlich klein, die in verzücktem Zorn herumtrampelten. Eine Limo-Flasche, eine einzige, hatte Jules seitlich am Kopf getroffen. Eine Colaflasche, auf die es Pfand gab. Der Schlag hatte ihn ins gemähte Gras geworfen. »Jetzt hast du ihn umgebracht«, schrie jemand. Jules lag in den Stoppeln, den duftenden, wilden, im Sonnenschein, und keiner sah ihn ... Ja, das war vor ein paar Tagen gewesen.

Er erhob sich vom Bett. Er stand auf, bewegte den Rücken. Sein Kreuz war steif. Der Springrolladen über dem Fenster hatte sich verklemmt, als wäre er aus purer Bosheit von alleine hinaufgeschnurrt. Dämmerte der Morgen oder der Abend? Er trat ans Fenster und schaute hinaus. Erst jetzt hörte er, was ihn geweckt hatte – eine Sirene. Die Sirene schien sich durch die Luft zu winden – eine rote Metallspirale, die ihn schlug. Er hielt sich die Ohren zu.

»Großer Gott!« Irgendwie mußte er an seine Kinderzeit denken. Er hatte zu viele Sirenen gehört.

Unten auf der Straße raste ein Bereitschaftswagen vorüber, voller Polizisten. Jules lehnte sich aus dem Fenster, schwindlig, leer, in der Erwartung, mit Neuigkeiten gefüllt zu werden. Aber er mißtraute Neuigkeiten. Es mußte erst neulich abend, erst Freitag abend gewesen sein, daß er irgendwo auf einer Treppe saß und einer herangeschlendert kam und sagte: »Deine Kleine ist aufgeflogen. Hast du'n Interesse dran, sie rauszuholen?« Jules hatte Vera seit zwei Tagen nicht mehr gesehen. Er hatte gedacht, sie sei heimgefahren. In Wirklichkeit hatte er überhaupt nicht an sie gedacht. In seiner Brieftasche waren fünf Dollar, fünf Dollar die von ... von irgend etwas übrig waren, etwas, das ihm Mort zugesteckt hatte, oder Geld von Vera oder Marcia, er wußte es nicht mehr. Er hatte nicht mehr an Vera gedacht. »He, du, deine Kleine haben sie mitgenommen«, sagte dieser flotte Schwarze und tat, als sei er ein Freund von Jules.

»Erzählt denn dir keiner was? Wie funktioniert'n das bei euch, Mann? Wegen Prostitution haben sie sie hopsgenommen, brauchst bloß mich zu fragen. Ich kenn jeden auf dieser Straße!«

Jules hatte sich erhoben und war verwirrt davongewankt. Vera tat ihm leid, dort im Gefängnis, aber da sie seit zwei Tagen im Gefängnis saß, war es einfach zu spät, jetzt über sie nachzudenken. Der Neger holte ihn ein. In seiner Stimme lag jetzt eine leichte Ungeduld. »He, Junge, hör mal – tust du was für sie? Sagst es mir dann, ja? Wieviel Geld haste denn?«

»Fünf Dollar.«

»Fünf Dollar? Scheiße. Ist das alles, was du hast: fünf Dollar?«

»Fünf Dollar.«

»Wie willste denn mit fünf Dollar was für sie tun! Du blöder Trottel!«

Jules winkte ab. Schon der Gedanke an Vera war ihm lästig. Er sah sie an einem Fenster stehen, schwanken, taumeln, hinausstürzen ... sterben war besser, die Sache hinter sich bringen. Ihre Träume waren zu intensiv gewesen. Irgendwo erwartete ihn ein Fenster. Oder eine Schußwaffe. Aber die Waffe würde er sich borgen müssen. Vera im Gefängnis, wie sie den Kopf an eine feuchte Mauer lehnte und wartete ...

»Du meinst, ob sie nicht inzwischen schon wieder in Ordnung ist, was?« sagte der Neger ungeduldig. »War sie süchtig, Junge? Willst du sie nicht total in Ordnung haben, oder wie?«

»Ich habe kein Geld.«

»Mann, wenn du anfangs bloß hundert hast ... den Rest in Raten.«

»Nein. Nichts. Laß mich in Ruhe.«

Und jetzt erinnerte er sich, wie langsam er weggegangen war. Es war schwer, von einem Schwarzen wegzugehen, der einem verächtlich nachschaut. Er ging weg.

Der Hals tat ihm weh, die Haut am Hals. Sonnenbrand. Es gab keinen Spiegel in seinem Zimmer. Er rieb sich den Hals. Es war merkwürdig, daß er immer noch Schmerz empfinden konnte, so weit außen, wo doch tiefer in seinem Inneren nichts mehr war. Ein weiterer Polizeiwagen raste vorbei. Jules wartete, bleich und unrasiert, angezogen wie ein Landstreicher ... wartete am Fenster.

Draußen auf der Straße war schon beinahe Morgen, beschloß er. Die Luft hatte einen sonderbaren Geschmack. Er roch Rauch. Menschen liefen an der Ecke zusammen, ihre Hemden waren nicht zugeknöpft. Ein sonderbarer Geruch in der Luft. Jules wanderte in der Morgendämmerung, sehr schwach und wirr. Ein paar junge Neger stritten sich wegen eines Wagens. Einer davon schrie. Einer davon hieb mit der Faust in die Windschutzscheibe ... hervorschießendes Blut ... Er ging vorüber und spürte wieder die seltsame, düstere Langsamkeit, die langsame Bewegung.

Als er dann um die Ecke bog, sah er, daß die Straße von Menschen wimmelte. Wieso, wieso waren sie schon so früh auf? Dämmerte nicht erst der Morgen? Es waren schwarze Männer und Frauen und ein paar weiße Männer. Sie wogten hin und her und sprachen erregt miteinander. Sie liefen mitten auf der Fahrbahn zusammen. Einer kletterte auf eine Kühlerhaube und sprach zeternd auf sie ein. Jules konnte die Worte nicht verstehen. Oben darüber, hoch oben, bereitete sich der Himmel für einen weiteren heißen, dunstigen Tag. Jules war davon überzeugt. Oder hatte er Unrecht und war es in Wirklichkeit Zwielicht und Abend? Sonnenuntergang? Ihm drehte sich der Kopf. Jemand nahm ihn beim Arm und schrie ihm etwas ins Gesicht, fuhr dann zurück und sagte erschreckt und höflich: »Du bist es ja gar nicht!« Jules schüttelte den Kopf, nein, er sei es nicht.

Er ging die Straße hinunter. Die Straße war in Bewegung. Köpfe wogten. Einen Block weiter vorn neigten sich Bäume über die Straße. Sie warfen keinen Schatten. Jemand stieß eine Mülltonne um, und sie rollte heftig an Jules vorbei. Er trat beiseite. Seine Gewandtheit überraschte ihn.

Das Papier in der Mülltonne flammte auf. Ein Wunder. Etwas zerbrach, Jules wußte nicht wo. Er rieb sich die Stirn. Warum war er so langsam? Er wäre gern vor eine Schaufensterscheibe gelaufen, um sich zu sehen, sein Spiegelbild, aber das Gedränge war zu stark geworden. Vielleicht fing irgendwo ein Umzug an, und man säumte die Straßen. Eine Sirene heulte in der Nähe. Die Menge drängte zurück, von ihr fort. Jules sah sich in die brennende Mülltonne stolpern, obwohl es nahelag, daß er sich verbrennen würde. Er schrie auf vor Schmerz. Sein Hosenbein schwelte.

Ein Streifenwagen erschien auf der Kreuzung vor ihm, fuhr aber nicht weiter. Sein rotes Licht kreiste. Dann fuhr er langsam davon, so langsam wie Jules, und verschwand.

Die Menschenmenge heulte begeistert auf.

In einer Welle trug sie ihn hinauf auf den Bürgersteig, und dort sah er, wie ein Schaufenster eingeworfen wurde. Dr. Palmer Raston, Optiker, hatte das Schaufenster gehört. Die Glasstücke fielen langsam. Ein Negerjunge duckte sich und wich ihnen aus. Das Glas fiel auf den Bürgersteig und zerbrach, jemand schrie auf. Eine Mülltonne wurde in einen Schaukasten geworfen, Plastiksonnenbrillen flogen nach allen Seiten. Es war eine Brillenexplosion. Stämmige energische Männer in Sporthemden rannten vor die Auslage eines Spirituosengeschäfts und packten das Eisengitter, zogen sich hoch, zerrten daran, verbogen es. Jemand feuerte sie an, mit rhythmischen Zurufen: *Los doch, los doch!* Hinter dem Gitter zerbrach das Glas. Die Männer hatten das Gitter an einem Ende losgerissen und bogen es herunter, ihre Muskeln traten hervor. Dann bückten sie sich, legten das Gitter vorsichtig über die Glasscherben und alle stiegen ins Innere. *Los doch, los doch, habt ihr vielleicht Schiß?*

Jules hielt sich an einem Laternenpfahl fest. Er konnte sich nicht erinnern, wo sein Zimmer lag. Es war besser, er kroch dort wieder hin, übergab sich dort oder starb, dort würde er wenigstens nicht so langsam und verwirrt herumirren. Die ersten Männer mit Schnapsflaschen entstiegen dem zerbrochenen Schaufenster. Schon! Während der Zeit, die Jules brauchte, um sich klarzuwerden, was eigentlich geschah, war alles schon passiert, hatte sich vollendet und war weitergestürmt. Ein etwa zehnjähriges Kind kroch durch einen Irrgarten von Glasscherben, es hielt eine Flasche umklammert. Jules fing es auf, als es ausrutschte. Das Kind richtete sich wieder auf und lief fort.

Er stand in der Nähe eines Schildes, auf dem stand: *Haltet Cross Street sauber!* Das war ein Anhaltspunkt. Von dort konnte er in drei Richtungen sehen, wenn auch nicht gut. Immer mehr Menschen drängten auf die Straße hinaus. Einige standen in der Mitte und beobachteten. Andere kämpften sich auf den Bürgersteig hinauf. Eine weitere brennende Mülltonne rollte auf die Straße. Jemand rief. Jules hielt sich an seinem Laternenpfahl fest. Man hatte jetzt das Geschäft *Schuhe zu stark reduzierten Preisen* aufgebrochen. Frohlockend flogen Schuhe durch die Luft. Ein kleiner Negerjunge schlüpfte unter dem Arm einer fetten Frau hindurch, er trug ein ganzes Bündel Schuhe. »Na, Kleiner, willst du die alle anziehen?« rief einer fröhlich. Jules schlenderte um die Ecken. Weitere Menschentrauben, die Schaufenster einwarfen, ließen die Straße erzittern. Ein Festtag. Selbst das Pflaster vibrierte unter ihrer Begeisterung. Was für Menschen! Jules hob einen einzelnen, heruntergefallenen Schuh auf und warf ihn durch eine zerbrochene Schaufensterscheibe ... ein Drugstore-Fenster. Jungen kletterten hinein und warfen das ausgeblichene Pappschild mit der Reklame für Shampoon und Zahnpasta um. Die Luft war erfüllt von hitzigem Geschrei wie von Musik. Sie erbebte von Musik. Jules entdeckte einen anderen weißen Mann etwa in seinem Alter und versuchte, in seiner Nähe zu bleiben. Der Weiße brüllte, sein Hemd stand offen, seine Brust blutete, wie von den Fingernägeln einer wütenden Frau ... Er hatte eine Flasche Whisky in der Hand. Jules spürte die Langsamkeit seines Wesens inmitten all dieser Eile, Jules kam nur zentimeterweise vorwärts, ein weißer Mann, der halb schlief. Schlafend. Er konnte es nicht wirklich glauben. Wahrscheinlich schlief und träumte er. Alles vibrierte. War das Wirklichkeit? Noch mehr Sirenen, der Geruch von bitterlichem, dichten Qualm, die ausgelassenen Schreie der Plündernden ...

Jenseits der Querstraße wogte eine Menschenmenge ... und davor flog etwas, flog vieles ... Steine? Flaschen? Am anderen Ende parkte ein Polizeiwagen, er war das Ziel, stand quer, als sei er in diese Stellung geschliddert. Seine Sirene plärrte hilflos. Die aus Steinen und Flaschen errichtete Barrikade regnete auf ihn nieder. Er fuhr rückwärts aufs Trottoir hinauf, geschwind wie ein Spielzeugauto, jemand feuerte einen Schuß, der Wagen raste fort, gefolgt von einem Hagel von Flaschen und Steinen ... Zwei Stellungen waren es, die jeder rasch einnahm: sich bücken und etwas aufheben, mit dem Arm ausholen und werfen ... bücken ... werfen ... die Straße ging entzwei.

Jules wurde in eine bestimmte Richtung mitgetragen. Die Gegend kam ihm bekannt vor, aber so wie ein Schnappschuß einem bekannt vorkommt – er schien nicht so recht mit drauf zu sein, darauf herumzugehen. Mit den Gesichtern um ihn her war es genauso. Hinter den Gesichtern stand ein ungläubiges Staunen, auf der Oberfläche der Gesichter eine grenzenlose Erregung. *Jetzt den da, dies hier!* wurde immer wieder geschrien, und der äußere Muskelring der Menge rannte ein Stück vor, schweißglänzende Jungen und Männer mit flatternden Hemden, voller Hast, irgend etwas mit irgend etwas anderem einzuwerfen. Jules dachte an Feuerwerk. Er dachte an das Klingeln eines Telefons, ein fortwährendes, nervöses Schrillen. Jeder wurde angerufen. Jeder hatte Geburtstag. Ein paar Häuserblocks weiter leuchtete der Himmel über dem Horizont auf. Jules wurde von einer Seite zur anderen gedrängt, manchmal ergriffen und wieder losgelassen und spürte in den hastigen Fingern eine Angst, die sich als seine eigene herausstellte.

Durch das eingeworfene Schaufenster eines Lebensmittelladens traten behutsam Frauen, beide Arme bereits beladen. Jemand ließ eine Melone fallen und sie zerbarst auf dem Bürgersteig. Ein Junge mit zu vielen Gläsern und Schachteln ließ alles auf der Bordschwelle fallen und schrie enttäuscht auf. Eine Frau mit einem kleinen Kind auf dem Arm trat anmutig ins Ladeninnere und sah sich um. Ihr Haar war in fröhliche rote Löckchen zusammengekämmt. Sie machte ein mürrisches, unzufriedenes Gesicht: eine normale Kundin. Jules wartete, bis die Tür aufgebrochen war, um auf diesem Weg das Geschäft ordentlich zu betreten.

»Was denn, bist du der Besitzer?« fragte eine Frau und lachte ihn aus.

Er holte sich einen Karton Zigaretten und stopfte sich die Schachteln in die Taschen. Er beeilte sich nicht, obwohl alle anderen sich beeilten. Ringsum tönten Sirenen. Rote Lichter leuchteten im Laden auf, ein paar Menschen duckten sich, es passierte nichts. »Die haben ja Angst, guckt bloß mal, die haben Angst!« gellte ein Mann. Jules nahm sich ein Glas Erdnüsse und versuchte, es aufzubekommen, aber der Deckel saß zu fest. Er schlug es auf den Ladentisch, und es zerbrach und er holte sich ein paar Erdnüsse aus dem zerbrochenen Glas, er holte sie mit spitzen Fingern behutsam heraus. Er schien eine Weile nichts mehr gegessen zu haben, er war schwach vor Hunger. Eine Weiße, der unter dem Regenmantel das Nachthemd um die Beine wedelte, drängte sich an Jules vorüber, um sich ein paar Dosen zu greifen: Krabben. Die Frau erinnerte ihn an seine Mutter, obwohl sie ziemlich häßlich war, vielleicht sogar geistesgestört. Sie stand plattfüßig da, langte sich die Krabbendosen aus dem Regal und stopfte sie in eine Einholtasche. Nicht einmal die kleinen schwarzen Rowdies vermochten sie beiseite zu drängen; sie stieß sie mit einer ausholenden Geste des Armes zurück.

In einem funkensprühenden Traum – es flogen jetzt überall Funken – tastete sich Jules zurück auf die Straße. Die Menschenmenge dort hatte sich gelichtet. Menschen standen auf Dächern, an Fenstern, und sahen zu. Ein paar schwarze Frauen weinten hinter vors Gesicht geschlagenen Händen. Dicker Qualm wölkte weiter vorne auf der Straße auf, und Jules hörte noch mehr Sirenen. Eine Milchflasche flog an ihm vorbei und zerschellte auf dem Trottoir, doch er hielt sie nicht für persönlich gemeint. Er war ein Weißer, doch von der Art, die nicht zählte.

»Hast du'n Fotoapparat?« schrie jemand.

Jules hob beide Hände, um zu zeigen, daß er keinen hatte. »Das da ist doch kein Bulle!« schrie jemand. Jules setzte sich auf eine Verandatreppe, er hatte eine Stufe für sich allein, und sah zu. Im Nachbarhaus brannte es schon an mehreren Stellen. In einiger Entfernung hielt ein Löschwagen, die Feuerwehrleute, Weiße, liefen durcheinander. Ein Knäuel Schwarzer beobachtete sie. Selbst die Luft, funkensprühend und bezaubernd, war melodiös und heiter. An soviel Festlichkeit konnte Jules sich schwer gewöhnen. Geschah das alles wirklich? Kam nun bald das Ende? Es war wie bei flammendem Benzin, das man auf flachen Boden schüttete – es konnte in beliebiger Richtung laufen, in alle Richtungen gleichzeitig, nicht mehr einzudämmen. Jules rauchte Zigaretten und sah zu.

Die Brände breiteten sich aus. Menschen liefen die Straße entlang, die Arme voller Kleider, Bettzeug und Kinder. Ein Pärchen kam vorbeigelaufen, eingehakt. Überall lief und rannte man. Am anderen Ende wurden sie von weiteren Bränden empfangen. Ein paar junge Kerle warfen einen Wagen um und setzten ihn in Brand. Ihre Haare waren lang und verfilzt, die Schultern unter den schmutzigen Hemden muskulös, und sie trugen grausam spitze Schuhe. Sie verständigten sich untereinander in seltsamen, kreischenden Lauten, wie große, gefährliche Vögel. Das Pärchen blieb stehen und sah ihnen zu, einer hatte den Arm um den anderen gelegt. Jules sah, wie sie sich freuten. Es rührte ihn und zog ihn an. Laßt doch alles herunterbrennen! Warum denn nicht? Die Stadt wurde im Feuer lebendig, und er, Jules, saß mittendrin und wärmte sich daran, die Flammen tanzten seine Adern entlang und hinter seinen verdorrten Augen.

Hatte er nicht die ganze Zeit gewußt, daß es so kommen würde?

Ein paar Wohnblocks weiter, in Richtung auf Woodward,

war bereits Polizei aufmarschiert, sie stand vor den Geschäften Wache. Doch die Geschäfte wurden trotzdem bombardiert. Ein junger Polizist näherte sich, mit verschränkten Armen, die Hand nicht einmal in der Nähe seiner Schußwaffe und beäugte Jules mißtrauisch. Rings um den Polizisten und hinter seinem Rücken warfen sechs-, siebenjährige Kinder das Schaufenster eines Ramschladens ein. »Worauf wartest du denn?« rief der Polizist Jules zu. »Los, hol dir was, es dauert nicht mehr lange.«

»Wozu denn?« fragte Jules.

»Alles ist gratis! Los, nun mach schon. Das dauert hier nicht mehr lange, so 'ne Chance hast du kein zweites Mal!«

»Ich brauche nichts.«

»Der Bürgermeister hat gesagt: wegschenken! Weihnachtsgeschenke! Weihnachten! Der meint, er ist der Nikolaus! Alles gratis!«

Ein Regen von Glassplittern ging über den Polizisten und Jules nieder. Einen Augenblick glaubte Jules, ein Splitter sei ihm ins Auge gedrungen, doch nein, es war nichts. Jemand schrie auf. Ein kleiner Junge. Sein Gesicht blutete. Er wankte auf den Bürgersteig, mit geschlossenen Augen, er troff von Blut. Er lief dem Polizisten gegen die Beine, und der Polizist stieß ihn weg.

Der nächste Polizist, ein stämmiger Bursche, stand breitbeinig mit gekreuzten Armen da und bewachte einen Laden, den man in Brand gesteckt hatte. Sein Haar war wirr, er war mittleren Alters und hatte einen dicken Fettbauch. Er richtete den Blick auf Jules und sagte etwas, man sah seine Lippen sich bewegen. Jules legte höflich die Hand hinters Ohr. »Hau ab, du Nigger, hol dir, was du brauchst«, sagte der Polizist und sah Jules starr an. »Wenn der Befehl erst da ist, schlagen wir jeden zusammen; also hol dir was, solang du's kannst.« Sein Auftreten war zugleich rauh, schleicherisch und wütend, und dabei sonderbar zutraulich. Jules dankte ihm, begab sich aber fort.

Mehrere Stunden lang wanderte er durch die Straßen, rauchte Zigaretten und roch Brandgeruch. Jeder würde die Lunge voller Ruß kriegen, dachte er. Es war jetzt heißer, kompakter Vormittag. Sonntag vormittag. Hinten in den Augen fühlte er das Bedürfnis nach Schlaf, aber sein Körper wäre unfähig gewesen zu schlafen. Er vibrierte, spürte, wie die Straße zitterte. Seine Finger und Knie prickelten. In bestimmten Straßen geschah gar nichts. Die Menschen warteten, mit Kinderwagen und Sonnenschirm. Auf anderen Straßen loderten Brände. Löschwagen waren im Einsatz. Die Feuerwehrleute schienen langsam zu arbeiten, von ihren Anzügen und ihrer weißen Haut gehemmt. Selbst das Wasser aus ihren Schläuchen, das machtvoll in die Höhe stieg, konnte gegen vier brennende Stockwerke wenig ausrichten. Jules spürte etwas an seinem Fuß vorüberflitzen und sah eine Ratte. Sie rannte fort, an ihm vorbei. Auf einer anderen Straße fraßen mehrere Ratten genüßlich in den Trümmern eines Lebensmittelladens, unbekümmert um schwelendes Gerümpel und den Tumult ringsum. Ratten! Menschen! Sirenen! Gewehrfeuer! Jules war plötzlich berauscht. Jemand faßte ihn an, und damit wurde der Rausch vollkommen: Er begriff, daß der einstige Jules nicht wirklich tot war, sondern nur schlief, einen Zauberschlaf; der Geist des Herrn hatte ihn nicht wirklich verlassen.

Ein Mädchen zupfte an ihm. Er erkannte sie. »Hier durch! Komm schon!« rief sie. Sie trug abgeschnittene Jeans und ein Männerhemd. Ihr Haar war in zwei Zöpfe geflochten. Sie liefen die Straße entlang, duckten sich durch den Qualm, wichen behutsam Glasscherben aus. Hier war alles schon geplündert, und jetzt brannten die Gebäude. Jules hielt das Mädchen an der Hand und liebkoste ihre Finger. Sie führte ihn eine Treppe hinauf, in ein Haus, das noch nicht brannte.

»Jules, wo warst du denn? Hast du geplündert? Hast du deine Zeit mit Plündern vertan?« schrie einer. Es war ein Freund von Mort, sein Name fiel Jules nicht ein.

Auf dem Dach eines Hauses stand eine Gruppe Weißer und trank Bier. Einer der Jungen war sehr betrunken. Gerade als Jules die Treppe heraufkam, ließ er ein schweres Fernglas über den Rand des Daches fallen.

»Und wann schmeißt du das hier weg? Weißt du sicher, daß das hier nicht markiert ist?« schrie jemand. Es war ein kleiner Rothaariger mit Hemd und Schlips, der jemanden am Arm zerrte. Sein Gesicht war zur Grimasse verzogen, Schweißtropfen liefen ihm über die Wangen.

Ein Transistor-Radio brachte Nachrichten.

»Kann ich irgendwo schlafen? Ich möchte schlafen«, sagte Jules.

»Schlafen? Du bist wohl wahnsinnig! Das ist eine Revolution!«

Er holte das Mädchen ein, das ihn hergeführt hatte. Sie brüllte einen verpickelten Jungen an, der angefangen hatte zu weinen.

Jules drehte sie zu sich herum. »Führ mich runter. Zeig mir den Weg«, sagte er. Das Hemd war ihr zu groß, der Kragen viel zu weit. Jules griff hinein und berührte ihr Schlüsselbein, das nervig herausragte. Was für ein übersichtlich gegliedertes Mädchen! Ein hübsches Mädchen!

Sie stieß ihn abweisend weg und schrie auf ihren Freund ein. »Du meine Güte! Du kotzt mich an!« rief sie.

Es war wie auf einem Spielplatz. Der Himmel war orangerot, brandrot, übel und süßlich zugleich. Jemand kam rufend die Treppe heraufgelaufen. Jemand prallte gegen ihn. Er versuchte die Treppe hinunterzusteigen, wollte wieder auf ebene Erde, doch die Treppe war voller Menschen. Ein Mann, von dem Jules noch wußte, daß er Fritz hieß, griff nach ihm, drängte sich an ihm vorbei. »Sie kommen! Sie sind da!« zeterte er. Jules trat beiseite. Das Dach erbebte von stampfenden Füßen. Polizisten folgten Fritz aufs Dach, schlugen mit Knüppeln auf ihn ein.

Schreie. Sprünge. Das Mädchen mit den Zöpfen fing an, auf einen jungen Polizisten einzubrüllen, und der schlug sie mit dem Knüppel ins Gesicht. Noch immer schreiend fiel sie vornüber. Blut floß ihr aus der Nase. Der Polizist stand breitbeinig da und schlug auf sie ein. Zwei Polizisten drängten Fritz in die Mauerecke und bearbeiteten ihn mit Knüppeln. Jules sah das Blut des Mannes in feinem Strahl aufspritzen wie bei einem Springbrunnen. Als er stürzte, griffen sie ihn, stützten ihn hoch und schlugen weiter, ins Gesicht, auf die Wangen, die Nase, den Kopf, den Hinterkopf, und irgendwer versuchte, sie daran zu hindern, und sie drehten sich ganz unpersönlich um und knüppelten ihn nieder. Jules sah, daß dem Mann das Nasenbein gebrochen wurde. Ein Blutstrahl, ein Blutgesabber . . . ein weiterer Polizist kam aufs Dach gestürzt, stieß wie ein Rasender Menschen beiseite. Der Pickeljüngling warf sich ihm entgegen. Er beachtete es nicht, stieß den Jungen beiseite, immer noch schreiend. Die anderen Polizisten hörten ihn und hielten inne. Sie traten zurück. Sie rannten die Treppe hinunter.

Jules, der meinte, sie würden ihm den Weg bahnen, lief hinter ihnen her. Sie achteten nicht auf ihn.

Er lief die ganze Treppe hinunter bis in den Keller. Sein Herz hämmerte dumpf. Er hatte große Angst gehabt. Eine Kiste fiel um. Die Luft war beizend hier unten. Funken und Flocken geschwärztes Papier schwebten überall. Jules mochte den Geschmack der Asche gern, er konnte sich nicht an eine Zeit erinnern, wo er ihn, der allenthalben in der Luft schwebte, nicht geschmeckt hatte. Er riß sich die Hüfte an einem herausstehenden Nagel.

Nach einer Weile stieg er wieder aus dem Keller herauf. Auf der anderen Straßenseite ein einziges Flammenmeer ... Feuerwehrleute rutschten auf dem nassen Pflaster aus. Jemand schoß in die Luft. Weitere Schüsse knallten. Eine Ratte lief hastig an ihm vorbei; sie wußte, wohin sie wollte. Ratten. Ratten störten ihn nicht und er sie nicht; Ratten, die es eilig hatten, belästigten niemand. Die Funken in der Luft mußten sie so geblendet haben, wie sie Jules geblendet hatten. Gerade die bewegte Luft, die zitternden Hitzeflecken der Sonne sagten ihm, es sei alles gut ... Er würde nicht sterben.

In einem ausgebrannten Häuserblock fand er etwas zu essen, es war in den zerstörten Regalen liegen geblieben. Er mußte rasch hinein und es den Ratten wegreißen. Sie waren jetzt überall. Hoch oben flog in einiger Entfernung ein Hubschrauber. Jules sah ihm aus zusammengekniffenen Augen nach. Er wäre gern in dem Hubschrauber gewesen, der so stolz und leicht über die Feuersbrunst dahinzog, sich hoch in den Himmel schwang. Die Sonne war jetzt fast untergegangen. Jules konnte sich nicht mehr erinnern, ob er den ganzen Tag in den Straßen verbracht oder eben erst erwacht war und die vergangenen Stunden in grellfarbenen Träumen durchlebt hatte. Er bog in eine Nebenstraße ein ... sehr allein in all dem Getöse, Jules, immer allein. Ein Polizeistreifenauto sah ihn, blieb aber nicht stehen. In Freiheit ließ er sich dahintreiben, in einem Freiheitsrausch. Das war es, was er in der Luft geschmeckt hatte ... Freiheit. Die Häuser, denen das Dach fehlte, bereits ausgebrannt, blickten in einem unverschämten, hoffnungslosen Freiheitskampf in den Himmel.

Nicht weit von zu Hause kam er am Packer Supermarkt vorüber, in dem immer noch geplündert wurde. Frauen benutzten die Einkaufswägelchen und ließen sich Zeit. Immer noch war Sonntag. Sonntag abend. Und morgen, würde morgen die lange Arbeitswoche von Detroit beginnen? Jules hielt inne, um den einkaufenden Damen zuzuschauen, die durch die zerbrochenen Fenster ein- und ausstapften. Ein Junge trug einen Kaugummi-Automaten unterm Arm und rempelte mit dem metallenen Untergestell immer wieder Leute an, die sich umdrehten und ihn wegschubsten.

Jules stand immer noch da, als ein Junge auf ihn zugerannt

kam. Er tat dies in sonderbar torkelnd-hüpfender Gangart: Er trug ein Gewehr in den Armen.

Die Luft schrillte von Rufen und Gelächter. Sirenen in der Ferne, weit weg. Der Horizont leuchtete hell. Elektrische Funken sprühten auf. Ein Wagen lag umgeworfen mitten auf der Straße, er brannte, der Geruch nach brennendem Gummi war erstickend. Der Junge mit dem Gewehr kam näher, er taumelte. Sollte Jules erschossen werden? Er hatte den unglaubhaften Einschlag von Kugeln schon einmal gefühlt, hatte das ekelerregende Gefühl sofortigen Verweigerns kennengelernt: *Das kann doch nicht wahr sein.* Er beobachtete daher den Jungen mit Respekt. Das Gesicht des Jungen war kein Kindergesicht mehr. Er war kahlgeschoren. Er war barfuß. Das Gewehr in seinen Armen war glänzend und neu, und etwas vom Glanz des Gewehrlaufs spiegelte in seine Augen hinauf.

Er lief Jules direkt in die Arme, und es sah so aus, als übergebe er ihm das Gewehr. Er klammerte sich im Sturz an Jules' Taille und Schenkel, und erst jetzt sah Jules, daß er aus einer Wunde am Rücken blutete. Er stürzte. Jules hob das Gewehr außer Reichweite. Der Junge umklammerte Jules' Knöchel, und Jules schrie: »Wo hat's dich erwischt? Ruf doch einer einen Krankenwagen!« Der Junge lag regungslos. Jules trat beiseite und blickte auf ihn nieder. Frauen kamen herzugelaufen. »Wie is'n der Kleine zu 'nem Schuß in den Rücken gekommen?« rief eine Frau. Jules wich Schritt für Schritt vor ihnen zurück. Der Junge rührte sich nicht. Es gefiel Jules, wie sich dieses Gewehr, dieses Geschenk, anfühlte. »Ruft doch einen Krankenwagen, einen Krankenwagen!« schrien die Frauen, wie vorher Jules, und stießen ihn beiseite.

Jules entkam. Er hatte schon eine ganze Weile Gewehrfeuer gehört, ohne genau zu wissen, was es war, jetzt hörte er es überall. Es dunkelte. Jemand hatte die Straßenlaternen kaputtgeschossen. Ein Wagen mit aufgeblendeten Scheinwerfern näherte sich, und Jules drückte sich in einen Torweg und hielt dabei das Gewehr krampfhaft fest. Kein Polizeiwagen, ein gewöhnlicher. Die Scheinwerfer tasteten ihn ruckartig ab, und jemand rief: »Es ist ein Weißer! He! Willst du mitfahren?«

»Ja gern, prima«, sagte Jules.

»Dann steig ein. Steig ein.«

Es war ein Wagen voller junger Burschen aus Kentucky, betrunken und sehr freundlich. Alle hatten Gewehre, wie Jules. Hinten im Fond saß ein Mädchen, das über irgend etwas schimpfte. »Fahrt durch die John Lodge, ihr Mistböcke! Ich möchte zu ›Saks Fifth Avenue‹!« rief sie. Jules quetschte sich hinten dazu. Sie machten ihm Platz. Er saß neben einem etwa Neunzehnjährigen mit einem hübschen, hohlwangigen Gesicht. Er roch nach Whisky. »Wie muß ich denn fahren?« fragte der Fahrer.

»Die nächste rechts«, sagte Jules, froh, helfen und sich dadurch zugehörig fühlen zu können.

Alle waren froh. Sie reichten ihm eine Flasche. »Wir halten erst bei Saks und fahren dann gleich zu Hudson«, rief das Mädchen.

»Quatsch, wir fahren raus nach Metro. Wir klauen uns ein Flugzeug.«

»Was klaut ihr? Ihr habt doch noch nie eine Maschine geflogen?«

»Blöd! Fliegen tun natürlich die Piloten! Eine Maschine klauen heißt, das ganze Ding klauen, samt Pilot und Passagieren und allem.«

»Was zum Teufel willst du denn mit denen anfangen?«

»Ich habe meine Pläne.«

Hinaus zur Schnellstraße in rasender Fahrt ... die Straßen waren dunkel, die Birnen aus den Laternen geschossen ... Glasscherben auf den Straßen. Die Jungen schossen aufs Geratewohl in Häuser hinein. Ein Block nach dem anderen wurde dunkel. In dem einen Haus war noch Licht, und drei Jungen schossen in die Fenster. »Das wird ihn lehren, den Naseweis«, schrien sie.

Beim Krankenhaus war eine Polizeisperre, daraufhin drehten sie in einer wilden Kurve mitten auf der Straße und fuhren in unvermindertem Tempo irgendwo anders hin. Jules hörte das Knattern von Maschinengewehren. Er hatte es bisher nur in Filmen gehört, und es kam ihm weder sehr real noch gefährlich vor. Das Mädchen gab dem Fahrer einen Klaps auf den Nacken und schrie ihn an. Sie war sehr jung, ihr Gesicht fleckig und gedunsen und die Lippen ungeschminkt; der Lippenstift hatte sich in ihrem Gesicht verteilt. Sie war sehr betrunken. Etwas prallte gegen ein Wagenfenster, und ein Glassplitter bohrte sich Jules in die Wange. Jules entfernte ihn sofort, indem er ihn herauszog. Er warf ihn aus dem Fenster. Der junge Kerl neben ihm lachte. Jules saugte seine Wange nach innen, als versuche er, das herausquellende Blut wieder einzusaugen, es damit zu stillen.

Der Wagen fuhr zu schnell. Er begann zu schütteln. Ein Scheinwerfer war ausgeschossen oder zerbrochen. Jules hob das Gewehr und zielte damit die Straße entlang auf Fenster. Wenn das Gewehr ihn nun im Stich ließ? Wo sollte er ein anderes für heute nacht herbekommen? Wenn es versagte, würde er in die Lethargie vieler Monate, eines ganzen Lebens zurücksinken. Die Jungen im Wagen waren sehr laut und aufgeregt. Jules fühlte sich zu ihnen hingezogen; das Schlingern und Stoßen des Wagens brachte ihn in körperlichen Kontakt mit ihnen.

Das Mädchen kreischte: »Schaut, da, Militär!«

»Na und?«

Ein Truppenlastwagen fuhr über die Kreuzung und weiter, mit abgeblendeten Scheinwerfern. Jules sah die Soldaten mit aufgepflanztem Bajonett auf dem Lastwagen stehen und die Straße entlangsehen, dem Wagen entgegen. »Blend lieber ab«, sagte Jules.

Der Fahrer knipste die Scheinwerfer aus.

»Mensch, die haben Militär ausrücken lassen! Und ich muß selber zum Militär!« rief einer der Jungen.

Der Fahrer schaltete nicht zurück. In wilder Neugier hielt er auf die Kreuzung zu, und Jules, von ihren Scherzen wie narkotisiert, dachte nicht einmal daran, in Deckung zu gehen. Doch der Militärwagen fuhr weiter die Straße entlang.

Jetzt kamen sie zu Bränden – Sirenen, Gewehrfeuer und gedämpften kleinen Explosionen. »Vierter Juli!« sagte das Mädchen. Einer der Jungen schoß in ein brennendes Haus, weiter oben standen Polizisten und Soldaten im Kreis um ein Löschfahrzeug.

»Noel, du kannst dich doch nicht mit denen allen anlegen«, sagte einer. Der Fahrer bog ab. »Ich versuch ja bloß diese verdammte Schnellstraße im Dunkeln zu finden, was andres tu ich nicht, wo sie jedes Openslicht in der ganzen Stadt ausgeschossen haben«, sagte er. Eine Reihe von Kugeln ging wie ein Regen auf den Wagen nieder.

Kein ernsthafter Schaden.

»Schießen da die Nigger oder die Polizei?« fragte einer.

Die Jungen feuerten auf die Straße hinaus, auf brennende Häuser oder nicht brennende, aber deutlich verlassene Häuser. Ein Schwarzer ging in einem Eingang in Deckung. Alle feuerten. »Den haben wir erwischt!« riefen sie. Aber es war zu spät, um das mit Sicherheit festzustellen. Der Wagen fuhr zu schnell. Er überfuhr etwas auf der Straße, und durch den Ruck fiel der größte Teil der Scheibe neben Jules heraus. Ein gezackter Glasrest blieb stecken. Jules wurde dauernd dagegengeworfen, mit dem Ellbogen dagegengedrückt. Er fühlte einen scharfen, stechenden Schmerz, der mehrfach verging und wiederkam. Das Holpern des Wagens machte ihn wieder guter Laune. Die Jungen unterhielten sich jetzt über einen Freund, der in Dehoco im Knast saß. Sie sprachen davon, ihn herauszuholen, ihre Stimmen waren explosiv, klangvoll, berauscht.

Jules spürte, wie ihm Blut über das Gesicht lief. Blut. Er dachte an Blut. Er dachte an zwei Mädchen aus seiner Kinderzeit, Zwillinge: Sie waren im Nachbarblock erstochen worden, die eine vor ihrem Haus, die andere noch verfolgt und dann erdolcht, so daß Blut in dünnen Rinnsalen über das Trottoir lief, und am nächsten Morgen waren alle vors Haus gekommen und hatten sich das Blut angesehen ... die Hechtschen Zwillinge: ... Blut. Jules' Blut, das ihm in den Ohren brauste. Im rasenden Hämmern seines Blutes fühlte er etwas Schweres an die Oberfläche dringen, eine feste, gewaltsame Gewißheit. Er fühlte sich davon wie vernichtet. Der Wagen raste weiter, in heißer, rauchiger Dunkelheit, weiterer Dunkelheit zu, und Jules fühlte die steinerne Gewißheit im Geschleudertwerden, im Rufen der Jungen und der eigenen Reife.

»Himmel, so paß doch auf!«

Sie schlingerten seitwärts, um etwas auszuweichen, das auf der Straße lag – einem Mann, der auf dem Rücken lag, einer Leiche. Eine Baßgeige lag neben ihm.

Sie bogen in eine andere Straße ein: vor ihnen ein Knäuel von Feuerlöschenden und Polizisten ... auf der Straße eine Sperre ... »Himmel nochmal, ich bieg nicht ab, für heute langt es mir!« sagte der Fahrer.

Sie schrien auf ihn ein. »Noel, du blöder Hund! So bieg doch hier ab!«

Aber er bog nicht ab, er schüttelte zornig den Kopf und hielt direkt auf die Barrikaden zu, auf einem Plattfuß holpernd. Jules sah den Polizisten das Gewehr anlegen. Er duckte sich. Jemand im Wagen schoß, mehrere Schüsse ... Jules war geblendet von fliegendem Glas.

»Noel, du Idiot, nun sieh dir das an!« schrie einer.

Der Wagen scherte mit einem Ruck seitwärts aus. Bremsen kreischten. Jetzt waren sie auf dem Bürgersteig und jetzt in etwas hineingefahren. Es gab einen gewaltigen Aufprall. Jules hatte die Hände auf den Kopf gepreßt, sein Körper gehörte ihm nicht mehr. Er wurde gegen den Vordersitz geschleudert. Sein Brustkasten schien eingedrückt zu werden. Als er wieder atmete, stürzte er gegen die Wagentür, sie flog auf – und jetzt war Jules im Freien, auf dem Bürgersteig, in Sicherheit; das Gewehr fiel mit ihm heraus. Ein Gewehr. Noch im Sturz richtete er sich auf, zwang die Beine, sich zu bewegen, packte das Gewehr und lief wie ein Irrer. Er hörte Schüsse.

Die wüste Fahrt hatte ihn gekräftigt. Er rannte, fast zu Boden geduckt, mit erhobenen Händen, in denen er das Gewehr vor sich hertrug. Er war irgendwo in einem Hinterhof ... auf irgendeiner Straße, einer unbekannten Straße ... Feuerschein glomm an den Wänden ... Laufen ...er konnte nicht aufhören zu laufen! War es noch Jules, der da so lief, aus dem verunglückten Wagen gesprungen und nun selbständig, wie ein Soldat mit seinem Gewehr? Ein Geschoß jaulte vorbei. Er sprang zur Seite, zerbrach dann, was von einem Schaufenster noch übrig war und stieg stolpernd hinein. »Mein Gott!« rief er mit lauter Stimme.

Ein Blumenladen. Rutschen über zerbrochenes Glas: Jules, mit einem Gewehr. Zertretene Blumen, eine zertrümmerte Kühlanlage, die Blumen bereits faulig stinkend, alles zerstört und am Boden zertreten. Die Registrierkasse umgeworfen. Jules duckte sich, hinter ihm stieg durch das zerschmetterte Fenster der Mann, der auf ihn geschossen hatte. Ein Polizist, ein Unbekannter, er schrie auf Jules ein. Warum schrie er? Warum dieser sonderbare, bebende Zorn auf ihn – das breite Gesicht von einer Erregung verzerrt, die Jules nicht begriff? – ein Mann mittleren Alters, durchschnittlich, ein Fremder, der so persönlich auf Jules einschimpfte und den Gewehrkolben hob, um ihn Jules über den Kopf zu hauen. Jules wich mit einem Sprung zur Seite aus. Er holte mit dem eigenen Gewehr aus und traf den Mann an der Schulter, mit einem Schlag, der ihn nur streifte, und dann gelang es ihm, ihn noch einmal zu treffen, diesmal ins Gesicht. Der Polizist schien brüllend über ihn herzufallen, sich an ihn zu klammern, und Jules kroch auf allen vieren rückwärts durch die Glassplitter, keuchte und schrie: »Mein Gott – gib mir noch eine Chance, laß mich aus der Hintertür, ja?« Das Gewehr des Polizisten war Jules zwischen die Beine geraten, Jules stieß es beiseite. In plötzlichem Kraftaufwand packte er den Hals des Mannes und drehte ihn ruckartig; der Mann rutschte auf dem Glas aus und ging schwer zu Boden. Jules griff wieder nach seinem Gewehr. Der Mann wollte nicht aufhören zu brüllen. Jetzt machte er einen Ausfall nach Jules' Beinen, und Jules blieb nichts anderes übrig, als einen Hieb in sein Gesicht zu führen ... diesmal spürte er, wie dem Mann der Nasenknorpel brach ...

Als er das getan hatte, hatte er alles getan. Es war vorüber. Sein Blut raste ungestüm, man konnte ihm nichts mehr vorwerfen, warum sollte er aufhören? Er zielte mit dem Gewehr in des Mannes Gesicht und drückte ab.

8

Am zweiten Tag der Plünderungen setzte Loretta, als sie bei einer Freundin ferngesehen hatte – ihr eigener Apparat war längst kaputtgegangen –, alles auf eine Karte und ging aus. Sie hatte so lange ferngesehen, daß sie es nicht länger aushalten konnte. Bericht des Bürgermeisters, Bericht der Regierung, Bericht des Präsidenten, die Nachrichten, den ständigen, erregten Pulsschlag von Fakten, Bildern, Worten – es wurde ihr zuviel. Sie konnte es nicht länger aushalten. Sie ging ein paar Häuserblocks weiter zu einem zerstörten Laden und schaute sich um, und mitten im Gerümpel im Hintergrund fand sie einen tragbaren Fernsehapparat. Ein paar Schwarze wimmelten durcheinander. Ein Schwarzer fragte sie höflich, ob er ihr helfen solle, den Fernseher zum Wagen zu tragen, aber sie sagte ihm, sie habe keinen Wagen. Sie wohne gleich nebenan.

Sie hatte den Apparat kaum in der Wohnung, da ging auch schon der Ärger los. Er funktionierte nicht. Sie las ein kleines, glänzendes Pappstück in Form einer Rosette, auf dem es hieß *Garantie,* aber dort stand nichts darüber, wie man die wilden Zickzacklinien vom Bildschirm wegbrachte. So saß sie da und starrte auf den sinnlosen Bildschirm und ihr war übel. In dieser Nacht fing ihr eigenes Haus Feuer. Jemand warf eine Brandbombe hinein, in die vordere Diele. Bei dem Durcheinander wurde Loretta umgerissen und am Bein verletzt, aber es gelang ihr, ins Freie zu kommen. Der Fernsehapparat und alles übrige, was sie besaß, verbrannte. Mit einer Herde geschwächter, schluchzender Menschen wurde sie ins Haus der YMCA geführt. Sie bekam zu essen, man gab ihr eine Decke. Sie saß eine Weile schweigend da und dachte an den Fernsehapparat, und wie sie dafür bestraft worden war, daß sie ihn gestohlen hatte, dann verblaßte – in dem Maß, in dem sie sich für ihre neue Umgebung zu interessieren begann – die Erinnerung daran. Sie begann eine Unterhaltung mit einer fetten Negerin, beide waren sehr beflissen, freundlich zu sein, wie um etwas zu beweisen. Die Frau weinte und stöhnte über ihre sieben Kinder. Wo waren in dem Durcheinander diese Kinder? Diese Gören – immer rannten sie einem weg, immer stellten sie was an! »Und wozu brauchen wir eine Decke – bei dem Wetter! Oh Jesu mein, es hat doch schon wieder 32 oder 35 Grad!« Die Frau weinte.

Loretta kam ins Gespräch mit einem freundlichen, kahlköpfigen, bestürzten Mann, der ihr sagte, er sei bei der Post angestellt, er sortiere Briefe. Er hieß Harold. Sein Haus war schon am ersten Tag abgebrannt, das erste Haus in seinem Wohnblock. Warum hatten sie sich ausgerechnet ihn ausgesucht? War es mit Absicht geschehen? »Ich war immer nett zu den Farbigen. Eine Menge farbiger Jungens hat bei der Post gearbeitet, und ich war immer besonders nett zu ihnen«, teilte er Loretta ernsthaft mit. Er hatte das Haus etwa drei Jahre lang schuldenfrei besessen, erzählte er ihr; aber fünfzehn Jahre lang Hypotheken abbezahlt. Seine Frau war in diesem Haus gestorben. Im rückwärtigen Schlafzimmer. Loretta fragte ihn sanft, ob er Kinder hätte. »Ja, vier, in alle Windrichtungen zerstreut«, sagte er traurig. Sie war davon seltsam gerührt.

»Und Sie, haben Sie Kinder?« fragte er.

»Die sind auch in alle Winde«, sagte sie. Sie wußte nicht einmal, wo Randolph war. Er konnte für sich selber sorgen. Der würde schon irgendwie durchkommen.

Loretta lehnte sich zurück und beobachtete. Sie stellte scharfsichtig fest, daß gewisse Menschen nicht zusammenbrachen, sondern eher aussahen, als ob sie irgendwo warteten. Es hätte ein Bahnhof sein können, wo sie ihres Bestimmungsortes sicher waren ... Ein paar Weiße, ein paar Farbige hatten diese Würde. Sie beschloß, ebenfalls Haltung zu zeigen: Sie hatte ihr Leben satt. Sie sprach mit dem Mann aus dem Postamt, diesem Harold, mit heiterer Würde. »Das Wichtigste ist, daß man nicht tot oder verwundet ist. So sehe ich es«, sagte sie zu ihm. Er dachte über ihre Worte nach, als habe sie etwas Tiefschürfendes geäußert. Mit der Zeit begann Loretta sich zu erholen, neugierig zu werden. Es tat ihr leid, daß sie kein besseres Kleid angehabt hatte, als die Brandbombe drunten in die Diele flog.

Der Ort hier hatte etwas von einem stehengebliebenen Karussell. Zu lang auf derselben Stelle. Was taten so viele Fremde miteinander, so voll Geduld gegen einander? Loretta half einem jungen weißen Mädchen mit einem Säugling, wickelte das völlig verschmutzte Kind um. Sie folgte einer der Pflegerinnen und griff mit zu. Vielleicht sollte sie selbst Schwester werden – irgendwo lernen, eine Lehrstelle annehmen und Schwester werden? Eine Schwester galt etwas, hatte Wert und Würde. Sie half bei einigen der kleineren Kinder, obwohl deren Geheul ihr auf die Nerven ging. Die Kinder waren schreckhaft, einige hysterisch; man konnte sie nicht beruhigen, sondern mußte sie sich müde weinen lassen. Dann schliefen sie, erschöpft. Loretta mußte dabei an ihre eigenen Kinder denken. In warmer Aufwallung dachte sie an Jules und Maureen und Betty und Ran, als Babys, als hilflose Säuglinge. Damals hatte sie sie am meisten geliebt. Damals war es möglich gewesen, sie zärtlich zu lieben. Nun sie in alle Richtungen auseinandergelaufen waren, eigensinnig und verloren, schienen sie ihr gar nicht mehr ihre Kinder zu sein. Es war etwas Sonderbares, Kinder zu haben, fast ein Rätsel. Vielleicht war es ihr Fehler gewesen, daß sie nicht die richtigen Kinder bekommen hatte. Vielleicht hätte zwischen Jules und Maureen ein wundervoller Sohn kommen sollen, mit Jules' Begabung und Maureens liebem Wesen, doch sie hatte es nicht geschafft, es war nichts daraus geworden. Oder vielleicht war die lange Pause zwischen Betty und Ran ein Fehler gewesen, vielleicht hätte das richtige Kind damals kommen sollen, und sie hatte es nicht gekriegt, sie hatte versagt, die Zeit war vorbei, und sie würde nie mehr im Leben ein Kind haben.

»Kinder sind gräßlich, aber es macht einen doch traurig, wenn man denkt, daß man keine mehr kriegen kann«, sagte sie zu Harold.

Er nickte schmerzlich.

»Ich fühle mich noch mehr allein, wenn ich mir vorstelle, daß ich mal welche gehabt habe und daß sie mich verlassen haben«, sagte sie. Sie sprach würdevoll, langsam, wählte die Worte sorgsam. Die vielen Fernsehsendungen hatten sie wortbewußter gemacht; es war, als spreche sie in einer Fernsehsendung. »Aber dann denk ich mir, na wenn schon, schließlich ist jeder allein. Das ist das Geheimnis, jeder ist allein und kann es nicht ändern, so wie hier und jetzt, in diesem Haus hier, da ist auch jeder allein, und wenn sie nur könnten, würden sie alle aufstehen und weggehen und nie wieder zusammenkommen. So sind wir alle.«

»Ist das wirklich wahr?« fragte der Mann gequält.

Er hob den Kopf und sah sie an. Seine Augen hinter den Brillengläsern waren wäßrig und verdutzt, ohne Würde. Er hatte schmutzige Falten am Hals.

Man schickte sie beide ins gleiche Haus, weit im Nordwesten der Stadt. Eine Familie nahm »Aufruhrgeschädigte« in ihrem Haus auf. Loretta war schüchtern und liebenswürdig, fühlte sich als bevorzugter Gast. Sie half bei Tisch und beim Abspülen. Sie sprach mit jedem und vergaß nicht, langsam zu sprechen. Keiner wollte glauben, daß sie schon beinahe Großmutter war – aber es war wahr, ja, es war wahr, sie war schon beinahe Großmutter. »Es wird jetzt nicht mehr lange dauern bei meiner Tochter«, sagte sie. Und kam weiteren Fragen zuvor: »Nein, sie ist vollkommen in Sicherheit, in Dearborn. Sie hat es gut.« Darum konnte sie sich auch nicht darüber beklagen, daß sie ihre Wohnung und ihre Habe verloren hatte, sie wollte bloß am Leben bleiben und dieses Enkelkind erleben; sie dankte Gott, daß er sie *dafür* erhalten hatte.

Das Haus, in dem sie drei Tage lang wohnten, war ein großes Ziegelhaus mit einer Eingangshalle und zwei offenen Kaminen. Insgeheim bewunderte Loretta es. Sie fand die Dame des Hauses, eine knochige, magere, nervöse Frau, die sich viel mit Kirchenangelegenheiten beschäftigte, sehr elegant, selbst wenn sie Hosen trug, stets Dame, nie leutselig. Am Finger trug sie einen großen Brillantring. Ja, sie wirkte schüchtern und hoffnungsvoll, wenn sie sich mit ihren »Gästen« unterhielt, besonders mit den Farbigen unter ihnen, als unterwerfe sie sich ihrem Urteil. Wiederholt sprach sie vom »Geist der Zeit«. Sie sprach von der Tragödie des Gettos, von den Verbrechen der Hausbesitzer in den Elendsvierteln; sie trug die Haare kurz und schüttelte oft – beipflichtend oder ablehnend – den Kopf und verschaffte sich Gehör. Ihr Mann trug eine Brille, und es hieß, er sei Kieferchirurg. Loretta hatte diesen Ausdruck noch nie gehört. Sie fand, die beiden seien ein wundervolles Paar, das in einem so wundervollen Heim wohnte, stets bereit, von einer Minute auf die andere den Teig für dreißig Pfannkuchen anzurühren und sehr großzügig mit Handtüchern.

So weit draußen konnte man gefahrlos spazierengehen. Sie und Harold gingen oft aus, ohne Eile, und sahen sich an, was sehenswert war. Auf dem Seven-Mile-Road patrouillierten Polizeiautos. Lastwagen voller Militär parkten am Straßenrand, und Männer der Nationalgarde, die aussahen wie Jungen, beobachteten feierlich und traurig, wie Loretta und Harold vorbeigingen – dachten sie an ihre eigenen Eltern in anderen Teilen des Staates? Einige Gardisten wurden abkommandiert, die Gebäude zu bewachen. Sie mußten stundenlang stehen, die Waffe im Anschlag, und taten Loretta sehr leid. Wohin sie blickte: Polizei, Polizeiautos, Soldaten, aber alles vollzog sich jetzt langsamer und ohne Aufregung. Die Aufregung war in einem anderen Stadtteil.

Am Donnerstag abend sahen alle fern, eine Lokalreportage des Senders der Wayne State University. Man saß in einem Nebenraum des Wohnzimmers, dessen Wände getäfelt waren. Loretta hatte noch nie solche Wände gesehen. Die Reportage betraf den Aufstand. Loretta saß neben ihrem Freund aus dem Postamt, der sich stets in ihrer Nähe hielt, mit seinem mild-erstaunten, freundlichen Blick, und die Dame des Hauses saß auf dem Fußboden und hatte die mageren Handgelenke vor den Knien gekreuzt, weil sie Hosen trug. Loretta war glücklich, mit dabei zu sein, in diesem Zimmer, diesem wunderschönen Zimmer mit allen Leuten. Jeder gab sich große Mühe, freundlich zu sein. Die zwei Negerinnen in der Gruppe strengten sich besonders an, freundlich zu sein. Sie sprachen fast nie und wenn, dann mit leiser, schuldbewußter Stimme. Loretta gefiel ihr neues Leben so gut, daß sie ein paar Minuten lang gar nicht aufs Programm achtete. Es hatte keine wirkliche Bedeutung für sie – immer wieder waren Nachrichten gekommen und Reportagen über den Aufstand, Aufnahmen der qualmenden Straßen, der zerstörten Läden, der Lastwagen mit Soldaten, gleichförmige Aufnahmen von Panzern und Fallschirmtruppen; die immer gleichbleibenden Sendungen hatten sie ermüdet; aber Sendungen, in denen nur geredet wurde, ermüdeten sie noch mehr.

Seit dem Beginn der Unruhen – seit es feststand, daß es sich um einen Aufstand handelte – waren immer wieder Diskussionen abgehalten worden. Ein Geistlicher, ein schöner, grauhaariger Mann, Freund der Familie, hatte hier im Haus nach dem Essen Diskussionen geleitet, die Kaffeetasse in der Hand, sehr beredt und ernsthaft. Die Fernsehsendung war nur Gerede, ruckartig, ohne vorherige Proben. Ein Mann fragte andere Männer nach ihrer Meinung. Die Meinungen nahmen kein Ende! *Eine tragische, ernste Zeit für das weiße Amerika ... Die Sünden der Väter ... Unterdrückung ... das Böse ... Diskriminierung ...*

»Wir wollen uns nun an Dr. Piercy wenden ...«, sagte der Moderator, »Herr Dr. Piercy. Sie sind vielen unserer Hörer bereits vertraut mit Ihrer Meinung über das Rassenproblem hier in Detroit, würden Sie sie bitte hier noch einmal erläutern ... Dr. Piercy ist der neue Chef der Vereinigten Anti-Armut-Campagne in Detroit, einer hochpotenten, gut finanzierten Nebengruppe des Bundesfeldzugs gegen die Armut, und Professor der Soziologie an der Wayne State Universität.«

Dr. Piercy wirkte wie ein Mann, dem man die Brille vom Gesicht gerissen hat. Seine Augen waren fahl und hohl, er blinzelte dauernd. »Alles sollte dem Erdboden gleichgemacht werden«, sagte er ungestüm und zugleich höflich, und der Moderator lächelte erst ihn und dann die Zuschauer an. »Ich sage das nicht gern, aber die Wahrheit muß heraus.« Loretta konnte, ohne recht auf seine Worte zu achten, erkennen, daß er aus gutem Hause war. Er führte immer wieder die Hand ans Gesicht, um die Brille zurechtzurücken, obwohl er keine aufhatte. Loretta kam der Gedanke, sie könne ihm beim Aufruhr zerbrochen worden sein. »Ich bin in Gebäuden voller Ratten gewesen, in dreckstarrenden Räumen, in denen fünfzehn und mehr Menschen wohnen und schlafen ... ich weiß Bescheid!« sagte er und seine Augen sprangen herum. »Ich weiß, daß alles eingeebnet werden muß, ehe eine neue, schöne, friedvolle Gesellschaftsordnung aufgerichtet werden kann. Das bedeutet das Ende der Welt, wie wir sie gekannt haben, wir Weißen des mittleren Bürgertums, aber darüber hinaus muß man sich klarwerden, muß es zugeben, und wir selbst müssen darauf hinarbeiten, daß es erreicht wird ... oder aber geschichtlich untergehen, mit den Hitlers und Stalins und anderen Menschheitsunterdrückern, die in eben diesem Moment in einen blutigen Krieg verstrickt sind, mit dem eine Revolution in Vietnam niedergehalten wird ...«

»Verzeihung, Herr Dr. Piercy, sind Ihre Mitarbeiter ebenfalls dieser Meinung? Dürfen wir vielleicht einmal Ihre Mitarbeiter hören?«

Die Kamera schwenkte auf einen jungen Schwarzen im städtischen Anzug, doch das war offenbar ein Mißverständnis, denn der schüttelte angstvoll den Kopf, um zu zeigen, daß er nicht zu den Mitarbeitern gehörte. Die Kamera schwenkte zu einem anderen Mann, einem Weißen, dunkelhaarig und blaß, magerer und schärfer als Dr. Piercy.

Loretta starrte. Dieser Mann war ihr Sohn Jules! »Mein Gott«, flüsterte sie.

Jules trug ein dunkles Hemd und weder Schlips noch Jacke.

Er hätte sich doch eine Jacke borgen können! Loretta errötete heiß vor Scham. Sie bohrte sich die Nägel ins Fleisch.

»Ja, ich bin neu in diesem Komitee«, sagte Jules als Antwort auf eine Frage, er räusperte sich dabei und sprach zu laut. »Dr. Piercy hat mich soeben ernannt ...«

Warum sprach er so laut? Und auf der einen Seite in seinem Gesicht war etwas – ein langer Kratzer. Er sah absurd aus. Loretta wollte aufspringen und das Fernsehen abstellen.

»Und wie sehen Sie, Mr. Wendall, die unmittelbare Zukunft? Was bedeuten die Vorfälle für Amerika?«

»Alles in Amerika wird lebendig. Es bricht auf und wird lebendig!« sagte Jules eifrig. Er hatte ein sympathisches Gesicht, ein schönes, wenn auch bös zugerichtetes Gesicht, das etwas Verschwommenes hatte. Seine rasche, heisere Stimme war so dringlich, als spräche er gegen einen starken Wind an. Loretta schloß die Augen. Ihr Herz hämmerte schmerzvoll.

»Ich würde gern jedem erklären, wie notwendig diese Feuer sind und die Menschenansammlung auf der Straße – nicht, wie Mort sagt, Dr. Piercy, meine ich – damit alles neu aufgebaut wird und Schwarz und Weiß miteinander leben können, nein, oder daß Schwarz für sich allein leben kann – nein, das hat keine Bedeutung, das ist etwas für die Zeitung oder die Versicherung. Wichtig ist allein, zu begreifen, daß das Feuer brennt und seine Pflicht tut, immer und ewig, und daß die Feuer nie zu löschen sind ...«

»Entschuldigen Sie, Mr. Wentwell, meinen Sie ..., haben Sie gesagt: *Feuer brennt und tut seine Pflicht?«*

Loretta öffnete die Augen, sie konnte nicht anders. Ihr Sohn neigte sich vornüber, der Kamera entgegen. Neben ihm saß Dr. Piercy voller Unbehagen auf seinem Stuhl, wischte sich nervös das Gesicht und warf Seitenblicke auf Jules.

»Gewalt ist vom Alltag nicht zu trennen«, rief Jules. »Jeder muß sie wieder und wieder erleben, sie nimmt kein Ende, man kann in kein Land vor ihr fliehen – in keine Lichtung mitten in der Stadt! Wer will Parks mitten in der Stadt – Parks brennen nicht!«

»Vielen Dank, Mr. Wentwell«, sagte der Moderator, »und jetzt ...«

Obwohl die Kamera weitergewandert war, sprach Jules noch immer. »Gewalt tut nicht weh«, sagte seine Stimme ernsthaft. »Der Vergewaltiger und sein Opfer erheben sich, wenn der Morgen graut, schließlich doch wieder aus dem Schutt, klopfen sich ab und gehen die Straße entlang zur Imbißstube. Glauben Sie mir, Leidenschaft kann nicht dauern. Sie kommt wieder und wieder, aber sie kann nicht dauern.«

Die Kamera bewegte sich mit einem Ruck weiter. Der Moderator suchte sich jetzt einen anderen Mann aus, einen älteren Mann, der den Kragen verkehrt herum anhatte. Loretta saß da, erhitzt und verstört. Wo war ihr Sohn? Sogar seine Stimme hatte man ausgeschaltet, jetzt sprach jemand anderes. Was war mit Jules geschehen? Warum hatte er solche verrückten Sachen gesagt? Sie schämte sich seiner. Ihr fiel ein, wie er als Kind Feuer an eine Scheune gelegt hatte. Ihr fiel ein, wie er sich durch einen Menschenauflauf gedrängt hatte, um ein Flugzeug brennen zu sehen. *Aber er ist ja ein Mörder!* dachte sie ganz klar. *Er ist ein Mörder*, sie hatte einen Mörder geboren. Der Mann mit dem Kragen verkehrt herum, ein anglikanischer Geistlicher, sprach mit klarer, getragener Stimme: »Wir dürfen uns nicht abfinden mit geschichtlichem Unglück, wir dürfen uns auch nicht abfinden mit der Verzweiflung. Ich kann hierin meinem jungen Freund nicht beipflichten, daß dies kommen wird und uns alle verändern wird, oder wie er das gemeint hat. Ich gebe zu, daß ich ihn nicht verstehe. Ich gehöre zur älteren Generation. Meine Forderung lautet vor allem: Bildung, enorm vermehrte Mittel für die Bildung, für das Aufräumen der Elendsviertel, um ein neues Amerika für unsere Kinder zu schaffen ...«

Loretta fing an zu weinen. Alle drehten sich erstaunt nach ihr um. Weinend schlug sie die Hände vors Gesicht. Die Dame des Hauses stützte sich hoch und rief: »Was ist denn? Bitte, weinen Sie doch nicht. Was ist denn? Können wir Ihnen nicht helfen?«

Loretta stand auf. Sie weinte, aber mit Würde; sie war sich bewußt, daß man sie ansah, anstarrte. Warum weinte sie eigentlich? Was nützte es? Du liebe Zeit – verlorene Liebesmüh, dachte sie. Warum sollte ich über ihn weinen? Die Dame führte sie aus dem Zimmer, in eines der Gästebäder. Aber sie konnte trotzdem nicht aufhören zu weinen.

9

Eines Abends, Anfang August, ging Maureen zur Haustür, weil es geklingelt hatte, und draußen stand er, stand Jules. Sie hatte eine Zeitschrift in der Hand, in der sie gelesen hatte; sie versuchte sie irgendwohin zu legen, aber es fiel ihr nichts ein, worauf sie sie hätte legen können. Sie stand da und sah Jules an und wußte nichts zu sagen.

»Na, was ist denn? Du staunst wohl, daß ich deine Adresse rausgekriegt habe?« fragte er.

»Jules, mein Gott –«

»Darf ich nicht reinkommen? Bloß einen Moment?«

Sie sah ihn an. Seit sie verheiratet war und draußen vor der Stadt in einem Apartmenthaus wohnte, dachte sie selten an ihre Familie und hatte nie damit gerechnet, einen von ihnen wiederzusehen, auch Jules nicht. Ihr Mann hatte sie, als er den Namen Jules Wendall las, gefragt, ob das ihr Bruder Jules sei, und sie hatte es verneint, das sei nicht ihr Bruder, nein, der nicht. Und jetzt, wo sie Jules sah, wurde ihr ein wenig übel.

»Ist dein Mann zu Hause?«

»Nein, der unterrichtet im Abendkurs.«

»Warum siehst du mich so an?«

»Es ist so eine Überraschung, dich zu sehen.«

»Seh ich schlecht aus?«

»Nein, du siehst nicht schlecht aus.«

In Wahrheit war sie jedoch voller Widerwillen, nicht gegen sein Gesicht oder seine Anwesenheit, sondern gegen ihre eigene Anwesenheit so dicht neben ihm, ihre eigene Existenz, die mit der seinen so eng verknüpft war; sie trat hinaus in die Halle und schloß die Tür hinter sich. »Wir können uns ja hier draußen unterhalten. Bitte. Was ... was willst du?«

»Kann ich nicht hierbleiben und deinen Mann kennenlernen?«

»Der kommt noch lange nicht heim.«

»Maureen, du bist ja so blaß, du siehst ganz elend aus. Ist es meinetwegen? Magst du mich nicht sehen? Warum denn nicht?«

»Ich ... ich ... natürlich will ich dich sehen«, stotterte sie und verstummte.

Jules griff nach der Zeitschrift und besah das Titelblatt, als läge hier der Schlüssel zu ihrem Schweigen: Es war die auf Glanzpapier gedruckte Abbildung einer Torte mit Schlagsahne oben drauf.

»Was ist denn los?« fragte er. »Deine Ehe ist sehr geheim, wie? Ich war drüben, um Mama Adieu zu sagen – ich gehe fort – und da hat sie sich über dich beklagt. Du kämst nie, sie mache sich solche Sorgen um dich und so. Warum hast du sie denn nicht mal angerufen, Maureen? Sie hat Schreckliches durchgemacht, wie sie damals abgebrannt ist. Sogar Betty ist gekommen und hat sich erkundigt, ob sie nicht was helfen kann. Mama wohnt jetzt bei einer ihrer Freundinnen, Ethel heißt sie, es geht ihr soweit ganz gut – sie wird vielleicht wieder heiraten, hat sie's dir schon erzählt?«

»Ich hab davon gehört«, sagte Maureen angewidert.

»Interessiert es dich denn nicht?«

Sie musterte den Bruder von der Seite. Er trug ein dunkles Rollkragenhemd und dunkle Hosen. Er sah aus wie ein erfolgreicher Dieb. Seine bloße Existenz war ihr, aus solcher Nähe, eine entsetzliche Belastung.

»Interessiert es dich nicht?«

»Ich liebe Mama und alle, das weißt du doch, Jules, aber ich lebe jetzt mein eigenes Leben, und da muß ich ... ich muß es eben leben ...«

»Sogar Betty ist vorbeigekommen und hat ihr 'n paar Dollar gebracht! Das ist doch das mindeste, was du tun könntest, ihr Geld geben und sie mal anrufen!«

»Ich muß mein eigenes Leben leben.«

»Was ist daran so schwer?«

»Sprich nicht so mit mir! Du weißt es! Du weißt alles, was ich weiß. Jules, bitte, könntest du jetzt gehen? Mir ist nicht gut. Mir ist irgendwie übel. Wir haben kein Geld, er muß doch Unterhalt für die Kinder zahlen und ... und alles. Wir haben nicht mal genug Geld für uns –«

»Ist schon gut.«

»Wir bekommen ein Kind, wir können es uns nicht leisten, Geld wegzugeben –«

»Ist schon gut, ich geh schon.« Jules streckte den Arm aus und strich ihr über den Kopf.

Wie eine Katze, träge und langsam, neigte Maureen ihm den Kopf entgegen. Einige Sekunden lang standen sie schweigend. Dann sagte Jules: »Mort ist nach Los Angeles versetzt worden und nimmt mich mit. Wir haben ein Budget von hunderttausend Dollar zu verwalten. Draußen steht mein Wagen – ich hab bereits einen Wagen für die Reise gekauft, mit Klimaanlage. Und wenn ich erst dort draußen die Finger drin habe, dann trete ich in irgendein Geschäft ein. Ich kann durch die Regierung gute Verbindungen anknüpfen. Vielleicht werde ich Immobilienmakler, irgend etwas Solides.«

»Aber in den Zeitungen hat es so geklungen, als ob du Kommunist wärst. Hat nicht jemand gesagt, du wärst Kommunist und man sollte dich entlassen?«

»Kommunist? Na, wenn schon. Ich weiß nicht mal, was ein Kommunist ist.« Jules lachte. »Ich bin überhaupt nichts. Ich versuche nur voranzukommen. Mein Chef, Mort, Dr. Piercy, der ist echt verrückt, der hat den Verstand verloren. Vorigen Dienstag haben ihn ein paar schwarze Jungens verprügelt – er war mit einer Polizeipatrouille unterwegs und stellte Fragen, und die Polizei hat keine Hand gerührt, um es zu verhindern – es ist wirklich zum Lachen, zum Totlachen ... sie haben ihm zum zweiten Mal die Brille zerbrochen, und er hat die Stellung nur bekommen, weil der Chef des Komitees einen Nervenzusammenbruch gehabt hat. Er hat mich ins Komitee genommen, weil er mich gern hat. Er hat eine gewisse Vorstellung von mir und meinem Leben. Er hat gesagt, er würde gern mein Leben beschreiben – als Musterbeispiel, aber ich habe gesagt: *Warum zum Teufel?* Alles, was ich bis jetzt erlebt habe, ist nichts, existiert nicht! Mein Leben fängt jetzt erst an. Und jetzt bin ich unterwegs nach Kalifornien, und ich hab dich nicht aufregen wollen, ich bin bloß vorbeigekommen, um dir Aufwiedersehen zu sagen. Ich hab begriffen, daß du vielleicht nicht so sehr möchtest, daß dein Mann mich kennenlernt, na ja, Kleine, ich bin nicht so schlimm wie manche in unserer Familie.«

»Jules, so hab ich's nicht gemeint!« sagte Maureen. »Du bist ein wundervoller Mensch, du bist mir ein wundervoller Bruder gewesen, und ich habe dich lieb. Ich werde immer an dich denken, wie du für mich gesorgt hast, und an deine Briefe, als ich krank war und an alles, was wir durchgemacht haben, wir zwei – aber ... ich möchte, daß es vorbei ist, ich bin damit fertig, alles, was mich daran erinnert, sind gelegentliche Alpdrücke. Das kann ich schon aushalten, schlechte Träume. Wenn das das Schlimmste ist, kann ich es schon aushalten.«

»Ich verstehe.«

»Und wir haben jetzt nicht genug Geld für uns. Ich ... ich würde ihr welches geben, wenn ich es hätte, aber ... Jules, ich möchte nicht mehr an das alles denken müssen! Ein paar böse Träume, das ist alles, nicht mehr ... bitte. Ich wache auf und schwitze und neben diesem *Mann*, einem Mann, den ich nicht kenne, ich meine, ich weiß nicht mehr, ob er mein Mann ist oder irgendein anderer, jemand, der mich mitgenommen hat.

Ich kann das nicht nochmal durchmachen. Jules, ich bin am Ende. Ich werde jetzt alles und alle vergessen. Ich werde ein Kind bekommen. Ich bin ein anderer Mensch.«

»Liebst du deinen Mann?«

»Ich werde ein Kind bekommen, ich bin ein anderer Mensch.«

»Und was ist mit Mamma und den anderen?«

»Was für anderen?«

»Na, du weißt schon – die anderen alle – Mamma und ihr Bruder, falls er je wieder auftaucht, und Betty und Connie und Mammas verdrehte Freundinnen –«

»Ich glaube nicht, daß ich sie jemals wiedersehe.«

Jules schüttelte sie zärtlich am Hals. Er schien tatsächlich ganz fröhlich, ein Jules wie vor vielen Jahren, an den sie sich erinnerte, leichtfüßig und voll von immer neuen Einfällen.

»Aber Schatz, gehörst du denn nicht zu den anderen allen?«

Sie antwortete nicht.

Sie hatte ihn zur Treppe geführt, zurück ins Treppenhaus. Warum nur ging er nicht! Mit einer Hand griff er nach dem Treppengeländer – es war aus Plastik – und sie sah, wie wackelig es war, es konnte jederzeit herunterfallen, wenn einer dagegenstieß. Nachdenklich zog Jules die Hand zurück. Mit leiser, murmelnder, beinahe inbrünstiger Stimme sagte er: »Schätzchen, ich versteh dich ja. Ich liebe dich doch auch. Ich denke immer an dich, und vielleicht, wenn ich erst besser dran bin und auf festen Füßen stehe, komm ich wieder her und heirate – ich würde sie sowieso gern heiraten, diese Frau, die versucht hat, mich umzubringen, ich liebe sie immer noch, und ich werde Geld verdienen und zurückkommen und sie heiraten, wart's nur ab – und wenn ich dann wieder da und ein bißchen besser gestellt bin, dann können wir uns besuchen. Ja? Ich liebe dich, weil du eine liebe Schwester warst und soviel gelitten hast und aus alledem rausgekommen bist, indem du deinen Kopf gebraucht hast, aber vergiß nicht, daß auch dies Haus abbrennen kann. Es können wieder Männer in dein Leben einbrechen, Maureen, sie können dich wieder zusammenschlagen oder dir die Knie auseinanderzwingen, warum nicht? Es gibt soviel davon auf der Welt, soviel Samen, so viele Männer. Könnte es nicht passieren? Wird es nicht passieren? Willst du nicht in Wirklichkeit, daß es doch passiert?«

»Nein.«

»Wirklich nicht, Maureen? Sag es mir!«

»Nein. Nie. Niemals.«

Er stand da und blickte auf sie herab. Sie preßte die Hände auf die Ohren. Sie würde ein Kind bekommen, sie war von der Schwangerschaft beschwert, aber sicher auf den Beinen, hübsch, sauber, verheiratet. Sie sah ihn nicht an.

»Nun, ich will dir das Leben nicht schwerer machen als nötig«, sagte Jules.

Er nahm die Hand seiner Schwester und küßte sie und sagte ihr Lebewohl und machte dabei über ihr eine ironisch-zärtliche Verbeugung mit dem Kopf; es war der Jules, den sie immer geliebt hatte, und jetzt liebte sie ihn, weil er fortging, ihr Lebewohl sagte und sie für immer verließ.